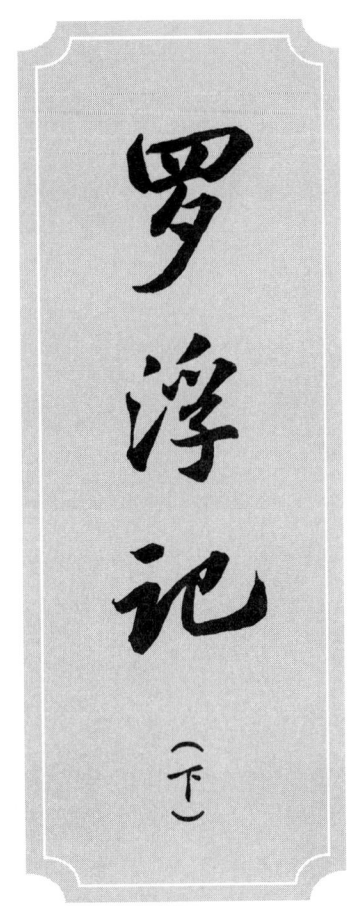

蒋云昆

著

目 录

第五十一回	法师破六家七宗	燃灯演二十四天	/ 001
第五十二回	万安山两教会逢	大梵天仙佛斗法	/ 011
第五十三回	帝释天慈航化相	多闻天普贤显真	/ 021
第五十四回	持国天文殊大智	增长天玉鼎修丹	/ 032
第五十五回	佛母自演三面相	真人鼎出九转丹	/ 044
第五十六回	广目天真君显威	自在天道行斗魔	/ 054
第五十七回	广成子入辩才天	赤精子斩黑暗女	/ 064
第五十八回	黄龙破金刚密迹	太乙入坚牢地神	/ 075
第五十九回	云中子入天参玄	南极翁致知罢斗	/ 086
第 六 十 回	刘渊肆意战马隆	石勒机缘拜神僧	/ 096
第六十一回	祁宏误入跑马谷	马隆魂走罗浮山	/ 106
第六十二回	刘渊临终传大位	兄弟相争祸萧墙	/ 116
第六十三回	司马越走死东海	白眉儿火烧洛阳	/ 126
第六十四回	贾疋败敌拥太子	石勒乘胜下江东	/ 136

第六十五回	司马睿罗浮访贤	葛稚川龙岩讲道	/ 146
第六十六回	罗浮山君臣起炉	下邳城佛道交锋	/ 156
第六十七回	括苍山郑隐传法	光极殿怀帝受害	/ 166
第六十八回	受忧困愍帝被俘	走千里葛洪得诏	/ 176
第六十九回	愍帝遭辱困平阳	葛洪摆阵战喊山	/ 186
第七十回	葛稚川携众东走	石世龙兵发洛阳	/ 197
第七十一回	赤脚大仙赠白礜	东华帝君传曾青	/ 207
第七十二回	宿鸭湖老母淘沙	运兵道玄女开石	/ 217
第七十三回	九天玄女洗慈石	镇元大仙采雄黄	/ 227
第七十四回	葛稚川缘入水岛	白毛儿亲征徐州	/ 237
第七十五回	三菩萨设地藏阵	李意期出琅琊山	/ 247
第七十六回	三天师齐力破阵	李意期身化阴君	/ 258
第七十七回	白毛儿兵败西归	司马睿渡江南下	/ 269
第七十八回	葛洪开炉试炼丹	靳准设计除太弟	/ 279
第七十九回	司马睿嗣统称帝	白毛儿见鬼亡身	/ 290
第八十回	白眉儿诛逆夺位	石世龙乘势称王	/ 300
第八十一回	题绝诗刘琨受冤	定君心神僧献技	/ 310
第八十二回	北地两雄战洛水	西方闭门化宝池	/ 320
第八十三回	白眉儿纵酒遭祸	大和尚谒佛灭灯	/ 330
第八十四回	走雍丘将星坠落	上钟山元帝击鼓	/ 340

第八十五回	葛洪闻鼓下瑶池	太华投主战寿春	/ 350
第八十六回	三官大帝解危厄	五方揭谛下灵山	/ 360
第八十七回	五岳帝君镇五方	八大金刚会八子	/ 370
第八十八回	十六罗汉结法阵	雷部天尊显神威	/ 380
第八十九回	多宝说大鹏降世	玄都上灵山谒佛	/ 390
第 九 十 回	八公山凤引阻兵	娲皇宫玄都借图	/ 400
第九十一回	女娲显真收凤凰	多宝得轮布十界	/ 411
第九十二回	多宝说六凡四圣	黑帝入地狱之门	/ 421
第九十三回	白帝断饿鬼轮毂	佛祖布盂兰盆节	/ 431
第九十四回	白帝破饿鬼法界	黄帝显太虚太玄	/ 441
第九十五回	赤帝入阿修罗门	如来演天人合一	/ 451
第九十六回	东方青帝破天人	勾陈后土入声闻	/ 461
第九十七回	观音塔燃灯说法	辟支轮弥勒讲经	/ 471
第九十八回	度行轮如来换座	行满轮圣人斗法	/ 482
第九十九回	十法界道佛言和	罗浮山葛洪炼丹	/ 493
第 一 百 回	金丹正果兴大道	葛洪离山记罗浮	/ 504

第五十一回　法师破六家七宗　燃灯演二十四天

菩提入世问禅子，一木一水是何心？
禅子不解人间恨，一花一语道凡情。

且说日月菩萨上前，欲与灵宝大法师相斗，忽空中有梵唱，异香满地，遍处光华，只见来了七位僧人，各自形貌，般若行同。日光菩萨见为首者，笑道："原是般若六家七宗到来，也是因缘际会。"众僧合掌施礼，齐道："西方东方皆一方，准提琉璃更一宗。见过菩萨，我等闻汉王代天行罚，兵至洛阳，有阐家门人相阻，故来此地相助。"日光菩萨说道："此来正好，灵宝大法师仗恃金蛟剪，以阻天道，宝檀华、虚空藏皆不能敌，众位可与之相论。"众僧领命，皆上得前来，一一稽首，说道："灵宝大法师，这般有礼了。"灵宝大法师不识众人，打一稽首，问道："不知众家哪处仙山，何处洞府？到此何为？"众僧回道："法师不识我等，且听道来。"

一僧上前，只见身披红衣，目慧垂光，口道："有，有形者也；无，无象者也。心无者，无心于万物，万物未尝无。此得在于神静，失在于物虚。是故有为实有，色为真色。贫僧支敏度，见过法师。"法师回道："尝闻六家七宗，有一宗道，空心不空色，是为心无宗，可是此言。"支敏度说道："诸法空，非所有空。外物实在有，不曾无。内心不起计执，不想外色，外色观想即不生。正是空心不空色。"

一僧上前，只见身披橙衣，镜花水月，口道："缘会故有，名为世谛，缘散故无，称第一义谛。贫僧于道邃，见过法师。"法师回道："尝闻六家七宗，有一宗道，生灭相待，皆为缘理，是为缘会宗，可是此言。"于道邃说道："诸法皆由因缘，

因缘相会而成外物。譬如土木合为舍，舍前无体，有名无实。故佛告罗陀，坏灭色相无所见。"

一僧上前，只见身披黄衣，六根清净，口道："元气陶前，廓然而已，至于元气陶化，则群象禀形，形虽资化，权化之本则出于自然，自然自尔，岂有造之者哉！由此而言，无在元化之先，空为众形之始，故称本无，非谓虚豁之间，能生万有也。贫僧道安，见过法师。"法师回道："尝闻六家七宗，有一宗道，性空缘起，缘生无性，是为本无宗，可是此言。"道安说道："世间于空，无等自然，皆由元气变化，故称本无，一切诸法，本性空寂。"

一僧上前，只见身披绿衣，傲骨虚心，口道："本无者，未有色法，先有于无，故从无出有。即无在有先，有在无后，故称本无。是说还未有万物之前，先有所谓无，从无生有，所以万物出于无。贫僧竺法琛，见过法师。"法师回道："尝闻六家七宗，有一宗道，虚豁之中，能生万有，是为本无异宗，可是此言。"竺法琛说道："非有是有就是无，非无是无也是无，一切只是所谓无。一切诸法皆依因缘而有，不是真实有，所以说非有。又因为诸法依因缘而有，不是一向无，所以非说无。"

一僧上前，只见身披青衣，光明晃曜，口道："三界为长夜之宅，心识为大梦之主。今之所见群有，皆于梦中所见。其于大梦既觉，长夜获晓，即倒惑识灭，三界都空。是时无所从生，而靡所不生。贫僧于法开，见过法师。"法师回道："尝闻六家七宗，有一宗道，宇宙万有，皆为心识。是为识含宗，可是此言。"于法开说道："三界本空，惑识即灭，不再见有宇宙一切诸法。故神、识为二，神为主宰，识为神所发之功用。识含者，谓识含于神。"

一僧上前，只见身披蓝衣，无见顶相，口道："一切诸法，皆同幻化。同幻化故，名为世谛。心神犹真不空，是第一义。若神复空，教何所施，谁修道？隔凡成圣，故知神不空。贫僧道壹，见过法师。"法师回道："尝闻六家七宗，有一宗道，空色不空心，是为幻化宗，可是此言。"道壹回道："世间诸法，如幻如化，自始非真实有，而心神不空。"

一僧上前，只见身披紫衣，眉白目净，口道："明即色是空，故言即色游玄论。此犹是不坏假名而说实相，与本性空故无异也。色从因缘而有，而非自有，所以当体即空。即色本无义，本无而为性空。贫僧支道林，见过法师。"法师看一眼，问道："你便是即色宗，白马道人支道林。"支道林诧道："法师知晓贫僧？"法师说道："如何不知威名，四明山洞主刁道林险被你所擒，白马道人亦僧亦道，名扬天下。"支道林回道："些许虚名，何足道哉。刁道林不识天道，助桀为虐，故有所败。如今去往玄都，以洗罪过，也是福分。"法师闻言，眉头一皱，说道："天道岂是你言我说，依你之意，刘渊乃乱世之主，依我之意，刘渊不为乱世之主，你如何说？"支道林回道："天道自在人心，晋室生祸，肆行猖獗，戕害天下，万民荼毒，如此朝廷，安得不反。道友若随天意，自当而去；若有违逆，恐业障缠身，玉石俱焚。"法师说道："胡马凶暴，不为安世之人。天意自有明主，你等名为般若，却只知其一，不知其二，当属小乘，不为万世流传，且听我道来：

　　十方般若释性空，六家七宗道玄通；
　　不见万有不知法，好无之谈本无宗。
　　倒惑识灭难为梦，实相涅槃不得中；
　　世谛之名如幻化，知神犹真不为同。
　　色相坏灭无所见，缘会小乘论析空；
　　神静物虚心无义，用寂体一合相融。
　　色而非色称即色，色即为空无自空；
　　无中生有见先后，本无异宗难相从。
　　谁言春秋是空无，高山流水道家风；
　　隔心红尘飞不到，大光明宏照阐容。

支道林闻言，不由得摇首，其他六僧皆上前，面色不悦。支敏度说道："法师此言，倒说我等不为般若，却是玄门，实在荒谬。今番我等来此，便见高下。"法师笑道："话已至此，但见修为，你我各存二教本领，以决雌雄，可七人齐上，亦可一一相斗，任凭施为。"支道林说道："商周大战，十二上仙之名，岂能不知，灵宝大法师今日下得崆峒山来，料想不得善罢甘休。我等有一阵，名曰七星中观阵，请你看来。你若破得此阵，我等尽归西方，不敢与你拒敌。你若破不得此阵，

亦退走崆峒，休管这人间纷扰。"法师回道："你等尽可摆来，且须多少时日。"众僧回道："无须多时，法师且稍候。"

各人站开，呈北斗七星之状。道壹踏一步，站天枢星位，手托一卷轴，不知其里，只道五颜六色，变幻无穷；于法开踏三步，站天璇星位，把袖口一展，飞出一只蝴蝶，一半黑，一半白，着实奇妙；于道邃踏六步，站天玑星位，手托金刚塔，塔分七层，各显光芒；支道林踏九步，站天权星位，指上放一道白光，随祭空心莲出来，八瓣莲叶旋旋而起，神妙无穷；支敏度踏十二步，站玉衡星位，手举一杖，杖头为月形，有淡淡白光，不知妙用；竺法琛踏十五步，站开阳星位，手托一盘，盘面有水光浮动，千变万化，五彩纷纭；道安踏十八步，站摇光星位，随即不见，无影无踪。

七星中观阵已成，支道林在阵中道："法师若有意，可来阵中一走。"灵宝大法师上前一看，见此阵按北斗七星，看似各自一处，却是连成一线，首尾相接，环环相扣，虚虚实实，神妙莫测，不由得心道："六家七宗却非泛泛之辈，观此阵非同凡响，不可大意。"遂道："你等把守阵门，可看好去，贫道来也。"暗自将杏黄旗祭起，护在头顶，又用手一指，足下现两朵白莲花，护在根本，方从天枢位入得阵来。

才至阵中，那道壹盘脚而坐，浮于半空，将卷轴一抖，岂不知这卷轴，名曰往生卷，落纸烟云，去死度生。法师入阵，眼前轻烟四起，波谲云诡，物换星移，但见一座山，香峰斗连、仙桥虹跨、笋头叠翠、月石含珠，赫然乃是崆峒山。法师心道："如何到了贫道道场？"往前稍走，不觉到了一洞，修竹长存，紫藤依旧，便是元阳洞。法师入得洞来，坐于高台，自道："幻化之物，终是虚妄，此地岂能困我。"言未落，高台之下，吱吱作响，忽生出数枝荆条，霎时旋游而上，缠了法师全身。陡生变故，法师面色一转，欲起身来，却是不得动弹，赶紧祭金蛟剪，未待拿起，忽一只蝴蝶飞来，此蝶名曰浮梦蝶。原来于法开已放出蝴蝶，那蝶御风而动，凌空畅游，翩翩起舞，上下翻掠，时而停顿，时而折返，黑白二翅扇动，天旋地转。法师眼见，不由得心生困意，二目竟缓缓合上，沉沉睡去。缠绕身上的荆条随之褪去，不知多时，有一声轻道："灵宝可入来。"正是于道邃，法师开眼，前面立有一塔，乃是金刚塔。法师迷迷糊糊，摇摇晃晃，走入塔内，只见四面皆为梵经，梵经自诵：

  一切天祠中，奉事火为最；

  一切异学中，萨婆帝为最；

  一切众人中，转轮王为最；

  一切众流中，大海水为最；

  一切照明中，日月光为最；

  天上天下中，佛福田为最。

  法师闻经，只觉身子轻浮，竟飘起来，再往下一看，有一人坐于塔中，赫然乃是自己，不由得惊道："如何魂魄离体？"不明所以。少时，升于塔尖，却身子不稳，从塔尖坠落，见塔下满地枯骨，忙默念玄语，欲驾云来，然口不能言，不得驾云。正待落地，忽见一朵白莲，莲无心，有八瓣叶，分有"自、性、无、有、色、即、是、空"八字，乃是支道林的空心莲。法师落于莲上，安然无恙，正感惊奇，见满地枯骨消失，尽为白莲。一阵清风而过，有八瓣莲叶飞来，排成一排，如一字长蛇，锁了法师双足，缓缓而起。眼前一亮，又见一座月桥架起，法师上了月桥，方知足下两朵白莲花已被卷走，根本已失，自道："本体已离，魂魄将散，不知此阵还有何玄通？"往上一看，幸有杏黄旗在，护着天灵。待下得月桥，却见一片虚空，星光浩渺，无限苍穹。岂不知，此乃月引杖，支敏度凭此杖，引入虚空，脱世离尘，若不得解，再难回尘间。

  法师置身其中，不知东西南北，回头看，月光桥早已不见，又不晓出口何处，茫茫寰宇，蹉跎彷徨。法师静心屏气，凝神聚元。少时，把手一抛，祭金蛟剪出来。那金蛟剪果真了得，两条蛟龙旋游而出，挺折上下，照着虚空一剪，竟剪了道口子出来，一道白光洒来，法师收剪，上得前来，以为是出口，哪知却是一个大镜盘，有水光波动，煜煜生辉。法师上前一指，手触盘面，见一阵光起，不自觉一股吸力，竟收了进去，再开得眼来，五光十色，七彩缤纷，原是一个世界。此世界黄金为地，四季无分，一切如平，有七宝、宫殿、楼阁、宝池、色树、莲花，万物严净光丽，形色殊特，穷微极妙，无能称量。此乃竺法琛的无妄盘

所化。法师走在其中,观看所有,叹道:"沙门倒是玄妙,尽演这极乐往生,幻惑众人,却也是入法入心,颇有一番真谛。"走至数里,忽见一座山,但有好色:

　　山距三州之胜,峰秀数郡之缘。华首晴雷落千尺,崖前玉鸡唤两声。晓梦清影真。
　　登顾绝顶四观,抚手春秋相还。休念昨日光景好,只把新雨洗旧尘。修竹暗丛生。

法师自道:"如何到了鸡足山?"走至半山,陡然一切消失不见,只显出一尊佛像来,十八只手,二十四首,执定璎珞伞盖,花罐鱼肠,加持神杵、宝锉、金铃、金弓、银戟、幡旗等件。再一看,自己正置身佛手之上,那佛开金口,说道:

　　希那衍那有三乘,声闻乘,缘觉乘,菩萨乘。声闻乘修四谛法,自凡夫至阿罗汉,论时间,速者三生,迟者六十劫,其修行方便有七,得果有四:须陀洹果、斯陀含果、阿那含果、阿罗汉果。缘觉乘修十二因缘,自凡夫至辟支佛,论时间,速者四生,迟者一百劫,其修行重在悟证,悟所到处,便是证所到处。自修行,自解脱,自至阿罗汉果、辟支佛果。

言罢,祥瑞袅袅,天花乱坠,佛口又开:"灵宝大法师还不皈依,更待何时?"将手一翻,落下一个圈来。此圈名曰三生圈,为道安证法之宝,坐位摇光,乃七星中观阵最后一关,三生圈套于头上,没于脑中,当额前现三片叶时,任你阴冥鬼刹,大罗金仙,皆本心尽失,根本动摇,从此三乘驱使,不入阐道,再难回头。

灵宝大法师见圈,知晓厉害,忙祭起金蛟剪。金蛟剪呼啸而出,往三生圈一剪,竟剪了个空。法师见状,大惊道:"此阵尽是虚像,不知阵眼哪里,金蛟剪无从着手,想来难破也。"那圈缓缓而下,直往法师脑门套来。法师左躲右闪,竟不能脱,眼见便要套上,法师陷落阵中,已是迷糊双眼,昏昏沉沉,一动未动。那圈金光闪闪,现于额前,忽闻一声:"灵宝还不醒来,更待何时?"声如

第五十一回
法师破六家七宗　燃灯演二十四天

洪钟，响彻云际。又见空中现一杨柳枝，洒下点点雨水，雨落天灵，一片清明。灵宝大法师登时睁开双目，道声："好险。"见眼前，方知仍在天枢星位，那三生圈紧随而至，法师不得脱逃，正感无奈，忽一股清风袭来，将身子卷起，脱了阵来，抬眼一望，见来人，不由得叹道："若非师兄到来，今日必陷于此阵。"只见来人模样，额眉细长，白须飘洒，眉间突棱，头挽双髻，大袖宽袍，丝绦麻履，莲花浮沉，后人鲁宗道有诗为证：

花开十丈照峰头，露褪红衣烂不收。
太乙真人多逸兴，稳眠一叶泛中流。

正是太乙真人。真人打一稽首，笑道："当局称迷，旁观必审。此阵首尾相贯，迷心迷行，从外而看，云罩雾缭，尽为虚幻，其中星光点点，玄妙万分，见你步步深入，亦感不善。此阵定有大妙指点，六家七宗而演化，若贸然入阵，不知阵脚，当陷于阵中。故你有此难，我亦难破，只好在外，看得许久，揣度上下，知其真妙，方敢入内。幸来得及时，否则一梦入定，再难回头。"二人说话，再看四周，又是轻烟四起，物换星移，此次非崆峒山，而是乾元山。山中有人声："太乙真人，好本事，你虽救得法师，然亦入阵中，今教你有来无回。"灵宝大法师说道："定又是那道壹作怪。"遂祭起金蛟剪，欲剪了这万般景象。太乙真人说道："金蛟剪虽说厉害，然不知阵眼，皆为乱剪，破不得此阵。"法师问道："阵眼为何处？师兄可看出蹊跷？"太乙真人手指乾元山南，说道："且看那处，有一亮光。"法师望去，说道："此为天权星位，乃支道林所立之处，难道此处为阵眼？"太乙真人回道："七星中观阵，乃六家七宗成法大阵，其形为变，其脉为冲，其行为化，其根为空。天枢幻形，天璇乱识，天玑浮身，而玉衡引虚，开阳入境，摇光离尘。天权，为七星中最暗之处，正是实与虚，阴与阳之相接。于六家七宗主变动，故变与不变，空与不空，全在此处。此处一破，此阵皆破也。"法师闻言，恍然大悟，说道："原来阵眼在此处，无怪金蛟剪无用。"遂把金蛟剪祭起，穿云破雾，直往天权而去。登时烟消云散，半空中现一朵巨莲，正是空心莲，金蛟剪一剪，闻得一声雷鸣，八瓣莲叶纷纷而落。

六家七宗现了身形，那金蛟剪破了空心莲，亦不作停，剪往生卷，剪入梦蝶，剪金刚塔，剪月引杖，剪无妄盘，剪三生圈，直剪了个七零八落，支离破碎。六家七宗一生修行，今日毁于一旦，支道林倒也豁达，合掌说道："太乙真人果真了得，无怪为清微教主，只是片刻，便能看出端倪。灵宝大法师亦是本事，金蛟剪破此大阵，使我等毕生修行，就此重头。也罢，六家七宗尚有瑕疵，今后当去疵存醇，舍偏归正，以成大道。七星中观阵既破，我等这便归去西方，不问红尘。"七人合掌施礼，与众菩萨拜别，遂一一离去。

太乙真人见过日光菩萨、月光菩萨及众菩萨，又见刘渊在旁，打稽首道："刘元海本为胡人，投身晋室，不思拨乱反正，报效君恩，反起篡逆之心，自封天子，借西方之势，扰中原之民，妄动兵祸，涂炭生灵，打我教门人，害死李少君，今更兵临城下，天下不得安宁，却不晓虽一时得逞，然气数将尽也。如今六家七宗已破，你等敌不住金蛟剪，若有明见，当速速退去，莫待飞蛾投火，后悔晚矣。"月支菩萨闻言大怒，说道："太乙真人，贫僧知你为清微教主，玄通神妙，修为高深，却也不得任你这般胡言乱语。司马得国不正，不思励精图治，福泽万民，却骄奢淫逸，自相残害，绝灭纪纲，王气黯然，使得天下大乱，百姓遭难。刘渊顺天应命，吊民伐罪，兴正义之师，图八荒安宁，一路上屡受你教门人相阻，妄动干戈。你既为尊者，不思管教门人，约束道德，如今还来隐护，在此大言不惭，以违天命。"灵宝大法师回道："月支，你说你的道德清高，你乃沙门，我乃阐教，你奉的是准提教谕，我奉的是元始符命，你徒儿行路，我徒儿过桥，本是各不相干，然你徒儿仗你隐护，害我教门人，伤两家和气。如今人间干戈，你等又妄下红尘，请了诸多神佛相助，是何道理？分明欺我教无人，今番我与太乙师兄在此，你等退去，还是好面相看，万事俱息，若执迷不悟，莫怪金蛟剪无情。"月光菩萨喝道："灵宝大法师，你所恃不过金蛟剪，侥幸得破六家七宗，便妄自尊大，恣睢自用。今日倒要会一会金蛟剪，看究竟多大神通。"日光菩萨亦踏前一步，又有宝檀华菩萨，虚空藏菩萨随后，月支菩萨更不示弱，上得前来，欲斗金蛟剪。

太乙真人见状，往前一步，喝道："休要倚仗人多，今日有贫道在此，岂容你等胡来。"又唤一声："元圣儿来。"忽现了一九头狮子，乃是太乙真人坐骑。

第五十一回 法师破六家七宗 燃灯演二十四天

这厢，真人驾上骑来，灵宝大法师祭金蛟剪；那厢，日光菩萨祭日光轮，月光菩萨祭月光轮。两厢剑拔弩张，一触即发。正此时，只见空中来了一位道人，坐金翅雕，香风袭袭。怎见得相貌稀奇，形容古怪！真是仙人班首，佛祖流源。有诗为证：

> 一天瑞彩光摇曳，五色祥云飞不彻；
> 鹿鸣空内九皋声，紫芝色秀千层叶。
> 中门现出真人相，古怪容颜原自别；
> 神舞虹霓透汉霄，腰悬宝箓无生灭。
> 灵鹫山下号燃灯，时赴蟠桃添寿域。

众人相见，知是灵鹫山元觉洞燃灯道人，齐收了法宝，上得前来。太乙真人、灵宝大法师行礼说道："老师驾临，弟子有礼了。自商周封神别后，许久不得拜见，不知老师去了哪里？今日得见，老师灵光千远，圣体通明，已成大道，可喜可贺也。"众菩萨亦合掌拜道："大老师在上，弟子有礼了。"太乙真人诧异，问道："西方众人，何故称老师为大老师？"燃灯道人回道："说来话长，商周之战时有一宝，名曰定海珠，有二十四颗，攒成一串，散发五色毫光、眩敌灵识五感、神妙玄通，犹如四海之力。此宝自元始已来，曾出现光辉，照耀玄都；后来杳然无闻，不知落于何人之手。之后通天教主于碧游宫分宝，将定海珠赐于赵公明。赵公明助纣为虐，以此宝相阻，落得个身陨神灭。因果种种，也是天数使然，定海珠与佛门有缘，贫道得获，身至西方，以证大道，此珠亦衍二十四诸天，大兴于释门。贫道虽非亲传，然沙门众弟子，皆称之大老师。"太乙真人说道："无怪我等不得见老师，原是到了西方，离了阐门。"灵宝大法师说道："汉晋大战，刘渊倚恃沙门，欲取中土，妄结兵祸，打杀阐门。如今老师得来，却是今非昔日，不知是为沙门，是为阐教。"燃灯道人笑道："金蛟剪出，定非善事。贫道此来，不结是非，只解恩怨。尝闻尘世劫运，难免物内物外；运数难逃，何惧神仙佛祖。花有开落，月有圆缺，人间更迭，本是常事。商周一战，已惹得神仙杀罚，阐截纷争。今汉晋之战，又致两教入世，枉生业障。贫道不忍见，故来解你等冤怨。"

太乙真人问道："解来说易也易，说难也难。今番两家各自退去，刘渊交由贫道，自然得解。"月支菩萨闻言，愠道："晋室无道，气数当终，汉家仁明，应运当兴。刘渊乃一国之君，三军之帅，岂能交于你手，若然如此，晋军不战自胜，生灵仍受荼毒，有悖上天垂象。"太乙真人说道："圣人不言，何论天道。你教杀戮阐门，全不念封神情分，一味欺凌。刘渊杀我徒儿，打我童子，分明不将我放置眼中，难道我门人你打得，你门人我却打不得？"遂将拂尘一举，月支菩萨亦上前一步。

燃灯道人说道："道常无为而无不为，势已至此，回头成空。你等又不是凡夫俗子，恃强斗勇，皆非仙体。贫道有一法，可让你等各以秘授略见功夫，决出胜负，败者归回，不得计较。"众人皆称好，日光菩萨说道："不知何法，还望大老师明示。"燃灯道人说道："你等且听来：贫道因缘际会，以定海珠造一方世界，化二十四诸天，即大梵天、帝释天、多闻天王、持国天王、增长天王、广目天王、金刚密迹、自在天、散脂大将、辩才天、功德天、韦驮天神、坚牢地神、菩提树神、鬼子母、摩利支天、日宫天子、月宫天子、娑竭龙王、阎摩罗王、紧那罗王、紫薇大帝、东岳大帝、雷神。二十四诸天，一天为一小千世界，你等今日各自退去，三日后来万安山，各选二十四人，一一对阵，入二十四天，天中自有乾坤，各凭本领。如此不必恃强，恐伤上帝好生之仁，累此无辜黎庶，勇悍儿郎，智勇将士，遭此劫运，而糜烂其肌体也。不知众位意下如何？"灵宝大法师说道："此法甚好，两教斗法，不必伤了人间。"太乙真人亦称是。再看沙门众人，皆称善也。

刘渊唤来白毛儿，命全军罢战。灵宝大法师亦命马隆，率军归城。两厢得令，各自退去。燃灯道人遂唤金翅雕，驾上云头，少时上万安山，至北金顶，祭起定海珠。那珠在空中，有二十四颗，排列成轮，顺时而转，散五色毫光，各成一天，即成一世界，端的是大千演绎，众妙之门。不知燃灯道人演二十四诸天，两教斗法如何，且看下回分解。

第五十二回　万安山两教会逢　大梵天仙佛斗法

悠悠洛河绕城关，岁岁日月顾相禅；
神仙无意落帝子，千回百转坐云山。

话说燃灯道人下灵鹫山，设法欲解两教恩怨，令汉晋将士回城的回城，归营的归营，又于万安山演二十四诸天，命各选二十四人，三日后入天斗法。一时万安山上，烟霞袅袅，云光四照。

且说灵宝大法师命马隆率众入城，于太极殿见驾。东海王命文武百官齐至殿上，马隆殿外解甲，进得殿来，不敢居前，随太乙真人、灵宝大法师之后，面见圣上。东海王见两位上真，起得身来，太乙真人、灵宝大法师见东海王，不发一言，马隆不见天子，拜道："太傅在上，末将马隆，特来见驾，为何不见陛下上朝？"东海王回道："刘渊聚众作乱，兵临都城，天子受惊，故不得上朝。"太乙真人说道："天下大乱，社稷危在旦夕，如今百官临朝，天子岂有不见之理，且请得出来，议得对策，方使乾坤有定，群臣心安。"东海王闻言，不敢不从，遂命人往内殿，请得怀帝上朝。

少时，怀帝驾临太极殿，太乙真人、灵宝大法师打个稽首，口称："贫道稽首了。"马隆拜道："末将马隆，保驾来迟，让陛下受惊，罪该万死，望陛下责罚。"怀帝见之，两泪俱下，赶忙命请，说道："爱卿千里行来，保驾护国，其心可鉴，其情可明。卿乃砥柱中流，国之栋梁，有卿如此，朕心慰之。"又向两位上真道："不知二位上真哪处仙山，何处洞府，愿闻其详。"太乙真人言道："贫道住乾元山金光洞，太乙真人是也。"灵宝大法师亦道："贫道住崆峒山元阳洞，灵宝大法师是也。马隆为贫道爱徒，只因徒儿为社稷之臣，如今国难当头，四海倾覆，

刘渊借沙门之势，拥众作乱，打我阐教门人，侵我华夏中土，我等道心不缺，善念常随，故入得世间，沾染红尘，也是一场劫数。"怀帝闻言，泣道："刘渊作乱，兵临神都，劳烦二位上真下得凡尘，沾染杀戮，朕心有愧之，如今朝廷危在旦夕，社稷千疮百孔，还望上真助得一臂之力，以保天下太平，百姓安居。"太乙真人说道："祸福无门，唯人自召，善恶之报，如影随形。何为因，何为果？既有因，必有果，既有果，必有因。且听我讲来。"

从来治天下之道，君明臣直，言听计从，惟师保是用，忠良是亲，奸佞日远，和外国，顺民心，功赏罪罚，莫不得当，则四海顺从，八方仰德，仁政施于人，则天下景从，万民乐业，此乃圣主之所为。

从来为人臣之道，有正反可鉴。正臣六类：萌芽未动，形兆未现，昭然独见存亡之机，得失之要，豫禁乎未然之前，使主超然立乎显荣之处。如此者，圣臣也；虚心尽意，日进善道，勉主以礼义，谕主以长策，将顺其美，匡救其恶。如此者，大臣也；夙兴夜寐，进贤不懈，数称往古之行事，以厉主意。如此者，忠臣也；明察成败，早防而救之，塞其间，绝其源，转祸以为福，君终已无忧。如此者，智臣也；依文奉法，任官职事，不受赠遗，食饮节俭。如此者，贞臣也；国家昏乱，所为不谀，敢犯主之严颜，面言主之过失。如此者，直臣也。邪臣六类：安官贪禄，不务公事，与世沉浮，左右观望，如此者，具臣也；主所言皆曰"善"，主所为皆曰"可"，隐而求主之所好而进之，以快主之耳目。偷合苟容，与主为乐，不顾后害，如此者，谀臣也；中实险诐，外貌小谨，巧言令色，又心疾贤。所欲进则明其美，隐其恶，所欲退则彰其过，匿其美，使主赏罚不当，号令不行，如此者，奸臣也；智足以饰非，辩足以行说，内离骨肉之亲，外妒乱于朝廷，如此者，谗臣也。专权擅势，以轻为重，私门成党，以富其家，擅矫主命，以自显贵，如此者，贼臣也；谄主以佞邪，坠主于不义，朋党比周，以蔽主明，使白黑无别，是非无闻，使主恶布于境内，闻于四邻，如此者，亡国之臣也。

司马建晋，区区四十载，寒暑变更，乌兔逡巡，繁华尽去，光鲜尽褪。

如今四海动乱，八荒祸结，是何所致？所谓上不正，下参差；臣不臣，自残杀。子无仁义，亲无忠孝。大厦将倾，其败于内，诸侯离叛，民乱军怨，朝纲大变，国体全无，故使内忧外患。我等清净之客，山中闲人，人间兴替，自有天道，本不当操戈弄怪。然刘渊西方胡夷，不识阐家，欲覆华夏，中土变色，于心不忍，不得已出得山来。也是司马气数未尽，若还安天下，陛下当行仁义，众臣当事忠孝，普施恩泽，惜爱军民，礼文敬武，顺天和地，则社稷奠安，生民乐业，使四夷拱手，八方宾服。

言毕，百官不发一言，皆有愧色。怀帝闻之泣道："上真所言，一针见血，字字千钧。朕何尝不愿恩泽降世，复正乾坤，实乃时势所迫，身不由己。如今兵临城下，还望上真相助，退却来敌，今后君以礼待臣，臣以忠事君，不负上真之训。"灵宝大法师说道："老师于万安山设阵，两教斗法，不知二十四诸天奥妙，仅凭贫道二人之力，恐难应付，可在太极殿外，搭一芦蓬席殿，结绿悬花，以便三山五岳道友，齐来相助，商议对策，亦有安歇之所。否则，有亵众圣，亦非尊贤之理。"东海王闻言，忙传令："着何伦、王景起造芦蓬，安放席殿。"何伦、王景得令，速去置造。

翌日，芦蓬造毕，怀帝上了芦蓬，东海王在侧，铺毡佃地，悬花结彩，专候诸仙来至。虽说晋室难堪，也是华夏气运，仙圣自不绝而来。陆续有至：

九仙山桃园洞广成子、太华山云霄洞赤精子、二仙山麻姑洞黄龙真人、乾元山金光洞太乙真人、崆峒山元阳洞灵宝大法师、五龙山云霄洞文殊广法天尊、九宫山白鹤洞普贤真人、普陀山落伽洞慈航道人、玉泉山金霞洞玉鼎真人、金庭山玉屋洞道行天尊、青峰山紫阳洞清虚道德真君。

一时异香满地，遍处氤氲。怀帝与众人相迎，太乙真人说道："天子相迎，以成大道，不必在此久留，兴废之事，自有可知。"怀帝命马隆、北宫纯随时听用，不可怠慢。东海王命何伦亦留城上，一切议定，遂携怀帝同入城中。太乙真人说道："众位道友，今日前来，实为汉晋大战，阐释殊途，老师演二十四诸

天，命两教各选二十四人，入天斗法，还请一人主持大道。"广成子说道："马隆既为三军之帅，当各方调度，以全正法。"马隆闻得此言，魂不附体，赶紧拜道："列位老师，此次入天斗法，关乎华夏之运，中土之安，料弟子不过数年毫末之功，岂能主持大局。再言老师在上，弟子岂敢倒悬乾坤，妄自尊大，只有俯首帖耳，奉命唯谨，切无居中调度之理。乞列位老师怜弟子才疏学浅，生民涂炭，将士水火，推举哪一位老师，躬擐甲胄，拱挹指麾，解君臣之忧烦，黎庶之倒悬，真社稷生民之福矣。马隆不胜幸甚。"广成子说道："我等皆山中闲士，虽说各自修行，万劫不侵，然万事万物，相生相克，也恐不知深浅，不能克敌此沙门之术。"彼此互相推让。正说间，闻得半空中有鹿鸣，霭霭香烟，氤氲遍地。

众人抬眼相见，大喜过望，道是谁至，正是昆仑山玉虚洞南极仙翁。众人齐下蓬来，迎接上蓬，行礼坐下，打稽首道："道兄此来，当居中调度，以定乾坤。"南极仙翁打稽首回："众道友先至，贫道迟来，幸勿以此介意。今汉晋大战，阐释相戮，杀罚临身，又是千年往复。燃灯亦僧亦道，万安山演二十四诸天，需二十四人入天斗法，众道友可有良策。"太乙真人说道："此有何难？二十四人斗法，两教若各胜得十二天，则为和；若一家胜得十二天下，则为负，胜得十二天上，则为胜。惧留孙虽入于释教，却有情分，必不得来此。我等十一人在此，师兄为阵脚，加之云中子，胜得十二天上，不为难事矣。"南极仙翁说道："昔时闻太师兵伐西岐，金鳌岛十天君设十绝恶阵，方损我十位道友。想截教弟子，品行不分，高低不平，披毛带角之人，湿生卵化之辈，尚致我等有失，何况西方众人。释门尽皆智慧圆通者，根深行满，法力无边，不得小觑。"

话音未落，有人声至："众位道友来此，贫道迟至，亦愿入天斗法。"众人抬眼，原是云中子到来，灵宝大法师笑道："原是福德真仙到来，如此算来，我教已有十三人，若算上徒儿马隆，只差了十人矣。"玉鼎真人说道："若以门人算来，杨戬、李靖、哪吒等皆可入来，纵是仍差两人，亦无妨矣。"太乙真人说道："道友此言甚是，世事哪有十分胜算，只需有七八分，便可行之。"南极仙翁笑道："智行无事柳飞絮，道法自然花满枝，且行且看，自有造化。"

斗转星移，一弹指顷，三日已至，众仙在芦蓬，忽见半空降下一书，上曰："二十四诸天已成，且与万安山来。"南极仙翁掌握元戎，命北宫纯坐守洛阳，紧闭城门，不得出战，遂领众仙下蓬，步行排班，缓缓而行。只见赤精子对广成子；太乙真人对灵宝大法师；道德真君对云中子；文殊广法天尊对普贤真人；慈航道人对黄龙真人，玉鼎真人对道行天尊。十二位上仙，齐齐整整摆出。当首仙鹿上坐南极仙翁，马隆掌旗。一路腾腾黄雾，阵阵金光。到得万安山北金顶，亦闻得梵音袅袅，祥光照照。众仙往对面看去，排排佛子，列列大智，分别有号：

南无普光菩萨、南无普明菩萨、南无普净菩萨、南无多摩罗跋栴檀香菩萨、南无栴檀光菩萨、南无摩尼幢菩萨、南无欢喜藏摩尼宝积菩萨、南无一切世间乐见上大精进菩萨、南无摩尼幢灯光菩萨、南无慧炬照菩萨、南无海德光明菩萨、南无金刚牢强普散金光菩萨、南无大强精进勇猛菩萨、南无大悲光菩萨、南无慈力王菩萨、南无慈藏菩萨、南无栴檀窟庄严胜菩萨、南无贤善首菩萨、南无善意菩萨、南无广庄严王菩萨、南无金华光菩萨、南无宝盖照空自在力王菩萨、南无虚空宝华光菩萨、南无瑠璃庄严王菩萨、南无普现色身光菩萨、南无不动智光菩萨、南无降伏众魔王菩萨、南无才光明佛南无智慧胜菩萨、南无弥勒仙光菩萨、南无善寂月音妙尊智王菩萨、南无世净光菩萨、南无龙种上尊王菩萨、南无日月光菩萨、南无日月珠光菩萨、南无慧幢胜王菩萨、南无师子吼自在力王菩萨、南无妙音胜菩萨、南无常光幢菩萨、南无观世灯菩萨、南无慧威灯王菩萨、南无法胜王菩萨、南无须弥光菩萨、南无须曼那华光菩萨、南无优昙钵罗华殊胜王菩萨、南无大慧力王菩萨、南无阿閦毗欢喜光菩萨、南无无量音声王菩萨、南无才光菩萨、南无金海光菩萨、南无山海慧自在通王菩萨、南无大通光菩萨、南无一切法常满王菩萨。

日光菩萨、月光菩萨居前，宝檀华菩萨，虚空藏菩萨分在左右，刘渊掌旗，月支菩萨击金钟。南极仙翁打一稽首，说道："不想准提门下五十三人，尽皆来此。东方净琉璃，竟也相助，然八位侍者倒是有缺？"日光菩萨合掌施礼，回道："阐家门人，尽数到此，贫僧知玉虚宫俱是道德之士，根行圆满，智慧大通，不敢怠慢，故邀得五十三菩萨，以会二十四诸天。净琉璃八大侍者，以为众生修行，

未证八座，仅得其二，故有所缺。"二人言语，忽见得异香仙乐，云光缥缈，燃灯道人半空中现了法身。两家皆道："老师，有礼了。"燃灯道人说道："想商周之时，阐截两教门人，各临杀罚，姜子牙立封神榜，接引道人、准提道人引渡众生，三千红尘客，榜上的尽入榜上，西方的尽归西方。如今一千三百年，汉晋大战，四方水火，八荒涂炭。神仙又临杀罚，西方亦有劫难，也是天数使然。然贫道不忍见得众人相损，坏了人间，故设二十四诸天在此，你等各命二十四人入天，若哪方胜得十二天上，即为人间运道。败的那方即刻归去，不得再生事端，又行屠戮。"两教各道其是。

燃灯道人遂将二十四颗定海珠祭起，定海珠荧荧曜曜，各成其位，只见子午为经，卯酉为纬。子在正北，午在正南，卯在正东，酉在正西，以成北→癸、子、壬，北东→寅、艮、丑，东→乙、卯、甲，东南→巳、巽、辰，南→丁、午、丙，南西→甲、坤、未，西→辛、酉、庚，西北→亥、乾、戌。共二十四位，各珠分色，以成大红、朱红、橘黄、土黄、藤黄、淡黄、柠檬黄、白、草绿、浅绿、生褐、熟褐、赭石、紫罗兰、深红、玫瑰、煤黑、普兰、青莲、群青、钴蓝、湖蓝、酞青绿、深绿，共二十四色。二十四定海珠旋旋而转，各化为一圆，成一片虚空，一眼望去，其中更有地、水、火、风，自为一片世界，玄妙无限，造化无穷，有诗为证：

　　众生感惑殊果，十善业道在心。
　　有情欲色无色，燃灯二十四天。
　　精勤护净了缘，乘愿再来娑婆。
　　护法修持演化，尽开人间莲花。

燃灯道人说道："两教各来一人，入得大梵天。"遂点亮一盏灯，有一天开得一门，正是大梵天。南极仙翁对众人道："大梵天亦有来历，又称造书天，或婆罗贺摩天，或净天，位于色界初禅天之第三天，本是梵卵中一个金胎，自行破壳，自生天地，其分三种，即梵众天、梵辅天、大梵天，总称为梵天。自主独存，谓己为众生之父，乃自然而有，无人能造之，后世一切众生皆其化生；

并谓已尽知诸典义理，统领大千世界，以最富贵尊豪自居。不想燃灯老师竟收之于二十四诸天，居于天首。此二十四诸天，奇妙无穷，一时难窥门道，须一位攻伐之仙，先打头阵。"言毕，遂命灵宝大法师："师弟持金蛟剪，可前去应阵，务要小心，若有失机，莫要逞强。"灵宝大法师回："知道，领法牒。"作歌出曰：

紫霄钧天观万象，崆峒山中修元阳；
不觉无双迎迟日，道是云飞共风扬。
天上有仙消懵懂，人间有性是愚蒙；
何曾金阙别似梦，红尘一走去玄黄。

灵宝大法师问道："哪位与我同入天中？"虚空藏菩萨见灵宝大法师出列，说道："不想头一阵，乃灵宝大法师，此人持金蛟剪，厉害非常，须有大功德之人，方能敌之。金海光菩萨、大通光菩萨亦称是。众人正思量，日光菩萨、月光菩萨出列，合掌称道："贫僧二人，与你同入天中。"太乙真人见之喝道："老师有言，彼此各出一人，同入天中，你等为何出列二人？"日光菩萨笑道："常人来看，一便是一，二便是二。在贫僧看来，一便是一，二也是一。正所谓，多从一有，若此有则彼有，若此生则彼生，若此无则彼无，若此灭则彼灭。一为性，二为形；一为缘，二为空。"遂与月光菩萨同唱："日月有明，和光同生；阴阳无定，天地归一。"各祭起法宝，金光陡现，二人缓缓相合，只见锦绣同光之处，现出一尊相，正是净明光王佛，手执一圈，端的是明净琉璃，法相金身。

净明光王佛笑道："可否当是一人？"灵宝大法师亦道："琉璃神妙，今日得见，果真不同凡响。"那大梵天门开，二人同进，各抬眼一望，其中奇光异彩，殊形妙状。有诗为证：

云落水，天归蓝，一分颜色入心禅，明净离尘欢；半目浅，半黛还，晴空如镜身似幻，风动百里岚。

灵宝大法师道："大梵天，原是天空之境。"天地一色，明洁清蓝，半空中又有一石像，四面、八耳、八臂、八手，每手所执之物皆有其意，一手持令旗，主法力；一手持佛经，主智慧；一手持法螺，主赐福；一手持明轮，主消灾；一手持权仗，主成就；一手持水壶，主求应；一手持念珠，主轮回；一手持字印，主庇佑，乘七鹅车，戴发髻冠。净明光王佛笑道："此乃大梵天王像，为创世之神。"灵宝大法师道："高卧九重云，蒲团了道真；盘古生太极，两仪四象遁。创世之神，岂非妄言，不可弘于中土。"话音未落，闻得一声鸣，那石像两肩，分别现出一只孔雀，一只天鹅。孔雀将头一点，扇动双翅，扑腾飞下，落于净明光王佛前；天鹅把头一昂，扇动二翅，飘飘而起，落于灵宝大法师前。净明光王佛盘坐于地，闭了双目，一动不动，本体休息，额前一点灵光，神识而出，化作净明光王佛，踏于孔雀背上。灵宝大法师亦盘坐地上，闭了双目，五识俱息，本体入静，额前一点灵光，神识而出，化作灵宝大法师，驾于天鹅背上。

孔雀空鸣，飞于大梵天王像左目，净明光王佛下得其背，立于左目，那目一开，眼前一片波澜，少时见一路，上下左右，尽为冰晶，冰晶之内，映射无数净明光王佛。一人行，千万行；一人止，千万止。净明光王佛往前走，行约数步，只觉似往前，却又往后，似往左，却又往右，天地无分，方位难识。再一走，只见得冰晶之内，千万净明光王佛或喜、或怒、或忧、或思、或悲、或恐、或惊，表情各异，千姿百态。净明光王佛笑道："心清一切明，心浊一切暗；心痴一切迷，心悟一切禅。此些小术，怎能难我。"把掌一合，掌中有五道白光，垂落于地，倒卷上来，成一朵莲花，花上有七盏金灯引路，行至哪处，那处人影便无影无踪。少时，豁然明亮，至一空旷地，声声鸟语，处处花香。

且说天鹅长鸣，飞于大梵天王像右目，灵宝大法师下得其背，立于右目，那目一开，眼前一片火热，少时见一路，上下左右，尽为炎石，炎石之内，各藏一条炎龙。每行一步，炎龙呼啸而出，周身火焰，如若炙烤，前前后后，左左右右，围成一道道火圈。每踏一步，火焰喷薄，一片火海，目不视物，使人寸步难行。灵宝大法师笑道："清心如水，清水即心。微风无起，波澜不惊。幽篁独坐，长啸鸣琴。禅寂入定，毒龙遁形。我心无窍，天道酬勤。我义凛然，鬼魅皆惊。我情豪溢，天地归心。我志扬迈，水起风生！天高地阔，流水行云。清新治本，直道谋身。至性至善，大道天成。此等小妙，岂怎阻我。"遂将天门开了，现了庆云，又把手一指，脚下现两朵青莲，上下护住，炎龙不得近身，法师随火圈往前行，行至哪处，那处火圈便立时褪去。少时，豁然一亮，至一空旷地，声声鸟语，处处花香，又见净明光王佛立于眼前。

净明光王佛见灵宝大法师，合掌说道："我等以神识入来，在此斗法，不伤真身，也是善事。"灵宝大法师打一稽首，回道："上天有好生之德，入天斗法，无碍人间，也是两教造化。"净明光王佛说道："入天斗法，乃不得已而为之，晋室气数已尽，法师明知不可为而为之，岂非自欺。"灵宝大法师回道："日月自有更替，人间自分东西，中土之事，当有本分，何干西方，更与你净琉璃无关，今日也不必再作口舌，我辈奉玉虚宫符命入天，身惹红尘，来此斗法，何劳声色。"净明光王佛说道："既如此，得罪了。"遂踏前一步，把手一举，现出一金禅杖，持仗往法师面门打来，法师亦把手一扬，现出一青钢剑，执剑相迎，杖剑交加，未及数合，净明光王佛往后一退，把头一摇，霎时一人两面，一面日光菩萨，一面月光菩萨，又把手中圈往上一抛，分为日光轮，月光轮。

净明光王佛举月光轮，将轮往右一转，一道月光而出，笼于法师身上。法师把天门开了，头上现一朵红云，旋在空中，护于顶上，只见金光四射，月光难近，笑道："月光轮散魄聚魂，难奈何贫道。"果真见法师无恙，净明光王佛则举日光轮，日光循循而出，照向法师，法师又笑："日光轮日放千光，遍照天下，普破冥暗，明空净尘，一切皆化无，虽是厉害，亦难奈何贫道。"遂将杏黄旗祭起，只见万道金光祥云笼罩，又现千朵白莲。日光照来，不曾伤一分一毫。法师说道："你还有何法术，尽管使来。"净明光王佛道声："杏黄旗天地至宝，果真名不虚传。"遂把右手一张，现一朵花，名曰蔓朱赤花，此花通体紫红，有九瓣叶。那花落于地上，霎时而开，一朵生两朵，两朵生三朵，铺成一路，净明光王佛盘膝坐定，闭了双目，口中唱大悲心陀罗尼经，法师只觉耳中轰鸣，那花路延延至脚下，牵动身子，无须抬步，自觉往前移走，前方放琉璃光，使人心生向往，心旷神怡。

法师行有数步，说道："日月菩萨也是煞费苦心，欲以蔓朱赤花度我往净琉璃，殊非易事。"遂把手一扬，祭金蛟剪，那剪在空中挺折如剪，头交头，尾交尾，落将下来，将那蔓朱赤花剪得个支离破碎。净明光王佛开了双目，道声："来

得好。"左右祭起日光轮,右手祭月光轮,日月光轮相叠一处,缓缓化为一圈,直往金蛟剪套来。金蛟剪往上剪,日月圈往下套。金蛟剪剪在圈上,竟剪不断;日月圈套在剪上,竟套不住。净明光王佛把掌一合,只念玄语;灵宝大法师把手一指,只念口诀。二宝在空中,纠缠一处,翻来覆去,滋滋作响,少时闻得一声雷鸣,金蛟剪折为两段,毁于一旦;再看那日月圈,更是裂为数截。二人各退一步,神识即荡,瞬间退去。

大梵天王像外,灵宝大法师神识归位,身子一晃,起得身来。净明光王佛亦神识归回,身子一晃,分为日、月二菩萨。二人欲再斗,大梵天王像顶,有一人道:"金蛟剪已断,日月圈已毁,二位既已打和,何必再斗,且出天去。"正是燃灯道人。灵宝大法师打稽首道:"东方二尊者,法身佛相,无量众生,今日幸会了。"日月菩萨亦合掌道:"阐家十二上仙,果真神妙,灵宝大法师修元养真,法宝神妙,今日受教了。"同出天来,众人各迎自家。

燃灯道人说道:"大梵天斗法,灵宝大法师不得胜日月二位菩萨,日月二位菩萨亦不得胜灵宝大法师,两教为和,不分胜负。且各出第二人,入帝释天斗法。"南极仙翁问法师:"天内斗法,情形如何?"法师一一详述,南极仙翁叹道:"金蛟剪如今毁去,甚是可惜,沙门众人,不可小觑。"太乙真人说道:"虽说失了金蛟剪,然东方二侍亦有大损,也是幸哉。贫道愿入第二天,以会沙门。"不知帝释天斗法如何?且看下回分解。

第五十三回　帝释天慈航化相　多闻天普贤显真

青青寒岭越重光，微微白露染黄霜；
忽展一眉百花落，枝头南雁待芬芳。

且说太乙真人欲入帝释天斗法，南极仙翁说道："帝释天亦有来历，又称天帝释，全名释提桓因陀罗，或能天帝，居须弥山顶之忉利天，其城称善见城。传释尊下生时，帝释天化现七宝金阶，让释尊从忉利天一级一级而下。下时，帝释天居左前，手执宝盖引路。释尊赋帝释天之职，每半月之三斋日，探察天下万民之善恶邪正，若闻世间众生恶多，不孝父母，不敬师长，不修斋戒，不施贫乏，则愁诸天众减损，阿修罗众增益。若闻多孝顺父母，敬事师长，勤修斋戒，布施贫乏，则皆大欢喜诸天众增益，阿修罗众减损。又若多修德精进不怠者，则敕伺命增寿益算，反之，则不复营护之，或夺其命。不想燃灯老师竟收之于二十四诸天，居于第二天。此天亦阴亦阳，能天最胜，须一位上善之仙，方得无碍。太乙师弟且慢入，可让慈航去得。"遂命慈航道人："师弟可前去应阵，务要小心，若有异变，速出天来。"慈航道人回："知道，领法牒。"作歌出曰：

自隐玄都不记春，几回苍海变成尘；
玉京金阙朝元始，紫府丹霄悟妙真。
喜集化成千岁鹤，闲来高卧万年身；
三花重修长生术，大慈大悲与世人。

慈航道人问道："哪位与我同入天中？"沙门众人见慈航模样，怎见得：

面如傅粉，三首六臂。二目中火光焰里见金龙；两耳内朵朵金莲生瑞彩。足踏金毛犼，霭霭祥云千万道；手托金刚杵，巍巍紫气彻青霄。三宝如意擎在手，长毫光灿灿；杨柳在肘后，有瑞气腾腾。正是：普陀妙法甚庄严，方显慈航道行。

月支菩萨见之，对众人道："此乃玉虚宫门人，慈航道人，长乐妙法，大慈大悲，亦是神通广大，不可小觑。"日光菩萨遍观众人，命："大悲光菩萨、观世灯菩萨，可同入天中。"大悲光菩萨、观世灯菩萨领命，出得阵来，合掌称道："贫僧二人，与你同入天中。"太乙真人见之又喝："东方二侍合为一相，倒也罢了，如何你二人也是同来？"大悲光菩萨笑道："若世界实有者，即是一合相。一合相者，盖言众尘和合而为一世界也。世界本空，微尘不有，但众生不了，妄执为实。若是实有，即应世界不可分为微尘；若是实无，不应微尘合为世界。是知执有执无，皆不当理。即非一合相，是名一合相，是也。一合相皆同万法，皆是如相，无性无相，所以不可说、不可思议。"遂与观世灯菩萨同唱："极清净故，大悲若苦，佛智观照，共受明灯。"大悲光菩萨举八宝转经轮，观世灯菩萨举九莲灯，黄光陡现，二人缓缓相合，只见烟霞云光之处，现出一尊相，乃是世灯悲明佛，九灯环绕，手执一轮，端的是宝相庄严。

世灯悲明佛笑道："可否当是一人？"慈航道人亦道："感应道交，世灯光明，今日得见，果真神妙莫测。"那帝释天门开，二人同进，各抬眼一望，乃是一城，正是善见城，四面各二千五百由旬，高一由旬半。其地平坦，由真金所成，俱用百一杂宝严饰，地触柔软如兜罗绵。有微风起，萎华吹去，引新妙华，弥散其地。其城有千门，严饰庄丽，门前立园生树，妙香广薰。城中有殊胜殿，以种种妙宝庄严，周千由旬。城之四隅有四台观，以金银等四宝所成。城外有四苑，分别乃众车苑、粗恶苑、杂林苑、喜林苑。以上四苑，悉有周千由旬，中央各有一如意池，周二百由旬，八功德水，盈满其中，随欲有妙花、宝舟、好鸟。距四苑各二十由旬，有四妙地，周八百由旬。世灯悲明佛与慈航道人同往城中走，至如意池旁，见一石像，呈帝王形，头戴宝冠，身披璎珞，右手持三钴杵，左手置于胯上，身骑六牙白象，有诗为证：

善见城中居能主，三十三天出神明；
七情六欲皆不断，帝释双生修凤鸾。

世灯悲明佛笑道："此乃帝释天像，为能天之帝。"慈航道人道："远视苍苍，即称苍天；元气广大，则称昊天；人之所尊，莫过于帝；托之于天，故为天帝。能天之帝，岂非妄言，不可弘于中土。"话音未落，闻得一声鸣，那帝释天像转过身来，又现一面像，呈女王形，凤衣凤冠，双手合十，玉指素臂，体态皎然。

两面像各出一物，那帝王面像，胯下白象，忽化成一只真象，呼扇双耳，跋至世灯悲明佛前。世灯悲明佛盘坐于地，闭了双目，一动未动，本体入定，额前一点灵光，神识而出，化作世灯悲明佛。白象将长鼻一卷，驮佛至背，往像走去，少顷又化为石象。世灯悲明佛正要下背，忽白象生六牙，将其裹住，登时眼前白茫茫一片。未有多时，现出一路，虽说是路，却是荆棘遍布，藤蔓丛丛，堵得个严严实实，一眼望不见尽头。世灯悲明佛往前一步，那荆棘蔓延，藤蔓环绕，上下左右，拂云遮月，教人寸步难行。世灯悲明佛笑道："荆棘林中下足易，月明帘下转身难。人生在世，如身处荆棘丛林中；心不动，则人不妄动，不动则不伤；如心动，则人妄动，则伤其身、痛其骨，于是体会世间诸般痛苦，也是悲哉。"遂把掌一合，九灯成圆，陡放光明，光至所处，荆棘立退，藤蔓立消，少时现一大路。世灯悲明佛往前走，忽有一人，拦在前方，此人长二三尺，袒身而目在顶上，走行如风，乃是旱魃，凶神恶煞，见之扑来，风雨如磐，泰山压顶。世灯悲明佛却也从容，只把眼闭了，那九灯转动，忽不见了身形，只有九灯悬于空中，悠悠而走。旱魃扑面一个空，四处张望，不见人影，登时嗷嗷叫唤，震耳欲聋，响彻云霄。那九灯往前走，少时，豁然明亮，至一处潭，万籁俱寂，清流银波。

再看慈航道人这处，那女王像面，身后腾起一物，只见鸡头、燕颔、蛇颈、龟背、鱼尾、五彩色，高六尺许，所谓麟前鹿后，蛇头鱼尾，龙文龟背，燕颔鸡喙，五色备举，乃是一只凤凰。那凤凰双翅一展，飞至慈航道人前。慈航道

人闭了双目，盘膝坐下，断除五识，额前一点灵光，神识而出，化作慈航道人，踏步至凤凰背。凤凰一声长鸣，扬尘至女王像顶，慈航道人走下，忽脚底一沉，眼前一黑，没入其中。少时，听得耳边一片玲珑环佩之声，睁眼一看，前方有一路，霞舒绛彩，玉照铅华，实是美轮美奂。慈航道人往前走，未行数步，见一座城，城上写有："妙庄国"三字，入城来看，但见：

古楼耸峙，楼阁飞檐。南北红墙绿瓦，东西流水烟华。七冲八巷来往客，九殿十宫迎送花。果然是个帝王神都处，瑞彩大京城。冠盖横阡陌，长虹纵青崖。朝歌连夜舞，晨钟接晚弦。鱼龙常变化，玉皇不知天；四门锁长乐，聚散在一缘。

城下人头攒动，正张望一榜，榜上曰：

朕自立国，四方安乐，百姓清安。近因国事不祥，疾病加身，昏沉日久难瘥。本国众医者，屡试良方，未能调治。今出此榜文，普招天下贤士。不拘西来东往，南国北邦，若有精医药者，请登宝殿，疗理朕躬。若得病愈，公主有二，愿任嫁其一，百年之后，以托付社稷，决不虚示。为此出给张挂。须至榜者。

慈航道人见榜，忽心中微疼，心道："自修成大罗金仙，已脱三灾五厄，何故心疼？"掐指算来，竟算不出天机，自道："也罢，修行之人，当慈悲众生，救苦救难，我既到此，不可视而不见。"上前问一兵士："国王何病？竟至不能医治？"兵士回道："小的也不知，只道国王偶感风寒，遂发急病，全国上下无有能医者，故张此榜，以待贤士。"又有另一兵士小声道："听闻国王此病蹊跷，私下皆传，需至亲至善之人，以血肉为引，方能医治。然国王只有两位公主，皆不愿割舍血肉，故不得已出此榜，看有无他法。"慈航道人闻言，心中又是一疼，不由得揭了榜，说道："且带我入宫，为国王医病。"兵士见状大惊，即时报于城门校尉，校尉领一队人马，上前问道："可是你揭了皇榜，姓甚名谁，速速报来。"慈航道人回道:"贫道乃普陀山落伽洞慈航道人,且速进宫去,为国王医治。"校尉不敢怠慢,领慈航道人进妙庄宫,当阶奏道:"陛下万千之喜,有普陀山落伽洞慈航道人到此,揭了皇榜,言可为陛下医病。"宫内走出四个太监来,见一眼慈航道人,皆是诧异,少时定神,领慈航道人入内。

慈航道人进得宫来,见宫内帘用纱屏八扇,后有御榻,两旁立有象陀宝瓶,帘前立有三女,为首年长一女,凤衣凤冠,双手合十,乃是妙庄国王后。左右二女,一女右手拈一牡丹花,左手安在一牡丹花盆之上,容貌艳丽,着饰富贵,乃是妙庄国大公主妙音;次女双手捧一山石盆景,丰腴圆润,美丽多姿,乃是妙庄国二公主妙缘。

三女见慈航道人,亦是吃惊,皆盯着细看,目不转睛,面色各异。慈航道人见三女看得许久,心中疑惑,也不表露,只问:"不知妙庄国王所患何疾,可否见之,以察详情?"言毕,王后将帘拉开,榻上卧有一人,年约六旬,身着常服,面色晦暗,虚弱无力,已是口不能言,再看面容,倒与慈航道人有些相像,正是妙庄国王。

慈航道人上前,将常服解开,竟满身脓疮。王后上前,小声说道:"国王前月,不知何故,忽感身上奇痒,而后发热,头晕目眩,一病不起,前两日清醒片刻,对我言道,梦中见一人,头戴宝冠,身披璎珞,骑六牙白象,告之此病乃痴心症,心痴生火,火出其表,表发毒疮,若未有至亲至善之人,以手眼为药引,则必死无疑。话一讲完,便昏迷过去,以至今日。梦中所闻,不知真假,剜目断臂,岂同儿戏,况妙音、妙缘亦不愿意,故张皇榜,看有无别法可治。"慈航道人见一眼,说道:"梦中所言,确非虚言,国王正是得了痴心症,只不知痴从何来?"王后闻言,不由得两泪纵横,说道:"若真是此症,倒也有来由,陛下其实有三位公主,三公主名曰妙善,陛下甚喜,然小女自幼崇尚修行,陛下不允,便偷跑遁去。陛下千寻万找,得知小女所在庙宇,一怒之下,令焚烧此庙,至五百僧人柱死,小女也不知所踪。此后陛下追悔莫及,愈发思念,不想得了此症,也是因果。"慈航道人闻知,忽头顶一片清明,想起师尊曾言,妙善即慈航,慈航即妙善,原是这番道理,遂道:"既是如此,贫道有法,可医陛下之疾?"王后即问:"若是此症,需至亲至善之人,以手眼为引,你如何可医?"话未说完，只见慈航道人祭起三宝玉如意，玉如意一打，即去一目、断一臂，登时四周一片波澜，不见了王后国王，亦未有这妙庄国，只是到一潭边，闻得涓涓细流，山老水清。

世灯悲明佛见慈航道人，不由得惊道："道友如何成了这般模样。"慈航道人回道："世事皆有定，贫道自如此，你不必为感。"世灯悲明佛合掌说道："我等以神识入来，在此斗法，如今你失一目一臂，贫僧不愿欺你，你且认败，退天罢了。"慈航道人笑道："贫道虽失一目一臂，却也不惧你，你不必自让，尽管斗来，谁胜谁负，自有定论。"世灯悲明佛说道："既如此，得罪了。"遂踏前一步，把掌一合，九灯转动，身隐其中，只见得九灯悠悠而来，笼住四周，一灯忽腾起，直打慈航道人。

慈航道人也不着慌，单手祭清净琉璃瓶，往顶上一扣，小潭之水尽收瓶内，转眼间，那瓶现出一道流光，缓缓往下，晶莹透亮，如翡翠玛瑙，罩住其身。一灯打不进，又见得两灯、三灯、四灯，相继而出，九灯齐齐打来，闻得叮叮咚咚，金光四射。慈航道人在其中，却是毫发无伤。世灯悲明佛现了身形，说道："玉虚宫门下，果真名不虚传，尝闻慈航道人圆通自在，清净琉璃瓶阐家真宝，着实厉害，然你失一臂一目，纵是万般神通，亦难持久，还是认败为罢。"慈航道人回道："你纵有手段，尽管使来，休在此诳语。"世灯悲明佛遂把手一扬，祭起八宝转经轮，那轮在空中，摇一摇，万象皆变，再一摇，天地倒转，又见九灯悠悠而回，安于轮上，轮放万道金光，水火风土变化无穷。

世灯悲明佛将轮执手中，口中唱道："修习正法如是修，消除业障如是修，十八地狱诸有情，愿获解脱如是修，往生极乐胜利土，成就佛道如是修。"那经坠直绕住慈航道人，一转一转，有一道经文徐徐而出，乃是一部《阿含经》，经文覆于其面，字出其表，缓缓刻来，一旦字入其身，万般皆空。慈航道人识得厉害，欲以三宝玉如意来打宝轮，奈何失了一目一臂，单手祭清净琉璃瓶，腾不得手，祭不得宝，眼见便要万般重头，忽一目见半空隐约现一像，凤衣凤冠，双手合十，正是帝释天像。像后忽腾起一只凤凰，似幻似真，只见凤张双翅，直扑下来，没入慈航道人身内，登时红光四照，十方震动，身上即生圆满，有千手，怀千眼，眉如小月，眼似双星，玉面天生喜，朱唇一点红，已呈女相，称千手千眼慈航观音，

第五十三回
帝释天慈航化相　多闻天普贤显真

后人有诗为证：

一手动时千手动，一眼观时千眼观。
自是太平无一事，何须弄出几多般。

且说慈航道人生千手千眼，世灯悲明佛见状，赞道："如此奇哉，也是贫僧造化，见得道友化相，缘分万般，幸甚幸甚。"口中虽如是说，手中却把宝轮一摇，欲制慈航。慈航道人也不言语，只把三宝玉如意祭起，那如意在空中，往下打来，世灯悲明佛执轮相迎，闻得"轰隆"一声，宝轮断为数截。世灯悲明佛心知不妙，只把九灯收回，严阵以待。忽半空闻一人道："若有明月，山间自空；若有清风，心间自容。如此斗法，终不为长，各自去吧。"正是帝释天，言毕，隐去不见。慈航道人思索片刻，收了如意，合掌说道："各退一步，往生莲花。如此便好。"世灯悲明佛亦合掌回道："悲心周遍，方现光明，如此幸哉。"

二人各退一步，神识即荡，瞬间退去。帝释天像外，慈航道人神识归位，身子一晃，起得身来；世灯悲明佛神识亦回，分得身来。帝释天像顶，有一人道："你等斗法，心生大道，即出圆满，且出天去。"正是燃灯道人。慈航道人打稽首道："西方二菩萨，解脱正觉，光明圆满，今日幸会了。"大悲光菩萨、观世灯菩萨亦合掌道："阐家十二上仙，果真神妙，慈航道人千手千眼，大慈大悲，今日受教了。"同出天来，众人各迎自家。

燃灯道人说道："帝释天斗法，慈航道人不得胜，二位菩萨亦不得胜，两教为和，不分胜负，且各出第三人，入多闻天斗法。"阐家众仙见慈航千手千眼，皆问："天内斗法，情形如何？"慈航一一详述，南极仙翁说道："师尊曾言，妙善即慈航，慈航即妙善，众人不知其意，不想今日方知，师弟得道之前，原是妙庄国妙善公主，寻得真源，也是造化。如今帝释天又是斗和，且看多闻天情形。"

众仙相问："多闻天如何来历？"南极仙翁说道："多闻天，倒与我教颇有渊源。封神之时，商纣佳梦关魔家四将攻伐西岐，其中的魔礼红，你等可曾知晓？"清虚道德真君回道："知晓、知晓，此人手中一把伞，名曰混元伞，伞上

有祖母绿、祖母印、祖母碧，有夜明珠、碧尘珠、碧火珠、碧水珠、消凉珠、九曲珠、定颜珠、定风珠，还有珍珠穿成四字：装载乾坤。这把伞不敢撑，撑开时，天昏地暗，日月无光；转一转，乾坤晃动，可收万般法器。姜尚屡受其阻，也是天数使然，魔家四将皆封神榜上有名之人，魔礼红死于徒儿黄天化之手，后姜尚封神台上，封魔礼红多闻天王，却不知为何到了这二十四诸天来。"南极仙翁说道："封神之后，魔礼红受多闻天王之职，镇守天宫北门。后九洲重定，天下分四大洲，乃东胜神洲、南儋部洲、西牛贺洲、北俱芦洲。西方准提道人欲传道以北，昊天上帝则不许，只委以西牛贺洲，又令魔礼红分身监看北俱芦洲，不想竟使之化作多闻天。"太乙真人说道："昔时赵公明使定海珠，放五色毫光，打伤众人，原道只是厉害法器，不想竟有这般开天辟地的功德。"南极仙翁说道："老师收魔礼红于二十四诸天，居于第三天。此天护法精持，黄白八方，须一位上德之仙，方得前往。"遂命普贤真人："师弟可入天应阵，务要小心，若有异变，速出天来。"普贤真人回："知道，领法牒。"作歌出曰：

朝登玉京坐云深，暮下峨峨入红尘；
渺渺行路藏元始，空空修道悟玄真。
开眼但见菩提苦，十忍大愿到原门；
千岁重来三花聚，万年只去善恶身。

普贤真人问道："哪位与我同入天中？"遂把泥丸宫一拍，现出法身，沙门众人见普贤模样，甚是凶恶，怎见得：

面如紫枣，巨口獠牙。霎时间红云笼顶上，一会家瑞彩罩金身。璎珞垂珠挂遍体，莲花托足起祥云。三首六臂持利器，手内降魔杵一根。正是：刹尘浮身随流水，梵花点点今显真。

话说普贤真人现出法身，月支菩萨见之，对众人道："此乃玉虚宫门人，普贤真人，其名为贤，法身却为恶，以恶行善，须弥芥子，需大智慧者，方能相敌。"

日光菩萨遍观众人，命："慈藏菩萨、善意菩萨，可同入天中。"慈藏菩萨、善意菩萨领命，出得阵来，合掌称道："贫僧二人，与你同入天中。"太乙真人见之，不由得笑道："如何你二人也是同来，莫非又要合为一相，方显真知。"慈藏菩萨笑道："释门有两观，其一为无我慈悲，大慈与一切众生乐，大悲拔一切众生苦。大慈以喜乐因缘与众生，大悲以离苦因缘与众生；大慈大悲，常无懈怠，恒求善事，利益一切。其二为修善功德，持五戒：戒杀生，戒偷盗，戒邪淫，戒妄语，戒饮酒；修十善：不杀、不盗、不邪淫、不妄言、不绮语、不两舌、不恶口、不贪、不瞋、不痴。回向功德与众生，代他受苦愿他升。若见取鱼兼网鸟，不辞生命救飞沉。无我慈悲持众业，修善功德成众生。慈善本一体，何相为一同。"遂与善意菩萨同唱："具诸佛藏，随缘宣法，纯善意乐，正等菩提。"慈藏菩萨举葫芦印，善意菩萨举莲花如意，红光陡现，二人缓缓相合，只见浮翠流丹之处，现出一尊相，乃是慈善众引佛，手持如意印，端的是圆光真相。

慈善众引佛笑道："可否当是一人？"普贤真人亦道："六到彼岸，慈善慧引，今日得见，果真移星换斗，妙不可言。"那多闻天门开，二人同进，各抬眼一望，见金光闪闪，身在一殿内，名曰大宝宫殿，四方四门四牌楼具，殿基三级，每级檐下、更为三重、共作九叠，中间殿堂、三层重覆，顶端饰以重宝奇珍，而为庄严墙。沿诸方布遣缦网珠宝所成，向下垂覆，齐整动漾，光彩夺目。楼檐诸沿，亦复具有四方望楼。东方水晶、南方琉璃、西芙蓉宝花、紫磨金，众宝所成。每方宝柱二千五百排列齐整，彩霞庄严、储藏宝库十五所。丛聚奇珍、分类严饰，外部八方四正四隅，各各安以八大宝瓶、八如意树、八珍宝林，南阎浮提紫金宝树，具众妙花。又复八类、复有八种，随欲宝牛乃至诸种妙宝奇观之类次第设陈，四方隅间，间雅严布，当得是琼堆玉砌，万福流苏。再看四下，有八座石像立起，乃是八骏财神像。正中又立一像，头戴宝冠，身色如旃檀黄金，璎珞布满全身，一面二臂，两肩左日右月。右手竖立，把持一把慧伞，左手捉持一只吐宝鼠。面色微怒，身后两条绿丝绸帛带，坐下一头红鬃白狮子，狮口大张，正吐天下异宝，后人有诗为证：

财宝天王身金色，执持宝幢与银鼠；

威力制服夜叉众，顶灯多闻大天王。

慈善众引佛笑道："此乃多闻天王像，为降伏魔众，护持众生。"普贤真人道："将欲取天下而为之，吾见其不得已。天下神器，不可为也。为者败之，执者失之。故物或行或随，或歔或吹，或强或羸，或挫或隳。是圣人去甚，去奢，去泰。降伏魔众，护持众生，乃一家之言，不可弘于中土。"话音未落，闻得一声鸣，那石像上，吐宝鼠忽跳下，往慈善众引佛蹿来，少时便至跟前。石像下，红鬃白狮子一声长吼，摇头晃脑，往普贤真人踱来。慈善众引佛盘坐于地，闭了双目，一动不动，本体禅定，额前一点灵光，神识而出，化作慈善众引佛，那吐宝鼠把口一张，吐出一个铜钱，将其套入孔内，用嘴叼住。普贤真人亦盘坐地上，闭了双目，六感俱息，本体处静，额前一点灵光，神识而出，化作普贤真人，骑于狮背。

吐宝鼠一蹿一蹿，蹿至石像手中，那手一抬，铜钱散开，往日背一抛，慈善众引佛只觉一片混沌。少时见一小路，暗无天日，人影绰绰，走近一看，乃是无数夜叉，空行夜叉，生有两翅，空中飞行，千变万化，时现红色，时现蓝色，时现黄色。其身时为人身兽头、或牛头、或马头，诡异万分；又有地行夜叉，顶上头发，生绿色火焰，高达数丈；其目一生于顶门，二长于下颌；其身怪异，或呈三角形，或呈半月形；鼻子一孔朝天，一孔向地，有时伸出，有时缩回；双耳一个在前，一个在后，恐怖之至。夜叉见佛，皆龇牙咧嘴扑来。慈善众引佛笑道："有禅无净土，十人九路，阴境若现前，尔随他去。无禅有净土，万修万人去，但得见弥陀，何愁不开悟。"遂把手一扬，那葫芦印起，一化二，二化三，三化无数，化作漫天葫芦，悬于空中，少时葫芦往下，金光闪闪，尽收夜叉。少时，豁然开朗，见一处天门，上悬一把大伞，有微微细雨，挥洒满天。

再看普贤真人这处，那红鬃白狮子踱至跟前，真人坐于其背，白狮归回，把真人往上一托，真人飞至月背，登时眼前一黑。少时见一大池，池水漆黑，正冒水泡，有一物从池中走出，黑身、朱发、绿眼，乃是一个罗刹，手拿一死婴，正送往口中，獠牙一咬，血肉模糊，惨不忍睹，见真人大喜："往日只吃些凡品，不想今日得尝上仙。"真人往池中细看，满是尸骨，不发一言，往前踏步，伸左手以大拇指、食指执莲华，有火焰飞腾，右臂伸开仰掌，屈无名指、小指，三昧耶形为莲上剑，指罗刹一挥，莲上剑霎时飞出，将罗刹穿了个透心凉。罗刹指真人道："不想我恶，却有更恶之人。"言毕化为乌有，登时眼前一亮，见一处天门，上悬一把大伞，慈善众引佛立于眼前。真人不搭话，往前一走，取慧剑便打，不知二人斗法如何？且看下回分解。

第五十四回　持国天文殊大智　增长天玉鼎修丹

九霄龙起啸苍穹，千秋一梦化云空；
莫道我辈无颜色，明月又照万古同。

且说普贤真人见慈善众引佛，一言未发，举慧剑便打，慈善众引佛见真人如此凶恶，不由得大惊，忙后退一步，举莲花如意相迎。二人大战，未及数合，慈善众引佛将莲花如意往上一抛，那如意在半空，化成莲花座，打将下来，往上去亭亭如水，打下来雷霆万钧。普贤真人见此宝势大，恶相尽显，把太极符印祭起，此符印乃是玉质，长三尺，宽三寸，上画太极，放光成印，罩住其身，只见黑白转动，玄妙无穷，莲花座打不下来，只在空中嗞嗞而转。普贤真人又将长虹索祭起，那索化为一条长虹，直向慈善众引佛而去。慈善众引佛见此索来得甚快，遂将葫芦印祭起，印成葫芦，将长虹索收入其中。慈善众引佛举葫芦又收，普贤真人将太极符印罩住，屏住心神，葫芦口一缕清气，笼住真人，只闻得"嗖"一声，遂将真人收入其中。慈善众引佛笑道："假使百千劫，所作业不亡；因缘会遇时，果报还自受。今你入我葫芦，自当归我圆真，将来得成佛陀果位，以全三门。"

话音未落，那葫芦口有一道白光如线，悠悠而出，不一时长出一朵庆云，高有数丈，上有八角，角上挂有金灯，璎珞垂珠。又见葫芦嗞嗞作响，抖动不已，慈善众引佛见状大惊，忙用指去按葫芦口，哪里按得住，闻得"哗啦"一声，葫芦裂为两半。一尊像现出来，只见八首六臂，真人恶相，浑身上下俱有金灯、白莲、宝珠、璎珞、华光护持，手缠长虹索，正是普贤。慈善众引佛见道："罢了，千年修行，今日毁于一旦。"遂持莲花如意来打真人。

第五十四回
持国天文殊大智　增长天玉鼎修丹

真人祭太极符印，如意打不下来，真人即把长虹索祭起，只见一道长虹，光彩夺目，捆了慈善众引佛，往下一抛，直抛得个七荤八素，头昏脑涨。真人笑道："如此能耐，竟也入天斗法，岂不知米粒之珠，焉放光华。"慈善众引佛斥道："你仗太极符印逞凶，恶相尽显，不为正道。"真人正色，口中道："上德不德，下德执德；执著之者，不明道德。人心不古，世事浑浊，虽有善心，却无恶法，或早失其命，不能久立于世行善；或早失其性，则反无法恒久持善。修行者，有善恶之相，盖善恶自有天知、地知，而非所为人知。心有恒念，其相则可善可恶。应人不同，应景随心之变，贫道以恶扬善，乃为普贤。"慈善众引佛回道："你自持有道，岂不知已有天昏恼乱之厄。虽说善恶在心，然终日以恶为行，必将为恶所累。今贫僧舍得其身，亦要将你度之。"遂把眉心一指，有六道彩光现出，在额前闪动，化为六颗珠，名曰六意乐善珠，一为广大意乐，二为长时意乐，三为欢喜意乐，四为荷恩意乐，五为大志意乐，六为纯善意乐。

宝珠而出，一线穿成，登时往真人头上套去。真人疑道："这是个什么宝贝？"慈善众引佛说道："此乃六意乐善珠，无上正觉，特来度你。"真人笑道："六意也好，七乐也罢，看你如何施能。"那六意乐善珠往下套，太极符印往上迎，忽见得慈善众引佛扑面而来，身至半途，分开来身，那慈藏菩萨化为六意神识，分入六珠。善意菩萨将六珠分置头、胸、双手、双足，往真人扑来。真人大惊，将太极符印罩住其身，却见善意菩萨身入印内，立化虚无，没入真人体内，登时红光四射，氤氲遍生。真人恶相尽褪，只见慈眉善目，身披彩衣，手持莲花，面如满月，后人有词为证：

行愿齐周满，劝发菩提心；导归极乐证法身。十大愿本无虚设，妙法由此闻。端严智慧相，一切三昧真；本来妙德最上纯。宝威赞得娑婆化，灵感神通分。

菩萨以身度化，真人心感慈悲，登时见天门之上，大伞甩动，绿光旋旋，又见点点萤火，纷纷而散，千花满目，祥音绕耳。闻得一人道："我不入地狱，谁入地狱。你等斗法，一个以身化心，一个去恶存善，各自归真，已证大道，且出天去。"正是燃灯道人，只见把伞一抛，两道绿光，显出二人，乃是慈藏菩萨、善意菩萨。二位菩萨合掌道："阐家十二上仙，果真神通，日后普贤真人十愿十忍，乃是天数。"普贤真人打稽首道："西方二菩萨，以身行善，以证菩提，今日幸会了。"各自神识归位，同出天来，众人自迎自家。

  燃灯道人说道："多闻天斗法，普贤真人不得胜，二位菩萨亦不得胜，两教为和，不分胜负，且各出第四人，入持国天斗法。"南极仙翁问真人："天内斗法，情形如何？"真人一一详述，南极仙翁叹道："不想那二位菩萨舍我圆满，化身为行，也是大善哉。如今多闻天也是斗和，且看持国天情形。"

  众仙相问："持国天如何来历？"南极仙翁说道："持国天，乃是魔家四将之中的魔礼海，你等可曾知晓？"清虚道德真君回道："知晓，知晓，此人用一根枪，背上一面琵琶，上有四条弦，按地、水、火、风四相。拨动弦声，风火齐至，姜尚屡受其阻，也是天数使然，此人乃封神榜上有名之人，死于徒儿黄天化之手。后姜尚封神台上，封魔礼海持国天王，却不知为何到了这二十四诸天来。"南极仙翁说道："封神之后，魔礼海受持国天王之职，后九洲重定，天下分四大洲，昊天上帝命魔礼海分身临看东胜神洲，不想竟使化作持国天。"太乙真人说道："无怪昔日燃灯老师见定海珠，竟鼓掌大呼，见此奇珍，吾道成矣，今日看来，果真不虚。"南极仙翁说道："老师收魔礼海于二十四诸天，居于第四天。此天持国护卫，中道见性，须一位大智之仙，方得前往。"遂命文殊广法天尊："师弟可入天应阵，务要小心，若有异变，速出天来。"文殊广法天尊回："知道，领法牒。"作歌出曰：

  人闲亭中曲，云断山半行；
  林深抱晚月，池清照独心。
  行稀有难事，宣畅说玄经；
  后还本生地，树下坐原情。

  文殊广法天尊问道："哪位与我同入天中？"沙门众人见天尊模样，有赞为证：

面如蓝靛，赤发红髯。浑身上五彩呈祥，遍体内金光拥护。降魔杵滚滚红焰飞来；金莲边腾腾霞光乱舞。正是：皈依大法现威光，朵朵祥云笼八面。

　　月支菩萨见之，对众人道："此乃玉虚宫门人，文殊广法天尊，以定生慧，大智威猛，更是无坚不摧，不可小觑。"日光菩萨遍观众人，命："智慧胜菩萨、狮子吼自在力王菩萨，可同入天中。"智慧胜菩萨、狮子吼自在力王菩萨领命，出得阵来，合掌称道："贫僧二人与你同入天中。"太乙真人说道："又是一个一合相，倒有何话讲来？"智慧胜菩萨笑道："外离一切相，是名无相，能离于相，则法体清净。此是以无相为体。凡所有相，皆是虚妄。故常言，一切万法以其各自之性，眼见包罗万象，这便是有相，因其生灭变化无常，本质为空，故非实有，这便是无相。莫执着有形之境，方可入涅槃无相之境。"遂与狮子吼自在力王菩萨同唱："照见名智，解了称慧；勇猛心求，济度众生；梵云般若，梵云若那。"智慧胜菩萨执宝箧，狮子吼自在力王菩萨执心剑盒，手心现拘物头华印，蓝白光起，二人缓缓相合，只见光彩陆离之间，现出一尊相，乃是慧净力胜佛，身绕剑环，背后现狮相，端的是勇慧通达。

　　慧净力胜佛笑道："可否当是一人？"文殊广法天尊亦道："破众三惑，大势自在，今日得见，果真广大神通，出圣入神。"那持国天门开，二人同进，各抬眼一望，见一楼平起，四檐二层，名曰"琵琶楼"，青砖绿瓦，飞梁画栋，四角挑檐挂风铃，逐檐内缩成双叠，中有阁楼，外露白柱，内列隔扇，楼底下为十字通畅，白柱林立，楼顶上为十字脊歇山式，十字脊中心相交，耸立三足乌。每层楼檐上有斗拱，皆为二十四朵。二人往登楼上走，见一神台，内有一像，身长一肘，其色为白，外穿甲胄，着种种天衣，严饰精妙，与身相称，左手展臂垂下把刀，乃是慧刀，右手屈臂，向前仰手，掌中着宝，宝上出光，乃是一把琵琶，正是持国天王像。有诗为证：

　　　　琴弦拨中道，琵琶弄清音；
　　　　华严身是好，持国见本心。

慧净力胜佛笑道："此乃持国天王像，为治国安民，持心护土。"文殊广法天尊道："治大国若烹小鲜。以道莅天下，其鬼不神。非其鬼不神，其神不伤人；非其神不伤人，圣人亦不伤人。夫两不相伤，故德交归焉。治国安民，持心护土，乃一家之言，不可弘于中土。"话音未落，闻得琵琶声起，四根琴弦各分两根，一面朝慧净力胜佛，一面朝文殊广法天尊。二人直觉眼前一花，琴弦各化一桥，铺至脚下。那桥也是稀奇，无墩无台，无梁无面，只两根扶栏。往下看，一道活水，滚浪飞流，不知深浅，直教人胆战心惊，无从下脚。慧净力胜佛盘坐于地，闭了双目，呼吸吞吐，本体入定，额前一点灵光，神识而出，化作慧净力胜佛。文殊广法天尊亦盘坐地上，闭了双目，吐纳灵潮，本体归息，额前一点灵光，神识而出，化作文殊广法天尊。

慧净力胜佛走至桥边，口称：

步步过桥步步心，无底无面几人行。
浪起浪落非僧事，今来古往任浮云。
逝水无意归沧海，迢迢一路难追寻。
六尘不染踏飞剑，风来犹作菩提音。

言毕，身上剑光四起，走一步，踏一剑，一步一步而走，一剑一剑而出，纵是风浪汹涌，亦稳如泰山。

文殊广法天尊走至桥边，口称：

日出苍山照天关，云台高下觅平川；
万劫归一行逆旅，人生如船过江难。
心中有桥即到岸，眼中无桥堕深渊。
五指点作莲花地，琴音伴我三身安。

言毕，把手往下一指，平地有两朵白莲而出，托于足下；又把口一张，有斗大一朵金莲喷出，左手五指里有五道白光垂地，倒往上卷，白光顶上有一朵莲花，花上有五盏金灯引路，走于桥上，如履平地。

二人各往前行。慧净力胜佛未走数步，忽见一门，那门高九丈，宽七尺，乃紫檀而作，红漆为面，上无门环，悬一匾，名曰"正觉门"。慧净力胜佛上前推门，门不得开，近前一看，门上画一圆，不知何意，正诧异间，门上现一诗：

人来行路有两般，知与不知一念难；
入门乘法怀大智，圆方相合化方圆。

慧净力胜佛乃聪慧之人，见诗自道："人知入圆，化圆为方，大智乘法，方得入门。"话音未落，那诗下又现注解："一圆画一方，一方等一圆；圆方若得合，天门自方圆。"慧净力胜佛笑道："见此圆，画一方，方之大小，与圆相同，也便不难。"遂将指按圆，画一道光，圆光徐徐而出，又祭起心剑盒，盒上现出千剑。慧净力胜佛将手一挥，一剑入圆，割一道光，置于圆内，再一剑入圆，割一道光，置于圆内，以此类推，直入了一百九十二剑，割了一百九十二次，方近同于圆。慧净力胜佛笑道："割之弥细，所失弥少；割之又割，以至不可割，方圆合体，无所失也。"上前推门，门依旧未开，不由得大惊，自道："如何仍不得开。"近眼细观，原来圆方看似相合，仍差一点，乍眼无异，实则不成方圆。再入一剑，那圆却增长一分，无限循环，无限往复。慧净力胜佛见此情形，不得其解，遂闭了双目，只见飞剑绕身，五彩斑斓，着实奇妙。少时，开眼说道："一圆画一方，圆方难相合；我身入其中，菩提化方圆。"言毕，以身化剑，剑入圆中，随之而长，直至相合，忽闻得一声雷鸣，正觉门徐徐而开。慧净力胜佛现了真形，只见身子一晃，定一定神，方缓过神来，入得门中，但见一埵，银光闪闪，洁白无瑕，乃是白银埵。

文殊广法天尊亦向前行，未有数步，也见一门，正是："正觉门。"正觉门上也是一圆，下有一诗，与慧净力胜佛所见相同，化圆为方，方得入门。文殊广法天尊笑道："圆为无限，方为有限，以有限合无限，寻常如何解。"遂唱道：

山上水，水下山；山高水长相对迎，缘合两般清；圆中方，方中圆，圆方之外有方圆，曲直一念心。

言毕，上前将指化圆，见一道圆光，又把掌按住，缓缓升起，一柱圆光遂起。那光柱以圆为底，圆中轴一半为高，乃成一圆柱。文殊广法天尊将圆柱取下，置于正觉门上，随之一滚，即成一方，那方恰与圆同，只闻一声雷鸣，天门即开。文殊广法天尊入得门来，亦到了白银埵。

慧净力胜佛见文殊广法天尊，合掌说道："我等以神识入来，进得正觉门，知道友亦是大智之人，在此斗法，无伤真身，也是善事。"文殊广法天尊打一稽首，回道："上帝好生之仁，莫累无辜黎庶，也是福气。"慧净力胜佛说道："道友乃大智之士，当觉有情，以智上求菩提，用悲下救众生。今晋室无道，民生众苦，上有愚顽，下有蠢钝，道友何故相助？"文殊广法天尊说道："盛极必衰，否极泰来，分分合合，本是常事。东方有东方之道，西方有西方之法，各安其土，各传其教，乃是天数。你等说什么晋室无道，借此而来，岂不见西方如何？又可为极乐？如此行事，难服世人，更何苦借刘渊兴兵，用武而乱天下。今燃灯老师演二十四诸天，使两教不以术法示人，以成大道，也是善事。"慧净力胜佛说道："道友以大智闻名，今见过正觉门，气定神闲，实乃名不虚传。以道友之智，说法四海，传道八方，何不入我沙门，以全大善。"文殊广法天尊笑道："智在其心，道在其内，沙门有法，自有修行。我等既入得天门，原是斗法，若是说法，何须在此。"慧净力胜佛亦笑道："贫僧观道友，虽是大智，然未修得五智之相，本想与你说法一番，道友却执意相斗，既如此，也便得罪。"遂踏前一步，手现一剑，往面门打来。

文殊广法天尊手中剑急架相还，未及数合，慧净力胜佛祭起心剑盒，那盒上现万道金光，霎时神摇目夺，璀璨辉煌，少时，其背现剑环。慧净力胜佛把手一指真人，那剑齐齐而出，见无数利剑，漫天飞舞，如网如织，狂风暴雨，山洪顿泄，凌厉无匹，蔚为奇观。文殊广法天尊见道："好一个法宝。"遂现三首六臂，浑身上下，俱有金灯、白莲、宝珠、璎珞、华光护持，又觉万剑飞卷，守多必失，将足一踏，只见一分二，二分三，三分无穷，有千百亿文殊现出，道一声："道友，这么多文殊，你要摈除那一个。"慧净力胜佛道声："千变万化，不离其宗，纵是有亿万文殊，终要归一。"遂把头一扬，面现狮相，口中唱道：

毗婆尸如来，尸弃毗舍婆；
此三等正觉，出拘利若姓；
自余三如来，出于迦叶姓；
我今无上尊，导御诸众生；
天人中第一，勇猛姓瞿昙；
前三等正觉，出于刹利种；
其后三如来，出婆罗门种；
我今无上尊，勇猛出刹利。

口中唱经，如同狮吼，只见千万"卍"字而出，往千万文殊打来。文殊见状，笑道："你有狮子吼，我亦有狮子吼，你那狮子吼，只有其形，不具其神。且看我来。"遂将指往半空，现出一头青毛狮子，凿牙锯齿，圆头方面，声吼若雷，眼光如电，仰鼻朝天，赤眉飘焰。但行处，百兽心慌；若坐下，群魔胆战。这一个是兽中王，青毛狮子，正是文殊广法天尊坐骑。那狮子往前摇头，再一仰来，朝天一吼，如大海潮音，似九霄雷震。那千万"卍"字，登时消去。又一声吼，慧净力胜佛直觉山呼海啸，四面受戮，遂不得动弹。

文殊广法天尊命青毛狮子："且将慧净力胜佛拿下。"青毛狮子往前来。慧净力胜佛笑道："此青狮如所料不差，乃是昔时截教随侍七仙之一的虬首仙，果然雄伟。但若要拿贫僧，倒是不能。"遂把掌一合，心剑盒闪闪发光，只见万剑归一，入得其身，本体化为一柄金刚剑，往下斩来。文殊广法天尊见来的厉害，忙收了青毛狮子，往前一迎，六臂一架，架住金刚剑。慧净往下打，文殊往上迎。文殊口称："你有心剑，我亦有智剑，且看我来。"只见额前一点光，现出一把剑，那剑倒也奇哉，只有剑柄，却无剑身，剑柄上有千目，端的是玲珑透彻，洞悉八荒。

剑指慧净，霎时掠起，慧净笑道："无身之剑，有何用处？"话音未落，却见那剑出一道光，嗞嗞作响，化为剑身，刺向慧净。慧净大惊，忙收心剑，往前一迎，闻得"砰"一声，心剑化为两断，慧剑直面而打，慧净道声："好宝贝。"遂举一物，乃是一印，名曰拘物头华印，上生一花，花茎有刺，色为赤白。那印祭在空中，花刺陡长，见慧剑而至，盘旋绕住，即往里收，登时入得印中。文殊见慧剑被收，道声："此印倒是稀罕。"慧净力胜佛回道："此印上之花，名拘物头花，又称俱物头华、究牟地花、句文罗华，乃是极乐之花，非人间所有。花开见花，可收万物。今日贫僧以此印收你慧剑，拿你真身，度你往西方，可心意否？"文殊广法天尊笑道："人之患，在好为人师。区区一印，能奈我何。"遂把手一扬，袖中腾出一物，乃是一绳，非金非银非铜非铁，为天蚕丝而制，撒出去旋旋而上，纵是拘物头花开见花，也难挡那天蚕至柔，花粘绳上，不得脱落。此绳非别，正是捆妖绳。捆妖绳霎时而上，慧净力胜佛即往后退，哪里退得了，被捆了个严严实实。文殊捻指而收，不料一曲琵琶声起，悠悠扬扬，眼前不成世界，又为世界，只见五颜六色，弯弯曲曲，无天，无地，无生，无灭，闻得耳边作声：

  以念化佛，唯自净心；
  以性化佛，心佛不异。
  以身化佛，应缘化物；
  以佛化佛，向诸善根。

原是慧净力胜佛呼道："文殊广法天尊，今贫僧心体同一，以佛化佛，合生五智，乃是功德无量。"只见捆妖绳中，慧净力胜佛化为虚影，走出绳来，留下一朵白莲。霎时黄光而现，慧净力胜佛嗖地一下，没入文殊体内，登时不见文殊，亦不现慧净，只有一人，乃是头戴五髻宝冠，内证五智，一为法界体性智，二为大圆镜智，三为平等性智，四为妙观察智，五为成所作智，正是五智之相。左手执青莲花，花上放般若经梵箧，右手执金刚宝剑，正是五字五髻文殊。后人有诗为证：

  五髻冠其顶，智慧证三门；

第五十四回 持国天文殊大智　增长天玉鼎修丹

无量诸佛母，一切菩萨师。

慧净以佛化佛，文殊得证五智，登时见天门之上，琴音阵阵，梵语袅袅，燃灯道人现出身来，笑道："道友大智之身，五智之相，可喜可贺。今后为菩萨之首，众生之师，乃是大功德也。"遂把手一指，收了捆妖绳，再一抖，现出智慧胜菩萨、狮子吼自在力王菩萨。五字五髻文殊打稽首道："今日得证五智，乃菩萨功德，幸会了。"二位菩萨合掌道："道友求得无上菩提，乃是天数。"两边各自神识归位，同出天来。众人自迎自家。

燃灯道人说道："持国天斗法，文殊广法天尊不得胜，二位菩萨亦不得胜，两教为和，不分胜负，且各出第五人，入增长天斗法。"阐家众仙见文殊，模样大不相同，不由得诧异，南极仙翁问文殊："天内斗法，情形如何？"文殊广法天尊一一详述，南极仙翁叹道："文殊非文殊，真人非真人。此乃天数。如今持国天也是斗和，且看增长天情形。"

众仙相问："增长天如何来历？"南极仙翁说道："增长天，乃是魔家四将之中的魔礼青，你等可曾知晓？"清虚道德真君回道："知晓，知晓，此人长二丈四尺，面如活蟹，须如铜线，用一根长枪，步战无骑。有秘授宝剑，名曰青云剑。上有符印，中分四字：地、水、火、风，这风乃黑风，风内有万千戈矛。若人逢着此刃，四肢成为齑粉；若论火，空中金蛇搅遶，遍地一块黑烟，烟掩人目，烈焰烧人，并无遮挡。姜尚屡受其阻，也是天数使然，此人乃封神榜上有名之人，死于徒儿黄天化之手。后姜尚封神台上，封魔礼青增长天王，却不知为何到了这二十四诸天来。"南极仙翁说道："封神之后，魔礼青受增长天王之职，后九洲重定，天下分四大洲，昊天上帝命魔礼青分身临看南瞻部洲，不想竟使化作增长天。"太乙真人说道："南瞻部洲又名阎浮提。此洲虽人文不居，然有三事胜，一者勇猛强记，能造业行；二者勇猛强记，勤修梵行；三者勇猛强记，佛出其土。魔礼青受职临看，沙门亦出此地，此间必有蹊跷。"南极仙翁望一眼众仙，说道："老师收魔礼青于二十四诸天，居于第五天。此天增长善根，护持正法，须一位气志之仙，方得前往。"遂命玉鼎真人："师弟可入天应阵，务要小心，若有异变，速出天来。"玉鼎真人回："知道，领法牒。"作歌出曰：

天地在身，何物不包；
道本在心，何物不生。
慈心下气，恭敬一切；
广博胸襟，包罗万有。
金光护体，万恼不侵；
烦恼自取，清净自积。
仙道贵生，无量度人；
德含万法，自悟可明。

玉鼎真人把手一挥，一鼎现于天门，又见把头一昂，吐一口气，那气悠悠入鼎，少时见九颗丹粒粒而出，缓缓入得口中，登时通体晶莹，紫云环绕。众仙喜道："道友修得九转金丹，乃证大果，为我教之福。"玉鼎真人回道："哪里话，此丹为本体修得，以玉鼎催之，未至大还之境，为九鼎大丹，只得一时之妙，不为万世长久。"众仙道："虽不为长久，然亦得法门，也是幸哉。"玉鼎真人遂问："哪位与我同入天中？"沙门众人见真人模样，正乃心通三界，圣真玄妙。后人有赞为证：

大道虚无万象空，先天天在后天中；
三才结撰成今古，二气环生辟混蒙。
六识净时空六道，三灵现化统三宗；
玉液金精凝妙象，丹符朱篆泄伭穹。
宝林妙谛开元始，灵宝精微畅道风；
一字宣扬皆棒喝，三缄透发悟空同。
广导众生成巨典，万劫轮回入卷空；
绣岭琼花含妙解，绿林青鸟唱宗工。
天心见处茫无垠，地轴回时万法雄；
漏泄伭元真理尽，普天法鼓震群聋。

第五十四回

持国天文殊大智　增长天玉鼎修丹

月支菩萨见之，对众人道："此乃玉虚宫门人，玉鼎真人，修行金丹大道，功成九鼎，厉害非常，不得小觑。"日光菩萨遍观众人，问道："哪位可入天中？"众菩萨相看，未发一言，月光菩萨命："普光菩萨、普明菩萨、普静菩萨，可同入天中。"普光、普明、普静领命，出得阵来，合掌称道："贫僧三人与你同入天中。"太乙真人道："三人同出，又有何说？"普光菩萨笑道："修行三身，法身、报身、应身，又为自性身、受用身、变化身。所谓理法聚而为法身，智法聚而为报身，功德法聚而应身。一佛具三身，三身即一佛。"遂与普明、普静菩萨同唱："根本智光，周净诸业；相状之明，速成正觉；体性无染，身土净严。"只见黄光顿起，三人缓缓相合，流光溢彩之间，现出一尊相来，乃是光明佛母，只见身如阎浮檀金色，光明如日，顶戴宝塔，着天衣彩裙，以腕钏、耳珰、宝带、璎珞。相有三面，各具三目，正面寂静而含笑，为菩萨样；右面深红，为天女样，如莲华宝有大光明；左面忿怒相，为猛猪相，口出利牙。八臂右手持金刚杵当胸，另有钩杵、箭矢、针；左手持无忧树枝、弓、线、及绢索，端的是杂华庄严。不知二人斗法如何？且看下回分解。

第五十五回　佛母自演三面相　真人鼎出九转丹

　　无为大道是观空，心通三界御丹风；
　　世间哪寻清净地，拈指屈坐结玲珑。

　　且说普光菩萨、普明菩萨、普静菩萨三身合一佛，化为光明佛母，笑道："可否当是一人？"玉鼎真人亦道："常行日前，隐形自在，今日得见，果真阳焰积光，有大神通。"那增长天门开，二人同进，各放眼一望，乃见一埠，一片湛蓝，皆为琉璃。埠上清幽怡然，有树木葱茏，看紫薇遍地，听清风拂柳，闻迦楼鸣空。再看埠下，河水轻盈，涟漪荡荡，晨时朝阳镀金，傍晚彩霞披纱，晚间月船穿行，如鳞如梭，如云如织，端的是霞蔚云蒸，引人入胜。再往河中看，立有一台，台上有一石像，身赤青色，绀发笼冠，脸显忿怒相。身穿甲胄，一手叉腰，一手持青云剑，正是增长天王像。有诗为证：

　　横眉怒目冷冰风，三宝护持舞青锋；
　　德行品智俱增长，传令众生显神通。

　　光明佛母笑道："此乃增长天王像，为正法护持，增长善根。"玉鼎真人回道："天下皆知美之为美，乃因丑之在；皆知善之为善，乃因恶之在。故有无两相生也，难易两相成也，长短两相现也，高下两相显也，音声两相和也。先后之相随，本为永恒也。是以圣人居无为之事，行不言之教，听任万物自然兴起，而不为其创始，有所施为，然不加倾向，功成业就而不自居，正由于不居功，也无所谓失去。正法护持，增长善根，乃一家之言，不可弘于中土。"话音未落，忽有

第五十五回

佛母自演三面相　真人鼎出九转丹

两条小船，缓缓行来，再一望，原是无底船儿，有道是，有纶竿儿难垂海，无底船儿能渡河。光明佛母盘坐于地，闭了双目，禅定将息，本体化静，额前一点灵光，神识而出，化作光明佛母，登船而上。玉鼎真人亦盘坐地上，闭了双目，五气调息，本体朝元，额前一点灵光，神识而出，化作玉鼎真人，登船而上。

光明佛母踏无底船，将手一指，足下踩两朵莲花，把面一换，现天女之相，左手执一把扇，名曰摩天扇，把扇立于船尾，无风自来，无底船轻轻而驶，少时至增长天王像旁。光明佛母下得船来，行至石像左足，那第三趾往上抬，现一黑洞。佛母入得洞来，洞内伸手不见五指，只闻得"骨碌"声，到处皆是，着实吓人。佛母不动声色，将三面三目睁开，登时现大光明，往前细看，原是无数个怪模怪样的东西，又矮又胖，既无脑袋，也无四肢，圆圆溜溜，直滚过来，欲往口中钻。光明佛母笑道："世尊拈花，迦叶微笑，不言之言，不言之传，妙不可言。此鸠槃荼鬼，怎能难我。"遂现一面，乃是猪面，又将脚一踩，有无数金猪现出，长嘴獠牙，呼拉而出，见鬼便拱。那鸠盘荼鬼吱吱作响，纷纷后退，霎时不见踪影。光明佛母掩了猪面，信步而行，少时，豁然明亮，至一巨大金轮之上。

玉鼎真人踏无底船，也不见怎样，凭空而立，呼一口气，吐一口气，船缓缓而行，至增长天王像旁。玉鼎真人下得船来，行至石像右足，那第三趾往上抬，现一黑洞，真人入得洞来，里面臭不可闻，再一望，尽是脓水白痰，无数怪物匍匐洞内。细瞧模样，头小发长，体瘦如柴，肚大肢细，见人直爬，着实毛骨悚然。玉鼎真人笑道："仙道常自吉，鬼道常自凶。上愿神仙，常生无量；下度众人，脱难超生。此薜荔多鬼，怎么难我。"遂把面一现，顶上现一鼎，往前一步，火焰四射，一路行去，那薜荔多鬼纷纷入鼎，闻得鼎内嘶嚎一片，少时没了声音，皆往生去了。玉鼎真人收鼎，信步向前，豁然开朗，至一金轮之上，见光明佛母便在眼前。

金轮徐徐而转，有一剑悬于正中，正是增长天王手中青云剑。再看金轮，一边莲花，一边八卦，四处青云袅袅，轻烟薄薄，剑下有三字，为："问经轮"。光明佛母说道："我等以神识入来，至问经轮之上，乃是论道斗法，不伤人间，也是善事。"玉鼎真人打一稽首，说道："好一个论道斗法，既到了这问经轮之上，不知有何讨教？"话音未落，见青云剑一晃，落下一帖，上书"何为度人。"光明佛母见帖，合掌说道："度，即波罗蜜多，亦为到达彼岸。人世为苦，众生皆苦，沙门普度众生，众生皆往极乐，乃度之根本。然释门有经：须菩提，于意云何？汝等勿谓如来作是念：我当度众生。须菩提，莫作是念。何以故？实无有众生如来度者。若有众生如来度者，如来即有我、人、众生、寿者。所谓度人，并非度人，我度不了众生，众生也无需我度，故度人，非我度人，乃人自度。人自度，有六法，施度、戒度、忍度、精进度、禅度、慧度，皆为彼岸法门。"

玉鼎真人笑道："人世有道，各循其缘。度，即不度，所谓道由白云尽，春与青溪长。时有落花至，远随流水香。我将大道传世人，世人自修大道，烦恼皆是自取，清净亦是自积。众生罔求于形式之道，故不得真道，只能说是外道也。得道者，渐入则以德而筑基，基就则以功而行持。功者，力身而行，无身则难修正道。故经云：仙道贵生，无量度人。既度人者，人非止人也。人者，灵之首也。可结仙人鬼之三缘，方能格真谒圣。若缘深者，自得圣真传道，得真诠之无量，道法自应也。到时自可身腾紫云，位列大罗真境。如若行持善道，必有祥光应其本身，自可上通天界。积德乃修道之本，德含万法，自悟可明，亦是度人之法。"话音才落，青云剑嗡嗡作响，一面书"自度"二字，一面书"不度"二字，少时又一晃，落下一帖，上书：

　　自度即不度，不度即自度；
　　大道与大法，神通即可度。

光明佛母见帖，笑道："沙门自度，阐门不度，自度也好，不度也罢，终究在一个度。度己度人，须大神通者，神通不得，何以为度。"玉鼎真人亦笑道："且现你神通来。"光明佛母说道："既如此，得罪了。"遂踏前一步，现了猪面，只见面向前凸，张口吐舌，獠牙暴露，执金刚杵，往真人打来。真人也不着慌，只把手一指，一剑飞起，迎杵而上，闻得一声响，那剑将金刚杵斩为两断。

真人再一指，剑往佛母打去。佛母说道："斩仙剑果然厉害。"见势而退，遂把口一张，吐出七只猪来，七猪化珠，现于身后，又将手中弓举起，把指一引，一珠至弦上，佛母拉弦，珠化一箭。那箭为黄金箭，似有无穷之力，着实令人生畏。真人看一眼，道："原来是七诛，七诛乃天地之箭，原在玉山西王母处，怎为你所得？人言七诛，天地日月，无所不射，今日当领教一番。"遂把斩仙剑收回，祭鼎于顶，现出一颗丹来，那丹转一转，天冲移位。

光明佛母喝道："七诛第一箭，破本参，诛邪见。"照准一射，黄金箭呼啸而出，惊天动地。真人迎而不避，黄金箭透体而穿，消失不见。那真人应声而倒，身子缓缓化尘。佛母笑道："九转元功量不过如此。"话音未落，却见风起尘动，氤氲暖醚之处，现出一人，正是玉鼎真人。

真人道："七诛第一箭，确实灭执去念，且再看来。"佛母把指一引，一珠至弦上，化为一箭。那箭为火焰箭，煅天铄地，炙热逼人。佛母道："七诛第二箭，破重关，诛迷障。"照准一射，火焰箭呼啸而出，焚如之刑。真人祭鼎，现出一颗丹来，那丹转一转，灵慧移位。真人迎而不避，火焰箭射在其身，熊熊火焰腾起，真人端坐火中，不一会烧为灰烬。佛母正待察看，忽一阵风起，灰烬四散，露出一颗珠来，那珠"砰"的一声炸裂，一人现于眼前，正是玉鼎真人。

真人道："七诛第二箭，确实灭疑去惑，且再看来。"佛母把指一引，一珠至弦上，化为一箭。那箭为原木箭，色彩变幻，暗香浮动。佛母道："七诛第三箭，破牢关，诛执身。"照准一射，原木箭呼啸而出，陡化枝蔓。真人祭鼎，现出一颗丹来，那丹转一转，为气移位。真人迎而不避，原木箭至面前，枝蔓条条，钻入其身，少时由头顶而出，长出一株无忧树来，树叶纷纷而落，将真人埋入其中，身化原木。佛母道："树生清净，叶出妙音，真人以身化树，树下入门，亦是善哉。"话音未落，那无忧树腾起一团火来，火从根而起，至顶而灭，也不见树烧来，只见得树化一人，正是玉鼎真人。

真人道："七诛第三箭，确实解身悟明，且再看来。"佛母道："尝闻玉鼎真人九转元功，包罗万象，诸般神通，今日见来，果真名不虚传。且再试来。"遂把指一引，一珠至弦上，化为一箭。那箭为重土箭，厚重凝实，坚不可摧。佛母道："七诛第四箭，破见思，诛取相。"照准一射，重土箭呼啸而出，地动山摇。真人祭鼎，现出一颗丹来，那丹转一转，为力移位。真人迎而不避，重土箭正中面门，应声而倒，有四土覆盖于其上，一为凡圣同居土，二为方便有余土，三为实报庄严土，四为常寂光土。四土一层一层，引真人往西方去。少时，见土上一棵树芽，旋旋而上，开枝散叶，长成一棵银杏。那银杏顶端结白果，白果裂开，跳下一人，正是玉鼎真人。再一看，四土不见，白果化丹，转入真人口中。

真人道："七诛第四箭，确实断尽思惑，且再看来。"佛母不言，把指一引，一珠至弦上，化为一箭。那箭为法水箭，清澈莹透，化柔万物。佛母道："七诛第五箭，破尘沙，诛假空。"照准一射，法水箭呼啸而出，一泻如洪。真人祭鼎，现出一颗丹来，那丹转一转，中枢移位。真人迎而不避，箭至身前，万物虚无，东西南北，上下左右，皆为一片汪洋，正是法譬如水，洗祛垢秽。真人身在水中，任其没顶，滔滔浪波，忽然涌起，见一座山拔出水面，那山长一寸，大一寸；高一尺，宽一尺，直至耸入云霄，汪洋退却，落下一人来，正是玉鼎真人。

真人道："七诛第五箭，确实通界内外，且再看来。"佛母即把指一引，一珠至弦上，化为一箭。那箭为电光箭，一束聚成，噼啪作响。佛母道："七诛第六箭，破无明，诛痴烦。"照准一射，电光箭呼啸而出，一箭化四，一为身光，二为难毁，三为流焰，四为定明。四箭分射神庭、天池、归来、历兑四穴。真人祭鼎，现出一颗丹来，那丹转一转，为精移位。真人迎而不避，四箭射住四穴，霎时经脉连络，电走全身，环成一个电球，电球之内，任你大罗神仙，皆难脱劫数。如此约一炷香工夫，佛母收箭，往前一瞧，见道袍尚在，人却灰飞烟灭，不由得笑道："虽说九转元功任之纵横，今却要败于七诛之下。"话未落下，只见道袍飘起，陡见袍内伸出四肢，少时项上溜溜长出一头，正是玉鼎真人。

真人道："七诛第六箭，确实变易生死，且再看来。"佛母大惊失色，定下心来，把指一引，一珠至弦上，化为一箭。那箭也怪，说是箭，却不见箭，只见得弦已拉满。佛母道："七诛第七箭，破无量，诛凡圣。"照准一射，也不见有箭，只觉得空间扭曲，气劲生刃。真人见势，道："七诛第七箭，原是乘气箭，气无定踪，大千必满。"忙祭鼎来，一颗丹出，那丹转一转，为英变换，真人把丹定于面前，双指环丹，以迎来箭，闻得一声轰鸣，箭断丹毁。

真人道："七诛第七箭，确实能解界外之惑，可惜七诛已毁，如何再来。"佛母道："一诛抵一丹，七诛抵七丹，也是不差。"真人道："七诛已毁，贫道却有九丹，你如之奈何？"佛母笑道："七诛虽毁，相却有三面。且看来之。"遂

第五十五回
佛母自演三面相　真人鼎出九转丹

把猪面收去，现天女法相，手执摩天扇，又道："三面相能敌九转丹，你且看来。"将摩天扇祭起，此扇不为寻常，乃圆扇，红底金圈，内绣转轮，祭在空中，转轮缓缓而动，扇子轻轻而摇，只能使三下，一扇扇人花，二扇扇地花，三扇扇天花。三扇一毕，顶上三花俱消，任你大罗金仙，功散法尽，修道成空。

真人见之，笑道："此扇倒与混元金斗相像，却不及混元金斗玄通大妙。"即把鼎祭起，一颗丹现于面前，那丹转一转，分成三颗丹。三颗丹又分入胎光、爽灵、幽精三魂之内，只见一道虚影，隐隐盖于真人其身。摩天扇一扇，扇去人花；二扇，扇去地花；三扇，扇去天花。摩天扇用毕，立时四分五裂。再见玉鼎真人，也是怪哉，虚影缓缓而出，缓缓实相，竟成一个真人模样，少时又化为乌有。

真人笑道："摩天扇亦毁，此相无用矣。"佛母回道："一丹成一相，一相成一人，九转元功，确实神妙无穷。"遂把天女相收去，现菩萨相，身如浮檀，光明如日。往前一步，无影无踪，只见一巨大火轮，如同白日，即时打来。真人见之，口称："日天之前，行走无踪，确实大神通之法。"眼见火轮愈近，真人把鼎祭起，一颗丹现于面前，那丹也不转，只浮于额前，现风、云、雷、海、火、日、地、天、空九经，真人九经环身，往火轮迎去，登时一片耀眼，不知天地，增长天内，金轮轰轰转起，少时闻得一声雷鸣，光华渐去，那玉鼎真人，九丹尽毁，光明佛母，三相尽去，复为普光、普明、普静三位菩萨。

两人神识，各归其位。增长天王像上，有一人道："三面相难制九鼎丹，九鼎丹难克三面相，两边既已打和，无须再斗，且出天去。"正是燃灯道人。玉鼎真人打稽首道："三位菩萨，成光明之相，今日幸会了。"三位菩萨亦合掌道："尝闻阐家十二上仙，玉鼎真人九转元功，先天真阳，若至大还之境，我等不能敌之。今日受教了。"同出天来，众人各迎自家。

燃灯道人说道："增长天斗法，玉鼎真人不得胜普光、普明、普静，三菩萨亦不得胜玉鼎真人，两教为和，不分胜负，且各出第六人，入广目天斗法。"南极仙翁问玉鼎真人："天内斗法，情形如何？"真人一一详述，南极仙翁叹道："九鼎大丹尽毁，甚是可惜，沙门众人，不可小觑。"太乙真人说道："虽说九鼎大丹毁去，然损了三位菩萨大道，也是幸哉。"南极仙翁说道："如今增长天又

049

是斗和,且看广目天情形。"

众仙相问:"广目天如何来历?"南极仙翁说道:"广目天,乃是魔家四将之中的魔礼寿,你等可曾知晓?"清虚道德真君回道:"知晓,知晓,此人神通广大,手持双鞭,囊里有一物,形如白鼠,名曰紫金花狐貂,放起空中,现身似白象,肋生飞翅,食尽世人。姜尚屡受其阻,也是天数使然,此人乃封神榜上有名之人,死于徒儿黄天化之手。后姜尚封神台上,封魔礼寿广目天王,却不知为何到了这二十四诸天来。"南极仙翁说道:"封神之后,魔礼寿受广目天王之职,后九洲重定,天下分四大洲,昊天上帝命魔礼寿分身临看西牛贺洲,不想竟使化作广目天。"太乙真人说道:"西牛贺洲,名瞿陀尼,其地纵广八千由旬,形如半月,沙门众人传法于此,按说乃不贪不杀,养气潜灵之地,实则却是妖魔鬼怪横行,遍地景象,可谓精灵满国城,魔主盈山住;老虎坐琴堂,苍狼为主簿;狮象尽称王,虎豹皆作御。然此地更有蹊跷,洲中有一山,正是灵鹫山。灵鹫山乃燃灯老师道场,不知有何瓜葛?"南极仙翁止道:"莫作妄言,任凭猜测。老师收魔礼寿于二十四诸天,居于第六天,此天清净法眼,观察众生,须一位炼气之仙,方得前往。"遂命清虚道德真君:"师弟可入天应阵,务要小心,若有异变,速出天来。"清虚道德真君回:"知道,领法牒。"作歌出曰:

晓风不度移花影,几许清虚拂九弦;
水中山石何漂渺,一叶莲舟乘地仙。

清虚道德真君问道:"哪位与我同入天中?"沙门众人见真君模样,有词为证:

额前一点新月,灵目半弯清泉。三缕长须抚神颜,头顶紫檀金冠。鹤氅祥云瑷瑓,麻履十方足缘。身转万朵莲花,阐家高人忽见。

月支菩萨见之,对众人道:"此乃玉虚宫门人,清虚道德真君,奇根异行,法力高强,昔日封神之战,魔家四将皆亡于其徒黄天化之手,不可小觑。"日光菩萨遍观众人,命:"虚空宝华光菩萨、琉璃庄严王菩萨、普现色身光菩萨,可

第五十五回

佛母自演三面相　真人鼎出九转丹

同入天中。"虚空宝华光菩萨、琉璃庄严王菩萨、普现色身光菩萨领命,出得阵来,合掌称道:"贫僧三人,与你同入天中。"太乙真人道:"原道二人一合相,方才三人修三身,你等三人,是何道理?"虚空宝华光菩萨笑道:"沙门因三相,因所备三法,一遍是宗法性,二同品定有性,三异品遍无性,初相为主,正为能立;藉伴助成,故须第二;虽有主伴,其滥未除,故须第三异品无相,三法成一因,因为缘,相为形。我等虽三人,因却为一,正是此解。"遂与琉璃庄严王菩萨、普现色身光菩萨同唱:"虚空五义,宝华放光;福智圆满,通透庄严;普门示现,救度众生。"只见橙蓝黄三光顿起,三人缓缓相合,光彩溢目之间,现出一尊相来,乃是宝树庄严光佛。只见他相貌怪异,身为蛇身,却有两脚,头虽人头,却有七颗蛇头并列在后,二目现火花,两耳生瑞彩,披红衣,挂璎珞,垂珠遍体,莲花托足,端的是威光大法,妙相慧身。

宝树庄严光佛笑道:"可否当是一人?"清虚道德真君亦道:"人头蛇身,应光化法,今日得见,果真不同凡响。"那广目天门开,二人同进,各抬眼一望,见一座山,山上白云朵朵。那云也是独特,如团团棉絮,大朵大朵,洁白无瑕,云中各镶一目,如同人眼,四下而转,转至哪处,哪处便现一束光芒。千云千目,端的是诡形奇制,离奇古怪。二人往山上行,有云自飘来,各至足下,缓缓而升,少时至山顶,见一神台,其中立一人像,身体红色,一面二臂,目圆而外凸,头戴龙盔,身着铠甲,右手捉龙,左手托塔,肩上趴有一物,乃花狐貂,正是广目天王像。有诗为证:

秋烟芳翠日暮西,青峰落台若归依；
白云浮眼观世界,广目清净独一隅。

宝树庄严光佛笑道:"此乃广目天王像,为天眼观察,护持众生。"清虚道德真君回道:"用眼观世界,即一眼世界,虽说千眼千世界,然世界无穷大,以一千道无穷,无非一叶障目。用心观世界,世界尽收于眼底。眼追逐五色,心关照万有,收视内观,不障于物,故执大象,天下往;往而不害,安平太。尝闻广目天王第三只眼睛,自带毒素,见眼者立时中毒,痛苦难当,从而皈依沙门,亦称恶眼天，丑目天，非好报天，此不为正道。天眼观察，护持众生，乃一家之言，不可弘于中土。"话音未落，忽见天王像右手腾出一龙，角似鹿，头似驼，眼似兔，项似蛇，腹似蜃，鳞似鱼，爪似鹰，掌似虎，耳似牛，口旁有须冉，颌下有明珠，喉下有逆鳞，兴云带雨，盘旋而来。至中途，化为一绳，将真君捆住，又有无形之力，往像前拉去。真君把袖一抖，本体脱出，盘坐地上，闭了双目，神识化作真君，随绳而去，至像前，天王额中之眼现出一道金光，收真君于内。

再看那宝树庄严光佛，正觉诧异间，忽见天王像背飞起一鸟，只见其身肚脐以上如天王形，只有嘴如鹰喙，为绿色，面呈愤怒形，露牙齿。肚脐以下似鹰一般。头戴尖顶宝冠，双肩披发，身披璎珞天衣，手戴环钏，通身金色。身后两翅红色，向外展开，其尾下垂散开，正是金翅鸟，少时匍匐佛前。宝树庄严光佛盘坐于地，闭了双目，心门而静，本体休息，额前一点灵光，神识而出，化作宝树庄严光佛，坐于鸟背。金翅鸟托起，双翅一展，飞于像前，那天王像额中之目一道金光现出，收于其中。

且说清虚道德真君入内，见一片亮光，往四处看，原在一座小岛，岛上树木郁郁葱葱，又有人影绰绰，现于树间，近前一看，却不是人，乃是娃娃人偶，密密麻麻，到处皆是。有的斜眼，有的咧嘴，有的怒目，有的歪头，挂于树上，甚是瘆人。真君往岛中行，人偶愈多，上下左右，似看非看。约半炷香工夫，一阵风拂过，人偶摇摇晃晃，一个个落下地来，面目凶神恶煞，张嘴龇牙，往真君奔来，欲吸食精气。真君见道："不想这广目天内，竟有如此恶象。此等毗舍童子若存于世，不知多少人受难。"遂祭出一物，乃是一筒，名曰万化筒，此筒长一尺，宽三寸，筒面显微微金光，浮在空中，往下一罩，悬下一块水晶，晶有无数面，成无数像，毗舍童子未及反应，个个收入像内，真君收了宝筒，左右一摇，一摊血水而出，口称："此物害人祸世，今化乌有，也是罪有应得。"往前而行，少时，至岛心，豁然开朗，一龙从地心而出，托真君于半空。

那厢，宝树庄严光佛入得像内，眼见一片大海，波涛汹涌，水天一色。自己立于大海之上，瞬间往海中坠去，遂把袖一抖，落下两瓣莲花，托于足下。宝树庄严光佛往前走，有莲花自随，未行两三步，忽脚底海面，腾起一龙。那龙周身为黑，生有双翅，牙长爪利，张口欲吞。宝树庄严光佛把指一拈，双目一闭，任凭吞下。黑龙旋旋而起，双翅扇动，往海中而飞。少时，见一座岛，正是清虚道德真君所在。真君见黑龙，笑道："不想道友如此而来，你有手段，自当打杀便是，何必如此相待。"话音未落，忽闻黑龙一声哀鸣，浑身缩成一团，从空中跌下，霎时没了动静，那后背有一缝裂开，生出一树，树为龙形，那树又开一花，花中一声雷响，现出一尊像来，正是宝树庄严光佛。

　　宝树庄严光佛见清虚道德真君，合掌说道："一切众生，从无始来，迷己为物，失于本心，为物所转。故于是中，观大观小，若能转物，则同如来。贫僧以己度身，以心化物，乃是造化。"真君闻言，不由得笑道："以己推人，以心观物，全然不顾他人感受，非正论也。所谓正其心，正其知，正其言，正其行，方为正道。我等以神识入来，在此斗法，原是不伤本体，不祸人间，解汉晋之争，还四海安宁，才是善事。"光佛回道："入天斗法，也是权宜之计，晋室大势已去，真君逆天而行，亦是徒劳。"真君打一稽首，自道："大势自有定数，天命皆有道法，你非势，不知势，你非天，亦不知天，各安本分，乃是修身安己之道。今日也不必费之口舌，既已到此，你我各凭本事。"宝树庄严光佛说道："既如此，得罪了。"遂踏前一步，手往上一抬，现龙树枝，借势打来。清虚道德真君见来，亦把手一现，执一柄青光剑，举剑相迎，不知二人斗法如何？且看下回分解。

第五十六回　广目天真君显威　自在天道行斗魔

松山洗雨八九里，鸟鸣竹空三两声。
天花乱坠佛门语，大象无形道家心。

且说清虚道德真君持青光剑，此剑乃青峰山一株万年青松所化，剑泛青光，锋利无比。宝树庄严光佛执龙树枝，这龙树枝亦有来历，乃南天竺黑峰山一棵菩提树上，结一龙眼，龙眼发枝而落，此枝曰龙树枝，舞动起来，行龙游水，凌厉万分。二人斗在一处，有诗为证：

万安山上仙佛齐，广目天中佛道争。紫阳清虚显威武，宝树庄严合相成。那菩萨，七个蛇头十八眼，前后左右闪金光；这真君，一身旋踵舞大袖，莲花霭霭放云祥。剑似飞鸿青光现，枝如游龙遍晴霜。

两人来来往往，战经二十回合，不分胜负。宝树庄严光佛将手一抬，龙树枝一刷，架开真君，跳出圈外，说道："青峰山武艺，果真了得，不知道术如何？"清虚道德真君回道："你且尽管使来，见何本领。"宝树庄严光佛收了龙树枝，合掌默念，少时见肩一耸，背后一蛇头陡长，倏尔窜出，腾于半空，化为一巨蟒。那巨蟒体色黝黑，有云状斑纹，背面现一条黄褐斑，两侧各有一条黄色条状纹，头小呈白，眼背及眼下有一黑斑，喉下黄白色，腹鳞无明显分化，尾短而粗，腾旋而来，端的是杯蛇鬼车，熏天赫地。

真君见状，举青光剑往蛇身刺来，剑至蛇鳞，却是刺不进去，坚硬无比。真君奇道："青光剑陵劲淬砺，倒刺不透这蛇鳞。"话音未落，巨蟒蜿蜒游行，霎时缠绕住真君，使之不得动弹。真君欲使遁法，然发不得劲，纵不得法，那巨蟒愈缠愈紧，宝树庄严光佛笑道："此乃七地梦法之一，束缚。世间万物，身心识俱缚，不得脱逃。"少时，巨蟒缠卷七层，将真君裹在其中。

宝树庄严光佛合掌叹道："贪生欲火，憎为执着，惑迷织网，爱累牵挂，人神佛魔，皆难脱束缚。故修行无界，无尽无始，望道友安心于此，修身修心，他日得脱束缚，方成大道。"言毕，转身欲走，忽闻一声："你等常言，众生平等，既是平等，当解他人之念，何来你行束缚。此些小术，岂能奈我何？"宝树庄严光佛回首一看，见是清虚道德真君，不由得惊道："此乃七地梦法之束缚，神通无量，你如何得脱？"真君笑道："万事万物，五行相克，皆有破法。七地梦法虽说奥妙，却不得万全。好比道高一尺，魔高一丈，魔高一丈，道自相随。"言毕，抛下一物，正是巨蟒之头。

光佛见蛇头被斩，也不恼怒，只道："道友既破得束缚，可见大罗金仙修为，且再看来。"遂把肩一抖，从身后飞出一蛇，那蛇极为好看，身色多样，一时灰，一时褐，一时黄，一时橙，身上有镶黑边的红褐色斑纹，腹部有浓淡相间的方格状斑纹，尾部腹面呈直条纹状，远望犹似玉米，乃称玉米锦蛇。那锦蛇飞至真君身前，尾盘旋，头抬起，身拔数尺，波浪般摇摆。真君登时眼花，再转睛一看，眼前景象不见，却到了一处地，原是一座八卦台，上有三个葫芦，有一人立于台上，喝道："清虚道德真君，可还认得否？"真君抬眼看，那人戴九扬巾，着大红袍，正是东海金鳌岛十天君其一，王天君王变。再看四下，原是十绝阵之红水阵。

王天君喝道："昔日商周封神之战，你破我红水阵，以五火七禽扇致我灰飞烟灭，今日在此，定要报这一扇之仇。"真君回道："你等若守得清净，又何上得封神榜。千年已去，何必执着。"王天君大怒，说道："五火七禽扇，你已传于弟子，今没了法宝，看你如何应对。"遂将一葫芦往下一摔。葫芦震破，红水平地涌来。那红水汪洋无际，若其水溅出一点粘在身上，顷刻化为血水。真君不及反应，被红水没过头顶，霎时全无。忽豁然明亮，红水阵消失不见，亦没了王天君，只剩得真君一人，呆立原地，玉米锦蛇在前，舞动摇摆。

宝树庄严光佛笑道："此乃七地梦法之蛊惑，物皆有心，心皆有障。障皆受于感,感皆制于身。道友心有孽障,今困于轮回,也是因果。"上前,将龙树枝往真君身上便打,一打下去,却没了真君身形,只打在蛇身,玉米锦蛇被打了个两断,不由得大惊,正在困惑间,忽闻身后一声:"些许小术,妄自尊大,七地梦法,言过其实也。"宝树庄严光佛回首,见是清虚道德真君,问道:"道友能脱我七地梦法,定有什么法宝?何不见来。"真君回道:"七地梦法,尚有其五,何不使来,再看我法宝如何?"光佛遂把肩一耸,背后腾出一物,乃是一条修蛇,有头无身,只张着一个巨口,齿牙如刀,吞天噬地。那蛇口照着真君,欲行吞噬。光佛说道:"包容入我,万物同化,此乃七地梦法之吞噬,看你如何应付。"修蛇张口吞下,立时不见了真君。蛇头左右张望,不料恰时顶上一道青光,嗖嗖而下,正刺在蛇头之上,修蛇一声凄叫,跌下半空,真君现了身形。

宝树庄严光佛在旁,目不转睛,始终注视,见得清虚道德真君被一团黑雾笼罩,真身藏于其中,有一气洒于半空,不知是何宝物,道声:"道友法术精奇,且看我七地梦法之分身,看你如何斩杀。"又把肩一耸,飞出一蛇,那蛇名曰千千蛇,晶莹剔透,如同水晶一般。忽断为数截,一截化一蛇,千截化千蛇,直往真君扑来。真君笑道:"这等小术,也来逞强。"遂把青光剑祭在半空,将身上一个葫芦拿起,去盖倒出神砂一捏,往上一撒,法用先天一气,炉中炼就玄功。青光剑化为千剑,千剑千杀,嗖嗖剑气,游走四方,将千蛇尽数斩落。

宝树庄严光佛见罢,说道:"我道是何法宝,原来是万变葫芦。"话音未落,遂把肩一抖,一蛇腾起,只寒光一闪,倏尔不见,再见真君身前,寒光一现,那蛇陡出,端是瞬息万变。此蛇极为细小,仅三指来长,拇指来宽,身上五彩斑斓,张开口来,齿锋牙利。不待真君反应,一口咬下,正咬在真君颈上,鲜血直流。光佛笑道:"此蛇名曰闪电,乃七地梦法之瞬移,心往何处,即到何处,你万变葫芦虽有神通,却教你施展不及。"言未落,但见真君身形一晃,真君化作蛇,蛇亦化作真君。真君不见有恙,那蛇却是鲜血淋漓,气息全无。

宝树庄严光佛大疑,问道:"莫非你还有什么神通?"清虚道德真君笑道:"何必多问,你且再将法术使来,看究竟沙门大妙,还是阐家大道。"宝树庄严光佛心道:"道德真君身笼黑雾,定有别的什么宝贝,护得其身,再以万变葫芦幻化,故不能破之。须知晓宝贝来历,方可败他。"遂喝道:"道友法术精奇,贫僧今

第五十六回
广目天真君显威　自在天道行斗魔

日大开眼界，玉虚宫上仙，果真名不虚传。若在平日，当坐而论道，以法相交，然今日一战，关系两教气运，不得不天中对决，互定胜负。且看我七地梦法之普光，你如何对来？"把肩一抖，一条金蛇腾起，浮在半空，陡放光明，光照之处，万物俱灭。宝树庄严光佛示现普光，两眼定神，要探道德真君虚实。岂不闻，普光一照，一切皆不得遁形。然道德真君不见了踪迹，宝树庄严光佛左看右瞧，目光寻遍，皆不得觅。待光芒褪去，忽现一团黑雾，青光剑刹时而出，将金蛇斩落。

清虚道德真君现了身形，笑道："七蛇已斩其五，尚有两蛇，且再看来。"宝树庄严光佛见道德真君如此神威，不由得心惊，自道："如今七地梦法已失其五，竟尚不知对方是何玄妙，岂非以指挠沸，焦熬投石，如此下去，定败于其手。还是要设法探明，方能制他。"遂把肩一抖，喝道："且看七地梦法之黑暗。"一蛇从肩头腾起，那蛇体形甚大，通体为黑，头部椭圆，头背有对等大鳞，却无颊鳞，瞳孔圆形，尾圆柱状，整条脊柱有椎体下突，大鳞一张，如一把黑伞，从天降临，霎时上下四方，一片黑暗，丝毫无光，万物静止。

宝树庄严光佛念动玄语，那黑蛇没入黑暗，瞳孔幽幽，要寻那真君，却是左游右行，仍不得见，不由得心下大急，正不知所措间，忽空中开一目，目中有一光打下，正在黑蛇前方，照见一团黑雾，乃是一幡，形状似伞，伞骨由凶兽腿骨制成，伞面为凤凰之羽，飘飘摇摇，甚为神奇。宝树庄严光佛见之，大喝道："我道何物，原是混元幡，怪不得如此难寻，此幡缩地换形，化死为生，乃混元之宝，今日幸见，着实大开眼界。然七地梦法之下，此宝毁于一旦，也是可惜。"命黑蛇张口咬住，更将肩一抖，腾出一蛇，那蛇甚是奇特，浮在半空，半黑半白，头咬尾，尾连头，身环混沌之气，目放五彩奇光。宝树庄严光佛又是一声大喝："七地梦法之轮回，众生因果，生死无息。"那蛇环成一圈，打下千层光晕，欲堕真君往六道。两法同出，清虚道德真君现了身形，将混元幡举起，那幡生混元三才之气，抵住轮回。真君又祭起万变葫芦，要化黑蛇。两厢作法，闻得一声雷鸣，那黑白蛇失了光芒，跌落半空，混元幡亦四分五裂，珠零玉落。万变葫芦虽收了黑蛇，却是震动不止，少时裂开，黑蛇从里钻出，腾于空中，口中吐了满地黑砂，蛇头亦一低，跌落下来。有词为证：

孤峰云低无计较。大雨潇潇新绿到。道法佛心何曾了。晴光照。青山倒影水含笑。

清虚道德真君法宝尽毁，宝树庄严光佛亦法术尽失，两边各神识归位，光佛分开三身，复为虚空宝华光菩萨、琉璃庄严王菩萨、普现色身光菩萨。广目天王像上，有一人道："七地梦法神妙，混元幡亦是玄通，如今两法皆毁，既是打和，无须再斗，且出天去。"正是燃灯道人。清虚道德真君怒道："既是两教斗法，不入三人，何故空中开目，照我混元幡所在。"燃灯道人回道："世事有因果，万物具法缘，天眼既开，当是沙门气运，无关其他。混元幡若是无解，何惧天眼，道友又何必执着于此。"清虚道德真君不言，只打一稽首，出了天去。虚空宝华光菩萨、琉璃庄严王菩萨、普现色身光菩萨皆向燃灯道人施礼，出了天来。众人各迎自家。

燃灯道人出天说道："广目天斗法，清虚道德真君不得胜三菩萨，三菩萨亦不得胜清虚道德真君，两教为和，不分胜负，且各出第七人，入自在天斗法。"南极仙翁问清虚道德真君："天内斗法，情形如何？"真君娓娓道来，众人闻言，皆生不平，南极仙翁叹道："燃灯老师既如此说，自有道理，只是混元幡失了，甚是可惜，如今广目天又是斗和，且看自在天情形。"

众仙相问："自在天如何来历？"南极仙翁说道："自在天，据说守护名曰摩醯首罗，为十地之菩萨，西方视其居住于色界之顶，为三千界之主，在三千界中得大自在，故此界，亦称为胜意生明。胜意生明，即能如其胜妙之意，而生出三千大千世界种种利益之事，化一切受用遍受用。此天谓天，乃世界之本体，一切万物之主宰者，又专司暴风雷电，凡人间所受之苦乐悲喜，皆与此天之苦乐悲喜相一。故大自在天欢喜时，一切众生均得安乐；大自在天瞋怒时，则众魔出现，一切众生随其受苦，若世界毁灭时，一切万物将归入大自在天中。如此神格，不想燃灯老师竟收之于二十四诸天，居于第七天。此天以虚空为头，以地为身，善恶相容，神魔难分，须一位大力之仙，方得前往。"遂命道行天尊："师弟可入天应阵，务要小心，若有异变，速出天来。"道行天尊回："知道，领法牒。"作歌出曰：

> 刚柔并济太极道，舍得两全如意仙；
> 更值金庭寻无忘，未识半身抱清玄。

道行天尊问道："哪位与我同入天中？"沙门众人见天尊模样，有赞为证：

> 头顶云锡小冠，身披锦织鹤氅。长眉如叶道弘扬，飞目一点灵光。手中宝圈五色，足下麻履轻黄。烟霞随身飘飘，方显玉虚模样。

月支菩萨见之，对众人道："此乃玉虚宫门人，道行天尊，前番刘政布玄风气象阵，以致汉军受阻，便是道行天尊门下。此人烟霞无尘，道机还身，不可小觑。"日光菩萨遍观众人，命："世静光菩萨、法胜王菩萨、摩尼幢菩萨，可同入天中。"世静光菩萨、法胜王菩萨、摩尼幢菩萨领命，出得阵来，合掌称道："贫僧三人，与你同入天中。"太乙真人道："二人一合相，三人修三身，三相备三法，你等倒是便辞巧说，这又有何道理？"世静光菩萨笑道："诸行无常、诸法无我、涅槃寂静，此乃我教三法印。诸行无常，世间一切有为法，皆因缘和合而生起，因缘所生诸法，空无自性，随着缘聚而生，缘散而灭，是三世迁流不住的，故谓之无常；诸法无我，一切有为、无为法皆是相通，依因缘而生，彼此相存，并无恒常不变之体，故谓之无我；涅槃寂静，灭除贪、瞋、痴三毒烦恼，以致身心俱寂之境。既然无常无我，涅槃寂静，便成一实相印，我等虽三人，却为一实相，正是此解。"遂与法胜王菩萨、摩尼幢菩萨同唱："心空法了，悟空如来，如意转法，庄严众心。"只见白光生起，三人缓缓相合，金碧错杂之间，现出一尊相来，乃是无相面佛，只见相貌奇特，上身横披天衣，饰有璎珞珠宝与钏镯；下身着长裙，衣质轻薄贴体，衣纹流畅自然。然面上无眉、无目、无鼻、无口，端的是大面无相，玄妙无穷。

无相面佛隐隐出声："可否当是一人？"道行天尊亦道："无相无面，无住无念，今日得见，果真大不寻常。"那自在天门开，二人同进，各抬眼一望，见一圆台，有五女在上，各立一方，翩跹而舞，鸾回凤鬶。其中一女穿圆圈裙，外罩一件薄纱，腰部系根腰带，上身穿贴身短衣，头戴薄纱巾，脚步变幻，拈荷花手姿，端的是翩风回雪，欢快轻盈。一女戴武士面罩，穿铠甲，双脚合拢，两手伸向头顶，身子随意而动，时悲时喜，时立时转，端的是故事演绎，舞姿多样。一女脸上绘彩，涂白色，双脚时快时慢，两手妖柔，十指翻转，半面喜，半面怒，端的是粉妆玉琢，风姿绰约。一女额前立一根羽毛，披轻纱，系短裙，脚踝挂铜铃，脚尖立地，旋旋而转，时而铿锵有力，繁音流泻；时而细碎悦耳，娓娓动听。端的是叮叮当当，剔透玲珑。一女头顶陶罐，陶罐带孔点灯，身子随风而摆，灯光闪烁，如水晶一般，又照有影，人影相合，端的是千娇百媚，婀娜多姿。圆台中央，立一人像，三眼四手，颈部青黑，手中分执三股叉、神螺、水罐、鼓等；身着兽皮衣，浑身涂灰，头上有一弯新月作为装饰，头发盘成犄角形，乘青黑水牛，左脚下垂，显大威力，正是自在天像。有诗为证：

虚化头，地成身；水为尿，山作粪。一切众生腹中虫，游行自在定四空。风是命，火取暖；心无念，尘如梦，一切众生福与罪，色界居顶神魔同。

无相面佛笑道："此乃自在天像，为六道教化，自在天子。"道行天尊道："以无为而有为，以不滋事而理事，以恬淡无味而有味。大生于小，多起于少。万事由易而难，由小而大。故有道圣人不图大为，不图大名，方成大事。无道之徒大发宏愿，大化众生，无成大事。是以圣人犹难之，故终无难矣。六道教化，自在天子，乃一家之言，不可弘于中土。"话音未落，那自在天像，眉间第三眼开，出两股神火，一股向道行天尊，一股向无相面佛。道行天尊盘坐于地，闭了双目，那火从身下腾起，天尊鼻中出气，气成白烟，笼罩全其身，火不得侵。霎时烟火相隔，火渐渐而收。天尊本体静笃，额前一点灵光，神识而出，化作道行天尊，随火而走，入得像中。无相面佛盘坐于地，闭了双目，那火从身下腾起，少时燃烧全身，却听到阵阵笑声，其中道："一念从心起，八万障门开。嗔是心中火，能烧功德林。"那火渐渐而分，贯于四手，四手换转，化为火轮。无相面佛本体休息，额前一点灵光，神识而出，化作无相面佛，踏火轮而走，入得像中。

第五十六回 广目天真君显威 自在天道行斗魔

且说道行天尊入像，见十棵树，乃是无忧树、菩提树、娑罗树、七叶树、龙华树、高山榕、檀香树、鹅耳枥、木棉树、银杏树。一字排开，各显其色。往前走，至尽头，有一人坐于宝莲台上，合掌说道："以真方便发此十心，心精发挥，十用涉入，圆成一心，名发心住。心中发明，如净琉璃内现精金，以前妙心，履以成地，名治地住。心地涉知，俱得明了，游履十方，得无留碍，名修行住。行与佛同，受佛气分，如中阴身自求父母，阴信冥通，入如来种，名生贵住。既游道胎，亲奉觉胤，如胎已成，人相不缺，名方便具足住。容貌如佛，心相亦同，名正心住。身心合成，日益增长，名不退住。十身灵相，一时具足，名童真住。形成出胎，亲为佛子，名法王子住。表以成人，如国大王，以诸国事分委太子，彼刹利王世子长成，陈列灌顶，名灌顶住。以上是名菩萨十住。道友既来此处，当断尽三界见惑，以成菩萨之身。"道行天尊笑道："沙门有言，万法皆空无自性，实无一法可得。所以，佛空无自性，魔亦空无自性，佛魔皆空，既无佛道可修，亦无魔道可成，佛魔都不可得。故这十方世界魔王者，多是菩萨，十方世界菩萨者，多是魔王。"此话一出，那人本慈眉善目，忽面目狰狞，把手一指，那十树生出千条万枝，缠绕过来。天尊大喝："如此鬼类，岂奈我何！"把手一举，有一圈现出，正是五色神行圈，在空中转一转，现红色，出三昧真火，把眼前直烧得个精精光光，透透彻彻。待火退去，景象皆已变幻，身处一地，不见天，不见地，四周云雾缭绕，乃是虚空之空。

且说无相面佛入像，见十棵树，亦是无忧树、菩提树、娑罗树、七叶树、龙华树、高山榕、檀香树、鹅耳枥、木棉树、银杏树。一字排开，各显其色。往前走，至尽头，有一人坐于宝莲台上，合掌说道："菩萨证境，初地菩萨住于欢喜；二地菩萨以十善业自利、利他；三地菩萨进入深广禅定修持；四地菩萨智能炽盛；五地菩萨获证深广、平等、清净心；六地菩萨深悟一切法平等之理，空解脱门现前；七地菩萨证入灭尽定中；八地菩萨得证无生法忍，继修学诸佛法身智能；九地菩萨获诸佛无尽善巧智能；十地菩萨得证诸佛最后无上禅定，大放光明。道友既来此处，当真言十地，抛却魔念，莫以三身合佛，以致无相无面。"无相面佛笑道："万法皆空无自性，实无一法可得。所以，佛空无自性，魔亦空无自性，佛魔皆空，既无佛道可修，亦无魔道可成，佛魔都不可得。故这十方世界魔王者，多是菩萨，十方世界菩萨者，多是魔王。佛魔本一体，烦恼即菩提。"此话一出，那人本是面目狰狞，忽慈眉善目，让开去路。无相面佛往前行，那人却把手一指，十树生出千条万枝，缠绕过来。无相面佛大喝："佛为念，魔为性，你作佛相，亦作魔事，如此鬼类，岂奈我何！"把手一举，有一幢现出，上镶宝珠，乃是如意幢，那幢转一转，转出一幅画来，画上景象即眼前所见，又闻得幢中鸣雷，雷出画上，那画上万物，被轰得个烟消云散。再看眼前，一切亦无影无踪。无相面佛收了如意幢，往前行，殊不知，自己面上，额前隐隐突起，似生两角，眉目间现黑气，甚是诡异。无相面佛全然不知，只踱步向前，不知不觉，到了一处地，不见天，不见地，四周云雾迷蒙，正是虚空之空。

道行天尊见无相面佛，诧道："不想道友此入，相面虽无，却呈有相之相，黑气贯于睛明，两角生于眉上，已是魔相。佛体魔相，虽说善恶同源，殊不知，世上最恶之魔，正是佛魔。今日贫道入天斗魔，也是天数。"无相面佛回道："佛魔同体，如水乳合。佛乃魔之求，魔乃佛之道。我以魔相入天，为结世间善缘。故以暴止暴，乃是大善。"道行天尊摇首，道："一派胡言，妄结莲花。你等若是安守本分，不涉中土，何来这场纷争。今番斗来，你尽使妙法，且看我如何破你来。"无相面佛回道："道友执意相斗，也便得罪。"踏前一步，眉目处各燃起一团火焰，手持执我杖，往天尊打来。道行天尊即把手一扬，现一拂尘，挥舞相迎，怎见得，有诗为证：

  执我宝杖与拂尘，无相面佛战天尊。一个是菩萨合一相，一个是金仙现玄黄。一个是僧魔同一体，一个是道君动十方。你来我去显身手，翻腾数转目回缭。宝杖风雷尽随往，拂尘千丝扫阴阳。一个大张气派保阐家，一个广施法力扬沙门。东西两教争胜负，自在天中五彩光。

两人来来往往，战经十余回合，不分胜负。无相面佛忽止住，往后一退，面上两团火焰隐入，少时沿脉而走，弯弯绕绕，曲曲折折，竟连成一宝瓶状。无相面佛把执我杖收了，两手一合，身内火焰腾出，化作一宝瓶，喝道："且看拙火宝瓶气厉害。"手举宝瓶，往下一打，那宝瓶放大拙火，火中含宝瓶气，往天尊烧去。天尊见此景象，心道："此火不比其他，乃是体火，可焚净欲念，烧尽我执。非五行能克。"遂暗祭五色神行圈。那宝瓶之火，近于其身，本是熊熊大火，忽而变小，化为星火，后只一点，嗖地一下，没入天尊其身。

天尊正诧异，忽见身色通红，一火燃于头顶，一火燃于额前，一火燃于胸间，一火燃于腹下，又有一气相连，转而开枝散叶一般，延至全身，继观其火，如电光灼照，由毛孔中外放，呈灯焰相，犹如油灯将尽，气息将枯。无相面佛喝道："道行天尊，你受我拙火宝瓶之气，油尽灯枯，已是回天乏术，且退出天去，从头修行，习我沙门之法，受我三宝之能，尚有一番圆满。"话音未落，却见天尊头顶闪光，腾起一个圈来，那圈有五段，五段五色，呈红绿青蓝紫，甚是奇异。那圈在空中转一转，恰转得红色，立时见一团红光闪耀，天尊身内火焰，呼呼往上，由天灵而出，收于圈中。

天尊面色如初，又把手一指，转一转，那圈霎时不见。无相面佛未及反应，正察看间，圈已至面前，往下一打，打在宝瓶之上，闻得"噼啪"一声，将宝瓶打了个破碎支离。无相面佛惊问："月支菩萨曾有言，道行天尊神术妙法，有一宝贝，名曰五色神行圈，五色五行，变幻莫测，能拿人收物，可是此法宝。"道行天尊笑道："正是此物，你若识得，自当退去，莫失了声名，毁了法身。"无相面佛回道："口言大话，不为道德。区区一个小圈，能奈我何？"遂将如意幢祭起，要拿天尊。不知二人斗法如何，且看下回分解。

第五十七回　广成子入辩才天　赤精子斩黑暗女

青山隐隐气含杀，心乘明月任飞花。
六解一亡见真性，逍遥去身证莲华。

且说无相面佛与道行天尊斗法，无相面佛祭拙火宝瓶，以大拙火烧道行天尊，不想道行天尊暗祭五色神行圈，将拙火宝瓶打了个粉碎。无相面佛大怒，遂祭如意幢，那幢转一转，转出一幅画来，画中景象即眼前景象，画中之人亦眼前之人。道行天尊见道："这宝贝倒是稀奇，有何来历？"无相面佛说道："此物名曰如意幢，昔日摩揭陀国孔雀王朝阿育王，早年好战杀戮，不成佛陀，世人称之黑阿育王。大梵天帝须知晓，于梵天下降，托生于目犍连婆罗门家，称目犍连子帝须。年十六，投沙门私伽婆为沙弥，后依旃陀跋阇受具足戒，精通三藏。并得私伽婆之付法，护持律藏，证得阿罗汉果，持如意幢，召一千比丘，于华氏城举行大结集，为阿育王之师。如意幢演万般屠杀之景，阿育王深感悔悟，以慈待世，世人称之白阿育王。一黑一白，僧魔同体，得证菩提。帝须得归梵天，恰摩尼幢菩萨如意转世，如意幢留于世间，随摩尼幢菩萨传法四方。此物以画演物，付之雷法，先斩其神，后堪其形，以致堪形震尸，使之崩裂。且看道友如何破得来。"

道行天尊闻言，回道："无怪道友有此宝贝，却不知如意幢可演得我五色神行圈。"遂把五色神行圈祭在空中，此圈分五段，着五色，红绿青蓝紫，闪闪发光。如意幢虽演得万般景象，然演不得此等至宝，五色神行圈入不得画中。道行天尊笑道："如意幢既演不得五色神行圈，能奈我何？"无相面佛亦笑道："如意幢虽说演不得五色神行圈，然道友却在画中，其身在此，其宝何用。"遂念动玄妙，闻得幢中鸣雷，雷打画中。道行天尊见状，亦念动玄语，五色神行圈转一转，落于天尊头顶，霎时不见踪迹。无相面佛喝道："你以为隐形遁迹，便能安然无恙，却是痴心妄想。"把手一指，只见道行天尊虽隐去其身，然画中仍现其形，无所遁迹，雷打其身，闻得"噼啪"一声响，见得画中，道行天尊被打了个粉身碎骨。无相面佛合掌叹道：

　　千年功德身，一朝化烟尘；
　　万般皆虚幻，唯有菩提真。

又道："玉虚宫门人，神通妙术，今日化为齑粉，甚是可惜，也是天数使然，无怪其他。"话音未落，忽闻一语：

　　入画好，风景似相换。浮世丹青若可取，颜色容易行道难。一目越千年。

无相面佛闻言，四下而望，见得身后有人，正是道行天尊，不由得大惊："如意幢之下，道友竟安然无恙，教人叹为观止。"道行天尊笑道："万物相生相克，无下则无上，无低则无高，无苦则无甜。所谓一山比一山，一水入一水，正是此理。如意幢虽说玄妙，亦难万物可破。"无相面佛不言，只细察眼前，见道行天尊身后道袍，有雷炙灼烧之迹，不由得笑道："五色神行圈果真神妙，神行即走，踪迹难觅，然纵是如此，道友之形，终在画中，弹丸之地，雷动四方，看你如何长久。"遂把玄语念动，画一展，又闻雷声。无相面佛把手一指，见画中雷声轰隆，数电并发，直打道行天尊。

道行天尊祭神行圈，遁了踪迹。那画也是神妙，道行天尊虽没有身形，然在画中，却是可见，只是踪迹不定，快如旋风。无相面佛喝道："你以为神行如风，便能避危安身，真是痴心妄想。"又把手一翻，如意幢急急抖颤，那画缓缓上卷，雷电如织，教人无处容身。再见得道行天尊，虽说不知身形何处，然闻得破空之声，有顿挫之感。无相面佛笑道："任你微妙玄通，待画合上，便教你进退无路。"话音未落，闻得急步，似往如意幢而去，转眼之间，已至幢前，又见五色光起，红绿青蓝紫，环成一圈，往如意幢上宝珠打去。电光石火之间，这壁厢，五色神行圈打在如意幢上，宝珠粉碎，宝圈断裂，玉石俱摧；那壁厢，道行天尊现了身形，雷电打在其身，直打了个跟头，转眼间又烟消云散。

无相面佛见得道行天尊，虽说雷打其身，倒是安然无恙，又见得如意幢毁去，大惊失色，说道："如意幢乃帝须传法之宝，今日毁于一旦，使我小乘，如何教诲世人。"道行天尊说道："人无常态，物无常形，世无常势，小乘之法，不得大势，故如意幢今日毁去，亦是此理。"无相面佛回道："如意幢既毁，五色神行圈亦断，你无所恃，如何胜我。"道行天尊笑道："如意幢已毁，却不见得我五色神行圈无用。"遂把指一转，五色光起，缓缓相连，断圈相合，却是完整如初。无相面佛见状，半晌不语。道行天尊笑道："你失了如意幢，已无所恃，如何胜我。"遂把五色神行圈祭在空中，往无相面佛打来。无相面佛喝一声："五行相生，和光同尘，五色神行圈，奥妙即在此处。"待宝圈相近，遂把相一变，本是无面，转眼间生三头，化三相，分乃世静光、法胜王、摩尼幢三菩萨相，又生十手，十手合五圆，接住五色神行圈。一圆套红光，一圆套绿光，一圆套青光，一圆套蓝光，一圆套紫光。无相面佛大喝一声，十手离体，宝圈断裂，五圆各按五光，往五方而去。

道行天尊法宝尽毁，无相面佛跌坐地上，分开三身，复为世静光菩萨、法胜王菩萨、摩尼幢菩萨。自在天像上，有一人道："五色神行圈玄妙无穷，无相面佛不惜以手断宝，也是奇法。如今各有损伤，既是打和，无须再斗，且出天去。"正是燃灯道人。道行天尊说道："道友僧魔同体，以手断宝，逞奇炫异，教人大开眼界。"世静光菩萨亦道："道友妙术神通，此法不得已而为之，甚是惭愧。"两方各打稽首，出了天去。众人各迎自家。

燃灯道人出天说道："自在天斗法，道行天尊不得胜三菩萨，三菩萨亦不得胜道行天尊，两教为和，不分胜负，且各出第八人，入辩才天斗法。"南极仙翁问道行天尊："天内斗法，情形如何？"道行天尊徐徐道来，众人闻之，皆生惊异，南极仙翁半晌方道："不想菩萨竟有魔相，僧魔同体，不知是福是祸。如今五色神行圈毁于一旦，自在天又是斗和，且看得辩才天情形。"

众仙相问："辩才天如何来历？"南极仙翁说道："世人只道菩萨金刚，却鲜有人知，沙门亦有三天女，分乃吉祥天、辩才天、欢喜天。其辩才天，又称之美音天、妙音天，相传为大神梵天之妻，由其左手大拇指上出生。最胜王经有云：若人欲得最上智，应当一心持此法，增长福智诸功德，必定成就勿生疑。若求财者得多财，求名称者得名称，求出离者得解脱，心定成就勿生疑。所谓辩才，为善于巧说法义之才。此天起源乃河流之神，本质为水，以身口意三密之中口密造就功德，成就三昧，从根本上遮止众污言秽语，关闭恶语之门，常谓净化一切众生恶业。如此造化，不想燃灯老师也收于二十四诸天，居于第八天。此天智慧福德，言化音惑，须一位大静之仙，方得前往。"遂命广成子："师弟可入天应阵，务要小心，若有异变，速出天来。"广成子回："知道，领法牒。"作歌出曰：

　　有缘得悟本来真，曾在终南遇圣人。
　　指出长生千古秀，生成玉蕊万年新。
　　浑身是口难为道，大地飞尘别有春。
　　吾道了然成一贯，不明一字最艰辛。

广成子问道："哪位与我同入天中？"沙门众人见广成子模样，后人有赞为证：

　　广成卧云岫，缅邈逾千龄。
　　轩辕来顺风，问道修神形。
　　至言发玄理，告以从香冥。
　　三光入无穷，寂默返太宁。

月支菩萨见之，对众人道："此乃玉虚宫门人，第一位击金钟之仙，广成子是也。此人至道至精，名闻遐迩，不可小觑。"日光菩萨遍观众人，命："金刚牢强普散金光菩萨、大强精进勇猛菩萨、宝盖照空自在力王菩萨，可同入天中。"金刚牢强普散金光菩萨、大强精进勇猛菩萨、宝盖照空自在力王菩萨领命，出得阵来，合掌称道："贫僧三人，与你同入天中。"太乙真人道："前有一实相印，此番又有何说？"金刚牢强普散金光菩萨笑道："我教有法，三大为是。所谓三大，体、相、用矣。大，遍布于一切法界。体大，乃一切众生心的体性真如平等；相大，乃一切众生心的自性，具足一切功德；用大，乃一切众生心的体性，内可自我观照，外可显现报化二身。三大为一，实相真如，故我等虽三人，却为一相，正是此解。"遂与大强精进勇猛菩萨、宝盖照空自在力王菩萨同唱："普散金光，帝耀诸光；威德无厌，胜伏诸障；慈悲宝盖，自在力王。"只见绿光升起，三人缓缓相合，浓翠苍阑之间，现出一尊相来，乃是普光勇力佛。样貌威武，身放光明。细看下，顶上有肉，高起如髻，面如狮，体如月，眼目清净，耳轮垂成。身披六铢衣，脚踏飞芒鞋，端的是内尘寂灭，无上金刚。

普光勇力佛笑道："可否当是一人？"广成子亦道："智德金刚，光明放旷，今日得见，果真大不一样。"那辩才天门开，二人同进，各抬眼一望，见一轮明月当空，一条大河当前，水波不兴，静影沉璧，有诗为证：

风淡云平汀无语，水静空明鸟不惊。
晴光聚散三千界，小舟随流一波心。

眼前景象，一碧万顷，风光旖旎。河边停两只小船，二人各登其上，船缓缓而行。船尾竖有一琴，船随流走，琴荡五音，实是洋洋盈耳，娓娓动听。少时，见河中立有一石像，身体白色，雪肌玉颜、青丝成髻，天衣绸裙，环钏璎珞诸饰庄严。貌如芳龄十二童女，生有四臂，双足交错，手持琵琶，作弹奏状，端坐于五彩缤纷的莲花中央，又分执琴、经书、念珠和莲花，天鹅卧其膝下，雁鸟立其肩上，正是辩才天女像，有诗为证：

一竖琴弦落河川，海出妙音醉梵天；
清歌演绎天城体，辩才女子到人间。

普光勇力佛笑道："此乃辩才天女像，为智慧之尊。"广成子道："绝圣弃智，人民可得百利；绝仁弃义，人民可复孝慈天性；绝巧弃利，盗贼也便没有了。圣智、仁义、巧利，此三者皆为巧饰，使人见素抱朴，少私寡欲，方能免于忧患。故智慧之尊，岂非妄言，不可弘于中土。"话音未落，闻得一声鸣，那石像上，天鹅忽腾起，洁白如雪，翔姿轻盈，转而至普光勇力佛前。普光勇力佛盘坐于地，闭了双目，一动不动，入定出定，额前一点灵光，神识而出，化作普光勇力佛，登在鹅背。再闻得一声鸣，雁鸟忽飞起，双翼如虹，盘旋而下，广成子亦盘坐地上，闭了双目，缘心息下，本体不随，额前一点灵光，神识而出，化作广成子，登于雁背。

天鹅拍打双翅，如雪莲绽放，乘风轻盈，少时飞至左上臂，普光勇力佛走下鹅背，脚下霎时现一朵莲花，莲叶相聚于顶，眼前忽一暗，忽一明，上下左右，满目为书，不见得前，不见得后，不见得左，不见得后，寻不得前路，觅不得出口。普光勇力佛笑道："尽信书，不如无书；不择书，不如不读。此等书障，乃是小术，岂能阻我。"遂把手一托，现出一物，乃是一宝盖，但见：

七宝严合饰天盖，佛子无定坐常斋；
自在力上随空寂，流苏有心扫尘埃。

那宝盖现在空中，现金、银、琉璃、砗磲、玛瑙、真珠、玫瑰七宝，登时佛光普照，照在阵中，眼前之书，沐于其中，登时烟消云散，独右前方十步开外，有一书未见有异。普光勇力佛笑道："原来阵脚便在此处。"遂把袖一拂，书开一页，现出一洞来，走入其中，霎时开朗，见四周，原在重天之上，悬一坪地，约有一顷，尽生茉莉，乃是天城。

再看广成子这处，雁鸟展腾，鸿翔鸾起，掠过长空，少时飞至右上臂，广成子走下雁背，脚下霎时现一朵莲花，莲叶相聚于顶，眼前一片混沌，又闻得琵琶声起，婉转悦耳，玲珑轻柔，再一眼，见得一女，身放金光，不知模样，只是问："何为至道？"广成子道："昔日人皇轩辕有问，至道之要何为？贫道言，杳杳冥冥。至道之极，昏昏默默；无视无听，抱神心以静。形将自正，心净心清。无劳尔形，无摇尔精，乃可长生。正是此理。"那女子回："此言差矣，道有无穷，无始无终，至道之说，本是谬也。"广成子笑道："我守其一，以处其和，入无穷之门，以游无极之野，当与日月参光。此为道本，何为谬也。你不见颜面，以金光示人，以言语相阻，于此放肆，不当存也。"遂祭出一物，正是扫霞衣，披于其身，将眼前金光一扫全无，不见女子，却现一洞，走入其中，豁然开朗，正是天城之上。

普光勇力佛见广成子，合掌说道："世间一切恶，源于无明愚痴。而一切苦果，一则有恶不善法为业因，二则无明相应呈现为苦。唯有智慧明利，可以破除愚痴无明。好比暗室之中不可见物，灯亮后一切历历在目。故佛法大海，信为能入，智为能度，如今晋室无智，世间皆苦，我等入此辩才天来，也是求智解苦，以脱世间之难。"广成子闻言，不由得笑道："坐而论道，不如起而行之。佛法无边，不度眼前。你我两教，如今入得这天中，非言语相辩，纵是分得个口中高下，天中仍是天中，天外仍是天外。"普光勇力佛说道："道友既如此说，只有各凭本事，分得高下，方得真论。"广成子回道："你我皆是修真之客，炼气之士，不比得人间相争，若分高下，当有个道来。"普光勇力佛说道："广成子之名，天下闻之，不若你说个道来，贫僧应之，如何？"广成子说道："既如此也罢，你我不取武艺，不比变幻，只凭法宝。你名号既有勇力二字，我有一宝，名曰番天印，你若破得来，当胜此天，若破不来，自当认负退去。"普光勇力佛说道："闻得九仙山桃源洞镇洞之宝，番天印迎风而展，砸物打人，无量神威，今日有缘得见，定要领教一番。"遂把手一扬，祭起一物，金光闪闪，迎风而大，少时金光褪去，见得模样，原是一杵，下大上小，如宝塔般。普光勇力佛说道："此物名曰金刚杵，真如佛性，无坚不摧，当试一试番天印。"广成子笑道："金刚杵虽说坚硬，却是难挡不周山之力。"遂把番天印祭起。

番天印自封神之战，让四大五行旗收住，千年未出，如今祭在空中，天崩地裂，雷霆万钧。番天印往下砸，金刚杵往上迎，一个如泰山压顶，一个似神针钻天，金刚杵架不住受，闻得轰隆一声，瞬时断为两截。普光勇力佛见状，大惊："番天印果真厉害。"广成子道："道友还有能耐，且自使来。"普光勇力佛回道："道友且看好。"遂把手一举，托起一物，形为铁棒，长约三尺，两头尖，中间粗，祭在空中，一头炙热，一头冰霜，半阴半阳，也是奇妙无穷。

广成子疑道："此又是何物？"普光勇力佛回道："此物名曰伏障钴，取自白圣客山顶一块雪岩,此岩立于地上为雪,藏于地下为炎,阴阳两极,无物不摧。"广成子道:"道友莫要自夸,且自看来,便有分晓。"遂把番天印祭起,宝印从空中往下砸,宝钻从半空往上冲,两宝相撞,只见得伏障钻炙热那头一点红光,冰霜那头一点蓝光,两光相合,往上推去,似要阴阳相合,钻破这番天印。广成子笑道:"番天印不惧水火,不入阴阳,山上之石纵是玄妙,终是凡间之物,如何能敌。"遂把袖一扫,番天印往下压,伏障钻红光暗淡,蓝光退走,少时闻得"噼啪"一声,断为两截。

　　普光勇力佛见番天印如此威力,连连颔首,赞叹无比。广成子说道:"道友若还有玄通,尽可使来,若山穷水尽,不如认负出天,也好了了这番争斗。"普光勇力佛回道:"番天印纵是厉害,也是一物,万事万物,相生相克,且再看来。"又把手一扬,祭起宝盖,那盖现空中,七宝顿现,佛光普照。广成子笑道:"此又是何物?"普光勇力佛回道:"此乃七宝盖,七宝锁物,无光不透,亦是我沙门至宝。"广成子问道:"此物可比得西方青莲宝色旗?"普光勇力佛回道:"比不得。"广成子说道:"昔日燃灯老师集了玄都离地焰光旗、西方青莲宝色旗、玉虚杏黄旗、瑶池素色云界旗,方能收住番天印,今道友仅凭七宝盖,安能降得住。"普光勇力佛回道:"树欲参天,必先入土,舍身成仁,方为大用,吝者反失,尽者得圆。贫僧今番破你番天印,且自看来。"

　　广成子将番天印祭起,印往下打,七宝盖七宝转动,反盖如幕,欲托起番天印,两宝相接,七宝盖托不住,广成子把手往下压,番天印直打下来,七宝盖嗞嗞作响,眼见得毁于一旦,普光勇力佛盘坐于地,身腾焰火,头顶出三颗舍利,缓缓相合,五彩耀目。舍利往上腾起,与宝盖相连,霎时宝盖倒悬,金光照住舍利,舍利迎番天印,闻得天惊地动,雾缠云绕,好半晌得见,那舍利已是支离破碎,番天印乍看得完整无虞,往下却见一道裂缝,也是大损。

　　广成子收了番天印,叹道:"道友为破番天印,以舍利相搏,以致千年修为,一朝成灰,甚是可惜。"再看那普光勇力佛目光垂下,分开三身,复为金刚牢强普散金光菩萨,大强精进勇猛菩萨、宝盖照空自在力王菩萨,各人已是面色黯然,灵光渐消。金刚牢强普散金光菩萨回道:"番天印厉害非常,今日我等虽破不得,然使其有损,再无大用,纵是去得舍利,也是无憾。"话音刚落,空中有一人道:

"番天印道家至宝，普光勇力佛以舍利破之，也是壮哉。如今各有损伤，不若为和，莫要再斗，且出天去。"正是燃灯道人。广成子说道："道友舍弃修为，以破道宝，也是杀身成仁，令人钦佩莫名。"金刚牢强普散金光菩萨亦道："道友神通无量，此法不得已而为之，甚是惭愧。"两方各打稽首，出了天去。众人各迎自家。

燃灯道人出天说道："辩才天斗法，广成子不得胜三菩萨，三菩萨亦不得胜广成子，两教为和，不分胜负，且各出第九人，入功德天斗法。"南极仙翁问广成子："天内斗法，情形如何？"广成子一一道来，众人闻之，皆道："此天竟致番天印受损，大是可惜。"南极仙翁说道："不想菩萨舍得舍利，以身求法，如今番天印不得再用，辩才天又是斗和，且看得功德天情形。"

众仙相问："功德天如何来历？"南极仙翁说道："前番说来，沙门有三天女，分乃吉祥天，辩才天，欢喜天。此功德天，正是吉祥天。相传天神和妖魔阿修罗搅乳海之时，其手持莲花，坐于莲花之上出世，故世人称乳海之女。此天以财扬法，身具十二名号，信徒若能受持读诵，并如法修习供养，便可消贫穷业障，得无上富贵。所谓吉祥，为财富布施所有众生，利益一切世界。不想老师也收于二十四诸天，居于第九天。大天尊曾言，祸兮，福之所倚；福兮，祸之所伏。此天吉灾相合，聚散无定，须一位大正之仙，方得前往。"遂命赤精子："师弟可入天应阵，务要小心，若有异变，速出天来。"赤精子回："知道，领法牒。"作歌出曰：

> 何幸今为物外人，都因凤世脱凡尘。
> 了知生死无差别，开了天门妙莫论。
> 事事事通非事事，神神神彻不神神。
> 目前总是常生理，海角天涯都是春。

赤精子问道："哪位与我同入天中？"沙门众人见赤精子模样，有诗为赞：

> 目放千悲冷，颔飘三缕须。
> 负手云霄剑，掌出五色烟。

龙跷飞行道，告以宁封源。

八极取无尽，寂默游太渊。

　　月支菩萨见之，对众人道："此乃玉虚宫门人，赤精子是也。此人龙跷飞行，八极真章，不可小觑。"日光菩萨遍观众人，命："金华光菩萨、无量音声王菩萨、善寂月音妙尊智王菩萨，可同入天中。"金华光菩萨、无量音声王菩萨、善寂月音妙尊智王菩萨领命，出得阵来，合掌称道："贫僧三人，与你同入天中。"太乙真人道："前有一实相印，后有三大为一，此番你等三人，又有何说？"金华光菩萨笑道："我教有法，三摩地者，亦称三昧，谓已转依者，心住一境性，即为入定。若诸菩萨唯观如幻，以佛力故，变化世界，种种作用，备行菩萨清净妙行，于陀罗尼不失寂念及诸静慧，此菩萨者，名单修三摩。三摩为定，定为合神，合神合一，故我等虽三人，却为一相，正是此解。"遂与无量音声王菩萨、善寂月音妙尊智王菩萨同唱："因坚果净，远离罣碍；妙法音声，闻解开悟；寂光真境，智月妙明。"只见蓝光生起，三人缓缓相合，蓝光碧影之间，现出一尊相来，乃是富兰那音叶佛，面呈千辐轮相，四肢纤长，指间缦网，身广长等，孔生一毛，足下平满，身披通肩衣，脚踏罗汉履，端的是众生根机，合一其形。

　　富兰那音叶佛笑道："可否当是一人？"赤精子亦道："金表殊胜，常游毕空，今日得见，果真大不一样。"那功德天门开，二人同进。赤精子抬脚一见，却是一片黑暗，不由得心疑："功德天为吉祥天，当是光明如放，彩炫色张，如何见一片黑暗之地。"遂把指点眉，凝神聚意，隐约觉得这乌天黑地之中，有气息吞吐之声。正待说话，忽闻得风声挂动，有物袭来，忙把身一闪，身形未稳，身后又一阵风声，赶忙闪来，如此七八回合，赤精子大怒，喝道："何方妖孽，在此作祟？"未有人答，却闻得嘿嘿笑声，分明是一女子，只是知其声，不知其形。

　　赤精子乃玉虚宫上仙，只把心中默念，已是清澈透亮，遂喝道："黑暗天女，你暗藏其中，莫要作怪。"那女声遂起："你如何知晓我名？"赤精子说道："尝闻姊云功德天，授人以福，妹云黑暗女，授人以祸。此二人常同行不离。如今见得此景，不是你当为何人？"那女声又起："功德天乃生，黑暗女乃死，生死本一体，不死何生，不生何死，你既入得这功德天来，当晓此理。"赤精子笑道："此理为惑世人而已，修道者，生死俱弃，无生无死，这等黑暗小术，岂能阻我。"遂披紫绶仙衣，黑暗女暗刺不入，赤精子把阴阳镜祭起，那镜一面红光，一面白光，红白相间，黑暗无处遁形，现出一女，其形丑陋，衣裳弊坏，多诸垢腻，皮肤皴裂，其色艾白，正是黑暗天女，定在眼前，不得动弹。赤精子手执云霄剑，那剑绕云霞，熠熠生辉，只一挥，将黑暗女斩了，霎时一片开朗，见得功德天来，不知景象如何，且看下回分解。

第五十八回　黄龙破金刚密迹　太乙入坚牢地神

谁言世有桃源地，抬眼风云满故心。
天上人间如相是，一树新雨一树尘。

且说赤精子斩了黑暗女，登时一片光明，抬眼见富兰那音叶佛，正在跟前，问道："道友此入，可遇他人？"富兰那音叶佛回道："贫僧入来，未曾有见何人。"赤精子笑道："此天倒也稀奇，一面光明，一面黑暗，互在其中，不入西方，却来阻我之路。"富兰那音叶佛合掌回道："心于一体，不为黑白，我西方之地，不贪不杀，养气潜灵，生死超脱，固不见熹黯。"赤精子不答，只往前看，原到了一处园中，流水潺潺，落英缤纷。有桃李和风，低吟浅唱；有露珠缀叶，苍翠欲滴；有山石林立，曲径通幽；有碧瓦朱栏，云窗霞户，真乃：神霄绛阙好去处，水木清华真景光。

赤精子踏前一步，见一石碑，上刻："妙华福光"，不由得赞道："神妙绚丽，天花福光，真是好园好景好福地，真宝真财真功德。"富兰那音叶佛指一指右前方，说道："妙华福光，乃功德天吉祥天女之所，且往那处看。"赤精子顺指而看，见园中立有一石像，身体为蓝，头戴五髑髅冠，红发竖立，发上有半月，面有三目，大口如盆，露两虎牙；右耳以狮子为耳环，左耳以蛇为耳环，颈上挂人骨念珠；上身披人皮，下身披虎皮；右手执人骨捧，左手端人头骨碗，座下为一头黄色骡子，端的是凶恶异常。

赤精子疑道："人称吉祥天女容貌姣好，华贵雍容，为何这般模样。"富兰那音叶佛闻道："道友所见，是何模样？"赤精子回道："凶神恶煞，面目丑陋。"富兰那音叶佛笑道："所谓花开两面，人见人心，我之所见，面怡神静，身洁肤白，头饰璎珞天冠，耳附玛瑙大环，身披白大衣，内着大红袍，右手长羽箭，左手执宝碗，座下金翅鸟在前，猫头鹰在后，与道友所见却是不同。"

二人言语间，忽半空鸣一声，那石像上，有一物腾起，富兰那音叶佛见往自己飞来，乃是金翅鸟，其身肚脐以下为鹰状，之上却为人面，只有嘴如鹰喙，面怒露齿。头戴尖顶宝冠，双发披肩，身披璎珞天衣，手戴环钏，通身金色。身后两翅红色，其尾下垂散开，转瞬之间已至身前，富兰那音叶佛盘坐于地，闭了双目，一动不动，本体休息，额前一点灵光，神识而出，化作富兰那音叶佛，登于鸟背。赤精子见往自己飞来，乃是猫头鹰，面形似猫，羽身褐色，散缀细斑，头大嘴短，眼大如灯，脖转如轮，悄无声息，已至身前。赤精子盘坐于地，闭了双目，道心安静，本体入神，额前一点灵光，神识而出，化作赤精子，登于鹰背。

金翅鸟拍打双翅，红雾弥漫，横翔捷出，少时飞至天女像前，那石像忽动，只见右手一举，长羽箭呼啸而出，富兰那音叶佛见势，把步一移，闪开身来。那箭一射不中，掉转头来，紧随不舍。富兰那音叶佛把身一定，金光透体而发，坚达果净，光照无量。箭至身前，停滞空中，不得再进，却又是一闪，箭羽金光闪闪，化作千万羽毛，沾于其身，笼了个密不透风，点水不漏。正当时，有一缕白烟腾起，弯弯绕绕，聚于半空，形为一半月状，又有白光闪闪，少时化作一镜。那镜晃一晃，万千箭羽纷纷而落，化为乌有。富兰那音叶佛现了身形，把手一举，收了宝镜，往前一看，景象变换，竟是一片海，色为乳白，着实稀奇。

再看那猫头鹰，双翅一抖，也不见扇动，悄无声息，已至天女像前。那石像忽动，只见左手一举，根根人骨而出，浮在半空，连三接五，比肩连袂，成一人骨头碗，那碗倒扣，直往赤精子压来。赤精子移一步，那碗亦移一步，如影随形，不得逃脱。眼见得便要罩住，赤精子也不慌张，任由压下，那碗罩住，人骨严合，任你万般神通，亦难脱身，又见人骨冒出丝丝绿气，有绿水滴下，但凡肌肤肉体，沾上必腐，挨上必蚀。绿水愈冒愈多，碗中已未见动静，想来赤精子插翅难飞，凶多吉少，却闻得内发一声：

满庭落叶悄不见，明日枝头又一春；

第五十八回
黄龙破金刚密迹　太乙入坚牢地神

春归雁回花来报，小芽青青立重根。

又见人骨相合之处，有五色烟出，聚于碗外，若隐若见之见，走出一人来，正是赤精子。赤精子把手一扬，现出云霄剑，往人骨碗劈下，破了妖碗，忽眼前一换，乃是一片乳海，见得景象：

须弥山下风景异，千峰抱水无留意。四宝为面连洲起，大圆里，乳汁成海众生育。白云一片如梦里，飘然若絮归无计。天镜茫茫澜飞璧，人来去，沧流不尽寻名寄。

正诧异间，忽有一人道："此为乳海，乃功德天出世之所。"乃是富兰那音叶佛。赤精子道："我等入天斗法，到此乳海，是何缘故？"富兰那音叶佛回道："西方有经，因陀罗降生，既为天地空三界之主，又为风暴之神，其神力源自不死甘露，不死甘露则在乳海之下，诸天神与阿修罗同搅乳海，得不死甘露。阿修罗欲独吞此物，寻机抢走，毗湿奴见此，化身女子抢回。两方大战，诸天神以不死甘露回归神力，败阿修罗往地狱之门。我二人到此斗法，亦是两教之争，正之于邪，义之于恶，望道友回头是岸。"赤精子说道："你以此海为说，自比为诸神，指他教为阿修罗，却不晓诸神以色为惑，神不为神，故人间尽恶，看来你那西方，不贪不杀，养气潜灵，乃是妄言。今在这乳海之上，你我各显玄通，莫再虚言。"富兰那音叶佛面皮通红，道声："既如此，得罪了。"上前一步，把手一抬，现出一物，乃是"横鱼"，此物为竹制，似长笛，然笛身为鱼状，肚腹上有七孔，端的是精巧雅致，别具一格。

富兰那音叶佛执横鱼，往赤精子劈面打来。赤精子让过，手中云霄剑现出，顺势劈来。富兰那音叶佛持鱼架住，二人往来冲突，翻腾数转，未及数合，富兰那音叶佛忽跳出圈外，把横鱼一横，指压笛孔，口沾笛嘴，登时悠悠笛声，婉转而出。赤精子闻得此声，只觉眼中一花，有一条路在前，无尽无止，脚下似有万般牵引，只往前行，又见得排排色树，分列两旁，那树色彩缤纷，高约一千由旬，树上织有罗网，上覆金缕珍珠，百千杂宝，绚丽多彩，微风拂过，如百千乐器，同时演奏，教人流连忘返。

赤精子走于路间，不知终点，在旁人眼中，已是走上极乐，无有返途。富兰那音叶佛笑道："鱼乐之乐，亦是死亡之乐，极乐之乐，道友脱了闸门，入极乐之道，乃是幸事。"话音未落，忽有叮叮当当之声，盈盈而起，再一看，已不见了赤精子身影。正感诧异，那鱼乐之声，与叮当之声，交织一片，不过片刻，皆缓缓变弱，眼前极乐之路，随之弯弯曲曲，少时不见，又成了一片乳海。

富兰那音叶佛复见赤精子，气静凝定，神态怡然，不由得诧异，问道："方才闻得叮当之声，与我鱼乐相当，不知何物所发。"赤精子笑道："你有横鱼，我亦有水火锋，水火之乐，乃重生之乐。你沙门引人死，我阐家引人生，以死为善，终不及以生为善，大千向死，岂如生生不息。横鱼无用，正是此理也。"遂于腰间取下一物，状如铃铛，也是稀罕。富兰那音叶佛回道："生终向死，死亦为生，道友当知此理。今你仗恃水火锋，倒要与你讨教一番。"遂将横鱼祭在空中，那鱼嘴一吞一吐，有无数水泡冒出，排排列列，尽往赤精子周身笼住。少时，忽水泡炸起，犹如五雷轰鸣，好似地崩山摧，神仙之体，亦难抵挡。

富兰那音叶佛正感欣喜，忽见五色烟起，聚为一人，正是赤精子，又见其身暗放光华，五彩缤纷，心道："此人身藏至宝，暗护其体，不可小觑。"更把横鱼祭起，口中默念玄语，那横鱼竖立，鱼头陡然增大，从半空打将下来，端的是力若千钧，其势滔天。赤精子见道："你这宝贝，倒也多样。"遂祭起水火锋，那水火锋虽似铃铛，然在半空，左右摇摆，从铃口伸出一把剑来，剑身漆黑透亮，往横鱼迎去，闻得一声巨响，横鱼被斩为两截。

水火锋破了横鱼，也不停留，直往富兰那音叶佛打来，少时便至身前，却见一道光起，只一晃，水火锋落将下来，掉入乳海，顷刻化为乌有。赤精子看得清楚，问道："此乃何宝物？竟有如此神通，使我水火锋毁于一旦。"富兰那音叶佛亮出一面镜，那镜为半月状，白光闪闪，甚是灵动，口中笑道："《大般涅槃经》有言，譬如有人见月不现，皆言月没而作没想，而此月性实无没也。转现他方彼处众生复谓月出，而此月性实无出也。何以故？以须弥山障故不现，其月常生性无出没。如来应正遍知亦复如是。如是众生所见不同，或见半月，或见满月，或见月蚀。而此月性实无增减蚀啖之者，常是满月。如来之身亦复如是，是故名为常住不变。"又道："我这镜，名曰半月镜，以众生之眼，看月圆缺有无，实则，月不论何时，皆圆满自足。若不沾因果，当见圆月；若沾得半分，当见半月，此镜灭其身，断其根，助你脱因了果，当为圆满。"赤精子闻言，说道："世间尽为凡物，依道友之言，若得圆满，一切当灭？其名为大善，却为大恶，今日我替天行道，毁你这半月之镜。"踏前一步，执云霄剑而来。

富兰那音叶佛喝道："来得甚好，你今取死，休怪贫僧无情！"遂将半月镜祭在空中，晃一晃，直照赤精子。赤精子心知此镜凶恶，忙拿出阴阳镜，照半空亦是一晃。此镜为太华山云霄洞镇洞之宝，有阴阳两面，阴面为白，阳面为红，红是生，白是死，更是神妙无穷，玄奇无边。两镜相对，两束白光照在一处，各不相让。再看二人，富兰那音叶佛合掌诵念，那半月镜缓缓变圆，白光更显耀眼。赤精子把手一抬，阴阳互转，红光亦起，红白交织，合为一光，其势更甚。半月镜渐渐黯淡，阴阳镜已占上风。

富兰那音叶佛面色通红，口中诵语，还要相搏，忽闻得"噼啪"一声，半月镜已珠残玉碎。赤精子破了半月镜，乘势而上，拿起阴阳镜，又往富兰那音叶佛晃去。富兰那音叶佛忽纵身，往乳海一跃，霎时没入其中，赤精子喝道："纵然逃至天涯海角，也难脱我阴阳镜之威。"将镜往海上一抛，镜光照海，登时水浪滔天。本想富兰那音叶佛在劫难逃，忽天上挂起一月，海上亦倒映一月，一条老龙从海下腾起，阴阳镜往龙身一照，老龙仰天而啸，往海中跌落，却见一人跃至龙颈处，伸手一抓，龙口即开，一股绿液喷出，恰在镜上，阴阳镜登时无光。赤精子眼见，大喝："道友不惜以老龙之身，换青喉之液，破我阴阳镜，实是不该，不该。"原来此液乃昔日搅拌乳海之时，老龙吐液，欲毁三界，湿婆为免三界受灾，取来吞之，喉咙灼成青紫色，因此被人唤作青喉者，此液亦叫青喉之液。

富兰那音叶佛见赤精子如此说，亦道："阴阳镜掌人生死，不得天理，今日毁去，善莫大焉。"赤精子欲再言语，忽空中有一人道："半月镜毁去，阴阳镜大损，再斗下来，必是两败俱伤，不若言和，且出天去。"富兰那音叶佛心道："赤精子乃玉虚宫上仙，身怀奇术，加之暗藏玄宝，再斗已是无益。"赤精子亦思："这乳海之中，不知究竟，富兰那音叶佛既入得此海，必有他法，不若退去，也保得个和局。"二人遂各打稽首，同道："道友神通，已是受教，今日我等罢斗，也是两教之福。"富兰那音叶佛把身一晃，又分为金华光菩萨、无量音声王菩萨、善寂月音妙尊智王菩萨，三人与赤精子同出天去。众人各迎自家。

　　燃灯道人出天说道："功德天斗法，赤精子不得胜三菩萨，三菩萨亦不得胜赤精子，两教为和，不分胜负，且各出第十人，入金刚密迹天斗法。"南极仙翁问赤精子："天内斗法，情形如何？"赤精子一一讲来，众人闻之，皆道："老师乃我阐门副掌教，如何这二十四天中，倒与西方有万般牵连。"南极仙翁说道："不可妄论，如今折了阴阳镜，此番斗法，连和九天，且看得金刚密迹情形。"

　　众仙相问："金刚密迹天，如何来历？"南极仙翁说道："金刚密迹，即守护佛法之夜叉神，又曰夜叉王。相传西方接引、准提二位道人未出，转轮王在世之时，有法念、法意二兄弟，同时发愿。法念愿贤劫之如来出世时成为梵天，法意则愿成为随侍佛陀，捍卫佛法，而后成密迹金刚力士，乃五百随侍之首，因手持金刚杵，故又称执金刚神。此为金刚护法神祇，又能听到一切诸佛秘要密迹之事，悉知人事，道解人心。不想老师亦收于二十四诸天，居于第十天，此天无秘无藏，须一位大真之仙，方得前往。"遂命黄龙真人："师弟可入天应阵，务要小心，若有异变，速出天来。"黄龙真人回："知道，领法牒。"作歌出曰：

　　　　一片汪洋本来真，岷江之上遇圣人。
　　　　不羡长生千古秀，只愿玉虚万年更。
　　　　池间金鳞难为道，山中玄黄别有春。
　　　　百世修得阐门术，方晓度字最艰辛。

　　黄龙真人问道："哪位与我同入天中？"沙门众人见黄龙真人模样，灵光聚顶，龙冠立额，身披黄袍，手持尾杖，也是云中仙鹤，轩然霞举。月支菩萨见之，对众人道："此乃玉虚宫门人，黄龙真人是也。此人至真至纯，后修大悟，不可小觑。"日光菩萨遍观众人，命道："龙种上尊王菩萨、降伏众魔王菩萨、慧幢胜王菩萨，可同入天中。"龙种上尊王菩萨、降伏众魔王菩萨、慧幢胜王菩萨领命，出得阵来，合掌称道："贫僧三人，与你同入天中。"太乙真人道："前有一实相印，后有三摩合一，此番又有何说？"龙种上尊王菩萨笑道："我教有法，三宝皈依，三宝乃佛宝、法宝、僧宝，三皈依即归依佛、归依法、归依僧。归者归投，依者依托。如人堕海，忽有船来，即便趣向，是归投义。上船安坐，是依托义。生死为海，三宝为船。众生归依，即登彼岸。三宝皈依，也为三宝归一。故我等虽三人，却为一相，正是此解。"遂与降伏众魔王菩萨、慧幢胜王菩萨同唱："龙种净智，宿业尽消；佛佛一如；降服诸魔；幢者幢幡，宣法殊胜。"只见青光生起，三人缓缓相合，玉光润泽之间，现出一尊相来，乃是龙象宝王佛。模样大不相同，见两耳垂肩，鼻长如象，莲眼开合，白眉飘扬；又见身形颀长，体态平满，披璎珞天衣，戴金刚手钏；身后有七条神龙，相互盘绕，龙头于头顶向前，端的是雄浑庄肃，成就菩提。

龙象宝王佛笑道："可否当是一人？"黄龙真人道："譬如迦叶，龙象蹴踏，今日得见，果真大不相同。"那金刚密迹天门开，二人同进，但见杂草盘踞，树影婆娑，原是一片旷野，又见远处，四面皆有城墙，巍然兀立，寂寞斑驳。有诗为证：

天高云低雁飞扬，一川茫茫染青黄；
小城无语诉平野，红砖白瓦日斜长。

龙象宝王佛道："此地名为旷野城，影胜王之时，有五百贼子于此旷野，杀害过往商旅，以致人行路绝。影胜王命大将屏除，群贼求哀请活，于是慈心悲愍，筑一新城，诸人共住，便是由来。"黄龙真人回："恶人放下屠刀，立地成佛；善人一生修行，世世轮回。你教言行，好不通理。"龙象宝王佛不言，各往前行，少时见城中立一石像，头戴宝冠，双耳戴环，袒露上身，目定神严；手持金刚杵，腕上戴镯；脚踏风火轮，脚腕套圈，正是金刚密迹像。有诗为证：

牙如剑树目如灯，电烁妖魔法不生；
千圣出头难插足，普庵也道我也能。

龙象宝王佛笑道："此乃金刚密迹像，为掌秘传法之神。"黄龙真人道："我教有训，三不言，早不言梦寐，午不言杀伐，晚不言鬼神；三不问，一不问寿，二不问俗事，三不问家常籍贯。不言不问，乃为天下静，此金刚掌密传秘，不行光明，不可弘于中土。"话音未落，石像忽动，执金刚杵打来。黄龙真人见来势甚急，忙把身一让。石像踏前一步，又把金刚杵举起，一杵打下，其势甚大。黄龙真人见来得厉害，忙从腰间解下一把剑来，此剑名曰"步虚剑"，也是二仙山宝贝，削铁如泥，锋利非常。真人执剑，往杵迎来，闻得"叮当"一声，步虚剑断为数截。石像乘势而来，执杵又往真人打来。真人喝一声，一只仙鹤忽至，驾于其背，起在空中，往下看，不见了龙象宝王佛，只石像抬眼，手一举，把金刚杵祭在空中，又打真人。真人忙抬手，将一珠祭起，那珠名曰"辟天珠"，白如冰雪，晶莹剔透。真人把珠放于头顶，忽身子霎时折起，外人看来，其人成一纸片，随风而走，游行不定。金刚杵打下，却总是差之毫厘，未达一间。

真人从从容容，行至石像旁，复回其身，一掌打下，也是奇怪，掌压之处，竟起波澜，如水一般，手不能抽出，身子缓缓融入像内。真人眼前一片黑暗，伸手不见五指，半响，忽又一片恍惚，恍惚之间，现出一片汪洋，汪洋之上，有一股黑风，正朝一人而去。那人目清须长，穿黑衣，戴斗笠，手拿一叉，乘木舟之上，分明是大禹王。

大禹王正察视江面，那黑风悄然而至，欲害大禹。千钧一发，忽金光四射，一条黄龙腾出江面，与黑风交织一处，翻云覆雨，殊死相搏，好一阵，黑风呼啸而走，江上风平浪静。真人正看时，忽又一片黑暗，有一人道："黄龙真人，想你昔日身为水龙，虽救得大禹，本意却欲行加害，也是一念之间，善恶相转，大禹感你助他治水有功，求封天龙，你知自己造化，不愿升天，故拜于玉虚门下，得入仙门。然你虽得人形，终还是龙身，难入大道。今日你进得此天，善恶之间，望你回头是岸，八部天龙有其位，以成正果。"黄龙真人闻言，不由得笑道："好一个金刚密迹，密迹金刚，倒是知晓贫道来历，可惜你以言惑人，只可惑世间凡众，于我阐家，倒是无益。"那声又起："辟天珠虽有空间曲折之妙，然在这金刚密迹天中，任你万般神通，终难出得去，道友在此，可安心修法，以悟大道。"黄龙真人笑道："此天怎能困我。"遂又祭起一珠，那珠名曰"开天珠"，蓝如珊瑚，玲珑光润。真人把珠合在手间，举于头顶，往前一劈，闻得一声巨响，如山崩地坼，好半晌方烟消云散。真人见眼前，仍在旷野城之中，金刚密迹石像亦在原处，上立一人，正是龙象宝王佛。

龙象宝王佛见黄龙真人，不由得诧道："你那珠竟破得金刚密迹之法，倒也玄通。"真人回道："金刚密迹，探人之心，知人之事，以密挟制，驱使众生，为佛陀护法，岂是正道。"龙象宝王佛说道："道友既是龙身，倒与贫僧同源，也是天意，今日你破金刚密迹，想来护闸之心已定，我等斗法于此，恰见得谁为真龙。"遂踏前一步，来打真人。

真人祭辟天珠，其身化为纸片，穿梭行走，霎时东，霎时西，不能使人近身。龙象宝王佛喝道："空间曲折之术，能奈我何？"祭起一物，乃是一幢旗，名曰"斗胜旗"，那旗一展，飘飘扬扬，陡然伸长，如一条长龙，往真人卷来。真人即走，旗子即展，少时四面八方，尽为宝旗，不得而出。龙象宝王佛笑道："你虽有空间曲折之法，我亦有无限空间之妙，今教你插翅难逃。"把掌一合，那旗一圈一圈，一圆一圆，将真人裹在其中，又有阴火喷出，直烧真人。真人遂祭开天珠，合在手间，举顶而劈，闻得一声响，斗胜旗被扯个粉碎。龙象宝王佛见道："此珠不同凡响，且再看来。"把身一纵，起于空中，衣物脱落，化为一条蓝龙，龙生七头，教人叹为观止。黄龙真人见道："来得极好。"亦把身一纵，起于空中，褪去衣物，化为一条黄龙，亦是奇妙无穷。两龙在空中，各显其威，好一番争斗，有赞为证：

好声势。云雾起平野，绛气漫高楼；风雷震银汉，长虹卷太空。好相搏。金鳞灿九阙，赤尾摇天东。利爪搅霞浪，神角破苍穹。这一厢，须垂白丝飘似索；那一厢，额缀明灯幌如珠。佛道归真显手段，龙子化形各争扬。

两龙相斗好一阵，不分胜负，忽黄龙吐辟天珠，来打蓝龙。蓝龙伸出两头来，一头吐水，现五阴魔相；一头吐火，现四死魔相。水火交融，把珠戏于空中，水火蒸腾，少时化为乌有。黄龙又吐开天珠来，来打蓝龙。蓝龙亦伸出两头，一头吐风，现自在魔相，一头吐雷，现天子魔相。风雷交加，把珠戏在空中，风雷交加，少时劈个粉碎。黄龙道："好一个魔龙，竟欲成天龙，游思妄想，岂能让你得逞。"遂吐出一珠，那珠名曰"混元珠"，黑如墨金，幽光藏华。

蓝龙亦伸出两头，正要施法，却见混元珠悠悠转动，生出一气，那气如利刃，往龙头一斩，见两颗龙头应声而落。蓝龙大惊，又伸出两头，混元珠照样一斩，斩了两头。蓝龙再伸两头，欲戏此珠，哪里敌得住，顷刻间又被斩下，只剩得一头。黄龙道："今你失了六头，还剩一头，一头若再斩下，便是万劫不复，劝你早降，届时化为齑粉，悔之晚矣。"蓝龙道："好一个混元珠，仗恃昆仑山死亡谷一丝混沌元气，便行凶恶，我自有办法。"遂把头一仰，吐出一丹，那丹金光闪闪，煞是神妙。黄龙见道，大惊："道友何须以龙丹相搏，岂不知龙丹一毁，根行尽失。"话音未落，那龙丹往混元珠一打，闻得天惊地动之声响起，两珠皆化为粉尘。

黄龙收了身形，复回真人模样，叹道："道友为破混元珠，以龙丹相搏，千为修行，毁于一旦，甚是可惜。"那蓝龙亦收了身形，分开三身，复为龙种上尊王菩萨、降伏众魔王菩萨、慧幢胜王菩萨，各人面色苍白，神光不现。龙种上尊王菩萨回道："混元珠含混沌元气，若不如此，岂能破之。"话音刚落，空中有一人道："混元珠道家至宝，龙象宝王佛以龙丹破之，也是无憾。如今各有大损，不若为和，莫要再斗，且出天去。"正是燃灯道人。黄龙真人道："道友九龙化身，降伏诸魔，也是修行。"龙种上尊王菩萨亦道："道友神通妙法，不愧为玉虚宫门人。"两方各打稽首，出了天去。众人各迎自家。

燃灯道人出天说道："金刚密迹天斗法，黄龙真人不得胜三菩萨，三菩萨亦不得胜黄龙真人，两教为和，不分胜负，且各出第十一人，入坚牢地神天斗法。"南极仙翁问黄龙真人："天内斗法，情形如何？"黄龙真人一一道来，众人闻之，皆道："混元珠乃师尊亲炼，今番毁去，大是可惜。"南极仙翁说道："不想菩萨竟舍得龙丹，以身证道，如今失了混元珠，金刚密迹天又是斗和，且看得坚牢地神天情形。"

众仙相问："坚牢地神天如何来历？"南极仙翁说道："坚牢地神，意为坚牢如大地。相传魔尊曾问释迦，功德谁为证明。释迦垂手指地，以示大地做证。此时大地六震，东涌西没，西涌东没，南涌北没，北涌南没，边涌中没，中涌边没。

坚牢地神由地中涌出半身，唱言其能证明，并阻击魔众，助释尊得道。不想老师也收于二十四诸天，居于第十一天。此天万物供养，以成万物，须一位大法之仙，方得前往。"遂命太乙真人："师弟可入天应阵，务要小心，若有异变，速出天来。"太乙真人回："知道，领法牒。"不知天内斗法如何，且看下回分解。

第五十九回 云中子入天参玄 南极翁致知罡斗

松柳等闲问春秋，风月谈笑送云舟；
道是无情别有意，身住山间待从头。

且说太乙真人领命，入坚牢地神天斗法，只见作歌出曰：

当年有志学长生，今日方知道行精；
运动乾坤颠倒理，转移日月互为明。
苍龙有意归离卧，白虎多情觅坎行；
欲炼九还何处是，震宫雷动兑西成。

太乙真人问道："你等打杀我徒儿李少君，毁我金光洞之宝吞天罟，今日倒要讨教一番，哪位与我同入天中？"沙门众人见太乙真人模样，穿太极道服，头挽双髻，丝绦麻履，手执拂尘，端的是天颜咫尺，光芒万兆。月支菩萨见之，对众人道："此便是清微教主，太乙真人，乃杀伐之仙，大成之道，李少君之师，万不可小觑。"日光菩萨遍观众人，命："日月光菩萨、日月珠光菩萨、弥勒仙光菩萨，可同入天中。"日月光菩萨、日月珠光菩萨、弥勒仙光菩萨领命，出得阵来，合掌称道："贫僧三人，与你同入天中。"太乙真人道："莫道你三人入来，便是齐齐上阵，又待如何？"日月光菩萨喝道："太乙真人，你仗恃道术，休要逞强，且自看来。"遂与日月珠光菩萨、弥勒仙光菩萨同唱："佛之光明，日夜恒照；恒常无休，解脱上岸；一切众生，不堕恶道。"只见红黄绿三光生起，三人缓缓相合，霞光流彩之间，现出一尊相来，乃是布袋明珠佛。模样倒是特别，正是大耳横颐方面相，肩查腹满身躯胖。一腔春意喜盈盈，两眼秋波光荡荡。敞袖飘然福气多，芒鞋洒落精神壮。

布袋明珠佛说道："道友莫自托大，且听贫僧一言：

  是非憎爱世偏多，仔细思量奈我何；
  宽却肚皮常忍辱，放开泱日暗消磨；
  若逢知己须依分，纵遇冤家也共和；
  要使此心无挂碍，自然证得六波罗。"

太乙真人见状，打一稽首，说道："弥勒正觉，日月珠光，今后无上之尊，指日可期，有缘得见，果真大不相同。"那坚牢地神天门开，二人同进，但见一处，大不一样，抬头望，一片大地，山是山，水是水，花是花，草是草，倒挂于上，郁郁苍苍。低头看，一片天空，日在左，月在右，星星似灯，白云如船，悬浮于下，湛湛蓝容。布袋明珠佛道："天在上，地在下，为天地，为人间；天在下，地在上，为地天，为生源。此处正是地天，乃坚牢地神居所。昔日释尊得道，坚牢地神身出大地，根扎地天，以地天之力，弘人间之道，也是大法。"太乙真人笑道："盘古开天，女娲造人，五行成道，故有人间。说什么天地地天。"布袋明珠佛亦笑："天地也好，地天也罢，本是镜花水月，有缘而至。你我两教，各凭自论，弘扬世人，方为道理。"

二人各往前行，那脚下之天，看似无实，却坚牢如地，少时见一处，浮一石像，两面相背，一男一女，皆是头在下，脚在上，男相身呈赤肉色，戴宝冠，左手捧钵，钵中有鲜花，右掌向外，安胸前，坐圆座，三昧耶形是宝瓶。女相身呈白肉色，戴宝冠，左手置于股上，右手安胸前，坐圆座，三昧耶形是方瓶。正是坚牢地神天像，有诗为证：

  半身出土慧无渊，三明六通证空轩；
  宝瓶香花大神力，安住不动号地天。

布袋明珠佛笑道："此乃坚牢地神像,为从地而有,养育群生。"太乙真人道："有物混成,先天地生。寂兮寥兮,独立不改,周行而不殆,可以为天下母。吾不知其名,字之曰道,强为之名曰大。大曰逝,逝曰远,远曰反。故道大,天大,地大,王亦大。域中有四大,而王居其一焉。人法地,地法天,天法道,道法自然。群生为道在,何言坚牢地神,从地而有,养育群生,乃一家之言,不可弘于中土。"话音未落,忽从太乙真人背后,腾起一团黑云,云中蹿出一物,乃是一头狮子,生有九头,凶恶异常,只见头一转,撞在石像上,直撞得个七零八碎。

太乙真人说道："元圣儿,不得造次。"布袋明珠佛喝道："我等入天斗法,你如何唤这兽儿,打烂石像。"太乙真人回道："九灵元圣本是个狮兽,不识得这坚牢地神,只见怪模怪样的石像,故而砸之,也是情有可原。然天便是天,地便是地,地中有天,岂非虚妄,狮兽尚知,道友难道不知否?"布袋明珠佛道："道友如此狂悖,实难理喻。既如此,你我在此斗法,以分高下。"太乙真人道："你等联手,打杀我徒儿,以为我不知晓,所谓两人合相,三人一体,终不过以多欺少,今日教你有进无出。"遂将手往下一指,地现两朵青莲。真人脚踏二花,再左手一指,指上放出一道白光,高有一二丈,顶上现一朵庆云,旋在空中,护于顶上。又把右手一扬,现一宝锉,腾腾而上。布袋明珠佛见来得厉害,亦将手往下一指,地现两道白光,安于脚下,再两掌一合,亦放两道白光,安于掌中。分开两掌,现一把戒刀,架住宝锉。二人往来冲突,翻腾数转,锉刀交架,好一场杀。

两方斗经五十回合,不知胜负。布袋明珠佛忽跳出圈外,把掌一合,托起一座塔来,那塔甚是精巧,下座为方形,中有一日,上弯一月,名曰日月塔。那塔祭在空中,落将下来,罩住真人,塔中日放红光,月放白光,红白相融,冷热交替,人仙在内,俱化为脓血。却不知,真人在塔内,把手一指,庆云护在头顶,那光至顶云,如云见烈焰一般,自灭无迹。真人把宝锉一展,腾至塔尖,往上一戳,戳出个洞来。

布袋明珠佛正自得意,见宝塔内红白之光,悠悠而出,再一细看,原来塔尖被戳了个洞,转眼见一锉腾出,太乙真人从里而起,顶庆云,执宝锉,踏青莲,端的是光华出彩,神仙气象。布袋明珠佛惊道："日月塔竟奈何不得,玉虚门下,果真不得小觑。"太乙真人笑道："你还有何物,尽可使来。"布袋明珠佛喝道："自有道理，道友不必急切。"遂把两手一摊，现一碟，如月状，金光闪闪，煞是稀罕。太乙真人奇道："这是个什么宝贝？"布袋明珠佛回道："此物名曰镜光镜，你且看好，自有妙来。"那碟在手中，往上一托，月盘之上，缓缓升起一面镜来，如同白日，陡放光芒。镜光照住真人，只见周身放光，霎时不见，再一看，人已收入镜中。

布袋明珠佛见真人在镜中，正是匪夷所思，错愕无定，不由得笑道："万物于镜中空相，终诸相无相。道友入此镜，世间已无皮相，相在镜中，镜中无相，从此缘法了却，阐门无回，证我西方大法，也是圆满。"把手一合，日镜隐于月盘，宝收功成，便要出天，忽一物拦住前路，乃是九灵元圣，张齿牙，仰九头，呼啸而来。布袋明珠佛见道："你主尚被降伏，何况你这畜生。"遂把戒刀祭起，要斩九灵元圣。

那九灵元圣虽说是个畜生得道，却也大有神通，那头摇一摇，左右八个头，一齐张开口，如山呼海啸，似地裂天崩。戒刀在空中，往下劈来，砍在狮身，好比木棒打铁，寸尺不进。布袋明珠佛见如此厉害，也是惊道："这畜生倒也有本事。"遂把镜光镜祭起，不料镜在半空，忽一阵抖动，愈抖愈烈，闻得"咔嚓"一声，镜面出一道裂缝，一为二，二为三，竟自片片脱落，又有金光闪烁，原地现出一人，正是太乙真人。

真人唤一声："元圣儿，且自让开，莫遭无妄。"九灵元圣见主无恙，遂退一旁。布袋明珠佛见之大惊，诧道："镜光镜摄人无形，入镜中世界，自成镜中之人，若无西方妙法，绝不得而出，道友如何脱身？"太乙真人笑道："镜光之镜，确是神妙，我一时不得而悟，故受你制之，然若是知晓其中奥妙，却也不难破得。你那镜光镜，于镜中成一世界，此世界非真，乃镜中虚境，而镜外仍为实境。你让实相引虚境，非实相入虚境，乃是神入虚境，身留实境。而镜光罩住实境之身，使虚境之神不得见实境之身，故误以虚境乃实境，镜内为镜外，空相为真相，从而长留镜中，不得而出。依贫道而见，你那镜光镜，实为惑镜，惑人精神，迷人身行，不为正道。"布袋明珠佛合掌道："道友果真了得，能窥镜中奥妙，然入镜中，大罗金仙亦难得出，你如何出得来？"太乙真人道："且听贫道说来。"

> 本是乾元山中人，缘起缘灭水如天；
> 镜中无尘照浊世，心有来去是真仙。

话音才落，即从袖中拿出一物，乃是一灯，灯身为玛瑙，灯心如莲花，呈盛开状，玲珑剔透，灵气逼人。布袋明珠佛见此物非凡，不由得惊问："此宝甚是灵通，不知何名？"太乙真人回道："此物唤作宝莲灯，也是阐门至宝，明灯大道，万法不侵，引人指路，通达光明。方才你那镜光镜一开，我已暗祭此灯，虽神识入镜，然明灯引路，便是游离四方，亦可回来。今日我以宝莲灯拿你，也是见你身怀大法，不枉此灯威名。你若破得了，自当由你去；你若破不得，无怪我不看情面。"遂把灯祭在空中，登时灯心如莲，放悠悠火光，由小而大，由近而远。那灯火延照何处，何处便是万物俱息，一切不知片刻，无有五行。

眼见要拿布袋明珠佛，布袋明珠佛忙从腰间解下一条旧白布搭包儿，往上一抛，那布包展在空中，一股脑竟将宝莲灯包了个严严实实，太乙真人见道："这搭包儿是件什么宝贝，与宝莲灯竟不落下风，也是稀罕。"布袋明珠佛笑道："这搭包儿是我的人相袋，俗名唤作皮囊袋，袋中自有世界，人相尽在此中，难道不能容一个灯儿？如今宝莲灯已破，你如何说来？"太乙真人回道："话不可言尽，宝莲灯岂是如此不堪。"布袋明珠佛抬望眼，见皮囊袋如吹气一般，圆滚滚，胀鼓鼓，遂把手一收，哪知宝袋半空摇晃，不得落下，袋中隐见光芒，欲要透出，不由得喝道："宝莲灯虽说神勇，皮囊袋亦非等闲。"把掌一合，那袋一张一合，宝灯一明一暗，两宝相持，互不相让，也是异宝出世，各有妙法。

这厢，太乙真人口念法咒，宝莲灯流光闪烁，欲破皮囊袋；那厢，布袋明珠佛执珠念语，皮囊袋鼓风激荡，欲灭宝莲灯。彼此斗法，你不得胜我，我不得赢你。正僵持间，太乙真人大喝一声："皮囊袋还不破来，更待何时。"遂祭起宝锉，往皮囊袋戳去。眼见得中，忽一像从空中倒挂而下，捧七宝瓶，放五彩鲜花，正是坚牢地神像。宝瓶收了宝锉，往皮囊袋一砸，闻得一声轰鸣，那袋本是鼓鼓囊囊，竟破了一个洞来，布袋明珠佛肚中，如泄气一般，瘫坐无力。再看宝莲灯，灯芯已灭，暗淡无光，落将下来，半空中，平白冒出一条青蛇，叼了灯儿，往上一蹿，钻入地中，消失不见。太乙真人想来拿住，已是不及，正懊恼间，空中有一人道："宝莲灯世之罕物，不知所踪，皮囊袋婆娑至宝，亦是大损，不若为和，莫要再斗，且出天去。"正是燃灯道人。太乙真人回道："我与道友此天斗法，各凭本事，以决高下。然这天中石像作梗，乘我二人相持，暗放宝瓶，使两厢俱败，是何道理？"燃灯道人说道："一切皆有缘，缘生因果，方成万物。你方才入天，便唤九灵元圣打碎石像，换来如此因果，也不必恼来。"太乙真人闻言，拂袖出天。布袋明珠佛合掌施礼，叹道："清微教主，果真名不虚传，若非中途有变，贫僧定败于其手。"燃灯道人说道："切勿妄自菲薄，皮囊袋，乃人相之宝，今后你自有修行，另结福缘。"布袋明珠佛施礼，出了天去。众人见二人出天，各迎自家。

燃灯道人出天说道："坚牢地神天斗法，太乙真人不得胜三菩萨，三菩萨亦不得胜太乙真人，两教为和，不分胜负，且各出第十二人，入菩提树神天斗法。"南极仙翁问太乙真人："天内斗法，情形如何？"太乙真人一一道来，众人闻之，皆叹："宝莲灯放世之光华，今番失却，可惜之至。"南极仙翁说道："宝莲灯乃玉虚宝物，本以为无物不克，不想皮囊袋亦如此神通，如今失了，坚牢地神天又是斗和，且看得菩提树神天情形。"太乙真人道："宝莲灯让那青蛇叼走，出入天地，来去自如，必有蹊跷，我且去寻来，再与西方计较。"与众人别过，就此而去。后来太乙真人上女娲宫寻灯，证太乙救苦天尊果位，此乃后话，暂且不提。

众仙相问："菩提树神天如何来历？"南极仙翁说道："菩提树神，倒是未曾有闻，只是菩提乃沙门圣树，此天当为菩提守护。菩提，意为觉悟，忽如睡醒，豁然开悟，突入彻悟之途，以达超凡之境。依我看来，老师既收于二十四诸天，为十二天，定有开天辟地之境，我等皆不知虚实，须一位大福之仙，方得前往。"遂命云中子："师弟可入天应阵，务要小心，若有异变，速出天来。"云中子回："知道，领法牒。"作歌出曰：

随缘随分出尘林，似水如云一片心；
两卷道经三尺剑，一条藜杖五弦琴。

往来但见春秋至，拂手不过万年新；

久厌人事处高静，洞中烟霞坐老身。

云中子望对面，指一人，说道："刘渊，可识得我否？"刘渊上前，忙打一稽首，拜道："见过上仙。"云中子说道："昔日你率义兵，治鬼兽，我念你心存大道，故借照妖鉴于你，待孙秀服诛，便行送归，为何不见你来。如今你行杀伐，乱人间，岂不知鉴照妖孽，人心若失，更甚妖孽。"刘渊不言，云中子将手中拂尘一扫，照妖鉴从刘渊腰间而起，霎时归回手中。云中子不再理会，只道："哪位与我同入天中？"沙门众人见云中子模样，头戴一字青巾，穿水合道服，脚蹬踏云鞋，腰系王母结，面如傅粉一般同，唇似丹珠一点血，也是翡翠无瑕，云水道人。月支菩萨见之，对众人道："此乃玉虚宫门人，云中子是也。此人未经封神大劫，福德圆满，不可小觑。"日光菩萨遍观众人，命道："一切法常满王菩萨，须曼那华光菩萨，优昙钵罗华殊胜王菩萨，可同入天中。"一切法常满王菩萨，须曼那华光菩萨，优昙钵罗华殊胜王菩萨领命，出得阵来，合掌称道："贫僧三人，与你同入天中。"云中子道："罢了，罢了，你等三人，倒要看一相为何？"三菩萨同唱："法性恒常，度众圆融；达摩开示，诸功德花；优昙婆罗，时一现耳。"只见蓝光生起，三人缓缓相合，光华四溢之间，现出一尊相来，乃是火焰五光佛。模样清奇，神目灵圣，有诗为证：

三身合相显清容，五光十色抱禅同；

未识佛面出真火，红焰无妄满太空。

火焰五光佛笑道："可否当是一人？"云中子道："五光十色，真火如意，今日得见，果真大不相同。"那菩提树神天门开，二人同进，但见一片云雾之地，朦朦胧胧之间，有一河，水面如镜，清澈见底，河岸有一树，高约百丈，树干如玉，苍劲多节，藤蔓缠绕；叶如翡翠，香气扑鼻，沁人肺腑。远远望去，郁郁葱葱，可谓夏能遮日，冬能挡风，阴能避雨，正是菩提树。那树顶之上，凸起一处，隐现人样，乃是一女相，飞眉入鬓，面若芙蓉，端的是雍容华美，天

女神颜。正是菩提树神天像,有诗为证:

> 花下身,树上头;枝作手,足为根。十二因缘随叶生,宿世因中顺逆成。果当目,风描眉;晴空丽,光照衣。一切尘相真与假,一切菩提假与真。

火焰五光佛笑道:"此乃菩提树神天像,为圣树无量,大道普法。"云中子道:"大道常在,左右上下,无所不到。万物依赖生而不辞,功成而不有名。万物养育而不自以为主,可名于小;万物归附而不自以为主,可名为大。以其终不自为大,故能成其大。圣树无量,大道普法,乃一家之言,不可弘于中土。"话音未落,那菩提树神天像,左右两树枝,犹似两手,陡然伸出,叶随之而落,枝条上淅淅沥沥,掉着水珠,如泪水一般,到得面前,作五指摊开状。火焰五光佛盘坐于地,闭了双目,五光俱息,额前一点灵光,神识而出,化作火焰五光佛,踏在树手之上。云中子亦盘坐于地,闭了双目,入静归寂,额前一点灵光,神识而出,化为云中子,踏于树手之上。两只树手分别笼住二人,缓缓缩回,正待入得像中,云中子却见腰间一道光起,照妖鉴嗡嗡作响,低头一望,鉴中照出那菩提树下,坐有一人,肉髻螺发、双耳垂肩、广额细眉、身披袈裟,结跏趺坐,左右手两叠置于腹前,右掌压左掌,掌心朝上,端的是古朴浑厚,庄严寂静。

云中子见鉴中像,忙抬首一望,见菩提树下,空无一人,心下大疑,再望一眼宝鉴,明明人在鉴中,清清楚楚。如此景象,也令云中子不解,心道:"照妖鉴,照尽世间妖邪,为何竟照出个尊者,此实中无相,虚中有相,又是何道理?"正思索,忽眼前一片恍惚,半晌方见景象,原是到了像中,只见还是一棵菩提树,与像外无异。树后有一人缓缓而来,模模糊糊,不知其貌。

云中子诧异,愈近前瞧个明白,却是你行一尺,他远一寸,始终有得一段间隙,不由得疑惑万分。那照妖鉴又有光起,低头一看,鉴中有一人,正是眼前之人。云中子喝道:"哪里来的妖人,速现原形。"遂把照妖鉴祭起。照妖鉴正待拿妖,忽半空中又起一物,乃是一个圆轮,外为一圈,中呈米字,也是五色,分乃红、蓝、白、黄、橙,祭在空中,五色聚光,打将出来。照妖鉴本是照形之物,如何受得这五光之力,霎时落将下来。

云中子接了照妖鉴，往前一看，原是火焰五光佛，遂打一稽首，说道："此天有妖物暗藏，我正照其形现，道友为何暗地出手，打落我照妖鉴？"火焰五光佛回道："道友此言差矣，我等入得天来，本为斗法，以决高下，却道什么妖物，妖物何在，为何我无见之？"云中子指一指树后那人，说道："道友且看，妖物便在那处。"火焰五光佛回首，左看右瞧，笑道："尝闻玉虚门人，广大无边，今日见来，却是大言，这眼前空空如也，哪里有什么妖物。"云中子闻言，不由得大惊，心中更疑，自思："火焰五光佛，亦是体净明彻之人，为何不见得妖物，若他不见得，何以我见得？"

正思索，火焰五光佛大喝："云中子，你莫再故弄玄虚，今日在此，且让你瞧得五光轮厉害。"遂将宝轮祭起，放五道神光，打将下来，亦是五行倒换，雷霆万钧。云中子见来得厉害，也将袖口一张，用手发雷，见平地下长出八根通天神火柱，高有三丈余长，圆有丈余，按八卦方位，乾坎艮震巽离坤兑，每根柱内，现出四十九条火龙，往五光轮迎去。那五光轮霎时暗淡，眼见将要吞噬，火焰五光佛喝道："你有离火，我亦有真火，不得让你分毫。"即把双掌一合，头顶升起一朵花来，花形浑圆，犹如满月，远远看去，如卷起千堆雪，青白华贵，瑞祥福缭。

云中子见花，说道："此乃灵瑞花，与阿修罗城睡莲、持国天城水仙，爱染明王城牡丹，并称沙门四花。灵瑞出真火，妙法说优昙，三宝极品矣。"火焰五光佛回道："好眼力，你既识得此宝，还不速速受降，免遭炙噬之厄。"把手一指，灵瑞花遂起真火，燃于菩提树下，云中子眼力非凡，于火树银花之间，见树后那人已至树下，身披袈裟，正走入真火，欲盘膝而坐，火燃其身，金光闪闪，如此景象，登时一念而过，脑中清明。

云中子大喝："道友法力广大，确是非凡，就此作罢，我这般出天，有话来讲。"遂收了通天神火柱，往天外而去。火焰五光佛不知道理，亦喝道："云中子，我等胜负未决，你如何作罢，还不速回。"云中子不理，径往前行，火焰五光佛只得收了灵瑞花，往云中子跟去。两人一前一后，出了像外，云中子神识归位，起身欲走，忽空中一人道："两教相逢万安山，一僧一道斗诸天，此乃两教之约，你如何任意而走？"正是燃灯道人。云中子后退一步，见道："两教斗法，天中原有蹊跷，故而离去，待禀过师兄，再作计较。"燃灯道人回道："高低未判，胜负未决，二十四天，岂容你说来便来，说走便走。"遂祭一物，乃是紫金钵盂，昔日封神之战，绝龙岭闻仲归天，正是云中子借此宝，困闻太师于通天神火柱内，得了大功。如今见得此物，当知其中厉害，忙转身便走。那紫金钵盂浑如一盖，盖住三山五岳，五湖四海，教人插翅难脱。云中子避而不及，眼见便要困住，忽闻得一声鸣，凭空飞来一只仙鹤，往来腾挪，如入无人之境，转眼至云中子跟前驮起，扇动双翅，乘神风出了天去。

云中子见已至天外，直起身来，说道："幸有白鹤童儿相救，贫道有礼了！"仙鹤降下，化为白鹤童子，打一稽首，说道："领老师法旨，奉命入天，驮师叔出来。"话音才落，众仙已聚身前，又有燃灯道人出天，尚未言语，火焰五光佛继后，喝道："云中子，我等入天斗法，高下未决，你擅自出天，看有何话搪塞？"南极仙翁笑道："大福之仙，亦不虚哉。云中子胜负未分，亦出天来，必有道理，且与众人说来。"云中子说道："道友且莫相怪，且听我言。"又往燃灯道人打一稽首，说道："敢问老师，此二十四诸天，已经十二天。尝闻二四为轮回，十二为圆满，方才入菩提树神，见天中异像，有人于天中作祟，欲于菩提树下，借天火涅槃，以获重生。幸让照妖鉴察觉，遂收了离火，火焰五光佛亦收了真火，故未得逞，不知老师知与不知？"燃灯道人说道："世间人，法无定法，然后知非法法也；天下事，了犹未了，何妨以不了了之。二十四天斗法，本为两教天中神交，不伤人间，而解人间劫难。你心有旁物，故见异像，且心生退却，擅自出天，还在此妄惑大众，当输一天，且再出十三人，入散脂大将天斗法。"

南极仙翁打一稽首，说道："老师且慢言胜负，何不听云中子讲完，再作计较。"日光菩萨、月光菩萨闻言，亦道："云中子，你且说来，究竟见得何景，擅出天来。"云中子回道："众仙且听，此前十一天，两教皆为和，各有大损，元气大伤。尝闻一言，鹬蚌相争，渔翁得利。方才菩提树神天中，照妖鉴照得菩提树下，有人结跏趺坐，入真火之中，以成佛陀像，若我离火而出，与真火相融，此人必成大道，为你我两教之患，故自出天来，以示众位。依贫道之言，不如罢斗，也是两教之福。"南极仙翁闻言，思索片刻，随即说道："云中子所言，自有道理，且先罢斗，众位意下如何？"不知此言一出，后事如何，且看下回分解。

第六十回　刘渊肆意战马隆　石勒机缘拜神僧

石林有泉入平溪，云收白龙现高低；
遥寻玉盘落何处，水分两路指东西。

且说南极仙翁提议罢斗，众人皆不言语，云中子见之，又言："人间本无事，世人自相扰；各有其所念，处处结烦恼。红尘无内外，茫茫若大海；天地如相是，仙佛亦同劳。人间兴替，本是大道；修真之人，不入红尘，不当惊扰。奈何汉晋大战，杀伐劫数，应运而生，两教长远，皆在此间。如今刘渊伐晋，马隆讨逆，各凭功德。只因二人各有所倚，各恃法门，也是两教之难，累得我等，在这万安山上，入二十四诸天斗法。此已去十二天，各家有损，神通不再，若是依此，二十四天后，必定两教大伤，根本无存。幸贫道在内，察觉有异，窥得端倪，不知哪路神佛，欲借我等之手，以成大道，故罢斗出天，以告大白，且望三思。"

日光菩萨唤过火焰五光佛。火焰五光佛把身一分，复为一切法常满王菩萨，须曼那华光菩萨，优昙钵罗华殊胜王菩萨。日光菩萨问道："你等三人，入菩提树神天中，可曾察觉异样？"一切法常满王菩萨回道："无有异样。"须曼那华光菩萨亦道："无有异样。"优昙钵罗华殊胜王菩萨却是冥思片刻，合掌回道："昙华千雪，浮光暗生，贫僧倒是于优昙钵华之中，见菩提树下，坐有一人，乘五光，放真火，通明达。此时在那天中，虽不得出，终有一日，可让世人见诵。"云中子说道："道友所言极是，可证我言不虚。"日光菩萨闻道："如此说来，此二十四诸天，确有蹊跷。"

月光菩萨问燃灯道人："云中子言二十四诸天，为两教大损之地，又有他教藏于此中，不知道友如何说来？"燃灯道人说道："二十四诸天，为二十四定海

第六十回
刘渊肆意战马隆　石勒机缘拜神僧

珠所化。世人常问，天为何物？以为下浊为地，而上清为天，此乃障尔。天，实则有情众生，因各自所行之业而感得果报。一人有一天，一妖有一天，一魔有一天，一神、一仙、一佛、一菩萨，亦有一天也，各自有命，故为天命矣。此番汉晋大战，两教各涉其中，已是因果在身，劫数难逃。想昔日商周之战，红尘杀伐，世间生灵涂炭，阐、截两教纷争，贫道不忍千年轮回，设此二十四诸天，以神识入内，不扰人间。你等入天斗法，便是有损，也是各自果报，无怪其他。说什么异人在暗，欲行大道，不当数也，不当信也。"

日光菩萨闻燃灯道人之言，虽感有理，又觉无理，不由得问月支菩萨："道友如何看来？"月支菩萨说道："燃灯道友所言，亦有道理；而云中子之言，也是亲见。燃灯既是阐教之人，不若问一问南极仙翁，看他如何应答？"日光菩萨颔首，合掌问南极仙翁："道友如何看来？"南极仙翁打一稽首，说道："繁星千闪，实则一月为耀；柳絮千条，实则一树为娆。我等人间一走，终不过为解汉晋一场纷争而已，入天斗法，乃其中一法，若寻个他方，何必再入得天中。"燃灯道人闻言，喝道："两教之约，也是三界共晓，五方俱知。岂因云中子一言，而前功尽弃，岂不惹世间耻笑。如今二十四诸天，已去十二，诸天化成，无有他法。你等各有天命，难逃劫数。"随将手一指，那二十四颗定海珠，一珠一颜色，一珠一虚空，现在半空，众仙佛只觉有一股无穷之力，吸在顶上，神识渐离，甚是奇异，只有那南极仙翁，顶上现瞳云幡，护得其身，丝毫不侵。正当时，半空中，霭霭香烟，氤氲遍地。怎见得，有歌为证，歌曰：

混沌从来道德奇，全凭玄理立玄机。太极两仪并四象，天开于子任为之。地丑人寅吾掌教，黄庭两卷度群迷。玉京金阙传徒众，火种金莲是我为。六根清净除烦恼，玄中妙法少人知。二指降龙能伏虎，目运祥光天地移。顶上庆云三万丈，遍身霞绕彩云飞。闲骑逍遥四不相，默坐觉檀九龙车。飞来异兽为扶手，喜托三宝玉如意。白鹤青鸾前引道，后随丹凤舞仙衣。羽扇分开云雾隐，左右仙童玉笛吹。黄巾力士听敕命，香烟滚滚众仙随。阐道法扬真教主，元始天尊离玉池。

原是元始天尊驾来。又有那一方，祥云朵朵，莲花满放。怎见得，有歌为证，歌曰：

大觉金仙不二时，西方妙法祖菩提。不生不灭三三行，全气全神万万慈。空寂自然随变化，真如本性任为之。与天同寿庄严体，历劫明心大法师。身出莲花清净台，二乘妙典法门开。玲珑舍利超凡俗，璎珞明珠绝世矣。八德池中生紫焰，七珍妙树长金苔。五十三位成因果，东来只为有缘人。

原是准提佛祖驾来。燃灯道人见掌教师尊驾临，速把定海珠撤了，借一道祥光，径自去了。众仙菩萨顿觉自在，抬眼一望，见各自掌教到来，皆倒身下拜。南极仙翁迎元始天尊，月支菩萨迎准提佛祖，相对而见。元始天尊开言曰："你等平身。"又道："百年因果，千年轮回，如今人间纷争，神仙杀伐，昔日让你等不可为外物所牵，何故不听教诲，以致今日之报。"南极仙翁不敢回言，众弟子皆面色惭愧。

元始天尊见准提佛祖，打一稽首，说道："西方教主，别来无恙。"准提佛祖见元始天尊，亦打一稽首，回道："千年一别，道友更显神通，甚是无量大哉。"元始天尊说道："汉晋之战，两教弟子各涉其中，万安山斗法，也是劫数使然。只不过门下燃灯，却是投了西方，入了极乐，设下这二十四天，名为神识相搏，不惹红尘，实为借法成道，立教传世，云中子福德之仙，窥得门道，悟得真理，所言不虚也。"众仙菩萨闻言，皆大吃一惊，南极仙翁说道："老师离经叛道，入了西方，我等皆不知也，想来二十四诸天，可解红尘杀戮，不惹人间，故入天斗法，以致大损，无可挽回。"元始天尊说道："你等不知，也是当然，燃灯既入他门，由他去吧。"

准提佛祖见五十三弟子，也是神情黯然，六根俱损，不由得叹道："可惜千载功行，一朝俱成画饼，也是一场劫数，不可免矣。"往元始天尊又道："道友此来，想必与贫僧一同心思，也是化此干戈，以存根行。"元始天尊回道："既是心思一处，依我之言，就此罢了，各回东西，重修大法，也是善哉。"准提佛祖说道："贫僧亦是所想，只是万安山斗法，终须有个了结，也好圆了这场因果。"元始天尊说道："我有一法，可得圆满。既是两教之难，当由两教共解，可各出一弟子，二人既要通教中之法，又须为凡间之体，彼此互斗，以分高下，也是看汉晋造化矣。不知道友意下如何？"准提佛祖回道："道友所言，甚合心意，两教各选一弟子，各凭本事，众家退去，不得相助。"

元始天尊颔首，唤来马隆，命道："你既为我教弟子，又为晋军大将，当得此责，担得此任，身后名垂千古，也不枉你崆峒山一场修行。"马隆拜道："谨遵师尊之命，弟子当尽诚竭节，智尽能索，不负师命，不辱阐门。"元始天尊又道："我等去后，你即刻归城，明日卯时，朝阳起于城头，你出城斗法，当成就你一生功德。"言毕，遂命众仙："你等各自归去，紧闭洞门，潜心修行，无有符命，不得再涉红尘。"众仙皆道："谨遵师尊教诲。"白鹤童子道声"返驾"，众门人俱别过马隆，随教主各回山去了。

日光菩萨、月光菩萨上前，拜过准提佛祖，说道："如今二十四诸天已去，两教各举一人，以判高下，我等在此，已无他用，这般去了，且望珍重。"准提佛祖称谢东方净琉璃侍者曰："为我等门人犯戒，动劳道友扶持，尚容称谢。"日光菩萨、月光菩萨俱称不敢，拜别与宝檀华菩萨，虚空藏菩萨一同去了。准提佛祖唤来刘渊，命道："你既为我教弟子，又为汉军之帅，当得此责，担得此任，阐家千年当落，沙门万年当兴，你只管去，自有一番道理。"刘渊拜道："谨遵师尊之命，弟子当竭尽全力，以全汉室，以兴沙门。"准提佛祖又道："我等去后，你即刻归营，明日卯时方去，辰时才至，朝阳起于营旗，你出营斗法，当成就你一世功德。"言毕，遂命众菩萨："你等归去，紧守山门，潜心修行，不得再入红尘。"众菩萨皆道："谨遵师尊教诲。"遂别过刘渊，随教主各回山去了。

众仙菩萨一去，北金顶上，只留得马隆、刘渊二人。马隆见刘渊，拱手而道："天涯无别寻芳故，兜兜转转又逢春。如今这万安山上，又只你我二人矣。"刘渊说道："各寻东西，不复多言。明日洛阳城外相见，不带兵马，无须旁人，也是你我一个了结。"马隆回道："既是如此，明日各凭本事，无死无休，以决高下。"二人别过，各自归去。翌日，洛阳城外，一片寂静，朝日缓缓升起，草木葱茏，云兴霞蔚，也是好景，有词为证：

万里华中一目天，城河流光倒垂岚。孤巘每催红霞起，无醉，风动鼓角伊江前。

　　莫笑古人长意气，几度春秋落华颜。伊阙山南过飞雁，抬望，今日犹照你我间。

　　马隆在城头，见朝阳已起城头，遂命城门大开，戴银盔，披素铠，左手龙虎印，右手降魔剑，走马出得城来，踱至城外十里，霞光朦胧，真乃雄姿英发，卓然不群。

　　刘渊在营中，见得马隆出来，心中恨极，便要拍马出营。刘宣见状，赶紧劝道："陛下昨日回营，说起今日卯辰交替，朝阳起于营旗之时，与马隆斗法，此卯时才至，何故急切？"刘渊闻言，遂安定心思，静待时机。马隆见刘渊不出，又见时辰将过，默运玄功，往汉营大喝："刘渊匹夫，今日你我二人斗法，天地可鉴，四海可知，如今避而不出，缩头龟儿，实令人神耻笑。"声音如雷贯耳，响彻四方。北宫纯在城上，闻得其言，率众亦是齐呼："匹夫怯弱，不当为雄。"

　　刘渊在营中，闻得其声，气得怒发冲冠，万目睚眦，又要拍马出营。刘宣又劝："此乃马隆小儿激将之法，陛下切莫上当。"刘渊闻言，方按下怒火。马隆见激将未果，遂取弓箭，把手一抬，力贯于指，往汉营射去。那箭一离弦，如流星赶月，闻得一声响，中军营旗应声而落。刘渊见状，大怒："马隆小儿，安敢如此欺我。"再不顾旁人劝阻，打马一拍，奔出营去。

　　马隆遥往刘渊奔来，只见得人似猛虎，马赛蛟龙，也是凝神戒备，不敢大意。刘渊来得近前，大喝一声："马隆小儿，今日非是你死，便是我亡。"马隆回道："高下即在今日，生死尚在瞬间，何足道哉。"刘渊不答话，将马一拍，跳入圈中，举剑往下，挂动风声劈来。马隆也不示弱，举剑往上一横，两剑架开，各退一步，刘渊不停留，拍马举剑奔马隆刺来，如白蛇吐芯，直朝颈嗓咽喉。马隆使剑崩开，转手使一招单凤贯耳，斜劈过去，刘渊缩颈藏头闪开。马隆仗手中宝剑，欲断其器，暗自使劲，将降魔剑祭起，往刘渊面门劈下，殊不知刘渊经此前一阵，已换了柄宝剑，此剑名曰藏龙剑，乃月支菩萨取祁连山冷龙岭一段冰石而炼，临别之时交与刘渊。刘渊持剑，往降魔剑一迎，两剑崩开。马隆看一眼，见刘渊手中之剑完好无损，心知定是宝剑，遂弃了以器取胜之心，打马而上，二人战在一处。一场好杀，甚是激烈，有诗为证：

  两柄剑，不一样，说将起来有形状：一柄藏龙佛家兵，一柄降魔道家长。都有五行变化功，今番相遇争强壮。帅与将，齐上场，这阵真个无虚诳。胡帅乘势弄心猿，晋将逞威显龙象。那一个手起剑去不放松，这一个后发制人难相让。铁马踏风冷，锋芒照云昏。土播尘扬染征袍，两雄各赴生死仗。

  二人大战五十回合，不分胜败，皆知本领相当，遂各退一步，欲要斗法。那刘渊将藏龙剑祭在空中，一条冰龙霎时而出，又见胸口透亮，霞阳剑腾起，登时霞光万丈。冰龙藏于霞光之中，呼啸而下，一阵红，一阵白；一阵冷，一阵热，往马隆打去。马隆见藏龙剑稀罕之物，也不托大，遂把降魔剑祭在空中，化为剑盾，挡住来势，霞光虽不得透，然冰龙附于盾上，白霜立起，万剑结冰，转眼间盾势不成，七零八落，霞阳剑乘隙而出。马隆见得降魔剑制不住，遂祭起龙虎印，印出龙虎，腾于空中，见得冰龙在前，将其一卷，登时冰消瓦解。降魔剑复回，往霞阳剑一迎，两剑相交，一声巨响，皆断为两截。刘渊遂祭炎阳剑，化为火麒麟，往龙虎而去，三兽在空中，也是龙争虎斗，甚是激烈。那龙虎印、炎阳剑皆是法力催动，两厢旗鼓相当，马隆、刘渊各立一旁，亦是满头大汗。约有一盏茶工夫，马隆暗祭伏羲八卦图，三爻分列，五行变化，一洞现在空中，幽幽而放红光，如垂垂杨柳，绦绦丝线，编织成网，笼住火麒麟，那火麒麟体火渐消，凶意渐退。红光往回移，火麒麟随之而走，缓缓没入洞中。

  刘渊见得此图，知炎阳剑已不得克，若要得胜，非梵阳剑不可。逆水行舟，不进则退，如今事关两教斗法，刘渊也是顾不得其他，豪情顿生，肆意大喝："马隆小儿，今日你且有幸，瞧得梵阳剑厉害，也是死而无憾。"胸口现出梵阳剑，那剑一出，天地万物，一切静止，只闻得梵音袅袅，佛光普照。剑往马隆去，只是缓缓而行，然在马隆眼中看来，却是天花乱坠，避无可避。马隆遂把龙虎印祭起，一龙一虎，张牙舞爪，奔腾而上，往梵阳剑打去。此印也是崆峒山至宝，然龙虎一近梵阳剑，却是不得前，似被定住一般，由头至尾，渐渐化为星尘点点，烟消云散。

马隆见得大惊，遂把伏羲八卦图祭起，也不敢再有所藏，立现宇宙苍穹，其中有一黑洞，深不可测，又有红、黄、蓝三光从中并起，罩住梵阳剑。梵阳剑也无所惧，进一尺，红光立消；前一寸，黄光立无。仅一点蓝光，在梵阳剑逼进之下，渐往后退，将至洞前，你不让我，我不让你，此消彼长，反复交替。这厢，马隆凝神贯气，汗如雨下；那厢，刘渊聚精会神，面红耳赤。

好一会，刘渊大喝一声，踏前一步，体内咯咯作响，有三道白雾隐隐约约，透体而出，正是混沌元气。刘渊知不得持久，遂鼓尽全力，合掌一推，梵阳剑尽消蓝光，穿过黑洞，伏羲八卦图裹住梵阳剑，霎时荧光点点，化为星屑。不料有一丝剑气陡然冲出，马隆无处可躲，被正中前胸，大叫一声，喷出一口鲜血，翻下马来。再看那刘渊，亦是翻下马来，不省人事。两败俱伤，两军将士见之，俱是大惊，北宫纯即率一军出城，刘宣亦令白毛儿率军出营，也不拼杀，各自抢回主将，即刻退回。忽半空闻得一声："两教斗法，各有其伤，无有胜败，今日起，两军言和，汉军自退，不得妄动干戈，涂炭黎民。"乃是南极仙翁，言毕，借一道红光，便自去了。汉晋一场大战，随之烟消云散，有词为叹：

　　汉晋大战起平阳，故去多少豪英。跃马归来却无声。暮沙行影里，倦客问今明。

　　二十四天如一梦，老身虽在堪惊。南楼画角过烟云。江湖好忘事，明月又起升。

白毛儿抢得刘渊回营，众人见之，皆放声大哭，刘宣喝住，立于榻旁，小声呼唤，刘渊缓缓睁开双眼，轻道一声："三军速回平阳，再作计较。"又闭了双目，已是弱如扶病，五痨七伤。刘宣遵刘渊命，三军败走，退回平阳。那北宫纯见汉军退去，也不追赶，又见马隆闭目无声，不免忧心忡忡，却不晓朝堂之上，众僚见汉军败走，皆大欢喜，弹冠相庆，司马越笑道："虽失了马隆将军，然刘渊命不久矣，汉军败去，我亦无忧矣。"与众僚赏观歌舞不提。

且说汉军三路分兵，洛阳一师劳而无功，那石勒一军，却是鼓噪旗展，所向披靡，攻巨鹿，克常山，打中山，占博陵，过高阳，兵马十万，直逼幽州。

第六十回
刘渊肆意战马隆　石勒机缘拜神僧

一日升帐，石勒谓众将："自入冀幽之地，我军连克数城，民心所向，百战百胜。如今陛下受挫，我欲先取幽州，以固北方，再南下洛阳，众位有何话来？"十八骑在旁，皆道："愿随将军，但凭驱使。"唯谋士张宾谏道："王浚兵多将广，根深本固，又有名将祁宏，且辽西鲜卑亦为同盟，我军虽连克数城，然贸然相抗，恐有闪失。莫如南下，以图黄河以北之地，再北进幽州，一战可图。"这张宾字孟孙，赵郡南和人，乃中山太守张瑶之子，博涉经史，算无遗策，自投入帐下，也是渐受倚重。然此次石勒闻言，却是不以为然，说道："如今我拥众十万，颇得民心，王浚、祁宏，何足道哉。我意已决，无需多言。"众人不言而退。又过两日，闻得刘灵率兵相助，石勒大喜，说道："刘灵到来，乃天助我矣，王浚、祁宏不足惧矣。"遂令张宾、王阳、夔安留守，任刘灵为副将，亲率其余十六骑，领兵十万，往幽州杀去。

且说王浚探知石勒来攻，怒道："我本去洛阳，却不料石勒这厮，倒来攻我，可恶可杀矣。"遂令祁宏为帅，段务勿尘为副，领大军十二万，于石邑城外严阵以待。两军会逢，石勒走马出营，祁宏挺枪上阵。这个看那厢，城外队伍一字排开，押在阵脚，两千弓箭手排在阵前，偏将副将盔明甲亮，当中一杆素罗座纛，上绣斗大一个"祁"字，旗角下一员将，身高九尺，面似银盆，头戴五角帅字盔，身穿三叶龙鳞甲，外罩银丝素岁袍，掌中追星流月枪，胯下一匹火龙驹，端的是英姿卓越，佼佼不凡。这厢看那边，个个高头大马，人人咧嘴龇牙。中间十来员战将，队前一杆珍珠宝云旗，有三丈三尺高，上绣斗大的"石"字，旗角下有一人，头戴金镶象鼻子宝盔，身穿双龙戏珠宝甲，胯下紫电风露马，手掌龙雀斗羊刀，两眉高低不一，双目更异常人，往那一站，如同凶神恶煞，虎狼之威。

祁宏识得石勒，石勒却不识得祁宏，打马问道："祁宏何在？安敢挡我去路。"祁宏拨马回道："石勒，你不识得我，今日见得，死而瞑目矣。"石勒打量一番，说道："常言道，识时务者，方为俊杰，如今这北方之地，尽归我手，王浚隅居幽州，自守死路。本帅见你擎天之材，不忍伤害，若归降于我，日后建功立业，富贵荣华，自在话下。"祁宏闻言，笑道："瓦罐不离井口破，大将难免阵前亡。我为晋将，你为胡马，我若归降，岂非乾坤倒转，正反无序。你本为流寇，依附反贼，安敢做此大梦乎？"石勒闻言，面色大变，不由得拍马出阵。

正当时，阵中冲出一将，说道："小帅莫恼，且让我打头阵。"石勒转首，见是呼延莫，遂退入阵中。呼延莫走马举刀，往祁宏杀来。忽见得祁宏身后一人道："杀鸡何用宰牛刀，将军且退，我来擒此贼矣。"乃是段务勿尘，举双锤，拍马冲出，奔呼延莫砸去。呼延莫举刀往外一架，"噌啷"一声，各自撤兵刃观看。呼延莫直觉两臂发麻，刀把发热，正感来人力大，那段务勿尘不待喘气，使锤又砸，呼延莫连挡三锤，心口发甜，将受不住，眼见得命丧黄泉，忽身后冲出一人，乃是郭黑略，亦为十八骑中一员，见呼延莫不敌，忙举斩马乘隙杀来。

段务勿尘喝道："偷鸡摸狗之辈，也来战场厮杀。"反手便是一锤，郭黑略举刀便挡，锤刀相架，郭黑略胯下马嘶一声，后退一步，心道："此人力大，不可力敌。"遂游走四方，段务勿尘仗着鲜卑马快，追着便打，二人打在一处，八只马蹄在地上旋拌。再看段务勿尘，越杀越勇，不但锤大力重，且锤招出奇。郭黑略通身是汗，面目通红，一不留神，被一锤打在左臂，不由得疼彻心扉，跌下马来。段务勿尘正要取其性命，一锤下去，忽被一刀架住，一人喝道："且莫逞强，吃我一刀。"正是刘灵来救，段务勿尘见来人虎背熊腰，也是一员猛将，不由得弃了郭黑略，来战刘灵。一锤打去，那刘灵也是天生神力，举刀相架，道声"开"，段务勿尘一臂一麻，倒退开来。又见刘灵左一刀，右一刀，寒光嗖嗖，锋刃厉厉，未及十五个回合，段务勿尘已只有招架之功，并无还手之力。祁宏在阵中，见得明白，自道："刘灵刀法精奇，力大无穷，再有两三回合，将军必丧其手。"遂一拍火龙驹，上得阵来。

刘灵杀得性起，忽觉一阵旋风，扑面而至，转眼一条银枪，如长蛇吐芯，已到面门，赶忙一个闪身，躲过来势，抬眼一见，原是祁宏，不由得抖擞精神，举刀相迎。那祁宏乃辽西名将，锐不可当，刘灵战三个回合，已是大汗淋漓，忙把马头一转，大刀一拖，便要回走，祁宏喝道："哪里走！"拍马而追，殊不知，刘灵原是故意卖个破绽，欲使拖刀计斩杀。然刘灵千算万算，却未算到，那火龙驹也是宝马，似飞云掣电而来，拖刀未起，已被一枪刺中后背，又贯于前胸，扎了个透心凉。

祁宏一翻腕子，将刘灵挑落马下。石勒见之，差点晕厥，大叫："痛煞我也！"遂令全军冲杀，誓将祁宏碎尸万段。祁宏一声令下，鲜卑铁骑倾巢而出，两军混战一处，杀得个天昏地暗，日月无光。约战了一日一夜，直至天色微白，石勒军虽是勇猛，然在鲜卑铁骑面前，尚且不足，已呈败象，支屈六见之不妙，谏道："祁宏世之名将，晋军兵强马壮，如此下去，定然覆灭，不如退去，尚得保全。"石勒也知穷图无益，令全军且战且退，直退至飞龙山。那飞龙山，前有一路，后为绝壁，也是好山，后人有诗为证：

昂首欲飞巨龙盘，五峰叠峦入云端；
风动石响摄心魄，石幢升云波浪翻。

石勒往山上走，闻得山下鼓角争鸣，晋军紧追不舍，后有追兵，前无去路，不由得心慌意乱，见一块石，上书"风动石"，也未加察看，往石上而过，忽一阵风起，石头左右摇动，且伴咯咯声响，陡然受惊，脚下一滑，竟落下石来。那石后便是绝壁，石勒心道："天亡我也。"双目一闭，身子径自落下，不知多久，未有着地，却觉一片松软，遂睁眼相看，原是山腰之间，斜挂一棵雪松，也是石勒命大，不偏不倚，正落于此。石勒擦一擦冷汗，直叹"好险"，抬首一望，上是千尺崖壁；俯首一瞧，下是万丈深渊。正感上天无路，下地无门，忽斜里一看，那山腰之间，雪松之旁，有一洞，里头微微莹光，似有人迹，不由得大喜，遂小心爬过，入得洞来。往里走，未行几步，已到尽头，只见前方有一石阶，上有一人，正在打坐。石勒上前，看清模样，遂拜伏叩泣："神僧在上，且受石勒一拜。前番龙潭峡得神僧相救，脱得大险，今番又遇，望神僧不弃。"不知此僧何人？且看下回分解。

第六十一回　祁宏误入跑马谷　马隆魂走罗浮山

拂柳暗消一缕霞，夜来秋空半目鸦；
曲尽长嗟收庭户，东风含笑落菊花。

且说石勒遇险，幸在山间一处洞内，遇一僧人。那僧人非是他人，正是太华追杀石勒时，于龙潭峡相助的高僧，如今重逢，石勒大喜过望，连忙叩拜。僧人开了双目，见道："原是将军到来，实乃祗树有缘。"看一眼，又道："自龙潭峡一别，将军龙出大海，已有所成，然风云无常，世事起伏，将军既来此地，上不着天，下不着地，定是中道有难，而进退维谷也。"石勒知此人世外高僧，遂将别后之事一五一十诉来，又道："我奉汉主之命，讨伐王浚，其手下将领祁宏勇冠三军，势不可当，以致如此田地。还望神僧助来。另祈晓神僧名号，以全我存诚之心。"僧人笑道："俗尘之名，不足挂齿，贫僧乃大伾山摩崖洞佛图澄是也，你既到此，也是有缘，天意如此，贫僧不敢推辞也。"石勒闻言，喜出望外，说道："神僧既愿助我，当随我去，日后焚香建庙，以奉佛门。"佛图澄笑道："你且出洞去，立于雪松之顶，闭上双目，自有脱身之法。若见敌将，可往南走，见一谷，跑马而过，不得停留，大军过后，可在前设伏，当无忧矣。"石勒又问："我自去后，如何与神僧相见？"佛图澄又笑："贫僧自在谷中相迎，将军勿虑。"石勒闻此言，方安下心来，再行叩拜，抬得头来，已不见了僧影。

石勒遂出洞来，沿树干小心往上走，待至松顶处，坐于其上，闭了双目，也是奇哉，直觉耳旁生风，盘旋而上，好半晌方止住，睁开眼来，已是到了山顶，恰在风动石前。众将皆在面前，个个心急如焚，此时见石勒安好，不由得喜极而泣，一时不得而语。石勒下得雪松，支屈六上前扶住，说道："方才将军落下此石，云海茫茫，不见踪影，欲下山去寻，那祁宏杀上山来，赵鹿，孔豚殿后抵住，已失大半，我等不知将军去向，前无进路，后有追兵，心急如焚也。今见得将军安好，实是百福具臻，苍天垂怜。"石勒说道："如今兵临山下，危如累卵，他言容后，须速寻出路，方得生机。"刘鹰回道："此山后为绝壁，无有他路，插翅难飞。"石勒左右环顾，见得雪松犹在，想起佛图澄之言，笑道："踏破铁鞋无觅处，得来全不费功夫，此松旋旋而上，如同阶梯，正好退去。"遂命众将士沿松而走。

那飞龙山主峰八百米上下，大军下得来，也是一个时辰，待全军安然退至，陡然一片云雾缭绕，那雪松缓缓不见，抬头望去，仍是峭壁断岩，绝壁奇峰。众将皆叹奇观，刘鹰说道："死里逃生，也是将军福运，自有天命。"众将皆道："我等誓死追随将军。"石勒叹道："共举天下，同享富贵。此地不宜久留，且随我走。"依佛图澄之言，大军往南而行，约半日光景，到一处山谷，前有一石碑，上刻"跑马谷"三字，但见谷内，无花，无树，无石，两旁乃万仞峭崖，有一水，如一条缎带，镶嵌于崖上，倾泻而下，耀眼醒目，撞击在崖间岩上，如飞花碎玉，绽放开来，五颜六色，朦朦胧胧。也是奇哉，这一水下来，却不见积潭，亦不见小溪，谷中尽是黄沙，茫茫一片，一马平川。石勒命将士每人乘马，或一人，或两人，跑马而过，不得停留。一时万马奔腾，大军轰轰而过，石勒见无甚异样，遂命弓箭手攀上谷间设伏，静待追兵不提。

且说祁宏杀上飞龙山，欲擒石勒请功，却见山上悄无声息，渺无人踪，遂召探马问道："此山后为绝壁，无路可走，何故不见踪影，难道贼兵上天入地不成？"探马回道："我等沿迹而寻，于前方风动石旁，皆消失不见，其中定有蹊跷。"祁宏下马，走至风动石上，左察右看，忽一阵风起，石头左右摇动，咯咯声起，脚下不由得一滑，差点跌下山去，一念而过，遂命众将下山，至风动石崖下，果真寻得敌军踪迹，怒道："石勒匹夫，想从此遁去，谈何容易。"一马当先，率军沿迹向南追去。也是半日工夫，祁宏到得跑马谷口，见得石碑，念道："跑马谷，倒是好名。"往里一瞧，但见景象：

空谷立云西，倒壁向天齐。一望眼跑马无垠。脚下平路风未起，飞瀑落，悬石矶。

　　寒潭无处觅,尘沙没旌旗。好意气扬鞭奋蹄。何知功名从此隐,高鸟倦,归巢栖。

　　正看得景象,忽谷中一阵风起,扑面而来,寒骨割面,甚是凌厉。段务勿尘上前说道:"此谷两旁皆万丈峭壁,正好伏兵,又有怪风忽起,甚是不祥,将军且需小心。"祁宏摆手笑道:"副帅只晓其一,不知其二,石勒败退,如丧家之犬,若不趁此良机杀之,待其重整,后患无穷。且此谷虽说两面高崖,然谷中开阔,平坦无阻,两崖又相隔甚远,纵是有伏兵,亦无大虑。"段务勿尘又劝:"此谷有水无溪,跑马无马,将军且要三思。"祁宏闻言,笑道:"副帅若有顾虑,且自在此,我领一军先行,若见无事,跟来便好,若见有异,不得恋战,退去便是。"段务勿尘谏言无用,也不便再语,只得下马等待。

　　祁宏率一军,往跑马谷而走,将至谷口,无见异样,不由得大笑:"此谷空旷无人,副帅实是多虑。"话未落下,却见轰隆一声,马下沙土如水一般,上下起伏,扬波涌浪。又见一阵风起,那谷中黄沙卷起,弥漫半空,再看马下,泥泞不堪,乃是一片沼泽之地。少顷,马蹄陷入,缓缓下沉。段务勿尘见得异象,大呼:"此地凶险,将军速速回来。"祁宏闻言,心知不妙,勒马转头,那火龙驹早已动弹不得,越陷越深,顷刻将要没顶,再看身后将士,皆是如此。祁宏也是久经战阵之人,心中虽惊,面色不改,大喝:"速跳下马来,匍匐退回。"众人依言,皆弃马而下,匍匐在地,手脚并用,往后而退。祁宏亦纵身一跃,跳下马来,脚方沾地,忽闻金鼓齐鸣,半山间展出一旗,上绣斗大的"石"字,旗下一人,正是石勒,喝道:"祁宏,往哪里去,此谷乃你葬身之所,今日教你插翅难飞。"祁宏大惊,忙向回走,未行几步,那地中似有一手,拖住脚跟,不得前行,身子缓缓陷落。石勒叫一声"放箭",万矢齐发,如大雨倾盆,祁宏喝道:"手下败将,安敢邪法障目。"执枪拨矢,奈何双脚陷入,万箭难挡,可怜一代名将,射得如柴蓬一般,身陨神灭,尸首转眼淹没。后人有诗吊之曰:

　　万箭齐发天鼓响,北地乾坤落将星;

第六十一回
祁宏误入跑马谷　马隆魂走罗浮山

跑马谷中无身影，追星流月没胡杨。

祁宏身死跑马谷，段务勿尘悲痛欲绝，又寻不得尸首，群龙无头，见再追无益，只得退兵。一场大战，石勒失了刘灵，王浚折了祁宏，也是各有损伤。待晋兵去后，石勒下得崖来，见一阵风起，隐约之间，谷中走出一人，正是佛图澄，不由得大喜，拜道："神僧果真见明，今除了祁宏，去一大患也。"佛图澄回道："人不可太尽，事不可太尽，凡是太尽，缘分势必早尽。祁宏得胜若归，乘流得坎，则为圆满；然赶尽杀绝，一味逞能，势必鼎折覆餗，飞灾横祸，不怨他人也。"石勒问道："如今祁宏身死，我亦损兵折将，何去何从，还望神僧指教！"佛图澄笑道："厚积薄发，方能福祚绵长。王浚虽失了祁宏，然根牢蒂固，不可妄动，将军还须养精蓄锐，休养生息。"石勒闻言，忽命众将叩拜，说道："尝闻求贤聘杰，礼当虔诚。昔上古神农拜常桑，轩辕拜老彭，黄帝拜风后，汤拜伊尹，须当沐浴斋戒，择吉日迎聘，方是敬贤之礼。然今沙场征战，损失殆尽，不得贤礼，而天下纷纷，定而又乱。幸遇神僧，具大德，通大名，怀大才，勒虽名微德薄，却也知敬上礼贤。愿神僧不弃鄙贱，入世相助，勒当拱听明诲，他日建寺立庙，弘扬佛法，也为覆载之德，不世之仁也。"佛图澄见石勒言语恳切，其意甚诚，乃曰："将军如此至诚，贫僧不当推辞。"石勒闻言大喜，遂命众人："今后见神僧，尊大和尚，至心朝礼，不得怠慢。"众人再拜，石勒命牵紫电风露马来，执意让乘大和尚，大和尚也不推辞，径自上乘，与大军往冀州而行，从此入世，年七十有九，有诗叹曰：

飞龙山间一棵松，皎皎琼枝立云空。
胸怀北斗冲银汉，口吐芬芳扫鸿濛。
拈笑三叶出草野，七十有九挂晨钟；
高台唯见大和尚，世乱时危愿法同。

话分两头，且说马隆与刘渊斗法，两败俱伤，汉军退去，洛阳之围已解。马隆被梵阳剑正中前胸，北宫纯好容易抢回城中，见马隆昏迷不醒，忙安置府内,尽心调理。约莫三日,马隆睁开眼来,北宫纯在卧榻之前,见之大喜,泣道:"将军九死一生,今番醒来,实是大幸。"马隆张嘴轻问:"战事如何?刘渊亦怎样?"北宫纯回道:"将军且放心来,刘渊妄动梵阳剑,已是油尽灯枯,不得复回,叛军亦是退走,洛阳暂无大事。"马隆微微颔首,不发一言,北宫纯又道:"将军有所不知,你与刘渊拼杀,昏迷不醒,东海王却收了将印,实是兔死狗烹,鸟尽弓藏之径。"马隆摆手,正待说话,忽门人来报:"平东将军王景到来。"北宫纯疑道:"这厮来府上作甚?"遂起身相见。

王景进得府中,问道:"奉太傅之命,特来看望马隆将军,不知将军伤势如何?"北宫纯回道:"恰才醒来,仍是气咽声丝,虚弱之至。"王景说道:"既已醒来,乃是大幸。"遂见过马隆,稍加抚慰,即从怀中拿出一物,北宫纯定睛一看,乃是诏书,只见王景念诏:"马隆将军国之栋梁,身具大功。如今四海危乱,苍生不安,昨日朝廷得报,陇右又生变乱,继任太守严舒难以服众,氐羌二族又生异心,非马隆将军不得安定,特复授原职,即日赴任,以解天子之忧,百姓之患。"北宫纯闻诏,面色一变,说道:"马隆将军如此光景,竟命远赴陇右,是何道理?"王景回道:"朝局变化,胡汉征伐,如今人才凋敝,也是无有他法。"北宫纯又道:"山高路远,长途跋涉,如何去得?"王景回道:"太傅也是体谅,特置软香车,命右卫军护送太守,将军勿要多虑。"北宫纯还要说来,马隆摆手止道:"今洛阳之危已解,而陇右又生变乱,既是朝廷之命,我为臣子,当尽忠竭力,以报皇恩。"王景笑道:"太守大节,实是钦佩。如今陇右危急,太守宜早动身,明日启程。"马隆颔首不言,王景告退。

北宫纯愤恨:"哪里是朝廷之命,分明乃太傅之意,见将军功高盖世,恐在京生乱,故借故驱出。"马隆说道:"国家生乱,为将者当先驱赴难,不得计较。如今叛军虽走,却未伤其本,我离京后,将军当以社稷为重,上护天子,下护百姓,以全忠孝。"北宫纯含泪说道:"将军安心且去,有我在此,必护得周全。"

翌日卯时,天未见明,王景差右卫军,已至府前,请得马隆上软香车,乘暗出了洛阳,往陇右去。一路翻山越岭,舟车劳顿,马隆本就伤重,哪经得如此颠簸,待至西平郡,已是面无人色,气若游丝。倒是西平百姓,知马隆归来,欢呼雀跃,欣喜非常。马隆命府门紧闭,不得见客,暗中令内清外御,氐羌二族慑于其威，不敢造次，未出几日，西平已安。

不过月旬，马隆强支伤体，令偏将饶明扶上小车，出府遍观众军，自觉冷风扑面，彻骨生寒，乃长叹曰："再不能临阵讨贼，纵马平胡矣！苍天悠悠，曷此其极！"又命："送我上得南山去。"饶明回道："山上露寒风冷，将军尚在调养，不宜去得。"马隆说道："望一眼西平之景，亦全我戍边之情。"饶明不便推辞，护送上得南山，但见群山翠岚，三川烟云。那南山顶上，有一楼，名曰花明楼，马隆上楼，纵目远眺，西宁全景，尽收眼底，想来十余年间，战守尽力，发展生产，如今面貌一新，百姓安定，也算得上偏安一隅，又遥思胡马未除，社稷安危，不由得感慨万千，遂赋词《水调歌头·云雾起高楼》一首：

云雾起高楼，亭下水连洲。长空鹤鸣霄跃，叠翠抱心柔。曾忆三川内外，尘沙漫卷烟雨，寒汀使人愁。抬望今日景，山色入新眸。

一江路，半城绿，长歌悠。登高怀远，无限飞乱顾神州。纵有平头忧子，也知北听鸿策，八荒道关雄。塞上一方月，和衣伴清风。

词毕，一阵寒风袭来，忽见半空一星划过，落将下来，马隆垂头而坐，饶明近前视之，已逝矣，一代名将，就此而去，也是叹惜。不说西宁举城哀恸，且道马隆死后，毕竟阐教门下，原是有根行之人，一心不忘本原，一魂一魄，飘飘荡荡，杳杳冥冥，径至崆峒山来。

山仍是那山，水还是那水，但见香峰斗连，仙桥虹跨，笋头叠翠、月石含珠，过聚仙桥，至元阳洞，入得洞中，举目四顾，却是茅草丛生，空空如也，唤一声师傅，只几声雀鸣，袅袅而起，再不见响应。一时茫然无绪，兜兜转转，不知所以。约半炷香工夫，忽闻得一声"徒儿"，乃是灵宝大法师。马隆陡然立起，四下环顾，却未见真身，泣道："师傅，师傅，你在哪里？"那声又起，叹息一声："崆峒山再无人养道修真，见你如此，甚为疼心，大天尊念你肝胆乾坤，朴心兰质，指引你往南去，自有缘分。"马隆拜泣："师傅如何不肯现身相见，教我往哪里去？"那声遥遥而道："去吧，去吧。"语轻言远，再无声息。

马隆在山中，恋恋不舍，许久方随风飘飘荡荡，如絮飞腾，往南而去。一路过千重山，越万道水，不见有异，晴空之下，魂魄渐渐稀薄，正感无措，忽见一座山，实是奇哉怪也。那山有两座，紧紧相连一处，一大一小，一前一后，山顶之上有一壁，上书"罗浮山"三字。马隆原不在意，欲过此山，待至顶上石壁前，忽觉一团雾气，阻了去路，朦朦胧胧之间，有两个人影，立在身前。马隆乃魂魄，行走受阻，不觉心疑："我无真体，行走按说无畅，为何阻在此地，其中必有蹊跷。不知前方是何方神圣？"近前视之，并无真人，乃是两个石像，也是精致。其中一像，头上生角，身披鳞甲，手执金枪，肩挎玉环，端的是龙威燕颔，雄姿飒爽。身旁一像，眉清目秀，身姿妙曼，罗纱轻挽，凌波玉足，端的是丰神绰约，仪态万方。

马隆在两像之中，悠悠转转，未见其他，想来无甚特别，欲行离开，却是左右不得而出，困在里头，此时日升晴圆，魂魄不得长久，不由得焦躁，见地上行不通，便往上走，忽见一道光，亮于头顶，仔细一瞧，原是个八卦图，炳如日星，光芒四射，绽放于罗浮山顶，四海可明，八荒可见。马隆见得如此奇异，想来此地必如师傅所言，可受指引，遂落将下来，坐于其中，静待其缘。果真，未过几时，半山间有一人走来，口中唱道：

兰若凭高处，风虚阁自凉；
川林输望迥，日月对闲长。
洒落幽人眼，奔驰俗累忙；
何时足生理，卜筑并山阳。

转眼之间，已至山顶，那人戴云冠，着青袍，足蹑玄波，袖荡层云，轻步而走，乃是道人模样，端的是抱朴含真，轩然霞举。道人行至石壁前，见石上字迹分明，道一声："原来唤作罗浮山，此山云气往来，山若移动，天下奇观也，真是个洞天福地，蓬莱仙境也，亦不失为修行的好去处。"正感慨间，忽见旁边两石之中，有一团雾气，未见散开，里头窸窸窣窣，似有动静，却未见人影，遂喝一声："荒山野岭，何方妖孽，藏匿于此。还不快快现形，更待何时？"手中发雷，便要打下，听得一人声："同门相知，道友莫打。"道人不由得收了雷法，近前而看，马隆乃魂魄，若寻常之人，必不能见，然道人亦是道家子弟，玄黄正宗，看得是清清楚楚，明明白白，不由得诧道："你乃何人，如何一魂一魄，到了此处。"马隆回道："实不相瞒，我乃崆峒山元阳洞灵宝大法师门下弟子，奉高县侯、东羌校尉、西平太守马隆是也，不知道友哪处仙山，何处洞府，姓甚名谁？"道人闻言，大吃一惊，说道："原来是马隆将军，贫道乃大罗宫玄都洞太清道德天尊门下，葛洪是也，常道红莲白藕青荷叶，三教本来是一家。我等虽不同门，却也同源，早知将军大名，今日得见，也是缘分。如何将军魂魄到此，难道阳寿已尽乎？"马隆回道："两教斗法，我与刘渊相拼，受梵阳剑入体，本已身亡命殒，憾死西平，然也是阐家门人，一魂一魄出本体，上山门。幸师门不弃，遵大天尊之意，往南而走，言自得缘分。"遂将前事后果一一诉来，又将朝中之事娓娓相告，长叹："庙堂奸臣当道，四野胡马作乱，奈何世事未清，中道而亡，抱恨黄泉，此恨绵绵矣。"葛洪亦叹："不想沙门东进，胡马作乱，将军不避祸福，砥锋挺锷，为国尽忠，为教拼斗，也是可歌可泣，当编述在此，问世传奇。"见魂魄不得出，遂把袖一扫，那雾气登时散去。

马隆出得来，赞道："果真玄都真法，道友如此道术，我不及也。"葛洪回道："本为一家，何言高下，将军力退胡马，世之英雄。"马隆又问："道友如何到此罗浮山来？"葛洪回道："自下得山来，一番过往，别是滋味，差点离道背心，也是师门不弃，教诲我东回西去洞世事，北往南来知人间，命寻那先天之物，八卦紫金炉来。我往南而行，不知去往何处，心中茫茫，一路走来，今日若不是见此山顶之上，有八卦光芒，一瞧究竟，倒不识将军也。"

正在说话，葛洪往两旁一瞧，不由得诧异，说道："两座石像，各显人形，别致精雅，乍眼看来，实为真人矣，如何在此，奇哉怪哉？"言未落下，忽见石壁后金光闪闪，闻得马隆一声："似有拉扯之力，使我往壁上去。"葛洪转首，见马隆魂魄已成细长，如被吸抽，转眼之间，魂魄收进石壁之上，消失不见。葛洪连唤道友，不见作答，又见石壁后金光四射，不由得绕至壁后，见上有字：

双龙戏珠，掘水泽福；

两山相合，情守罗浮。

113

罗浮成记，记成罗浮；

待明大道，金丹出炉。

　　那字一现，未有片刻，缓缓消失，葛洪见字，心中透亮，复回石像前，叹道："石像栩栩如生，果然非是寻常，好一对痴情人，可怜在此，愚蒙无期。"话未落下，那两具石像忽眼中闪闪，竟落下泪来。葛洪见道："你二人在此，想来已有年头，受劫受难，历尽甘苦，若有个法子，令你等脱得困境，亦是善果，可得造化。"得闻此言，石像霎时止泪。葛洪左右环顾，遂以奇门遁甲之术解之，不得成也，再三而试，仍是无用，一番寻思，自道："常言，解铃还须系铃人，二人不知受了何等法术，以致化为顽石，需穷源溯流，方得解脱。"立于山顶，见毗邻南海，心道："二人既为龙族，此山又处南海之境，那老龙王定当知晓。"

　　葛洪思忖已定，走至石像前，说道："贫道往南海一走，若得因果，当救你二人出。"遂下了山来，往海边去，使一个避水法，捻着诀，扑地钻入波中，分开水路，径入南洋海底。正行间，忽见一个巡海夜叉，挡住问道："那分水而来的，是何方神圣？说个明白，好通报迎接。"葛洪回道："贫道乃大罗宫玄都洞太清道德天尊门下，葛洪是也，特来拜见南海龙王，烦劳通禀。"那夜叉闻言，喜上眉梢，急转龙宫传报道："大王，外面有个道人，口称大罗宫玄都洞门人，将到此也。"南海龙王敖钦急忙起身，与龙子龙孙、虾兵蟹将出宫迎道："上仙请进、请进。"

　　葛洪见龙王，头顶王冠，旁立龙角，赤发长髯，浓眉睿目，双耳垂肩，虎鼻朱唇，龙须横出，慈祥威严，身穿龙鳞金甲，肩披龙纹披风，手扶镇海宝剑，好一个威镇海疆大龙王，兴云布雨好神仙。即随出宫，说道："观龙王言行，似早有等候。"龙王不答，只问："上仙可从罗浮山来？"葛洪诧道："你怎得知，贫道正是从罗浮山来。"龙王又问："上仙既从罗浮山来，可见过山顶石壁旁，有两具石像？"葛洪回道："贫道正是为石像而来，那两具石像，并非真石，乃双龙所化，风吹日晒，饱受艰苦，贫道于心不忍，欲救得出来，然不得其法，到此问些缘由。"龙王泣道："上仙宅心仁厚，济弱扶倾，甚为感怀。实不相瞒，其中一石，便是膝下小儿，因感念苍生，与东海三公主戏珠掘水，救万物生灵，本为好事，然暗自生情，私结秦晋，触犯天条，受凝石之光，故生此难，在那罗浮山上，雨打风吹，可怜之至。望上仙垂怜，救得二龙出来，也是养好生之德，我南海之内，愿凭上仙驱使。"遂将前事后果，一一道来。

葛洪得悉详情，叹道："二龙情深意重，扶危济困，美德传世，不当受此难也。照龙王所言，二龙是中了凝石神光，以致如此，须往东海水晶殿一走，方得其解。"龙王回道："上仙有所不知，那凝石乃女娲炼五石补东南天，多出一角而落于东海，后大禹治水，安天河定底神珍铁，以凝石守护，非东海龙王而为。上仙即便去了，怕也是无有办法。"葛洪说道："贫道有心相助，然不知何解，也是有心无力。"又转念一思，问道："见龙王言，当知我有此来，不知何故？"龙王回道："上仙有所不知，二龙受难之时，曾有一位仙人相助，小儿得授武艺，大败玄龙，化石之后，又有仙人童子曾到南海，告知我日后大罗宫门人至此，乃小儿脱困之时。今果真见上仙到来，甚是欣喜。"葛洪更是诧异，问道："那位仙人姓甚名谁，龙王可知？"龙王笑道："未见仙人模样，不知来历，然那位童子却自称景风童子，上仙可知否？"葛洪闻知是景风童子，恍然大悟，笑道："龙王且安心来，我已知晓其法，公子脱困，指日可待，你只管安福，在此静候佳音。"遂与龙王道别，龙王送出，千恩万谢不提。葛洪出了南海，驾土遁往大罗宫去。不知葛洪上大罗宫，二龙命运如何，且看下回分解。

第六十二回　刘渊临终传大位　兄弟相争祸萧墙

采香无果总思秋，一树烟雨满庭风；
自古皇家无兄弟，杜鹃啼处落花红。

且说葛洪至西海龙宫，得知罗浮山往事，为解救双龙，驾土遁往大罗宫去，越千山，过万水，到得玉京，至飞仙崖，落下云头，但见雨收黛色，日映岚光，高山秀丽，林麓幽深。处处奇花瑞草，遍地修竹乔松，麒麟卧，彩凤鸣，灵禽玄鸟时时现，寿鹿仙狐步步闻，进一步丹岩怪石，转一眼峭壁奇峰，因嗟叹道："大罗宫一别，又有数载，乌兔如梭，时不我待矣。"疾步而走，到得大罗宫，见玄都洞，看了一回，却是洞门紧闭，并无一人，不知往哪里去了，静悄悄的。

葛洪沉吟半晌，自思："如何宫中无人？"再往旁走，忽见一人，定睛一看，正是景风童子，忙上前稽首道："童子哪里去？"童子见是葛洪，打稽首回道："原来是师叔，这便请了。今日无事，如何回大罗宫来。"葛洪说道："遵老师命，自大罗宫别后，弟子往南而行，偶上得一座山来，那山名曰罗浮山，山顶之上，见两块顽石，乃是双龙所化，双龙掘井，福泽苍生，虽私结秦晋，违逆天命，然至情至性，造福苍生。弟子感念其德，特来请教，寻个法儿，助双龙脱难。"童子笑道："你怎知要到大罗宫来求个法儿？"葛洪回道："南海龙王有言，双龙化石之后，有一位童子曾往南海，正是景风童子。好童子，速领我去见老师如何？"童子笑道："师叔来得不巧，老师与师叔他们皆往离恨天兜率宫，大天尊处听讲去了，一时不得回来。"葛洪闻言，知天上一日，地上一年，急道："那可如何是好？"转念一想："老师即不在宫中，然景风童子跟随老师，必知因由。"遂笑道："好童子，老师既不在此，你便教我个法儿，也使那双龙脱困，以成美事。"

童子笑道："老师有言，若是葛洪来到，问那双龙之事，可教他回得罗浮山去，于那两石之间，尽劳力，掘石地，断法根，自有妙用。"葛洪得其法，笑道："不想解救之法，如此简单，我这便回去，谢过童子成全。"相互别过，葛洪遂捏一撮土，往空中一撒，驾土遁回罗浮山。

半日工夫，至罗浮山，葛洪在云头上望，见此山云生四处，雾起八方，青山幽静，草色皆舒，自思："前番身在山中，只觉此山翠岚清奇；如今身在山外，再来看时，乃是神仙出入之地，福德造化之门矣。他日若能在此，脱却烦恼，静坐蒲团，参玄悟妙，安诵黄庭，岂不美哉。"到得龙岩石壁，落将下来，走至石像前，笑道："昔日双龙掘井出水，以成功德，今日我也来掘一掘，亦是因果循环，造化所至。"把手一指，现一锄头，至两石之中，往下掘地，一锄一锄，也是辛苦，有诗为证：

罗浮归心落浮华，来客锄土在孤崖；
无意总扰多情事，有缘常开因果花。

且说葛洪锄地，不到半日工夫，已掘了个九尺九寸来深，不见其根，心中疑惑："依景风童子所言，为何掘了半日，尚不见其根。"又掘了个九尺九寸，忽锵锵一声作响，定睛一瞧，见一块紫金露出，不敢再掘，忙使一个分土法，一探究竟，哪知也是奇怪，这分土法往日灵验，此时却不见动静，再试几番，亦是如此。葛洪见无法，只得拿起锄头，小心掘下，也是费了九牛二虎之力，好容易挖出个形来，原来是个炉子，炉身乃紫金而制，分乾、坎、艮、震、巽、离、坤、兑八卦，那石像之根，正连在炉脚。葛洪见状，自思："不想石像之下，竟有个炉子，老师有言，大天尊命我代劳炼丹，寻那混沌开辟，先天抟铸之物八卦紫金炉，莫非便是此炉？"不由得大喜，左瞧右看，分明便是八卦紫金炉，笑道："依天尊十二句偈子，弟子往南寻迹多年，不想宝炉就在这罗浮山上，以此看来，功成之日，便在今朝。"欲将宝炉拿出，然左右使劲，宝炉纹丝不动，葛洪再试，亦是如此，那炉子仿佛生了根一般。葛洪疑道："双龙有根，偏不得断；宝炉再现，偏不得出，教人如何是好？"正烦恼间，闻得一人作歌而来，歌曰：

一笔在手写春秋，千般悲喜几从容；

罗浮山间好光景，风雨过往道无忧。

葛洪闻得歌声，正觉神清气爽，定睛一看，来人戴平顶冠，穿八卦衣，身负雌雄剑，手托阳平印，飘飘徐步而来，不是别人，正是张道陵。葛洪忙上前，打一稽首，喜道："师兄从何而来？"张道陵笑道："你这小师弟，见面不礼，反倒问我从何而来。"葛洪回道："师兄有礼了，见师兄到此，一时欣喜，脱口而出，切莫见怪。"张道陵又笑："我从兜率宫来。"葛洪忙道："师兄如何到此罗浮山来。"张道陵不作答，反倒说："你可知这罗浮山如何来历？"葛洪回道："原不知晓，后从南海龙王处得知，罗浮山为罗山、浮山相合而成，其中亦有故事，龙子、龙女为救生灵，掘井出水，误化顽石，也是一言难尽。"张道陵说道："既是知道来历，你可知你归着？"葛洪回道："大天尊命我寻八卦紫金炉，代劳炼丹，我依老师之言，往南而行，原不知晓去处，然在这罗浮山，闻双龙之事，欲行解救，阴差阳错，竟掘出宝炉，想来罗浮山便是去处。"张道陵笑道："一番寻觅，也是不负老师教诲，今日我到此处，正是为你而来。你可知大天尊为何命你代劳炼丹？"葛洪回道："弟子只晓得老师吩咐，并不探究其中缘由，故不知晓。"张道陵说道："今在这罗浮山，便将缘由告知于你，你可听好了。商周之战，众将封神，本为大统，然天、地、神、人、鬼，五界虽分，却是各成一脉。阐、截、人三教，无列一序，以致天上有神，地上有仙，不为上下。且凡人有寿，神仙亦有寿，那西王母蟠桃绝收，加之贾后乱政，八王乱国，五胡纷乱，又有西方滋扰，晋室更替，人间大乱，神仙又临杀伐。大天尊命你寻八卦紫金炉，正是要炼丹统道，延续中华，你身负天命，不可大意。"

葛洪知悉详情，惶恐不已，即拜伏在地，往离恨天方向三叩，禀道："大天尊将如此重任交付弟子，弟子定志心朝礼，谨记于心，不负师门。"又礼拜张道陵，问道："今寻得八卦紫金炉，然无论如何使劲，却起不出来，不知何故，还望师兄指点。"张道陵说道："大天尊当日十二句偈子，你可记得？"葛洪回道："时刻在心，不敢忘却。"张道陵说道："你可将五六句说来。"葛洪念道："他年自有帝王至，问策访贤落云川。"张道陵说道："既知偈子，当知天意。所谓帝王不至，稚川不出，你若不得出，宝炉出之何用？可安守罗浮山，自有通达。"葛洪恍然大悟，拜道："多谢师兄提点，弟子在此，当结庐而居，守志安然。"张道陵笑道："你为修道之人，道头会尾，一闻千悟，我不当多言，这便去了。"二人道别，葛洪安守罗浮山不提。

且说刘渊与马隆斗法，两败俱伤，马隆逝于西平，刘渊妄催梵阳剑，亦是五脏俱伤，败回平阳。过了数日，不见好转，又闻丞相刘宣故去，病势转加，忽一夜，梦见石出大海，腾腾而长，拔成一山，陡然惊醒，再不能寐。好容易见拂晓，召来群臣问："孤昨夜梦中，见石出大海，盖海成山，不知其意，谁能解此凶吉？"众人不解，唯王弥回道："此乃吉兆，东归大海，本难回头，石出其中，另成他径，山立海上，岿然不动，石为通达，山为社稷，此江山稳固之象，陛下不必多疑。"刘渊闻言，甚觉有理，遂安下心来。

梦惑即解，忽殿中卫士急报来："殿下，殿下到来。"刘渊问道："哪个殿下？"殿上群臣皆是奇怪，卫士回道："武将军到来。"刘渊闻言，腾起身子，大喜道："苍天吉佑，白眉儿未死，速唤入殿。"卫士高呼："武将军刘曜进殿。"少时，进来一人，垂手过膝，目有赤光，正是白眉儿，然又和原先不同，那白眉如月，长了三寸，连入鬓角，端的是铮铮佼佼，迥然不群。至尊前，叩拜于地，泣道："儿臣罪过，此时方至，让父皇受累。"刘渊见真是白眉儿，喜从心来，问道："昔日你师门抱之而去，我料你尚有一线生机，今日看来，我儿果真安然无恙，不知你师傅如何救得你起？"众人亦是好奇，白眉儿回道："我被北宫纯所伤，回天乏术，三魂七魄已散，米拉山亦无妙法，老师为救我，只得用心灯还原之术，在准提佛祖座下，求得一灯，取灯心至天灵，点灵火于心脉，故回形也，如今我无魂无魄，乃心灯之体也。"刘渊闻言，颔首叹道："佛祖有灵，也是天不绝汉赵，我儿如今无事，孤心安也。"白毛儿与白眉儿亦是齐驱沙场兄弟，此刻见其安好，也是喜上眉梢，嗟叹不已。刘渊受喜，不由得容光焕发，旁人见了，直觉汉王雄姿英发，已复如初。

又过数日，刘渊卧于寝宫，约至三更，忽头昏目眩，不知东西南北，遂伏于几上，又闻得殿中声如裂帛。刘渊睁眼相看，陡然见文皇帝司马昭在前，厉声问道："逆臣，朕平日待你不薄，为何负朕？"不敢应答，垂脸而下，冷汗不止，半响抬首再看，已是不见。又闻右侧一人喝道："刘渊，尝闻食君之禄，忠君之事，担君之忧，你身为晋臣，如何叛晋？"转首相看，原是武皇帝司马炎，忙叩头不止，正要作答，又不见了。正感疑惑，眼前现出一人，乃惠皇帝司马衷，浑身血污，喝问："社稷崩塌，你不思相护，反倒称王称帝，祸乱天下，实为乱臣贼子也。"刘渊大叫一声，从几上腾起，原来又是一梦，隐隐却听得殿外男女哭声不绝，惶惶不安，再不能入眠。至晓，召群臣入曰："孤戎马之中，三十余年，未尝信怪异之事，昨夜不知为何，见晋文、武、惠皇帝，虽在梦中，亦犹真也。"言毕，喉头发甜，吐出一口鲜血。群臣大惊，奏道："陛下伤体，千万保重。"白毛儿泣道："儿臣往千佛洞，去寻月支菩萨。"刘渊摆手，说道："罢了，罢了，我妄动梵阳剑，已是回天无力，阳寿已尽，安可救也。"群臣哭泣，刘渊烦心，令众人退去。

次日，刘渊觉气冲上焦，眼中模糊不清，自感大限将至，令单妃在旁，召世子刘和、鹿蠡王白毛儿、武将军白眉儿，及宗室内臣，同至榻前，嘱以后事。单妃等顿首道："陛下善保龙体，不日定当痊愈。"刘渊叹道："孤受教沙门，学得本事，纵横天下三十余年，经宦海沉浮，历沙场征战，来往四海，讨教八荒，创立一番基业，本欲一统天下，还民安乐，弘扬佛法，而今看来，却是中道将崩。放眼四下，晋室未灭，天下难安，孤已是临危，不能再与你等相叙，然大业相继，不得以孤一人为止，当承志创业，继往开来。世子刘和，雄伟刚毅，好学早成，可继大统。陈留王刘欢乐为太宰，长乐王刘洋为太傅，江都王刘延年为太保，白毛儿为大司马、大单于，都兼任录尚书事，可于平阳西侧设置单于台。你等四人辅佐世子，须忠心贯日，尽力竭力。另齐王刘裕为大司徒，鲁王刘隆为尚书令，北海王刘乂为抚军大将军兼任司隶校尉，白眉儿为征讨大都督兼任单于左辅，廷尉乔智明为冠军大将军兼任单于右辅，光禄大夫刘殷为左仆射，王育为右仆射，任顗为吏部尚书，朱纪为中书监，护军马景兼任左卫将军，永安王刘安国兼任右卫将军，安昌王刘盛、安邑王刘钦、西阳王刘都兼任武卫将军，分别统领禁兵。卿等各司其职，皆不可怠慢。"众人泪流满面，泣拜于地，皆道："臣等定当竭股肱之力，尽忠贞之节，以保大业千秋万载。"刘渊又谓众人道："孤

看一眼爱卿,不能一一分嘱,愿皆自爱。"言毕,驾崩,寿五十九岁,在位六年,后人有诗叹曰:

　　大鱼游梦,太阳出子,半生若飘蓬。潜龙藏志,雄图内卷,暗上行云中。一朝归海,路向十方,来去更无重。创业未满,传承不定,笑与司马同。

　　刘渊驾崩,文武官僚,无不哀痛。单妃用金棺银椁将渊入殓,安于光极殿西室,举哀行礼毕,刘欢乐说道:"国不可一日无君,先帝既有遗命,请速立嗣君,以承大统。"世子刘和即皇帝位,尊刘渊为汉光文皇帝,追封生母呼延氏为皇太后。命朝臣服丧二十七日,各寺各观鸣钟三万次,域内百姓百日内不得作乐,四十九日内不得屠宰,一月内不得嫁娶,举国哀悼。

　　翌日,刘和挂孝,哭于殿上,忽一人挺身而出,说道:"陛下息哀,且议大事。"刘和望一眼,原是国舅呼延攸,不由得疑道:"舅舅何出此言?"呼延攸说道:"陛下可入内殿说话。"刘和入内殿,见二人拜伏在地,仔细一看,原是侍中刘乘、西昌王刘锐。你道此三人来历,那呼延攸乃大司空呼延翼后子,官拜宗正,刘渊在世之时,因其无才无行,终身不令迁官,故心存芥蒂;刘乘素与白毛儿不和,见白毛儿加官大司马大单于,愤愤不平;刘锐自以为有功,然刘渊临终未将其列入顾命大臣,大权旁落,也是心中怨恨。刘和见三人,说道:"如今殿内,无有旁人,国舅有何话讲?"呼延攸泣道:"陛下虽得先帝遗命,继承大位,然暗涌之下,危机四伏矣。"刘和心头一怔,说道:"此话怎讲?"呼延攸又道:"先帝不顾重轻,使刘乂、刘裕、刘隆三王在内总兵,大司马刘聪拥劲卒十万,逼居近郊,陛下不过做了一个寄主,将来祸难,恐不可测,不如早为设法,先发制人。"

　　刘乘在旁,进言:"陛下既已成年,当乾纲独断,然先帝却命一众大臣辅政,甚蹊跷为,陛下为天子,白毛儿为大单于,匈奴人以大单于为尊,汉人以天子为尊,陛下既为天子,又为匈奴人,当集天子、大单于一身,如今一分为二,国有日月,人心不齐,恐生变乱。"刘锐更是直言不讳:"卧榻之侧,岂容他人鼾睡。先帝过于倚重诸王,陛下却无兵无权,单说大司马拥兵十万,日后羽翼丰满，将祸不可测。常言道先即制人，后则为人所制，依臣之见，宜早断之，则防患于未然。"三人一唱一和，刘和闻言，颇以为然。原来刘和见先帝临终如此安排，也是心中不满，听此言语，深以为然。

当夜，刘和诏武卫将军刘盛、刘钦，左卫将军马景入殿。三人不知夜召何事，皆一脸茫然，待至内宫，见得刘和，又见呼延攸、刘乘、刘锐在侧，两旁立有八名侍卫，皆忐忑不安，拜道："陛下急召臣等，不知有何诏命？"刘和说道："爱卿请起，今夜召你等前来，只为一件大事。"刘盛回道："陛下且吩咐来。"刘和正色道："北海王刘义、齐王刘裕、鲁王刘隆、大司马刘聪，拥兵自重，为朝廷祸患，今若不除，社稷危矣，特命你等乘夜分兵四路，各自剿杀，不留活口。"三人闻言，大吃一惊，惶恐不已。刘盛抗言："先帝尚在殡宫，四王未有逆节，今忽生他谋，自相鱼肉，臣恐不能邀福，反且召祸。况四海未定，大业粗成，陛下但应继志述事，开拓鸿基，幸勿误听谗言，疑及兄弟。古诗有言：岂无他人，不如我同父。陛下不信诸弟，他人如何轻信呢？"呼延攸，刘锐闻言，勃然大怒，说道："今日计议，已由陛下裁决，理无反汗，领军怎得妄言？"刘盛尚欲再言，却见刘锐拔出佩剑，一剑劈下，寒光闪闪，正中刘盛前胸，可怜忠言逆耳，死于非命。刘钦、马景见状，不禁惶惧，慌忙应道："臣下惟陛下命矣，赴汤蹈火，在所不辞。"刘和喜道："卿知大节，朕心甚慰。"遂命殿中之人，共在东堂设誓，诘旦举发。

一番折腾，已至天明，初日半起，霞光散晕。刘和见景，笑道："好一轮晨阳，好一番前景。"遂命刘锐与马景一道，赴单于台，攻白毛儿；呼延攸领右卫将军刘安国，赴司徒府，攻齐王刘裕；刘乘、刘钦赴尚书台，攻鲁王刘隆；尚书田密，与武卫将军刘璿，攻北海王刘义。后人有诗为叹：

> 平地风云无妄起，只因权念作心疑。
> 可叹虎父生犬子，万丈高楼一朝倾。

且说北海王刘义，正值舞勺之年，未经大事，尚以为天子继位，朝局安定，不知守备。那田密、刘璿领五百禁兵，闯入府中，田密说道："北海王安在？"

第六十二回
刘渊临终传大位　兄弟相争祸萧墙

刘乂闻得嘈杂，入堂看来，见刀枪林立，不由得大惊，说道："尚书到此，所为何事？"田密说道："奉天子诏，刘乂不知臣节，拥兵不辞，祸患朝政，当处极刑，以儆效尤。"刘乂闻言，惊得是瞠目结舌，语无伦次："此话从何讲来？将军可明鉴也。"田密见刘乂，瑟瑟发抖，束手待毙，也是叹惜。刘璿在旁，抢步上前，将刘乂轻轻掖住，抽出长剑，怒道："陛下听信小人谗言，疑忌兄弟，我等不可为虎作伥，弑杀宗亲，尚书如何看待？"田密亦道："此言甚是，先帝尸骨未寒，棺椁未葬，我等不可作此忤逆之事，有负先帝之托。只是天子有诏，我等既已违抗，当往哪里去？"刘璿说道："大单于龙威燕颔，雄武英豪，我等当投效之。"田密领首，二人率兵士，拥北海王趋往单于台。

且说宫中有变，白毛儿在单于台，毫不知情，正穿戴齐整，欲往宫中，忽闻得府门有疾步之声，少时门房报来："尚书田密、武卫将军刘璿与北海王一道，领一队兵士前来，神色匆匆，似有急事。"白毛儿闻言，疑道："领兵前来？"遂命军士服甲持械，以防有变。门房开了府门，田密、刘璿命兵士止步，与北海王进入府中，急道："宫中有变，大单于须要提防。"白毛儿见兵士未入，安下心来，问道："宫中出了何事？"田密不敢隐瞒，将详情说来，白毛儿闻言大怒，说道："天下有道，则礼乐征伐自天子出；天下无道，则礼乐征伐自诸侯出。如今天子失德，听信谗臣，不可为人君，你等弃暗投明，乃大功也，当随我入宫剿贼，匡扶社稷。"众人共举，惟聪命之。

话分两头，那刘锐、马景率一万禁军前往单于台，半道上远见田密、刘璿领兵往单于台去，不由得勒马生疑："田密、刘璿不去北海王处，怎到大单于这方来了？"马景定眼一看，大声道："刘璿马上非是他人，正是北海王。"又道："田密、刘璿定是临阵抗旨，救下北海王，投白毛儿去了。"刘锐怒道："此二人竟然抗旨，此时追去，已是不及，便算是到了单于台，白毛儿定有防备，不若回城，再作计较。"遂领兵折回。

再看城内，呼延攸领右卫将军刘安国赴司徒府，刘安国虽说领诏，然内心不愿，故推三宕四，慢慢腾腾，呼延攸看在眼里，心中透亮，自思："此人虚与委蛇，言行不一，与其同行，福祸难测，不若杀之，可保万全。"思忖已定，拨马上前，说道："将军且看，何人到来？"把手往右前方一指，刘安国顺其所指望去，不见有人，转首欲问，却见一道寒光而来，被呼延攸一刀劈于马下，性命全无。

呼延攸斩了刘安国，率军直奔司徒府，冲入府中，见人便砍，逢人便杀，那齐王刘裕，正在堂中，见兵士入内，正要发问，被呼延攸一步上前，手起刀落，死于非命。又有那刘乘、刘钦领三千禁兵赴尚书台，亦是如此。刘钦言不由衷，刘乘为防万一，杀死刘钦，赴刘隆府上。刘隆尚未回过神来，已被刘乘杀死，死不瞑目。呼延攸、刘乘斩了二王，回禀刘和。刘和大喜，说道："二王既除，去了大患矣，不知另两路兵马如何？"话音未落，见刘锐入得宫来，禀道："大事不妙，田密、刘璿临阵反叛，救下北海王，投大单于去了。"刘和大惊，说道："四王之中，唯白毛儿最为棘手，如今事败，如之奈何？"呼延攸说道："陛下莫惊，如今之计，当紧闭城门，坚守不出，加备防御，白毛儿纵有本事，一日两日，也难攻克，况天子在内，诏令四海，白毛儿反叛朝廷，日久必败。"刘和领首，命刘乘刘锐坚壁清野，以待来敌。

那白毛儿乃沙门弟子，久经战阵，何惧宫门喋血，即率一万军骑，从单于台出，浩浩荡荡，风驰电掣，不消半日，已至西明门外。刘乘、刘锐，闻得喊声大震，趋上城楼，见白毛儿，喝道："白毛儿，你不在单于台，无诏领兵，私自进城，意欲何为？莫非要造反乎？"白毛儿喝道："先帝艰难百战，乃创基业，半道崩殂，临终之时，命众臣辅佐，焉有你等。然你等与呼延攸沆瀣一气，包藏祸心，进谗献媚，致天子残杀手足。天子无道，竟听信谗言，酿成滔天大罪，何以德行安服天下，何以继承先帝大统。今天子无道，我承先帝遗志，匡扶社稷，以成大业，你等俯伏谢罪，听候发落。"刘乘喝道："白毛儿，你拥众作乱，早有谋逆之心，今野心败露，其罪当诛。"遂令兵士放箭，白毛儿命将士攻城。一时间，双方你守我攻，激烈非常。

平阳城城坚池固，刘乘、刘锐坚守不出，白毛儿纵有本事，若要一攻便破，也是难上加难。正相持不下，城中忽有一将，引数百人径上城楼，大喝："刘乘、刘锐乃乱臣贼子，大单于当世英雄，今不忍先帝基业，毁于刘和，故而发兵，何以相拒？"众视其人，乃征讨大都督白眉儿也。当下白眉儿长剑在手，刺死守门将士，开了城门，放下吊桥，叫道："大单于速速领兵进城，共杀奸邪之徒。"

白毛儿定睛一看,喜道:"我弟知大节,明大义,乃社稷之臣也。"即引兵杀向城去。刘乘、刘锐见之,大叫:"白眉儿,你身为顾命之臣,不思报效天子,却引贼兵入城,天理难容,其罪当诛。"白眉儿大喝:"奸逆小人,吃我一剑。"提剑上城。刘乘、刘锐深知白眉儿本领,哪敢相抗,忙退下城楼,往南宫而逃。守兵不战自溃,白毛儿杀入城中,尽斩顽抗,率军直奔皇宫。

刘和在宫中,正候消息,忐忑不安,忽见呼延攸、刘乘、刘锐匆匆入内,满身血污,立觉不祥,才要发问,那呼延攸大呼:"陛下不好,白毛儿杀进来了。"不由得大惊失色,又闻宫外白毛儿之声:"见人即斩,莫要放过一人。"吓得面容失色,夺路而逃。一路踉踉跄跄,到得光极殿西室,正是刘渊棺椁放置之所。刘和躲在棺椁之下,自以为白毛儿在先帝灵前,不敢造次。未料白毛儿入得室中,见刘和,说道:"原来藏匿此处。"刘和大叫:"刘聪,朕为天子,你安敢作乱!"白毛儿不言,转身走出,左右上前,抽出刀剑,往刘和一顿乱砍,可惜汉赵第二位帝王,猜忌诸王,驭下无恩,在位七日,死于非命。

白毛儿杀了天子,拿住呼延攸、刘乘、刘锐三人,枭首通衢,又召群臣于光极殿。群臣得知内情,皆感愤慨,拜请白毛儿登上皇位,白毛儿说道:"天子无道,我不忍先帝基业,毁于一旦,故而征讨,非为自家。如今大局已定,北海王乃单太后之子,皇位当由北海王继承。"刘乂闻言流泪,拜道:"世逢乱世,四海未定,国事艰难,大单于雄伟刚毅,可继先帝遗志,臣万不敢造次。"白毛儿又推,刘乂再辞,如此三次,白毛儿方道:"先帝创业未半,中道崩殂,北海王及诸公因世事艰难,看重我年长几岁罢了。此乃国家之事。我亦不敢推辞。待北海王长大成人,我定将大业交还。"于是即位,宣布大赦,改年号为光兴。尊奉单氏为皇太后,尊奉生母张氏为帝太后。以北海王刘乂为皇太弟,兼大单于、大司徒。立妻呼延氏为皇后,封子刘粲为河内王,任抚军大将军、都督中外诸军事;刘易为河间王,刘翼为彭城王,刘悝为高平王。命白眉儿为车骑大将军,开府仪同三司、雍州牧,改封中山王;石勒任并州刺史,封汲郡公。所有王公百官,概仍旧职,毫无异言。葬先帝刘渊于永光陵,庙号高祖。一切事毕,白毛儿欲进谒太后,不知后事如何,且看下回分解。

第六十三回　司马越走死东海　白眉儿火烧洛阳

不消珠网暗梁生，独怜玉楼别飞莺；
国破城空一炬火，百年身后尽骂名。

且说白毛儿已定大局，进谒太后。那太后非是他人，正是单女。白毛儿急不可待，入得后宫，见到太后，仍是纤丽无比，美艳无双，不由得心猿意马，想入非非。太后见白毛儿半晌未言，轻声言道："恭贺陛下，得继大统，也是汉之万福，国之万幸。"白毛儿闻言，方回过神来，见四下皆有宫女，遂拜道："玄明虽不才，然不忍见父皇心血，毁于刘和之手，不得已斩除奸邪，匡扶社稷，诸臣因祸乱尚多，看重我年长几岁，拥我为帝。此乃家国之事，我不敢推辞，一时暂代罢了。皇太弟年幼，等其长大，我再将大业交还于他。"太后闻言大喜，笑道："也是万福，前得陛下保全性命，后得陛下许诺基业，在此谢过陛下。"微微欠身，四目相对，太后见白毛儿，仪容秀伟，冠冕堂皇；白毛儿见太后，轻盈艳冶，国色天香，皆是旧情复发，不能自已。可惜耳目众多，纵有千言万语，亦难诉说。太后上前，捋一捋发丝，悄悄伸出三指，说道："陛下初登大位，国事繁杂，无须在此上心，且去吧。"白毛儿七窍玲珑，早知心思，对答数语，徐徐辞出，转往别宫，拜谒生母张夫人去了。

当日，白毛儿恍恍惚惚，在殿中盼望天色，急不能到晚。及黄昏时，假意就寝，定息存神，不知多久，闻得打更传箭，方知三更时分，连忙起得身来，穿得衣服，偷溜出殿，几个腾挪，已至后宫，见宫外只两个宫女，捡两颗石子，往里一丢，宫女闻得声响，移步察看。白毛儿兔起鹘举，闪身入宫。闭了宫门，回头一望，见得目光呆滞，情迷心荡。那太后风鬟露鬓，娥眉淡扫，眼似弯月，脸如凝脂，纤腰微步，轻纱薄裙，端的是含春荼蘼，出水芙蓉。一个是垂涎已久，昏夜乞怜，一个是寂处难安，心神似醉。移花不妨接木，拢篙正可近舵，好风流处便风流，二人早有旧情，如今刘渊已崩，无甚可惧，也不管什么尊卑上下，一时春生鏊帐，连夕烝淫，有词为叹：

棍间幕柳，飘絮传歌，月照行客。南风尚不语，只笑离人合。露水鸳鸯归无处，到头来，情牵身落。大梦且如此，失江山颜色。

白毛儿夺取大位，得拥美人，已是志得意满，又闻报马隆即死，心中大喜，遂召群臣："先帝创业未半，中道崩殂，如今晋室昏淡，马隆已死，无大忧矣。朕欲承先帝之志，起兵马，破洛阳，何人可为将也。"众人不言，独白眉儿出奏："陛下，臣弟愿往。"白毛儿见之，正合心意，遂命："白眉儿忠勇可嘉，当代朕挂帅出征，领四万兵马，攻打洛阳。"又发诏令，命石勒、王弥率部三路进军。

白眉儿领命，引兵出征，一路浩浩荡荡，至渑池，见一队人马奔驰而来，上有一面旗，绣一"石"字，旗子一人，正是石勒。石勒见白眉儿，忙下马拜叩，说道："并州刺史石勒，奉天子诏，特来拜见大将军，愿随共破晋室，匡扶汉国。"白眉儿见石勒，笑道："世龙能知大节，识大体，我甚心慰，你此番所带多少兵马？"石勒回道："骑兵二万，但凭将军驱使。"白眉儿说道："此处往前一百里，便是渑池，守将乃监军裴邈，限你三日，率本部兵马，拿下此城。"

石勒领命，回到中军，召集众将，问道："大将军限我三日，攻克渑池，众位可有良策？"郭黑略回道："末将请战，待明日率部攻城，谅小小渑池，不足惧哉。"石勒喝道："渑池虽小，然城坚壁厚，我等此来，皆是骑兵，如何攻城。你只晓逞匹夫之勇，若是受阻，挫我军心，岂不大祸。"张宾在旁，言道："将军所虑甚是，我有一法，可以破来。"石勒忙问其法，张宾回道："我等远道而来，晋军必以为整备齐整，方可攻城，若我等今夜出袭，此战可成。"石勒说道："此计虽好，然不知城中虚实，加之骑兵攻城，不得要领，若是一时受阻，我军必败。"张宾笑道："将军何不去问一问大和尚。"石勒恍然大悟，笑道："我一时心急，真糊涂也。"遂召大和尚入帐，将攻城之事详述，大和尚不答，只是从怀中拿出两个盒子，一盒麻油，一盒胭脂，将麻油与胭脂掺和一处，以指调匀，涂在右掌之中。众人不解，上前察看，少顷，右掌现出五彩霞光，再看掌中，渑池城中景象，皆清清楚楚。大和尚又道："众位且看，城中将士不足三千，大部皆在东、南二门，西门不足三百，今夜二更，可使敢死之士登上城头，杀开城门，骑兵一拥而入，大事可定也。"众人闻言大喜，石勒笑道："大和尚神通，我亦无忧矣。"遂提将点兵。

待到二更时分，石勒命郭黑略、张越、赵鹿，支屈六引五十名死士，乘夜潜至城下，抛绳钩爪，不消片刻，翻至墙头。渑池守卫不及防备，被杀了个措手不及，霎时乱作一团。郭黑略引兵至城下，杀开城门。石勒见城门火起，遂领兵往里冲，逢人便砍，见人便杀，直搅得渑池城天翻地覆。监军裴邈见西门有危，忙引兵而至，迎面遇见石勒，未及说话，早被一刀砍来，避无可避，惨死马下。部众见主将被斩，哪有战心，一哄而散，只管逃命去了。

石勒得了渑池，报于白眉儿。白眉儿闻报大喜。待至天明时分，领兵入城，见石勒笑道："世龙果真将才也。"石勒回道："末将不才，全仗大将军天威。"正说话间，又闻左右来报："王弥率轻骑三万到来。"白眉儿喜道："世龙首战得胜，又有王弥会合，想马隆既死，大厦将倾，我等攻破洛阳，指日可待。"石勒说道："马隆已死，北宫纯神通尽失，洛阳不足为患，而两侧洛川、颍河、成皋等地，皆有晋军，不如分而剪之，再攻洛阳，方无后患。"众将闻之，皆称妙言。白眉儿发令："王弥率军向南，攻颍河、汝水、开封；石勒领兵从成皋向东，攻新蔡、许昌；我自率部由渑池向西，进军洛川，三路会师洛阳，先入城者，当为首功。"众将领命，三路分兵，攻城略地，不在话下。

且说司马越在洛阳，闻白眉儿三路分兵，势如破竹，往洛阳来，早已心胆俱裂，召众臣道："白毛儿杀兄篡位，命白眉儿征伐洛阳，众位有何对敌良策？"众臣皆不言，司马越问北宫纯："将军有何话讲？"北宫纯回道："早知今日，何必将马隆将军遣往西平。如今大敌当前，我神通已失，想那白眉儿一身本领，又有石勒、王弥等将，想是来者不善，为今之计，只有固守城池，征四方诸王勤王护驾。"众臣皆称好。司马越不悦，又问："北宫将军，何不请得三山五岳之士，再来相助。"北宫纯回道："两教斗法，已是言和，不再问红尘之事，且各位老师皆是大损，闭宫清修，人间乃是随缘矣。"司马越见群臣，皆是低头不语，心中暗叹，罢手退朝。

司马越回府，即召太尉王衍、龙骧将军李恽、右卫将军何伦来，忧道："贼寇三路进兵，日益强盛，京师四面，已被攻取，孤城一座，危在旦夕，本王在此，如坐火炉，须早作谋划，你等有何高见？"王衍回道："洛阳四面，已归贼兵，太傅与其坐以待毙，不如早日突围，若归回东海，方无忧矣。"司马越闻言，喜道："此计甚好。"众人附和。司马越又问："三路敌军，从哪路走？"王衍回道："白眉儿世之虎将，不可抵挡；王弥为我朝叛将，损害更甚；石勒与王浚火并，元气未复，倒不如从石勒处突围。"司马越称好，遂穿上戎装，入宫进谏天子，请求讨伐石勒，并屯兵镇守兖、豫二州。怀帝叹道："如今胡虏侵入，逼临京城，人人皆无坚守之心，朝廷社稷倚赖于公，岂可远征而使根本孤立？"司马越回道："臣出战，若能侥幸打败贼寇，便可振奋国威，当比坐待困穷好矣。"怀帝见司马越坚持，也不再言。

十一月甲戌，司马越率四万兵士进发许昌，令妃子裴氏、长子司马毗、龙骧将军李恽、右卫将军何伦守卫京城，防卫察看宫廷；以潘滔任河南尹，总管留守事务，且以行尚书台跟随，任用太尉王衍为军司，朝中享有声望的贤臣，皆用作佐吏，名将勇士，全部纳入官署，朝廷已成摆设，京师无有守卫，只一个北宫纯留于城中。如此一来，宫中饥饿日盛，死人交相杂横，盗贼公然抢劫，各府、寺、营、署，皆挖掘壕堑自卫，混乱不堪，不提。

且说司马越向东，驻扎于项县，以冯嵩为左司马，自兼豫州牧。石勒闻司马越到来，大喜过望，谓之众将："司马越弃天子出城，困兽欲逃，尽失人心，我必擒此贼，以慰天下。"左右言道："司马越居项城而守，此城坚固，一时难破，何不请大和尚作法，速擒老贼。"石勒摆手，回道："天行健，君子自强不息，古来有大成者，不得事事倚赖旁人，所谓凤凰涅槃，浴火重生，今区区一个司马越到此，麾下众人，文无名臣，武无名将，还要劳驾大和尚，岂不贻笑大方。"众人皆笑称是。石勒即命出兵，往项县而去。

至城下，石勒走马出阵，见司马越，骂道："司马老贼，你弃江山社稷不顾，独自逃命，世人唾骂。今到此地，乃绝路矣，急早下马受缚，以免满城生灵涂炭，如抗我言，那时城破被擒、玉石俱焚，悔之晚矣。"司马越何曾受如此言语，只气得万目睚眦，喝道："胡马小儿，你前事汲桑，后从公师藩，现又在刘渊、刘聪之下，两面三刀，见风使舵，明明是个祸害，也谈什么江山社稷，今天兵在此，教你粉身碎骨，不得好死。"遂道："哪一员将，可擒石勒？"一人应道："末将愿往。"抬眼望，原是部将张凤，知此人自幼习武，也是了得，遂道："将军可率本部兵马，出城破敌。"张凤领命，调本部人马出城，掩开阵势，立马横刀，大呼："石勒受死。"石勒尚未答言，阵中冲出一人，顶上戴金冠，身穿参锁甲，腰缠花玉带，跨下枣红马，正是张越，大喝："来者何人？莫作我刀下无名之鬼。"张凤喝道："我乃太傅帐下张凤是也，你等不守臣节，特强肆暴，殊为可恨，今番便教你自食恶果，悔之无及。"张越大怒，催开战马，手中刀飞直取，张凤纵骑相迎，举刀急架，两马相交，一场大战，来往冲突，擂破花腔战鼓，摇碎锦绣红旗，来来往往，有二十回合。

张凤马上逞英雄，展开刀势，抖擞精神，倍加气力；张越怒发，环眼双睁，卖一个破绽，掩刀而走，用刀把一戳，张凤始料未及，被顶在心口，大叫一声，身子晃一晃。张越大喝："着！"反手一刀，劈将下来，连头带颈，将张凤斩于马下。兵士相见，皆魂飞胆丧，哪敢再战，一窝蜂往城下逃命，张越赶杀晋兵，直冲过来。司马越在城头，吓得面如死灰，命速关城门，哪管城外兵士死活。张越将残兵剩卒屠戮怠尽，又要攻城，右卫将军王景率众，死命抵挡，亏得此城河深墙固，一时间，张越难进，无奈只好退去。石勒命将士将项县四面，团团围住，不许放走一人，欲困死司马越。

司马越在城中，进无可进，退无可退，束手无策，坐立不安，岂不知福无双至，祸不单行，那心腹何伦，留守宫中，对待天子，如同大臣，指手画脚，颐指气使，傲慢无比，且常抢掠公卿大臣，逼迫污辱公主，使得朝廷上下，天怒人怨。天子无奈，只得书写密诏一封，差亲信往山东青州送达刺史苟晞，言辞恳切，凄凄惨惨，尽述备受侮辱之事。苟晞见之，不觉落泪，也不管与王弥部将曹嶷之战，引兵西进，直奔项城，讨伐司马越，并亲书檄文，差人送至司马越。司马越收阅，见书：

第六十三回
司马越走死东海　白眉儿火烧洛阳

　　为传檄事：司马越，乃天下大贼，借王侯之乱，挟先帝自专，荼生灵百万，祸州县千里。毒害天子，擅立乾坤，诛杀忠良，排除异己，上不正朝纲，下不慰黎民，以致天下大乱，流寇四起。司马越不思抵外，专御防内，致天子为座下，视已命为天听，豺狼野心，潜包祸谋。如今胡马临境，老贼纠合同盟，创为义举，匡复之功未立，陵暴之衅已彰，罄彼车徒，固求出镇。以行台自随，所有王公大臣，多半带去，仅留何伦李恽，监守京师。彼已居心叵测，有帝制自为之想。能胜敌则迫众推戴，还废怀帝，不能胜敌，即去而之他，或仍回东海，据守一方；如洛阳之保存与否，怀帝之安全与否，彼固不遑计及也，无如人已嫉视，天亦恶盈。故本将军奉天子诏，统师正义，讨伐越贼。誓将卧薪尝胆，殄此凶逆，是用传檄远近，咸使闻知。倘有血性男子，抱道君子，号召义旅，仗义仁人，助我大晋征剿者，本将军刻碑立字，福荫子孙。归来降将，收之帐下，奏授官爵，幡然悔者，一律免死，发回原籍。本将军德薄能鲜，独仗忠信二字，为人之本。上有日月，实鉴吾心。众听吾言！檄到如律令！

　　司马越见檄文，字字诛心，句句入骨，不由得发上指冠，怒火中烧，正要发作，忽闻来报："石勒率贼兵四面而攻，战事危急，速请太傅决断。"所谓本命有亡，无以加焉。司马越知苟晞来攻，心中惶恐，见檄文之言，又是气愤，加之战事紧张，内忧外患，一并而来，霎时气急攻心，喉头一甜，陡然倒下。左右大惊，连忙扶至榻上，好半响睁开眼来，已是双目半睁，指间发颤。司马越察觉心口堵住，也是自知，艰难起得身来，急命左右唤王衍。少顷王衍到来，见司马越，惊道："太傅如何这般模样？"司马越缓缓摆手，召王衍至身旁，悄声说道："我死之后，秘不发丧，带兵速回东海，令子毗承继我位。"王衍方要应声，司马越后背一直，吐出一口鲜血，呜咽一声，暴毙身亡，有词为叹：

　　高处有烦愁，何苦争不休。纵添衣，不雨也寒飕。颐指江山万里好，眉下月，见岚重。

　　八王乱神州，魂归东海流。别轻鸥，青门难留。道是无情送长恨，歌如幻，心上秋。

且说司马越身亡，王衍遵其遗命，秘不发丧，召众人道："如今太傅薨逝，外有胡马，内有强敌，若是抵御，如以卵击石，立为齑粉。我有一策，可乘夜出城，绕过敌军，直达东海，可保无虞。"众人称是，又推举王衍为元帅，王衍惶恐，忙道："区区不才，岂敢为帅，襄阳王在此，可推襄阳王为帅。"襄阳王司马范闻言，更是推辞，说道："太傅尸骨未寒，长子且在洛阳，我等当速召毗，同奉灵柩往东海，方是上策。"众人闻言，皆是赞同，王衍差人先行潜出，赶赴洛阳，接裴妃、司马毗同走。随后，与司马范带兵乘夜出城，疾驰东海。

到拂晓，石勒命人往城下探察，却见得城头旗倒，无有人在，甚是蹊跷，遂差人潜入城中，得报已是人去城空，不由得大怒，将一众将领一顿喝骂，即命探马四下而查，约至晌午，探马来报："司马越暴病身亡，王衍、司马范扶其灵柩，于苦县与司马毗会合，欲归东海。"石勒闻报，不由得大吃一惊，说道："司马老贼竟自死了！"好半晌方回过神来，急率轻骑追击。一路击鞭锤镫，铁蹄铮铮，不消久时，已至苦县。

王衍等人，不知大难将至，尚在原地，等待司马毗，听得马蹄疾驰之声，以为世子到来，正要迎接，却见得斗大一面旗，上写"石"字，惊得是毛骨悚然，魂飞魄散。众人相见，皆乱作一团，争相奔逃。那司马范稍事镇定，忙命部众抵御，然仓促之间，不成阵形。石勒一至，命骑兵团团围住，也不上前，只用弓箭射击。数万晋朝官兵困在里面，如瓮中捉鳖，待宰羔羊，不消片刻，已是哭号满地，哀声遍野，死的死，伤的伤，打又打不过，出又出不去。石勒见晋兵抵御已无，又命骑兵上前，先用长枪挑，再用大刀砍，血流成河，尸积如山，惨不忍睹，有诗为证：

三军尽衰老，失志东海归；
兵戈既未了，乘马当速回；
万夫待屠戮，四面镝鸣追；
一气泻千里，悲雁带血飞。

第六十三回
司马越走死东海　白眉儿火烧洛阳

石勒大破晋军，俘太尉王衍、襄阳王司马范、任城王司马济、武陵庄王司马澹、西河王司马喜、梁怀王司马禧、齐王司马超、吏部尚书刘望、廷尉诸葛铨、豫州刺史刘乔、太傅长史庾等人，皆押于帐中。石勒问众人："晋室始于武帝，不出三世，四海而乱，其因如何？"众人不言，独王衍回道："武帝守成之君，不经大事，无有宏图，所谓非百年之木，不成栋梁，承袭祖业，安享富贵。惠帝天生痴儿，主弱国疑，难御太极，以致贾后乱政，八王胡为。加之外患未除，而庙堂却是斗富成风，奢靡腐化，故大王纵横一跃，摧枯拉朽，不在话下。"石勒又问："太尉既知其因，何不身体力行，匡扶社稷？"王衍一脸哭丧，说道："此乃朝廷大计，其策不由我定，加之自小便无当官从政之愿，不参与朝廷事务，故不得大成。大王英明神武，身负天命，建国称尊，取乱侮亡，正在今日也。"石勒闻言，大怒，说道："君少壮登朝，名盖四海，身居重任，何言从无当官从政之愿。破坏天下，非君而谁，如今还来劝我称帝，大逆之言，实乃推我至万劫不复之地。"遂令左右架王衍出帐，众人见之，都哭成一片，倒地求饶，倒是司马范环顾大家喝道："今日之事，已成定局，何故再言。"石勒见十八骑孔苌在旁，问道："我纵横天下，从未见过此类贪生怕死之徒，是否当留世上？"孔苌回道："此皆为晋室王臣，终不能为公所用。"石勒笑道："虽说如此，然无须以刃相害。"遂命左右推出，与王衍一同押至一处民房，命当夜推墙，压死众人，又称："乱下天下，为司马越，我当为天下报仇，焚烧其骨，以告天地。"即剖柩焚尸，将司马越挫骨扬灰。随即，率军追杀司马毗，至洧仓，两军遭遇，司马毗哪里是石勒对手，不消片刻，与宗室四十八个亲王一同被屠杀殆尽，那何伦逃奔下邳，李恽逃奔广宗，裴妃卖作一吴姓人家做奴，也是凄惨，不提。

且说司马越身亡，何伦、李恽逃走，偌大个京城，内无守兵，外无援军，已是孤城一座。天子知形势危急，下诏贬司马越为县王，任太子太傅傅祗为司徒，尚书令荀藩为司空，王浚为大司马、侍中、大都督及督幽州、冀州诸军事，南阳王司马模任太尉、大都督，荀晞为大将军、大都督，张轨任车骑大将军，琅琊王司马睿为镇东大将军，兼督扬、江、湘、交、广五州诸军事。荀晞上奏天子，请求迁都仓垣，命从事中郎刘会率三十艘船、五百禁卫兵、一千斛谷子前往洛阳，迎接天子。天子得知，也是欢喜，召群臣商议，然公卿大臣却是犹豫不决，借口天子迁都，于国不利，实则各自贪恋家资，不愿出走。天子无奈，只得命刘会先回，不消几日，城中饥荒，天子又召群臣商议，打算出行，但禁卫随从却不完备，天子抚手叹道："何故未见车子乘舆？"遂派傅祇出城，到河阴县置办船只，朝廷官员数十人充当前导随从。天子步行出西掖门，未料才至铜驼街，竟遭强盗掠扰，随身财物被洗劫一空，实乃闻所未闻。天子不能前进，只好回宫。

这厢，天子困居洛阳。那厢，白眉儿、王弥、石勒三路大军，向洛阳奔来。白毛儿闻得洛阳情形，喜道："司马气数已尽，该我汉室当兴。"又命前军大将军呼延晏："白眉儿攻打洛阳，晋军已是强弩之末，为防万一，你可率本部兵马，以作援军，扫平余寇，攻破洛阳。"呼延晏领命，率二万七千人马直杀洛阳，一路攻城拔寨，连胜十二场，杀死晋军三万，不日至平昌门。那守城兵士不过一百，哪里抵挡得住，霎时攻破，呼延晏长驱直入，如虎入羊群，纵兵大掠，到处奸淫劫杀，好端端一个洛阳，已是大乱。这当口，呼延晏抢得正欢，那当口，王弥率部从宣阳门入，也不闲着，直杀南宫，登太极前殿，放纵士兵大肆抢掠，宫中珍宝，洗劫一空，那些个不愿迁都的宗室大臣，皆被杀害，城中百姓十室九空，尸体遍布大街。

天子知晓城破，见宫外已是大乱，仓皇不定，六神无主，问身旁臣子："城破敌入，如何是好？如何是好？"右仆射曹馥忙道："为今之计，当速离洛阳，往长安去，若待四面敌入，插翅难飞矣。"天子称是，急领着十几个大臣出殿，见宫外喊杀震天，心忙意乱，问道："处处皆有敌军，往哪里走？"尚书闾丘冲忙道："大道不通，可走小路，陛下从华林园走，应当无虞。"天子称是，忙往华林园走，也是气数已尽，天命当绝，才出园门，见一队兵马在前，为首一人，身长九尺三寸，垂手过膝，天生白眉，目有赤光，正是白眉儿。白眉儿见天子，笑道："踏破铁鞋无觅处，得来全不费工夫。本将入城，陛下不来相迎，欲往哪里去？"天子不语，闾丘冲怒道："你等逆贼，祸乱天下，不得善终。"白眉儿大怒，命左右上前，杀死晋太子司马诠、吴孝王司马晏、右仆射曹馥、尚书闾丘冲、河南尹刘默等十二臣，收六方玉玺，押天子送去平阳。

白眉儿进得皇宫，亦纵兵抢掠，然偌大宫中，早已被王弥抢了个精光，出得城内，任大户小家，皆遭洗劫，不由得大怒，深恨："王弥，呼延晏先行入城，不思禀报，擅自抢掠，实可恶矣。"左右回道："殿下莫恼，尚有一处，定有珍宝。"白眉儿急问："是何好处？"左右即答："邙山晋陵，定有珍宝。"白眉儿笑道："倒是个好去处。"遂令挖开晋室皇陵，将墓中珍宝全部取出。左右又献言："后宫之中，仍有美女无数，殿下可任择之。"白眉儿深以为然，急至后宫，唤宫女上前，左瞧右看，皆不入眼，正要发作，忽见一人，黑发如瀑，绾牡丹髻，眉若轻烟，凤眸潋滟，虽说服饰简陋，却掩不住国色天香，心中大喜，遂问："此女为何人？"左右回道："殿下果然眼力，此女名曰羊献容，乃惠帝之妻，废皇后矣。"白眉儿笑道："前皇后，可任本将小妾，亦不辱也。"将羊献容收入作妾。财色双收，白眉儿即命："洛阳已破，此城无用，我等即将班师，将此城烧毁，以防后患。"左右领命，即火烧洛阳，有诗为叹：

> 北望邙山何处是，灯花空老任相更；
> 胡马一炬作项古，明月又泣不夜城。

且说王弥知白眉儿火烧洛阳，如此繁盛，一朝成灰，不由得大骂："这个屠各人！难道有作帝王之心？"遂引兵东屯项关。前司隶校尉刘暾劝道："今九州糜沸，群雄竞逐，将军于汉，建不世之功，又与白眉儿失和，今后何以自容。不如东据本州，观天下之势，上可以混壹四海，下不失鼎峙之业，此为上策。"王弥闻言，亦觉如此，遂带兵往本州去。不谈洛阳之事，且说天子被俘，四海惊动，不知后事如何，且看下回分解。

第六十四回　贾疋败敌拥太子　石勒乘胜下江东

月下高楼伤客心，一目迷乱此登临；
朝迎红日终有落，暮听沧海始为真。

且说白眉儿兵入洛阳，擒了天子，白毛儿闻知大喜，即下诏，封王弥为大将军、齐王，石勒为征东大将军，重赏白眉儿、呼延晏，命白眉儿攻长安，呼延晏押怀帝回平阳。不日即至，白毛儿见怀帝，倒也宽容，和颜悦色，执手而道："往昔君为豫章王，朕与驸马王济到府相见，王济说朕之时，君称早有耳闻，且作乐府歌一曲相赠，朕亦作盛德颂回君，君大为称赞，不知此诗尚在？朕还记得，之后齐比箭法，朕得十二筹，君与王济各得九筹，故将铜弓、银箭相赠，有道是恍如昨日，又似经年。"侃侃而道，却不知怀帝面虽不改，苦在心中，虚应道："陛下之言，臣何敢忘却，只恨当日，不识真命天子也。"白毛儿闻言，怡然自得，笑颜逐开，又道："尝闻骨肉相亲，血脉相连，何故晋室宗亲，却是骨肉相残，未免一丝情义，不复存在？"怀帝心中苦涩，却不敢不言，只道："天命在汉，我等骨肉相争，实为陛下廓清阻碍，以成大业，此乃天意，无关人情。若我等和睦相处，陛下何得天下矣。"白毛儿眉开眼笑，心情大好，说道："爱卿审时度势，顺天应命，乃人臣所为，即封左光禄大夫，平阿公，以享富贵太平。"怀帝叩首谢恩，有词为叹：

冬去春未回，日高风轻犹冷。半枝青柳半枝梅，人前寂寞，今宵独伤醉。可怜黄衫落白马，那堪篱下泪。偷藏一寸相思，新曲遥唱故国归。

第六十四回
贾疋败敌拥太子　石勒乘胜下江东

不说天子俯首称臣，且道晋室虽失了天子，然气数未尽，司马模守长安，王浚据幽州，刘琨占晋阳，司马睿治下邳，四分五裂，倒也有意气之士。那白眉儿奉旨，往长安进发，欲先克司马模，将至潼关，有左右来报："晋将赵染来投。"白眉儿奇道："赵染乃司马模帐下大将，何故来投，其中必有蹊跷，且带进帐来。"少顷，赵染带入帐中，白眉儿见赵染，身高一丈，粗眉环眼，膀阔腰圆，也是一员虎将，心中甚喜，说道："你身为晋臣，不在司马模手下效力，何故来投。"赵染回道："晋室将倾，已是强弩之末，世人皆知了也。司马模小肚鸡肠，言而无信，本允诺我为冯翊太守，结果付之索綝，此等人品，岂能为主。闻将军当世俊杰，一言九鼎，故来相投。"白眉儿大笑，说道："司马模不识人才，必定有败，本帅封你平西将军，与我同取潼关。"赵染接令，自告奋勇领二千人马先往攻城，白眉儿准之。赵染领兵，一路快马加鞭，马不停蹄，至潼关城下，见守将吕毅，二人交战，只三五回合，赵染手起刀落，斩吕毅于马下。

白眉儿闻报大喜，随即而至，合兵一处，问赵染："此去长安，司马模尚有余力？"赵染回道："司马模器量狭小，手下皆无能之辈，此去无有大碍，只一人需要提防。"白眉儿问是何人，赵染言："凉州督护北宫纯，镇守下邳，乃往长安必经之地，若能攻破，长安唾手可得。"白眉儿闻是北宫纯，心头一震，自道："不想洛阳失陷，北宫纯竟投了司马模，若是此人守下邳，恐有阻碍。"话音才落，偏将吴宓说道："将军何必长他人志气，灭自家威风，末将愿打头阵，生擒北宫纯。"赵染说道："北宫纯当世名将，不可轻视。"吴宓回道："北宫纯法术尽失，有何惧哉。将军且自看来。"白眉儿允之，吴宓领兵出营，至下邳城下搦战，坐名北宫纯答话。北宫纯率众打马出城，横刀立马于门旗下，说道："你乃何人？报上名来，莫作无名之鬼。"吴宓答道："我乃汉先行官吴宓，今日拿你，以奉汉王。"北宫纯笑道："休说是你，纵是白毛儿，白眉儿亲至，亦为我手下败将也。若是识颜，早早归去，莫到临崖悬海，回头无路矣。"吴宓大喝一声，挺枪上前。北宫纯见吴宓马至，把刀一举，纵马来迎。战不三合，手起刀落，斩宋宓于阵前。

战报传于中军，白眉儿闻知，叹道："北宫纯骁勇善战，万夫不当，不可力敌。"赵染说道："北宫纯虽有勇力，然玄术尽失，必不敌将军神通也。"白眉儿曾败于北宫纯之手，心有余悸，说道："修道之人，神通难测，我不知其虚实，若有个闪失，反而不美，须想个万全之策，方为妥当。"赵染回道："末将有一计，可予将军参详。"白眉儿说道："何计且速讲来？"赵染回道："可设一坑，遣一将往城下叫阵，只可败，不可胜，诱其追来，若陷入坑中，则神通不在，将军以日月眉光剑杀之；若不陷入，则神通依旧，不必力敌，再设他法不迟。"白眉儿笑道："此计进退有余，甚合我意。"遂命刘雅："可引一百兵，去下邽讨战，务要诱北宫纯出战。不可取胜，只可诈败。北宫纯必追赶，你往金字坡上，见黄绿之地，不得直走，绕行而过，只要引起北宫纯上坡，便是大功一件。"刘雅受计，引兵而去。

且说北宫纯斩了宋宓，得胜归城，部将皆来道贺，摆酒庆功。正喝得起劲，忽闻来报："贼兵刘雅前来叫阵。"北宫纯笑道："无名之辈，也来送死。"遂点兵出城，见刘雅道："前番宋宓被斩，你等不思退去，又来叫阵，螳臂当车，不知自量。"刘雅说道："北宫纯休要大话，殊不知，往日你虽说本事，却是倚仗道术，非勇力也。今番你神通尽失，教你一知天地。"北宫纯闻言大怒，说道："你等米粒之珠，光明不大，蝇翅飞腾，去而不远，今番前来送死，无怪我也。"打马执刀来取。刘雅手中枪两相架隔，轮马相交，刀枪并举，大战城下，来往二回合，刘雅把鞭一打，掩一枪拨马便走，北宫纯见状一愣，心道："刘雅未败，何故便走？"正想间，刘雅忽回身拉弓，一箭射来，北宫纯何等武艺，瞬间把身一斜，刀尖一拨，斩断来矢，大叫："安敢暗箭伤人，今日定要拿你，碎尸万段。"打马便追，一个在前，一个在后，一路且战且走，上得金字坡来。

刘雅上坡，见一片黄叶绿草，心中甚明，拨马绕开，使话激将："北宫纯，今日你上得这金字坡，当是你死期已至。"北宫纯怒道："你口中大话，却不敢恋战，是何道理？"刘雅又激："我便在此处，你安敢上前？"北宫纯举刀喝道："你且受死。"将马一拨，马踏向前，正在黄绿地上，连人带马，跌入坑中。刘雅大笑："北宫纯，你中我将军之计也。"北宫纯怒道："无耻小儿，哪有半点入门参佛之相，还道世人多欺多诈，乃自欺欺人也。我纵困此处，也不输你半分。"将齐眉开山刀往坑壁一插，双脚一蹬，往坑上跳来。此时，忽一道日光打来，北宫纯在空中，腾不开来，正中天灵，直打得脑浆迸裂，命丧坑中，有诗为叹：

毕竟山河已成空，一将策马又何从；

金字坡前留遗恨，绿草黄叶尽随风。

白眉儿见北宫纯死于坑中，不由得大笑："今北宫纯阵亡，直取长安，再无忧矣。"又叹北宫纯当世勇将，命厚葬之，即率兵往长安进发。一路浩浩荡荡，杀气腾腾，沿途守将皆是闻风而逃，半路又遇河内王刘粲，两军相合，不日便至长安。司马模派大将淳于定于老牛坡抵御，刘雅出战，未及三个回合，便将淳于定兵器打落。淳于定直吓得魂飞魄散，也不管不顾，奔逃城中。司马模见淳于定一脸狼狈，遂问战况，淳于定丧气而道："白眉儿大军，与河内王刘粲合兵而来，人雄如虎，马骤似龙，人人精精神神，个个威风凛凛，手下大将能征善战，难以抵御。"司马模闻言大惊，对众人道："兵临城下，如何是好？"祭酒韦辅说道："如今大势已去，四面皆围，仓廪亦空，两军交战，好比以卵击石，立为齑粉。不如请降，尚有一线生机。"司马模又问众人，皆不言语，左思右想，不得他法，叹道："为今之计，也只有降了罢。"遂开城请降。

白眉儿见司马模迎降，心有怜惜，然刘粲却道："司马模，与司马越同为丘貉，害宗亲，乱社稷，不当为人也。"遂命左右，推出帐外斩首。其妃刘氏，其子司马黎，押入帐内，刘粲见刘氏姿色平常，年亦半老，不由得冷笑道："此妇只合配我奴仆，奈何为王妃。"遂唤过胡奴张本，指道："此妇赏予你了。"张本大喜拜谢，领刘氏而出。刘粲见司马黎，面色更重，更不多言，命左右推出斩首，又令三军洗掠长安，奈何关西饥馑，白骨蔽野，士民存者百无一二，哪里有什么财宝可掠，刘粲无奈，只得怏怏而去，留白眉儿居守长安。

白眉儿屯兵长安，命关西各地尽早归降，不出三日，各地皆有归降，独冯翊太守索綝、安夷护军麹允与频阳令梁肃逃奔安定。安定太守贾疋见三人，问道："长安如何？"索綝回道："长安已失，情势危急，我等前来，为图大事。"贾疋说道："君且说来。"索綝说道："长安失守，胡马为乱，我等身为晋臣，当分国忧，此地银粮充足，亦不乏将士，当首先倡议，勉图兴复。"贾疋闻言，一拍即合，说道："我正有此意，只恐兵力未足，暂图安民，今得君来助，自当受教。"索綝说道："这有何难，公只需竖起拥晋大旗，关西之地必豪杰尽来，何惧白眉儿。"贾疋遂依索言，约同起义，有万千仁人志士来投，众人推举贾疋为平西大将军，带兵五万，反攻长安。

虽说晋室分裂，庙堂不存，然四海皆有义士，不忍江山失色，汉人受戮，纷纷投入贾疋军中，亦是慷慨激扬。又有雍州刺史麴特、新平太守竺恢、扶风太守梁综，望风响应，合兵十万，与贾疋相会，士气大振。大军逢山开路，遇水搭桥，一路向前，临近长安。那白眉儿得报，说道："我道晋室上下，皆土鸡瓦狗、贪生怕死之辈，不想关西之地，尚有勇士，若不屠杀殆尽，汉国何以一统天下。"遂以赵染，刘雅，彭荡仲为将，亲率五万精兵，于黄邱迎战。

两军相会，贾疋一马当先，站在旗下，一带战马，往对面一看，见对面汉兵雁翅排开，个个盔明甲亮，人人军带整齐，每杆下一员大将。阵前飞龙、飞虎、飞彪、飞豹旗，旗幡招展。一对门旗分为左右，正中一杆珍珠嵌宝柱，旗杆三丈多高，火红缎子大旗，绣着黑色斗大的"曜"字。旗下一兽，乃云水吞金兽，背上坐一人，正是白眉儿。贾疋看罢，心中暗道："白眉儿果然异于常人，不可轻看。"殊不知，白眉儿亦看晋军，人人面无惧色，个个昂首挺胸，当中一杆索罗旗上写着"贾"字。旗脚下这员将：面如银盘，三缕须飘洒胸前，头戴狮子盔，身穿素铠甲，胯下白龙马，护心镜亮如明月，掌擎龙蛇枪，左挎弯弓，右带宝剑，也是人才出众，仪表不凡。

白眉儿呼道："老将军可是贾疋？"贾疋回道："白眉小儿，怎识得老夫，你拥兵作乱，贻害天下，可知罪么？"白眉儿笑道："你我上下，一天一地，有德居之，无德失之，且看你那庙堂，君不君，臣不臣，哪有半点体统。如今天子已作人臣，老将军何必逆天行事，若及早回头，方到彼岸。"贾疋怒道："你等胡马，虏我天子，占我国土，杀我百姓，休道一时得逞，天下自有英雄。老夫早把生死置之度外，有我三寸气，不容你关西横行。"白眉儿回道："老匹夫，你执迷不悟，今日便是死期。"两厢发令，看晋军，索綝、梁肃，麴特，竺恢，梁综各率本部，往前冲杀；那汉军亦不示弱，赵染，刘雅，彭荡仲率众截住厮杀，来来往往，冲冲撞撞，一场大战，怎见得：

战鼓震天响，旌旗卷黄沙；

第六十四回
贾疋败敌拥太子　石勒乘胜下江东

刀枪荡云雾，杵锤扫红霞。
灯里藏暗箭，火中晃骑颜；
征袍带连甲，血水满目花。
寒风声飒飒，飞刃漫尘尘；
步步知丧命，处处晓倾生；
四下人头乱，八方尽厮杀。

话说两军交战，天愁地暗，日月无光。晋军之中，亦有豪杰，武艺高超，加之将士用命，士气高昂，也是步步为进。汉军从来蔑视晋兵，不想今日相遇，尽是敢死之士，一时手忙脚乱，倒显下风。白眉儿见得明白，将云水吞金兽一拍，祭日月眉光剑，左冲右杀，剑光四射，好比天神下凡，如入无人之境。晋兵虽勇，终是凡躯，难敌此等异术，军心受挫，不得前进。正是千钧之际，那两军交战，鼓角争鸣之声，倒惊动了一人，此人非是他人，正是祖逖。自与刘琨闻鸡起舞，学得神通，各奔东西之后，祖逖欲寻明主，奈何天不遂意，事不由人，难觅人君，一路行走，恰至此地，见得烽烟四起，仔细一看，原是汉晋大战，又远望日光倾泻，知必有异人，遂上得前来，见一人驾神兽，生白眉，顶上悬一剑，手中执一剑，所向披靡，万夫不当。再见一人呼道："众家儿郎莫怕，今日宁死，不为胡马所辱。"祖逖识得乃是贾疋，心道："有如此臣子，晋室可兴，只是恰逢异人，若不救之，必败无疑。也罢，今日也是缘分，当助一臂之力矣。"遂提剑上马，往白眉儿奔去。

且说白眉儿杀得性起，正要一鼓作气擒杀贾疋，忽见一人打马而来，不识来人，只看得模样：

剑眉星目鼻口方，白袍紫铠身姿扬；
手掌风云如墨卷，策马行行踏晴光。

白眉儿大喝："哪里来将，报上名来？"祖逖喝道："我乃范阳祖逖，你又是谁？在此戕害中土，杀我晋民。"白眉儿笑道："你不识得我，却在此螳臂当车，以逞强能，且自听好，我乃汉国刘曜，今你死于我手，不辱你也。"祖逖喝道："原是白眉儿，早闻得你仗恃异术，为害四方，今日正好拿你，以谢天下。"二人言语不让，打马相交，你一剑我一剑，来往冲突，好一场杀。不知不觉，战五十回合，不分胜负，白眉儿心急，遂祭日月眉光剑，日光从天而落，转入剑中，即出万道金光，往祖逖打来。祖逖也不慌张，只祭出一物，乃是个皮影人，往身上一套，那日光打来，似虚影一般，透体而过，不见有伤。祖逖喝道："白眉儿，你但有手段，尽管使来，若黔驴技穷，莫怪我手下无情。"移步上前，举剑便刺，白眉儿着慌，忙举剑相迎，不想又迎了个虚影，往前胸刺来，剑似虚幻，却是锋利无比，刺了个三分，登时鲜血直流。白眉儿幸反应及时，身子急往后一倾，云水吞金兽转头便走，逃之夭夭，往平阳而去。祖逖也不追赶，助贾疋大破汉兵，乘胜攻入长安。

贾疋夺回失地，将士皆来贺喜，齐聚一堂，其乐融融，索綝斟酒，至祖逖前赞道："将军神威，今败白眉儿，天下闻名，有将军在此，晋室复立有望矣。"祖逖却忧道："今天子被俘，疆土四裂，胡马虎视眈眈，太守有何打算？"此言一出，满堂默然。好半晌，贾疋方道："天子被俘，然国不可一日无主，当择一人，立皇太子，以号天下，待迎回天子，再正乾坤。"众臣议论纷纷，索綝回道："武帝之后，除当今天子，便是秦王邺，天子困于平阳，当立秦王为皇太子，方为正道。"众人皆附和，独祖逖道："今天下大乱，秦王邺舞勺之年，文武无功，岂可为尊。"贾疋驳道："盖天下，可以一人主之，不可以一人治之。但有贤臣，主幼何妨。"祖逖说道："但有伊尹霍光，社稷何以致此。"此言一出，众人不悦。贾疋说道："先帝之后，无有他人，我等勉力辅佐，各凭天命，将军无需多言。"遂立秦王司马邺为皇太子，由雍城迎入长安，创立行台，祭坛告类，并建宗庙社稷，下令大赦，用阎鼎为太子詹事，总摄百揆，加封贾疋为镇西大将军，遥授司马模之子，南阳王司马保为大司马，领秦州刺史。尚书令司空荀藩，仍守本职，令他督摄远近。藩弟组为司隶校尉，行豫州刺史，仍奉永嘉年号，承制行事，不提。

且说白眉儿败回平阳，白毛儿也无怪罪，只是免其中山王之位，仍拜为龙骧大将军，行大司马之职。这厢不提，且说石勒，自受封征东大将军，占据豫西，屯兵许昌。谋士张宾谏道："将军据豫东，已是雄霸一方，进可攻，退可守，鼎足天下然也。今王弥居本州，且有苟晞在旁，当逐一剪除，再图大事。"石勒深以为然，问道："依你之见，当先图何处？"张宾回道："战国之时，范雎见秦昭襄王，论一统天下之策，先得寸即王之寸，得尺亦王之尺，远交近攻，而使秦国兴。将军亦可效法，修书与王弥结好，先打苟晞，乃是上策。且苟晞兵马不过两三千，可一举破之。"石勒喜道："此计甚合我意。"遂命刘鹰，桃豹各率五千兵马，分进蒙城、阳夏。那苟晞居蒙城，命王赞守阳夏，本欲相互照应，奈何兵马有限，刘鹰、桃豹切断粮道，各设隘口，苟晞受限兵力，战又不得，守又无粮，未出半月，已是山穷水尽，一举受缚。

刘鹰押苟晞至许昌，石勒素闻苟晞之名，心中甚喜，见其说道："尝闻天命无常，唯有德者居之。今晋室无道，天下分裂，我志在为民，安定社稷，以我观之，二位将军如寄寓之客，不知谁为之主，何不倒戈，弃暗投明，亦不失封侯之位耳。"苟晞破口大骂："我乃晋臣，决不降胡狗。"石勒闻言，也是蛮横，遂命左右用铁链拴住其颈，如狗一般，牵于马上，一路拖行，直拖得苟晞满身血痕，嗷嗷大叫。石勒打马，怒问："你降且不降？"苟晞无奈，只道："愿降。"石勒即转面色，扶住苟晞，笑道："将军受苦，今日起，你便为左司马，绝不轻待。"言未毕，孔苌来报："王弥帐下刘曒，偷至许昌，欲往青州，身上有密信一封。"石勒问道："信上如何说？"孔苌回道："信上所言，乃是命曹嶷进兵，以作响应，待将军至青州，欲致死地。"石勒怒道："好一个王弥，前日来信，言与刘瑞对峙，请求相援，然背地竟暗藏毒计，实是可恶。"遂命将刘曒斩首，欲起兵攻打王弥。

张宾见石勒激愤，上前谏道："常言伤敌一千，自损八百，王弥人称飞豹，本领了得，兵力雄厚，强攻不可取也。我有一计，可将此人瓮中捉鳖，手到擒来。"石勒忙问何计？张宾回道："王弥乃人中豪杰，宜早除之。平日欲诱其来，却无时机，今会逢其适，将军可先杀刘瑞，得其好感，再诱杀之。"石勒闻言，连连称是，遂亲率大军相援，前后夹攻。

刘瑞本与王弥对峙，难分上下，却让石勒从后偷袭，顾首难顾尾，登时兵败溃散。石勒差孔苌追击，一天一夜，终于在掖县擒杀刘瑞。王弥闻知大喜，对众将道："石勒倒也厚道，如此行事，倒使我悔生图谋之心。"遂差人送信，以示谢意，并奉美女珠宝。石勒受礼，趁势回信："将军之才，勒素钦佩，如今

143

同朝为臣，共图大业，乃是幸事。自洛阳别后，勒甚是想念，故于己吾之地备下酒宴，特邀将军，以叙旧事。"王弥得信，谓众人："石勒备下酒宴，诚心邀我，我当即刻备马，启程赴宴。"言未毕，长史张嵩即谏言："将军万不可去。常言蛟龙失水，孤雁失群，乃取祸之道。今石勒于己吾设宴，恐不怀好意，将军但离属地，万事难测。"王弥笑道："石勒弃陈午而来助我，足见其心，我若不去，倒见器量也。长史多疑，不足谋大事也。"一意孤行，带兵马一千，直奔己吾。

石勒闻王弥前来，大喜道："王弥自投罗网，乃天命也。"遂摆酒宴，伏刀斧手五十人于帐内，一切就绪，于帐外相迎，见王弥，携手笑道："洛阳相别，王公别来无恙。"王弥不明就里，笑答："今番亏得世龙相助，大败刘瑞，本州之地，可安枕无忧矣。"石勒笑道："我等情同手足，此言甚是见外。"二人入帐，石勒命歌舞助兴，觥筹交错，其乐融融。酒至半酣，石勒笑问："王公此来，如何不见好友刘曧？"王弥笑道："刘曧护送家小，往青州去了。"石勒又笑："此言差矣，刘曧乃约曹嶷同来攻我，而非护送家小。"王弥闻言，一个激灵，说道："世龙何出此言？"石勒命左右，将密信取出，交与王弥，王弥未及反应，已被拿下，石勒变脸，怒道："竖子安敢害我，今日乃你死期。"不待分说，执剑往胸前刺，直刺了个千疮百孔，一命呜呼。石勒命斩下首级，十八骑皆出，大军直奔王弥大营杀去。王弥部众见主帅已亡，哪有战心，逃的逃，降的降，顷刻之间，大厦倾颓。石勒不费吹灰之力夺了并州，又得王弥洛阳所获珍宝，要人有人，要粮有粮，占河北，据并州，已成霸主气象。

石勒虽说成了气候，然名义仍是汉臣，如今斩了王弥，也要善后，遂上表朝廷，称王弥反叛，故而杀之。白毛儿闻知大怒，谓之众将："石勒擅杀重臣，拥兵自重，即当征伐，以示惩戒。"白眉儿请命，有御史大夫陈元达谏道："石勒虽说不臣，王弥亦非善类。陛下志在天下，今晋室苟延残喘，气数未尽，长安新立了司马邺，东面还有个司马睿，若当下征伐石勒，石勒必然降晋，大志不知何日可图。此事宜小不宜大，可一面薄惩，一面晋爵，待日后再作打算。"白毛儿闻言，左思右想，也是道理，只得作罢，遂遣使者往并州，当面斥责："专害公辅，有无君之心。"却仍加封石勒为镇东大将军、督并、幽二州诸军事、领并州刺史，命南征司马睿。

石勒接令，谓众将："白毛儿命我南征司马睿，可否去得？"众将有言去得，有言去不得，各有道理。石勒又问张宾："先生意下如何？"张宾回道："将军若有顾虑，可问大和尚。"石勒急召大和尚，问道："汉王命我征伐司马睿，此去吉凶，还望大和尚指点。"大和尚说道："自古成大事者，路在脚下，何问凶吉，虽有荆棘，亦可坚其心志；但有沉浮，方见大海星辰。此一路，也是天命使然。"石勒听大和尚如此说，也是羞愧，遂命三军整束，以备战事。正其时，有王阳来报："苟晞同其弟苟纯，欲逃下邳，投奔司马睿，半途败露，已被乱箭射杀。"石勒闻报，半晌无言，久久方道："苟晞世之名将，终不为我所用也。"命厚葬之。待并州巩固，石勒筑垒于葛陂，课农造舟，大和尚驾上云头，与石勒同往长江，但见：

风波依旧，舟别堤上柳。潮起一帆行欲就，大江向远时候。莫道云水归晚，霞出万里朝还。人生几个明日，横渡南北神州。

石勒谓道："好一处人间烟雨，好一片锦绣江东，此番征战，我誓取之。"言语之间，豪情万丈，殊不知，又一场人间涂炭，佛道纷争，从此而起。欲知琅琊王司马睿如何应敌，且看下回分解。

第六十五回　司马睿罗浮访贤　葛稚川龙岩讲道

自别红尘到此间，黄庭两卷隐洞天；
罗浮山上有来客，龙岩说道开元年。

且说石勒督并、幽二州诸军事、领并州刺史，欲取司马睿。司马睿闻报，忧上心头，谓众人："石勒亲率大军来犯，有何良策退敌？"此言一出，有言战者，有不言战者，言战者说不出如何战，不言战者亦不敢轻言降说，一时交头接耳，窸窸窣窣。

中兵参军桓彝说道："石勒挟两州之力，帐下文臣武将，数不胜数，闻近日又请得一位名号大和尚之人，颇晓神通。我江东之地，人才匮乏，难以匹敌，不若弃长江以北，倚长江天险据守，乃是上策。"言毕，王导驳道："今天子被俘，我等坐镇江东，当竭力辅助王室，恢复中原，怎可未战先退，以失人心。此乃下策，万不可行。"桓彝回道："司马既不愿退守，安有他法？"王导不理，直言："古来欲成事业，莫不礼敬故老，虚心求教，以招揽贤俊，何况天下变乱之时。东南之地，尽有高士，怎言人才匮乏。在此便就保举一人。"众人问之，王导说道："江夏太守陶侃，文武全才，可堪大用。"司马睿问道："莫非是平张昌叛乱之人？"王导言："正是此人。"司马睿大喜，遂差人急往江夏。

差官至江夏，陶侃得令，谓众将："胡马俘我天子，杀我黎民，如今又图江东，琅琊王不堪沉沦，将御石勒，我等皆为晋臣，当殚智竭力，捐躯报国。"遂鸣炮点将，尽发雄兵，往下邳去。司马睿得将，心中欢喜，欲命陶侃为都督，率兵御敌。陶侃拜道："末将不才，未领寸功，初来乍到，不敢主客颠倒，妄图都督之位。"司马睿笑道："士行世之良将，且躬身有礼，乃朝廷之福，社稷之幸也。"

遂命纪瞻为都督，陶侃为副都督，往寿春驻守，以御石勒。陶侃又道："如今战事急切，天下危难，江东志士豪杰众多，公不若张榜招贤，聚揽英雄，以成大事。"司马睿领首依言，张榜招贤，不提。

且说陶侃率军，赶至寿春。未出三日，石勒率军，已至城下，抬首望，见陶侃，戴赤红鹤笑冠，穿九兽吞天甲，面如满月，目若青兰，颔下飘洒长须，端的是意气风发，神采飞扬，不由得赞道："司马睿帐下，竟有此等人物？不知姓甚名谁？"张宾从旁告之："此人姓陶名侃，字士行，现为江夏太守，曾平定陈敏、张昌之乱，久经战阵，不得小觑。"石勒策马指道："陶侃将军，可识得我否？"陶侃见道："如何不识，久闻石勒大名，想来祸天下的乱贼，今日得见。"石勒闻言大怒，说道："本帅见你将才，不忍明珠暗投，有心招揽，不想你口出大言，今日天兵至此，还不出城受戮。"陶侃回道："见过我斩胡之刃，再言不迟。"遂提一军，出得城来。

石勒见陶侃驾河曲乘光马，拿七星龙渊刀，正要上前，军阵中冲出一匹战马，马上一将，执刀高呼："杀鸡焉用牛刀，看我张噎仆会上一会。"霎时已至，举刀便砍，陶侃挺刀磕开，转而横刀一劈，张噎仆卧身躲过，回首又劈，二人战十余合，陶侃越杀越勇。张噎仆左挡右架，眼见得便要遭殃，郭敖见了，把马一拍，舞动双锤，来夹攻陶侃。陶侃丝毫不惧，抖擞精神，舞刀迎战。三匹马丁字儿厮杀，约四十合，战不倒陶侃。冀保见之，也不招呼，掣双刃戟，骤马斜里助战，三人围住陶侃，誓要拿下，陶侃以一敌三，也是势均力敌。石勒赞道："将军武艺超群，勇力无双，然双拳难敌四手，恶虎还怕群狼。想三国吕布，天下无敌，遇三英亦败走，何况你乎。你纵有本事，终为一人，帐下兵少将寡，难与我十八骑相持。"遂命郭黑略出阵，要取陶侃性命。

郭黑略提刀策马，往陶侃奔来。眼见得便要近前，忽闻得一声大喝："莫欺我江东无人，你等敢与战否？"众人不由得相看，来人面宽耳阔，重眉大眼，戴卷叶亮金盔，披麒麟连环甲，手中提一杆火尖枪，驾白龙驹，转瞬即至。陶侃眼尖，见来将大喜："周玘将军，速与我并肩杀敌。"只见周玘人似虎，马如龙，手执金枪，气势如虹，见郭黑略，手掌一抖，枪头如箭一般扎来。郭黑略心头一紧，忙使刀相迎。那枪至中途，一个翻飞，往上一挑，郭黑略避不及，肩头被划了一道口子，鲜血直流。石勒见状不妙，命道："来将武艺非凡，郭黑略非其对手，速速相援。"言毕，呼延莫、支屈六、张越、孔豚打马出阵，围住周玘，七骑战两将，有诗为证：

> 石勒乘胜图江东，十八勇将欲行功；
> 寿春城下烽烟起，刀枪剑戟舞天风。
> 七骑抖擞逞威武，两将叱咤好英雄；
> 九马转灯战多时，铁衣朔气映霞松。

一场大战，直杀得天昏地暗，日月无光。陶侃、周玘二人越杀越勇，城头上，金鼓齐鸣，陶侃乘势，命城中兵将杀出。石勒见之，知三军气泻，遂鸣金收兵，七骑压住阵脚，缓缓而退。陶侃也不追赶，收拾战场，领兵回城。又见周玘，喜问："将军如何到来？"周玘回道："自平乱党，得封武安侯，想来朝廷昏暗，八王争权，不愿随波逐流，本意隐居青山，不问世事，然知天子被俘，胡马残害，不忍天下受祸，中华沉沦，又见将军领兵，抵御贼寇，故而来投，以尽微薄之力，复兴社稷。"陶侃叹道："将军有如此胸襟，复兴社稷，指日可望矣。"

且道石勒归营，见众人狼狈，不由得怒道："自征战起，十八骑从未如此不堪，今日竟敌不过两将，是何道理？"张宾回道："古来征战，从不以人多为傲，今观陶侃、周玘，皆有万夫不当之勇，十八骑无功而返，也是常情，不必苛责。想来破此城，不得强攻，还需智取。"石勒问有何计，张宾回道："陶侃文武兼长，若破此城，须问大和尚。"

石勒依张宾之言，入得大和尚处，见大和尚散盘坐地，双目微合，口中喃喃，不敢擅语，只侧立在旁。约莫一盏茶工夫，大和尚开得眼来，笑道："将军可来问破城之法？"石勒回道："大和尚明见，那陶侃武艺高超，守城有法，又有周玘相助，实难破城，还望指点。"大和尚叹道："天数使然，不得违也。此一战，当引得一位故人，也是宿命，合该如此。"又道："可将大军抬战船，上八公山，于山顶之上，设一土台，高叁尺，长六尺，速去来。"石勒虽不解，也不多言，依计而行。此令颁将下去，众将亦是诧然，笑称："大军不攻城池，倒上得山去，岂非登高观景，以目杀敌乎。"且说日影西斜，石勒告大和尚，土台造毕。大和尚上台，端坐台上，闭双目，那眉忽成一眼，开得来，金光四射，但见云暗而聚，天日消藏，风啸尘飒，雾迷人间。

且说陶侃、周玘在城中，忽见狂风大作，乌云密布，心头一震，议论："白日晴空，怎陡出乌云，天时不正，必有异事。"正说话间，头顶半空中，闻得哗啦声起，似缺了一个口子，有水倒泻而出，初时如带，少时倾盆，好大水，怎见得：

抬首云色变，倾耳风声急；
俄尔日消隐，暴水覆青渠。
金堤犹缺口，长河没桑田；
泥石滚滚下，恶浪汹汹前。
阡陌无踪迹，村舍哪般迁；
方圆共哀曲，千里尽悲难。
身家归何处？天地满苍夷；
浮屠不济世，行人受苦间。

陶侃也有阅历，见此景，知非凡事，说道："此非自然之事，定有妖人作祟。"周玘自遇石冰，也知世间奇事，遂问："将军如何处置？"陶侃急道："我等虽有武艺，却是凡体，此水非人力所制，速令三军，护得百姓弃城，迟缓一步，即有灭顶之灾。"周玘闻言，也知事急，遂与众将士领百姓弃城，往下邳而逃。那大水汹涌，不出一个时辰，寿春城已无完壁，一片汪洋。城中兵士百姓，有腿脚利索者，侥幸逃过一劫，但有稍稍迟疑者，即遭无妄之灾，大悲大惨之象，难以言语。

石勒在山顶，见得如此景象，早已瞠目结舌，半晌方道："此乃旷世奇观，如此破城之法，实难想象，大和尚不愧神僧也。"大和尚闭了眉眼，大水戛然而止。大和尚道："此乃佛家法眼功，照一切法之真如理。法眼一开，可移物换形，变幻时空，贫僧借得长江之水，以淹此城，难言大术。"石勒喜道："有大和尚，我可高枕无忧矣。"待大水退后，遂令大军入城，追杀晋兵。

149

且道陶侃幸得及时，领残兵败将，一路奔逃，退入下邳，见得琅琊王，将战事说来，众人闻知，尽皆失色。王导说道："石勒军中，竟有如此神人，若举兵至此，如何抵御？"众人你看我，我望你，束手无策。陶侃说道："我等凡俗，虽有匹夫之勇，却难挡异人玄通，昔日石冰之乱，便是如此。今天子被俘，庙堂分裂，琅琊王果敢担当，力复社稷，然帐下虽有忠洁，却无奇士。想文王聘姜子牙而开八百年九鼎，高祖有张子房而化四百年风云，刘备寻诸葛亮而获三分天下，纵是近看，刘渊得月支菩萨相助，也枉称为汉。若非马隆将军，请得阐家神妙，庙堂早已不存。石勒不知寻得哪里高明，其志定然不小。我等若要成事，必要访贤明，寻异人，得大宝之士，否则难成气候。"众人闻言，皆称如是。

司马睿叹道："大战在即，茫茫人海，哪里去寻此等奇士？"陶侃思索片刻，回道："昔日张昌作乱，帐下有妖人石冰，炼红沙毒，使我大军受难，幸遇得个过路神仙，唤作葛仙人，指点我取得葛根，以解危急。若寻得葛仙人，社稷有望矣。"王导亦道："世界之大，无奇不有，我与殿下也曾有奇遇，然此等人物，皆是可遇不可求，无从寻觅。"陶侃回道："深居庙堂，处江湖之远，定不知所以。可传文域内，问境中百姓，有见得奇闻异事，即当禀告。想来仙人入世，定有其踪。"司马睿说道："此乃正法。"即命陶侃整束军马，加固城池，又命王导传文问奇，以寻仙踪。

王导传文，命各地张榜问询。光阴似箭，日月如梭，转眼三日，不得半点消息，心上焦急，在府中坐立不安，抬眼见窗外风和景媚，云舒花放，吩咐左右，往城中一走，以舒郁结。不知不觉，至城门处，见一簇人，在榜下议论。王导上前，只听一人道："如今这世道，皆是怪象，哪有仙踪。闻得胡马之地，人间炼狱；中原之所，亦是流离，再看人之往来，哪有真心。休说庙堂腐朽，这市井之中，哪里又有好处；无论官吏昏暗，这百姓之中，却有几个好人，倘得权，更见欺凌。我等若见仙地，尽皆去了，何必久居尘世，尽受苦累。"王导见如此说，方要驳斥，又觉有理，一时竟不得言语。忽又有一人道："世事如此，皆因道不传也。世人不知道，不修道，不传道，而致多贪多杀，多淫多诳，多欺多诈，纵遇仙地，也是双眼蒙蔽，不晓福缘。"旁人皆笑："这厮好生大话，你如何修道见仙？"那人又道："我虽凡俗，然心中向往，偶有听道，故见得仙地，遇得奇人。"

第六十五回
司马睿罗浮访贤 葛稚川龙岩讲道

王导闻言，心头一震，见那人，头戴箬笠，身穿布衣，腰系环绦，足踏草履，似个樵夫样，但看相貌，却也不俗，庞眉广颡，隆准方颐，更有气质，不由得上前问道："敢问小哥，你曾有福缘，见过仙地，有遇仙人？"樵子笑道："心中有道，自生福缘，云水有至，天地无垠。"王导闻其言，倍添春色，知他定非凡俗，以礼相见，赶紧道："小哥既知仙事，当晓人间。如今乾坤失位，天下危难，且随我去见琅琊王，有大事相询。"樵子欣然从之。

且说陶侃得报，石勒占了寿春，厉兵秣马，欲往下邳，不由得焦急，正报司马睿。王导急入殿，禀道："臣等传文，命各地城门张榜，已经三日，却无消息。不想今日城外，幸遇一人，机缘巧合，有见神仙，特领来，见过殿下。"司马睿大喜，命进殿来。左右宣过，樵子进殿，立于阶前，手也不起，拜也不拜。司马睿见来人，虽樵子模样，却是目光如炬，神采奕奕，不敢怠慢，轻言："见小哥面相，甚有福缘，得入仙地。如今胡马相侵，百姓不安，近日又闻反贼石勒请得高明，将行无道，睿不量力，欲伸大义，然智术浅短，复兴难为。"又一指陶侃，说道："这便是陶侃将军，将军有言，曾遇一奇人，乃经世之仙，名曰葛仙人。本王欲造访，然不知踪迹，小哥既入仙地，所见仙人，不定便是葛仙人，望指点前路，以求奇贤。"樵子见司马睿谦恭下士，情意诚切，娓娓讲道："南海郡下，有一县，名曰博罗。博罗往西，有一山，名曰罗浮。也是殿下造化，葛仙人便在山中。"言毕，脚下生烟，腾于半空，现了真相，只见头戴平顶冠，身穿八卦衣，右手执剑，左手拿印。司马睿认不得哪路神仙，却也知特来指点，赶忙朝天礼拜，众臣跪地焚香。那仙也不言语，把袖一收，祥云渐远，霎时不见，只空中滴溜溜落下一张简帖，上有几句颂子，写得明白。颂曰：

> 罗浮有贤，自在山中；
> 七星踏步，始入妙空；
> 大道进身，龙岩起宝；
> 诚心当至，海内清同。

王导见了颂子，急道："臣这便起身，往罗浮山访贤。"司马睿说道："求贤聘杰，礼当虔诚。文王聘子牙，两临渭水；刘备请孔明，三顾茅庐。大贤必大请，大请必大诚。今葛仙人在罗浮，纵涉千山万水，本王也当亲至，以显诚心。"陶侃也道："我与葛仙人有一面之缘，此番亦当同去。"王导说道："将军若去，那石勒攻来，如何是好？"陶侃说道："石勒若来，以武而取，周玘将军攻守兼备，不逊我也。若是恃神通之术，纵是我在，亦不可敌也，故寻得奇贤辅佐，乃为正理，事不宜迟，当速去也。"司马睿遂命王导打点，同往罗浮山。

一行人路晓行夜宿，策马扬鞭，赶至博罗，问询当地百姓，皆言四十六载前，那南海之中，本有一山，乃称罗山。一日双龙现于上空，又有一山浮至，两山相合为一，人皆唤作罗浮山。然不知从哪时起，这罗山原来山民，只要出山，便再寻不得入山之路，想来十之出了八九，纵有一二，也已老死山中。那山终年云气往来，若隐若现，若静若动，似见全貌，却又不得赏全，堪为天下奇观。再问寻山之路，百姓亦笑："若是寻得入山之路，我等早求仙问道去了，何必受红尘之苦。那罗浮山，只知出城往南走，路之所在，但凭造化。"

司马睿闻言，率文武出城往南，屈分五采，戈戟锵锵，车马成队，走走寻寻，到一处谷地，有大雾笼罩。王导命众人稍息，待雾散再行。忽一人惊道："且看那面。"众人顺指而望，见一片白云在前，悠悠转转，云上隐现一峰，峰尖好似龙头，随云而走，煞是奇异。王导大喜，说道："殿下洪福齐天，罗浮山便在眼前。"司马睿率众向前，欲寻山路。也是奇哉，那山虽在眼中，走了多时，却未近前多少，始终有隔。再一转，那云已消散，山更是不见，路哪里再寻。众人面面相觑，不知何故。陶侃思忖片刻，说道："道家清净，我等尚多人马，沸反连天，如何进得了仙地。且昔上古神农拜长桑，轩辕拜老彭，黄帝拜风后，汤拜伊尹，须当沐浴斋戒，择吉日而至，方是敬贤之礼。想今日来意未诚，宜其远避。殿下且暂请驾回。"司马睿说道："将军所言甚是。"命众人回博罗。

司马睿从陶侃之言，斋宿三日，至第四日，沐浴整衣，极其精诚，再上马，欲访大贤，王导、陶侃乘马相随，不携他人。三人出城，一路向南，见天高云淡，碧空如洗；听莺声嘹呖，紫燕呢喃，不由得心中欢畅。王导说道："今日诚心而来，当天遂人愿。"果不其然，话音才落，见一朵白云飘然而至，云上现一峰。三人望峰而行，不知不觉间，到一处小河，也不见宽，只是深不可测。陶侃寻了个鹅卵石,抛在当中,只听得骨都都沉下水底,忙道:"此水甚深,不可蹚过。"司马睿问道:"可见渡船?"王导回道:"放眼四下,未见有甚船只。"司马睿道:"既不可蹚,又不见船,如何是好?"三人正着急,忽水里钻出个怪来,怎生得模样:

  罗浮山下有神物,头顶玄黄背驮山;
  灵目犹采千光秀,大鳍可踏百里川。
  曳尾摇处掀飞浪,潜身当隐世外天;
  养气归元通大道,能屈能伸度万年。

  三人见原是个老龟,正叹这仙福之地,龟也长如此之大,不想那老龟竟开了口来,说道:"三位福主到来,我来驮你等过河。"三人大吃一惊,司马睿问道:"你这老龟,竟会人言,世间之大,无奇不有。"老龟笑道:"福天洞地,草木皆可成道,何况我乎。且上来罢。"三人踏上龟背,老龟蹚开四足,踏水而走,司马睿问道:"敢问如何称呼?"老龟笑道:"我在此修行,草木生灵,皆称我为龟太公。"司马睿笑道:"敢问龟太公,前方可是罗浮山?"老龟回道:"正是罗浮山,也是你等造化,寻常人哪里来得了。"司马睿又问:"待过了河,如何上得山去?"老龟笑道:"过了河,再往前走,有一片莲花地,出了此地,便可见上山之路。"正说话间,已至河岸,三人下得龟背,司马睿拱手打礼,说道:"龟太公累你,不知如何答谢?"老龟笑道:"无有其他,但行大道,传人间,益众生,便是谢我了。"言毕,隐于水中。三人往前行,果真未走几步,见一条路,两旁皆是莲花,有诗为证:

  满目红白由风裁,一帘浮生一莲来。
  灼灼姿摇千瓣色,水上无尘万花开。

  司马睿见莲花,赞道:"此地莲开千瓣,非比凡俗,仙福之地,果真草木稀奇。"三人上前,欲过莲花之地,忽觉眼前一乱,那莲花朵朵,自行而移,转眼将路掩住,又有微风拂过,一片花海叠起,似波如浪,不知路在何方。陶侃奇道:"奇哉怪哉,方才明明有条小路，此时却不见了。"试探移步而走，王导眼尖，急道："小心。"忙上前拉住，陶侃有一脚踏下，霎时陷入泥潭，好在及时，被拉了上来，道声："好险，好险。"司马睿急道："这莲花盛开，不见有路，如何前行？"王导不语，眉索而思，半晌方展，说道："我等好生愚昧，仙人早有颂子，七星踏步，始入妙空，可走七星步而过莲花地。"司马睿问道："七星步如何走？"王导说道："且听来：一炁混沌灌我形，禹步相推登阳明，天回地转履六甲，蹑罡履斗齐九灵，亚指伏妖众邪惊，天神助我潜身去，一切祸殃总不侵。"司马睿亦是聪慧，一听便知，三人走七星步，一步一踩，那莲花一朵一明，不消片刻，已过了莲花地，便见一座山，那山是好山，有词为证：

　　山入云烟，风随岚意，凫雁才隐何寻。蓬莱半放，觅点点星星。千峦流彩积翠，起足下，曲径阶平。落霞里，万株松锁，幽沁小情清。
　　罗浮，行藏处，泉流瀑溅，一石飞空。玉花洗龙壁，鸟倦须臾。弯折但成溪壑，归无去，乍眼堪惊。人难久，洞天看客，只身过繁林。

司马睿见道："想来此山，便是罗浮山。"王导说道："战事急迫，无暇赏玩，寻得葛仙人要紧。"三人沿阶而上，一路再无坎坷，待至山顶，见立一石壁，壁下有两块顽石，好比真人，栩栩如生。三人近前，不见有人，再往后一转，有一茅庐，里面似有人声，不由得赶紧上前，至茅庐外，听得里头有人吟道：

　　山中好大梦，草木与我同；
　　不言云雾里，小舍一柳风。

司马睿正衣冠，拱手拜道："晋室末胄，江东愚才，闻罗浮山有奇贤在此，特来拜见。"庐内之人回道："且进来罢。"三人入得庐中，陶侃见一眼，赶紧下拜："葛仙人在上，且受陶侃一拜。侃得仙人指点，平张昌、石冰之乱，实乃仙人之功也。"王导见仙人，亦是喜上眉梢，拜道："传说的葛仙人，原来便是葛道长。也是我等愚昧，求贤四海，不想传奇便在身旁。昔日洛阳相请，道人言山来必有水去，有缘自会相逢，今日果真应验也。"此葛仙人，正是葛洪葛稚川也。司马睿见模样，戴云顶，着青袍，年纪虽不大，然双目清澈，抱朴归真，果真是鸾姿凤态，神仙中人，拜言道："睿久慕仙人，洛阳请叙，不得见颜，前顾又阻于山前。睿知不恭，今特斋戒，专诚拜谒，得睹仙人尊颜，实睿之幸也。"葛洪打一稽首，亦拜道："稚川不知驾临，有失迎候，望殿下恕洪之罪。"司马睿扶起，说道："仙人在此安否？"葛洪回道："不敢言仙人二字，只是安身修道，参悟玄黄罢了。"二人叙礼毕，分宾主而坐，王导、陶侃候立庐外。

司马睿说道："仙人在洛阳之时，便知其名，仰慕而请，可惜未能受教。虽知道，然不知道也。"葛洪说道："太清道德天尊言，道可道，非常道；名可名，非常名。穹苍万物，本体源泉，虚无缥缈，无形无象，雍雍容容，静柔长存。你见之不见，知所不知，得而不得，皆有道乎。道，先天而生，自本自根，和光同尘。"

司马睿说道："道有何分？"葛洪说道："道无有分，只是人为灵感，而察体道。"司马睿说道："人之体察，道之要义如何？"葛洪说道："道之要义，仁者见仁，智者见智，贫道有一参悟，可与殿下言语。道，其义在本。本又为本原、本我、本心。本原即无中生有，一个生罢了。无上下，无高低，无善恶，无清浊，可在此处，亦可在别处；本我即有中生我，一个识罢了。有你我，有内外，有收放、有得失，既在此处，也可在别处，至灭方移他处也；本心即意中生性，因时因地、因见因听，因病因灾，因长因短，分大小，分丑美，分动静，分刚柔，千变万化，不为相同，只在一处，灭即烟消云散，不复有二。本原、本我、本心，故为人之体道，也为道教之小法，本也。"

司马睿说道："既存体道，可变可不变？"葛洪说道："可变，故当修道也。"司马睿说道："如何当为修道？"葛洪说道："修道即溯源。万事万物，由道而起，生本原、本我、本心，至万千。修道，当由万千而起，回本心、本我、本原，终无本也。凡夫俗子修道，不过一个本心也；神仙方士修道，不过一个本我也；大罗金仙修道，方能至本原；混元无极圣人修道，真正无本也。"司马睿听言大悦，说道："听仙人此言，不觉精神爽快，如醍醐灌顶，茅塞顿开也。"又正襟相言："睿虽凡俗，亦知无愧天地，道在心中，大道，有大德，大善，大美，大真也。今睿欲修本心，有一事相求。"不知司马睿罗浮访贤后事如何，且看下回分解。

第六十六回　罗浮山君臣起炉　下邳城佛道交锋

乍往乍来眼前真，早得声名满山春。
千古何须石上记，道者仁心入凡尘。

且说司马睿罗浮访贤，听葛洪讲道，无限感慨，说道："今乾坤倒转，人间无道，本心尽失。睿之本心，虽向往寄情山林，然身为晋家子弟，不敢以小善而忘大义，不敢以小安而忘大众。天子受俘，胡寇四起，石勒携神通以图江东，凡俗难挡，半壁社稷已是风雨飘摇。睿虽非才智卓绝之辈，然也知国家兴亡，责无旁贷，愿励精图治，以安天下。此番前来，欲请仙人不弃鄙贱，出山相助。睿当拱听明诲。"葛洪回道："失道而后德，失德而后仁，失仁而后义，失义而后礼。夫礼者忠信之薄而乱之首，如今礼义皆失，当取仁也。逃难避祸，隐于世外，得小情而失大仁，非道也。道者仁心，出世入世，以有化无，以无求有，乃真正之道。贫道见世不平，荷蒙洪恩，愿入得凡尘，以助太平。"司马睿闻言大喜，遂命导、侃入，拜献礼物。

葛洪固辞不受，只道："贫道虽愿出山，然不知天意如何，亦不知殿下如何？"司马睿不解，问道："此话怎讲？"葛洪说道："且随我来。"径出茅舍，司马睿紧随于后，至龙岩石壁，立两石之间，见一坑，奇道："仙人领我至此，不知意欲何为？"葛洪说道："殿下且往下看。"司马睿走至坑边，往里一看，见一大炉，紫金而制，聚四海之气，合天地为一，甚是稀罕，不解道："此处何故有个炉子？"葛洪只道："道之尊，德之贵，夫莫之命而常自然。世间之人，各有承负，殿下既有济世之情，凌云之志，可试起此炉，当见你命行。"司马睿闻言，说道："仙人既有吩咐，睿这便下去。"遂跳入坑中，双手扶住炉脚，正当时，闻得空中一声雷鸣,只见风云变幻,苍黄翻覆,司马睿大喝一声"起",只觉地中一阵抖动,宝炉随之摇晃,少顷,竟离了地根,被举了起来。霎时,天地变色,电闪雷鸣,东西南北,四面皆雨,独罗浮山无恙。又未过多时,雨收云散,万道霞光现出,笼于罗浮山,甚是奇妙。

司马睿一步一行,小心翼翼,举得宝炉上来,置于两块顽石之间,一回首,那坑却是不见,已化平地。再一回首,两块顽石忽嗡嗡作响,地中听得"啪"的一声,顽石霎时裂现一纹,后愈裂愈开,从里头各长一朵莲花来,亭亭玉立,千姿百态,嫩蕊凝珠,清香沁人。莲花本是花苞,缓缓绽放,腾起清烟,那烟却是不散,紫紫绕绕,盘旋而上,虚虚渺渺,渐成实体,再仔细一瞧,原是两条龙,一黄一白,现于半空。葛洪见景,笑道:"真主至,双龙出,中华存大道,道法有传承,可喜可贺。"司马睿三人错愕,那两条龙旋旋而下,只见黄龙,龙尾化脚,龙首化头,再定睛看,乃是一人,头角闪耀,金鳞披甲,手执蟠龙枪,臂挂无象环,端的是雄姿英发,我武惟扬,有诗为证:

> 眉合天苍角入鬓,金鳞带甲负神兵;
> 龙出罗浮安社稷,石开天将福世民。

黄龙见司马睿,拜道:"南海小黄龙敖泽,拜见主上。"又拜葛洪:"多谢师兄相救。"正是小黄龙。再看白龙,亦龙尾化脚,龙首化头,定睛而看,乃是一女,青螺眉黛,双瞳剪水,纤纤细腰索玉带,飘飘罗纱迎风飘,端的是兰质蕙心,娉娉袅袅,有诗为证:

> 鬓云分翠柳梢雪,软香温玉洗尘身;
> 谁道女子应如水,飞壁龙泉石上鸣。

白龙见司马睿,拜道:"东海小龙女龙彩凤,拜见主上。"又拜葛洪:"多谢真人相救。"正是小龙女。小黄龙闻声,回首见小龙女,小龙女亦见小黄龙,四目相对,两顾无言,不自觉走在一处,霎时泪如雨下。小黄龙道一声:"龙妹妹,

受苦了。"小龙女也道声："阿哥,你也受苦了。"两个有情人,历经劫难,终于破石而出,彼此相合,有词为叹:

何时梦已欢。覆雨翻云抱阑干。惟有罗浮山共水,依然。石壁流泉雁飞还。移步拾枫珊,晴光霭霭展清岚。回首又是百年过,更缘,偷来人间两相看。

葛洪见两人,亦叹道:"双龙受难,千辛万苦,如今上苍感念,再续前缘,可喜可贺。"司马睿三人不知何事,见此情此景,竟不得言语,葛洪遂将前因后果,一一道来,三人皆感慨万千。

双龙拜司马睿,皆道:"蒙主上厚恩,愿追随左右,以修大善。"司马睿赶忙扶起,笑道:"今得仙人相助,又有良将辅佐,社稷有望,天下有福矣。"正说话间,忽半空一人道:"稚川,别来无恙。"众人抬首,见来人,戴平顶冠,穿八卦衣,身负雌雄剑,手托阳平印,赫然为张道陵。

葛洪见之,面色大喜,赶紧打一稽首,拜道:"师兄到此,定有指教。"张道陵笑道:"稚川倒有见识。"遂落下云头,见司马睿打稽首道:"琅琊王在此,贫道张道陵有礼了。"司马睿见张道陵,大喜,拜道:"原来指点我等来罗浮山寻贤,便是正一真人。望真人恕我等愚蒙,不识真颜。"又道:"民间早知晓正一真人,治病救人,教人思过,乃大道于世。今日又得相见,睿实是荣幸之至,还望真人指点。"张道陵笑道:"哪里的话,琅琊王心念苍生,复兴社稷,比起我等山中闲人,倒是真正受累了。"葛洪说道:"师兄既来,正有疑问。今八卦炉现世,不知如何妙用?"张道陵回道:"琅琊王访贤罗浮,双龙脱难,葛洪出山,欲成大事,此乃天命。今八卦炉已现,然神火未至,可置炉于此,大天尊吩咐,小龙女在此好生看护,你等即刻下山去吧。"葛洪说道:"双龙历经劫难,终得圆满,如何就此分别,似乎不近人情。"张道陵正色道:"人生在世,不如意事十常八九,何来圆满。天地有大难,常人何无难乎。悲欢离合,爱恨情仇,生离死别,各成缘分。今世人多入邪宗,多种罪根,多肆巧诈,多恣淫杀,多好群情,多纵贪嗔,多沉地狱,多失人身,如此等缘,众生不悟,不知正道,迷惑者多。双龙辅佐良主,各负使命,不应以儿女情长为重。所谓大善大果,总须一场修行。"双龙闻言，皆拜道："今闻人间悲苦，世事艰难，我等当置大道于前，不敢执着私情，愿听大天尊吩咐。"张道陵说道："行路存大道，苦难化烟霞。双龙既有道心，待得人间历劫一番，自有正果。"遂辞别众人，驾云而去。

葛洪对司马睿道："今大军压境，事不得迟，殿下且随我下山。"司马睿道："此言甚是，今石勒率军而来，战事急迫，此去下邳，山高路远，若是路上耽误，恐下邳有失，当速归。"葛洪笑道："殿下莫要急切，待会儿我叫你三人闭眼，你等且闭眼。若听得耳内风响，莫要睁眼，开眼当逢凶厄，切记，切记。"三人应承。葛洪又对小黄龙道："你与小龙女虽劫后重逢，相聚甚短，此时又将分别，贫道甚是不忍，然天命难违。再者人间涂炭，小龙女安居罗浮山上，也是清净，不受那红尘之难，也使你后事无忧，这便齐去，你可随我在后，不得让殿下有所闪失。"小黄龙领命，与小龙女依依惜别，跟随于葛洪身后。

葛洪往大罗宫拜罢，口中念念有词，一声响，葛洪土遁携三人径往下邳，司马睿只听得耳边风声飒飒，不敢睁眼。千里之程，不一会儿便至，到下邳，葛洪收了土遁，三人落地，葛洪说："殿下且开眼。"三人睁开了眼，葛洪道："我等已在下邳城。"司马睿环视四下，叹道："尝闻道家飞天入地，奇门遁甲，今日得见，果真神通。"遂领葛洪至朝门，司马睿升殿，葛洪贺毕，司马睿问葛洪："敢问仙人尊号？"葛洪回道："保守本真，怀抱纯朴，不萦物欲，贫道号抱朴子。"司马睿道："既然有号，即封抱朴大法师。"葛洪固辞不受，说道："大法师之号，实不敢当，即称抱朴子便是。"司马睿不让，葛洪说道："今天子受俘，当齐心讨贼，殿下不可擅任臣子，以正天下之心。"司马睿闻言方罢，说道："既如此，当称抱朴真人，授军师之职。"又封小黄龙为黄龙将军。二人谢恩，偏殿设宴，众人相贺。其时君臣有辅，龙虎有依，乃见兴象。

且说石勒夺了寿春，收拾兵马，整束粮草，乘胜往下邳来。大军浩浩荡荡，至下邳，离城五里安营，放炮呐喊，设下宝帐，按兵不动。报马报入王府："石勒领大军，东门安营。"司马睿升殿聚将，共议退兵之策。葛洪问："陶、周二位将军，石勒用兵如何？"陶侃回："石勒为胡羯，用兵以勇为先，帐下十八骑，个个如狼似虎，战不旋踵，甚是难缠。"周玘接道："虽说石勒作战勇猛，若论武力，我等亦不惧哉，只是凡夫俗子，难敌幻术。"葛洪说道："在罗浮山时，殿下言石勒携神通以图江东，不知是哪路神通，可有照面？"陶侃说道："我等皆未照面，只知有一神人，人称大和尚，相助反贼。在寿春时，此人发水，以破城池。"葛洪说道："能借远水而攻，此人亦是神通。若敌军至，将军可出城相迎，贫道自来助你。"正议间，报石勒差官下书，司马睿传令："令来。"不一时，开城放一员将至殿中，将书呈上。司马睿命王导拆书观看，读来：

  汉镇东大将军兼并州刺史石勒，奉书琅琊王司马睿麾下：盖闻天地万物之母，惟人万物之灵。天佑下民，作之君，作之师，惟其克相上帝，宠绥四方，作民父母。今司马氏，弑君篡魏，御下不严，传子不当，贾后祸宫，八王乱政，骄奢淫逸，肆行杀戮，残虐无辜，荼毒生民，罪恶贯盈，以致天怒人怨，十载不安。幸汉天子行吊民伐罪之师，正代天以彰天讨，救民于水火。会稽郡公司马炽识其势，认其罪，已获天责，得谅佑。然尔敢行不道，拒敌天吏，大肆猖獗，王法何在？今奉诏下讨，你等若惜江东生灵，可速至辕门授首，候归朝以正国典，如若抗拒，真飞萤扑火，立为齑粉。战书到日，速为自裁不宣。

  众将闻书，皆怒不可遏，来将仰首而道："今寿春已失，我主携大军而来，一路摧枯拉朽，不在话下。望你等见书而降，切莫自取灭亡。"陶侃见来将，大怒："张噎仆，我道是谁，原是你这手下败将，今番你自来送死，拿你祭旗，再擒石勒不迟。"张噎仆倒也不惧，只道："既入此城，死有何惧。"陶侃欲上前，葛洪止道："两军交战，不斩来使。张将军且回营，告知石将军，原书批回，三日后会兵城下。"张噎仆领命出城，进营回复石勒，将葛洪回话说了一遍。

  石勒闻言，问张噎仆："言语之人，姓甚名谁？"张噎仆不识葛洪，回道："末将只识得陶侃、周玘，认不得说话之人。"石勒怒道："想陶侃、周玘何等人物，竟听从此人之言，想来非是一般。你既到城中，且不探个究竟，该当何罪？"张宾赶紧道："将军息怒，张将军乃是武人，只管送达战书，未想周全，也是情有可原。再言我军兵强马壮，有何惧哉，三日后城下自有分晓。"石勒闻言，又有十八骑求情，方才作罢。

第六十六回
罗浮山君臣起炉　下邳城佛道交锋

不觉三日，只听得下邳城中炮响，喊杀之声震天。葛洪传令："纪瞻守城，殿下城头督战，陶侃、周玘率兵马出城。"石勒正在辕门，只见下邳城东门开处，一声炮响，有一队人马出，幡下两员战将，正是陶侃、周玘。再见城头有二人，其中一人，长相奇特，额骨中央隆起，左边生有白毛，目光如电，赫然乃琅琊王，不由得怒道："司马小儿，竟张狂城上。"遂调出兵马，坐龙凤幡下，十八骑尽候左右，见陶侃，说道："将军也是好脚力，寿春败走，竟又至下邳，此番又欲往哪里逃。"陶侃回道："石勒，你且抬首好生瞧，今琅琊王在此，你大军下得江东，此地便是葬身之所。"

石勒见司马睿，说道："紫仙山一别，琅琊王甚是好命，竟得此战火不及的宝地，昔日若非他助，让你侥幸脱走，恐早已是一缕孤魂，不知东西。如今却胆敢不知好歹，抵御天兵，宜速下马受缚，以全富贵。倘敢抗拒，一旦我踏平此地，那时你可悔之晚矣。"琅琊王厉声喝道："贼子，叛臣，你为羌渠后裔，食晋禄，投乱贼，祸乱天下，残害百姓，今携恶众以图江东，水淹寿春，滔天大罪，逆恶贯盈，难以言诉，还敢在此大言不惭，真可令人痛恨。前番你拿不住我，乃天命也，天命既定，你此来死路一条。"石勒被此数语，说得面皮通红，下令道："哪一员将官先将陶侃拿了。"十八骑倾巢而出，来取陶侃，周玘怒道："十八人围攻一人，好不要脸。"使枪来助陶侃。司马睿命城头放箭，石勒命三军攻城，陶侃拍河曲乘光马，举刀挺上，力战十八骑，周玘命人马向前，这是司马睿和石勒头一场大战，怎见得：

黄沙滚滚遮天暗，紫雾漫漫彻地昏。旌旗飞彩排前后，盔明甲亮左右行。大环刀，穿云掣电；烂银枪，一线破空。斧如雪花，剑似游龙。方天戟，两节鞭，林林摆摆；青钢剑，月牙铲，密密层层。弯弓硬弩雕翎箭，短棍蛇矛流星锤。来往蹿跳，狂风布合。杀得那四方无鸟过，满目走兽奔。两军大战怎肯休，兵马恶拼逞威雄。无妄干戈争胜负，各怀霸心显名扬。

话说两军混乱，播土扬尘，天昏地暗，直杀了大半天，石勒军不得前进分毫，见势难为，石勒忙鸣金收兵，回得营中，急召大和尚，说道："此番进兵下邳，晋军众志成城，难以克服，还望大和尚再施神法。"大和尚问道："将军攻城受阻，可是受了对方什么玄通的影响？"石勒回道："未有玄通，那司马小儿早有防备，陶侃、周玘又是万夫莫敌，故而难制。"大和尚说道："既如此，你再去那马陵山顶，设一土台，同样高三尺长六尺，贫僧自当作法，将军且自攻城。"石勒遂命人造台。

不消多时，土台造毕，大和尚上台，盘腿而坐，紧闭双目，眉间现一眼，睁开来四射金光，空中霎时风云变幻。司马睿在城头，见黑云翻滚，狂风肆虐，正在疑惑，那陶侃急道："云谲风诡，与寿春一样情景，定是有人作祟。"周玘亦道："此言甚是，看此情形，想又是那大和尚施法，欲水淹下邳，我等危矣。"众人望葛洪，葛洪不作声，只抬望半空。少时，天开一口，有水而出，由小及大，往城中倒灌。琅琊王见此景，说道："陶将军言寿春被淹，果真不虚，世间竟有此等奇法，如之奈何？军师可有应对之策？"葛洪笑道："殿下莫要慌乱，此偷天移水之法，不甚稀奇。贫道自有应付。"遂拿出一匣，打开来，有半粒壤土。众人不知何物，皆问其名。葛洪说道："此物名曰息壤，长息无限，上古之时，大洪水泛上天际，鲧偷窃息壤以塞洪水，未经尧许。尧命祝融于鱼渊处死鲧。鲧遗腹子大禹成人，尧赐息壤，让禹治水，而定九州。此物本有一粒，半粒已引郝水，镇了洪灾，如今再使得这半粒，以解下邳之急，消江东之患。"琅琊王喜道："既有神物，军师快快使来，再晚些恐下邳危矣。"葛洪笑道："殿下且往后退，看贫道使来。"遂捧出半粒息壤，往空中一撒，息壤陡现珠华，晶光夺目，登时眼前一片通明。息壤缓缓没入土中，闻九地之下，一声轰鸣，葛洪在城上，以指画符，以剑作法，往空中一指，城前之地忽腾腾而起，直插云霄。少时，将空中水出处填得个严严实实，未再流下一点一滴。

如此奇景，竟看呆了众人，琅琊王喜道："不想军师如此能耐，我等有军师在此，当无忧矣。"石勒亦呆若木鸡，好半晌方回过神来，命全军按兵不动，至土台问大和尚缘由。大和尚也不惊讶，只道："寿春之时，贫僧已言，此一战，将引得一位故人来，此人抱朴归真，修得大道，不在贫僧之下。天数使然，不得改也。"石勒奇道："世间竟有与大和尚相当之人，不知姓甚名谁，哪里人氏？"大和尚道："此人姓葛名洪，字稚川，乃大罗宫太清道德天尊门下，将军可与贫僧一道见之。"遂起得身来，石勒传令，调五方队伍，炮声如雷，喊杀震天，来

第六十六回 罗浮山君臣起炉 下邳城佛道交锋

至城下。葛洪见之,吩咐陶侃：“先调大队人马出城,贫道当会一位故人。”下邳城下,连珠炮响,两扇门开,一簇人马拥出。

石勒定睛观看,只见两杆大红旗飘飘扬扬,陶侃、周玘二将当先,压住阵脚,又见后竖黄旗,一人乘马而出,未着甲胄,却是一位道人,大袖渺渺,宽袍绦绦,面色从容,道骨仙风。石勒问大和尚：“此人便是葛洪？”大和尚笑道：“正是这位故人。”又道：“将军且自看来。”遂踱步出阵。葛洪见一人出营,遂下马上前。一僧一道,立于两军之间。

大和尚合掌礼道：“自洛阳城外一别,春去秋来,人间变幻,道友别来无恙。”葛洪打一稽首,礼道：“大和尚之名,今天下皆知,不想大和尚即佛图澄,佛图澄即大和尚。”大和尚说道：“是心是佛,是心作佛,何必在意一个名也。想当日,你我山中辩法,道理佛义,各有不同。言为行指,行为言证。今我二人于此,也是天意。”葛洪说道：“道友既晓大理,何不于山中修行,却堕入这红尘之中,借胡生乱,以乱传教,兴兵征伐,水淹寿春,哪有半点怜悯世人之心。”大和尚回道：“道友此言差矣,贫僧入不入红尘,红尘自是纷乱。庙堂之上,尽为奸佞；草野之中,皆是庸民。所谓江山有更替,往来成古今。石勒起皂枥之间,连百万之众,横行天下,斫丧晋室,此乃天命。贫僧助其成大业,兴万民,也是合乎天数,不似道友,既知腐朽,强要翰旋天地,补缀乾坤,徒费心力。”葛洪驳道：“如此而言,道友之理,佛当乘盛而来,见衰而去。不似我道,乱世下山,盛世归隐,在道友看来,倒是腐朽了。然在贫道眼中,石勒终不过一个胡贼,暴肆华夏,齐民涂炭,煎困雠孽,至使六合殊风,九鼎乖越,百姓受灰没之酷,王室有黍离之哀。此人徒知屠掠,毫无英雄气象,不过因晋室无人,遂至横行海内,否则跳梁小丑,亦何能为？道友竟枉称天数,岂不可笑。”大和尚也不着恼,只道：“佛在破,不破不立,破而后立,否极泰来,涅槃重生。道在修,修一个乱世,修一个朽心。岂不闻,大厦将倾,非一日之功；冰冻三尺,非一日之寒。气数已尽,人力何为。今大军临城,道友莫再执迷不悟,逆天行事。”葛洪又道：“道友此言,亦难苟同,乃混淆视听,贫道岂不知物有生死,理有存亡。我教一个修字,在修一个本也,不在江山王朝,不在草野庙堂,而是生命也。商纣若有文王气象,太公必不下昆仑。石勒若有人君胸襟,稚川亦不得出山。然其人剪覆旧京，穷凶极逆，华夏危难，中原遭殃，贫道岂能不闻不问，此非修道之人。道友既为燃灯门下，受接引佛祖教诲，当明事理，若安守西方，不图中土之事，还是好颜相看，若存一己之私，逆天行事，兵家胜负未可知也，还请三思后行，勿损威重。"大和尚合掌叹道："闻道友之言，当不得一个和字。既如此，只有阵前知雌雄，手下见真章。"葛洪回道："但由道友使来。"大和尚说道："你我非是倚勇，各以秘授略见功夫，况且又不是凡夫俗子，恃强斗勇皆非仙体。贫僧在大伾山摩崖洞，曾练有一法，三日之内，你若破得，我自退走，不扰江东。"葛洪说道："道友既有此意，稚川岂敢违命。"

两厢各自回去。石勒问大和尚："今观葛洪，亦是鸾姿凤态，神仙中人，不知大和尚如何应付？"大和尚取一幡，石勒见之，那幡白底黑面，上绣一物，乃是一只蝙蝠，不解而问："此为何物，有何妙用？"大和尚说道："此物名曰蝠瘟幡，可使人身热肺伤，浑身无力，人与人呼吸相传，一人既得，旁人亦难相安。两三日之间，全城即染，此乃攻城要法。葛洪自诩道者仁心，可看他虽治得有形之水，如何治这无形之瘟？"石勒大喜，说道："有此瘟疫，小小下邳，定劫数难逃，我等备好军马，待城中乱时，一举可擒那司马睿。大和尚且快快作法。"佛图澄遂返回马陵山，待至子时，月没参横，北斗阑干，坐于土台，将幡立起，那幡无风自动，飘飘扬扬，少时，幡上一阵通亮，那绣蝠扑腾扑腾，竟活了过来，飞于半空。大和尚往下邳城一指，蝙蝠扇动双翅，无声无息，没入城中。

且说葛洪返入城中，不知佛图澄欲行何法，心中忐忑不安。一夜无眠，待至黎明，不见石勒来攻，难免疑惑："佛图澄放言与我斗法，何故不见动静？"正此时，陶侃、周玘来府，拜见葛洪，皆问："不知那佛图澄所施何法，我等也好应付。"言毕，陶侃忽咳嗽两声，胸口一阵起伏。

葛洪奇道："昨日见将军尚好，一夜之间，如何凉了身子？"陶侃又咳两声，说道："奇哉怪哉，我向来康健，不知何故，晨起无征无兆，竟胸中憋闷，无端咳嗽，想是着凉了。"葛洪探一探额头，直觉滚烫发热，说道："将军身子发热，当速回府休息。"话音未落，王导入来，急道："大事不妙，城中已乱作一团。"葛洪问道："司马莫慌，且慢道来。"王导说道："今晨放明，城中百姓不知何故，相继咳嗽，皆感胸中憋闷，身子发热，浑身无力，呻吟不绝，一传十，十传百，兵士亦难保全。那医馆人手不足，且不知何病，只当伤寒来治，却无效果，眼见无法应付，若石勒来攻，犹如探囊取物，危在旦夕也。殿下也是急上心头，特命我来问询。"葛洪闻言，说道："此事蹊跷，待我算来。"遂取香案，焚香炉内，将八卦搜求凶吉。待铺下金钱，便知就里，大惊拍案，怒道："不想佛图澄竟枉动恶幡，散布瘟疫，欲使下邳城烟火尽失，众生逢厄。此毒辣之计，也是逆施倒行，不择生冷。"又叹："乱世菩萨不问事，老君背剑救穹苍。武以卫道，医以载道，今番定要与那佛图澄上下计较。"遂命陶侃赶紧回府，不得出来，亦不得与人相近。又察看王导、周玘，见其无恙，命王导领城中兵士，每人取纱布蒙住口鼻，以防传染，并上至王公，下至百姓，皆告知安居家中，不得出门，口粮由司马府统一分发，断绝瘟毒往来。又命周玘率兵士挖取葛根，取其汁，送治病患，以解瘟毒。不知此法有用与否，且看下回分解。

第六十七回　括苍山郑隐传法　光极殿怀帝受害

　　日起晨消愁云护，疫疠如幕画浮图；
　　不信人间满艰苦，一目春色尽可苏。

　　且说大和尚以瘟之法，欲破下邳，葛洪得悉，命城中百姓不出户庭，各居其所，又空舍邸第，为置医药，使病患者一处，不再相传，也好相治。且城中各处，火燎烟熏，以祛其毒。那周玘曾受石冰之害，深晓情势急迫，不敢丝毫怠慢，率众上山寻取葛根。不消半日，已得许多。周玘命一队人马继续采挖葛根，一队人马随其下山，榨汁解毒。好容易取汁来，周玘请命葛洪，葛洪忧道："佛图澄有别石冰之流，此瘟甚是厉害，仅凭葛根，我心甚忧，也罢，且自治之，观看其效，再作计较。"周玘遵命，遂令兵士将葛汁分袋而装，送至医舍。
　　葛洪自取一袋，亲至陶侃府中，见陶侃咳嗽不断，身子愈发热，胸口此起彼伏，说话已是有气无力，不由得叹道："不想将军龙精虎猛，不消一日，已是气竭形枯，淹黄潦倒。此瘟若不解除，任其传染，当是人间大难也。"遂将葛汁喂于陶侃。陶侃得食葛根，直觉困乏，不一会沉沉睡去。葛洪守至跟前，见一个时辰后，呼吸平稳，额头微微细汗，再一探手，未再发热。葛洪见其好转，又把手一探脉搏，乍一察，寸关尺三步有脉，脉不浮不沉，和缓有力，然细细探来，轻手可得，泛泛在上，如水漂木，不由得面色一沉，吩咐家仆好生照看，出得府来。
　　恰此时，周玘到来，见葛洪大喜，说道："城中病患，服食葛汁，皆感好转，身子退热，呼吸畅快，看来瘟毒已祛，反贼尚不知晓，只等来攻，我等可一举破之。"葛洪摆手，叹道："将军有所不知，方才探陶侃将军脉象，虽服葛汁，已有缓解，然不可断根，且只能压制一时，三日之后，必又复发，病症只恐更加危重。"周玘闻言大惊,问道:"葛根尚不能解其毒,那该如何是好?满城百姓,尽遭荼毒矣。"葛洪回道:"将军莫要慌乱,且随我觐见殿下。"

二人即前往王府,见琅琊王。琅琊王说道:"军师来之甚好,今城中上至王公,下至平民,多患肺疾,内忧外困,我心甚急,不知如何是好?"葛洪回道:"殿下且宽心来,今病患自居其家,皆服葛根,想来三日之内,当无事矣。周玘将军尚且安好,可固守城中,贫道往三山五岳一走,寻个医法,多则两朝,少则一日,即时就回。"琅琊王许之,遂对周玘道:"你好生守城,不必与石勒厮杀。待我回来,再作区画。"周玘领命。葛洪吩咐已毕,随驾土遁往大罗宫。

话说葛洪纵土遁,往大罗宫走,途经一山,见得雄拔陡绝,峰峦叠嶂,临海缥缈,变幻无穷,真乃天险西关障,峰峦气象雄。后人有诗为证:

尽日行方半,诸山直下看。
白云随步起,危径极天盘。
瀑顶桥形小,溪边店影寒。
往来空太息,玄鬓改非难。

此情此景在前,葛洪不由得叹道:"人心若抱朴,世间尽美善,此地山高水长,虽说心旷神怡,然人迹罕至,方有此景。若人居聚此,却是光华之下,多有龌龊,景色纵美,也是不堪。"正感慨间,忽身子一扯,落下云头,飘飘忽忽,至一处崖,且看悬崖峭壁,奇峰挺拔,云海无际,奔腾舒卷,又有那飞瀑涧流,怪石奇岩,松柏吟诵。立于崖上,快意雄风,海上而来,不由得一面赞叹,一面疑惑,自道:"如何驾土遁,无端落了下来,此山定有隐者。"遂往四下看,尽现一草,那草茎直立,上部多分枝,具纵棱线。叶子互生,顶上有花,如同半球,不知何名。草丛之间,有一小径,弯弯曲曲,不知尽头。葛洪心生好奇,沿径而走,约一炷香工夫,望见一座洞府。挺身观看,真好去处。但见:

白云瑞,草门含真丹枫翠。丹枫翠,藤笼青壁,径盈岚蝶。花木清华石上结,幽岫飘霭日将斜。日将斜,晴光犹照,人间天阙。

又见那洞门大开，静悄悄的。有一缕清烟悠悠而出，洞旁立一石碑，约有八尺高，四尺阔，上有一行十个大字，乃是"真隐括苍山，火龙丹经洞"。葛洪上前，忽蹿出两只大虎，头圆耳短，四肢粗大，虎尾昂扬，全身橙黄，又布满黑色横纹，胸腹间白毛丛生，各立左右。葛洪乍见，不由得一惊，然两虎并未扑来，只在洞口徘徊，葛洪疑道："双虎出洞，当有传承。不知何人在此？"正思忖间，一人在洞内道："哪位道友，如此雅兴，到我括苍山来？"葛洪赶忙回道："道友莫怪，我乃大罗宫玄都洞炼气士，姓葛名洪，字稚川，现于江东琅琊王帐下受军师之职。那石勒进兵，涂炭生灵，又有西方之人，借兵祸传法，散瘟病世间，不得已往师门去，寻个仙法，以救苍生。"洞中之人即道："原是同道中人，且进洞来。"葛洪应命，进得洞内。洞中烟雾缭绕，有一鼎置于正中，不见人影，再往前几步，有一小洞，葛洪入内，见霞光瑞气，笼罩千重，正面有一柜，上置书卷，贴有红签，有书一千二百九十八卷，盖经、记、符、图、文、篆、律、仪、法、言。一人在前翻看，只见样貌：

头戴一顶斗星冠，身穿一件霓霞衣。鹤发蓬松，目清神颜。腰间围素带，足下踏云履。体健身轻如仙客，形采骨奇似寿翁。

那人见葛洪入内，笑道："方才道友所言，乃大罗宫门人，岂不知，落叶聚还散，鸿雁去复归。我亦是大罗宫门人，今日此间相会，也是有缘。"葛洪闻言，大喜，打一稽首，问道："不知道友乃是同门，未曾拜见，还望莫怪。敢问道友哪位老师门下，如何上山七载，不得相见？"那人笑道："我乃太极左仙公葛玄门下，姓郑名隐，字思远，又号火龙真人。当日老师传我《正一法文》《黄帝九鼎神丹经一卷》《金液丹经一卷》《太清金液神丹经三卷》，授炼丹之法，曾言惟道无对，故名曰丹。天得一以清，地得一以宁，谷得一以盈，人得一以长生。又言仙客居天地，丹道在人间，故下得山来，云游四方，以研丹法。"葛洪恍然说道："原来如此，我于山中学道，才疏学浅，尚不知这丹道何解？"郑隐回道："道家修真之法，乃三元丹法，即天元、地元、人元是也。修清净者为天元丹法，修服食者为地元丹法，修阴阳者为人元丹法。而丹有九种，一名丹华，二名神符，三名神丹，四名还丹，五名饵丹，六名炼丹，七名柔丹，八名伏丹，九名寒丹。此皆为长生之要，非凡人所当见闻也。九丹但得其一便仙，不在悉作之，作之在人所好者耳。凡服九丹，欲升天则去，欲且止人间亦任意，皆能出入无间，不可得之害矣。所谓丹道，上士得道，升为天官；中士得道，栖集昆仑；下士得道，长生世间。愚民不信，谓为虚言，从朝至暮，但作求死之事，了不求生，而天岂能强生之乎？凡人唯知美食好衣，声色富贵而已，恣心尽欲，奄忽终殁之徒，慎无以神丹告之，令其笑道谤真。"

葛洪闻言，也是大悟，又道："我且有疑问，还望真人释惑？"郑隐笑道："但说无妨。"葛洪问道："世人常疑，道者自清，与尘不染，炼丹隐世，不为人间。如何相解？"郑隐更是笑道："此乃谬言，尘间之事，乃儒务；道家之事，乃道业。纵观升降俯仰之教，盘旋三千之仪，攻守进趣之术，轻身重义之节，欢忧礼乐之事，经世济俗之略，儒者之所务也。外物弃智，涤荡机变，忘富逸贵，杜遏劝沮，不恤乎穷，不荣乎达，不戚乎毁，不悦乎誉，道家之业也。儒者祭祀以祈福，而道者履正以禳邪。道者，仁心入世，申道义而兼济天下；清心出尘，修道术以独善其身，何言不为人间。"

葛洪闻言，说道："真人一言，可谓半师，大天尊命我下山，代劳炼丹，又有华夏逢厄，命扶助明主，以度苍生。两相之间，不知统合。今我在琅琊王帐下，受命危难之际，那石勒进兵，西方佛图澄携神通攻伐，大命在身，既奔求解瘟之方，又须寻炼丹之法，也是苦恼。本欲去大罗宫求师门相助，不知何故，走到这括苍山，无端落了下来。得幸受教，这便去了，他日再来请教。"

郑隐笑道："常言，既来之，则安之。纵去得大罗宫，若是无缘，也是不济。你身怀奇门遁甲，却无端落下括苍山，进得这丹经洞来，既是天意，也是人为，我候你久时矣。那佛图澄乃西方接引门下，深通禅法，此次以瘟术来袭，你不知来历，故不得解。"葛洪即问："还望真人指点。"郑隐说道："封神之战，吕岳以瘟癀伞摆阵，困太公百日，让甲子太岁杨任以五火神焰扇破之，瘟癀伞化为灰烬。岂不知，此伞虽为灰烬，然恰有一只蝙蝠飞过，灰烬尽附其身，不觉间至维耶离国，百姓无端遭殃，感染瘟疫，一时猛盛赫赫，犹如炽火，中毒病者,身热肺咳百节欲解,苏者甚少,死者无数。阿难尊者祈请接引,大慈大悲,为众生说法,救护城中众生,免遭苦难。接引告阿难,众生所以遭此疫毒病者,是其国人多杀群生,无有慈心,以杀猎为业。若要免受瘟害,唯有慈悲为怀,受持五戒,勤修十善业,方有太平。是以一幡罩住蝙蝠,使金刚印烙于其上,使其身子化灰,将灰倒入众生池,百姓喝池中之水,瘟疫即消。接引将此幡赐予佛图澄,告之若见众生心无慈悲,枉造杀戮,可使其幡以瘟惩戒,是名蝠瘟幡,佛图澄正以此幡发难,寻常药物,如何能治?"葛洪闻言,忿道:"欲加之罪,何患无辞。救苦而施苦,解难而发难,非善也。真人既知来历,定有方法,还望赐教,以救苍生。"郑隐笑道:"你入洞之前,可见一路有何蹊跷?"葛洪回道:"真人不言,心中正有疑惑。这一路来,见遍地无有他物,尽皆一草,人间不曾有见。"郑隐说道:"此草名为青蒿,原长于昆仑山谷,一日偶得,试出其草有清虚解热截疟退黄之效,甚喜爱之,故移至这括苍山中,你采回去,青蒿一握,以水二升渍,绞取汁,可解瘟病。"葛洪闻言,大喜,直道:"今日幸遇真人,授解瘟妙法,也是百姓之福。"郑隐又笑:"虽得其药,亦不得大意。青蒿虽治瘟病,然祸根不除,尚可复发。"葛洪即道:"此言甚是,那蝠瘟幡若不毁去,瘟疫不得绝矣。"

郑隐遂拿出一柄剑,剑上有符印,隐现红光,端的是锐利无比,神妙无穷,赐予葛洪,说道:"此剑名曰火龙剑,你回去之后,可于城上筑一台,名火龙台,高三丈,宽五尺,四角皆有飞龙吐火之形,立剑于台上,口称'火来,火去',自有奥妙。"葛洪拜道:"多谢真人赐宝,待瘟病得除,反贼得破,定将宝剑奉还。"郑隐笑道:"不当话,不当话,你为昆仑门人,使命重大,今后尚有坎坷,此剑今后将为你所有,亦有防身之用。"

葛洪跪而接受,又拜道:"真人传剑,洪涕零之至,定当竭尽全力,不敢有负师命。"郑隐忽正色,说道:"稚川,你下得昆仑,可知使命如何?"葛洪诧异,回道:"老师曾吩咐,让我扶助晋室,代劳炼丹,自有圆满。"郑隐说道:"你为道门中人,今罗浮山上寻得八卦紫金炉,可知炼丹之法?"葛洪即道:"尚不知炼丹之法。"郑隐又道:"大天尊为何要你炼丹?"葛洪回道:"亦不知晓。"郑隐说道:"你不知晓,乃时机未至,故大天尊不明言,今你已寻得八卦紫金炉，辅佐琅琊王，大法师命我传你丹法，授你秘要。葛洪且听来。"葛洪忙伏地叩拜，郑隐又道："百年可见乱世，千年更有浩劫，万年当换日月。商周之战，已历一千三百年，万物有生死，神仙亦轮回。今西王母蟠桃绝收，神仙再临杀罚，你仙缘未至，却有道心，大天尊命你代劳炼丹，正是传承道法，以安三界。且炎黄之地，乃道家之本；扶危救困，乃道家之责。故你下得山来，红尘一走，也是磨炼，待功成行满，自有正果。"遂从柜上取了四本书来，正是《正一法文》一卷、《黄帝九鼎神丹经》一卷、《金液丹经》一卷、《太清金液神丹经》三卷，交与葛洪，说道："此四本经书，你且收好，其中自有炼丹之法，回去之后，精意覃思，极深研几，不枉大天尊一番心思。"葛洪问道："我才疏学浅，道行未深，恐一时难窥奥妙，今真人即在此间，何不言传身教，多加指点？"郑隐说道："你且听好，一物从来有一身，一身还有一乾坤；能知百事备于我，肯把三才别立根。天向一中分造化，人于心上起经纶；仙人亦有两般话，道不虚传只在人。法有奥妙，各人自晓。青，取之于蓝，而青于蓝；冰，水为之，而寒于水。我虽得经书，却无大成，难当大任。你既有命缘，当见明理。去吧，去吧。"葛洪叩拜称谢，待起得身来，郑隐已是不见。

葛洪再拜，将经书小心收好，出得洞来，一路采了好些青蒿，遂借土遁，早至下邳，往殿中来，见得琅琊王。王导、周玘大喜，问道："军师回来，是否寻得良方？"葛洪将青蒿拿出，口授其法，命周玘速速救治。周玘得令而出，琅琊王问道："既得良方，不知军师如何破敌？"葛洪回道："殿下且安心，那大和尚所倚仗的不过一幡，名曰蝠瘟幡，可散瘟疫，城中百姓正是受其所害。此番寻觅，幸得遇火龙真人，传我破敌之法。"遂言于王导："可在城上造火龙台。"王导得令而出。葛洪又传小黄龙，命道："将军可提精锐，于城后埋伏，诱反贼入城，一鼓而出，尽斩来敌。此乃将军出山第一战，勇猛精进，正果修行，名扬四海，正当时也。"小黄龙得令而出。琅琊王面露喜色，葛洪说道："殿下可安居宫中，静待佳音。"

话说三日既满，石勒见下邳无有消息，问计大和尚："想来下邳城中，瘟病尽染，已无战力，破城正在今日。"大和尚笑道："葛洪虽有道行，然不知蝠瘟幡来历，怎能破得。将军可尽遣三军，一举破城。"石勒遂领兵而出，至城下，见城上寥寥数人，尽显病态，不由得笑道："一城之人，皆有气无力也。"命三军攻城，过护城河，到城门，无有拦阻。刘宝、刘征二将命撞城门，偏将严成率众举撞木向前，一面抵住来矢，一面撞开城门，也是不费气力。严成一马当先，入得城内，见眼前尽为老弱病残，大笑："如此战力，也来守城，我取下邳，如探囊取物，今可得首功矣。"一马当先，往前冲杀，晋兵皆呼："贼兵入城，速速逃命。"也不抵挡，四下逃散。严成欣喜若狂，大呼："下邳已破，将军可速速入城。"

刘宝、刘征闻言，遂报石勒，十八骑率众往城中走。才过城下，忽闻一声炮响，四门烈火，轰门而起；金鼓齐鸣，红旗招动，喊声大震。众将未回过神来，只听得严成大叫一声，跌下马来，上前见得胸前一个大窟窿，血水正往外冒，已是气绝身亡，不由得大惊失色，皆道："严成非等闲之辈，一招致死，不知何人能为？"正疑惑间，闻得一声："一众反贼，中我军师之计，今入死地也。"众将相看，不是陶侃，亦非周玘，乃是一将，不知姓名，相貌也是奇特，身长丈二，倚天拔地，头生两角，熠熠生辉，金鳞披甲，光芒夺目，执一枪，挂一环，也不骑马，往前一立，端的是拏云攫石，不世之姿，正是小黄龙。

石勒在后，见得真切，不由得倒吸口凉气，自道："世间怎有如此人物，观其气度，纵是项羽在世，吕布复生，亦不及也。"支屈六大喝："来者何人？敢来大张声威，阻挡天兵？"小黄龙哼道："蝼蚁之辈，也来问名，你等仗恃瘟术，以为这一城军民，尽皆遭殃，岂不知军师早有妙法，解了瘟毒，今赚你等入城，好一网打尽。"遂一声长啸，城门缓缓关上，城头箭如雨下，小黄龙提枪而上，率精锐之师，冲杀来敌。

石勒见晋兵人人勇武，个个精神，哪有半点病态，惊道："葛洪果然了得，我中计也。"遂命众将抵御。十八骑向来藐视晋兵，见小黄龙只一人，无有他将，不知深浅，倚仗战力，欲强攻下邳。小黄龙挺枪而来，有一将执三尖两刃刀来迎，乃支屈六部将花骨忽，大喝："无名小卒，前来受死。"举刀朝面门砍下。小黄龙也不答言，听风辨声，待得近了，只把手一抬，将刀磕了出去，转手就是一枪，将花骨忽刺于马下，也不停留，直奔石勒。十八骑截住去路，转灯儿围住，刀枪剑戟，斧钺钩叉，齐齐招呼。小黄龙丝毫不惧，一人力战十八将，枪似游龙，身如疾风，后人有诗为赞：

> 罗浮得将小黄龙，挥斥八极战群雄；
> 独身冲阵扶危主，翰墨留名第一功。

小黄龙舞枪而走，手起处，衣甲平过，血如涌泉，杀得十八骑只有招架之功，毫无还手之力，纷纷退下，小黄龙也不追击，只朝石勒去，要射人先射马，擒贼先擒王。石勒见小黄龙来，只身单枪，往来冲突，如入无人之境，早惊得魂不附体，手足无措。

话分两头，且说大和尚在马陵山，催动蝠瘟幡，以助石勒。未及一炷香工夫，却见一片霞天陡然而现，层层分割，如锦似缎。又有云朵片片而下，簇簇而开，红光四射，大和尚正感诧异，那道红光瞬时而来，教人睁不开眼，只隐约间见一条火龙扑下，旋踵之间，随即而去。大和尚望一眼，那火龙化一柄剑，飞向下邳城头，再低头一看，蝠瘟幡已化为灰烬。大和尚大惊，说道："不想葛洪得一至宝，此剑不知来历，却是不凡，瘟法已破，倒是大意矣。"忽一怔，屈指算来，急道："不妙，将军有危矣。"将波罗钵祭起，身形一晃，欲行解救。

且说城中，小黄龙杀向石勒，电光石火，避无可避，忽现一物，乃是一钵，在空中溜溜转，又有一道金光，石勒收入其中。小黄龙大惊，一枪刺向那钵，铮铮作响，刺不下去。小黄龙奇道："蟠龙枪乃上古精钢制成，锐利非常，却是刺不破此钵，也是稀罕之物。"正思间，一人现在眼前，正是佛图澄。那佛图澄把手一挥，城门缓缓而开，又有清烟袅袅，使众人皆见不清物，十八骑乘隙率众，撤出城外。

小黄龙正待上前，一人道："穷寇莫追，且让他等去吧。"正是葛洪，立于城上。佛图澄合掌说道："今日法破，道友道术精深，自愧不如。这位将军，观其样貌，想来便是罗浮战玄龙之人，南海三太子是也，果真略盖天地，举世无双。贫僧这便退走，不扰江东。"葛洪打一稽首，回道："道友果然好见识，此去望好自为之。"佛图澄身形一绰，隐入青烟之中。小黄龙问葛洪："反贼已入瓮中，何不一举剿之，而留祸根？"葛洪回道："佛图澄一身玄通，深不可测，也是斗法之前，有约在先，故而退去，若是执意不休，倒是难测高下。况城中元气未复，不得久持，他这番去，一时不得来矣，发展生产，修生养息，正当时也。"小黄龙恍然大悟，同葛洪复命去了。

且说佛图澄出了下邳，会合大部，将波罗钵一扣，石勒出得来，直道："好险，好险，世间竟有此等猛将，不知哪里人氏，闻所未闻也。"佛图澄说道："此将非凡间之士，乃南海三太子。小黄龙敖泽是也。人间不识，三界皆晓，罗浮合体，双龙化石，三太子得遇葛洪，以脱天灾，今效力司马睿帐下，休说十八骑，纵是五十一百，皆不在话下。"石勒骇道："此将无敌，又有葛洪，看来难图江东，今番失败，不知往哪里去好？"佛图澄笑道："将军攻洛阳，擒天子，为晋之大敌，现晋阳有刘琨，幽州有王浚，长安有司马邺，不当去也。而汉王之地，更不可往。我观天象，龙兴在北，其目居邺，可往邺城去。"众将领首，石勒依言，率众退去不提。

话说石勒战败，报于平阳。白毛儿闻知，大发雷霆，谓众将："不想擒了大晋天子，四海仍未平息，长安立了个伪太子，江东尚有个司马睿，今石勒兵败，江东一时难图，天下不定，暗潮汹涌，留个司马炽在此，倒要寻来问问。"想到此处，遂命群臣于光极殿宴饮，唤怀帝陪侍。群臣聚于光极殿，鼓瑟吹笙，琴箫合鸣，各居其胲，推杯换盏，白毛儿见怀帝，只身坐于暗角，也不言语，遂道："会稽郡公，如何居于一旁，今众人欢饮，皆已小醉，你当倒酒布菜，以助酒兴。"白眉儿知白毛儿心意，见怀帝懵懂，喝道："还不速来服侍。"怀帝不敢不从，忙起身来，白毛儿哈哈笑道："既来服侍，当穿青衣小帽，也好区分。"遂命将奴仆衣帽呈来。怀帝闻言，霎时双目蒙眬，忙抬手掩饰，无奈穿上衣帽，穿梭席间，强作欢颜。众将皆乐："大晋天子，原来是个小丑。"又有人呼："来，来，来，速来斟酒。"更有人道："席间坐久，腰酸背疼，且来揉揉。"一时哄堂大笑，乐不可支。怀帝听也不是，不听也不是，满面通红，欲躲避开来，白毛儿呵斥："让你巡行服侍，欲至何处？"怀帝赶忙回道："去斟酒，去斟酒。"不敢迟疑，忙倒酒布菜。

白毛儿见怀帝倒也听话，心中舒坦，面色好转，正想如此对待，是否不该，忽闻得一阵哭声传来，与那欢笑交织，更见凄凄惨惨，不由得放眼望去，原是庾珉、王隽等一众晋国旧臣，见昔日天子，身在阶下，蒙受耻辱，悲从心起，放声大哭，渐渐掩过欢笑，大殿之上，霎时人人侧目，个个不语。白毛儿陡然变色，骂道："今日宴饮欢乐，你等聚此哭泣，是何道理？"遂命武士将一众赶出大殿，拂袖而走，不欢而散。

回至寝宫，白毛儿越想越气，心道："此些人于大殿之上，当着我面竟敢号哭，可见心中仍有晋家天子，当与反贼无异。那司马炽虽说无能，却有号召，留下来，终究是个祸端。"正思忖间，恰有光禄大夫朱纪进谏："庾珉、王隽密谋，计划响应刘琨，奉献平阳。"不由得大怒，遂命朱纪领甲士一百，擒杀庾珉、王隽一党，又唤来骠骑大将军刘易，命赐毒酒予司马炽。刘易领命，率部至会稽郡公，破门而入，见怀帝，说道："今奉汉王之命，赐酒一杯，公且受之。"怀帝接酒，两泪纵横，长叹一声："时不待我，天不由人。"一饮而尽，客死他乡，年仅三十，有诗为叹：

  豫章晋家子，天资赋清奇；
  本来承平世，奈何羁乱移。
  虽无幽厉衅，却为亡国君；
  时势不予人，有志徒叹息。

怀帝受害，死讯传开，天下震动，不知后事如何，且看下回分解。

第六十八回　受忧困愍帝被俘　走千里葛洪得诏

蝉吟鹤唳长安月，马嘶剑鸣八水风；
挥毫蘸泪寄天外，山川无见两心同。

且说怀帝受害，死讯传至长安，皇太子司马邺闻知，大哭不止，群臣亦是落泪，殿中一时呼天号地，哀思如潮。未几，卫将军梁芬谏道："今天子受害，大敌在前，而家不可一日无主，国不可一日无君，太子当承继大位，以定乾坤，号令天下，洗雪耻辱，复我山河。"群起义愤，众人赞同。皇太子忧道："可惜大将军不在，今胡马虎视，四面环敌，若登大位，当成众矢之的，必有危矣。"麹允回道："大将军误中反贼彭天护奸计，以身殉国，然国家大事，岂可因大将军一人而废之，常言哀兵必胜，太子继大统，号四方，此乃正道也。"皇太子见众臣附和，不再勉强，遂举行哀悼，加戴冠冕。壬申即皇帝位，史称愍帝，宣布大赦，改年号为建兴。任梁芬为司徒，麹允为尚书左仆射、录尚书事，索綝为卫将军兼太尉，军政大事，皆委交其手。时长安城中，户不满百家，蒿草荆棘丛生，公室私家车乘只有四辆，文武百官皆无官服、印章、绶带，仅授官桑木板和官署名号而已。如此景象，也是鱼游沸鼎，危若朝露。索綝谏道："今北方之地，强敌环伺，与其坐以待毙，莫如未雨绸缪，先发制人。"愍帝毕竟年幼，胸无良策，也只听之任之，遂下诏，号令天下，命琅琊王司马睿为左丞相、大都督，南阳王司马保为右丞相、大都督，幽州王浚为大司马，并州刘琨为大将军，各自起兵，攻打白毛儿。

司马邺称帝，传于平阳，白毛儿闻报，大怒，谓众将："此皇帝亡，又立了个彼皇帝，看来不亡残晋，天下难安。"遂命白眉儿领兵十万，攻打长安，又命石勒牵制刘琨、王浚,以防来援。

且说石勒败退江东,居于邺城,接汉王诏令,驻守冀南,与刘琨部将刘演相遇。那刘演不知深浅,见石勒率众而来,坐名石勒答话。石勒正要出阵,一将请战:"此等无名小卒,何劳将军亲往,待末将取了首级,献于将军。"石勒回首,原是逯明,允之。逯明手提狼牙棒,紧马而出。刘演见来将甚是凶恶,问道:"来者可是石勒?"逯明回道:"非也,我乃十八骑逯明是也,你等小辈,焉敢坐名主公,本将到此,你且引颈受戮。"刘演大骂:"胡马贼寇,焉敢欺我。"纵马使铜来打,逯明急架相还,二马相交,铜并棒,一场大战,怎见得:

远看袍甲灿烂,近见马转惊心。狂风影里动三军,烟飞旗卷云聚。铜来无分上下,棒去善退恶生。这个舍命出阵保人君,那个拼杀惯战为功名。阴阳无界若如梦,一片赤情总不移。

二将战有三十回合,逯明举棒,上中下三连打,刘演摆铜相迎,逯明三招走空,甩手当棒,奔刘演脑门打来,刘演一低身,二马错镫,逯明转身,从马上抽出十八节铜鞭,反手一甩,正打在刘演后脑门上,刘演一声未哼,跌落马下,已是气绝身亡。逯明上前,取了首级,石勒见状,一声令下,三军而上,晋兵见主将身死,哪有战心,尽皆逃窜。石勒一场大胜回营,谓众将:"今刘演兵败,暂无忧矣,然幽州王浚仍在,不除之,心难安也。"支屈六说道:"主公只管发令,我等北上强攻,不在话下。"张宾摆手,说道:"区区王浚,何须强攻,此等奸邪狂妄之辈,实是外强中干。岂不闻北方有民谣:府中赫赫朱丘伯,十囊五囊入枣郎。此枣郎,乃王浚亲信枣嵩。可见所辖之地,征调频繁,且王浚名为晋臣,实欲罢黜晋国,自己立位,只恐四海英雄不服罢了,故擅杀渤海太守刘亮、北海太守王抟、司空掾高柔,连志节清高之士霍原亦不能幸免,官员百姓不能忍受,大多叛之。今将军威望,震动天下,若要谋划,当不使有疑,可卑下言辞,厚重礼物,归附其下,趁机杀之,如此不废兵马,为上策也。"石勒闻计,连称妙也。遂差舍人王子春、董肇,携表章,带珍宝,前往幽州蓟城。

王子春、董肇至蓟城,见得王浚,说道:"石将军本为小小胡族,时逢饥馑荒乱，流离失所，逃命至冀州，私下聚集，以安其身。今晋国祚没落，中原无主，大司马身负天命，当为帝王，石将军尊奉拥戴大司马，如同天地父母，望大司马明察其意。"王浚疑道："石公乃当世英杰，且兵强马壮，却来称臣，拥我为帝，甚是让人费解。"王子春倒也机变，即道："石将军虽才力强盛，然大司马声望，享誉中州，自古胡人可为名臣，却不可为帝王。石将军之所以拥戴大司马，实乃大司马自有天命，非智谋武力可取。想昔时霸王项羽，虽有武力，终为汉朝所败。石将军与大司马，好比残月见日，故明察史事，归附其下，此乃高明之识，大司马何必生疑。"王浚闻言，心头大喜，面色得意，即封王子春、董肇为列侯。督护孙纬从旁悄声谏道："胡人多诈，大司马可差使者以回赠之名，借机往襄国察看。"王浚许之，派遣使者，携重多币帛相赠。

王子春与使者一同，回到襄国，石勒早得来信，命强健兵士隐于帐中，不得擅出，又将精制盔甲屯藏，只留些老弱病残，空虚府库，待使者至，面向北方，伏地下拜，承受书信。使者将王浚所赠麈尾一把，交与石勒，石勒不敢接于手中，而将其悬挂堂前，说道："我不能看到王公，见公所赐，如见王公，当早晚礼拜。"又差董肇捧表章进奏王浚，约定三月亲往幽州，奉上尊号。又写信给枣嵩，请任并州牧、广平公。使者回至蓟城，见王浚道："石勒防备薄弱，诚恳无二心，当为良臣辅将。"枣嵩从旁亦道石勒好处，说得王浚心花怒放，更加骄纵懈怠，不再安排防务。

白驹过隙，弹指之间，转眼三月，石勒举兵，到达易水。孙纬知石勒来，急速差人告知王浚，欲阻杀之。又有左右将领进言："胡人贪而无信，率兵而来，必有诡计，大司马可击杀之。"王浚哪里听劝，怒道："石公来，正要奉戴我，再敢言击杀者，定斩不赦。"左右闻言，不敢再谏。王浚设宴，以待石勒。壬申卯时，石勒兵至蓟城，喝令晋兵开门。守城军士得王浚令，将城门打开，石勒又恐其中藏有伏兵，问大和尚，大和尚笑道："将军建功立业，正在此时。"石勒既入城，纵兵大掠。

孙纬急告王浚，王浚仍在梦中，警告不许生事。孙纬见王浚如此昏聩，心知不妙，赶紧退走。其余将领亦觉察祸事降临，皆纷纷逃命去了。石勒领十八骑，径直登上中庭，王浚见石勒至，走出殿堂，才迈出一步，已被拿下。石勒召王浚之妻与己并坐，押王浚至跟前。王浚见状，大骂："胡奴，竟敢戏弄我，为何做此凶恶叛逆之事？"石勒歪头，斜视王浚，说道："公之智商，着实堪忧，如此小计都看不出来，竟妄图叱咤天下，可笑至极。所谓利令智昏，当至如此。"又道："你位高权重，手握强兵，却割据一方，坐视朝廷倾覆，不去救援，妄图自立为天子，如此凶恶叛逆，还来反问我。你平日委任奸贪，残虐百姓，贼害忠良，荼毒燕土，罪不可赦也。"不容王浚分辩，命偏将王洛生率五百骑将其押往襄国。王浚闻言，羞愧难当，万念俱灰，入襄国城中，见一井，自投于水，被兵士捆绑拉出，于街市斩杀。一代枭雄，草草收场，有词为叹：

十里红紫百转生，长楼星月空断魂，柳飞花落不相闻。欲还真，人间今古皆此门。

石勒擒杀王浚，停留蓟城两日，焚烧宫殿，任前尚书燕国人刘翰为幽州刺史，戍守蓟城，安排郡县长官后回师，又遣使奉王浚首级献于白毛儿，白毛儿大喜，加封石勒为大都督、督陕东诸军事、骠骑大将军、东单于，增封十二郡。石勒不敢接封，仅受二郡而已。

花开两朵，各表一枝。且说白毛儿得知石勒败刘琨、杀王浚，解了后顾之忧，也是欢喜，提兵西进。先是劫掠北地，后以迅雷不及掩耳之势，拿下冯翊，再侵入上郡，扫荡一空，如此一番，长安补给已被切断。京城大急，愍帝问群臣："白眉儿凶逆，如之奈何？"麴允回道："当命南阳王相援。"应之，遂下诏，令司马保出兵。

司马保得令，左右为难，问众将："天子下诏，命率军相助长安，众位以为如何？"众将皆贪生怕死之辈，劝道："蝮蛇螫手，壮士断腕。当下胡寇正盛，当截断陇道，以观其变。"司马保连连点头，从事中郎裴诜大怒，谏道："今蛇在咬头，是否连头也斩断？"众人哑口无言，司马保无奈，只好任大将胡崧为前锋都督，驰援长安。

白眉儿攻势不减，又围北地太守麴昌，麴允率步骑三万，前往救之。白眉儿闻报，笑道："此庸碌之辈，也言兵事。"遂命兵士，在城外四处纵火，尽起烟尘，又差探子至晋军传谣："北地已经陷落，去之不及，若不逃回，恐有覆没之危。"麴允军心大乱，白眉儿趁机进攻，于磻石谷大败晋兵，麴允落荒而逃，返回长安。北地失守，长安告急，各地却是袖手旁观，不愿御敌。白眉儿长驱直入，兵临长安。

至此时，新平太守竺恢、安定太守焦嵩方知事态紧急，纷纷率军驰援。散骑常侍华辑也往京兆、冯翊、弘农、上洛四郡，招募兵马，声势虽然浩大，然皆畏惧白眉儿，不敢正面迎敌。愍帝在城中，知城外情形，大骂："竺恢等人，贪生怕死，不敢应战，哪一员将，可以力挽狂澜，为国分忧。"侍中宗敞禀道："良将既在城中，陛下为何不用？"愍帝问是何人，宗敞回道："祖逖将军是也。"原来群臣拥立司马邺之时，独祖逖反对，故愍帝不喜，众臣厌之，将其晾在一旁。今无将可用，别无他法，愍帝只好下诏："且请祖逖将军，率军御敌。"

且说祖逖乃忠贞坚毅，有道之人，不以私怨而置国家安危不顾，奉诏后毫不推辞，领命起兵。三声炮响，一旗飘扬。祖逖率兵，出得城来，白眉儿见之，心头一惊："闻报祖逖开罪司马邺，疑而去之，今日复职，乃劲敌也。"祖逖指剑喝道："白眉儿，识得我否？"白眉儿怒道："祖逖，今天下诸侯，人人悦而归汉，天命已是在此，你逆天行事，竟不引颈受戮，乃敢抗拒天讨。"祖逖回道："反贼言讨，可笑至极，多说无益，下手见真章。"二人皆知底细，也不含糊，双剑相交，杀在一处。

金鼓齐鸣，两军擂动。二人乃道行之士，武艺不比凡间，杀将起来，凛凛剑光，飕飕剑气，笼罩四下，旁人只看得眼花缭乱，只晓惊险万分，难解其中门道。二人斗将五十回合，不分胜负。白眉儿又使日月眉光剑，万道金光奔泻而出。祖逖即套皮影人，化为虚幻，金光射不住，透体而过，遂挺剑直上，要斩白眉儿。白眉儿心知不妙，一拍云水吞金兽，直往后退，祖逖哪肯放过，率军直追，两军登时一片混战。恰此时，胡崧奉司马保之令，率军快马加鞭，终于赶到，晋兵前后合力，可谓气势如虹。汉军顾前不顾后，顾左难顾右，一时乱作一团，未多时已呈败势，祖逖大喜，紧追白眉儿，大唤："众将可勇追穷寇，务要一举全歼，我取来白眉儿首级，再来庆功。"遂打马而去，那云水吞金兽乃奇物，脚力甚快，祖逖驾凡马，眼见越追越远，索性弃马，驾土遁而行。二人

第六十八回
受忧困愍帝被俘　走千里葛洪得诏

一前一后，不知不觉，竟到了一座山，名曰管涔山，风景奇异，有诗为证：

汾水出燕京，晋山道古行；
无木见多草，阴阳在两心。

白眉儿被赶得甚急，慌不择路，见一处地，忙蹿过去，原是一洞，巨石陡峭，冰柱林立，冰瀑冰河，千姿百态，也是奇观。白眉儿入得来，直往里走，闻得后头脚步甚急，知祖逊赶来，不敢停留，约走片刻，出得洞来，又见一洞，直觉焦金流石，热浪袭人，再仔细一瞧，四周皆火，常年不熄，实乃冰火两重天。

白眉儿往前行，转眼祖逊亦出得冰洞，追在身后，大喝："白眉儿，今日你遁无可遁，插翅难逃。"白眉儿大惊，回道："你相逼甚急，今日我拼得一死，倒要与你一斗。"将日月眉光剑祭起，祖逊笑道："你故伎重施，焉奈我何？"恃皮影人在身，丝毫不惧，欺身向前。殊不知，那皮影人经冰洞一番奇寒，再至火洞一番炙烤，身形已是慢了，四面又尽为阳火，影子无处遁形，日月眉光剑打将下来，竟觉一丝痛楚，顿觉诧异，心道："皮影人不惧水火，不怕土木，影踪难觅，如何受日月眉光剑，竟有痛伤？"瞪眼细看，原来那金光不似由宝剑而发，遂大喝："何人作怪？"忽一人现身，说道："法性如海，金光见真，此阴阳洞内，影踪难遁，若识大势，当速退去。"白眉儿见人大喜，即伏地叩拜，祖逊不知来人，只道其身金透，影现十方，问道："不知来者何人？哪处仙山，何处洞府？"白眉儿大喝："无知之辈，此乃老师金海光菩萨，岂容你放肆。"祖逊闻名，说道："原是徒儿有难，老师来助，纵是菩萨驾临，又奈我何？"遂移步身前，要拿白眉儿，金海光菩萨将掌一合，顶上现出舍利子，金光四射，此金光不比日月眉光剑，炙热如火，凌厉无比，霎时祖逊身形受阻，尽感灼热，五内俱焚，心知不妙，连连后退，道声："白眉儿，今日你有老师庇佑，山高水长，日后总有相逢。"遂驾遁去了。

白眉儿欲打杀祖逊，金海光菩萨阻道："不必追赶，且让他去吧。"白眉儿叩拜老师，说道："徒儿率军伐晋，老师可否相助？"金海光菩萨说道："万安山两教罢斗，西方轮回将现，当修舍利，自此老师不染红尘，今隐于此地，解

181

你之危，已是犯戒，你且好自为之，祖逖法宝已损，安心去吧。"言毕，金光一现，竟自去了。白眉儿往西方再拜，亦驾兽而回。

且说祖逖回长安，欲联众将，以兵力取胜，未料大军去了一半，问部将缘由，回之："将军追赶白眉儿，我等冲杀汉军，于灵台大败之，贼寇已经退走，本欲一鼓作气，一举剪灭。然胡崧放言，若灭了汉兵，长安城内，麴允、索綝之徒作大，于我主何益，竟自行走了，且带走城西兵力，回师槐里，旁人见之，亦退去矣。"祖逖大怒："观望不进，私心自用，鼠辈纵横，国家安有兴旺。"众人无言，祖逖长叹一声，环顾四下，见平东将军宋哲仍在，打稽首道："将军千里相援，可鉴忠心，今我玄通有损，白眉儿定复前来，长安城危在旦夕，闻琅琊王新败石勒，雄踞江东，又有抱朴真人辅佐，我尚有遁术，当前往求助，多则七日，少则五天，望将军好生守城，不可冒进厮杀，待我回来，再作区画。"宋哲回道："将军且安心，末将定当殚精竭虑，誓死守护。"祖逖遂驾遁，往江东去。

且说白眉儿离了管涔山，一拍云水吞金兽，风驰电掣而回，见大军败走灵台，急回营中，整束军马，加固军事，又差探马打探，闻胡崧退走，祖逖救援，各路援军按兵不动，作壁上观，不由得笑道："晋兵迟疑不进，各怀异心，虽有数万之众，实则一盘散沙，拳中搓沙，岂能成事，不足虑也。今祖逖在外，乃天赐良机，众将士随我攻打长安，速克城池。"三军闻令，将士用命，人人冲锋，个个敢死。宋哲率部，死命抵御，哪里能敌胡马凶悍，支撑了两三个时辰，架受不住，退下城头。

十八骑率众，撞开城门，一鼓作气，拿下外城。宋哲退居小城，禀报愍帝，愍帝问城外情形，宋哲回道："贼军势大，外城已经失守。"愍帝又问内城情形，宋哲泣道："内外断绝，城中饥饿，一斗米相抵黄金二两，人相食，死者已有大半，兵士逃亡，屡禁不止。"愍帝大急："窘迫至此，天亡大晋。"索綝谏道："事已至此，当忍耻出降，以活士民。"宋哲力谏："大晋天子在此，怎能轻言出降，今祖逖将军去请援军，不日即归，我等莫要颓丧，力保城池，等待援军。"众臣有言降者，有不言降者，言降者居多，愍帝疑祖逖不面告天子，出走求援，恐不得归，泣道："今穷厄如此，外无救援，还是出降为妙，可保众臣平安。"又叹道："误我事者，麴、索二公也。"宋哲力劝，愍帝不理会，命侍中宗敞预备降表，欲出城请降。

众臣散去，至三更时分，宋哲守在宫前，仍要劝谏。愍帝见宋哲一片至诚，不由得泣道："卿忠心可鉴日月，然事已至此，无可奈何，唯降而已。"宋哲含泪而言："陛下若降，江山变色，国将不存，司马一脉，断绝陛下之手，中原之地，将尽为胡马所占，安见炎黄，何寻中华？"愍帝叹道："今贼兵围城，降不降，国皆亡矣。莫如出降，则上能自守宗庙，下可以安保黎民。"宋哲急道："内城之兵，尚有数百；刘琨全师，皆在晋中；琅琊王雄踞江东，大败石勒，若知贼兵犯阙，必来救应。那索綝乃投机之徒，陛下岂可听其谗言，轻废大业？"愍帝又叹："天时如此，人力何为。"宋哲又道："陛下虽降，亦不可为亡国之君，可写下诏书，传位宗亲，以续血脉，他日若有复兴，也是功德。"愍帝闻言，眼中一亮，说道："卿此言甚是，妙策，妙策。"又问："卿之意，谁可承继？"宋哲应声："司马相杀，宗室涂炭，仅琅琊王偏居江东也。"愍帝叹道："放眼四海，唯琅琊王也。望琅琊王承继大统，驱除胡虏，复兴华夏，孤纵死，得瞑目矣。"遂密写诏书，交与宋哲。有词为叹：

朝发暮断，泪雨千般乱。日月西东情如幻，啼鸟也知冷暖。松竹但凭寒斜，残红归落无还。世事终须行晓，临了一场空欢。

且说侍中宗敞携降书，欲出内城，未料半途，遇一队人马，黑衣蒙面，不知来历，见面也不说话，裹了宗敞。约半个时辰，至一府中，宗敞细看眼前，原是索綝。索綝道："侍中出城，何必急切，我已备下酒菜，待畅饮一番，再去不迟。"宗敞见身后甲士执戈，不敢推辞，只好应邀。殊不知，那索綝之子径自出城，面见白眉儿，说道："今城中粮食，足以应付一年，将军攻城恐不易，若能允诺我父，许以仪同三司，万户郡公，可献城投降。"荒诞无耻，也是到了极至。白眉儿闻言，二话不说，命左右推出斩杀，将尸首送还，并带话索綝："自古帝王之师，以道义行事，我带兵十五载，皆凭本事，从未设诡计败人，竭尽兵力，一战到底，然后取之。索綝老贼，乃天下大恶，自私自利，互相攻杀。若人员齐备，粮食充足，可尽力坚守；若军粮用尽，兵势微弱，你等宜早知天命，出城投降。"索綝闻报，老泪纵横，后悔莫及，无奈之下，只好放行宗敞。

宗敞至汉营，送上降表。次日，愍帝乘羊车，袒露臂膀，口含玉璧，用车拉着棺材，从东门出降，群臣号泣不止，登车紧抱天子，愍帝亦是悲不自胜，伤心欲绝，御史中丞吉朗泣道："臣智不能为国分忧，勇不能为国而死，怎能忍心君臣相随，北面俯首贼虏。"言毕，撞墙而死。白眉儿见愍帝，焚烧棺材，接受玉璧，令宗敞侍奉回宫。又环视四下，问道："祖逖人在何处？"尚书梁允、侍中梁浚回道："祖将军去搬援兵，你等休要猖狂。"白眉儿大怒，命推出斩首，又问："那守城的宋哲，如何也不见踪影？"众将皆不知，又问降臣，亦不知晓，白眉儿说道："此人尚有兵马，今不见降，定然出逃。"遂命彭荡仲追杀，按下不提。

话说祖逖纵土遁，往下邳走，心急如焚，一路风驰电掣，无暇风景，陵千山，过万水，到得下邳，直奔司马府，见过王导，禀明来意，又随至琅琊王府，拜见司马睿。琅琊王闻长安战报，遂召群臣商议，祖逖对众人泣道："今白眉儿奉命，兵掠长安，司马保、焦嵩、竺恢等人带兵相援，却各怀私心，观望不前；刘琨在晋中，自顾不暇。天子危在旦夕，末将千里奔告，望琅琊王出兵相助，以解长安之围。"话音才落，有人大叫："殿下不可轻举妄动。"众人相望，原是王导之兄左将军王敦，其道："天子受困，臣子勤王，本是当然。然下邳距长安，有千里之遥，休说沿途割据，诸侯林立，便是一路坦途，快马加鞭，也需月余方至。今殿下虽击败石勒，然有杜弢生乱，胡亢造反，杜曾作逆，自顾尚且困难，何来余力去解远火，还望三思。"祖逖怒道："天子危急，而臣子不顾，乃大逆也。"长史陈颂即道："此言差矣，天子受困，琅琊王亦受困也，江东并非稳固，荆州更是动荡，石勒虽败，却是不甘，白毛儿虎视眈眈，欲置殿下于死地，内忧外困之时，不可轻出，轻出当有灭顶之灾。非是不救天子，而是草人救火，自顾不暇。"此言一出，梅陶、周访、甘卓等重臣皆道如此。

琅琊王这面见祖逖慷慨陈词，那面听众臣分析利弊，也是举棋不定，踌躇不决，又见王导始终不语，遂问："司马有何高见？"王导思索片刻，回道："天子受困，虽不得不救，然江东之地，也是危机四伏。大军若轻动，恐有灭顶之灾，自保尚不得，如何救他人。然天子之困又非比寻常，臣有一法，可烦请抱朴真人以玄通相救，只须保得天子便是。"琅琊王大喜，说道："此两全之法，甚妙，甚妙！"祖逖欲再言，见琅琊王心意已决，不禁摇首，随王导拜见葛洪。

葛洪见祖逖来，知是黄龙真人门下，问明缘由，又闻琅琊王之意，默然片刻，暗叹一声，打稽首道："道友此来，千里迢迢，一番赤诚，天地可鉴，贫道当与你一同，往长安走一遭。"遂拜别王导，与祖逖同驾土遁，往长安而去。二人知情势危急，不敢耽搁，一路急行，将至长安城，远见得烽烟袅袅，断壁残垣，皆道："长安景象，恐凶多吉少。"正欲上前，忽见一队人马踉跄而至，祖逖细看，原是宋哲，再往后瞧，一班朝臣皆在其中，大惊问道："将军如何在此，陛下现在怎样？"宋哲泣道："长安城破，陛下已被俘矣。末将受诏，拼得性命，逃出城来，欲去江东寻琅琊王，然贼兵追击甚急，已不远矣。"话音才落，见后方尘烟滚滚，马蹄声声，转眼间，一队人马奔袭而来，为首正是彭荡仲，只闻喝道："宋哲还不下马受戮！"葛洪上前，说道："上天有好生之德，长安既破，你等何必赶尽杀绝。"彭荡仲不识葛洪，喝道："哪里的山野闲人，也来管国家之事，速速让开，不然立为齑粉，悔之晚矣。"葛洪说道："你既寻死路，乃天命也。"遂祭火龙剑，口称："火来，火去。"一条火龙奔腾而出，彭荡仲未及反应，已化成灰烬。汉兵见主将伏诛，直骇得心胆俱裂，只顾逃命去了。

宋哲见来人如此神通，大喜问道："不知这位真人高姓大名，有真人相助，我等无忧矣。"祖逖回道："此乃大罗宫抱朴真人葛洪，琅琊王请得下山，扶助社稷，今特来救天子也。"宋哲闻言泣道："天子听信谗言，执意受降，已被俘走。真人晚来一步，也是天命如此，如何挽回？"众臣皆泣道："那些个主降逆臣，为保得身家性命，枉弃国家不顾，我等不愿同流，故随宋哲将军偷逃出来，欲往江东，投琅琊王去。"祖逖叹道："天子受俘，国之将亡，今天下四分五裂，复兴社稷，群龙却是无首，如之奈何？"宋哲禀道："天子出降前日，对末将言道，朕不可为亡国之君，写下诏书，传位于琅琊王，望琅琊王承继大统，驱除胡虏，复兴中华。"葛洪问道："此诏现在何处？"宋哲回道："诏书现在末将身上，时刻提心，不敢大意。"遂从怀中拿出诏书，交与葛洪。葛洪对众人道："天子既传位琅琊王，诸位当同往江东，衣冠南渡，共建朝廷，使琅琊王早登大位，号令天下，复兴社稷。"众人称好，不知后事如何，且看下回分解。

第六十九回　愍帝遭辱困平阳　葛洪摆阵战喊山

回望长安客惊心，百草枯折落风情；
莫道行前无归处，寒隐江头又一青。

且说白眉儿破长安，俘愍帝，命押赴平阳，汉主白毛儿居光极殿，愍帝上前，行稽首礼，随臣皆拜，不敢作声，独麹允伏地，痛哭流涕。白毛儿命起，众臣皆立，麹允仍坐于地上，哭声不止，左右相扶亦是不肯。白毛儿大怒，喝道："今你等降来，为何哭哭啼啼，可见未有真心。"遂命左右将其囚禁，又喝索綝："你身为近臣，不思报效，弄权作恶，城破之日，仍苟苟且且，贪图富贵，不忠不孝，枉为人臣，不杀岂能平民愤。"索綝闻言，大声求饶，众人厌之。白毛儿命左右推出，于集市斩首示众，又杀尚书梁允、侍中梁浚及各郡太守，一时殿上寒蝉噤声。白毛儿问愍帝："昨日为天子，今日为下臣，有何言说？"愍帝回道："天命所归，人力不可违，无有话说。"白毛儿笑道："既晓天命，也为识时务也。"遂任愍帝为光禄大夫，封怀安侯。又以大司马白眉儿任假黄钺、大都督、都督陕西诸军事、太宰，封为秦王。宣布大赦，改年号为麟嘉。

愍帝居平阳，虽得封号，然把守森严，严令不得随意出入，如同囚犯。那白毛儿呼来唤去，如待奴仆，哪里有半点尊严。一日出猎，命愍帝权充车骑将军，穿上军服，手持画戟，作为先导。途中有百姓见之，指手画脚，皆道："此乃故长安天子也。"众人聚集观望，愍帝羞愧难当，欲拂袖掩面，被白毛儿呵斥："你既为汉臣，掩面行步，乃不敢示人乎？"愍帝不敢违，只得昂首行前。晋室遗老，有见之者，潸然泪下。又有白毛儿光极殿大宴群臣，命愍帝斟酒、洗杯、拿盖服侍，晋旧臣见愍帝穿梭其间，手忙脚乱，悲从心起，泪流满面，尚书郎辛宾起身，抱着愍帝大哭不止，白毛儿见状，遂命左右，将其推出斩首。

刘粲进言："昔时周武王，不以杀商纣为乐，只是惟恐恶人聚集身旁，酿成祸患。如今放眼四海，聚众起兵之人，莫不以降帝司马邺之名号召天下，不如早早除之，以绝其患。"白毛儿思忖一番，说道："当日杀庾珉、王隽等人，又除司马炽，然民心仍旧如此，今见司马邺倒也安分，不忍再杀之，且观察时日，再言不迟。"殊不知，愍帝见二人窃窃私语，早已是一身冷汗，待返还府中，瘫坐院内，眼望星空，此时夜深人静，月色蒙蒙，寒风萧萧，几棵枯树，残枝摇曳，星星时隐时现，似在诉语，乌啼墙垣，雁鸣岚空，想自身处地，不知前路如何，只觉风雨飘摇，愁上眉头，负手踱步，赋《临江仙》一首：

渺空云淡去乌影，只留翠寒庭清。眉愁小月有高低。千嶂朦胧里，孤身到天明。

无情山河才了却，风波依旧堪惊。试问何人听心语。宁为殁天子，不做降国君。

愍帝居于平阳，尽受侮辱，只是死期未至，苟且偷生，按下不提。且道葛洪走千里，至长安，终究晚了一步，只遇上宋哲携一班朝臣，逃得城外，又有汉将彭荡仲追来，不得已起了杀伐。众人欲投江东，葛洪见有前颍川太守刁协、东海太守王承、广陵相卞壶、江宁令诸葛恢、历阳参军陈頵、前太傅掾庾、长史周顗、前骑都尉桓彝等一干名士，且又有许多兵丁、家眷，说道："自古言，遣泰山轻如芥子，携凡夫难脱红尘。若只是我与祖逖将军，千里之外，咫尺便至，然这里一众人等，腾不得云，驾不得雾，终要脚力，方达江东，一路关隘，且与同行，不得擅离。"众人应好。葛洪问宋哲："长安至下邳，须经哪些郡县？"宋哲回道："长安向东，乃弘农，再至洛阳、过颍川、达汝阴、经谯国、陵彭城国、越徐州，千山万水，也是不易。"葛洪说道："既如此，我等先去弘农，补给粮草，预备脚力。"众人称好，去往弘农。

且说白眉儿得授秦王，占据长安，又闻知彭荡仲追击宋哲，反倒殒命，不由得大怒，探得一众朝臣随宋哲往弘农去，遂点兵马，欲追杀之。部将刘雅进言：

"末将探晓,彭荡仲追击宋哲,本已成功,未料有一道人相阻,使玄法杀之,尸骨无存,着实厉害。我等贸然前往,只恐难克。"白眉儿问道:"可知此人姓甚名谁?"刘雅回道:"闻琅琊王司马睿往罗浮山,请得异人相助,姓葛名洪,字稚川,乃大罗宫门人,本在下邳,不知如何到得长安?"白眉儿说道:"修道之人,千里朝暮,一日西东,不在话下,此人若在,倒是阻碍,且会上一会,再作计较。"引兵杀往弘农。

葛洪一行,才入弘农城,也是断壁残垣,人丁凋敝,遂清点人马,备粮积草,也有名士相继来投,欲结同往。正当行时,却闻来报:"白眉儿率大军追来。"众人惶恐,祖逖问道:"来敌多少?"探子回道:"一眼望去,人头攒动,不计其数,三万无有,也上两万。"祖逖一惊,问宋哲:"将军且有多少人马?"宋哲回道:"约一千人马,另有朝臣家眷数百,难以匹敌,若弃城而走,日行数十里,恐敌兵追至,更为棘手。"祖逖怒道:"白眉儿相逼甚急,不若一拼,我纵得身死,亦要斩其马下,玉石俱焚,也有所获。"葛洪说道:"将军莫要逞勇,可护得众人先行,贫道断后,自有打算。"众人遵行。

祖逖率众,携带干粮,往洛阳走。葛洪驾遁,出弘农城,到得城外一山,名曰喊山,此山背依秦岭,面临黄河,风光旖旎,四季多情。立于山顶,登高远眺,一目千里,心旷神怡。东可瞰中原,广袤无垠;西可望秦地,华岳隐现;南可观秦岭,群峰如聚;北可向河渭,惟余莽莽。脚下层峦叠嶂,竹树丛生,景色如画。后人有诗为证:

清溪见底露苍苔,密竹垂藤锁不开;
应是仙家在深处,爱流花片引人来。

葛洪落下云头,正行处,闻山中回荡一声:"儿回",悠悠婉婉,萦萦绕绕,久久不散,放眼一望,不见有人,再一听,已无声息。大敌将至,不敢深究,走至一片竹林地,见连绵四十余里,翠竹丛生,枝繁叶茂,青澜如海,烟波似浪。微风拂过,千节摇曳,万枝逸动,碧玉温润,郁郁葱葱,不由得笑道:"此地竹子甚多,正要摆阵。"遂念动玄语,那根根竹子,拔地而起,错落而下,阵现法成，以待来敌。

且说白眉儿率大军追袭，至喊山，见山中一阵杀气，冲天而起，遂勒马回顾众将道："前面想有埋伏，三军且慢行进。"众人不解，白眉儿手指山间，说道："此处杀气冲天，定有重兵隐藏。"遂派哨马探视，未几回报："前方无见兵马，乃一片竹林地。"白眉儿不信，一拍云水吞金兽，登高望之，明明杀气腾起，再命人仔细查探，约半个时辰，哨马回道："山中并无一马一骑。"白眉儿见日将西沉，杀气却是不减，心中甚疑，遂命赵染探看。

赵染率一队人马，往山中而走，约一个时辰，回报："山中确无兵马埋伏，只有片片竹林，连绵不断，然四面八方，有门有户，甚是奇哉。"白眉儿听罢，率大军前往，少时至竹林，见竹子排排，有横有竖，似成阵法，杀气正在其中。白眉儿乃有道行之人，见此阵不为凡夫所为，大喝一声："既有高明，何不现身相见？"言毕，阵中走出一人，但见抱朴含真，高世之度。

白眉儿不识来人，却知非凡，问道："敢问道友，哪处仙山，何处洞府，姓甚名谁，何故到此？"来人回道："贫道乃大罗宫玄都洞太清道德天尊门下，葛洪是也，今来此地，特来会你。"白眉儿见道："原来你便是葛洪，闻得司马睿上罗浮山，请你出山，辅佐晋室，想你玄都名士，如何不谙事体？今天下仁人志士，尽反司马，人君先自灭纲纪，不足为万姓之主，晋室无道，天数已尽，司马邺归汉，你何苦违背天命，自取其祸。"葛洪回道："天命岂在你我之言，中原之地，自有更替，所谓一方水土，养一方人士。胡马残虐嗜杀，不尊儒道，不为人伦，不足统御中原，即便侥幸得逞，亦不得长久。晋室气数未尽，中华自当长存，贫道顺天应命，匡社稷于危难，救苍生于水火，乃大道也。你若识得大体，自当退去，得全性命；若不识轻重，可入得此阵，以晓天地间无穷变化。届时玉石俱焚，切莫悔之。"白眉儿见阵，问道："此乃何阵？"葛洪笑道："此阵乃我教演先天之数，按阴阳二气，内藏混沌之机，丁卯、丁巳、丁未、丁酉、丁亥、丁丑，是为阴神；甲子、甲戌、甲申、甲午、甲辰、甲寅，是为阳神，以天禽为轮，十二神合为一体。若凡人入此阵内，魂魄离体，身殒神灭；仙道若逢此处，地数即乱，天劫难逃，故曰'六丁六甲阵'也，有诗为证。"

天干地支出元符，小竹化阵开清浊；

六丁六甲护神法，驱邪辟恶意相合。

白眉儿听罢，笑道："区区几根竹子，便要阻我大军，装神弄鬼，分明惑人之术，有何惧哉。"话音未落，有部将陈烨请战："末将先往破阵。"白眉儿应允，陈烨提两柄银锤，率一队人马，扬鞭入阵，未走多时，见竹蹭蹭而起，层层而移，忽然之间，狂风大作，一霎时，飞沙走石，遮天盖地，迷蒙中，恍然见一金甲神祇，舞动神杵打下，有剑鼓之声响起，陈烨未及反应，已被打为齑粉，魂魄离散，手下亦难脱逃，遭灭顶之祸。白眉儿在阵外，见得明白，惊道："六丁六甲阵，果真厉害。"葛洪说道："既已见识，可能破否？"白眉儿回道："既具道行，怎不能破？"葛洪说道："便请入阵。"白眉儿说道："陈将军身死阵中，众心未安，翌日来破。"葛洪笑道："许你一日，若破不得，当速归去，否则玉石焚毁，怪不得我。"即隐阵中。

白眉儿率军，于山下扎营，也是好愁，双眉紧锁，无筹可展。赵染在侧说道："将军方言，可破此阵，其实能破得否？"白眉儿回道："此阵乃人教演化，与西方不同，精妙绝伦，焉能破得？"赵染说道："若破不得，那司马余孽，尽逃江东，终为祸患，如之奈何？明日末将愿入得阵中，以身破法。"白眉儿摇首，说道："凡夫俗体，纵有本事，也是螳臂当车，自取祸端。"赵染说道："进不得进，退不好退，也是难哉。"正烦恼间，忽闻一人偈来：

性格粗放世少有，天生其材屠龙手。

遭时不用心理安，举杯暂饮三杯酒。

白眉儿听此音清奇，知有大贤到来，忙出营相看，见来人赤足，右手持背挠，身如槁木，毛孔中皆生出莲花，莲花之上，有隐隐动象，不知何物，只每走一步，意乐音美，乃稀奇相，不由得拜道："不知哪位菩萨，驾临此地？"来人说道："贫僧号乃无边身，今奉阿弥陀佛命，红尘一走，特来助你。"白眉儿闻言大喜，说道："老师曾言，极乐之门，有二十五菩萨，各有神通，其中无边身菩萨，智通力达，称为尊者，今日得见，乃我之幸也。"菩萨言道："万安山一战，准提门下五十五菩萨，受两教之约，不入红尘，接引佛祖上极乐之门，阿弥陀佛见世不为，亦不忍天下分裂，人间受难。天下一统，四海承平，当为百姓之乐。汉王既有此心，将军既有此志，也是福缘。"白眉儿说道："长安已破，司马邺降，汉王本欲诏令八方，以还人间太平，奈何司马睿割据江东，晋朝余孽，竞相投之，更有那葛洪作乱，摆下六丁六甲阵，阻扰我等。弟子根行甚浅，不知破法，以致进退两难。还望菩萨指教。"菩萨笑道："你等约定如何？"白眉儿回道："有言在先，明日破阵。"菩萨说道："待得明日，引我看阵，再作区画。"白眉儿安顿菩萨不提。

斗转星移，月落日升，又是一晨。白眉儿率部，领菩萨上得喊山，一路听得"儿回，儿回"之声，菩萨诧道："山中竟自有如此回音，也是稀罕。"白眉儿回道："此山向来如此，不知何故，人皆习以为常。"往前而走，不多时，至竹林地。白眉儿往阵喊道："葛洪，且出来，我来破阵。"

且说六丁六甲阵内，葛洪飞出阵来，见白眉儿身旁，立一位僧人，菩萨之相，人间稀奇，不由得打一稽首，问道："我道将军如何踌躇，原是请得西方菩萨，敢问道友尊号？"菩萨上前，合掌礼道："贫僧乃西方阿弥陀佛座下，号无边身，今日来此破阵。"葛洪说道："弥陀来迎，随之诸菩萨共二十五位，无边身尊者即为其一，言智慧神通，法身无穷，今日乃见，也是有幸。只是你虽称世间大慈悲父，却不念苍生艰难，相助胡贼，岂不晓，此阵之后，千万之人，有性命之忧；半壁江山，有水火之危。故容不得你借机生祸。"菩萨说道："众生迷妄，非大慈悲无以度之。慈使得乐，悲使离苦，菩萨普修十度万行皆为枝干花叶，唯大慈悲心乃为根本。你争我夺，你来我去，人间无序，江山无统，乱世之苦，苦在百姓也。故以战止战，以杀止杀，大是大非，大真大善，乃是道理。"

葛洪笑道："世间常说：'麻绳只拣细处断，噩运专挑苦命人。世间哪般寻公理，满嘴真善是空言。'又道：'世人求富贵，佛陀重钱财。'胡马残暴，戕害人间，不见菩萨怜悯，高坐于台，今见晋室颓废，反贼猖獗，却来相助，说什么江山一统，百姓安宁，方为大慈悲，岂非可笑。你既不愿闲乐，受此苦恼，可入得阵来，见无尽无穷之妙。非我逼你，是你自取大厄。"菩萨回道："道友既如此说，贫僧只好遵行。今日我既来破阵，必开杀戒，非是灭却慈悲，无非了此前因，你勿自悔恨。"吩咐白眉儿："可命一将，先行入阵。"白眉儿遂命偏将龙世君："往六丁六甲阵一走。"可怜龙世君不过是凡夫俗子，哪里知道其中幻术，就应声愿往。策马持斧，直奔至阵前。

葛洪见来将，身长两丈，面如重枣，四目生光，盔甲闪耀，也是威武，不由得叹道："尊者好心计，把一凡夫误送性命，你心安乎？既是高明道德之士，当自入阵中，便见玉石也。"龙世君大呼："小道托大，且吃我一斧。"举斧往葛洪劈来。葛洪叹一口气，隐于阵中。龙世君不识奥妙，追入阵中。竹子纷纷而起，左摇右动，排排列列，霎时方位全不晓，前后尽不知，正恍然间，电鸣雷响，金光四照，一金甲神祇，执一大锤，往下打下，有山石崩裂之声，龙世君不识神妙，被一锤打在面门上，立为齑粉，魂飞魄散。

无边身菩萨在阵外，见得明白，那阵中竹子虽虚虚实实，然万变不离其宗，按十二方位，六六为圆排列，一位有一神，外六神，内六神，尽有神通。心中有数，遂踏出阵来，笑道："此阵暗藏十二神祇，不知是哪路名号，道友可否讲来？"葛洪在阵中，说道："道友好眼力，此阵名六丁六甲阵，其六丁神，乃丁卯神司马卿、丁丑神赵子玉、丁亥神张文通、丁酉神臧文公、丁未神石叔通、丁巳神崔巨卿；六甲神，为甲子神王问秦、甲戌神展子江、甲申神扈文长、甲午神韦辰玉、甲辰神孟非因、甲寅神明一章。道友既窥门道，可入阵来。"菩萨笑道："道友自取灭亡，休怪我也。"踏步而行，入得阵中。竹子随人而动，霎时云遮雾绕，雷电齐发，上下两方，有丁卯神举神杵、甲子神举神斧，现出身来，往菩萨打下。菩萨面不改色，只将挠拿在手中，在后背敲一下，忽现出一身来，只见：

  悟得本有体自真，缨络垂珠一象更；
  莲花无边归元海，神光半现理法身。

话说无边身菩萨现无边理法身，大地震动，东涌西没，有腾腾巨石破土而起，菩萨把掌一合，只听得山崩地裂之声，法身盘坐巨石，自上而下击来，丁卯神、甲子神，手中杵斧架受不住，被打了个粉碎，两神霎时不见踪影。菩萨笑道："六丁六甲，已去其二，还不见势而去，尚有余地。"葛洪在阵中回道："且慢大话，破了再言。"菩萨往前走，少时见竹子如波如浪，汹涌而至，左右两方，有丁丑神执双锏，甲戌神执双锤，现出身来，往菩萨打下，也是电光石火，虎啸龙腾。菩萨见道："好声势。"把挠在后背敲一下，现出一身来，只见：

莲开灵台旋金灯，足生常满体芳芬；
目放神光汇天顶，心安水坐智法身。

话说无边身菩萨现无边智法身，大地震动，西涌东没，四下现出大水，惊涛骇浪，无边无际，菩萨把掌一合，山呼海啸声此起彼伏，法身坐于大水之中，将两掌击出，大水一分为二，将丁丑、甲戌二神冲得无影无踪。菩萨又笑："六丁六甲，只尚得四丁四甲，天门已缺，如何再战。"葛洪在阵中回道："六丁六甲，尚有奥妙，你再来便是。"菩萨往前行，霎时狂风骤起，利如刀刃，前后两方，丁亥神持一把扇，甲申神举一弯弓，现出身来，一扇一射，往菩萨打来，裂石穿云，万刃齐发。菩萨也是好本事，见一箭射来，随风而化，避无可避，急将挠在后背敲一下，现出一身来，只见：

广额丰颐体玄真，大耳垂肩目如灯；
天地难摧金刚意，梵音犹唱自受身。

话说无边身菩萨现无边自受身，大地震动，南涌北没，只见得梵唱吟吟，金光炫目，菩萨把掌一合，铮铮之音陡然而起，法身浮在半空，呈黄金色，坚不可摧，万刃难侵。那千万风箭射在其身，听得叮当作响，未伤丝毫。待得万刃消散，黄金身转一转，有无数佛掌击出，丁亥、甲申二神瞬间隐去，不见其踪。菩萨喝道："今六丁六甲，已去一半，还不速速降来，莫待阵破人亡，悔恨难返。"葛洪亦回道："六丁六甲阵，尚有奥妙，何必心急如此，且再看来。"菩萨再前行，霎时竹子聚拢成圆，将菩萨笼在其中，竹节噼啪作响，乾巽两方，丁酉神持神焰灯，甲午神拿云烟镜，现出身来，那竹子各断三截，排排而对，神焰灯一点焰火，化为万道火舌，贯入其中，又有云烟镜起在半空，四下烟雾弥漫，也是烟火齐飞，无处可逃。菩萨道声："此处倒是厉害。"速将挠在后背敲一下，现出一身来，只见：

　　面如满月目藏真，璎珞明珠去暗尘；
　　千影万分归无量，色心为体他受身。

　　话说无边身菩萨现无边他受身，大地震动，北涌南没，只见得泥土翻腾，飞沙走石，菩萨把掌一合，法身一分二，二分三，霎时有无数虚影，旋旋转转，使火不得进。那烟火亦非寻常，将菩萨围裹居中，足足烧了两个时辰。菩萨在火内，精神百倍，喝一声，法身开一朵莲花，莲花出千瓣叶，晶莹湿润，散于空中，那烟火缓缓消散，待得一片清朗，丁酉、甲午二神已不见踪影。菩萨喝道："葛洪，今六丁六甲仅余四位，计穷途拙，再不降来，悔恨晚矣。"葛洪回道："闲话少讲，且破阵来。"菩萨亦往前行，瞬间竹子砰砰作响，风拂叶动，坤艮方位，丁未神持神笛，甲辰神持神箫，现出身来，再看竹子，每节竹上，现十二孔，丁未神吹神笛，甲辰神吹神箫，竹孔有轻音，悠然而出，令人如痴如醉，少时如雷贯耳，使人心胆俱裂。菩萨听音，渐觉眼皮沉沉，忽感心神不宁，不由得喝道："此等音曲，杀人无形，无怪你恃阵相对，寻常道行，确难奈何。"忙将挠在后背敲一下，现出一身来，只见：

　　地开灵树目明清，随意自在体同行；
　　利根彻净空不见，丈六之相胜应身。

　　话说无边身菩萨现无边胜应身，大地震动，边涌中没，地中长出一棵树来，乃是鹅耳枥，树呈灰褐，叶为卵形，串串成枝，绕于其身，菩萨把掌一合，霎时树发千枝，簇簇而长，随即枝叶飘散，纷纷扬扬，恰堵住万千竹孔，音不得而出，菩萨将掌一挥，树登时啪啪作响，随竹一同炸裂开来。再来看，丁未、甲辰二神已不见踪迹。菩萨喝道："葛洪，六丁六甲，只余一丁一甲，再破来，只恐你身死阵中，回头无岸矣。"葛洪回道："骐骥一跃，不能十步；驽马十驾，功在不舍。半途而废，非修道之人，你既来破阵，何必多言。"菩萨再往前行，那竹阵不成方圆，只排排在前，一一相合，叠叠往上，有三丈三尺，呈真人相，丁巳神居上，甲寅神在下，两手空空，各伸一臂，两臂相合，打出一掌，那掌有千钧之力，挟风雷之音，至近前，犹如泰山压顶，东海倒泻。菩萨见势，道声："来的甚好。"即将挠在后背敲一下，现出一身来，只见：

菩提树下悟行根，额圆面净目盈清；
八相成道如常满，六合一体劣应身。

话说无边身菩萨现无边劣应身，大地震动，中涌边没，法身坐于阵前，亦有三丈三尺之高，四周有无数紫雷环绕，法身也打出一掌，掌对掌，两掌相抗，只见天地变色，雷电齐鸣。葛洪念语，催动两神，暗自发劲。菩萨亦不示弱，催谷发劲。两人拼斗，相持好一时，那菩萨毕竟于极乐门下修行千年，大罗宫虽有无穷奥妙，然葛洪修道之日甚短，不得与之相比，已显败象。

菩萨大喝一声："葛洪，今你死期已至，也是天数使然，命中该有。"法身即放光芒，掌即为拳，将竹阵真人相打了个粉碎，丁巳、甲寅二神即去，又闻得一声响，层层竹林，片片倒下，六丁六甲阵土崩瓦解，荡然无存。菩萨将那挠祭在空中，喝道："此意动挠乃极乐之宝，今番拿你，也不辱没。"话音刚落，挠张五指，陡然变长，往葛洪抓来。

葛洪六丁六甲阵被破，本已心惊，此刻见挠忽长五指，忙使奇门遁甲闪避。那挠确是神妙，钻天入地，四面八方，尽可现出，避无可避。葛洪见逃之不得，欲使火龙剑，哪知意动挠甚快，电光石火而来。葛洪使不出剑，急往前奔，五指随之在后，葛洪见前方有一潭，也顾不得，忙往潭中一跳，宝挠哪得放过，随之一抓，将葛洪从潭中抓起。

正此时，又有喊声传来："儿回，儿回。"菩萨细听，此声正从挠中传出。白眉儿见得明白，说道："不知宝挠还抓了什么东西？"葛洪被五指所扣，动弹不得，忽觉身上缠缠绕绕，原来尽是蟠蛇，又感足下坚硬，原是一巨龟，呈五色。蟠蛇窸窣作响，传'儿回，儿回'之音，那巨龟随道"回矣，回矣"，忽四方震动，那宝挠五指不觉松开，葛洪跌落下来，又见巨龟背上，一阵白烟腾起，有一人现出身形，身长百尺，顶罩圆光，好威猛：

  竹林有龟蛇，玄武出云河；
  上极生元气，散发展妙歌；
  玉带锁金甲，剑光伏世魔；
  喊山藏尊者，真君在心阁。

来人把手一挥，蟠蛇聚在一处，有萤萤绿光闪耀，俄尔化为一剑，剑长七尺二寸，重二十四斤，宽四寸八分，上书"北方黑驰衮角断魔雄剑"，道一声："好回头，难回头，回头再望无回头。"菩萨不识来人，葛洪却见得明白，说道："多谢真武帝君。"菩萨听得名号，已知来历，说道："闻净乐国太子，生而神灵，察微知运，誓除天下妖魔，得无上妙道，称镇天真武灵应佑圣帝君。然母命回国继位，你不从之，隐于山中。不想原在此处，怪不得一路来得，有'儿回'喊声。"真君闻言，说道："尊者原在极乐世界，离此地千重万重，非你居所，为何到此作怪？"菩萨回道："世间晦暗，不信佛陀，故四分五裂，纷争难止。我来此地，正是普光极乐，以度人间。"真君喝道："西方有法，东方有道，你东西不分，在此诓言，欺侮我教，就此离便罢了，若不然，休怪我宝剑锋利。"菩萨回道："前有葛洪不听我言，执意斗法，落得法失阵破，你若逞强，莫言悔恨难为。"二尊一言不合，便要相斗，不知后事如何？且看下回分解。

第七十回　葛稚川携众东走　石世龙兵发洛阳

云起半山无故心，霞染十方忘川晴；
空把年华追白日，暮归小月照池清。

话说无边身菩萨破了六丁六甲阵，正要擒杀葛洪，未料真武帝君现身，一言不合，便要斗法。那菩萨抬步，提宝挠飞来直取，帝君手中剑赴面交还，挠来剑架，犹如紫电飞空，又似寒冰冻谷。战有五六回合，菩萨将挠祭起，出五指，抓向帝君。帝君亦不惧，将断魔雄剑祭起，那剑在空中，随即转起，放青赤黄白黑五色剑光，斩向五指，五指即断。帝君说道："你宝挠已毁，还不退去。"菩萨笑道："不言大话，且看真宝。"把掌一合，那挠复起五指，坚若金刚，往帝君抓来。帝君说道："原还有如此奥妙。"遂将断魔雄剑祭起，剑光即现，那五指抵剑，闻得铮铮作响，少时齐齐斩断。帝君说道："你纵有千掌万指，皆可斩得。"菩萨回道："此挠名曰意动，意为心，心动则行，五指为欲，欲为魔，人间物欲横流，心魔遍布，故意动生指，困扰众生，你岂能斩得尽。"言毕，将语一念，地中生无数指来，果真如言。

帝君正色，说道："万载法轮如皓月，一生金甲待秋风。执我手中剑，斩尽世间魔。今日且看意动斩来。"将断魔雄剑复祭空中，空中陡现七星，乃斗、牛、女、虚、危、室、壁，其形正如龟蛇，又号玄武。剑光入内，七星闪耀，射出千万金光，密如网织，徐徐而下，意动之指，尽被网罗，金光所至，皆被斩断。菩萨大惊，遂念玄语，欲再摧生指。帝君亦不息慢，大喝一声，那七星合一，融入剑中，剑直直打在挠身，闻得一声巨响，意动挠被打为两截。菩萨大惊，说道："宝剑如此锋利，倒是小觑矣。"帝君说道："你宝挠既毁，莫再纠缠，当速退去，以存两教颜面。"菩萨回道："今得见真武帝君，也是缘分，葛洪得帝君相助，侥幸得胜，贫僧法宝既毁，也是天数，这便退了，再见修行。"往白眉儿合掌，随即去了。帝君往白眉儿说道："葛洪携众东走，乃是天意，你纵有极乐菩萨相助，也是枉然。你妄行无道，肆意屠戮，今番到此，本欲杀之，然你毕竟西方门下，不言镜花水月，亦有仙踪尘缘。你且去吧。"白眉儿见菩萨退走，知帝君神通，哪敢再言，遂领兵退去。

葛洪见帝君，打一稽首，说道："多谢帝君相助。"帝君回道："你为太清之门，身负大任，此去山高路远，前途漫漫，尚有风来雨往，霜凝雪落。然不当难，不知志也，纵是千险万阻，也是通达之道，亦是你来往之程。你且去吧，须要好自为之。"葛洪拜道："多谢帝君教诲，弟子当持恒心志，以行大道。"又道："帝君既现本相，今世事艰难，前路未知，可否一同相行。"帝君笑道："缘，只可遇，不可求。山水一程，路一程，花开一季，又平生。你我各行有道，不必强求。"葛洪闻言，遂拜别帝君，驾土遁而走，追上祖逖。

祖逖见葛洪，大喜，问明详情，叹道："幸得真武帝君相助，若不然，当见不得真人矣。前路迢迢，不知凶险。"葛洪说道："但行前路，莫惧荆棘。"众人向东而走，一路匆匆，到得洛阳，见往日神都，不由得唏嘘，当日白眉儿下令，洛阳城付之一炬。众人入得城中，行走故地，再进宫殿，遥想当年盛景，感怀流涕。有词《一丛花·代代人事匆》为叹：

帘外橘花满庭风，春光透枝穹。又是一年新芽绿，归来燕，无意寻逢。旧叶成泥，昔红不在，去影没云空。

今人莫笑古人愁，代代人事匆。飞絮正引千思乱，行故地，小径依容。我辈渐远，三世尘断，何处觅往踪。

葛洪见众人忆泣，不由得说道："今我等东去，旨在兴复社稷，保全血脉，白眉儿虽遇挫退走，必不甘休，定卷土重来，切不可在此徒忆追往，黯然神伤，当速速整顿，以备来敌。"众人闻言，如醍醐灌顶，回过神来。祖逖领众人备车寻粮，按下不提。

第七十回
葛稚川携众东走　石世龙兵发洛阳

且道白眉儿兵退平阳，禀明战事，以请其罪。白毛儿说道："葛洪为司马睿所请，远在江东，却现长安，定有要务。闻此人太清门下，奇门遁甲，抱朴归真，颇有神通，故石勒征江东挫败而回，今你遇之不敌，不当怪罪。只是葛洪携众往东，一班晋臣相随，百姓蒙蔽，若归司马睿，乃我心头大患，定要设法除之。奈何你尚不能胜，满朝文武，又有何人？"白眉儿说道："陛下若不嫌弃，臣弟再往伐之。"白毛儿回道："司马睿牛继马后，虽有恭俭之德，却无雄武之量，其人不足为患，然今有葛洪、王导、陶侃一班奇士辅佐，倒是不容小觑，恐日后坐大，为祸社稷。你兵败才归，士气难复，况葛洪知你深浅，不当再往。石勒现在邺城，离之不远，可令他前往讨伐。"白眉儿疑道："石勒征战江东，亦铩羽而归，差其前往，恐难以取胜。"白毛儿笑道："石勒招兵买马，求贤纳士，私扩地域，擅杀王弥，早有不臣之心，本欲除之，奈何天下未定，故隐忍不发，今令其征伐，乃鹬蚌相争，我等好坐收其利。"白眉儿闻言，恍然大悟，赞道："陛下妙策，臣弟愚钝也。"遂使人往邺城，命石勒兵发洛阳，以断葛洪归路。

且说差官一路奔走，到了邺城，石勒得汉王诏令，召众将商议："汉王令我截杀葛洪，众位有何高见？"支雄、冀保皆言："前番征战下邳，败于其手，今番此人只身千里，定要擒杀，以雪前耻。"众将附和，独张宾不言。石勒问道："孟孙有何高见？"张宾回道："汉王令我等出战，乃一石二鸟之计。白眉儿兵退喊山，葛洪天下闻名，汉王知其神通，加之主公诱杀王弥，恐汉王心中早对主公起疑，故使我等与葛洪厮杀，好鹬蚌相争，渔翁得利。"石勒颔首，又问："此言甚是，然汉王下令，如何是好？"张宾回道："汉王虽有令，然主公不必急切，领一军缓缓行进，再差一将先行阻杀，一来可搪塞汉王，二来可探葛洪虚实，见机行事，以备万全。"石勒说道："此计虽好，然葛洪非比寻常，凡夫俗子，岂不送死。"张宾说道："西方自有能人，可让大和尚请得神通相助，若拿不住葛洪，当可自保，若能拿了葛洪，岂不更妙。"石勒闻言，大喜，遂令众将退下，召大和尚来，将详情道来，大和尚笑道："人间沧桑，佛祖自有知晓。将军无须多虑，可令十八骑桃豹、逯明，率两千兵马先往，若遇险阻，自会有人相助。"石勒得大和尚言，安下心来，遂把人马点两万，交代众将，一声炮响，雄兵尽发，命桃豹、逯明为前部先锋，先往洛阳。

且说葛洪率众，整备人马，耽搁两日，也出了洛阳，往颖川走，才行十里，祖逖疑道："白眉儿非知难而退之人，今番虽去，如何不见再来。"宋哲说道："当是见真人神通，不敢造次，故去而无返，如此前行，已无忧矣。"葛洪说道："鱼不游，水则有险；鸟不鸣，山则有危。今后不见追兵，前必有来者，须小心为是。"众人称是，又前行数里，至龙门山，此山也是奇特，东接万安山，南通伊河谷，北濒大盆地，西接宜阳丘，乃秦岭余脉熊耳山分支，由西向东，至龙门而断，分为东、西两山，巍然对峙，伊水中流，形成一座天然石阙，古称"伊阙"。于山巅而瞰，北望京都，南望九皋，西望宜阳，东望嵩山，岗岭起伏，层峦叠翠，青山隐隐，有词为叹：

两山一水云归处。风笺素，雨岚顾。往来何问东西路。百花簇，只身渡。烟波冉冉浅分付，牵伊阙，连龙门。哪般惆怅春晓暮，情无数，人间故。

葛洪至龙门山，见道："此山分隔东西，一水中流，若论景色，乃是奇观；若论路途，却是险阻。须小心为是。"宋哲说道："此去颖川，须往对岸，然无船行渡，如何是好？"正苦恼间，忽有一人叫道："对岸有一队船行来。"众人喜出望外，皆来观看。但见那队船，齐齐发来，葛洪一见，急命祖逖布阵，以待来敌。众人不解，葛洪说道："你等且仔细看。"众人再定睛看，原来那队船非寻常渔舟，乃是艨艟战船，上竖有旗，为"石"字，上有排排甲兵，列列刀手。宋哲惊道："真人言语无虚，果真后无追兵，必有前敌，见旗上字，分明是石勒率兵相阻，这可如何是好？"祖逖说道："兵来将挡，水来土淹，有何惧哉。"葛洪笑道："踏破铁鞋无觅处，得来全不费工夫，我等正愁无船渡河，这船倒是来了。"命宋哲领人马护后，令祖逖严阵以待，抵御来敌。

且说桃豹、逯明率两千兵马，驾船渡河，欲取晋兵，将近对岸，命弓弩手准备，齐齐发箭，一时箭如雨下。祖逖早有防备，命盾牌手架住，缓缓退后，隐入林中。桃豹见晋兵弃守，大喜，说道："人皆言葛洪神通，祖逖不凡，今得见之，不过如此，前番征战江东，乃中诡计也。"便要令全军下船，剿杀晋兵。逯明在旁谏道："葛洪之名，天下皆知，下邳之时，我等皆吃了苦头，今番交战，不可轻视。

方才我仔细观之，晋兵进退有序，故不可冒进，我有一计，可保万全。"桃豹即道："将军速速道来。"逯明说道："可差一将，正面而攻，我自领一军，从崖边小路而上，以成合围之势，将军居船上，我等若胜，将军自可同袭，若败，可保全退路，不使晋兵过河。"桃豹说道："所言极是。"依计而行。

　　船至河岸，桃豹命部将周延打先，正面攻杀，登时擂鼓吹号，杀声震天。宋哲率众抵御，两方交战，不过片刻，宋哲打马转头，往林中撤走，周延见势，率众即追，赶至窄狭处，两边皆是茅草，心下甚疑："此地树木丛杂，难防火攻，不当深入。"遂回马令军马勿进，正欲撤走，听得两旁喊声震起，一柄剑悬于半空，一条火龙腾腾而出，随后茅草燃着，霎时四面八方，尽皆是火，又值风起，火势愈猛。未几，浓烟滚滚，前后难分。周延命后军改前军，急速后撤，然大火熊熊，烟雾弥漫，哪里分得清方向，胡马自相践踏，死者不计其数，周延冒烟突火而走，火光中一军拦住，当先者，乃宋哲。宋哲笑道："你等中真人之计，今番当死于此地。"周延不答话，挺枪而上，两相混战，二人战不数合，周延心慌，枪法渐乱，被宋哲一刀，斩于马下。宋哲取了首级，示于众人，又命追剿胡马，只杀得尸横遍地，血流成河。

　　且说逯明率五百兵士，沿河岸小路而上，欲夹攻晋军，忽听得远处喊声大震，又见火光冲天，正是周延进兵之处，暗道不妙，正踌躇间，闻得一声大喝："好贼子，竟也会这般明修栈道，暗度陈仓，奈何你等算计，却瞒不过我家真人，祖逖在此，等候多时也。"逯明抬首，见祖逖白袍紫铠，手持利剑，端的是鹰扬虎视、威风凛凛。逯明素来凶恶，虽闻祖逖其名，然不知其艺，遂手提狼牙棒，喝道："待会上一会，方知你死我活。"欺身而上，举棒便打。祖逖拔剑而道："我不以神通取你，但凭真刀真枪。"挺剑而上，二人战在一处，剑棒相交，好一场杀，怎见得：

　　　　二将相逢势无比，狭路拼杀定生死；厉棒似电劈麒麟，长剑如虹刺蛟尾。这一个降龙断归路，那一个伏虎向家园。你来我往不寻常，不分胜败心不亡。

　　且说二人大战，约二十回合，祖逖虎目圆睁，执手中剑，往逯明前心便刺，逯明摆狼牙棒,将剑抵住,一个居高临下,一个心慌意乱。祖逖得仙人指点,且日夜勤练,剑术精妙,只见上下翻飞,剑光凛凛,刺得逯明眼花缭乱,少时鼻洼鬓角,热汗直流,只有招架之功,并无还手之力,且战且退。祖逖一抖手腕,使金鸡点头,奔逯明面门而来,逯明心中骇然,忙用棒头架住,祖逖此招本为虚势,剑至中途,将剑抽回,顺手使胸前挂印,奔逯明胸口而去。逯明忙闪身,终是慢了一步,正中右臂,闻得一声惨叫,狼牙棒掉落在地,右臂鲜血淋漓,失了战力。祖逖正要上前,欲取性命,逯明也是敏捷,忍痛往后一滚,从崖上翻落下去,潜水而走。

祖逖得胜,率众追杀,逯明所率众人,被杀得哀号四起,七零八落,只哭爹喊娘,往船而退。祖逖喝道:"众儿郎,且同我把船抢来。"众将士一鼓作气,将逯明所带船只,尽皆占了,恰宋哲取胜而至,两军会合一处,见葛洪。葛洪笑道:"二位将军尽斩来敌,功不可没。"宋哲说道:"全仗真人妙计。"祖逖又道:"可惜让那逯明逃了。"葛洪笑道:"逃得了一时,逃不过一世,穷寇当追,莫予喘息之机。河面之上,仍有胡贼,我等乘胜而行,以渡伊水。"众将上船,往桃豹杀去。

且说逯明潜水而走,身负重伤,拼尽全力,往桃豹大船而去。桃豹见之,赶紧命人救上船来,急问:"将军为何这般模样?"逯明回道:"葛洪神鬼莫测,我中计也。"遂将详情道来。桃豹闻之,不由得变色,逯明又道:"幸得潜水而走,否则死于此地,今晋兵夺船,定会追来,且速退之。"言语之间,闻得喊杀之声骤起,抬首一望,原来晋兵驾船袭来。桃豹大惊失色,自知不敌,急命各船掉头退走。江河之上,两厢人马,一前一后,难免焦灼。葛洪率众,将至江心,将要追上,忽见奇象,那水中登时波浪滔天,使船不得前行,又见无数鲤鱼,逆游而上,纷纷跳跃,有一只大红鲤鱼,如离弦之箭,纵身一跃,霎时跳到半天云里,带着空中云雨往前走。一团天火从身后追来,烧掉其尾。此鲤忍痛飞跃,越过龙门山,闻得一声低鸣,那鲤化为一条巨龙。其他鲤鱼跳不过,跌落河中,额头上即留下一道黑疤,摇尾而去。如此奇景,后有唐代李白作诗为叹:

黄河三尺鲤,本在孟津居;

> 点额不成龙，归来伴凡鱼。

葛洪见景，说道："此鲤鱼跳龙门之象，也是奇哉。尝闻若有奇景，必有奇人，须要小心。"果不其然，又见得河面金光四起，耀眼非常。龙门两岸，有无数佛影现出，皆面部丰润，头顶为波状发纹，双眉弯如新月，各展妙目，俯视四方，呈千万形状，端的是拔地倚天，气势磅礴。众人大惊，皆道："此景平生未见，四面皆是西方之相，不知有何蹊跷？"葛洪笑道："沙门之言，天花乱坠；沙门之象，迷惑众生。纵有奥妙，也是虚妄，其根在原，其本在心，原不移，不为所动；心不移，不为所乱。不动不乱，便见真相。"果不其然，那两岸佛影，霎时消去。众人又道："原是一场虚惊。"葛洪却道："世间人事，哪有无缘无故。多言无益，但见行来。"言毕，那河中一条龙腾出，上有一人，合掌立身，见相貌，额下开细目，脑后现圆光；肩飘五彩带，身着七宝衣，口中唱道：

> 真实慧如山，方便慧如海；
> 合为无障碍，山海慧成来。

葛洪见来人，打一稽首，口称："我道如何奇象尽显，原是西方菩萨到此。不知道友尊号？"菩萨合掌礼道："贫僧乃西方阿弥陀佛座下，号山海慧。"葛洪说道："弥陀来迎，随之诸菩萨共二十五位，山海慧尊者即为其一，言一切大众，光明慧达，今日乃见，也是有幸。弟子葛洪，见过菩萨，然此番要事在身，不知菩萨到此，意欲何为？"菩萨说道："太清门下，葛洪出山，辅佐琅琊，天下尽知，今番见来，果然仙家姿态，道家真传。我到此地，不为别事，只一个'和'字而已。"葛洪问道："不知菩萨口中，这'和'字如何说？"菩萨回道："西方有言，此有故彼有，此生故彼生；此无故彼无；此灭故彼灭。法不孤起，仗因托缘，世间万物，皆有相连，故连为合。合则有二，一为理和，证得诸法寂灭；二为事和，身和同住，口和无诤，意和同悦，戒和同修，见和同解，利和同均，便是六和敬。今见道友于大江大河之上，行赶尽杀绝之事，有违和理，故来奉劝。"

葛洪笑道："尝闻西方舌灿莲花，凡事皆可证理，然大道之间，岂有悖论苟同。我来问你,你既诓言,如何胡马杀戮、人间受难之时,不见佛门而出,倒是大恶得势,富贵临门,却前来附和?如此不辨是非对错,岂不让人笑话。桃豹、逯明携恶而来,阻杀我等,不怀怜悯,却是多行不义,戕害己身。我等往江东而行,追诛胡马,不与你作口舌之争,你若退去则罢,若不然,倒真伤了两教和气。"菩萨叹道:"世人执迷,故有纷争;神仙执迷,故有尘劫。"葛洪说道:"西方不静,觊觎东方,借莲花之语,行传教之事,世人受惑,神仙又如何?少了你浮图极乐,便少了世间魑魅魍魉。"菩萨摇首:"世人不听善言,故有因果。今日你退也罢,不退也罢,终不使你过龙门山。"

葛洪不再复言,只将火龙剑祭起,那剑在半空,红光显现,葛洪道一声:"火来,火去。"登时,火龙剑化一条火龙,呼啸向前,直奔菩萨。菩萨见一眼,说道:"此火龙乃符印所化,火非真火,龙非真龙,如何制得住我。"口中喃喃梵唱,那鲤鱼所化之龙,陡然跃起,与火龙交织一处。葛洪说道:"龙便是龙,鱼便是鱼,虽说鱼龙变化,然千变万化,不离其宗。一条鱼而已,怎与仙剑相论。"把手一指,那火龙奔腾,鱼龙不敌,霎时消散于火焰之中。

葛洪收了火龙剑,说道:"鱼龙既破,道友尚有能耐。"菩萨说道:"言不得过实,实不得延名。道友如何不知,万人操弓,共射一招,招无不中。一鱼化龙易破,千鱼化龙难敌,且再看来。"把掌一合,那河中千万鲤鱼陡然冒起,跳于半空,聚在一处,化为一条巨龙,现于伊河之上,甚为壮观。巨龙盘旋呼啸,携风带浪而来,葛洪见状,将火龙剑祭起,念动咒语,火龙霎时而出,两龙缠斗,河面浊浪排空,撞在礁石上飞溅起来;空中风起云涌,银河倒泻。未几,火龙阵阵鸣咽,渐渐消散。葛洪见势不妙,把指一收,火龙登时化剑,转回手中。那鱼龙趁势而来,葛洪忙使奇门遁甲,把指一点,伊河倒挂,化一条水链,锁了鱼龙,又对众人道:"此法只可一时,不可长久,来人玄法高明,速速退走。"众人听命,忙调转船头而退。

菩萨见葛洪退走,也不追去,乘龙至桃豹处。桃豹、逯明见之,匍匐在地,叩拜而道:"多谢菩萨搭救,今番若不得菩萨,定死于此地,葬身鱼腹矣。不知菩萨尊号,我等定当拭炉焚香,日夜供奉。"菩萨合掌说道:"不当谢,不当谢,人间苦难,当度世人。阿弥陀佛受接引佛祖之邀,命我来此,也是缘分。"桃豹说道："方见菩萨显威,摧山搅海,须弥黍米,令人神往,那葛洪既败走,何不赶尽杀绝,以除后患。"菩萨说道："山海不语,静待花开。此乃江东必经之途,晋兵尚有再来之时,无须争一时长短,围师必阙,穷寇勿迫,正是此理。"二人闻言称是,按下不提。

且说葛洪率众退走,且自安顿,祖逊寻葛洪道："此去江东,必过伊河,今西方又设阻碍,那山海慧尊者神通无穷,似未见底,如何是好?"葛洪亦道:"方才斗法,犹知那菩萨深不可测,我道术尚浅,难与相持。"正苦恼间,忽闻得杖头点地之声,二人相看,远处有一老翁,手执龙头杖,缓缓而来,近前而道:"今日此地这般热闹,方才见河面上又现二龙,甚是奇哉,不知何故?"祖逊见其老态龙钟,懵懂不知,拱手而道："此地凶险,非游玩之处,老丈勿要好奇,速速离去为妙。"葛洪见之,却是明白,笑道："此处兵荒马乱,如何老人家一人至此,定非凡人也。"遂打一稽首,拜道："敢问上仙尊号?"那老翁说道:"不愧太清门人,果有见识。"遂把身一转,见得真颜,有诗为证:

天瑞霭光照四野,五色祥云飞不绝。
白鹤声鸣振九皋,紫芝色秀分千叶。
中间现出一尊仙,相貌昂然丰采别。
名称赤脚大罗仙,特赴龙门解缘结。

葛洪见来人,大喜,拜道："原是赤脚大仙到来,弟子眼拙,不识真颜,还望大仙莫怪。"赤脚大仙呵呵笑道:"哪里话,哪里话,想你下得大罗宫来,还不曾见你,我今日东游,明日西荡,云去云来,恰经此地,忽见河面二龙相斗,定有神通,倒遇着你来,也是机缘,又见你不敌那山海慧道友,故来助你。"葛洪喜道："有大仙相助,弟子无忧矣。那山海慧尊者玄法妙用,不曾见底,不知大仙何法制之。"赤脚大仙又笑："不当事,不当事,你等自可去,贫道自可来。"转一转身,不见人影。葛洪定下心来,速命祖逊整备,齐上船只,往对岸去。

船至河中,葛洪正在踌躇,却见敌船驶来,船头上,桃豹叫道:"葛洪匹夫,方败又至,菩萨早便知晓,已候你多时矣。"言毕,河面上一龙腾起,山海慧菩萨立于龙首，葛洪也不二话，遂祭火龙剑，菩萨把掌一合，鱼龙亦翻腾而上，二龙战在一处，不多时，火龙渐处下风。菩萨说道："前番放你退去，今番不识大法，又来挑衅，必要惩治。"梵语吟唱，鱼龙闪耀金光，龙口一张，咬住火龙，火龙火焰顿起，要烧鱼龙。那鱼龙身上忽现无数鱼口，吐千万水泡，覆盖火龙其身，登时火焰尽消。葛洪见势不妙，欲收火龙剑，哪里收得回，被鱼龙咬住，正要吞噬，千钧一发，忽半空现一龙头宝杖，往鱼龙顶上一敲，那鱼龙霎时解体，化为无数鲤鱼，落于河中。

　　菩萨见之，大惊，说道："哪里高明，可现身相见。"闻得呵呵笑声，赤脚大仙现了身形。菩萨看得明白，合掌礼道："原是赤脚大仙驾到，当是幸会。想大仙南海降龙，乃至和之仙，不知为何相阻。"赤脚大仙笑道："只许你来设阻，不准我来扶助，是何道理？"菩萨说道："我受阿弥陀佛命，见世不平，解世之难，平息杀戮，以求大和，怎言设阻。"赤脚大仙摆手，笑道："不予言，不予言，贫道向来嘴拙，不会巧语惑众，只知行道天下，负手苍生。不如你等口中清净，心中红尘。你那鱼龙已经无用，还有何法使来。"菩萨说道："鱼龙变化，自不可量，你仗恃道术，岂不知大道有岸，佛法无边。"遂把袖口一张，现一柄剑来，剑有三色，分别为黄、蓝、青，即为山、海、人，名为浮摩剑。菩萨将剑祭在空中，登时一片祥光，正如初见，龙门两岸，又现无数佛影，各成其状，手上皆持剑，更有喃喃梵语，佛影纷纷而动，举剑往大仙刺来，不知仙佛斗法后事如何，且看下回分解。

第七十一回　赤脚大仙赠白㲲　东华帝君传曾青

风悲画角月无妨，半胧花寒雁啼扬；
莫让虚怀任万事，曲直不论意成殇。

且说山海慧菩萨祭浮摩剑，有无数佛影现于龙门两岸，细看之下，乃是从谷间石壁而出。后北魏孝文帝迁都洛阳，始建龙门石窟，便是有感于此而造。那千万佛影，影影绰绰，举剑刺来。赤脚大仙见势，遂将龙头宝杖祭在空中，杖上现万千龙头，陡然腾出，往剑而斗，霎时闻得伊河之上，琅琅铮铮之音不绝，又见得晴空霹雳，平水倒扬。那佛影虽虚，剑却为实，直斩得龙头鲜血淋漓。赤脚大仙见道："好玄妙。"又把宝杖直立，龙头尽归其中，一拂手，宝杖垂垂而落，没入水中。少时，水面晶晶点点，浮起无数龙鳞，日光直下，返于其上，直射住万千佛影，使影不得遁走，又有一条金龙霎时腾出，衔杖而起，照佛影扫去，直扫得七零八落。菩萨见道："好道术。"把掌一合，浮摩剑三色合一，佛影汇聚一体，即成一实相，只见双手置顶，山海静止，天地倒悬，登时宝剑嗡嗡作响，又一声轰鸣，直往金龙劈下，挟风雷之势，负万钧之力，金龙抵挡不住，一声呜咽，龙头瞬间斩下，化为杖形，已是两断。

赤脚大仙见状，直道："可惜，可惜，此杖伴我行走，斩妖除魔，不想今日断为两截。"菩萨说道："天外有天，人外有人，不识大势，只全小我，终为所困，今你法宝已失，当知难而退，以保声名。"大仙笑道："佛口一开，山河尽在，我为世人，世人为我，可笑诳惑人间，倒将自己也诳了。岂不闻，大道无涯，吾道不孤。你好生看来。"遂身起半空，把右脚一伸，那脚陡然增大，有百丈来长，上可擎天，下可安地，坚如金刚，万物难克。有诗为证：

长短粗细随心意，六界不寻更弛张；

一双大脚立天地，炼魔荡怪震四方。

赤脚大仙伸大脚，往浮摩剑扫来，震撼寰宇，石破天惊。菩萨见道："修行无数，竟不知身即法宝，脚为神器。"忙催动浮摩剑，聚气凝神，朝大脚劈下。赤脚大仙唱道："何物是真吾，身在即为宝。克尽妖魔怪，浮图亦为然。"闻得一声巨响，脚剑相交，那浮摩剑如螳臂当车，断为数截。霎时间佛相分来，落水的落水，归山的归山，失了万千佛影之势。菩萨见法宝毁去，也是叹息，合掌说道："今得见大仙之术，赤脚之威，也是幸哉。"赤脚大仙说道："你既失了法宝，当速退去，方存两教颜面，若然不为，恐伤和气。"菩萨回道："大仙云游至此，恰助葛洪，也是侥幸，亦是缘分，更是天数，既如此这便退了，再见再会。"赤脚大仙又道："我还有一言，水起波纹，自有平消；雨点新叶，更有招展；东方之事，还是自家而为，不劳西方指教。投石乱水，拂手摘叶，非为人间，不成善果，还望你等自思自量，好自为之。"菩萨不言，往大仙合掌，随即去了。

桃豹、逯明见菩萨败走，大惊失色，又闻赤脚大仙遥喝："晋室南渡，葛洪东走，乃是天意，你等纵有极乐菩萨相助，也是枉然。本欲惩戒你等，然看在上天有好生之德，我为尘外之客，不杀凡夫俗子，你等且去，若再行恶，必有天谴。"二人闻之，哪敢再言，忙携残兵而退。

葛洪见贼兵尽去，往大仙打稽首道："多谢大仙相助。"赤脚大仙回道："你为太清门下，今四海浑浊，八方混沌，身负大任，路见坎坷，然不经磨难，不得始终。只须心明大道，人往正行，自有天地圆通。"葛洪说道："多谢大仙教诲，弟子当磨而不磷，涅而不缁，志坚行苦，以图大业。"赤脚大仙问道："大天尊命你代劳炼丹，闻在那罗浮山上，已寻得八卦紫金炉，但不知炼丹之法，你是否知晓？"葛洪说道："弟子有幸，于括苍山得郑仙人传四经，窥得炼丹门道，然虽有所悟，却不知取物炼来，且又逢人间难事，不得清净，也是苦恼。"赤脚大仙笑道："神以魂列，仙以身修。仙法欲静寂无为，忘其形骸。然览诸道戒，无不云欲求长生者，必欲积善立功。你奉大天尊命，下山炼丹兴道，扶助晋室，以救苍生，乃是大功德，大功德便有大机缘，今我云游至此，解你危难，亦是如此。你虽得炼丹之法，却不得炼丹之物，功不得成。"葛洪回道："大仙所言极是，《太清丹经》有言，诸药合火之，以转五石。五石者，丹砂、雄黄、白礜、曾青、慈石也。然此五石，非凡品，不知取来。"赤脚大仙摇首笑道："落叶聚还散，寒鸦栖复惊。你道我如何来此，乃在云头，见灵山崖上，有一兽，非凡间之物，口中白光闪闪，甚是稀奇，故下得看，身似猿猴，头白脚红，原是朱厌。此兽一旦出现，即有兵灾战祸，故不忍人间涂炭，上前驱之。朱厌惊惶，落下口中之物，被我拾得，恰是白礜。"即将其拿出。

葛洪上前，见道："此石乃成山形，上青、中黄、下白，正是经书所言之火白礜，为炼丹五石之一。"赤脚大仙笑道："既是炼丹所需，故将此石相赠，望早成大业，布道正果。"葛洪打稽首道："大仙之恩，无以为报。"赤脚大仙又笑："说什么报答不报答，日后若有安排，可请了大天尊，予我天宫宝箓，任我人间逍遥罢了。"葛洪伏地称谢，大仙别过，随即去了。葛洪得了白礜，小心收好，唤来众将，整备军马，往颍川走，一路晓行夜宿，不敢耽误，按下不提。

且说桃豹、逯明败回，禀报石勒，石勒知悉详情，面色凝重，遂问语大和尚："桃豹、逯明兵败而归，言虽得山海慧菩萨相助，将擒葛洪，却有赤脚大仙干扰，以致功败垂成，今葛洪率众，已往颍川，我大军行进，若是缓了，白毛儿必要怪责，若是急切，又恐葛洪神通广大，损兵折将，徒耗心力，不得利也。"大和尚说道："此非难事，可上书陛下，禀报战况，言葛洪高明，恐不敌之，请得汉王出兵，两相夹攻，以保全胜。将军则缓行，见两方厮杀，再助汉王，一可不违王命，二可保全自己，进退自如，当为上策。"石勒闻言大喜，即命修书，禀报汉王。

话说白毛儿居平阳，日日往单后寝宫逍遥快活，这日正如胶似漆，忽闻石勒战报，知葛洪率众，已往颍川，大骂："我道石世龙英勇盖世，不想亦是酒囊饭袋，屡败于晋，竖子无谋，何堪大任。"遂召众臣商议："今石勒阻杀晋兵，败于龙门山，如何看来？"仆射刘殷说道："石世龙占据邺城，擅杀王弥，拥兵自重，今奉陛下诏令，阻截晋兵，损兵折将，看似不敌，然为臣看来，却是搪塞敷衍，欲使陛下出兵，以存自身实力。"又有马景回道："仆射之言，虽不无

209

道理，然石勒屡败于晋，也是实情，那葛洪确有神通，若归江东，定为大患，不如与石勒合力斩杀。"

白毛儿闻言不语，刘安国谏道："石世龙纵非诚心杀敌，终是败走，那葛洪确有能耐，不可小觑，陛下若不放其归去，必要出兵，臣有一计，可为上策。"白毛儿说道："但讲无妨。"刘安国说道："可再遣一将，前往颍川，令石勒进兵，前后攻之。我军则缓进，若石勒得胜，两全其美，若不胜，可见机剿杀，以绝后患。"白毛儿闻言，大喜，纵观诸将，说道："此计甚合孤意。谁可为将？"刘安国说道："葛洪非寻常人物，玄法妙身，神异非凡，朝中众将，皆为凡俗，故非秦王领兵前去不可。"白毛儿说道："秦王领兵，也屡战屡败，恐非葛洪敌手。"刘安国说道："秦王占据长安，兵多将广，为社稷出力，当为首要。"白毛儿闻言，似有所悟，遂下诏，差人至长安，命白眉儿出兵。

且说白眉儿接诏，心下烦忧："那葛洪身通妙术，又有奇人异士，鼎力相助，今陛下令我出战，恐凶多吉少。"赵染知其心事，谏道："人生征途千万径，磨难当为第一程。大都督东征西讨，战功无数，以战纵横，便是失败，亦有何惧。只要兵权在手，即是海阔天空。"白眉儿闻言，心中一亮，微微领首，遂尽发雄兵，往颍川而来。

花开两朵，各表一枝。那葛洪率众往颍川行，忽见得一座山，高耸入云，雄浑峻秀，巍峨壮观。祖逖见道："此山望去，峰峦叠翠，气象万千，又似一屋脊，连绵不绝，恐需时日，方能过去。若贼子来犯，当堪忧矣。"葛洪闻言，也道："石勒非见难而退之人，白毛儿、白眉儿亦是虓勇之辈，必当再来，不可掉以轻心。此山你等不知，乃黄帝之时，其臣大鸿氏在此筑寨安民，而称大鸿寨，山高千米，变幻莫测，横看好似卧佛，又号卧佛山，既有此名，定有渊源，西方之客，不得不防。"即命祖逖领一军探前，又唤来宋哲，命领一军断后，拿出火龙剑，又画一符，说道："你无甚道术，且将火龙剑拿去，择一草木茂盛之处，置于要道，若见敌军来犯，将符贴于剑上，自有妙用。若法宝无用，不可力敌，速速告来。"两将领命而去。

这厢，祖逖率众，上得大鸿寨，有无数风景绮丽之地，或高悬峭壁之上，或掩映林木之间，或虎踞沟壑之处，或龙盘高峰之巅。有见清丽、有见雄浑、有见灵空、有见凝炼，五光十色，琳琅满目。置身其间，移步换景，身若飘然；四季更替，风景变幻；昼夜有分，各具洞天；晴雨有别，雅趣有致，使人游兴盎然。有词为叹：

行径山回水绕，移步飘飘，叶动云梢。南北结欢，三峰怀抱青遥。红枫轻，松柏流翠，花椒暖，银杏飞黄。画莽苍。一川烟雨，万木争扬。

醉忘，无人知会，几度风月，了断星霜。鸟飞鱼翔，何羡别处是心乡。恨秋晚，徒伤颜色，转眉天，又有春还。归望里。缤纷去尽，身向斜阳。

祖逖立于高处，见万壑纵横，群山围拱，叹道："好一处凌顶会览，雄壮巍峨。"再往前行，到一片谷地，名为"红叶谷"，正值秋时，漫山遍野，尽皆红叶，分外妖娆，乃是"只言春色能娇物，不道秋霜更媚人"。众人皆叹其景，祖逖却是警觉，命小心探路。果不其然，行至谷中，有一队人马杀出，祖逖勒马细看，为首者乃石勒帐下十八骑中张越，横刀立马，甚是威武。祖逖斥道："你家石勒，好歹不识，那桃豹逯明，才得侥幸，又差你来阻截，若晓厉害，速速退去，否则珠光暗淡，来路无归。"张越回道："今晋室已倾，你等丧家之犬，难有容身之所，还妄图前往江东，岂不知追随司马睿，如孤魂随鬼耳。还不速降，莫待天兵发怒，悔恨难为。"祖逖大怒，打马举剑杀去，张越挺刀而上，两人战在一处，你来我往，战十个回合，祖逖欲杀之，即用玄法，不想张越卖一破绽，打马跳出圈外，率众撤走。祖逖心疑："张越未败，何以逃归，定有蹊跷。"遂命人马勿动。

那厢，宋哲率众断后，听从葛洪吩咐，择依溪傍涧，林木茂盛之处，将火龙剑悬于道中，以备不测。白眉儿不知情形，率兵马追来，一路无阻，畅行至大鸿寨，亦叹道："好一眼山峻峰险，石奇水幽。"遂入山口，见山间尘头扬起，说道："山上定有人马。"即命上山。宋哲在暗处，见得明白，心道："真人果真妙算。"遂取符来，贴于剑上，静待时机。白眉儿未行数里，见溪水潺潺，草木无声，说道："众将速过此地，见晋兵即杀之。"话音未落，却闻得一人道："无色处，可见繁花；无声处，当闻惊雷。将军不可大意。"白眉儿大惊，挥手止行，说道："何人说话，可现身相见。"少时，闻得林间沙沙作响，有一人现出，众人相看，皆动心骇目，原来此人通身青黑，牛头人身，生三面，正面牛首，头上一双利角，尖端燃一团火焰，戴五骷髅冠，挂头骨念珠，面上三目，赤红圆瞪，眼腔嫣红；鼻子血红，孔中呼吸之气，喷鼻回荡；巨口鲸张，量如苍穹，生三十四臂，一十六足，豹皮为裙，不着冠缯，膝胫皆露，着实稀奇。

白眉儿乃西方门人，见怪不怪，合掌施礼，说道："不知老师哪方世界，何处修所，姓甚名谁？"来人回道："贫僧乃号大威德王，今奉阿弥陀佛命，到得此地，特来助你。"白眉儿闻言大喜："极乐二十五菩萨，神通无量，前番见得无边身菩萨，今又遇大威德王菩萨，亦为幸事。"菩萨说道："接引佛祖入极乐之门，见阿弥陀佛，不忍世间受难，令我等下得红尘，望四方承乐，天下太平。将军人中龙凤，世之豪杰，又为西方门人，更有福缘。"白眉儿答礼又问："方才菩萨提点，不知前方有何机关？"菩萨笑道："你不闻，深山丛林，若无鸟叫虫鸣，不可只身前往。此处寂静无声，定有蹊跷，可看好来。"遂把手指往头顶一捻，取一点火焰，往前方一弹，陡然一柄剑起于半空，化一条火龙，旋旋转转，那草木茂密，遇火则燃，霎时成一片火海。白眉儿认得此剑，大惊："此处果真布有玄妙，那剑乃火龙剑，为葛洪所有，玄幻非常，今若无菩萨指点，我三军儿郎，定覆没于此。"菩萨把头上利角一摇，登时如鲸吸牛饮，将那熊熊大火，吸入其中。火龙剑霎时暗淡，呼啸而走。宋哲见得分明，知异人奇士，不敢妄动，遂率众悄然而退。

白眉儿大喜，说道："好手段，好神通，那火龙剑乃道门异宝，厉害非常，不想于菩萨眼中，如同米粒之珠，难放光华，我有菩萨相助，无忧矣。"菩萨回道："世间总有不平，前路更有崎岖，你且往前行，若见难处，不必心慌，贫僧自会到来。"白眉儿言听计从，率众而行。

且说葛洪领众人一路向前，至红叶谷，见祖逖按兵不动，遂问缘由。祖逖将详情禀来，葛洪说道："敌暗我明，小心为是。"正言语，忽一声响，见火龙剑飞来，葛洪拈指，收了宝剑，正疑惑，又见宋哲赶来，葛洪说道："宋哲持火龙剑断后，今匆匆归来，必有情况。"果不其然，宋哲将所见所闻，一一道来，葛洪摇首，叹道："清非静，静非清，哪得世间清净地，更无世间清净人。西方之客，屡次来犯，也是中华自戕，故受外难。"遂命严阵以待。

未过多时，闻得谷外铁蹄奔腾，喊杀震天，眨眼间，白眉儿驾云水吞金兽，现于眼前，闻得大喝："葛洪，认得我否？"葛洪回道："败军之将，言而无信，怎不认得。"白眉儿大怒，说道："喊山竹林，你设下阵法，非真本事，今我以宝剑取你，教你心服口服。"不复多言，举剑便打。祖逖正要上前，葛洪说道："你法术大损，非他对手，我自有应对。"挺步上前，执火龙剑架起，两剑并举，你来我往。白眉儿本为战将，武艺精奇，葛洪乃道家子弟，学的是奇门遁甲，不善武战，约两三个回合，跳出圈外，白眉儿知其玄通，如影随形，把剑往葛洪胸前刺来，葛洪祭出一符，往前一指，凭空现一土墙，其身隐入其中，即现于白眉儿身后，举剑便刺。白眉儿也是眼观四路，耳听八方，闻得身后有异，急把剑往后一挡，一拍云水吞金兽，闪身开来，又把剑一转，刺向葛洪，葛洪退一步，祭一符，一指，两树横移，拦在白眉儿眼前，又一指，树枝缠缠绕绕，使白眉儿无法动弹。白眉儿情急，遂把日月眉光剑祭起，那剑在半空，转一转，日光入而复出，射向葛洪。葛洪笑道："此乃小术，有何惧哉。"祭一符，见巨石破土，层层垒起，挡住日光。奇门遁甲，确是非凡，有诗为证：

天地阴阳妙无穷，奇门遁甲演九宫；
一指通达五行理，造化真机动静同。

葛洪又祭火龙剑，化一条火龙，奔白眉儿去。白眉儿被树木缠裹，避无可避，眼见命丧黄泉，大呼："菩萨救我。"登时脚下腾出一团火焰，将树木燃起，却不伤白眉儿分毫。转眼间，白眉儿脱开身来，那火龙至眼前，两火交加，忽成一线，吸入地中。

葛洪见得明白，收了火龙剑，说道："哪位道友，既来此地，何不现身相见。"话音未落，现出一人，正是大威德王菩萨，众人见其模样，皆大骇。葛洪却是淡然，打一稽首，说道："常言，金刚怒目，怀藏菩萨心肠；菩萨低眉，更有金刚手段。不知菩萨尊号如何？"菩萨合掌礼道："贫僧乃西方阿弥陀佛座下，号大威德王，今到此地，见有凶物悬木，为免生灵涂炭，故来寻个缘由。道友出手太甚，不为人道。"葛洪回道："弥陀来迎，随之诸菩萨共二十五位，大威德王尊者即为其一，言断除一切魔障，摧伏一切恶龙，故又号降焰魔尊，今日乃见，也是有幸。只是你虽具大威德力，却是不辨是非，悬崖虽险，若是无人攀登，则无失足之祸；海水纵深，若是无人畅游，则无溺亡之危。白眉儿率兵追赶，欲害晋民，纵然取祸，也是自作自受，你不唾始作俑者，反来责难受害者，实为借机生事，挑拨事端。"菩萨说道："我等非凡俗之体，不必作口舌之争，你方才道是非不辨，岂不知眼见非实，耳听非真，是中有非，非中有是。我二人可取一物来辨，若你辨得，当证你言，我即离走，不涉红尘；若辨不得，乃见你助恶弃善，我当拿你，以戒示人。"葛洪问道："欲辨何物，且请明示。"

菩萨望一眼四下，见谷中红叶满目，遂一跺脚，四方震动，红叶纷纷而落，又把指一捻，取一叶，示与葛洪，问道："你且瞧个清楚？"葛洪看叶，说道："已见得明白。"菩萨拈叶，往林中一撒，又把脚一跺，万千红叶，漫天飞落，若蝴蝶翩翩起舞，若莺鸟展翅翱翔，若云雀盈盈旋转，若星辰闪闪晶晶。此叶混入其中，不知所在。菩萨笑道："你若辨得，可将那叶，从中取来。"葛洪见红叶漫天，叶叶相似，说道："此又何难，我自取来。"遂拈一符，贴在火龙剑上，忽见宝剑一分二，二分三，三分无穷。葛洪把手一指，万剑而出，一剑刺一叶，霎时万剑消失，却见得其中一剑，携一叶而回。

葛洪将红叶取下，拈在手中，说道："此正是方才那一片叶。"菩萨摇首，说道："非也。"葛洪说道："是也。"菩萨说道："你怎知是也？"葛洪回道："你怎知非也。"菩萨随手取一叶，交与葛洪，说道："你且看，此叶是否相同？"葛洪仔细一瞧，果真两叶毫无二致。菩萨又取一叶，交与葛洪，说道："此叶亦是同样。"葛洪左看右看，确是相同，不由得诧道："世上并无一模一样的树叶，倒是奇哉。"又问："道友可否取来？"菩萨笑道："这有何难。"遂额上三目尽开，一道金光而出，射中一叶，取来交与葛洪，说道："正是此叶。"葛洪对比看来，确实万千红叶，只此不同，疑道："如何我所见，非见，我所取，非取，而你却见得，取得？"菩萨回道："一不是二，二不是一；一即是二，二即是一。心中有花，眼中即有花；心中有叶，眼中即有叶。所谓何眼观世界，观何种世界，便是如此。心性坚定，故能见之、取之。"又喝："你辨不得红叶，即辨不得是非，今红尘纷乱,你弃正扶恶,当有惩戒。"葛洪正在错愕,菩萨把掌一合,葛洪手中三片红叶,忽泛金光,彼此相连,化为一棒,那棒能伸能缩,能弯能曲,霎时成一个环儿,套住葛洪双手,使其不得挣脱。葛洪大惊,问道:"此为何宝?"菩萨不答,即要拿下。白眉儿见之,悄至身后,祭日月眉光剑,欲杀葛洪。

正在千钧一发之际,忽谷中狂风大作,红叶卷起,有一片紫云来,罩住白日,日月眉光剑不受日光,不得其下,又见云中一团青光现出,不待众人反应,葛洪手中棒环即起,化为一棒,与那青光战在一处,故葛洪脱了身来,自道:"不知又是哪位大真到来?"棒在空中斗两个回合,菩萨收棒,合掌说道:"不知哪位上仙到来,还请现身相见。"言毕,红叶卷卷而上,云中落下一人,随叶而来,怎见得模样:

　　一丈身长千影合,头白发皓青阳灼;
　　人形鸟面生虎尾,九色云霞衣相折。
　　万汇东华出紫府,游行虚空受元符;
　　阴功济物全真始,玄宗开蕴帝君书。

众人见来者也是稀奇,不由得惊愕。菩萨认不得来人,问道:"不知上仙哪处仙山,何处洞府,姓甚名谁?"来人打一稽首,说道:"着青裙,入天门,揖金母,拜木公。贫道无他名,王姓,字玄甫,道号东华子,又号青童君,紫云为盖,青云为城,来往紫气之间。"菩萨也有见识,即道:"原是东华紫府少阳帝君,今日幸会,也是缘分,不知帝君到此,意欲何为?"帝君笑道:"随云而至,恰见斗法,一时好奇,故而听之。道友一番口舌,以为理性;然手上行法,却为真性。障目之术,说教之言,蒙蔽世人,不为应该。"菩萨笑道:"说来讲去,原是来相助葛洪的,葛洪既不辨是非,故不知真善,何为障目之术,实乃大道不识,小我难全。"帝君笑道:"你以识叶为约,障目为法,说得一通玄虚,若非大罗金仙,便算是修道之人,确是易受诳惑,入得迷障。方才你说什么一不是二,二不是一;一即是二,二即是一,我教有云,一生二,二生三,三生万物,一便是一,二便是二,有一,也有二,不以你见与不见,知与不知为存,所谓叶有同样，心即有物，乃谬论也。万千道来，还是一个障目，使人不见其形，不知其真，故世人受难，极乐高悬。"菩萨说道："各自有论，辨则是非，你若见理，当识叶来。"帝君回道："这也何难，你且看好。"把手一张，腋下有金光闪闪，霎时现出，原是一根羽毛。帝君将指一点，那羽毛飘飘而起，又如离弦之箭，往漫天红叶一射，正中一叶。帝君回指，取了叶来，羽毛即散作点点星星，飘散空中。

帝君笑道："正是此叶，你可看来。"葛洪见一眼，说道："确是此叶。"菩萨说道："非也，你可再取一叶，看是否一同。"帝君默念玄语，只见得空中点点星星，即化千羽，各自寻一叶，覆于其上，登时金光陡现，转眼千羽不见。帝君自取一叶，说道："如何相同？"菩萨见一眼，果真不同，再看每片红叶，回复原样，各有差异。帝君说道："我不知你以何宝，扰人耳目，然天花乱坠，终会尘埃梦碎；虚虚实实，终有本原还真。人间诸事，自有定数，不劳你等，可归极乐，自唱梵音。"菩萨说道："我与葛洪相约，本定胜负。你横加干涉，以乱因果，既如此，我二人相约一场，若你胜得，我自当离去，若胜不得，我即拿葛洪去。"帝君笑道："口中吐假言，手下见真章。既如此，但凭你来。"言毕，向葛洪道："方才云游此地，见半空一兽，似鸟非鸟，头上长角，声似婴啼，原是蛊雕，正要食人，被我驱之，惊惶落下一物，我拾来一瞧，为曾青，今与菩萨斗法，怀揣在身，甚是碍事，便送于你。"遂取来，葛洪一看，喜道："此石中蓝外青，其形乃成孔雀之尾，正是经书所言之土曾青，为炼丹五石之一。"帝君笑道："既为炼丹之物，你且收好，可退于林中，见我与菩萨约来。"不知二人如何斗法，且看下回分解。

第七十二回　宿鸭湖老母淘沙　运兵道玄女开石

十步孤芳犹自来，直取雁影共徘徊；
不堪红紫风雨晚，更有月下离人摘。

　　且说东华帝君传葛洪曾青，与大威德王菩萨斗法。帝君问道："如何约来？"菩萨回道："道家有言，上善若水，水善利万物而不争。处众人之所恶，故几于道，其意柔以克刚。然贫僧不以为然，正所谓，龙从火里出，虎向水中生，五行不顺，当为逆反。刚柔之间，乃为并济。若论理来，则柔长久，若论势来，则刚猛烈。我教有论，有伏恶之势，谓之大威；有护善之功，谓之大德。凶暴威猛，可慑一切恶鬼魔障，今我以大坚大刚之法，看你如何以柔克刚。"帝君说道："西方以势取事，东方以理通达，纵是有一二曲折，然水善容物，利致长远，刚则化柔，柔亦有刚。今你但使手段，看你雷霆之法，能奈我何？"菩萨问道："人之身，何处最柔？"帝君回道："人心最柔。"菩萨又问："人之身，何处最刚？"帝君回道："人心最刚。"菩萨说道："既是人心刚柔，便以心为法。你我念识入心。你入我心，我心为刚，你若怀柔而出，则你胜；我入你心，你心为柔，我若坚刚而出，则你败。如何？"帝君颔首说道："然也。"菩萨说道："既是我道来，便你先入。"帝君笑道："且随你意。"

　　菩萨合掌，闭了双目，变愤怒相，三十四臂，各持弓、箭、剑、戟、索、棒等器，遍身火焰，胸前掌中现一棒，棒头生如意，精致无比，玄妙非常。菩萨说道："道友可入来。"帝君把指往额前一点，神识而出，缥缥缈缈，走至菩萨面前，但见菩萨掌中宝棒平铺在地，化为一条路，路旁燃起熊熊大火，帝君往前走，身后路即消失，再往里走，到一处岩洞，帝君往回看，路已不见，亦不见了洞口，此洞只可入得，不可出得，又听得菩萨声起："一入心洞，一切唯之。不知此岸，不达彼岸。"帝君笑道："莫要玄虚，心洞一说，无非幻象，到头来，不过是自己的心罢了。凡夫俗子，以为入洞，岂不知，只是悟不出自己，寻不得出路，一生浑浑噩噩，不知所以而已。"遂取一羽毛，念动咒语，那羽毛忽射向洞壁，闻得叮咚一声，羽毛折落下来。

帝君面色吃惊，说道："此扶桑羽生于碧海之上，苍灵之墟，见物辨物，见物破物，不想竟打不破这洞壁，也是稀罕。"菩萨之声又起："道友纵是知晓心洞奥秘，也难脱逃。这四方岩壁皆至金至刚，无路可出，道友可在此好生修行，以悟真经。"帝君笑道："有生则有死，有来则有去，万事承负，万物相合，岂有进得来，出不去之理。"遂把两目一张，窥视四下，见得上方岩壁，悬一根棒，即喝："定是这妖棒作祟，出口定在上方，看我破来。"又取一羽，往棒打去，那羽直射棒心，闻得叮咚一声，扶桑羽折将下来。帝君即取三羽打去，非往棒身而去，而是贴于棒身，朝棒底而上，正当羽棒相交之际，见帝君腾于半空，忽化作一团青气，随羽而走，登时羽毛折将下来，而帝君却不见了踪影。

菩萨知晓心洞情形，遂睁开双目，见帝君正在眼前，笑吟吟相对，不由得诧道："道友如何出来，未晓其中缘由。"帝君笑道："我既出得，自有妙法，你悟不透，问也无用，可入得我心来，看是否得出？"菩萨说道："既如此，我便来得。"遂把掌一合，往额前一举，神识而出，往帝君走来。帝君也不言语，只四下腾出青气，旋旋绕绕，将菩萨裹在其中，登时菩萨眼前一片混沌，有帝君之声响起："我道有言，道冲，而用之或不盈；渊兮，似万物之宗。挫其锐，解其纷，和其光，同其尘。故心即混沌，混沌即心，道友且走来。"菩萨说道："天地未分，世间混沌，盘古以至刚之斧开天辟地，破除混沌，当是此理，且看我如意宝棒来。"遂手一挥，宝棒现出，菩萨喝一声："大！"宝棒陡然增长，高不见顶，宽不见边，又喝一声："变！"宝棒随声变幻，化为一把巨斧，再喝一声："开！"巨斧应声而起，往混沌劈下，千钧之势，力贯苍穹，然那混沌自有青气，也是奇哉，混沌虽被劈开，而青气不散，笼于斧上，闻得惊天动的一声，斧头炸裂开来，化为宝棒，却是断成两截。

菩萨惊道："此气莫非青阳元气？"帝君之声回道："算是见识，正是青阳元气。"菩萨叹道："东华真气，原为青阳，青为起，阳为日，故大阴便是大阳，阴阳相交，始得神气。我不敌哉。"帝君笑道："菩萨且听得：水无形，过千山；木拔挺，风犹还；星辰有光耀，云轻淡蒙尘；天下之至柔，驰骋天下坚。"又道："菩萨有此念，也是大识，今番离去，且存两教和气。"遂散了心气。菩萨合掌出得，往白眉儿道："既是有约，理当遵照，这便离去。东华帝君乃全真道祖，理事东方，地位尊崇，不会为难你等。世事有定数，将军好自为之，今后行事，不可莽撞。"遂辞别而走，白眉儿见势已去，撤了兵马。东华帝君见敌军已去，亦道："衣冠南去，非一日可至；道法传承，非一人可行。前路凶险，小心为是。你且收好曾青，贫道这便去了。"葛洪问道："帝君既怀道心，又悯世间，何不同往？"帝君笑道："一程路，一程人，路如人生，各有风景，过客如云，终当自去，不可违也。"遂辞别而去。

且说张越搦战，本欲赚得祖逖来攻，未料祖逖按兵不动，又见仙佛斗法，白眉儿退兵，自知难敌，率众退走。石勒闻知战事，进退两难，正苦恼间，有汉王诏令，命率兵截杀，又有白眉儿将令，命在前设阻，两相攻杀，不得已召众将商议对策。张宾谏道："葛洪过大鸿寨，定往汝阴，可于此地设伏，剿灭晋兵。"石勒问道："如何设伏？"张宾回道："汝阴向西，有一坡地，名曰宿鸭湖，有大小十七条河流汇聚于此，可差人堰住各处水口，待晋兵至，放水一淹，皆为鱼鳖矣。"石勒说道："计是好计，只是葛洪乃道门中人，深谙五行之法，以水相攻，恐难全胜。"话音未落，大和尚到来，合掌说道："此计甚妙，可尽管使来，自有神通相助。"石勒见大和尚如此说，心遂定也，命王阳率一军，预备船筏，收拾水具，又命十七骑各往河流上游，堵塞水口，以待晋军。

且说葛洪别了东华帝君，深知白眉儿不得善罢甘休，率众往汝阴疾走。一行人晓行夜宿，有老老小小腿脚不便，朝中大臣更是平日富贵，经不得几番折腾，只累得筋疲力敝，神劳形瘁。宋哲谏道："舟车劳顿，师老兵疲，可择一处，稍息片刻？也好养足精神，以待来敌。"葛洪望一眼众人，确是身心疲惫，说道："山川行军，凶险万分，待寻了平地，再作休整。"众人往前行，将至汝阴，见一处坡地，溪流纵横，芦苇摇荡，野鸭水鸟遍地，正是宿鸭湖所在。有词为叹：

云开天外，平野含溪翠。千坡蔓，鱼鸭乱，杨柳任翻卷，芦荻拂衣带。人不见，风挽晴色空相会。

　　阡陌难辞故，乱蓬犹飞度，无觅处，客行暮。青草黄沙覆，苍山红霞抹。来去也，渺渺孤程身一点。

　　宋哲见道："此处地势平坦，小溪潺潺，更有野鸭无数，不失美味，正好休息。"众人皆称是，葛洪依言，大军于此扎营。王阳在暗处，见得明白，心中大喜，回报石勒。石勒闻报大喜："天堂有路，你不行来；地狱无门，你自来投。今葛洪入得宿鸭湖，乃天命也。"命将士准备，三更放水，欲淹晋军。

　　却说葛洪见众人扎营，心中不安，领祖逖察看四周，行得半晌，忽见溪边一处滩上，有一老妇，鬟髻当顶，余发半垂，敝衣扶杖，手持一盘，正在沙中劳作，于是上得前来，问道："老人家，你一人在此作甚？"老妇说道："在此淘沙。"葛洪又问："此沙中能淘得金来？"老妇说道："淘些沙来，好埋尸骨。"葛洪不解，再问："此话怎讲？"老妇说道："此地宿鸭，亦宿人也。鸭在水上飞，人在湖中走，鸭得水而活，人溺水得死。"葛洪沉默片刻，说道："老人家，你话中有玄妙，不知你家在何处？尚有人口？"老妇起身回道："家在汝阴城西，无有他人，只有老身，这便回家去。"也不待葛洪回话，径自走了。祖逖赶紧道："婆婆年岁甚高，行动不便，且让我送一程。"便要追去，哪知老妇不答话，径往前行，愈追愈远，片刻不见了踪迹。

　　祖逖回步，心中蹊跷，说道："这婆婆话中有话，不知所云。且行事古怪，似有玄妙，我欲追去，竟追不上，定有蹊跷。"葛洪说道："此人定非凡夫，只是敌是友，尚无论断，方才之言，似有提点，须好生琢磨。"二人回营，见众人已在休息，有的更是鼾声如雷，可见连连赶路，确是困乏。葛洪在帐中，思索再三，召来祖逖、宋哲，说道："我闻老妇之言，其中言有大水，此地不可久留，可命众人前行。"宋哲说道："人困马乏，好些人才歇下，又要离走，定不乐意。且探马已察看四下，此地并无异常，便算是大水，真人有奇门遁甲之术，还护不得周全？今稍有安定，待歇息一日，明日四更行路，也是及时。"葛洪闻言，也不好辩驳，只道："且有所提防，以备不测。"二人领命去。

且道竹敲残月落,鸡唱晓云生。夜至三更,忽的风雨大作,石勒早命放水,登时四面八方,大水骤至,有诗为叹:

潺湲地中涌,大水天边决。
顷刻没平地,俄尔百草叠。
泥沙卷飞浪,无风涛波邪。
一泻漫千里,鼋鳖足不竭。
乾坤肆奔虐,丘涧徒伸延。
逢绝图安所,栖危念身全。

葛洪在帐中,听得万马争奔,征鼙震地,急出来看,见此景象,遂命祖逖、宋哲领众人往高处走,又使奇门遁甲之术,画符往地中指,只见平地垒厚土,荒野起高墙。大水四面而下,葛洪东起一土,西指一墙,暂挡来势。祖逖领众人逃命,那上游忽窜一军,为首者乃石勒,领十八骑而下,摇旗鼓噪,乘势而来,见人便杀,逢人便砍。祖逖大怒,举剑相抵,杀在一团,葛洪见情势危急,心中焦躁,欲使火龙剑,斩杀石勒,正要作法,忽半空一人现出,头戴天冠,着华缦天衣,衣上挂金银、琉璃、砗磲、玛瑙、珊瑚、琥珀、真珠等宝,长眉细眼,自在悠闲,有诗为证:

妙严众宝菩萨音,般若光宣示真际;
寂静明心觉观照,长者身相度群迷。

葛洪见人,问道:"又是西方哪位菩萨到来?敢请姓甚名谁?"话音才落,又有一人现出,赫然是大和尚,只闻道:"道友别来无恙,此乃西方极乐之门,阿弥陀佛座下,众宝王菩萨是也,今番到来,只为匡扶社稷,天下太平。"那众宝王菩萨合掌,说道:"极乐之门,不忍人间受难。司马无道,道友何苦是非不分,助纣为虐,以致纷争不止,百姓流离。"葛洪闻言,也不争辩,只道一声:"你等为求胜负,放水相淹,又致百姓何地?"菩萨说道:"道友执迷不悟,勿怪我也。"把衣一抖,众宝落下,风吹化沙,那沙卷起,将葛洪困在其中,迷了双眼,奇门遁甲之术,暂不得施,大水瞬时而下。祖逖领众人,见四面八方,尽皆来水,不见生路,随波逐浪者,不计其数,转眼间,十之去了二三,长叹:"不想灭顶之灾,今于此地乎?苍天不佑,何惜人哉。"话音才落,忽半空现一人,手持黄金盘,宝盘转动,沙石如龙吸水一般,尽入盘中,霎时又从盘中徐徐而出,层层叠叠,阻住大水。葛洪脱了困来,正疑惑谁人解救,抬首一望,原是见过的老妇人,只是不似先前,但见庄重肃穆,尊贵威严。有诗为证:

顶现天宝月,目放无极光；
身为九皇体,足踏北斗苍。
背负龙头拐,神壮意非常；
不沾脂粉气,犹带灵池香。
口具阴符义,历经山海荒；
谓我郦山女,玄母大道长。

葛洪见得真切,喜道:"弟子钻昏了,竟不识黎山老母,在此赔罪,望老母莫怪。"老母说道:"葛洪,白日我隐语相告,想你修道之人,竟不明其意,确该责罚。"葛洪回道:"确是弟子不是,心有疑惑,不得决断,以致临危履冰,身陷不测之渊。"老母说道:"既然知错,今后改之,不得再有大意。我既到来,则保你周全。"

黎山老母见众宝王菩萨,负手而道:"东方之事,你一个西方客,与其何干?"菩萨不识得黎山老母,回道:"此言差矣,天下之事,在天下之人,何有东方西方之分。你一介女流,不知佛法无边,普度众生。岂不见,自汉以来,三国纷争,晋室变乱,百姓流离失所,何有安生之地。极乐佛祖不忍人间受难,故命我等助来。晋室气数已尽,葛洪逆天而行,以致战乱不止,血流不断,实不应该。"老母喝道:"石勒本是胡马,不为中原之人,若非你等助来,岂有坐大之理。天下之乱,源在你等,切莫以天下之名,行西方之事。"菩萨回道:"此言又差矣,有一问可请教来,人,自私?自公?"老母言:"此问不为问,有生有死,有来

第七十二回
宿鸭湖老母淘沙　运兵道玄女开石

有去，故有私有公。不在公私，全在人也。"菩萨笑道："人虽有公私，皆可修行，身往极乐。我教有云，戒和同修，见和同解，利和同均，身和同住，口和无净，意和同悦，故为六和敬，为修行之道，大同之基。然万国万法，万君万象，不可同一，天下为公，使人间往极乐之地，当天下大和。东方也是西方，西方也是东方，我为人间，无分东西，世间之人，方得一教之念，行一教之法，至天下太平。"老母笑道："人法地、地法天、天法道、道法自然，天地还有五行，何况人乎？不尊自然，无以生也。求同当存异，和而不同。想来西方亦有贪、嗔、痴，己身不安，尚论他人，切莫立至高之地，散普世之言。今日也是你命里无功，遇上老身，且速退去，否则一身修行，毁之可惜。"菩萨回道："你如此口气，不知哪里来历，倒要见识一番。"

大和尚识得厉害，说道："此人乃黎山老母，又称骊山老母，源远流长，神通广大，不可小觑。"菩萨说道："便是黎山老母，我亦有应对。"上前一步，合掌说道："得众宝成王，结众宝成网，世人得宝，便生受缚，且看宝生网玄妙。"遂把宝衣一展，祭在空中，那衣中财宝无数，挂满衣内，众宝之间，皆有一丝相连，那衣转一转，化作一张网，金光灿灿，使人眼花缭乱。晋兵见之，皆被迷惑，待回神来，已是身受束缚，不得动弹。此宝甚是惑人，连祖逖、葛洪亦不能避，直觉眼前一片缭乱，身上结网，愈加发紧。

再看黎山老母，却是面色淡然，说道："财可通神，网尽世人，却不知，宝生如灭，众宝成沙，有何玄妙？"又道："网之根，在于结，结解而网不成也。紫云山千花洞毗蓝婆真人恰予我一根神珍铁，让我替之磨成一针，虽未磨好，也堪能用，今用此挑断结来，使你网缚不成。"遂取一针来，金光艳艳，似眉毛粗细，有五六分长短，拈在手，往空抛去，少时一声响，那针挑开网结，一解千解，网即不成。众人脱了困来，菩萨见状大惊，欲收宝生网，老母喝一声："此宝迷惑世间，使人尽求财宝，无道无品，无德无行，无面无心，不当存也。"从袖中拿出一物，乃是一方印，名曰敕令印，平直方正，雄浑典重，从空中旋转而下，打在宝网之上，也不闻响，只见宝印愈转愈快，将宝网旋于其中，登时众宝收入其内，印内嗡嗡作响，落将下来，宝网已化为一摊尘沙。菩萨见众宝失去，宝网化无，终识得老母厉害，自知难敌，道一声："阿弥陀佛，罢了，罢了，今得见黎山老母，实是幸哉，这便退去，山高水长，再当拜会。"与大和尚交代一番，当即去了。

  大和尚见众宝王菩萨退去，亦知黎山老母厉害，不敢恋战，即率三军退走。宋哲欲率兵追去，老母说道："老身既有言语，任他去吧。你等元气未复，不得再战。"葛洪上前，拜谢老母，老母取黄金盘，交与葛洪，说道："你且将印下那堆沙取来。"葛洪接盘，将沙一捧一捧，放置盘中，再拿起时，却见得尘沙纷纷漏下，再一见，盘中金光闪闪，圆圆滚滚，乃是粒粒丹砂，不由得好奇，回问老母："此砂光泽圆通，无有杂质，外边镶嵌金边，正是经书所言之金丹砂，为炼丹五石之一。"老母笑道："金丹砂不存世间，也是机缘，老身算得西方众宝王菩萨将至此地，故以印压宝，沙中淘砂，你且收好，炼出宝丹，兴道传教，算得一番功德。"葛洪再谢老母，老母摆手，说道："老身不惯世俗，勿要多礼，这便去了。"葛洪不敢多言，打一稽首，目送黎山老母驾云离去。

  祖逖清点人马，多有伤亡，报于葛洪，葛洪见一眼宿鸭湖，说道："此地大水漫漫，不宜久留，又有石勒等众虎视眈眈，我等不得懈怠，待过汝阴，前往谯国，再作休整。"众人经此一役，不敢再有大意，遂依其言，往谯国行。过汝阴，见得城中断瓦残垣，满目疮痍，风吹叶落，凄凄然矣，虽有城名，然已不复城焉。唏嘘之余，上下不作停留，为防贼兵，一路走的是些悬崖峭壁崎岖路，迭岭层峦险峻山，朔风凛凛，猛兽横行，幸有葛洪以奇门遁甲之术，逢山开路，遇水架桥，倒也未遇险阻。

  行经半月，过一座山，葛洪问宋哲："谯国城远近如何？"宋哲手指前方，隐约处见一座楼，回道："此楼名曰谯望楼，乃谯国城所在。"葛洪问："此城可有把守？"宋哲回道："此城确有把守，主将赵固，反复无常，甚是狠辣。刘渊在时，赵固任安北将军，多从征战，所在有功。石勒火并王弥，赵固惧而投刘琨，后又寻归白毛儿，白毛儿见其本事，命镇守谯国。也是奇哉，此地强敌环伺，却从未失守，须要小心。"祖逖说道："凡俗无碍，仙佛难挡。赵固纵是狠辣，终为武将，不似西方之人，倚仗玄法，屡设阻碍。"葛洪说道："话虽如此，终要小心。"命宋哲领一队人马，前去探个究竟。

  宋哲领命，率一队人马，往城下行。至近处，见谯望楼屹立在前，那楼于

第七十二回
宿鸭湖老母淘沙　运兵道玄女开石

城墙之上，却无城门，两旁城阙高耸，辅以朵楼，又伸阙楼，以廊庑相连。城上有一将，头戴凤翅盔，身披柳叶甲，束腰三花紫金嵌，绒绳双系护心镜，面色发红，怪眼半睁，正是赵固。赵固见宋哲，喝道："哪路兵马，来我谯国城？"宋哲勒马喝道："我乃晋将宋哲，奉天子诏，往江东去，今过此地，得见赵将军。将军既为中原之人，饱食君禄，当识大体，可出城迎来，同扶社稷，以归正道。"赵固笑道："原是宋将军到来，今天子被俘，社稷消亡，将军不知大势，竟欲逃往江东，真如鼠投陷阱，无有升腾，一己之力，何以回天？若识时务，当早下坐骑受缚，以求宽大，如迷而不悟，悔之晚矣。"宋哲怒道："早闻赵将军乃一墙两草之辈，今日得见，果真名不虚传。你我莫多费口舌，可出城战来，手下方见真理。"赵固说道："两军交战，何逞一时之勇，我不出城，你尽管来战。"

宋哲看一眼，所见守兵稀疏，遂下令攻城，也是奇哉，云梯架起，敢死之士冲上，并无抵御，待上得城头，已是人去楼空，不见一人，再看城中，也是悄悄静静，未闻人语，好似一座死城。宋哲惊疑，心中不安，寻思赵固定然藏匿其中，命东西南北，各差十人，一探究竟。许久，不见人回，正忐忑，忽听得东南方一声凄喊，急领一军前往察看，亦是空无人迹，除地上一摊血渍，再无异样。众人道："此城古怪得很，定有妖鬼作祟。"皆是惶恐。宋哲见势不好，遂率众退至城头，欲下得城去，却不见了云梯，守在城头的兵士亦是无影无踪。

宋哲大骇，不知如何是好，正急切间，葛洪率众到来。宋哲大呼求救，葛洪命祖逖搭上云梯，上得城来，问其情形，宋哲说道："此城有鬼怪出没，诡异非常。"遂将详情道来，葛洪闻言，皱眉说道："我观此地，并无妖气笼罩，又非鬼怪使然，今兵士失踪，定有玄妙。"遂选八个兵士，画八张符，贴于后背，命两人一行，各往四方，探查缘由，又取八炷香，呈八卦方位，插于城头。少时，见香颤动，摇摇欲坠，葛洪画符，写一个隐字，将符贯于香上，手一指，凭空腾起一团火来，又把手往香上一截，将香灰弹起，飞散空中，不多时，八人现出身影，个个身上带血，惊惶不定。

众人急问详情，八人各回："我等本在寻堪，不见有何异样，未料不知哪处，竟凭空冒出人马，将我团团围住，以为必死，忽空中扬起尘沙，迷迷糊糊，回到这里。"宋哲说道："此乃真人作法，救你等回来。"八人恍然大悟，皆拜谢葛洪。

225

葛洪说道："人马凭空消失，凭空又现，定有玄妙。"又问宋哲："城楼兵士，亦不见踪影？"宋哲答是，葛洪说道："城中不知虚实，不宜贸然深入，且便在这谯望楼上，探个究竟。"又点数香，吩咐众人："执香往各处走，若见烟有回旋之处，速来禀报。"宋哲依言吩咐，兵士各执香而走。

约一盏茶工夫，有兵士来报："城楼下层，确有蹊跷。"葛洪领众人看，此楼暗藏玄机，城上有两层，城下尚有两层，往下走，有一暗道通向地底，从外看皆是青砖，若非符香有指，哪里辨别得来。宋哲见之，沉思片刻，恍然而道："闻魏武初时用兵，常掘地道，运兵于地底，经纬交织，纵横交错，布局奥妙，变化多样，蜿蜒延伸，似无尽头，兵藏其中，神出鬼没，故称运兵道，想来此处便是入口。"葛洪颔首，上前细看，青砖有暗缝，隐现一门，遂吩咐道："可将此门打开。"众人不知机关，强行破门，见轰鸣一声，有一石滚落，挡住去路。此石光泽灿烂，晶莹剔透，坚不可摧。众人破石，半晌无奈，葛洪上前，画一张符，使奇门遁甲之术，道一声："开。"石头却纹丝不动，秋毫无损。祖逖惊道："此石如此坚硬，如之奈何？"葛洪又命众人退后，使火龙剑煅烧，烧了许久，亦是徒劳无功。宋哲说道："不知此石是何来历，竟如此坚硬？"葛洪上前细看，说道："此石面生纵向条纹，半隐半现，内呈蓝绿之色，世所罕见，定非东方之物，不知是何来历。"宋哲说道："既破不开此石，不如早离此地，绕开此城。"祖逖说道："赵固潜于暗道，不知行踪，东一出，西一打，我等如此之众，顾首难顾得尾，敌暗我明，必定大损。"宋哲说道："进又进不去，走又走不得，如何是好？"

正懊恼间，忽闻一声脆鸣，见一鸟飞入，其形娇小，翅尖而长，尾呈叉状，背羽灰蓝，喙中含一块石，也是奇哉。宋哲见道："此处如何有燕雀飞入？"葛洪见状不语，祖逖亦不答言，见那鸟飞至奇石上，喙一开，将口中之石落下，化入奇石之中，再用喙一啄，闻得一声轰鸣，奇石竟自裂开。葛洪打一稽首，拜道："多谢玄女娘娘相助。"原来此鸟为九天玄女所化，不知玄女破石，后事如何，且看下回分解。

第七十三回　九天玄女洗慈石　镇元大仙采雄黄

渔舟鸬鹚唱归晚，流水浮萍梦来春；
桥头云影月下客，堤前燕雀柳上宾。

且说葛洪见九天玄女到来，慌忙拜谢，只见那玄鸟在空中一抖，双翅一扇，有轻风徐徐，香气袅袅，飘飘漾漾之间，走出一个女子，好样貌，但见眉黛如月，腮凝新荔，绰约多彩，轻纱星华。后人有词为证：

头绾九龙飞凤髻，身穿金缕绦绡衣。蓝田玉带曳长裙，白玉圭璋擎彩袖。脸如莲萼，天然眉目映云环；唇似樱桃，自在规模端雪体。正大仙客描不就，威严形象画难成。

葛洪拜道："弟子才疏学浅，烦得玄女娘娘到来，实是惭愧。"玄女笑道："此石名曰天外金刚，非世间之物，乃五百年前，天外来星，落于西方极乐之门，金刚藏菩萨以金刚相合，而成此石，坚硬无比，菩萨曾放言，世间之法不得解，世间之物不得破。你破不得此石，也是情理之中。"葛洪恍然大悟，说道："无怪五行之法不得其效，原来此石非人间之物，不知玄女娘娘方才取何物而破。"玄女笑道："此要谢过女娲娘娘，天外金刚，非五色石不能破。娘娘予我五色石，邀我相助于你。"葛洪又拜："谢过女娲娘娘，谢过玄女娘娘，若非娘娘相助，此难不得解矣。"玄女说道："我等修道之人，莫多凡俗之礼，世俗之言。今到此地，也是为一事而来。"葛洪不解，正要相询，玄女说道："你且将那堆碎石取来。"葛洪依言，取来问道："不知娘娘要此一堆碎石何用？"玄女不言，只把手一开，现出一朵莲花，莲瓣缓缓而开，喷出一股水来，玄女把碎石置于莲中，再往下一倒，有赤青黄白四色石落下，玄女复转莲花，又把手一指，登时水通四方，将莲花缓缓托起，花苞开放，吐出一块石来，乌黑发亮。

  葛洪见得明白，说道："此石通体漆黑，其中有水波之纹，好似那磁星石，正是经书所言水慈石，为炼丹五石之一。"玄女笑道："水慈石非自然之物，须五色石与金刚石相合，以瑶池之水洗来，故我来时，王母娘娘取瑶池之水予我，命我务要洗得水慈石，以合炼丹大计。"遂将水慈石交与葛洪，葛洪接过，又欲拜谢，玄女止住，说道："天外金刚虽得破，然运兵道内四通八达，机关遍布，且定藏有神通。你欲过此城，定要往道中一走，须要万分小心。"葛洪说道："尝言既来则安，料此道中，西方暗藏，弟子道行尚浅，不足应付，还望娘娘同往。"娘娘笑道："你自去，若有危急，我自会现身。"葛洪大喜，遂命祖邈守在城上，不得妄动，自领人马，入得道中，但见景象：单行路，双行路，路路险碍；上下道，交叉道，道道曲折。猫耳洞，阻障墙，数不胜数；陷阱洞，绊脚板，防不胜防。顾望目目惊心，前走步步难行。

  葛洪领众往里走，为防道中机关，编一草人，画符在上，手一指，草人在前行，不过数步，忽顶上一石压下，惊得众人一身冷汗，又不过数十步，陡然平地陷落，现出钉坑，幸是草人，否则必死无疑。众人道："此道中机关遍布，若非真人在此，全军定覆没于此。"葛洪说道："机关易识，人心难测。我等如此动静，赵固定然知晓，不知前路有何险恶？"众人不言，随其而走，曲曲折折。

  行约一炷香工夫，葛洪停步，问宋哲："可觉察蹊跷？"宋哲环顾四下，似曾熟悉，又见前方一石，大惊："如何又回至原处？"葛洪不语，再往前行，兜兜转转，片刻又回至原点。葛洪遂撮土点香，插于面前，画一符，那烟悠悠向前，众人随走，见得真切，眼前明明一道，眨眼之间，变为两道，再一走，两道变为三道，皆在不知不觉之间，便是修行之人，若不细察，亦难发觉，幸得烟雾所指，使之变化分明。

  葛洪见状，喝一声："何人在此，设障目之法。"不见应答，择原路而走，未多时，忽豁然开朗，见一片光明，近前看，原是一处雪山之上，众人正疑惑，有五彩祥云飘来，上乘五百仙人，袍分五色，各穿青、黄、赤、白、黑，有戴鱼尾冠者、九扬巾者、一字巾者、双环髻者、盘龙髻者，有说有笑，往前飞来。众人问葛洪："道中怎见雪山，又有如此仙人？"葛洪说道："自安内心，方见真理。"又听得歌声骤起，众人望去，原是雪山之间有一池，池中有一女子，红锦扑粉，云鬓花颜，乃是一甄陀罗女，正载歌载浴，见得景象，有词为证：

山寒池春，水暖伊人，雾染云昏。香肩半相送，玉体开娇荷。胸雪裁断芳兰梦，莫辞醉，幽处繁荣。桃花本媚色，犹羡婷婷姿。

那五百仙人，飞乘见景，皆见得目瞪口呆，心狂意乱，顿失方寸，纷纷从云中跌落下来，坐于地上，转瞬之间，雪山不见，化为一座大堂，祥光霭霭，彩雾纷纷。五百仙人，已褪去仙装，化作五百罗汉相，或高冠束发，缨络垂肩；或法相庄严，光彩四溢；或庄重慈祥，英武虔诚，又有狮象鹿羊，凤角牛缕等奇鸟异兽侍立于旁。众人错愕，见得如此无穷变幻，皆不知所谓。那五百罗汉齐诵梵经，声若洪钟，如雷贯耳，听得众人迷迷茫茫，不自觉随坐于地。

葛洪见得分明，不受蛊惑，遂大喝一声："装神弄鬼，可见真火炼来。"将火龙剑祭起，那火龙一出，腾起熊熊大火，烧向五百罗汉。少时，不见五百罗汉，亦不见了大堂，只现出一片空地，异常平阔，那四面八方，尽有地道。葛洪喝一声，众人如醍醐灌顶，清醒过来，葛洪说道："我等已至此道中心，且打起精神，料赵固定在此处。"话音未落，闻得鼓声震响，四面道中蹿出人马，为首者正是赵固，拔刀喝道："我等在此，等候多时矣。葛洪，今日你死期将至，可有话说？"葛洪说道："苟且之辈，反复之徒，你自恃玄门在后，欲阻天兵，也是妄念。今弃暗投明，尚有生路，否则生无长命，死有骂名，悔不及也。"赵固大怒，执刀来取葛洪，宋哲大叫："休得放肆。"冲杀过来。两厢人马，战作一团，葛洪放火龙剑，要取赵固性命。那火龙腾空，扑向赵固，赵固一介武将，不知玄妙，迎头向前，眼见得飞蛾投火，灰飞烟灭，忽闻得一声鼓响，"咚咚"之音，如在天际之外，又似双耳之旁，返虚入浑，震人心魄。那火龙霎时定住，火焰顿消，化为原形。葛洪大惊，赶忙收剑，道一声："何方神人，暗施玄术，请现身相见。"言毕，一人合掌，缓缓行出，只见身着天衣，戴毗卢帽，长耳明目，方唇悬鼻，

端的是佛子映成,菩提辉就,口中唱道:

业惑障难行路惊,自在无碍菩萨音;
红尘飞花身迷醉,大鼓敲醒世人心。

葛洪见来人模样,虽不识面,然心知不妙,又有西方之客,遂打一稽首,问道:"不知哪里菩萨到来,姓甚名谁,到此何干?"来人敬礼回道:"贫僧乃西方阿弥陀佛座下,号定自在王,今到此地,见上有城,下有城,倒也荟萃。然好端端一座城,却生兵祸,又见地道窜火,不为吉祥。故来寻个缘由,原是道友连结,善哉善哉。"赵固见道:"多谢菩萨相救,若非菩萨到来,定遭不测之殃。"菩萨笑道:"接引佛祖见世多难,入极乐之门,见阿弥陀佛,我等受命入世,故来助你。"葛洪说道:"弥陀来迎,随之诸菩萨共二十五位,定自在王尊者即为其一,言心之定境,自在无碍,今日乃见,也是有幸,只是你虽具自在力,然不知心若自在,不涉红尘,你即到来,徒有自在,倒是失了一个定字了。"菩萨笑道:"光明大千,普度万众,身入红尘,如何不是一个定字。你既修道行,且存道心,为何眼不见四方灾祸,口却言社稷匡扶,不知大江大河,大悲大善,实不应该。所谓大厦将倾,再修无益,晋室颓废,已失人心,一统方有太平,大同才得真经,道友切莫执迷不悟,以误众生。"葛洪说道:"此运兵道,变化万千,想来菩萨所为,障目惑人,不是正道。"菩萨笑道:"不取于相,如如不动。若是心定,纵是乾坤山海,千相万态,有何惧哉。你等修行尚浅,不识大妙,心不定,欲易动,可速退去,否则心胆俱裂,后悔莫及。"葛洪说道:"菩萨定心之法,贫道倒想见识一番。方闻鼓声骤起,火龙而定,不知是何宝物?"菩萨说道:"你可见来。"遂把手一拂,现一面鼓,那鼓着实稀奇,为长圆形,鼓身燃有火焰。菩萨说道:"此乃通心鼓,一念鼓响,一念欲动,欲动则心动,欲无止,心难受,难受则裂,心裂则死。你可要试来。"

葛洪正要上前,忽一将请战,乃愍帝殿前大将张洪瑞也,此人性如烈火,闻菩萨之言,心中不服,说道:"哪里有这等妖鼓,可让末将见来。"提两根狼牙棒,飞来直取菩萨。菩萨把鼓置前,使槌往鼓上一敲,闻得"咚"一声,张洪瑞忽感心中一梗，人定在原地，身上白焰骤起，色声香味触法，六欲潺动。菩萨再打鼓，"咚咚"之声，直叩心扉，张洪瑞直觉心跳急速，登时面色通红，手脚发颤，再一会儿，七窍流血，心爆裂而亡。众人见之，皆骇之，宋哲说道："神仙也有欲，何况人乎？"葛洪谓众人："你等未曾修行，切莫逞强再试，枉送性命。"遂踏前一步，说道："凡夫俗子，皆有念欲，故成大千，菩萨何必断人性命，造孽众生。此鼓不祥，理当毁去。"菩萨说道："欲念不止，纷争不休，贫僧为苍生计，故祭此鼓，阻你东去，再生祸患。"葛洪不待言毕，使奇门遁甲，霎时入地，现于菩萨身前，起手要夺通心鼓，菩萨见得明白，喝道："大缘大法，任你小术旁门。"将鼓往空中一抬，腾身而起，打一声鼓，那"咚咚"之声，如晴天炸雷，云下霹雳，震得葛洪身形一晃，瞬间挪不开步。

葛洪心知不妙，忙定心存神。死生关里，菩萨打一声鼓，葛洪心颤一下，终是圆满无边，修行无涯，眼见得难以支撑，忽半空一声鸣，见玄鸟展翅，盘旋而下，直奔宝鼓去。菩萨见得厉害，忙收鼓喝道："哪路上真到来？"玄鸟婷婷落下，化为女相，正是玄女到来，真是个先天神女，上世仙姑；庄严妙相，位列九苍。又看手中持剑，乾金之象，有诗为证：

掌造化枢机万物，雷霆号令命三湘；
足踏金莲朝圣母，手持宝剑斩魔王。

葛洪见玄女至，大喜，打一稽首，往菩萨道："此乃九天玄女，上古真仙，你不识得，故有所问，今已知晓，当速退去，莫犯天颜。"玄女说道："暗黑之地，竟藏西方门人，不为光明大道，竟枉言通天，以人心纵万恶，以生死定正反，徒立高处看蝼蚁，口中虚妄说真善，也是可笑至极。竟不知善恶本一体，人性本自然。你若退去为好，不然亟遭天谴，后悔不及。"菩萨合掌礼道："原是九天玄女到来，久闻盛名，也是幸会。只是尔言大谬，善恶不分。葛洪乃修真之人，尚存恶念，若不矫正，当误世人。玄女既到来，亦可试通心鼓来，以正其心。"玄女笑道："一面破鼓，尽管使来。"菩萨即上前，祭通心鼓，知玄女非比他人，口中念语，那鼓一化二，二化三，共化八十面，笼住四面八方。菩萨一击，鼓声大作，地道乾坤颠倒，天旋地转。

玄女见一眼，拈指而立，一团白光从内而发，乃九天玄元气，护住心脉，鼓声不得入，又把袖一现，一剑而出，那剑身非金，乃九节雷兽之骨。玄女笑道："昔日涿鹿鏖战，黄帝战蚩尤，便以八十面鼓而定天下。你以八十面通心鼓，激我心欲，岂非小可。今我以九天玄雷剑破之，你且看好。"遂将宝剑往空中一抛，剑为九段，闪闪发光，每段有九雷，共九九八十一雷，从八卦之位打来，风云变色，天惊地动，苍穹无极，那八十面鼓受八十神雷，登时皮破鼓裂，灰飞烟灭。余下一雷，往通心鼓打下，直觉一道光柱，耀眼非常，打在鼓上，"轰隆"一声，登时众人眼前白茫茫一片，待看清时，通心鼓毁于一旦，定自在王菩萨已不见踪影。

众人尚未回神，忽地道落石纷纷，四面出水。玄女说道："西方菩萨已经遁走，此道经不得神雷，即将塌陷，你等随我走。"正在此时，赵固率众，齐齐拜道："娘娘神威，我等不识真颜，还望恕罪。今见西方面目，又知天下大势，悔不当初，愿归顺晋室，择主而仕，以效驽骀之力，图报社稷，祈上真纳之。"玄女说道："你等莫要拜我，且问葛洪便是。"葛洪说道："爱河千尺浪，苦海万丈深；欲求无上道，一念便纯真。大天尊有言，知常容，容乃公，公乃全，全乃天，天乃道，道乃久，没身不殆。将军一念之悟，弃暗投明，竭力扶持社稷，琅琊王不胜幸甚，岂有不容纳之理。"赵固慌忙拜谢。两军合兵，玄女化为玄鸟而飞，众人随行，出了运兵道，不多时，闻道中声声轰鸣，已是坍塌。后唐宋两朝再次修葺，以作军事战道，南宋嘉熙四年，黄河决口，谯国城被淹，运兵道被灌淤塞，深埋地下七百余年未曾见世，在此不提。

且说玄鸟领众人出了运兵道，也不多言，只向葛洪微微点首，径自飞走。葛洪往玄鸟一拜再拜，感激非常。宋哲寻了祖逖，葛洪对赵固说道："今后将军可受祖逖将军节度。"赵固拜祖逖，皆大欢喜。众人出了谯国城，往彭城国走，又是一路山高水险，沐雨餐风，按下不提。

且说白毛儿闻两路人马皆无功而返，不由得怒道："葛洪携晋室余孽东走，残兵败将，苟延一息，想来路远山遥，一击而溃，今日看来，却是一路纵横，势如破竹，三军上下，情何以堪，脸面何存。孤当亲率大军，一会葛洪，倒要见他是否真有三头六臂，神通广大。"田密谏道："陛下不必急切，葛洪今离了谯国城，往江东走，必经彭城国。闻此城有妖怪作乱，不经行客，可见葛洪如何，再作计较。"白毛儿早闻得此地蹊跷，虽为城国，却是荒无人烟，毫无生气，遂命整备兵马，摩厉以须。

且说葛洪率众，行毂山原，历尽水道，又是大雁南飞，秋凉体寒，但见：

青竹隐霞晚，木槿添岚光；

客雁鸣蒲柳，玉露点枫黄。

寒山掩心碧，游云任秋长；

桂华寻故里，茅飞度西江。

正然行处，远见一座城池，葛洪说道："前方可是彭城国？"宋哲纵起身子，睁眼观看，回道："前方正是彭城国，然此城不可擅入？"祖逖诧道："此城有哪位勇将把守？"宋哲说道："此城并无兵将守之。"祖逖更是诧异："既无守将，何故不得擅入？"宋哲回道："常听人言，此城有妖怪作祟，四方行客，但入城中，只有入得，再无出得。故来往之人，皆避而远之。"祖逖笑道："哪有此等言语，料想我等之众，皆出不得？"宋哲说道："末将虽未亲见，但也风闻，纵是千万，亦消失于此，不得而出。"葛洪不言，率众近前，仔细觑之，倒也祥光隐隐，不见什么凶气纷纷，遂道："我见此城，倒也无甚凶光，应是无恙，且随入城，再作计较。"众人闻言，随之而行。

走至城下，城门大开，空无一人，并无守将。众人随入，旦见城中土地平旷，屋舍俨然，阡陌交通，男女自得。又见每家每户，前堂有池，池中有莲，再看面色，亦是寻常，并无异样。葛洪定睛看，人人怡然自乐，笑脸相迎，顶上未有妖气盘旋。祖逖欲寻个主事之人相询，但问行客，皆称无人做主，心中甚疑。宋哲遍观四下，来往行人，络绎不绝，只是既无店肆，又无商家，便是住宿之地，也是未见，不由得说道："此城人口众多，却无买卖，倒是蹊跷。"祖逖见一老妇，上前问道："老人家，城中可有买卖。"老妇倒是热情，笑道："你等可是外客，不知此地风俗。城中人家，皆自行生产，不事买卖，你等若无吃住，我知会一声，各家各户，皆为好客之人，当好酒好菜，款待周到。"祖逖说道："难为老人家，我等只须备些粮草，歇息一晚，明日尚要赶路。"老妇又笑："不难，不难，你等在此稍息，老身去去便来。"

未几，城中闻知，即来百姓，老妇邀约至各家，设酒杀鸡作食。葛洪乃修道之人，不恋口腹之欲，众人倒是颠沛流离，饥肠辘辘，即随之去。葛洪命祖逖吩咐众人，取些干粮，速速归回，莫扰百姓清净。良久，众人陆续见来，个个酒足饭饱，喜笑颜开，对之道："此地百姓，皆是真情真性，朴实无华，见我等，好酒好菜招待，迎来送往，大方周到，无以挑剔，看来外间传言，乃以讹传讹，不足信也。"葛洪不语，命宋哲好生察看。宋哲一一清点，少时，眉头紧锁，悄声耳语："有二十五人，不见归来，想是尚在酒食，稍后方至。"葛洪闻言，正要差人去寻，抬首不觉，城中百姓皆至，里三层，外三层，围了个水泄不通，竞相邀宿。众人欢喜，皆言："一路颠簸险阻，担惊受怕，今到此地，方可安眠，俱放身心。"

葛洪见此景象，心中隐有不安，却又说不出所以然，见天色已晚，正踌躇不决，忽闻得一声："大难将至，竟浑然不觉，浊眼迷蒙，危在旦夕也。"葛洪环顾四下，见人头攒动，不知谁言，不免急道："何人说话，肯否现身相见？"一人缓缓行出，乃是个行脚全真，怎生模样：穿一领百衲袍，系一条吕公绦。手摇尘尾，渔鼓轻敲。三耳草鞋蹬脚下，九阳巾子把头包。飘飘风满袖，口唱《月儿高》。径直来到面前。

葛洪虽认不得来人，料非凡士，遂打一稽首，说道："不知上真姓甚名谁，哪处洞府？今到此地，有何见险，还望指教？"来人说道："此城尽妖，毫无人气。那二十五人未归，已被剁为肉食，可怜你等尚以为佳肴，尝于其口，裹于其腹。若再蒙蔽不识，恐无一人生还。"葛洪闻言，大吃一惊，问道："我观此地，并无妖气，又观百姓，亦无异相，不知妖在何处？"那人说道："此地确是蹊跷，非只言片语可以言明，当务之急，勿要众人随妖而去，以免不测。"葛洪领首，连忙喝道："此地有妖作祟，可聚拢一处，以防有变。"那老妇闻言，顷刻变脸，怒道："你这小道，好生无礼，我等好酒好菜，款待你等，不想却说有妖，城中百姓皆在此处，哪里有妖，你可指来。"葛洪定神开眼，确无妖气，一时不知如何回言，老妇咄咄逼人，上前要拿葛洪。

正是紧要关头，那上真喝道："你等妖孽，遮掩本相，吃尽这满城百姓，还来各化其相，诓骗行客，祸害一方，实是可恶。今若不除你等，枉为修道一场。"遂把袍袖一拂，见一阵迷雾散去，再看这些百姓，实是骇人，眼见得，人人鳞甃幽光，个个腹连金环，舌翻红焰，尾动波澜，原是一条条大蛇。满目尽有，遍地皆是，或盘旋，或环动，或摇尾，或昂首。众人相见，腿脚发软，魂飞魄散，便是葛洪，亦未见此景象，也是心惊。上真倒是淡然，见道："五行之道，相生相克，七步之内，当有解法。"即走数步，至一棵松下，往根部一指，树起土扬，在根下采一物，用指一弹，尘土尽祛，只见红色透体，绚丽多姿。上真将那物祭在空中，登时大蛇纷纷隐去，不见踪迹。

葛洪见得明白，喜道："此物明如琥珀，质脆色艳，状如鸡冠，正是经书所言之木雄黄，为炼丹五石之一。"上真笑道："木雄黄非一般之物，务要大蛇群出，方得其生。也是你机缘已至，故到此地，该得此物，应合你炼丹之道。"遂将木雄黄交与葛洪。众人上前拜谢，葛洪不知上真姓名，正要问明，上真却道："众位不可大意，大蛇虽去，尚有难也。"葛洪不解，问道："弟子正有疑惑，入城之时，我观之并无凶气，倒隐有祥光，上真所言，还有大难，不知何故？"上真笑道："此城为城，此城亦非城；大蛇为蛇，大蛇亦非蛇也。"葛洪不知所以，说道："弟子愚昧，还望指教。"上真说道："你且不知，小乘之教有言，三神之一，维护神毗湿奴于大蛇无边之身沉睡，漂于混沌之海。梦中毗湿奴从肚脐里生一枝莲花，花开而现创世神梵天，梵天继而创大千世界。故其教义，梦即世界，世界又为梦矣。后西方教传世，阿弥陀佛入梵天之门，合接引道人，以释迦牟尼化梵天之相，通大小之法。今你等入城，非入彭城国；你等所见，当在一位菩萨梦境之中也。"

话音才落，忽闻晴空中一声哈欠，好似有人苏醒，又闻一声："地仙之祖镇元子，果真名不虚传也。"那上真闻言，即现了本相，怎见得模样：

头戴紫金冠，无忧鹤氅穿。履鞋蹬足下，丝带束腰间。体如童子貌，面似美人颜。三须飘颔下，鸦瓴叠鬓边。端的是乔松之貌，春秋之形。

葛洪见颜，赶紧拜道："原是镇元大仙，弟子双目蒙尘，不识真貌，还望莫怪。"镇元子笑道："你且起身。"又道："道友既已开口，当可现身相见，不必遮遮掩掩。"登时一朵莲花悠悠而起，花瓣飞落，漫天而舞，从中走出一人，你见得怎生打扮：

> 金霞散缤纷，红光满体真；
> 头顶半弯月，手放日华明。
> 三花朝元海，足下聚彩云；
> 璎珞垂无定，戒衣护法身。

镇元子打一稽首，说道："不知道友哪方世界，何处修行，尊号如何？"那人合掌施礼，回道："贫僧出极乐之门，号陀罗尼，今幸见镇元大仙，也是有缘。"镇元子闻其号，笑道："弥陀来迎，随之诸菩萨共二十五位，陀罗尼尊者即为其一，言善法不散，恶法不起，今日乃见，也是有幸，只是你虽言善恶，然以小乘梦法，演尘世之幻，行大蛇之祸，不知善恶何在？"陀罗尼菩萨回道："小乘梦法，以梦创世，而在无妄，无妄即在，有妄则失，此乃接引佛祖与阿弥陀佛讲经三日，通小乘而达大乘，又命大蛇行灭世。今世人妄念丛生，故有祸事，归根结底，在于自身因果，无怪佛陀。陀罗尼，于一法之中，持一切法；于一文之中，持一切文；于一义之中，持一切义。我奉阿弥陀佛命，特来此地，以传无量佛法，超度众生。葛洪不识天命，欲往江东，致天下无统，世事不安，不当人事也。"镇元子笑道："红口白牙，舌灿莲花，岂不知，上等仙道，中等神道，下等人道，天地乾坤，万事万物，方为自然。人道即世道，生老病死，善恶美丑，喜怒哀乐，爱恨情仇，皆为真理。你灵山之下，亦有恶事；极乐之门，也生悲花。何故以一念扰自然，一行生因果，今我在此，不使人虚善行恶，扰乱东土。"菩萨合掌，叹道："世间之理，总以强者至上，看来今日，免不得一番争斗矣。"不知二人斗法如何，且看下回分解。

第七十四回　葛稚川缘入水岛　白毛儿亲证涂州

一帘疏雨半相逢，晴烟流素满江空；
几许伤心移洲畔，离鸿别梦断清愁。

且说镇元大仙见极乐陀罗尼菩萨，言语不合，欲行斗法。镇元大仙说道："既是斗法，为阵？为术？为宝？"陀罗尼菩萨回道："贫僧斗法，不为阵，不为术，亦不为宝，乃为身也。我有三身，梵语，旋，大悲心。你若能破三身陀罗尼，贫僧自返极乐，从此不涉中土之教。"大仙笑道："菩萨一言，当为金莲，你但行来，贫道自破之。"菩萨合掌，说道："既如此，你且看来。"遂盘坐于地，闭了双目，口唱："梵语陀罗尼，能持一切善法，不散不失。当见持空卷。"见身起半空，顶现一经卷，徐徐展开，其中列列梵字，浮出卷外，展展成环，又有黄光顿起，环成一圆，绽放开来，犹如金轮降世，天书临凡。众人见之，皆目不转睛，耳边有梵音唱起，言善恶之源，解轮回之惑，霎时不喜、不嗔、不着、不动，如痴了一般。

镇元大仙见之，喝一声："有字不为真经，无字方传真言。以字施术，蛊惑众生，终有拨云见日，雾散天清。"登时将鹤氅鼓起，使梵字不得近前，菩萨合掌，字环笼罩，欲嵌入其身。大仙忽展开鹤氅，狂风自内而出，好风，真个厉害，有诗为证：

土播扬尘天地变，走石飞沙乾坤旋。
五岳摧折四海乱，日月无光星斗残。
青龙白虎失了位，朱雀玄武走了弦。

南林飞鸟北原展，东湖游鱼西江还。

雷音不见三层塔，瑶池倒灌蟠桃园。

风神敞袋犹不及，大仙真法妙不传。

神风一出，见得字字倒转，不成圆环，殊不知，此乃大仙防身之物神风氅，风在内万法不侵，风在外天地倒旋。又见大仙从袖中拿出一物，乃是一条鞭，龙皮而制，闪耀七星，名曰七星鞭，往前打下，只觉得龙出星河，一道白光而下，将持空卷打为两段。菩萨见道："好手段，且再看来。"登时抛一根彩带，名曰旋空带，法身随带旋起，为旋陀罗尼，只见得愈旋愈快，好似龙卷之风，所过之处，无论鸟兽，还是草木，皆无影无踪，一切成空。那七星鞭沾了半点，陡然之间，七星去了六星，大仙见状，赶紧收了。

众人骇得直退，有数人卷入，霎时凭空消失，踪迹全无。葛洪亦惊道："此身如此惊奇，弟子平时未见。"言毕，即闻菩萨之音："旋转世间执着，有相差别之假，而入平等之空，成一空一切空之成假入空，而道空持，故名旋陀罗尼。"大仙观之，说道："莫要听其胡言，此旋身名为空持，道一切执着为假，而成空相，依我所见，那身卷起，暗藏一片黑暗之地。尝闻极乐世界，与人间不在平行，故不得相见。两地之间有一道缝隙，非混元无上大道，不得而过，乃称极乐之隙。此旋陀罗尼，想是将其中万物，转入极乐之隙之中。"葛洪奇道："此极乐之事，大仙如何知晓？"大仙笑道："世人谓我地仙之祖，如何不知。"葛洪问道："大仙既晓其源，当知破法。"

大仙一笑，遂祭一把玉尘麈，那千丝悠悠而长，亦反向而转，可入任意时空，不多时束了旋空带，法身随之止住，菩萨现了身形，赞道："此麈竟可破空，当是好物。且再看来。"即把身一垂，面呈悲相，掌现一神物，那物呈十字状，中间为一心形石，通体黑亮，名曰悲空架。此物一出，十方俱哀，凡有生灵，皆呈大悲状，以泪洗面，忏悔过往，自求解脱，堕入轮回。玉尘麈束得形，束不得心，眼见得众人求死，大仙喝道："好手段，好术身。"纵身往云端去，将袍袖一展，使一个袖里乾坤的手段，见得那袖无穷之大，星辰寰空，尽在其中。袍袖迎风，刷地前来，那悲空架落入袖里，如石沉大海，再无声息。众人猛醒得过来，皆感错愕。

菩萨惊道："此术当是了得。"大仙喝道："你陀罗尼三身已破，哪里走。"遂展起袍袖，要拿菩萨。菩萨合掌敬礼，只道一声："三身既破，贫僧自当离去，不劳你来。"也是奇哉，见得菩萨化作星星点点，转眼消失不见，又见得眼前一片虚空，似一幕布，撕扯开来，陡然明亮，之前这城中景象无影无踪，当下乃是一城，人来人往，忽见得葛洪一众，皆是惊奇。有一老者上前问道："你等哪里人氏，为何凭空冒出，现身此地？"众人面面相觑，反问："此正是我等所言，如何你等凭空在此？"皆不知所谓。葛洪问大仙："弟子愚蒙，不知其妙，还望大仙赐教。"大仙笑道："一切尘世，一切梦幻，你等见蛇妖，乃是菩萨梦境；我与其斗法，仍在其梦尔。梦中有梦，今菩萨梦醒，城尚是那城，人还是那人，一切复初，然世人迷蒙，几人可梦醒，终其一生，浑浑噩噩矣。"葛洪闻言，恍然大悟。大仙说道："今解你一难，就此告辞，山高水长，且要小心。"葛洪不舍，哪留得住，只得作别，遂行。

众人上路，葛洪问道："前方是哪里地界？"祖逖回道："彭城国过去，便是徐州了。"葛洪说道："到了徐州，离江东便不远了。"又交代祖逖："一路行来，人马俱损，今将至徐州，已近江东，常言好事多磨，须更要小心。想来白毛儿屡次受挫，必不善罢甘休，不知前路又有哪路人马，何等玄妙，此番贫道驾云探路，将军须护得众人周全。"祖逖领命。葛洪捏一撮土，往空中一撒，驾土遁而走，看不尽：

陡崖森森，林沼沿沿。孤鹫悬枝落，狡狼作群行。岩羊野兔跃深涧，灵猴鼷鼠任穿梭。翻身大蟒，漫道足虫。浮云过长岭，流水连荆丛。犹听风声冷冷，入目谷壑重重。千年老樟，万载古杨。藤萝盘阴石，苍苔映寒霜。红尘飞花真难到，人间过客不知名。

且说葛洪在云中，看得仔细，那徐州城虽在眼前，然一路草木丛生，荆棘遍地，也是所幸，乍一眼，无见兵马，只是路途难行些罢了。葛洪终是心中不安，为求稳妥，纵下身子，行于山间，再探个究竟。约行数步，见数株长松之下，一块白石悠然，甚是喜爱，爬上石来，箕踞而坐，静受满山苍翠。

正此时，路过两人，道人装扮，见葛洪坐于石上，一人道："此人体态昂藏，自应富贵，何如此青年，居于泉石？"另一人笑道："老先生不知，此人富贵固有，然富贵还只有限，更有一件大过人处，可当知晓？"那老先生回道："富贵之外，然不知也。"另一人道："你看他须眉秀异，清气逼人，双目灼灼有光，而昂藏矫健如野鹤，此殆神仙中人。"老先生不尽信，因走上前，对葛洪一拱手，说道："长兄请了。"葛洪正看山色，忽闻人言，回首一看，见一老先辈模样，遂即起身来，打一稽首，说道："弟子贪看山色，不识台驾到此，失于趋避，不胜有罪。"

老先生见葛洪谦谦有礼，心中欢喜，问道："我看长兄神情英发，当驰骋于仕路中，为何有闲寻山问水，做此寂寞之事？"葛洪笑道："尝闻贤人君子之涉世，即居仕路中，吐握风云，亦宜有山水之雅度，如老先生今日是也。"老先生闻言，大喜道："长兄不独形貌超凡，而议论高妙又迥出乎寻常之外，真高士也，可敬，可羡。不知足下姓甚名谁？哪里人士？"葛洪回道："尚不曾拜识山斗，晚辈安敢妄通。"老先生笑道："我乃南海郡守鲍靓，字太玄，过时陈人，不足挂齿。身旁这位，道号空空，真奇士也。"葛洪说道："泰山北斗，果是不虚，闻老先生虽处仕门，然精通道学，更善丹术，弟子姓葛名洪，字稚川，为大罗宫门人。今得幸以瞻紫气。"又与空空道人打一稽首。

鲍靓闻葛洪之名，大喜，说道："果不出海神若之言，佳缘在此，无有其他。"葛洪不知其意，空空道人笑道："实不相瞒，太守虽有出尘之意，却有一心病，膝下一女，名曰鲍姑，小字潜光，禀性清慧，学通经史，修身养性，学兼内外，明天文河图洛书。今待字闺中，太守欲择良婿，潜光小姐却称，要寻那高山流水之间，大道修真之人。然女儿家不出闺门，何寻其人，太守故从南而北，一路寻访，于那北海，幸见北海若。海神告之，一心自有念想，良缘便在眼前。也是怪哉，言毕则眼前一片恍惚，转眼到了此地，往前行几步，得见你也。"鲍靓执葛洪言："佳缘如此，天命有定。我知你身负大任，今既有幸见，暂不勉强，待你功成身退，自有因缘。我与小女，在南海相待。"葛洪闻言，知其中天命，只微微颔首。二人作别，后人有诗为证：

漫道知音今古稀，只需一语便投机；

况乎语语皆如意，肯不身心一片依。

话说鲍靓别了葛洪，回南海去，后鲍姑嫁与葛洪，炼丹行医，悬壶济世，人称"鲍仙姑"，此乃后话，按下不表。且说葛洪往前行，忽听得一阵流水之声，遂循声而走，未有一炷香工夫，不觉身旁淡淡迷雾，渺渺茫茫。再往前走，豁然开朗，见一小岛，泾流环绕，百瀑倒垂，岛上风光旖旎，可谓人间仙境。但见那：

云水悠悠相叙，草木叠叠芳还。汀上浮光掠心峦，自有风景一片。

葛洪正叹山中怎有如此水岛，却闻一声："天下之美，尽在己乎，北海若以为如何？"望去，见岛上有二人，葛洪识得言语者，乃是河伯。身旁名北海若者笑道："你且随我见一眼。"二人随即消失。葛洪正错愕，忽眼前一转，二人又现，那河伯长叹一声："野语有言，天下道理，知晓甚多，便以为无人能及自己，此正是我之谓也。今见大海，无穷无尽，方知天外有天，人上有人。北海若如未到此，我则长见笑于知大道者矣。"北海若说道："井蛙不可以语于海者，毕竟受居处之限；夏虫不可以语于冰者，毕竟受时令之限。故曲士不可以语于道者，毕竟受礼教束缚。你从河道而见大海，方知己之鄙陋，故可与你言大道也。"河伯一脸惭愧，打一稽首，拜道："北海若一言，好似醍醐灌顶，茅塞顿开，今后当好生请教。"遂作别而去。

葛洪闻二人对话，不由得沉思。片刻，北海若说道："稚川，何不上岛说话。"葛洪即打一稽首，拜道："早闻北海若之名，今有幸得见，弟子有礼了。"遂上岛来。北海若说道："方才与河伯之言，亦是与你言。天下之道，道上有道，不在于分，而在于合，合则和矣。所谓蛇化为龟，忽忘曲屈而行之状，而得蹒跚之质；雀化为蛤，即失飞翔鸣叫之形，而得介甲之体，便是此理。今天下纷争，终将为合，而天下有教，东西有分，道有道理，佛有佛论，虽各有其说，不过还是一个合字。道之所在，须参合无上至理，悟宇宙之来去，日月之起升，十方之玄妙，天地之变幻，与道无限，方可宏大。"葛洪拜道："谨记北海若之言，弟子当悟玄参妙，鞭掰进里。想来大天尊命我炼丹，丹合则成，道合则兴，便是此理。"北海若笑道："你有此言，当见慧达明心，日后当得正果矣。今日你有缘到这云玄岛来，我便赠你一物，也是缘分。"遂领葛洪至一处，原是一口井，井口为白玉，井壁为黑石。

北海若问道："你且往井中看。"葛洪一瞧，未见有水，遂问："此井乃是一口枯井，不知有何妙用？"北海若把手一托，现出一瓶，那瓶口儿小小，瓶身却是鼓鼓胀胀。北海若道："大天尊命你炼丹，须玄水液方得炼成。然玄水液不可轻取，须用那无根瓶接了玄水，放入那八卦炉中，沸腾成液。今将这无根瓶交与你，速去接那玄水罢。"葛洪闻言大喜，忙接过宝瓶，走至井旁。也是怪哉，那井忽一阵巨响，从地底腾出一股水来，葛洪忙用无根瓶接了个满满，再一看，那水落井中，霎时不见。葛洪小心将瓶放好，再一回首，不见了北海若，站立处，乃是山中林间，哪里还有什么水岛。葛洪知北海若已去，遂拜谢而回。

且说白毛儿居平阳，闻报葛洪过了彭城国，不由得大怒，召群臣商议，说道："今得报，葛洪携晋室残孽，过弘农，达洛阳，至颍川，度汝阴，越谯国，经彭城国，陵徐州，往前便是下邳，欲投司马睿，若得成，晋室死灰复燃，为我心腹大患。白眉儿、石勒屡次阻杀，皆不得逞，可见其势甚大，不可小觑，若再会同司马，南渡长江，据险而守，江山何日一统，天下何日太平。此番孤欲亲征，勿要剿灭贼子于徐州。"众臣闻言，皆称陛下圣明。御史大夫陈元达谏道："大将军、大都督屡剿葛洪，皆无功而返。葛洪乃当世奇人，又有三山五岳之人相辅，陛下欲行亲征，须三思而后行。若非一举得成，莫要轻动根本。"白毛儿摆手，说道："长宏所言，不足虑也。所谓天子亲征，征则必胜，莫道一个葛洪，便是司马睿亲至，亦有何惧。"陈元达又谏："陛下亲征，须周全为好。"白毛儿怒道："你可疑孤战不得葛洪小儿乎，孤意已决，莫要再言。"陈元达不语，众人见状，皆是惶恐。

片刻，陈元达又道："敢问陛下，出征在外，何人监国？"白毛儿颔首，遂封子刘粲为相国、大单于，监理国事，又令中护军靳准辅政，自己亲率大军，出征徐州，命刘景为前将军，祭了宝纛旗旛，一声炮响，人马往徐州而去。怎见得，有诗为证，诗曰：

第七十四回
葛稚川缘入水岛　白毛儿亲征徐州

　　铁马扬蹄进，兵戈奋前行。红旗似烈火，赤帜如积云。长弓指弯月，方戟排霜林。飞剑带紫露，钢刀晃銮铃。铠甲生灿烂，锣鼓震人心。正是：三军踊跃腾杀气，将士威武啸龙吟。

　　话说白毛儿亲征，白眉儿于长安候驾，两军合兵，杀向徐州不提。且说葛洪遇北海若，得玄水液，回到营中，见众将说道："兵贵神速，前方无有险阻，可直至徐州。不知徐州守将何人？"宋哲回道："徐州乃石勒部将张豹，此人原是汉人，坞堡之主，后降了石勒，也是勇猛无比。"祖逖说道："原是个降将，且让我来会之，以断中原反叛之心。"葛洪说道："将军出战，勿要一击得胜。"正言语，赵固挺身说道："自投上真以来，寸功未立，实是有愧，今过徐州，且让末将先去会之，若不敌，将军再去不迟。"祖逖见赵固立功心切，即道："将军既有杀敌之心，且作先锋，与那张豹会上一会。本将随后即至。"赵固领命而去。

　　祖逖正清点人马，忽闻报："白毛儿亲率大军，往徐州而来。"不由得大惊，即告知众人。众人亦是大惊。葛洪问道："敌军有多少兵马？"祖逖回道："白毛儿、白眉儿俱有修行，探马不敢细查，只见得人如潮水，不计其数。"葛洪皱眉，说道："白毛儿势大，我等寡难敌众，且无栖身之所，务必要速取徐州，以作根据。"遂命祖逖："料赵固不能轻取张豹，将军速点人马，斩杀张豹，拿下徐州。"祖逖领命即行。葛洪又命宋哲："护得朝臣家眷，待祖逖取了徐州，即刻上路，往下邳去。"宋哲问葛洪："上真如何行？"葛洪说道："贫道在此布阵，以延敌军行进。"宋哲拜别，领命而去。

　　且说赵固率众，直奔徐州搦战。报马报入将府："启将军，有晋将搦战。"张豹问道："来将何人？"报马回道："乃谯国城守将赵固。"张豹闻听大怒："此等反复之人，定要生擒，千刀万剐。"有偏将郭全谏道："贼兵远道而来，锐气正盛，我等可倚城池相持，不宜拼杀。"张豹喝道："我观赵固，如土鸡瓦犬，有何惧哉。"传令："点兵出城厮战。"众将听令，各整军器出城，一声炮响，杀气震天。城门开处，将军马一字摆开。张豹喝道："赵固上前答话。"赵固走马出营，见张豹飞豹盔，金锁甲，大黑袍，玉束带，紫同马，手掌大斧，马上欠身道："张将军别来无恙。不才甲胄在身，不能全礼。今天下荒乱，琅琊王志在社稷，葛

243

仙人下山辅佐，晋室有望，我等皆中原之士，当齐心协力，驱逐胡马矣。"张豹大骂："无耻之辈，反复之徒，若是别将说话，还有他议，你口中之言，如半夜坟语，鬼话连篇。今还不倒戈服罪，而欲强抗天兵，是自取灭族之祸矣。"遂回顾左右："谁与我擒此逆贼？"言未了，左哨下一将，乃偏将李玄，厉声而道："待末将擒此叛贼。"摇枪出马杀去。赵固喝道："米粒之珠，焉放光华。"拍马执刀，飞来直取。李玄手中枪急架相迎，两马相交，刀枪并举，战未三十回合，赵固卖个破绽，大吼一声，将李玄刺下马来。张豹见之，大喝："好武艺，待本将会来。"纵马举斧，直取赵固。赵固手中刀急架忙迎。刀斧相交，震得赵固倒退一步，虎口发麻，心道："这厮好大气力。"遂与之游斗，二人战五十回合，但见：

　　二将阵前相交，两马错首奔蹄。锣鸣鼓响震天荒，旗展旛摇彻地惶。这个立功心切，那个驰骋杀敌。你拿我，诛身江东投君；我捉你，枭首城上标名。刀来斧架，轻身游走凤点首；斧去刀迎，大势勇往动乾坤。

　　二将酣战，张豹倚仗气力，愈战愈勇，赵固渐渐只有招架之功，少有还手之力。眼见胜败便在两三合间，那张豹卖个破绽，一斧将赵固护腿金甲砍下半边。赵固大惊，将马一夹，跳出围来，往外便走。张豹大喝："哪里逃！"策马而追，电光石火间，一人如疾电而至，举剑大喝："张豹，你死期已至，安敢狂言！"张豹见来人，方欲问时，直觉眼前一晃，便至身旁，措手不及，被来人手起一剑，刺于马下。

　　此正是祖逖，忽地下马，割了张豹首级，拴于马项之下，飞身上马，仗剑冲阵，如入无人之境。徐州兵将大惊，不战自乱，赵固乘势攻击，死者不可胜数。祖逖率众夺城，郭全在城头，尚要抵御，被祖逖一箭射死，跌落城下。守城兵士失了主将，哪有战心，纷纷溃逃。不多时祖逖取了徐州，命众人收拾战场。赵固见祖逖，赞道："将军神威，果真了得。"祖逖亦赞赵固勇猛。约半日时辰，宋哲领一班王公朝臣到来，祖逖不让停留，说道："大战在即，可速去下邳，报于琅琊王，且差人马相援。"宋哲说道："末将定不辱相托，将军且须保重。"遂往下邳去，按下不表。

第七十四回
葛稚川缘入水岛　白毛儿亲征徐州

话说葛洪知白毛儿大军前来，不敢怠慢，留下布阵，以缓其行，见此地林木茂密，溪水潺潺，遂生一法，名曰水镜阵，拈一符，置于一棵老松之上，默念玄语，把手一指，有一清泉从树底腾起，四散开来，乍成道道水幕，阳光照下，其间五彩斑斓。葛洪见阵已布成，遂隐于阵中。

且说白毛儿率大军行进，命白眉儿领一纵轻骑，马不停蹄，一路疾驰，过了彭城国，不知觉入了水镜阵，忽见葛洪在前，独自一人，立于一棵老松之下，不由得大惊，勒马喝道："葛洪，你怎在此？"葛洪不答言，白眉儿上前一步，又道："今天子亲征，四海威震，你虽有道行，然一人之力，何挡千军，若识得大势，当速离去，本将决不为难。"葛洪亦上前一步，仍不说话。白眉儿知其修为，不敢造次，只道："葛洪，你为何不言，莫在此故弄玄虚。"葛洪置若罔闻，一言不发。

相持甚久，白眉儿见葛洪一动未动，心中甚疑，却又惧之，进不敢进，退不敢退，正不知如何是好，有偏将饶常说道："葛洪纵有本事，终究一人，待末将上前，替大都督擒来。"白眉儿颔首说道："也好，须要小心。"饶常策马举刀，杀向葛洪，也是怪哉，葛洪见饶常来，便往后退，转眼消失不见。白眉儿大惊，呼道："此处定有埋伏，莫要追赶。"饶常高呼："此处并无异常，大都督安放心来。"白眉儿错愕，率众上前，确无埋伏，寻望四下，不见葛洪踪迹，心中大疑，小心往前行，约莫半炷香工夫，饶常大呼："大都督且看前方。"白眉儿定睛一看，原又是葛洪，遂大喝："葛洪，你乃玄都门下，莫要躲躲藏藏。"命饶常擒之。

饶常纵马而上，葛洪亦往后退，待饶常上得前来，早已不见踪迹。白眉儿赶至，察看四下，未见异常，说道："葛洪鬼鬼祟祟，定是缓兵之计。"遂率众而追。少时，又见葛洪，白眉儿大怒："葛洪休走，我来会你。"一拍云水吞金兽，风驰电掣般杀将过去，哪知白眉儿快，葛洪更快，亦往后走，转瞬不见踪影。白眉儿怒发冲冠，急急追赶，如此往复四五回，已是精疲力竭。饶常察看四下，悄语："大都督且看，我等兜兜转转，仍在原地，想是中葛洪之计也。"白眉儿猛然醒悟，然已困阵中，寻不着破阵之法，只见得葛洪飘忽不定，看得到，打不着，气得咬牙切齿，七窍生烟。

花开两朵，各表一枝。且说白毛儿率大军往徐州行，过了彭城国，不见白眉儿差人来报，遂命探马察看。约半日工夫，探马回报："大都督率军，于前方五十里山间转悠，不知作甚？"白毛儿疑道："白眉儿不往徐州，滞留山里，定有蹊跷。"遂命全军急行，马不停蹄，见得白眉儿，只率一众人马，围着一棵老松，转来转去，也不往前走，实是莫名其妙。白毛儿大喝："白眉儿，且在此作甚？"不见答应，踏前一步，直觉身上一阵寒气，水气蒸腾，不觉已入阵中。白毛儿又喝："白眉儿，还不见驾。"白眉儿闻得其声，回首一望，大惊，赶紧奔来，俯首拜叩。

白毛儿问道："你不往徐州，在此作甚？"白眉儿回道："末将无能，误入贼道妖阵，不知如何破得。"遂将详情报来。白毛儿问道："那葛洪现在何处？"白眉儿指前方松下一人，说道："那便是葛洪。"白毛儿不识葛洪，上得前来，见其人仙姿丰貌，长秀天成，知道德之士，遂合掌礼道："葛洪之名，天下闻名，今有幸得见，实是缘分。"葛洪不言，只看着白毛儿。白毛儿见得明白，命白眉儿："可用法宝击之。"白眉儿遂使日月眉光剑，那剑光打去，透体而过，葛洪纹丝不动。白毛儿说道："此乃虚相，方才来时，只觉身上水气弥漫，想来此阵与水有关。师傅曾言，奇门遁甲有一阵法，名曰水镜阵，以水为镜，那葛洪非葛洪，乃是我相。我等追逐，实是追寻自己也。"白眉儿恍然大悟，赞道："陛下慧眼独具，大知闲闲，末将受教了。不知此阵，如何破得？"白毛儿思忖片刻，说道："昔日老师以心灯还原之术，使你起死回生，成心灯之体。你可闭目，点心灯照此地，当见本真，定能探出阵眼。"白眉儿说道："当来一试。"遂闭了双目，心灯即开，登时金光透体，明亮四方，白眉儿手指那棵老松，说道："阵眼当在树底。"白毛儿听得明白，遂拉金手弯月弓，白毛搭箭，一道白光霎时而出，射在老松树底，闻得一声轰鸣，那道符咒被箭了个粉碎，登时天朗气清，白日见明。

葛洪隐于暗处，见水镜阵被破，心道："此二子皆为西方门下，且率大军而来，有破釜沉舟之意，万不可掉以轻心。"遂驾土遁离去。白毛儿破了水镜阵，呼道："此阵已破，想葛洪不过如此，尔等随朕杀敌，建功立业，即在当下。"三军鼓舞，将士勇切，大军直往徐州而行，不知后事如何，且看下回分解。

第七十五回　三菩萨设地藏阵　李意期出琅琊山

秋光不动琅琊台，草木自生心意来；
拂手难去身外事，目尽沧溟水云开。

且说白毛儿破水镜阵，率大军往徐州疾行，一日到得城下。哨探马报入中军："启陛下，前方乃徐州西门，请令定夺。"白毛儿传令安营。怎见得：

栅安方圆，旗列八方。千米有望塔，百步有壕沟。营帐两相对，护墙排中央。铁甲马紧贴鹿角，连珠炮密护十门。左右军兵操练，前后将官演行。正是：出入有法分龙虎，冲天杀气不须发。

白毛儿安了行营，放炮呐喊。且说祖逖夺了徐州，驻守城中，忽探马报入："贼王刘聪，率人马驻扎西门。"急上城头看来，见白毛儿队伍齐整，纪法森严，左右有雄壮之威，前后有进退之法，不觉赞道："白毛儿确是将才。"且又心焦道："今白毛儿兵临城下，如何不见葛仙真，莫非有所不测。"正踌躇间，汉军城下搦战，徐州兵马不过千人，那白毛儿、白眉儿皆久经沙场，身负道行之人，出城应战，无异以卵击石，自取灭亡，祖逖自知不敌，遂令严守城池，以待援军。那白毛儿怎不知祖逖心思，遂命白眉儿，率敢死之士，强攻徐州城。

白眉儿领命，率众死士夺城。祖逖早有准备，那徐州城城高河深，河前又有堑壕，其中埋有尖桩木刺，另设铁蒺藜、鹿角木、拒马枪、羊马墙等，晋兵以神臂、强弩，自城上、垣门射杀，也是铜城铁壁，坚不可摧。白眉儿乃骁勇之将，命以土填壕沟，身体力行，将土袋放于坐骑，身先士卒，众死士见之，士气高涨，前赴后继而上，白毛儿命弓箭手掩护，霎时堑壕填平，至护城河旁，白眉儿命填壕车设置桥板，又令投石车投石，一时间飞沙走石。

这厢，白眉儿勇猛非常，那厢，祖逖亦是智勇双全，为防敌军投石，以渔网、绸缎等物撑起帷幕，另在城内筑起台城，安置炮车，发射飞石，阻御敌军。晋兵居高临下，守城有法，汉兵虽过得护城河，却是死伤无数。白眉儿大怒，命架云梯，以大木为床，下置六轮，往城上行来，呼道："先登者，赐高爵，上田宅。"故人人争登，个个用命。然祖逖非寻常之人，亦非寻常之法，命在城墙上架坩埚，其中放铅块，炭火熊熊，使铅块熔化成汁，往云梯投去，烧断云梯，令汉兵苦不堪言。又在烟灶内点燃柴草，并加硝磺、砒霜等物，作成毒烟，从烟道而至城外，更乘势扬砂，撒灰土、糠秕、草屑，迷盲敌军双目。有三五敌兵爬上城来，守卒即用长矛长刀，砍杀登城之人，英勇无畏，寸土不让，守得是水泄不通，固若金汤。

白眉儿杀得眼红，遂驾云水吞金兽，举日月眉光剑，飞驰上城，欲使玄通之法。祖逖见得明白，喝道："白眉儿，你若逞能，单枪匹马，本将亦可会来。"即使皮影人，迎架上前。白眉儿宝剑乱打，日光四射，祖逖丝毫不惧，欺身要斩。白毛儿在城下，见得明白，说道："祖逖果有本事。"又道："尝闻好手不敌双拳，双拳难敌四手，祖逖纵有本事，仅此一人，独力难撑，城中兵力不足，我等只须缠住祖逖，不须半日，此城必破。"遂呼白眉儿："莫要与之硬拼。"白眉儿心领神会，也不硬斗，只是游走，不使祖逖分心。白毛儿即亲率大军攻城，祖逖见之大惊，然白眉儿在旁，一时半会又拿之不下，眼见得白毛儿攻势愈猛，守兵渐渐难支，心中焦急。

白眉儿瞧得真切，喝道："祖逖，你纵有本事，然大势已去，不若降之，莫待光华暗淡，后悔莫及。"祖逖怒道："我乃阐家门人，中原之士，非西方旁门，纵是城破，有死而已，岂能明珠暗投，辱没光明。"白眉儿喝道："你自不量力，螳臂当车，今至死期，身陨当见城破。我定血洗徐州，枭你之首，以示天下。"二人犹战在一处。

白毛儿身先士卒，一马当先，执金手弯月弓，指东打西，金光四射，守城兵士哪里架得住，死伤不止，不多时十之去了一二。白毛儿率众至城下，命使冲车撞开城门，守卒立放滚木，又砸狼牙拍，也不退缩。白毛儿弯弓搭箭，取白毛，嗖嗖射出，守卒皆是凡俗，哪里能敌，纷纷射落。眼见得城门将破，祖逖长叹："戎狄祸害，不想驱虏之志，今日身陷此地。"白眉儿大笑："祖逖，你虽是英雄，然不识大势也，今日死于我手，也好瞑目。"汉兵正要破城，忽城门东南处一人喝道："将军莫要慌乱，小黄龙来也。"祖逖一望，见来人金鳞披挂，头角辉煌，手执蟠龙枪，臂挂无象环，横戈盘马，奋武扬威，赫然乃是小黄龙，不由得大喜，呼道："将军助我。"那小黄龙一挥手，斜阳映照，霞光五彩，身后大军涌动，山呼海啸而来，气冲霄汉，动魄惊心。有诗为证：

铁马山河踏重光，弓身剑镜照云霜；
红霞更染城头血，昂首别样赴苍茫。
身死何必择荫处，投躯无悔为国殇；
排山倒海千重浪，漫天英雄下夕阳。

且说白毛儿正要破城，见得援兵到来，不识小黄龙，说道："无名之辈，焉来送死。"遂命偏将张瘐："且将那将抵住，待孤破了城门，再来擒杀。"张瘐拍马说道："何劳陛下亲往，待末将枭了此人首级，献于陛下。"执双铜而去。那张瘐也是久经战阵，命弓箭手万箭齐发，挡住来势，待彼竭我盈，再行反击。然小黄龙非比寻常，见其并不在意，舞动金枪，上下翻飞，拨打雕翎，上护其身，下护其马。战马明蹄撒开，如同闪电，待至近前，一抖大枪，扫倒一片，吓得汉兵扔弓便走，小黄龙金枪左右开弓，挑死无数。张瘐命左右拦鹿角叉，小黄龙毫不在意，只把金枪往上一架，挑飞开来，看得张瘐目瞪口呆，颤道："此岂是人力所为？"话音未落，小黄龙如旋风一般，霎时杀到跟前，也不看人，只把手腕一翻，金枪直奔张瘐面门而去，张瘐想避来，哪里来得及，一个照面，即被刺下马来。晋兵随之而上，人如猛虎下山，马似蛟龙出水，横冲直撞，杀得汉军丢盔弃甲，狼奔豕突。

白毛儿即要破城，闻得身后大乱，方知张瘐战死，见小黄龙率众杀来，不由得喝道："你乃何人，且报上名来，孤手下不杀无名之辈。"小黄龙说道："我乃南海三太子，小黄龙敖泽，你便是贼王刘聪，且吃我一枪！"白毛儿闻言，心中暗惊："不想晋军之中，还有天兵海将，无怪张瘦不敌。"刘景拍马说道："何须陛下亲往，末将上前一会。"白毛儿摆手止住，说道："此人非凡将，你等上前，乃自取灭亡，应速攻城，孤亲自会之。"遂拍马而上，迎向小黄龙。小黄龙执枪便刺，白毛儿举弓相架，二人战在一处，竟生云雾，来来往往，冲冲撞撞，翻腾上下交加，直杀得天愁地暗，日月无光，怎见得：

佛家弓，道家枪。二人拼杀各弛张。一个是大罗宫中龙太子，一个是东达山上修行童。这一个千般解数变招式，那一个百样开合显峥嵘。起初试探，后来犹凶。云生雾起乾坤暗，携风带雨天地重。这将军，扬手寒星点点；那汉王，踏足银光皪皪。起身半空相争斗，两般兵刃响嘎嘎。只杀得：日不敢明月不出，走石飞沙黑悠悠。

二人战五十回合，白毛儿虽为沙门弟子，武艺高强，然小黄龙毕竟南海太子，仙家真传，枪法精奇，已是愈战愈勇。白毛儿心道："此子武艺在我之上，不若以玄法取之。"遂卖一破绽，跳出圈外，掉头便走。小黄龙喝道："胜负未分，何必逃走。"乘势追杀。白毛儿伏在马背，暗取白毛，弯弓搭箭，一道白光，穿云裂石，追风逐电，直奔小黄龙面门。小黄龙见得好，即取下无象环，往前一抛，喝一声："着！"一道蓝光现出，将光箭笼住，嗯喇一下，收入环中。白毛儿正在疑惑，不想紫环一转，光箭从环中发出，直朝白毛儿去。白毛儿大吃一惊，忙往下一滚，已是躲闪不及，被射中肩头，登时鲜血淋漓，战力全失。

小黄龙持枪而上，要取白毛儿性命。危急时刻，白眉儿见得真切，弃了祖逖，前来救驾，立时祭日月眉光剑，日光发出，打向小黄龙。小黄龙丝毫不惧，祭了无象环，日光一收一放，反打向白眉儿。幸得云水吞金兽迅捷，早已跳出圈外，白眉儿自知不敌，护了白毛儿便走，未料一条火龙霎时现出，腾腾而来。白眉儿见一眼乃火龙剑，心知葛洪到来，哪敢恋战，与白毛儿借土遁去了。祖逖领众将冲出城外，与小黄龙内外夹攻，只杀得汉军如风卷残云，丢旗弃鼓，将士皆盔落甲斜，不分西东，落荒而走。

第七十五回
三菩萨设地藏阵　李意期出琅琊山

小黄龙与祖逖大杀一阵，方收兵进徐州城。祖逖见葛洪到来，喜道："末将在此，久等上真，不知安危，又有白毛儿大军压境，真急煞我也。"葛洪笑道："白毛儿不愧西方门人，亦有道行，破我水镜阵，携大军往徐州来，不得已，驾遁先往下邳，禀明琅琊王，请得小黄龙将军来，以御白毛儿。"祖逖打量小黄龙，神兵天降，威武不凡，不由得称赞："这位将军不知哪里来历，真好本事，想白毛儿、白眉儿亦是百战之身，武艺高强，玄通甚妙，竟走不了将军几合，乃神人也。"葛洪笑道："将军乃南海三太子敖泽，为大罗宫门下，当属同门矣。"祖逖恍然大悟："将军原是天龙之身，无怪如此神勇。"众人大笑，庆功不提。

且说白毛儿、白眉儿兵退徐州五十里，收住败残人马，结下营寨查点，损折军兵一万有余。白毛儿升帐，叹道："孤自登临天阙，未尝有挫锋锐。今日亲征，竟逢大败，殊为痛恨！"心下闷闷不乐，恨不得一刻遂平徐州，扫平江东，斩杀葛洪一众，其心方快，然自思无门，进不敢进，退不得退，加之肩头受伤，疼痛难忍，只急得无名之火，无处可发，长吁短叹。白眉儿迎前启道："陛下不必忧虑，晋军有奇人异士，我等何尝不可。或请一二位，大事自然可成。"白毛儿忧道："万安山一战，我教与阐门有约，不得再涉红尘，三山五岳，何处另有高人。"白眉儿说道："静则思、思则变、变则通、通则达，老师虽不涉红尘，然若有疑难，未尝不可请教。我等自当去，定有通达。"白毛儿豁然开朗，笑道："贤弟一言，甚合孤意。你可安守大营，孤往东达山走一遭。"遂借土遁，往东达山走。

日行即至，白毛儿到得薄云洞，落下土遁，见东达光景，想自幼在此，山还是那座山，洞还是这个洞，千株松老，万枝梅香，鸾翔锦翠，径烟苍茫，嗟叹不已，自思："一离此山，身入红尘，如今又至，风景更觉一新，只是为何冷冷清清，不闻听讲参禅。"疑惑间，行至洞口，不敢擅入，又不见童子出来，只得候在洞外。约一炷香工夫，天色忽暗，眼前漫天星光。那星光中，有一团白色，如云非云，似星非星，见气而已，如絮一般，缓缓移来，飘入洞中。白毛儿不知是何景象，正在错愕，忽洞中传来一声："且进洞罢。"白毛儿即入洞中，见老师大通光菩萨正坐当中，身旁又坐三位尊者，不知来历，遂倒身拜伏："弟子愿老师圣寿无疆。"大通光菩萨说道："你为人间天子，今上东达山来，定是有了为难，不妨事，且慢道来。"白毛儿闻老师关切，跪而泣曰："弟子受老师教海，拿炽、邺二帝，以灭司马，一统天下。然司马睿欲占江东，访得大罗宫门人葛洪辅佐，弟子亲征徐州，不想麾下奇人异士众多，自己道理微末，不能治伏，望老爷大发慈悲，提拔弟子。"大通光菩萨道："你来之正好，且见过三位老师。"头一位，戴宝冠，垂璎珞，饰环钏，手执金箫，顶现圆月，浑身金光闪闪，端的是圆觉识辨，其力犹坚。有诗为证：

凛凛庄颜多锦绣，朗朗珠光满乾坤；
理圆四德通极乐，智解三宝藏金身。

大通光菩萨道："此乃极乐之门二十五菩萨之一，金藏菩萨是也。"白毛儿叩拜施礼。后一位，戴毗卢帽，踏千层莲，手执锡杖，顶现宝珠，浑身彩云缭绕，端的是菩提妙心，威仪神明。有诗为证：

千千佛手屈指闲，浩浩足下安红莲；
身纵广相真觉秀，咫尺菩提到心前。

大通光菩萨道："此乃极乐之门二十五菩萨之一，菩藏菩萨是也。"白毛儿叩拜施礼。第三位，披天衣，两手空空，座下一兽，乃是白犬，其相集群兽之貌，虎头，独角，麒麟足，甚是稀奇，端的是愿行广大，彼岸乘空。有诗为证：

清清眉目面足满，空空两手身游旋；
座下谛听藏九气，莲上佛子不虚传。

大通光菩萨道："此乃极乐之门二十五菩萨之一，佛藏菩萨是也。"白毛儿叩拜施礼。菩藏菩萨见白毛儿肩头有伤，遂道："你且慢动。"将宝珠悬于肩头，转一转，微光淡起，白毛儿直觉一阵舒爽，片刻活动自如，复旧如初，不由得伏首而道："多谢老师。"大通光菩萨说道："万安山斗法，沙阐两门俱伤，皆不入红尘，然人间起伏，世事不平，东方虽无阐截，却尚有道之长存，而我西方，

第七十五回

三菩萨设地藏阵　李意期出琅琊山

准提不生，亦有接引。佛祖上极乐之门，与阿弥陀佛共商大事，亦知你东进有阻，故三位菩萨到此，助你成事。"白毛儿大喜，金藏菩萨说道："你且先往徐州，我等随后便至。"白毛儿拜道："此极妙之事，弟子感戴荣光万万矣。"遂辞别大通光菩萨，出了东达山，往徐州去。

不说白毛儿回至营中，且言三位菩萨对大通光菩萨道："此子形容销减，恐被酒色所伤，此难若去，须要好生教导。"大通光菩萨无言，半晌方道："三位道友如此费心，当见门下造化矣。不知有何大法，可定乾坤。"佛藏菩萨说道："世有极乐之门，亦有极苦之地，众生皆苦，心向超脱。贫僧三人，练有一阵，名曰地藏阵。阵中另成世界，可葬万物，可度众生。任那大罗金仙，遭此亦难脱离。"大通光菩萨闻说大喜，说道："那便有劳三位道友，在此谢过了。"金藏菩萨说道："不必客气，此阵一出，料无差池。这便去矣。"遂拜别，驾起云光，往徐州而来，霎时便至。到了行营，白毛儿、白眉儿领众将迎接，上中军帐。菩藏菩萨问道："徐州城在哪里？"白毛儿回道："因弟子前日败兵，退至五十里安营。此处往前，方为徐州。"菩藏菩萨道："无妨，无妨，我等连夜起兵前去。"白毛儿令刘景前队起兵，整点人马，一声炮响，杀奔徐州城来，安了行营，三军扎营放炮，呐喊传更。

且说葛洪正在城中议事，言众将："白毛儿败走，必不得甘休，想我等便是弃了徐州，直奔下邳，也定当追来。"言未毕，忽听喊声，葛洪叹道："白毛儿想必取得援兵至矣。"祖逊答道："白毛儿新败，未有两三日，竟卷土重来，此必定于西方门下别请高明，须要仔细防护。"葛洪听罢，心下疑惑，乃同祖逊、小黄龙等都上城来观看，白毛儿行营大不相同，其中梵音袅袅，金光透霄，又有一团白气笼罩中军帐内。葛洪看罢，心中暗惊。众人默默无语，遂下得城来，共议破敌，然不知虚实，实是无策。

白毛儿安下营来，与三位菩萨共议破徐州之策。金藏菩萨道："葛洪乃大罗宫门下，东西虽非一教，总是一理，红尘杀伐，我等不必动此干戈。我等可设一阵，先与他斗智，也显两教玄妙，以分高低。一味倚勇斗力，非修行之人所为。"白毛儿、白眉儿皆道："老师之言甚善。"次日，汉军营里炮声一响，布开阵势，白眉儿驾云水吞金兽，坐名请葛洪答话。葛洪闻报，随调三军，摆出城来。旗

253

分五色，阵分三行。葛洪当中，祖逖、小黄龙分居左右，只见白毛儿一马当先，后面有三位菩萨，光芒万丈，法相庄严。

话说金藏菩萨上前，见葛洪合掌说道："葛真人请了。"葛洪欠背躬身答道："道友请了。不知列位哪座名山，何处妙门？"金藏菩萨说道："我等皆出极乐之门，贫僧号金藏，此二位乃号菩藏、佛藏。"葛洪闻言，打一稽首，说道："弥陀来迎，随之诸菩萨共二十五位，金藏、菩藏、佛藏尊者为其三，形影不离，心意相通，世人合称三身藏，今有幸得见，也是有缘。"金藏菩萨说道："葛洪，你既为太清弟子，道德门下，当知天下大势，合久必分，分久必合。今晋室无道，已经沉沦，人间纷争不休，百姓流离，天下当合一，乾坤方大治。你不识今古，背道而驰，妄立琅琊王，苟延残喘，阻碍大统，是何道理？"葛洪回道："道友通明达显，普照四方，当见真理。中原虽乱，自有更新，胡马残暴，哪里有半点兴荣之象，乃是天下之乱源，人间之祸根。琅琊王仁君气象，可为中兴。东土有东土之运，西方有西方之福，切不可相互觊觎，想我道家，不思你西牛贺洲，你等又何必妄行滋扰，致中原无安。"金藏菩萨说道："照你来言，司马睿为真命之主，汉王为无道之君。我等此来，助汉灭晋，乃是不应天时？这也不必口中讲，我等有一阵，设于此城，不须倚强，恐伤佛门好生之仁，累及无辜将士，不知公意下如何？"葛洪回道："道友既有此意，我岂敢违命。"

三位菩萨俱进营，一两个时辰，把阵摆将出来。金藏菩萨复至阵前，说道："葛洪，贫僧已设阵来，名曰地藏阵，请公细玩。"葛兴回道："领教了。"命祖逖回兵城中，随领小黄龙来看阵。

三位菩萨入阵中，分坐徐州城西北南三方，金藏菩萨居西，菩藏菩萨居北，佛藏菩萨居南，盘坐于地，徐徐升起，半空各现一团白气，缓缓相连，独东面无有。正以为此阵缺一角，却闻得东面忽一声巨响，地面直往下陷，越陷越深，深不见底，如同地狱。葛洪隐觉不妙，暗语小黄龙："此阵非比寻常，不知底细，切莫轻易入内。"金藏菩萨说道："葛洪可识阵否？"葛洪回道："此阵见了，我已知之。"金藏菩萨说道："可能破否？"葛洪回道："明日来破。"金藏菩萨说道："地藏阵已成，你等无路可走，插翅难飞，待你明日破阵，当见分晓。"葛洪同小黄龙回城，好苦恼，真是眉头紧锁，无计可施，只是长吁短叹。小黄龙问道："师兄方言明日破阵，其实可能破得否？"葛洪回道："此阵乃极乐大阵，三位菩萨一同设下，闻所未闻，见所未见，焉能破得？其中那空中蒙蒙白气，诡异得很。"小黄龙说道："既破不得，如之奈何？"葛洪思索良久，说道："非另请高明来助，不得破阵。"小黄龙惑道："东南西北，皆已布下阵来，如何出得？"葛洪说道："你与祖逖将军好生把守，我以奇门遁甲之术出得。"小黄龙闻言，心中隐有不安。

当夜戌时，葛洪悄上城来，画一符，拈指贴于胸前，念一个隐字诀，将身隐去，又摆一镜，月光而照，反射其上，驾金遁往城外走，未出五里，那光至那团白气，霎时吞噬，有一声响起："葛洪，我等在此，候你多时矣。"正是金藏菩萨。葛洪在空中，登时跌落下来。那团白气随即而走，裹了葛洪。葛洪只觉得眼前一团漆黑，不知到了哪里。脚下一踩，见有实地，往前行，只觉得两旁皆有气喘之声，然伸手不见五指，亦不晓四下景象。正在疑惑，忽见一丝光亮，循光而走，见一尊大像，头戴三叶宝冠，右手施无畏印，左手持宝珠，上身袒露，着项链、臂钏和手镯，前胸垂挂圣线，坐于千叶青莲花之上。面前有无数人影，喘息之声正是从其而出。那法像唱《月藏经》，但见人影匍匐，呼吸渐渐平和，手中皆现宝珠，盘坐地上，皆成佛子。葛洪不自觉往前行，走至大像之前，如入定一般，亦坐于地。大像遂隐，四周又是一片黑暗。

且不言葛洪受困地藏阵。话说千里之外，有一山，名曰琅琊山，山中有一人，名曰李意期，此人颇有来历，乃汉代文帝时人，三国汉前将军关羽战死，昭烈皇帝刘备欲报其仇，集大军伐吴，卫尉陈震言一人有神鬼之能，可令占卜一卦，其正是李意期。刘备应允，命将李意期召至王都，说明伐吴之意。李意期许久画一幅画，画上兵马尸横遍野，一位大人横躺地上，一侧写一个"白"字，众人见画，大惊，皆知昔日董卓曾问刘备官居何职，刘备答曰白身。画中之意不言而喻，刘备怒发冲冠，将李意期轰走，拂袖说道："此狂叟也，不足为信。"后伐吴之战刘备大败而回，病逝白帝城。自此，李意期隐入琅琊山，不再问世。前事不提，且说李意期正游于山中，那琅琊山，醉翁榆苍劲挺拔，琅琊溪淙淙流淌，濯泉散布林间，山洞步步神奇，也是陶醉，后宋代欧阳修有题：

归云洞

洞门常自起烟霞,洞穴傍穿透溪谷;

朝看石上片云阴,夜半山前春雨足。

琅琊溪

空山雪消溪水涨,游客渡溪横古槎;

不知溪源来远近,但见流出山中花。

石屏路

石屏自倚浮云外,石路久无人迹行;

我来携酒醉其下,卧看千峰秋月明。

斑春亭

信马寻春踏雪泥,醉中山水弄清辉;

野僧不用相迎送,乘兴闲来兴尽归。

庶子泉

庶子遗迹留此地,寒岩徙倚弄飞泉;

古人不见心可见,一片清光长皎然。

后欧阳修更写下千古名篇《醉翁亭记》,以颂琅琊山之景,在此不提。那李意期游至顶峰小丰山,正叹连云叠嶂,林壑尤美,忽见一团白气,大骇,自道:"此积尸气,为何现于当空。"即袖演一数,大惊,自道:"有人竟于中土布此大阵,难道老师不曾知晓?"又道:"昔日魏蜀吴三分天下,已是大乱,后三分归晋,想来天下一统,四方得安,我自隐于此,志心朝礼,静诵黄庭。然胡人乱华,人间逢乱,更甚于前,今西方滋事,布下如此凶阵,三界之内,皆有劫数,修道之人,当不得独善其身,置于事外。我不见也罢,既见了,当出琅琊山,红尘一走矣。"话未了,有松柏垂叶,鸟兽泣鸣,李意期长叹:"此一去,山高水长,

第七十五回 三菩萨设地藏阵 李意期出琅琊山

不得再回矣。"遂往山中一拜，驾土遁往徐州而去。

也是遁中道术玄妙，咫尺万里清风，不消半日，已至徐州。李意期在空中，开得天目，见城外西北南三方，三位菩萨坐于阵中，白气蒙蒙，而东面地陷，直通幽冥，不敢轻进，只寻个隐秘处，分出一道魂来，往东面而走。且说小黄龙等众人守于城中，不见葛洪音信，眼见得竹敲月落，鸡唱晓生，心中焦急，半筹无画，正不知如何是好，忽闻一声："城外布下地藏大阵，葛洪已陷阵中矣。"乃是李意期到来，不知后事如何，且看下回分解。

第七十六回　三天师齐力破阵　李意期身化阴君

幽冥无晓合意馨，也有地藏也有君；
百年蹋行一刹那，夜泉来客复往心。

且说李意期出琅琊山，分一缕魂魄偷入徐州城，见得小黄龙等众。小黄龙见来人模样：鹤发童颜，碧眼方瞳，灼灼有光，身如古柏之状，知是异人，不敢怠慢，忙打稽首，问道："老先生如何称呼？恕弟子愚钝，不识到来，怠慢矣。"李意期说道："贫道乃琅琊山李意期是也。"小黄龙毕竟南海太子，听得龙王讲过那三山五岳，十方异人，闻得此名，知其来历，赶紧拜道："原是东岳门下，弟子南海敖泽，见过道友。"李意期笑道："原是南海三太子，罗浮山之事，方外尽晓，三界尽知，小黄龙将军，乃真性情也。"小黄龙问道："道友方言，师兄陷落阵中，可有道理？"李意期回道："你等不知，城外那阵，名曰地藏阵，玄妙万分，由东南西北，各设一方，三位菩萨坐于西北南之地，彼此连结，布有白气，此气名曰积尸气，实乃鬼宿星团，星团有四气，又称四维。积尸气可吞噬一切，日月之光亦无法逃逸，犹如黑洞一般，其乃连接阴阳之入口，一旦陷落，将堕地狱之门，无尽无始，此便是东门之地，那无底深渊。然此阵需四方并结，而金藏、菩藏、佛藏只有三人，于是以隐幻之象，催生一位菩提，藏于东面地底。其身其名，其相其法，我却是不知。"小黄龙闻言，牵挂葛洪安危，急道："既是如此大阵，师兄陷落其中，如何是好？如何是好矣。"又道："城外布如此大阵，道友却入得城中，必有破阵之法，还望指教。"李意期摇首，说道："我虽入得来，非我本体，而为一缕魂，借东岳之门入来，不敢以身试阵，故也破不得此阵。"祖逖在旁，亦道："老师既来此地，定有方法，还望助来。"李意期叹道："破此阵，需上得大罗宫玄都洞，请得四位天师来。"小黄龙闻言，大喜："四位天师，皆我同门，诛妖驱邪，悲悯世人，太上净明，大道无上，我去请来，必定相助，望道友助我出城。"李意期紧盯小黄龙，执手说道："你乃真龙之体，可通阴阳之门，此一去，务要请得四位天师齐至，方可破阵。"小黄龙颔首应道："谨记道友之言。"交代祖逖，守好城池，一番嘱咐，随李意期上得城头。

李意期在城上，语小黄龙："我等从东面而出，但有所见所闻，切不可惊慌失措，发出一丝声响。"小黄龙记下。待得寅时，日月交替，那李意期遂拿出一黄纸，做成人状，又画一符，往腋窝处贴住，登时一个小纸人而出，往东面出城。少顷，一团积尸气飘飘而来，笼住小纸人，又见无底深渊闪烁黄光，无数人影纷纷而至，那小纸人亦在其中，排排跳出深渊，不复再见。

少时，月落日起，阴阳相替，李意期说道："可随我走，千万小心。"即出城来，往深渊走，李意期把手一指，顶上现出一物，乃是一印，名曰泰山印。那印方圆四寸，上纽交五龙，周身现五彩云光。印一出，即现山影，朦朦胧胧，前方有一门，上刻泰山门。小黄龙见得明白，疑泰山之门如何现于此，正要发问，那李意期使一眼色，不敢吱声，随行于后，一入门中，有两条道，一道升月，一道升日。李意期领小黄龙往日升之道而走，两旁嵌有镜，镜中现小黄龙过往，桩桩件件，皆在其中。小黄龙诧异，又欲发问，李意期止住，忽一阵金光闪耀，二人出得来，已在城外。

小黄龙恍然梦中，问李意期心中疑惑，李意期笑道："往地府之路，须过泰山之门，泰山之门，为老师东岳大帝治所，门中两道，一为仙道，二为鬼道，积善行德，有大道根行，可走仙道，不可语，方见心，你为神龙之体，故可走矣。"小黄龙闻言，方知其理。李意期又道："葛洪已陷阵中，若耽搁时日，恐入地藏，再不得出，你且速去大罗宫，请得天师破阵，我在此相候。"小黄龙辞别，即化龙形，腾云驾雾，往大罗宫去。

且说小黄龙心急如焚，即展飞天之术，不消多时，到得大罗宫，但见仙山，景致依旧，有诗为证：

仙峰巅险，峻岭崖巍。坡生瑞草，地长灵芝。根连地秀，顶接天齐。

青松绿柳，紫菊红梅。碧桃银杏，火枣交梨。仙翁判画，隐者围棋。群仙谈道，静讲玄机。闻经怪兽，听法狐狸。彪熊剪尾，豹舞猿啼。龙吟虎啸，翠荟莺飞。犀牛望月，海马声嘶。异禽多变化，仙鸟世间稀。孔雀谈经句，仙童玉笛吹。怪松盘古顶，宝树映沙堤。山高红日近，洞阔水流低。清幽仙境院，风景胜瑶池。此间无限景，世上少人知。

小黄龙无暇赏玩，速至玄都洞，不敢擅入，只好立于洞外，见两旁一联，上书"道判混元，曾见太极两仪生四象；鸿蒙传法，又将胡人西度出函关"。等候半晌，只见张道陵、萨守坚、许逊出来，小黄龙见之大喜，打稽首道："葛洪师兄有难，烦劳大师兄启禀老师，弟子叩见。"张道陵搀起小黄龙，说道："你且不必入洞烦扰，葛洪受困地藏阵，老师已经知晓，故命我等助你破阵，可速去矣。"小黄龙见三位天师，记起李意期之言，问张道陵："我来之时，得道友李意期相助，而出徐州城，李道友交代，须四位天师齐至，方可破阵，如何独不见得葛玄师兄？"张道陵说道："葛师弟枉动息壤，大天尊责罚思过，不得出大罗宫，也是天数。"小黄龙问道："四方缺一，如何破阵？"张道陵说道："我等且去，自有道理，莫再多言。"小黄龙不敢违意，遂与三位天师同回。

且说五行道术，一日西东。三位天师驾金光之法，小黄龙使腾云之术，齐到徐州城上空。萨守坚见阵，说道："此地藏阵，乃西方大阵，因果之地，轮回之所，我等应命到此，也是缘分。"正言语，李意期现出身来，望三位天师拜了。张道陵见李意期，叹道："你为东岳大帝门下，当知此阵玄妙，然天数有定，葛玄道友不得出大罗宫，也是你命里合该如此，可识天意否？"李意期回道："天道无亲，常与善人。此阵暗藏生死，不可违也。"许逊说道："死亦是生，生亦是死，皆在此处。"张道陵说道："破阵要紧。"命小黄龙入城叫阵。李意期亦祭了泰山印，小黄龙入得城中。

事归一面，话分两头。翌日，白毛儿见城上无甚动静，谓众将："葛洪陷落阵里，料想难逃生天，城中兵少将寡，纵有奇人，亦无惧矣。今日破城，早早成功，以便班师，各自封赏。"众将听令，随即营里炮响，喊声齐起，白毛儿出营，在辕门口，左右分开队伍，白眉儿在后，缓缓进兵城下。白眉儿驾云水吞金兽，在城下叫阵："葛洪匹夫，可出城破阵？"小黄龙现了身形，只身单枪，从城里而出。那小黄龙乃真龙之体，云水吞金兽虽是异兽，却也架不住，哆哆嗦嗦，不敢迎前。

白眉儿勒住，稳下身子，说道："你我有约，今日破阵，不知葛洪身在何处，还不现身？"小黄龙回道："你等既已知之，何故充作不知。莫恃葛道兄陷阵，便以为破不得阵。"白眉儿说道："话已说开，你但来破阵，破不得，休怪大军杀入，玉石俱焚。"话音未落，三位菩萨坐于三方，现了身形，齐道："葛洪已陷阵中，你等既请得高明，可现身破阵，亦不必弯弯绕绕。"小黄龙回道："极乐之门，果然上妙，我大罗宫三位天师已至，当破此阵。"话音落下，半空现三位天师，乃张道陵，萨守坚、许逊。那张道陵仙风道骨，六合无穷；萨守坚清瘦悠游，无上全阳，自不必说。且看那许逊，长眉长须，飘然出尘，好样貌，有诗为证：

> 头上青巾包天地，目放虹霓扫阴阳；
> 腹隐玄机藏六蹈，宽袍大袖束丝绦。
> 腰间一别飞灵剑，长须三柳任逍遥；
> 乾坤手上悬宝链，麻履足下起云绡。
> 镇蛟斩蛇寻大道，人间修行在旌阳；
> 太上灵宝净明法，神功妙济道真高。

三位天师现身，张道陵打一稽首，谓众菩萨："极乐之门，三位菩萨，张道陵有请了。"金藏菩萨回礼，说道："原是大罗宫三位天师齐至，想葛洪乃你同门，故来此地。今日决定是非，请你来看阵。"张道陵说道："今日谈阵，不讲道德，若破得，你等当归极乐，若破不得，我等自回玄都。"佛藏菩萨说道："道友既如此说，可入阵来。"三位菩萨布阵，登时白气蒙蒙，笼于上空。张道陵见得明白，谓之："我往西面，萨师弟于北，许师弟于南，不得让那积尸气聚于东方。"又谓李意期："此阵有四方，我三人入阵，若破得也罢，若东面有变，当是天数，你自取也。"李意期颔首，回道："道友但去，我自有大道。"三位天师各打稽首，即入阵中。且看张道陵，作歌出曰：

  曾择仕路立功名，后弃凡尘依太清。
  尊奉李聃为教主，研习老子作书经。
  入行入道交粮米，消病消灾赐咒灵。
  几度兴亡朝代去，千年替换有传承。

  张道陵见金藏菩萨，问道："金藏道友，你极乐之门，无拘无束，原自快活，何故设此大阵，扰乱红尘。"金藏菩萨回道："道友只言大论，不见世间。这中原之地，戕害不断，纷乱不止，司马氏你争我夺，而世人不忠不孝，不仁不义，满目疮痍。此阵阴阳轮回，解脱众生，可使人脱胎换骨，重头来过，如何不美。反倒是你，闲乐神仙，静心修体便罢，怎的也来受此苦恼，自取其祸。"遂取金箫，放置唇边，箫声悠悠而出，此箫亦有来历，名曰彼岸箫，乃极乐之地，梵空门中一棵七重行树的顶枝而制，箫声旦起，积尸气随现，引人至往生之路。张道陵定下心来，祭阳平治都功印，悬于头顶，人即为印，印即为人，端坐阵中。积尸气不得近，亦不得散。又有那萨守坚，作歌出曰：

  道法于身不等闲，思量戒行彻心寒。
  千年铁树开花易，一入酆都出世难。
  言清行浊休谈道，不顾天条法谩行。
  但依本分安神气，何虑仙都不挂名。

  萨守坚见菩藏菩萨，说道："菩藏道友，你乃西方极乐，本是逍遥无忧，中土之事，与你何干？何故到此设一大阵，使东西不睦，两教不和。"菩藏菩萨回道："东往西，亦是东；西往东，亦是西，何言东西，无论东西。我极乐之门，乃为人间极乐，不愿生灵荼毒。天下之本，不在君，不在国，而在人也。人之极乐，却在大和。无统而无序，无合而无乐，今晋室消亡，四海揭竿而起，汉王不忍分裂，一统八方，实是天下大势，也是民生福祉，道友何苦执着，以致不合无乐。"萨守坚说道："你有你言，我有我理，然你等设如此大阵，实是不该，人间之事，自有人间之人，今你枉涉红尘，我辈奉玄都洞符命下世，来破你阵。"菩藏菩萨顶现宝珠，陡放光华。此珠也有来历，名曰还灭珠，乃恒河自天而降，落于南阎浮洲，洗在一颗八寒玛瑙之上而成，珠打在面门，可使人身灭神出，沉地藏之渊，入往生之门。萨守坚定下心来，祭五明降鬼扇，那扇开五方，尽现紫雷，使积尸气不得近前，只在四下环绕，也未散开。再看那许逊，作歌出曰：

畜生本是人来变，人畜轮回古到今。
不见披毛并戴角，劝君休使畜生心。
百年世事有天罗，休把心机太用过。
富了又贫贫又富，江河成路路成河。
良心自有良心报，奸狡还须奸狡磨。
莫道苍天无报应，十年前后看如何？

许逊见佛藏菩萨，打一稽首，说道："佛藏道友，见礼了。"佛藏菩萨在阵中，合掌回道："尝闻许旌阳温文忠孝，净明真境，今日得见，名不虚传。"许逊说道："道友佛之真藏，浮沉无量，世间事，世间人，由此来，由此去，你我何必枉动干戈，陡生因果，以致轮回，当各退一步，自有天空海阔。"佛藏菩萨回道："万安山一战，准提之门，阐家之众，各有退去。然红尘依旧，人间枉然。阿弥陀佛受接引之请，不忍沧桑，不教胡汉，若是四海承平，八方安定，当为世人之福。而你等不顾众生，苟延晋脉，故令我等出来，以求大善，方是正途。"许逊回道："道友此言虽无差，然只看其一，不看其二。天下本无乱，乱，只在人矣。人，不在人本乱，而在人思乱。思乱者，为自己之天下，不为天下之天下。刘渊、刘聪之辈，乃受君之恩，食君之禄，社稷有差，自正而是，却妄行兵变，徒生战祸，实欲取天下，图谋私利。我教以救世为本，道友何不听进良言，造福众生？"佛藏菩萨回道："世之万物，有因必有果，事到如今，你我各见分晓，不作口舌之争。"遂往前一指，座下异兽缓缓行出。

此兽更有来历，名曰谛听，前世为一白犬，乃新罗王子金乔觉所养，后金乔觉坐化，此犬不愿偷生，自毙于九宫山前，佛藏菩萨感其所忠，将白犬以佛经覆盖，葬于极乐净土净生树下，那犬虽死，却受佛经灵华，尸解重生，得成灵兽，伏于地下，霎时可将四大部洲山川社稷，洞天福地之间，蠃虫、麟虫、毛虫、羽虫、昆虫、天仙、地仙、神仙、人仙、鬼仙可以照鉴善恶，察听贤愚，又可入人心，换其形。那谛听往许逊身来，钻入其体，欲取而代之。许逊识得厉害，忙祭出一物，乃太上灵宝净明链。此链一出，银光闪闪，自觉环环而绕，笼于其身，有丝丝电闪，噼啪作响。许逊盘坐在地，相持不下。

地藏阵，三位菩萨对决三位天师，棋逢对手，高下难分，你不得进，我不得退，彼此催气鼓劲，欲夺先机。未有多时，阵中，忽积尸气大作，六人皆不见其形，又听得呜咽声起，有无数人等，如行尸走肉，排排列列，趋趋而来。金藏菩萨喝道："阵压四角，术分四方，你等虽有妙术，却有一缺之憾。"三位菩萨齐声，喃喃唱起，忽东面深渊，白气聚积，腾腾而上，朦胧之中，现一尊大相，从地中冉冉升起，乃是一位菩萨，戴三叶宝冠，上身袒露无着，那金藏、菩藏、佛藏三位菩萨宝物皆在其手，坐千叶青莲花，右手施无畏印，端的是悟真清净，本心虚空，后人有诗为证：

> 地藏菩萨妙难伦，化现金容处处分；
> 三途六道闻妙法，四生十类蒙慈恩；
> 明珠照彻天堂路，金锡振开地狱门；
> 累劫亲姻蒙接引，九莲台畔礼慈尊。

那菩萨一现，才探半身，行鬼拢聚，皆往东面深渊行。金藏、菩藏、佛藏菩萨齐道："此为极乐藏幻之相，名曰地藏菩萨，为我教大法，你等三人，虽相持西南北，却失东方，注定破不得此阵，今陷于此，乃天数矣。"三位天师见得明白，张道陵说道："不想此地藏阵中，竟新生一尊菩萨来。若见天地，不得阳间，不可使其出得地渊。"萨守坚应道："话虽如此，然我等相持，不得腾挪，如何是好？"许逊遥喊："李道友，今地藏显像，乃你证果之时，速来破阵。"李意期闻言，现于半空，口唱："我身入地藏，地藏还我身。明空本无有，阴阳更无分。"遂将泰山印祭起，人印合一，顶现泰山，往东面那无底深渊压去。只见李意期往下压，地藏菩萨往上迎，登时天地变色，乾坤倒悬。

　　金藏菩萨喝道："道友虽有真体，却难负阴阳之交，如此逞强，恐一生修行，葬送于此。"李意期闻言，淡然如水，毫无所动。那菩萨本已腾起大半，让李意期一压，未再出得，却也不下，僵持于此，而行鬼愈来愈多，个个往深渊跳下。许逊说道："道友若不将其压下深渊，恐世间之人，皆入轮回矣。"李意期闻言，亦知其理，然那地藏菩萨乃极乐藏幻之相，哪里轻易压下，正在焦灼之处，忽听得耳边有人言语："徒儿。"抬首一望，见顶上泰山之形，现出一相，身着龙腾云潮青袍，头戴苍碧七称之冠，腰佩通阳太明之印，手执笏板，绘七星连珠，端的是威风凛凛，神乐非凡，赫然为东岳大帝。李意期大喜，问道："老师如何得来？今弟子尚在阵中，不得拜见，望老师见谅。"东岳大帝叹道："今日破阵，乃是天数，亦为你之命也。若破此阵，非你身死，与那地藏同归不可，如此，却终不得见生矣。"李意期回道："若为大道，生死何妨。弟子早有心意，亦在所料，望老师成全。"东岳大帝说道："你为东岳弟子，虽无九霄正果，然老师既掌生死之门，生亦是死，死亦是生，以生得死，以死得生，不使你委屈矣。那极乐三位菩萨布地藏大阵，不想幻相成真，以成菩萨，也是此理。你入地府，当为阴君，执掌黄泉之事，也是你功德之报矣。"李意期回道："弟子谢过老师，当谨遵师命，好生修行。"东岳大帝遂隐其相。

　　登时，李意期周身腾发火焰，熊熊燃烧，火中分明见得其貌变化，脸白如纸，头戴冠旒，两侧垂香袋护耳，身穿荷叶边翻领宽袖长袍，双足着靴，双手护胸，合执板笏，乃阴君之像，而坐如泰山，沉沉压下，与那地藏菩萨同入深渊。

　　且道李意期身化阴君，与地藏菩萨同进地门，登时，地底轰鸣，深渊抬起，积尸气骤散，那无数行鬼转眼无影无踪，且见一人，昏睡在地，赫然乃是葛洪。张道陵大喝："此阵已缺一角，不成阵势，看我等破来。"见张道陵举三五斩邪雌雄剑，萨守坚开五明降鬼扇，许逊拿太上灵宝净明链，齐齐打向三位菩萨。三位菩萨手中宝物皆被地藏拿走，怎能敌得住，生生打下阵来，地藏阵即破。小黄龙在城中，见阵已破，与祖逖抢出城来，救了葛洪。三位天师欲上前拿三位菩萨，忽十方震动，天放光明，有一人唱道：

  慧光普照何玲珑，三涂脱苦度含灵；
  华台五百交辉映，佛刹十万尽现形；
  行坐震摇大千界，庄严顶峙宝光瓶；
  圆通自在由何证，净念常惺最上乘。

三位天师见来人，怎生好模样，有诗为赞：

  天花散缤纷，云霞护法身。紫金通一色，现出极乐人。那菩萨，头上生肉髻，莲花自生成；圆光照三界，顶间置宝瓶。看身上，一件素蓝袍，飘飘洒洒；见胸前，一面对月明，亮亮堂堂；望腰里，一条冰蚕丝，舞舞扬扬。玉环穿绣扣，金莲足下深。独智得无量，佛果大众乘，这正是：入三摩地大势至，位邻极圣菩萨尊。

  天师不识来人，只觉得面相与阐家慈航道人相似，正要上前讨教，那菩萨只把手一挥，顶上宝瓶闪耀，一片光明洒下，天师如定住一般，正感错愕，忽半空又一声响起："不可胡来。"转眼相看，来人面冠长须，中门宝相，形容超绝，正是玄都大法师。

  玄都大法师止住天师，上前打一稽首，说道："以智慧光普照一切，令离三涂，得无上力，宝光瓶名不虚传，大势至菩萨有礼了。"三位天师方知是极乐之门，西方胁侍大势至菩萨是也。那菩萨收了宝瓶，合掌回道："原是玄都道友，大势至有礼了。不知道友此来，亦与我同。"玄都大法师笑道："我此来，一来大罗宫弟子有难，特来解之；二来两教些许嫌隙，亦来解之。天下无物不可存，天下无物不可解。"大势至菩萨领首，回道："极乐之门，阿弥陀佛与接引佛祖谈法，言四依四不依，依法不依人，依义不依语，依智不依识，依了义经不依不了义经。其意无非佛有定法，而人无常人；佛有真理，而语有多义；佛有实智，而识有分别；佛有究极，而不了究竟。谈到此处，阿弥陀佛言，人间事，自有人间解。极乐在上，极苦在下，中为人间，不以上而变下，不以下而幻上，不以人间而乱上下，故令我来，止了一场纷争，也是你我两教气运。"

玄都大法师笑道："道友有此说法，甚是欣慰，尝闻道根儒叶佛是花，日月星辰透云霞。只有凡人分你我，未见祖师争其他。紫气东来法衣舞，佛光普照披袈裟。儒家仁义纲常礼，三教从来是一家。人间事，自有人间解，如此，两家罢斗，由任人间。你且领你门人去，我自带我弟子走，也是善也。"大势至菩萨颔首回道："如此甚好，道友请了。"金藏、菩藏、佛藏三位菩萨上前欲言，让大势至菩萨止住，无奈随之去了。

白毛儿见众菩萨先去，心中甚急，恐玄都众人反悔。那玄都大法师如何不晓，也不下来，只道一声："今日斗法，乃一场虚妄，众位归营的归营，回城的回城，待我等走后，你等厮杀，再来不迟。"遂自行去了。三位天师欲离，小黄龙急问："葛师兄昏迷不醒，如何是好？"张道陵笑道："不妨事，不妨事，葛洪该有此灾，两个时辰之后，自然醒来。"小黄龙方安下心来。三位天师辞别而去。

且说小黄龙欲入城中，那白毛儿谓众将："葛洪昏迷不醒，乃天赐良机，何不杀进城去，以定乾坤。"白眉儿谏道："两教有言在先，若要违背，恐天不佑之。"白毛儿冷笑，说道："玄都之言，岂可尽信。况他等非我教，不必遵行。两军大战，干系重大，不为儿戏。众儿郎，随孤建功立业，便在此时。"领三军攻城。小黄龙怒道："白毛儿，你出尔反尔，气数已尽。"手一摆，城门大开，祖逖领军杀出，喝道："白毛儿，早知你会如此，我等候你多时矣。"两厢怒从心上起，恶向胆边生，这壁厢，小黄龙挺枪而上，战住白毛儿；那壁厢，祖逖纵马挥剑，敌住白眉儿，两军战将齐出，一场大战，见好杀：

战鼓响天彻地，人马云奔潮涌。旗幡招展，刀枪并立；三军呐喊，铠甲灿烂。开山斧明如秋月，画杆戟排似篱笆。兵对兵，将对将，你跌我撞，你来我往。一抬手毙人性命，一转身却付黄泉。这一个欲杀敌建功，那一个想扬名立万。干戈旦起，太平无还。人人红了眼，个个不怕难。拐子马突突直进，金装弩嗖嗖迸发。使锤的龇牙咧嘴舞双臂，使铜的被发洋狂起旋风，使叉的劈山倒海刺龙穴，使鞭的飞走银蛇吐霞光。遭火的，焦头烂额；逢伤的，无处可藏。折筋断骨，尸横遍野。有诗为证：匹夫当勇何曾惧，为国亡家赴争杀；古来多少将士血，犹染霜叶葬风华。

话说两家大战徐州城下，小黄龙使开蟠龙枪，身如闪电，枪似流星，白毛儿虽有本事，然平日为酒色所伤，真心不敌，二十余回合下来，已是气喘吁吁，难以招架。那白眉儿对战祖逖，亦是心有所惧，节节败退。白毛儿见势不妙，无心恋战，掩一弓，暂回老营。不知后事如何，且看下回分解。

第七十七回　白毛儿兵败西归　司马睿渡江南下

龙潜蛇舞百姓忧，胡马灾覆十九州；

衣冠南渡仍余晋，洛水东去复长流。

且说白毛儿欲趁葛洪蒙灾，起大军强攻徐州，小黄龙早有准备，率众抵御，杀得汉军大败而归。小黄龙记挂葛洪安危，回兵进城。众人拢于榻间，在旁等候。约一个时辰，葛洪睁开眼，口称："好睡。"四面看时，只见小黄龙、祖逖与众将士俱在之前。

小黄龙说道："若非玄都大天尊和几位天师至此，焉得师兄今生再面。"又泣道："此地藏大阵，李道友以身殉道，化为阴君，永沉地府，方破此阵。"前因后果叙来，葛洪方才醒悟，叹道："可怜李道友，念及苍生，付躯破阵，断送一世修行矣。若炼得金丹，必当还复。"又问白毛儿大军如何？小黄龙回道："白毛儿兵败归营，离城五十里。"祖逖即道："我有一计，不知当讲不当讲？"葛洪说道："将军但讲无妨。"祖逖说道："常言，战场厮杀，不可使敌有半分喘息，穷寇当追，切不可半途而废，以致功亏一篑。今白毛儿新败，士气低落，军心不振，我等若乘夜劫营，必能一击得中，大功告成。"众人闻言，皆称好计。葛洪笑道："将军此言，甚合我意，可行。"遂传令："众将用过午饭，上殿听点。"众将领令。葛洪进内室，写柬帖，又唤来小黄龙，说道："白毛儿、白眉儿非比常人，我等劫营必在所料，可将计就计，再施一计。你不必领兵，只须隐于军中，找准时机，擒杀白毛儿。"如此如此，说与小黄龙，不必详叙。

且说午末未初，城头殿中打聚将鼓响，众将参谒听令。葛洪令祖逖领柬帖、令箭，又命将官各领人马，一一交代，说道："一更起灶，二更灭火，三更起兵，先散开汉军人马，以孤其势，务要拿住白毛儿、白眉儿。"众将领令去讫。不表葛洪前往劫营，且言白毛儿损兵折将，在帐中气急败坏，来回踱步，白眉儿立于一旁，独自无言。忽云水吞金兽焦躁不安，白眉儿喝令不止。白毛儿凝神细思，立时大笑："晋军今日得胜，欲乘夜劫我大营，真乃踏破铁鞋无觅处，得来全不费工夫。孤正愁破敌之策，不想自投罗网，送上门来，实是幸事也。"白眉儿问道："葛洪既来劫营，我当亲率一军，抵御来敌。"白毛儿笑道："无须拼杀，应当智取。孤有一计，可覆雨翻云，反败为胜。"白眉儿问道："陛下有何妙计，可否示来？"白毛儿说道："常言，射人先射马，擒贼先擒王，晋军兵力不足，粮草缺少，所恃者，不过葛洪、敖泽、祖逖罢了，他等既来劫营，可将计就计，你择一兵士，扮作孤状，佯作败逃，诱敌追赶，城外西北处，有一座山，名曰九里山，山中有一洞，名曰白云洞，你且引其到此，孤隐于此洞，可用玄通杀之。"白眉儿喜道："此计甚妙，必可一战成功。"二人定计，准备夜战。

日落西山，余晖暗淡，百鸟归巢。是夜将近一更时分，葛洪令起灶，二更灭火，三更将众将调出，四面攻营。正是：

月上城头幕三更，钳马衔枚出彭城；
倦鸟惊起难入宿，十方夜杀汉家营。

人马暗暗到了汉军大辕门，左右有灯笼为号，一声信炮，三军呐喊，鼓声大振，杀声齐起。怎见得这场夜战：

夜满长空月照营，腾腾杀气锁征云。大将龙旗飞夺目，鸣笳叠鼓催命勤。门前交兵，铁马奔驰踏栅；垒后抢攻，流箭把火相迎。战楼搏杀，左右军卒抵御；护墙斗战，前后将官堪行。风啸露寒，千里乱，不辨谁家颜色；草伏蹄急，万里呼，哪分上下乾坤。甲光闪烁，敢死儿郎亮刀刃；匣里金弓，无畏校士舍身魂。东西混战，斧戟交加；南北拼持，袍盔掩映。狼烟四起，飞扬尘沙。利镞穿骨，面覆穷阴。看这吹角小尉，惊惶惶，急匆匆；瞧那摇旄大汉，腿抖抖，手重重。汉将径截，晋兵横冲；尸倒平野，血满壕沟；

无贵无贱，善恶穷极。只见：一战百首折，两军生死决；屈身任所在，付躯谓何凭。

话说葛洪督前军，杀进大辕门。白眉儿驾云水吞金兽，挡住来势，祖逖喝道："手下败将，还来送死。"纵马来战，未有数合，白眉儿虚晃一剑，跳出圈外，霎时兵卒涌来，围住祖逖。祖逖丝毫不乱，打马而上，挥剑如入无人之境，火光之中，见得白眉儿护一人走，赫然是白毛儿，遂呼葛洪："白毛儿正在前方。"葛洪大呼："尔等且随我来，擒者白毛儿，当记首功。"众人追杀，白眉儿听得呼声，心中暗喜，且战且退，引晋兵往九里山走。时天色已晚，浓云密布，又无月色；昼风既起，夜风愈大。葛洪亦不着急，且追且随，不觉间，到一座山，但见夜幕之下，群峰起伏，奇岩兀立，怪石嶙峋，正是九里山。

葛洪见景，心中透亮，也不明言，只不紧不慢追赶。祖逖不知所以，心中焦急，生怕白毛儿、白眉儿脱逃，拍马追杀，葛洪在后跟随。不觉间，又至一洞，名曰白云洞。虽在夜中，却也见得白云飘飘，洞天幽境。后明代诗人马慧有诗为证：

天空野烧连垓下，落日苍烟接沛中；
唯有靡旗踪迹异，年年常见白云封。

且说祖逖追杀白毛儿、白眉儿至白云洞，冲入敌阵，逢人便刺，见人便杀，着实了得，白眉儿执剑来战，未及三个回合败走，祖逖拍马追赶，霎时兵卒杀来，祖逖二话不言，只几剑划去，那马四蹄奔开，杀得一条路来，又眼观四路，望一人在前，依稀装扮，极似白毛儿，正慌不择路逃窜。趁得时机，祖逖弯弓搭箭，往后背射去，闻得一声惨叫，恰中其肩，白毛儿跌下马来。

祖逖见白毛儿中箭，大喜过望，驾马近前，欲取白毛儿首级，待看清面目，大吃一惊，原来只是个兵卒，假扮白毛儿罢了。祖逖心知不妙，果不其然，转眼之间，一人喝道："祖逖，你中计也，今日还不受死，更待何时。"话音未落，那白云洞中闪出一人，正是白毛儿，早已将金手弯月弓拉满，往祖逖心口射来。电光石火，祖逖哪来得及反应，眼见将要中箭身陨，索性把眼一闭，心道"天亡我也"，半晌却是无虞，又闻得一声惨叫，遂把眼张开，见一个玉环，悬在胸前，蓝紫通透，甚是奇妙，正是无象环。再见白云洞前，白毛儿胸前受了一箭，已倒在血泊之中。祖逖正当错愕，小黄龙在后拍其肩，笑道："白毛儿知晓偷营，将计就计，却不知师兄算无遗策，早已定下计中之计矣。"祖逖恍然大悟，便要上前拿白毛儿。千钧一发，白眉儿摇兽奔来，大呼："勿伤我主。"迎住祖逖，刘景抢过白毛儿，命左右护住，催军马撤走，自己留下断后，小黄龙哪肯放过，挺枪杀去，两军大战一团。

话说白眉儿迎祖逖，两剑相抵，马兽相交，一个士气高昂，一个进退两端，三五回合，祖逖趁白眉儿分神，一剑刺在肩头，白眉儿负痛跳开，祖逖反手又是一箭，正中后背，痛得白眉儿差点跌下，幸得云水吞金兽脚力非凡，一踩风云，径自逃了。祖逖坐骑乃是凡马，哪里能追得上，直气得捶胸顿足，懊恼不已。再有那刘景，见小黄龙奔来，不敢硬拼，遂令兵卒围住，欲困其中。小黄龙乃天兵海将，哪里将这些人放在眼里，一抖金枪，上下翻飞，左右翻腾，贴上死，挨上亡，如同虎蹚羊群一般。转眼间，杀至刘景跟前，刘景也是阵前大将，拼死抵御，奈何实力悬殊，未有两个回合，被小黄龙一枪刺来，拨打不开，直穿胸膛，挑死马下。汉军大乱，小黄龙等众一场好杀，只杀得天崩地裂，鬼哭神愁，白云洞前，九里山间，尸横遍地，血流成河。

小黄龙杀得性起，还要追去，葛洪赶紧叫住："穷寇莫追，由他去吧。"祖逖不解，问道："此大破胡马之机，何故不一举歼之。"葛洪说道："白毛儿身受重伤，想来命不久矣，白眉儿亦负伤而去，难成大事。我等既已取胜，当速赶往下邳，以正琅琊王之位，而聚天下之心。况大患近在咫尺，那石勒虎视眈眈，又有奇人辅佐，不可贪一时之功，忘了大事。"众人闻言，方醒悟过来。那白眉儿负伤败走，寻得白毛儿，见胸前一片血渍，急道："陛下龙体如何？"白毛儿摆手，艰难支起身子，暗自咽下一口血，说道："此伤不碍事，今大势已去，且退平阳。"白眉儿收拾败残人马，往平阳撤军不提。

且道葛洪杀败汉军，与众将士返入徐州，清点人马，也不停留，直奔下邳。一路披霜带露，倍日并行，离下邳五十里地，见一众人马安营，以为胡马，如临大敌，细察原是宋哲一行，不由得欣喜。宋哲见葛洪到来，亦是欢乐，合兵一处。宋哲迎至中军，有四王正在帐中，乃汝南王司马佑，彭城王司马纮，南顿王司马宗，西阳王司马羕。葛洪见四王，打稽首问候，四王亦回礼，葛洪疑问宋哲："将军不往下邳，如何停留此处？四王亦如何到此？"宋哲回道："我等从徐州行来，路经此地，恰遇四位王爷，说明来意，皆欲往下邳投琅琊王。四王闻得徐州大战，恐你等有失，故令在此等候，以应不测。"葛洪闻言，又谢四王。汝南王说道："国之倾颓，我等不当各自安身，须齐心协力，共御来敌。"众人深以为是。葛洪说道："事不宜迟，我等当速往下邳，以正乾坤。"令拔营进军，往下邳走。

且说司马睿自别葛洪，于城上建望仙楼，每日观临，这一日，忽见正西方满天瑞霭，阵阵香风，赶紧探马出城。不消半日，探马回报："葛仙真率大部归来。"司马睿喜出望外，与王导等众僚出城相迎道："军师归来矣。"葛洪打一稽首，说道："殿下，别来无恙。"又道："贫道愧于殿下，此去长安，终究晚了一步，天子不幸，让胡马掳至平阳，今只与四位王爷及众位大臣到此，望殿下责罚。"琅琊王见过汝南王等，赶紧道："此言差矣，上真亲往长安，保得我晋室血脉，使社稷尚存，中原有兴，何罪之有！"即命侍官："将本王车马扣背，请军师上马，一同回朝。"葛洪谢恩，骑上马，小黄龙、祖逖、宋哲紧随，共入城中。

至殿上，四王与文武多官，俱持列左右，琅琊王仍正坐当中，有一人出列呼道："末将之出长安，不畏千辛万苦，杀机四伏，偷得性命至此，乃受天子诏命，时刻不敢忘却，此关乎庙堂社稷，天下安危，琅琊王司马睿且听旨。"此言一出，四下皆惊，见宋哲从怀中掏出诏书，赶紧叩拜。琅琊王下阶跪伏，闻得宋哲宣道：

时遭屯否，皇纲不振。朕以寡德，奉承洪绪，不能祈天永命，绍隆中兴，至使凶胡敢帅犬羊，逼迫京辇。朕今幽塞穷城，忧虑万端，恐一旦崩溃。卿诣丞相，具宣朕意，使摄万机，时据旧都，修复陵庙，以雪大耻，而报深仇，是所至望，丞相其毋辞。

宋哲读毕，请道："恭迎琅琊王接诏。"司马睿泪流满面，起身接受。宋哲复述长安情形，葛洪亦说明过来，众人感慨，司马睿乃入易素服，出次举哀，且移檄四方，拟即征伐凶胡。王导谏道："举兵讨胡，须明天下共主，殿下既受天子诏命，当以示尊号，使四方拜服。"西阳王闻言，亦请上尊号，众僚皆附和，葛洪立于一旁，不言。司马睿连连摆手，即道："天子被掳，生死不明，如今之急，当征讨凶胡，万不可擅自请尊。"西阳王等众哪里肯依，再三固请。司马睿慨然流涕曰："孤，皇晋罪人也，惟有蹈节死义，以雪天下之耻，得能济事，尚可自赎，且孤本受封琅琊，若诸贤见逼，再四不已，孤只得仍归原国便了。"言毕，即自呼私奴，命驾归国。

西阳王见状，不敢再劝，幸有王导在旁，谏道："殿下心系苍生，不愿趁危进位，天下泣零，然凶胡作恶，不可一日无主，否则中原失色，悔之不及。殿下可依魏晋故事，称为晋王，以安众僚之心。"四王及众臣皆拜请，司马睿闻言，长叹一声："罢了，罢了，孤若再不肯受，恐冷众位之心，便依此言。"西阳王大喜，即道："那便请晋王择日即位，设坛告之天下。"王导又道："下邳城小，不为久居之地，今王敦驻守建业，此地有长江天险，纵凭江东，进可击中原，退可御外敌。殿下既帝室之胄，信义著于四海，总揽英雄，思贤如渴，若南渡长江，踞守江东，臣料凶胡虽势大，必有分裂，待天下有变，可图大事，复兴晋室矣。"司马睿闻道："爱卿之言，甚合孤意，众位可有他意？"众僚拜道："誓死愿随主公左右。"司马睿遂命清点军马，南渡长江。

且道司马睿率众，离了下邳，往南而行，至长江边，携四王及众僚，登舟渡江，见叠嶂千重，飞浪万里，江风呼啸，水天一色，果真奇秀。有词为证：

舟行江上。风起千帆浪。无意云水长，山海向。翔鱼随心跃，潜鸟自相望。崖猿纵攀荡。衣冠飞扬，归来繁花空相。

摇橹姿放，极目重岩叠嶂。试问南渡人，安可否？且往莫府岚翠，前朝事，半生忘。流光梦一场。何必虚名，了却只身惆怅。

船上众人，见景无言，心中各有其事。此衣冠南渡，为中原汉之文明首次南迁，后唐代诗人詹珺作诗为证：

忆昔永嘉际，中原板荡年。
衣冠坠涂炭，舆辂染腥膻。
国势多危厄，宗人苦播迁。
南来频洒泪，渴骥每思泉。

舟行江中，忽风云变幻，江水翻涌，一排巨浪席卷而来，声似雷霆万钧，势如万马奔腾。五王立在船头，见状大惊，那巨浪又腾起，远望之，好似一条水龙，迎面打来，众人躲避不及，正中其身。也是奇怪，众人毫发无伤，那水龙从琅琊王身中穿过，登时烟消云散，不知所踪，又见晴空万里，波澜不惊。葛洪见得明白，自道："五马游渡江，一马化为龙，琅琊王果然真主也。"又叹道："可惜却是条水龙，终不过一场虚幻矣。"小黄龙在旁，听得明白，问道："渡江之后，琅琊王承继大统，当何去何从？"葛洪说道："世事有造化，个人有担当，衣冠南迁，白毛儿负伤而走，江东之地已无忧矣。今五石俱备，大天尊之事不可忘却，你且随我往罗浮山炼丹。"小黄龙回道："全凭师兄吩咐。"

不说二人商量，且道司马睿携众僚过了长江，到莫府山，下了渡口，五王分乘五马，那司马睿坐骑忽一阵长嘶，化为水龙而去，霎时不见踪影，众人皆为惊叹。待到得建业，早有王敦迎来，齐入城中，辛卯日，即晋王位，设坛西郊。届期受僚属参谒，改元建武。号建业为建康，大赦天下，除杀祖父母父母者及刘聪、石勒等人，不从此令外，悉数宥免。遂备置百官，立宗庙社稷，封世子司马绍为王太子，次子司马裒为琅琊王，奉恭王后，使镇广陵。西阳王司马羕受封太保；外如征南大将军王敦，进为大将军领江州牧；右将军王导，进为骠骑将军，领扬州刺史，都督中外诸军事；左长史刁协为尚书左仆射；右长史周顗为吏部尚书；军咨祭酒贺循为中书令；右司马戴渊王邃为尚书；司直刘隗为御史中丞；参军刘超为中书舍人，祖逖为奋威将军、豫州刺史；陶侃为广州刺史、平越中郎将；周玘为镇东司马；诸参军拜奉车都尉，掾属驸马都尉。辟掾属百余人，时人谓之"百六掾"。那王敦辞去州牧，王导因王敦外握兵权，亦辞去中外都督；贺循自称老病，辞去中书令，晋王皆准如所请。

正封赏时，忽侍官报来，有司空府左长史温峤到来，遂命进殿。晋王见温峤风流知喜，问道："来人可是民间韵事'温公却扇'之人？"温峤回道："正是为臣。"晋王大喜，问道："太真到来，为孤之福。不知如何到来？刘琨将军是何处境？"温峤回道："长安陷没之时，刘琨将军为石勒所攻，本两相拼杀，胜算各有，然石勒军中有一奇人，刘琨将军不敌，奔入晋阳，石勒又从间道袭之，留守长史李弘，竟举城投降。刘琨将军进退失据，不得已奔往蓟城，投依段匹磾。段匹磾很是器重，与其约为兄弟，并强姻好。两人歃血同盟，期复晋室，一面檄告华夷，邀同太尉豫州牧荀组、镇北将军刘翰、单于广宁公段辰、辽西公段誉、冀州刺史邵续、兖州刺史刘广、东夷校尉崔毖、鲜卑大都督慕容廆，并推晋王为晋主，同心讨汉，便是汉将曹嶷，也愿戴晋王。以上共一百八十人。刘琨将军命我来此，奉书劝进，以归天下之心。"遂取笺展览道：

　　臣闻天生蒸人，树之以君，所以对越天地，司牧黎元。圣帝明王鉴其若此，知天地不可以乏飨，故屈其身以奉之；知黎元不可以无主，故不得已而临之。社稷时难，则成藩定其倾；郊庙或替，则宗哲纂其祀。所以弘振遐风，式固万世，三五以降，靡不由之。

　　伏惟高祖宣皇帝肇基景命，世祖武皇帝遂造区夏，三叶重光，四圣继轨，惠泽侔于有虞，卜年过于周氏。自元康以来，艰祸繁兴，永嘉之际，氛厉弥昏，宸极失御，登遐丑裔，国家之危，有若缀旒。赖先后之德，宗庙之灵，皇帝嗣建，旧物克甄，诞授钦明，服膺聪哲，玉质幼彰，金声凤振，冢宰摄其纲，百辟辅其治，四海想中兴之美，群生怀来苏之望。不图天不悔祸，大灾荐臻，国未忘难，寇害寻兴。逆胡刘曜，纵逸西都，敢肆犬羊，凌虐天邑。臣等奉表使还，仍承西朝，以去年十一月不守，主上幽劫，复沈虏庭，神器流离，再辱荒逆。臣每览史籍，观之前载，厄运之极，古今未有，苟在食土之毛，含气之类，莫不叩心绝气，行号巷哭。况臣等荷宠三世，位厕鼎司，承问震惶，精爽飞越，且悲且惋，五情无主，举哀朔垂，上下泣血。

　　臣闻昏明迭用，否泰相济，天命未改，历数有归，或多难以固邦国，或殷忧以启圣明。齐有无知之祸，而小白为五伯之长；晋有骊姬之难，而重耳主诸侯之盟。社稷靡安，必将有以扶其危；黔首几绝，必将有以继其绪。

伏惟陛下，玄德通于神明，圣姿合于两仪，应命代之期，绍千载之运。夫符瑞之表，天人有征，中兴之兆，图谶垂典。自京畿陨丧，九服崩离，天下嚣然无所归怀，虽有夏之遘夷羿，宗姬之离犬戎，蔑以过之。陛下抚宁江左，奄有旧吴，柔服以德，伐叛以刑，抗明威以摄不类，杖大顺以肃宇内。纯化既敷，则率土宅心；义风既畅，则遐方企踵。百揆时叙于上，四门穆穆于下。昔少康之隆，夏训以为美谈；宣王之兴，周诗以为休咏。况茂勋格于皇天，清辉光于四海，苍生颙然，莫不欣戴。声教所加，愿为臣妾者哉！且宣皇之胤，惟有陛下，亿兆攸归，曾无与二。天祚大晋，必将有主，主晋祀者，非陛下而谁？是以迩无异言，远无异望，讴歌者无不吟咏徽猷，狱讼者无不思于圣德，天地之际既交，华裔之情允洽。一角之兽，连理之木，以为休征者，盖有百数；冠带之伦，要荒之众，不谋而同辞者，动以万计。是以臣等敢考天地之心，因函夏之趣，昧死以上尊号。愿陛下存舜禹至公之情，狭巢由抗矫之节，以社稷为务，不以小行为先，以黔首为忧，不以克让为事。上以慰宗庙乃顾之怀，下以释普天倾首之望。则所谓生繁华于枯荑，育丰肌于朽骨，神人获安，无不幸甚。

臣闻尊位不可久虚，万机不可久旷。虚之一日，则尊位以殆；旷之浃辰，则万机以乱。方今锺百王之季，当阳九之会，狡寇窥窬，伺国瑕隙，齐人波荡，无所系心，安可以废而不恤哉！陛下虽欲逡巡，其若宗庙何，其若百姓何！昔惠公虏秦，晋国震骇，吕郤之谋，欲立子圉。外以绝敌人之志，内以固阃境之情，故曰丧君有君，群臣辑穆，好我者劝，恶我者惧。前事之不忘，后代之元龟也。陛下明并日月，无幽不烛，深谋远虑，出自胸怀，不胜犬马忧国之情，迟睹人神开泰之路。是以陈其乃诚，布之执事。臣等各忝守方任，职在遐外，不得陪列阙庭，共观盛礼，踊跃之怀，南望罔极。敢布腹心，幸乞垂鉴。

晋王既阅，半晌方道："主上播越，正臣子见危致命之时，奈何敢妄窃天位？"遂留温峤在建康，拜散骑常侍，兼太子中庶子，辅佐东宫。另遣使赍递复书，语云：

豺狼肆毒，荐复社稷，亿兆颙颙，延首罔系。是以居于王位，以答天下，庶几迎复圣主，扫荡仇耻，岂可狠当隆极？此孤之至诚，著于遐迩者也。公受奕世之宠，极人臣之位，忠允义诚，精感天地，实赖远谋，共济艰难，南北回逸，同契一致。万里之外，心存咫尺，公其抚宁华戎，致罚丑类，动静以闻！

待安排妥切，晋王见葛洪及小黄龙，说道："军师此去长安，立下大功，小黄龙将军亦是英勇，孤心中存谢，不知如何奖赏，方显其心。"葛洪笑道："碧云含风月，心清若归人。修道者，何谈奖赏，无谓名利，辅佐晋王，以存中原之脉，乃我之责。晋室虽移建康，坐拥江东，然凶胡猖獗，国家分裂，社稷中兴，任重而道远。徐州一战，白毛儿负伤败走，我料其命不久矣，国将有变，必不得轻扰江东，此为我大晋宏图舒展之机。晋王当亲贤臣，远小人，殚精竭虑，文武兼治，使四海安定，八方臣服。"晋王半晌方道："闻军师此言，似有离走之心，万万不可。"葛洪说道："日月得天而能久照，四时变化而能久成。人法地，地法天，天法道，道法自然。我教大天尊常常教导，生而不有，为而不恃，功成而弗居，夫唯弗居，是以不去。修道之人，只解救中华危难，万民水火，不妄涉庙堂，扰乱社稷。晋王亦知，贫道身负炼丹大任，值此烽火暂息之机，当往罗浮山，炼得金丹，修得大道，晋王不必挂怀。若见危难，贫道自当奋勇，不使晋王致险地也。"晋王闻言，叹道："军师既如此说，孤不便强留，然小黄龙将军，可否辅佐左右。"葛洪回道："小黄龙亦有炼丹大任，当随去罗浮山。"晋王又问："若有危难，孤当如何告知军师？"葛洪略思片刻，说道："建康之地，有一山，名曰钟山，此山蜿蜒逶迤，形如莽莽巨龙，有钟山龙蟠之称。那北高峰，正处龙首，晋王可令人在峰上置一鼓，若见危难，敲响此鼓，贫道自会到来。"晋王闻言大喜，说道："孤即差人，往钟山之上置鼓，那鼓当名：望仙鼓，以盼军师归来。"葛洪笑道："此鼓不响也罢，还是国泰民安，天下太平为好。"遂与晋王辞别，携小黄龙往罗浮山去。不知葛洪罗浮山炼丹如何，且看下回分解。

第七十八回　葛洪开炉试炼丹　靳准设计除太弟

五石采得灵光秀，龙岩开炉试炼丹；
待到长生行功满，却道人间又艰难。

且说葛洪辞别晋王，与小黄龙同回罗浮山。一路间，葛洪见小黄龙爬耳搔腮，心急如焚，笑道："可是思念小龙女了。"小黄龙笑答："师兄莫要取笑。"葛洪又笑："两情相悦，一朝分别，昼思夜想，人之常情。"二人言语交谈，不觉已至罗浮山。小黄龙见得龙岩石壁，不待落下，便在云头大呼："小龙女，小龙女。"那小龙女正在茅庐之中，养花结草，忽闻得呼唤，喜出望外，忙出得来，果真见小黄龙，霎时莲步飞移，呼道："小黄龙，小黄龙。"小黄龙落下云头，三步并做两步，至小龙女跟前，两人牵手相看，款款深情。

葛洪在旁，见此情景，亦感叹："莫说修道无情，有情亦是修道。"也不打扰，任二人耳鬓厮磨，径自走至石壁，见八卦紫金炉置于壁下，有乾、坎、艮、震、巽、离、坤、兑八卦，各现淡淡光华。葛洪把袖一展，五石即出，亦是光彩闪耀，不由得自道："奉大天尊命，弟子下得大罗宫，辅佐晋主，衣冠南渡，延续中华。今琅琊王迁居建康，备置百官，立宗庙社稷，盛文兴武，已存华夏。弟子开炉炼丹，以成大道，当是时也。"

正自语，双龙来至身旁，小黄龙说道："师兄可是要炼丹？"葛洪回道："今晋室中兴，中华延续，我等人间之事已毕，大天尊既有交代，正好炼丹，以度三教大劫。"小龙女好奇："不知这丹如何炼来？"葛洪笑道："括苍山火龙真人传我四本经书，其含炼丹之法，当可见来。"遂取《正一法文》，念来：

天师稽首问太上曰：道陵常见世间人民，困於疲病牢狱，杻械枷锁，水火刀兵，虎狼虫蛇，众苦危难，不能自免，痛恼辛酸，死亡夭折，枉横非一，不知从何缘来而值斯毒，不知修何功德可得度脱，惟愿天尊大慈开宥，令知所犯，得出忧悲。

太上告道陵曰：皆由人民不信宿命，罪福因缘，轻师慢道，破斋犯戒，违负天地、日月星辰，攻根伐本，背正入邪，欺凌贫贱，咒诅鬼神，秽辱三尊，不忠不孝，兄弟不睦，父子不慈，夫妇不和，男女不顺；更相残害，矫诈百端，杀生偷盗，邪淫嫉妒，悭贪愚痴，恶口两舌，绮妄不真，饮酒食肉，秽污天真，恃强凌弱，倚官狭势，为君无道，为臣不忠，罔上欺下，损伤百姓，枉害忠良，纵放无度，致遭病苦，厄难相逢。是故天有九丑杀鬼，各将徒众九千万人，乘云驭气，因风傍雨，栖泊林木，依附人家，伺其衰怯，随托衣服流精，饮食入人脏腑，或居宅舍，行九种厄难，布在世间，治此恶人，令归善道。若持斋礼拜行道，诵经烧香散花，受诫忏悔布施，发愿救济贫穷，放赎生命，修营灵观，建立精舍，玄坛法宇，广造福田，作诸功德，即得免其灾厄，度脱危苦；若不信罪福，杀生偷盗，饮食酒肉，訾毁三宝，轻慢出家，破坏形象，行诸恶业，则众厄加身，遇其轗轲，田蚕虚耗，畜养死亡，仕宦黜退，人口夭伤，所求不利，所愿不成。一切灾厄之者，皆当先以身中上服，造救苦天尊，写此宝经，作度厄神婶；皆以九为数，弥多为佳，然长明灯，昼夜不绝，并诵经行道，忏悔受戒，烧香散花，设斋念道，救济危苦，舍放囚徒，布施穷乏，放赎生命，立其高座，广召有德，讲说大乘，立观度人，行诸善愿，昼夜不怠，克得脱离灾厄，年命长延。

太上又曰：若人常能预造十方天尊，一躯十躯百躯千躯万躯，随力所堪。复写三洞众经，一部十部百部千部万部，流通读诵。又请道士转读三洞一切众经，行道启愿，请福禳灾，度人立观，最为第一，不可思议。若不能如此，但清净宅舍，沐浴身心，昼夜读诵此经，礼拜十方天尊，烧香解厄，散花陈愿，自得免诸灾难，获福无穷。

小黄龙问道："何为十方天尊？"葛洪说道："十方天尊，乃东方玉宝皇上天尊、东南方好生度命天尊、南方玄真万福天尊、西南方太灵虚皇天尊、西方太妙至极天尊、西北方元量太华天尊、北方玄上玉晨天尊、东北方度仙上圣天尊、上方玉虚明皇天尊、下方真皇洞神天尊。至心归命，福降无穷。"双龙不解，问道："此为炼丹之术？"葛洪笑道："道生一，一生二，二生三，三生无穷。炼丹之术，须解心法，有纲可循，先悟大道，方炼金丹。"双龙颔首。葛洪又取《黄帝九鼎神丹经》一卷，念来：

黄帝受还丹至道于玄女。玄女者天女也。黄帝合而服之。遂以登仙。玄女告黄帝曰。凡欲长生而不得神丹金液。徒自苦耳。虽呼吸导引。吐故纳新。及服草木之药。可得延年。不免于死也。服神丹令人神仙度世。与天地相毕。与日月同光。坐见万里。役使鬼神。举家升虚。无翼而飞。乘云驾龙。上下太清。漏刻之间。周游八极。不拘江河。不畏百毒。黄帝以传玄子。诫之曰。此道至重。必以授贤者。苟非其人。虽积金如山地方万里。亦勿此道泄之也。得一足仙。不必九也。传授之法。具以金人一枚重九两。金鱼一枚重三两。投东流水为誓。金人及鱼皆出于受道者也。先齐沐浴。设一玄女座于水上。无人之地烧香上白。欲以长生之道用传某甲。及以丹经着案上。置座在此。今欲夹道。向北伏一时之中。若天晴无风。可受之。受之共饮白鸡血为盟。并传口诀。合丹之要。及投金人金鱼于水。万兆无神仙骨之者。终不得见此道也。

黄帝曰。欲合神丹。当于深山大泽。若穷里旷野。无人之处。若于人中作之。必于高墙厚壁。令中外不见。亦可也。结伴不过二三人耳。先斋七日。沐浴五香。置加精洁。勿经秽污丧死嫁女之家相往来。黄帝曰。欲市其神药。必先斋七日。以子丑日沐浴。以执日市之。当于月德地坐。勿与人争贵贱。玄女曰。作药以五月五日大良。次用七月七日。始以甲子丁巳开除之日为善。甲申乙巳乙卯次之。作药忌日。春戊辰己巳。夏丁巳戊申壬辰巳未。秋戊戌辛亥庚子。冬戊寅巳未癸卯癸酉。及月杀。及支天。季四孟仲。季月收壬午丙戌癸亥辛巳。月建。诸朔望。皆凶。不可用以起火。合神药慎不得与俗间愚人交通。勿令嫉妒多口舌人不信道者闻知也。神药不成。神药成便为真人。上天入渊。变化恍惚。可以举家皆仙。何但一身。俗人惜财。不合丹药。及信草木之药。且草木药埋之即朽。煮之即烂。烧之即焦。不能自生。焉能生人。可以疗病益气。又不免死也。还丹至道之要非凡所闻。

双龙不解，问道："此为炼丹之术？"葛洪笑道："此为黄帝传丹之法，有异曲同工之妙，其门其理，当可参详。"遂又取《金液丹经》一卷、《太清金液神丹经》三卷，念来：

> 金液丹华是天经，泰清神仙谅分明。
> 当立精诚乃可营，玩之不休必长生。
> 六一合和相须成，黄金鲜光入华池。
> 名曰金液生羽衣，千变万化无不宜。
> 云华龙膏有八威，却辟众精与魑魅。
> 津入朱儿乃腾飞，所有奉祠丑未衰。
> 受我神言宜见迎，九老九炁相扶持。
> 千年之鸟水人亡，用汝求生又所禳。
> 太上景电必来降，玄气徘徊为我用。
> 委帛襜襜相缱绻，使汝画一金玉断。
> 弗尊强趣命必陨，神言之教勿笑弄。
> 受经佩身焉可放，乘云豁豁常如梦。
> 雄雌之黄养三宫，泥丸真人自溢充。
> 绛府赤子驾玄龙，丹田君侯常丰隆。
> 三神并悦身不穷，勿使霜华得上通。
> 郁勃九色在釜中，玄黄流精隐幽林。
> 和合阴阳可飞沈，飞则九天沈无深。
> 丹华黄轻必成金，水银铅锡谓楚皇。
> 河上姹女御神龙，流珠之英能延年。

华盖神水乃亿千，云液踊跃成雪霜。
挹而东拜存真王，陵为山称阳为丹。
子含午精明斑琏，是用月气日中官。
明朗烛夜永长安，天地争期遂盘桓。
传汝亲我无祸患，不相营济殃乃延。
冥都书罪自相言，生死父母何其冤。
为子祸上考不全，祭书置废千明宣。
玄水玉液朱鸟见，终日用之故不遍。
山林石室身自炼，反汝白发童子咽。
太和自然不知老，天鼓叩鸣响怀抱。
天中之山似头脑，玉酒竞流可大饱。
但用挹焉仍寿老，千年一剂谓究竟。
丹文玉盛务从敬，见我外旨已除病。
何况神经不延命，祸入泄门福入密。
科有天禁不可抑，华精庵蔼化仙人。
连城大璧逾更坚，长生由是不用牵。
子将不信命九渊，秘思要之飞青天。

双龙不解，又问："此为炼丹之术？"葛洪笑道："此为我教所悟，乃是炼丹之径。"遂道："今起你等守好宝炉，我静心参悟，七日之后，可一同炼丹。"小黄龙大喜说道："师兄自去，我等定会守好宝炉。"葛洪即入茅庐，潜心习经。小黄龙携小龙女同守炉旁，此乃双龙重逢之后，难得清净无人，说不完情话，诉不尽相思，缠缠绵绵，甚是温馨，其中不表。

七出日月，乌兔穿梭。七日之后，葛洪步出茅庐，小黄龙确是玲珑，见得葛洪出庐，霎时起得身来，欢喜迎来，问道："师兄可欲炼丹？"葛洪笑道："初通炼丹之法，小可试来。"小龙女亦至身旁，葛洪道一声："开炉。"双龙遂将炉起开，葛洪将无根瓶取出，倒入玄水，关上炉盖，道一声："起风。"双龙腾在空中，化为龙身，盘旋起舞，口吐清风，葛洪拈一符，手一指，腾出一股符火，燃于炉底，风火交加，愈燃愈旺。好半晌，葛洪起开炉盖，往里一瞧，玄水未沸，叹道："师兄曾言，炼丹神火未至，令我等下山，今番炼来，此符火果真无效，看来须寻神火，方沸玄水。"小黄龙问道："哪方有神火，师兄可知来？"葛洪："你且守好宝炉，我往火德星君处走一遭。"双龙应下，葛洪捏一撮土，往空中一散，驾土遁往彤华宫去。

不消半日，已至宫外。恰见一星官出来，戴星冠，纯然烈焰；大红袍，片片云生。面如重枣，海下赤须红发，着朱霞鹤寿之衣，执玉简，垂七星金剑，白玉环佩，丝绦系赤色，麻履长红云，剑带星星火，正是火德荧惑星君。

葛洪赶紧上前，打一稽首，拜道："大罗宫玄都洞弟子葛洪，拜见星君。"火德星君见葛洪，大喜，说道："原是稚川到来，今蟠桃绝收，神仙之体，不得存续，闻大天尊命你炼丹，可有眉目？"葛洪回道："弟子在罗浮山，已寻得八卦紫金宝炉，又收集五石，得炼丹之法，然万事俱备，只欠东风。"星君笑道："你到此地，寻我这个管火之仙，想是炼丹，差些火候。"葛洪笑道："星君料事如神，那炼丹须沸腾玄水，方能成液，然弟子以符火试之，不见成效，故来寻神火，以炼金丹，还望星君指点。"火德星君说道："天下神火，无非几种：一为天地之火，亦是自然之火，如电闪雷暴，星石火山，此火可常见，可不常见；二为人身之火，亦是心中内火，可燃斗志，以心化行，以火化物；三为三昧真火，乃精、气、神炼成三昧，养就离精，与凡火共成一处，可烧万物。你那符火，不在神火之列。"葛洪喜道："星君既晓神火，还望助来。"星君笑道："你身负炼丹大业，远道而来，我理应助来。"遂从袖中拿出一物，乃是一印，名曰照天印；又取来一物，乃是一箭，名曰万里起云烟；再把手一现，掌中生出一轮，五龙环绕，名曰五龙轮，皆是火德星君尚未封神，火烧西岐城时的宝物。星君说道："此照天印，可出天地火；万里起云烟，可出人身火；五龙轮，可出三昧火，你件件试来，当见成效。"葛洪辞谢星君，驾土遁遂回罗浮山。

双龙在石壁，见得葛洪归来，连忙相迎。葛洪笑道："今往火德星君处，借得神火，速炼丹来。"双龙奉命开炉，葛洪往里一瞧，玄水仍在其中，关上炉盖，说道："起风。"双龙闻言化为龙身，旋起风来，葛洪遂祭照天印，那印一出，电闪雷鸣，登时一团炎火，熊熊而起，燃于炉下，约一炷香工夫，葛洪见炉底，却未起红，揭开炉盖，果真玄水平静，不见丝毫翻腾，忙收了照天印，又祭万里起云烟，但见万箭发出，火成一线，瞬间烟火缭绕，双龙加大风势，火随风起，甚是炙热。又约一炷香工夫，葛洪想来如此火势，应有成效，开盖看来，大失所望，那玄水好端端，不见半点沸腾。葛洪见万里起云烟仍不作效，遂收了，取来五龙轮。那轮一起，腾出火来，但见：

炎炎烈烈盈空燎，赫赫威威遍地红；却似火轮飞上下，犹如炭屑舞西东。好一股三昧真火，直烧得炉底发红。

葛洪喜道："三昧真火，当是真妙。"速开了炉盖，往里一看，也是不看为好，一看登时泄了气来，呆立原地。双龙赶紧上前，察看炉中，原来玄水依旧平静，未见沸起。

小黄龙气馁道："今到火德星君借得神火，却也无用，究竟如何是好？"葛洪无言，半晌方道："想来尚有神火，只是我等未知，可再寻来。"小龙女惑道："天下之大，宇宙洪荒，何处寻来？"葛洪说道："不知何处，亦要寻来。天下之事，无见易乎，何况炼丹大业。你等好生守护，我往三界一走，当寻神火。"双龙应诺，葛洪驾遁，云游四方，以求神火，按下不提。

话说天上一日，人间一年。白毛儿兵败徐州，身负重伤，见伐晋无望，心灰意冷，好容易回到平阳，命白眉儿遂离京师，仍镇守长安，而国事尽付刘粲，只望得与单太后好生缠绵，以慰其心。然尚未入后宫，却闻得噩耗，单太后自缢身亡，一时犹如晴天霹雳，心口隐隐作痛，赶忙入太后殿中，见单太后香消玉殒，登时悲从心起，伤心欲绝，竟失声痛哭起来。良久，方唤来侍女，问其原由。侍女只道皇太弟到过宫里，与太后似有争执，又闻得太后啼哭，只道："他为天子，我等寄人篱下，又有何法？"随即皇太弟恼怒而出，后有此变故。白毛儿闻知详情，心明眼亮，定是刘乂知其与生母之事，入宫责备，使单女羞愧，两难之下，自缢而死，遂心中生厌，然刘乂终是单太后之子，看其面上，也不为难。

单太后自缢身亡，宫中内外，人尽皆知，呼延皇后亦晓前后，萌发心思，欲使子粲登太子之位。一日，呼延皇后向白毛儿进言："父死子继，乃古今常道，如陛下继位，实承高祖之业，与皇太弟何干？奈何今日立一太弟，妾恐陛下万年以后，刘粲死期不远矣。"白毛儿闻言，怔了半晌，方道："容朕细细考量。"呼延皇后哪肯罢休，趁此机会，复进言："事久则生变，太弟若见粲年纪渐长，心中必有不安，万一有他人挑唆，则生大祸矣。陛下宽大，能容太弟，而太弟难免存有芥蒂，未必肯侍陛下。"白毛儿心有所动，回道："朕岂有不知，需待时日徐徐图之。"二人对话，难免有传。单太后有一兄，名单冲，曾为光禄大夫，平时出入宫禁，已有风闻，知道单氏一死，刘乂也将难保，即往东宫见刘乂，尚未开口，先自哭泣。刘乂惊问："舅父因何事而泣？"单冲方与密语道："疏不间亲，陛下已属意刘粲，而殿下横亘在上，为其不容。请殿下先机退让，免蹈危机。"刘乂乃浅见之辈，见白毛儿身负重伤，不得长久，哪里舍得这万里江山，遂瞿然道："河瑞末年，主上因嫡庶有别，尝让位与孤。孤因主上年长，故相推奉，天下系高祖之天下，兄终弟及，有何不可？就是刘粲将来序立，犹如今日。若谓疏不间亲，孤想子弟关系，相去无几，主上亦未必爱子而憎弟乎？"单冲见刘乂尚在梦中，未肯相信，心知劝说无用，遂默然退去。

  白毛儿也是留情之人，虽听信妇言，有意废黜刘乂，然忆起单太后生时，如何柔媚，如何亲爱，又不觉心有牵挂，未忍将刘乂废去。也是刘乂大限未至，蹉跎一年，呼延皇后竟得病身亡，少了吹枕头风之人，刘乂侥幸逃过一劫。那白毛儿虽患伤疾，却本好色，自单太后死后，又没了呼延皇后约束，欲趁时日，纵享鱼水欢愉。即下诏令，广选名家女子，充入后宫，有司空王育女为左昭仪，尚书令任顗女为右昭仪，大将军王彰之女，中书监范隆之女，左仆射马景之女，皆为贵人，右仆射朱纪之女为贵妃，均佩金印紫绶，轮流侍寝，好不快活。后又探悉太保刘殷有女二人，女孙四人，皆是国色天香，秀丽绝伦，索性一并纳入，充作嫔嫱。众多美人，白毛儿仍不满足，一日，至中护军靳准宅中，饮酒为欢。靳准呼二女出谒，白毛儿一见，两眼放光，那二女好似仙子下凡，嫦娥出世，不由得拍起案来，连声叫绝。

  靳准趁势面启道："臣女月光、月华，年将及笄，倘蒙陛下不弃葑菲，谨当献纳。"白毛儿喜出望外，即夕载二女入宫，普施雨露，合抱衾裯，彻夜绸缪，其乐无极。翌日，即封二女为贵嫔。靳月光尤为妖媚，无体不骚，引得白毛儿魄荡神迷，爱逾珍璧，过了旬月，竟立为上皇后。左贵嫔刘氏为左皇后，靳月华封右皇后。

天象地理，当日告变，有三日出自西方，径向东行，平阳地震，崇明观陷为陂池，水亦如血，有赤龙奋身飞去。最叹为观止者，乃流星起自牵牛，入紫微垣，状如龙形，堕落平阳北十里，化为一肉，长三十步，阔二十七步，臭达平阳。肉旁常有哭声，昼夜不止。平阳内外，哗称怪事。白毛儿亦晓，乃召公卿等入问休咎。博士张师回道："陛下问及星变，臣等恐吉少凶多，不久将至。若后庭内宠过多，三后并立，必致亡国败家，愿陛下思患预防，毋自取咎。"白毛儿乃西方道行之士，岂惧此言，只摇首道："天变无常，难道定关人事么？"言毕，拂袖入内，纵乐如故。但命刘粲为丞相，加封晋王，总掌百揆，一切国事，俱委刘粲裁决便了。如此情形，有词为叹：

月上楼晚。小池照圆满。无凭过雁歌云幻，阑外小柳轻掩。三后并立珠帘。春锁不知沉轩。乍见悬鱼微起，又是大地飞寒。

不言白毛儿荒淫，无心朝政，且说刘粲独掌政事，见白眉儿外守长安，父皇受伤而归，已是强弩之末，又贪恋女色，想来时日无多，心中不由得膨胀，不但欲代父统，更是觊觎中原，好做个华夷大皇帝，然当务之急，非除去皇太弟刘乂不可。此心昭昭，路人皆晓。刘乂在东宫，也有耳闻，窃窃自危。

一日，天上忽降雨血，东宫延明殿中，下血尤多，刘乂且惊且忧，寻来太傅崔遌，太保许遌，问其天象如何。二人齐声道："天象已明示殿下，须要流血一次，方可安枕，试想陛下立殿下为皇太弟，无非暂安人心，今已属意晋王，权势威重，远高出东宫，殿下若再容忍过去，其位必定难保，且有不测危祸，陛下现不理政事，身负重伤，仍放纵色欲，刘粲志大才疏，此乃天赐良机，故不如先发制人，免为刘粲算计。"刘乂闻言，左思右想，迟疑不答。两人急切，又谏道："今东宫卫兵，不下四千，刘粲轻佻，平日不设防备，我等但遣一名刺客，趁夜杀之，便足了事，其余众王年幼，有何能为？若殿下有意，二万精兵，叱嗟可致，一鼓攻入云龙门，卫士必定倒戈相迎，大事可成矣。"刘乂闻言，连忙摇首，说道："孤为太弟，怎能做此大逆不道之事，不必出此下策。"崔遐、许遐还要再言，刘乂始终不从，二人无奈退去，只叹："天亡太弟，不可人为。"

崔遐、许遐离去，殊不知三人言语，早让东宫舍人荀裕听入耳中，立马报知白毛儿，报称崔许二人劝太弟谋反，白毛儿大怒，即收崔许二人入狱，随后诛死，又令冠威将军卜抽，率兵监守东宫，不让刘乂再涉朝会。刘乂此时方如梦初醒，非常忧惧，即刻上表，乞为庶人，请以晋王刘粲入嗣。卜抽将表捺住，不使上达天子。刘乂虽未被废，已等因奴。此情此景，倒是欢喜了一人，乃是中护军、国丈靳准。靳准与皇太弟有隙，从前太弟之妾靳氏，乃靳准从妹，因与侍卫通奸，让太弟察觉所杀，且常将丑事说与靳准，使靳准难堪不已，心中生恨，此时见得太弟失势，心生一计，欲除太弟。

且道靳准入晋王府，对刘粲进言："晋王大权独掌，然陛下百年之后，却有个太弟，若使登位，晋王置身何处？臣有一计，可除太弟。"此语正中刘粲下怀，刘粲即问："是何妙策，赶紧说来。"靳准说道："除去太弟，只能诬其谋反。"刘粲闻言，大失所望，回道："太弟软弱，若告其谋反，非但陛下，怕连天下之人皆不信之。"靳准又道："陛下留恋太后，故宽容太弟，若猝然相告，定然不信。太弟素来好宴宾客，不加防备，可撤回东宫监守，使太弟恢复如初，我等抓若干进府宴乐之人，利诱威逼，屈打成招，指证太弟。再使计让太弟戴盔穿甲，家丁手持兵器，而后一举捕获，陛下必深信不疑，此则大事可成。"刘粲闻计，喜笑颜开，只道："妙策，妙策也。"遂依计而行，命卜抽撤走守兵。

刘乂一觉醒来，见宫外卫兵撤走，诧异非常，寻来卜抽问道："将军受何旨意？撤走卫兵。"卜抽笑道："丞相有情，知殿下乃受委屈，故命末将撤走防卫，免除禁锢。"刘乂大喜，说道："丞相果真知人通情，国之栋梁矣。孤日后必不亏待。"果真如靳准所料，刘乂毫无觉察，安下心来，照样每日大宴宾客，宫外来人如梭，热闹非凡。

如此月余，刘粲寻来靳准，问道："今刘乂生活如初，已无防备，何日谋定大计？"靳准笑道："丞相莫要急切，臣已联络中常侍王沈，早有准备。然丞相还须差亲信，往东宫走一遭，言白眉儿谋反，挥师平阳，京城将有大变，让东宫戴盔披甲，以应不测。"刘粲喜道："此言一出，刘乂必不加分辨，照准而行。"遂差私党王平，于当日夜，前往东宫。刘乂见是王平，知其为刘粲亲信，感刘粲之恩，迎道："不知王使半夜前来，所为何事？"王平一脸惊恐，急道："丞相才得密旨，那白眉儿谋逆，举长安之兵，进军平阳，京师将有大难。丞相担忧殿下，请饬左右衷甲戒严，豫备不虞。"那刘乂果真蠢钝，如此破绽百出之言，竟深信不疑，忙谢过王平，命宫臣衷甲以待。

王平辞别刘乂，离了东宫，赶紧回丞相府中禀报。靳准拍案而起，喜道："太弟死期将至，恭贺丞相，将登大位。"刘粲说道："刘乂既然送死，当成全矣。"遂命靳准依计行事。靳准领命，急忙进宫，联络王沈，欲面见天子。不知皇太弟如何下场，且看下回分解。

第七十九回　司马睿嗣统称帝　白毛儿见鬼亡身

数峰江上一轮红，半日风云半西东；
来往行客坐松下，遥指天涯论英雄。

且说靳准联络王沈，进宫面见天子。白毛儿诧异："爱卿深夜前来，何事相奏？"靳准呼道："皇太弟谋反，正戴盔穿甲，妄图弑君。"白毛儿半信半疑，王沈在旁，添油加醋道："国丈所言无虚，太弟不甘久居，又有旁人撺掇，早有觊觎之心，今趁陛下养护龙体，丞相初掌国事，欲行叛逆，以夺大位。"白毛儿仍未全信，只道："太弟非刚强之人，若有此心，崔遐、许遐二人劝他之时，便可行逆事，何必待羽翼剪除，再行逆事。"靳准即回："太弟见陛下擢升晋王丞相之位，内心深恐，孤注一掷，陛下若不信，可差人往东宫察看，即证臣所言不虚。"白毛儿眉头紧锁，说道："不必差使他人，孤当亲往东宫，一探究竟。"即领禁兵，往东宫去，靳准、王沈紧随其后。

至东宫外，白毛儿往里一瞧，也是刘乂命当该绝，那宫门打开，宫中甲兵林立，刘乂正坐当中，有模有样，看得白毛儿胸口一痛，怒气冲天，也不多话，只交代靳准往围东宫，捉拿叛党，随即而去。靳准得了圣命，心中大喜，遂禀报刘粲，一同收捕太弟。

太弟见刘粲率甲兵到来，惊问何故？刘粲不理，宣旨："皇太弟刘乂不思安分，妄图自立，宫中戴盔披甲，欲行叛逆之事，已犯谋反大罪，今奉圣命，特来缉拿归案。"刘乂瞪大双眼，惊道："此话怎讲，明明你令王平相告，如何是孤谋反？"刘粲哪肯多言，命卫士拿下，又收捕东宫僚佐，屈打成招，自诬与刘乂谋反，供词入呈，白毛儿大怒，将刘乂下狱，废为北海王。靳准深恐反复，又谏刘粲："斩草除根，萌芽不发。今刘乂虽下狱，然陛下只废为北海王，可见未下狠心，终是祸根。不若将其毒杀狱中，以绝后患。"刘粲颔首，说道："此言甚是。"遂命王平除之。

刘乂在狱中，不知外面情形，只期盼天子开恩，宁做一富家翁足矣。是夜丑时，刘乂正睡得迷迷糊糊，忽被狱卒叫醒，睁眼一看，那狱卒备置酒菜，拿与刘乂。刘乂未识险恶，不解问道："何故此时端来酒菜？"狱卒回道："今得圣命，陛下废你为北海王，令我等送来酒菜，让殿下吃饱喝足，明日起程离京，未有陛下恩旨，不得进京。"刘乂闻得此言，心喜侥幸逃得一命，遂将酒菜入肚，未有多时，只觉腹中绞痛，大呼救命，哪有人应，也是可怜，竟活活被毒死狱中。

刘乂冤死，白毛儿也不深查，即封刘粲为太子，醉生梦死，流连后宫，身子愈发虚弱，国事任凭刘粲决断。刘粲见愍帝尚在，又向白毛儿进言："晋降主现在平阳，又有许多故吏，想周武王岂愿杀纣，正恐同恶相求，容易生患，不如早早除去。"白毛儿踌躇不决，刘粲又谏："今司马睿跨据江东，各地皆以故主为口实，须亟杀子业，示绝民望，使天下无词可借，士卒离心，不战自溃。"白毛儿闻此言，亦有道理，遂依刘粲，害死愍帝，时年才一十八岁，后有一代史家蔡东藩作诗为叹：

一君陷死几何年，又听平阳惨报传；
执盖洗樽犹遇害，可怜天地两腥膻。

愍帝死讯，传至天下，江东岂有不闻。司马睿令上下举丧，百官趁机请上尊号，司马睿死活不应，那前会稽内史纪瞻，上呈一书，写道：

陛下性与天道，犹复役机神于史籍，观古人之成败，今世事举目可知，不为难见。二帝失御，宗庙虚废，神器去晋，于今二载。梓宫未殡，神人无主。陛下膺箓受图，特天所授，使六合革面，遐荒来庭，宗庙既建，神主复安，亿兆向风，殊俗毕至。若列宿之绾北极，百川之归巨海，而犹欲守匹夫之谦，非所以阐七庙，隆中兴也。但国贼宜诛，当以此屈己谢天下耳。而欲逆天时，违人事，失地利，三者一去，虽复倾匡于将来，岂得救祖宗之危急哉？适时之宜万端，其可纲维大业者，惟理与当。晋祚屯否，理尽于今，促之则得，可以隆中兴之祚，纵之则失，所以资奸寇之权，此所谓理也。陛下身当厄运，纂承帝绪，顾望宗室，谁复与让？当承大位，此所谓当也。四祖廓开宇宙，大业如此，今五都燔蓺，宗庙无主，刘石窃弄神器于西北，陛下方欲高让于东南，此所谓揖让而救火也。臣等区区，尚所不许，况大人与天地合德，日月并明，而可以失机后时哉？机不可失，时不再来，幸陛下垂察！

司马睿阅之不理，纪瞻又将刘琨、邵续等各地将领劝进之书上呈，司马睿仍不肯，纪瞻也不罢休，安排御座，召集百官，众人皆劝晋王登位。司马睿徘徊不定，众人相拥升殿，司马睿见御座在上，赶紧命殿中将军韩绩："不许胡来，速撤去御座。"纪瞻厉声道："帝座上应列星，谁敢违背天命，妄撤御座，妄撤者，即斩。"司马睿见群臣拥护，不禁动容，又有王导劝道："今四海无主，八方有难，陛下于危难之际，顺天应命，中兴大晋，群臣拥戴，天下响应，何故推辞？还望陛下以天下为己任，易衣戴冠，即登大位，君临万民，一意讨虏，复兴中华。"众僚皆拜。

司马睿闻此言，方决意进位，说道："孤以不德，值天下危难之际，臣节未立，匡救未举，夙夜所以忘寝食也。今宗庙废绝，亿兆无系，群官庶尹，众卿家推举孤登临大位，若再推辞，当冷了八方之心。谨从众请，即日履新，特此令知。"于是入内，改着法服，加冕出效，祭告天地，还朝登皇帝位，受百官谒贺。百官依次俯伏，三呼已毕。司马睿环顾四下，叹道："可惜上真未在，不能一问前途。"又见王导，一指御座，说道："卿可与孤一同坐来。"王导脸色一变，仓皇倒地，辞道："若太阳下同万物，苍生何从仰照乎？陛下千万不可。"司马睿见王导态度诚恳，于是罢议，即下诏道：

昔我高祖宣皇帝诞膺期运，廓开王基。景、文皇帝奕世重光，缉熙诸夏。爰暨世祖，应天顺时，受兹明命。功格天地，仁济宇宙。昊天不融，降此鞠凶，怀帝短世，越去王都。天祸荐臻，大行皇帝崩殂，社稷无奉。肆群后三司六事之人，畴谘庶尹，至于华戎，致缉大命于朕躬。予一人畏天之威，罔敢稽违。遂登坛南面，受终文祖，燔柴颁瑞，告类上帝。惟朕寡德，缵承洪绪，若涉大川，罔知攸济。惟尔股肱爪牙之佐，文武熊罴之臣，用能弼宁晋室，辅予一人。思与万国，共兹休庆。

于是大赦，改元。庚午，立太子司马绍为皇太子，永昌元年春正月乙卯，大赦，改元，史称东晋，司马睿亦称元帝，其唤王导共享御座，时人谓之："王与马，共天下。"

且说元帝即位，内外文武各官，俱增位二等，众臣欢欣，独一人谏道："晋室之乱，并非皇帝无道，百姓造反，而是藩王争权，自相残杀，以给夷狄可乘之机。如今北地百姓，备受蹂躏，皆有奋起反击之志。大王如能命末将出师，江北豪杰必定望风响应，沦亡人士更会欢欣鼓舞。如此，或许申雪国耻。"元帝望去，见是祖逖，正在踌躇，王敦闻见，赶紧回道："陛下才渡江东，社稷元气未复，当休养生息，循序渐进，莫要妄动干戈，损伤国力。"祖逖叱道："此言差矣，今陛下已登大位，天下皆有响应，正当一鼓作气，驱逐胡虏，怎可寒了天下将士之心。"祖逖乃道德之士，此言一出，群臣不敢多言。元帝思忖片刻，说道："将军既有奋威之志，可见忠心。既如此，便任奋威将军、豫州刺史，然社稷初定，财赋艰难，只予你千人粮饷、三千布帛，你渡江前往淮阴，自募战士，自造兵器，伺机北伐。"祖逖闻言，心中失落，然面色不改，叩头谢恩而去。

且说祖逖领旨，返回京口，率部属百余人，横渡长江往北岸去。舟行中流，祖逖见大江东去，浪涛滚滚，遥望江北原野茫茫，登时心潮澎湃，豪情万丈，陡然立起身来，举起船桨，叩击船舷，激昂起誓："此次北去，逖若不能收复中原，当如这大江之水，有去无回。"言一出，众人鼓舞，誓同来同去，出生入死，收复中原，后有明代诗人朱同作诗为证：

雨声彻晓收不住，船头水高三尺强。
只许多买山阴酒，中流击楫歌沧浪。

祖逖击楫渡江，暂驻淮阴，起炉冶铁，铸造兵器，招募士兵两千余人，遂进军谯城。谯城守将为张平、樊雅。二人原是流民，为乞活军残余，拥兵万余，也是难缠。祖逖欲攻谯城，参军桓宣谏道："张平、樊雅皆是晋人，汉家子孙，何必生死相搏。我与二人乃旧识，不如进城劝降，也好免去一场干戈。"祖逖闻言，连声道好。

桓宣到得城下，守兵围住，桓宣说道："可速报张、樊二位将军，有故人来见。"守兵报知，张平命入见。桓宣见二人，说道："二位贤弟，别来无恙。"二将作揖，说道："久不相见，哥哥怎到此地？"桓宣说道："此来，正为二位贤弟前程而来。"二将疑道："此话怎讲？"桓宣说道："我现在奋威将军祖逖帐下，今奉天子诏令，祖逖将军北伐中原，收复失地，大丈夫建功立业，当在今朝。二位贤弟深明大义，当投效国家，建立功业，青史留名。"二将闻祖逖之名，早已心动，叹道："今天下大乱，我等在此，无非自保。祖逖将军若不嫌弃，愿效犬马之劳。"桓宣喜道："二位贤弟若能如此，真莫大之功也！但事不宜迟，在于速决。"与二将约于明日招降，遂别去。

祖逖闻得二将愿降，亦是大喜。翌日，差参军殷乂入城招降。不想功亏一篑，系于此人。那殷乂入城，甚是轻视，手指张平军府，说道："此屋只可当作马厩。"张平闻言，脸色一变，却未发作。殷乂丝毫不觉，更是作死，见府中一大镬，又道："此物无有他用，可铸为铁器。"张平回道："此为帝王镬，待天下清平，大有用处。"殷乂冷笑："头且不保，尚且保一镬。"张平闻言大怒，拔剑而起，斩杀殷乂，说道："祖逖差此人前来，分明藐视我等。今势不两立也。"樊雅亦称是，命关了城门，将殷乂首级悬于城头。祖逖见之大惑，桓宣亦不知情，然事已至此，无可挽回。张平趁祖逖不备，命守兵射箭，一时晋军大乱，祖逖大怒，即命攻城。那祖逖乃阐家门人，道德之士，一身本领，张平、樊雅岂能匹敌，不消半日，城破人亡。祖逖领兵入城，表宣为谯国内史。

又有那蓬陂坞主陈川，尝自号宁朔将军，兼陈留太守，入掠豫州诸郡，大获子女车马，百姓愤恨。祖逖命大将卫策设伏击杀，陈川顾命不遑，竟自奔逃。祖逖命将子女车马，各归原主，一无所私，百姓大悦，极为拥戴。陈川逃回蓬陂，深恐祖逖进讨，欲借外援抵御，自思长安白眉儿太远，不如就近依附石勒，于是奉书，差人送至襄国，乞降求救。石勒遂差桃豹率精骑至蓬关，与陈川共击祖逖。桃豹知祖逖本事，不与硬拼，倚仗兵力，只守不攻，想着祖逖军粮需从江东运来，定是短缺，待难以为继之时，不战而胜。祖逖亦知晓桃豹军粮需从黄河以北接济，必定也有粮荒，遂差卫策率奇兵，绕至桃豹后方，劫了军粮。桃豹偷鸡不成，反蚀把米，见军粮无继，只好撤军。祖逖因此得了蓬陂，大军进入河南郡。各地闻祖逖北伐，皆来投靠，有荥阳太守李矩，河内太守郭默，河东太守魏该，一时祖逖威名远播，天下震动。

且说司马睿称帝，祖逖率军北伐，消息传于汉国。朝堂震动，然白毛儿却是不加理睬，只管骄淫荒虐，任意妄为。常言上梁不正下梁歪斜，那朝廷内外，无复纲纪，佞人日进，货赂公行，后宫赏赐，动至千万。白毛儿次子，大将军刘敷屡次泣谏，白毛儿不胜其烦，大怒，叱道："你欲望孤速死么？朝朝暮暮，哭哭啼啼，是何道理。"刘敷闻言，不复多言，长叹不绝，积忧病死。

又有河东大蝗，犬豕相交，东宫四门无故自坏，内史女人化为丈夫，灾异不绝，白毛儿毫不戒惧。未久，白毛儿所居百则堂，猝遭火灾，烧死王子公孙二十余人，白毛儿自投床下，哀塞气绝，良久乃苏。但事过又忘，淫昏如故。中常侍王沈，有一养女，年方十四，娇小玲珑，为白毛儿所爱，拟立为左皇后。尚书令王鉴、中书监崔懿之、中书令曹恂等，上书谏阻，略云：

臣闻皇者之立后也，将以上配乾坤之性，象二仪敷育之义，生承宗庙，母临天下，亡配后土，执馈皇姑，必择世德名宗，幽娴令淑，乃副四海之望，称神祇之心。是故周文造周，姒氏以兴，关雎之化洽，则百世之祚永。孝成汉成帝。任心纵欲，以婢为后，使皇统亡绝，社稷沦倾。有周之隆，既如彼矣，大汉之祸，又如此矣。从麟嘉以来，乱淫于色，纵沈之女弟，刑余小丑，犹不可侍琼寝，污清庙，况其家婢耶？六宫妃嫔，皆公子公孙，奈何一旦以婢主之。何异象棙玉簪，而对腐木朽槛哉？臣恐无福于国家，反有害于宫寝也。明知冒渎，不敢不陈，谨昧死上闻！

白毛儿览毕，大怒，即令中常侍宣怀，传语太子刘粲："王鉴，崔懿之，曹恂鉴等小子，乱言辱国，狂言待君，无天地乾坤，无君臣礼节，速速加刑，以示惩罚。"刘粲奉命，便命兵吏收捕鉴等，牵往市曹。金紫光禄大夫王延，驰至殿门，意欲入谏，王沈密嘱司阍，不许王延入内。王沈自赴市曹监刑，用杖叩王鉴等人，喝道："庸奴！庸奴！看你等今如何逞强？乃公养女为后，干你等甚事？"王鉴瞋目，叱道："竖子，匹夫！皇汉灭亡，皆由你等鼠辈与靳准一人。我死后，当往先帝处，说明今事，活捉你等，至地府经十八般折磨，以偿在世之罪。"崔懿之亦厉声道："靳准枭声獍形，必为国患，你等为国蠹贼，党同枭獍，今日害人，他日人亦食你，看你能活到几时？"王沈闻言，又怒又惭，命刑吏立即行刑，刀光起处，首皆落地，时人都为呼冤。

中常侍宣怀，也觅得一个丽姝，作为养女，献入汉宫。白毛儿多多益善，一视同仁，复立她为中皇后。这八九个年少娇娃，轮流供御，再加上后庭粉黛，不下千百，任令白毛儿随意选召。白毛儿虽有道行，亦经不起日夜宣泄，加之伤疾在体，早把身子熬得个灯干油尽，虚弱至极，已是奄卧于光极殿寝室中。那光极殿内，常闻鬼哭，不得已，迁至建始殿中，然鬼哭依旧。

一日寅时，殿外狂风大作，呼啸穿梭，好不吓人。轩槛之间，树影婆娑，摇来晃去，似在舞蹈。又有乌鸦扑扑喳喳，如在哭泣。白毛儿半睡半醒，迷迷糊糊，忽闻得一声："白毛儿。"白毛儿唤两旁宫女，不闻应声，又唤两声，未有人答。殿中静静悄悄，空旷无人。白毛儿恍恍惚惚，浑身发冷，又听得有人唤："白毛儿。"遂大呼："何人唤我，还不现身？"言毕，欲取金手弯月弓，那弓在手中，白毛儿心中无惧，取白毛，弯弓搭箭，未料箭弦一拉，闻得"啪啦"一声，竟自断了。

白毛儿心惊："金手弯月弓伴孤多年，走南闯北，东征西战，不想今日弦断，是何道理？"正在思忖，那"白毛儿"呼唤又起，白毛儿挣扎起身，细细聆听，似在殿门外，遂蹒跚迈步，走至殿门，打开来看，不见有人，再左右看来，确是无人，将殿门关上，转过身来，忽一阵金光闪起，原是金手弯月弓顿生光华。白毛儿心生疑惑，缓步上前，那金光之中，有人呼唤："白毛儿。"白毛儿定睛一看，见一尊像，那像戴三叶宝冠，上身袒露无着，坐千叶青莲花，右手施无畏印，原是地藏菩萨。白毛儿大惑，欲问究竟，谁料菩萨竟咧开嘴来，嘿嘿发笑，笑声回荡殿中，令人毛骨悚然。

　　白毛儿忽觉身子似受束缚，不知不觉，竟往前走，待至菩萨面前，腾起一阵黑烟，不见了菩萨，只是黑烟之中，有一人笑道："白毛儿，随我去吧。"白毛儿喝道："你是何方妖人，还不现身相见？"话音未落，黑烟之中，陡然探出一个头来。白毛儿一看模样，原是已经夭逝的少子，东平王刘约，头发蓬松，满脸是血，面色惨白，嘿嘿直笑，骇得白毛儿大声呼喊，声浪一传，人影复杳然不见。白毛儿再一看，殿中如初，有宫女在旁，小心伺候。

　　白毛儿问两旁宫女，方才可有异象，宫女面面相觑，回道无有异象。正说话间，白毛儿心口一痛，遂知大事不妙，召太子刘粲入室，握手叮咛道："孤寝疾缠绵，见闻多怪，今又见子约来此，想是我命该终，此儿特来迎我呢。人死果有神灵，我亦何必怕死。但现今世难未平，你不必拘守古制，朝死夕殓，旬日出葬便了。"刘粲含糊答应。白毛儿又命刘粲颁发诏令，征白眉儿入京，封为丞相，石勒为大将军，并录尚书事，辅佐朝政。令刘景为太宰，刘骥为大司马，刘顗为太师，朱纪为太傅，呼延晏为太保，并录尚书事。范隆守尚书令，仪同三司，靳准为大司空，领司隶校尉，皆迭决尚书奏事。

　　过了数日，白毛儿满身呼痛，等到气竭声嘶，两目一翻，呜呼死了。共计在位九年，太子刘粲嗣为汉主，依白毛儿遗命，旬日即葬宣光陵，追谥白毛儿为昭武皇帝，庙号烈宗。有词为叹：

　　　　庭前花落不言。残红乱，了了风卷。眉上楼台千嶂里。月宫还，曲阑遮，灯火幻。

　　　　孤行任早晚。归几路，流云飞换。将军儿郎俱往矣。君一书，身无然，功罪揽。

　　且说刘粲继位，外有白眉儿、石勒手握重兵，权倾一方，内有靳准干政，危机四伏，隐患重重，却不思量，倒是仿效白毛儿，将朝中大小事务，一股脑交由靳准一人决断，自己流连后宫，肆意快活。那皇后靳月华，尊为皇太后，樊氏号弘道皇后，宣氏号弘德皇后，王氏号弘孝皇后，四后俱在妙年，未满二十，面庞儿均皆传情，模样儿又皆轻狂，媚得刘粲心花怒放，皆收入床榻，夜以继日，挨次淫乱，四后水性杨花，乐得屈尊就卑，共图欢乐。

靳准执掌朝事，趁刘粲无心社稷，遂将堂弟靳明封为车骑大将军，靳康封为卫将军，汉国兵权，尽在靳家。这靳准，乃是身具野心、怀有异志之人，见得汉国衰败，天子荒淫，竟想着夺鼎问天，改朝换代来了。靳准故计重施，向刘粲禀道："臣得密报，闻得大祸待发，诸王公见陛下不理政事，流连后宫，欲行伊霍故事，先杀太保呼延晏，再斩臣之身也，另推举大司马刘骥，号令天下。陛下若不先图，臣恐旦夕之间，大祸便至。"刘粲丝毫不信，决然道："此事空穴来风，毫无根据，休得相疑。"靳准见计不得成，怏怏退出，又恐刘粲招来诸臣问话，毒计败露，反取杀身之祸，遂寻至太后寝宫，教其趁机进言。

靳月华乃靳家儿女，听从父亲言语，说道："父亲且安心来，小女必说动陛下。"靳准又是一番交代，方才离去。待刘粲进宫，靳月华瞅准时机，呜咽说道："哀家大罪，不敢连累陛下。"言毕，梨花带雨，好不可怜。刘粲见美人落泪，心疼不已，遂问："美人何罪之有？快快报来。"靳月华哭诉道："宗臣不服陛下，密谋废立，陛下难道未曾察觉。"刘粲懵懂，问道："此言从何说起？今社稷安稳，朝廷兴旺，宗臣怎会造乱。"靳月华说道："陛下有所不知，宗臣不服陛下久矣，昔时陛下为太子，皆言太弟屈死，乃陛下所为，陛下荣登大位，又言陛下威福自专，远忠贤，近小人，沉醉女色，更道本宫迷惑陛下，陛下欲脱免此祸，还是勿至妾宫，以免他人乱言，借机谋事。"遂泪如雨下，哭声连绵。刘粲经言一激，又见靳月华掩面而泣，不由得大怒，哪管它是真是假，是好是坏，毅然下令，收捕太宰上洛王刘景，太师昌国公刘顗，大司马济南王刘骥，大司徒齐王刘劢等，一古脑儿全部斩首。骥弟车骑大将军吴王刘逞，亦连坐被诛，惟太傅朱纪，太保呼延晏，太尉兼尚书令范隆，出奔长安，投白眉儿去。

靳准见贤臣死的死，散的散，颇合心意，又恐吓刘粲："今石勒手握重兵，又非我姓，长此以往，必生祸端，可先发制人，擒杀石勒。"刘粲依言，命白眉儿为相国，都督中外诸军事，镇守长安，授靳准为大将军，录尚书事，凡军国重事，尽付靳准裁决，自己乐得倚翠偎红，逍遥快活。

靳准独掌军事，大权到手，将宫廷宿卫全部换人，于是决计作乱，戒兵待发，召来靳明、靳康，说道："常言皇帝轮流坐，明年到我家，今刘粲任情严刻，拒谏饰非，好兴宫室，贪恋女色，哪有半点人君气象。此子继承大位，却不理政事，擅杀良臣，已成孤家寡人，乃我靳家天赐良机，我等代天伐罪，夺取大位，统御天下，当在今朝。"靳明、靳康大喜称是，靳明又道："金紫光禄大夫王延，老成硕德，向负时望，兄若取大位，当引此人为臂膀，共谋政事。"靳准疑道："王延虽有才德，可否助我？只恐告知其事，反倒坏事。"靳明说道："弟这便说去，若不依，立时擒住，日后待处。"靳准依言，靳明寻到王延，道明来意，果不其然，让王延破口大骂，便要入宫告知天子。才出门来，便为靳康擒住，送至靳准面前，靳准也不多话，命暂且拘住，遂举兵入宫。

　　叛军一路行来，宫中无人阻拦。靳准径登光极殿，命人擒拿刘粲。刘粲正在太后宫中，与靳月华饮酒调情，忽见乱军闯入，不知内情，还以为同宗发难，忙藏匿床榻之下。甲兵见状，也不敢强拉，只呼道："大司空有令，请陛下升殿。"刘粲闻司空之名，遂放胆出来，随甲士入光极殿，正待唤靳准护驾，却见靳准竟高升御座，不知何故，问道："司空放肆，如何敢上御座，莫不是造反？"靳准怒目相向，骂道："刘粲小儿，你承继大位，不思社稷，荒淫无道，天变人异，还在此颐指气使，妄以为尊，可笑至极。"遂将刘粲罪行一一数来。

　　刘粲至此，方知靳准造反，然大势已去，保命要紧，忙双膝跪下，叩头乞哀。靳准喝道："你既获天罪，不可饶恕。"遂喝令左右，将刘粲当场刺死，可怜一代汉主，继位不过数月，竟死于非命。靳准又命拘拿刘氏眷属，无论男女，不问少长，皆屠戮东市，只留着靳太后、靳皇后二人，更发掘皇陵，枭白毛儿死尸，焚毁刘氏宗庙，自号大将军汉天王，称制置百官。不知靳准尽屠刘氏，执掌朝政，后事如何，且看下回分解。

第八十回　白眉儿诛逆夺位　石世龙乘势称王

纷纷柳絮乘风起，各争沃土尽飞扬；
乱世英雄从心梦，你来登基我称王。

且道靳准害死刘粲，焚毁刘氏宗庙，屠戮刘氏眷属，满朝宗臣，仅征北将军刘雅出逃，奔长安而去。靳准知白眉儿定不甘休，思忖再三，竟决心称臣晋室，即召来汉臣胡嵩，说道："自古以来，哪有胡人为天子，今将传国玉玺交付于你，你可送还晋家。"胡嵩连连摆手，忙道："使不得，使不得，此乃汉国之物，怎能奉送晋家。"靳准大怒，命侍卫将胡嵩拉出斩杀，又差人通使司州，将玉玺交与河内太守李矩。

李矩闻得汉使到来，不知缘故，至相见时，方知来意。汉使说道："刘渊，屠各小丑，因晋室内祸，贾后乱政，八王相争，乘隙起兵，矫称天命，致使二帝幽禁北廷，受辱丧命，实乃中原之耻，人神共愤。今由大将军汉天王靳准，为晋复仇，屠灭刘氏，交付传国玉玺，以示真诚，并率众降晋，扶侍梓宫，请代表上奏天子，平阳有危，且差上将相援。"李矩叹道："天王出身匈奴，却有华夏之心，今弃暗投明，奉送传国玉玺，乃正道也，我即报天子，遣将相援，奉迎梓宫。"汉使退去，李矩不敢耽搁，飞奏江东。

元帝闻靳准投诚，将奉送传国玉玺，喜上眉梢，谓群臣："莫疑恶报之未彰，当见报愈迟者，祸愈烈也。今靳准弃恶从善，使刘氏反贼，满门尽丧，且欲奉送传国玉玺，当见晋兴。"群臣欢欣，元帝即差太常韩胤奉迎梓宫，又使人往洛阳，令祖逖出兵相援。

不说祖逖领旨进兵，且道征北将军刘雅，奔逃长安，见白眉儿，泣告实情。

白眉儿勃然大怒,双目喷火,切齿咬牙,往平阳拜道:"今不杀靳准、灭其全族,誓不为人!"即发兵讨逆,又命大将军石勒,先驱讨贼。

石勒得令,召张宾问来:"今京师变故,刘粲被害,靳准自立为王,白眉儿命我进兵讨逆,进或不进,有何说法?"张宾说道:"进也不进。"石勒不解,问道:"此话怎讲?"张宾说道:"昔日怀王与诸将约曰,先破秦入咸阳者王之。刘邦先入咸阳,约法三章,大得民心,是进也。刘邦入咸阳后,毫毛不敢有所近,封闭宫室,还军霸上,以待项羽来,是不进也。今靳准作乱,刘氏被屠族,白眉儿当仁不让,必进兵夺权,以登大位,此时令将军入先驱,乃试你心,将军可进,以示诚也,更可安慰民心。若得擒靳准,可不进,以示弱也,不与白眉儿争一时长短。"石勒闻言,喜笑颜开,说道:"先生之言,通彻肺腑也。"即率精锐五万人,先驱讨伐靳准,一路浩浩荡荡,杀气腾腾,所过之处,无人阻拦,未有几日,已占了襄陵北原。靳准久处京师,未经战阵,不知石勒厉害,竟令靳明率兵挑战。石勒倒是沉得住气,坚壁不动,只通书白眉儿,愿会师同进。

白眉儿得石勒书信,即率兵西进,行抵赤壁,与呼延晏、朱纪、范隆等众臣相遇,三人悲从心起,哭诉平阳惨状,又道白眉儿生母与兄弟,皆遭毒害。白眉儿心口一痛,大叫一声,从云水吞金兽跌落下来。众人忙搀起,白眉儿愤道:"血债血偿,从此教天下无靳名也。"呼延晏忽拜道:"今靳准谋反,京师变乱,刘姓子孙,尽遭屠戮,独主上尔,然家不可一日无主,国不可一日无君,主上既然讨逆,当先加尊号,以安众心。"此言正中白眉儿下怀,遂问:"众卿家可有他议?"众人皆称好,白眉儿说道:"今国家生乱,事态紧急,孤暂且称尊,待擒贼平叛,再议不迟。"就便于赤壁设坛,行即位礼,大赦境内,惟靳准一门不在赦例。改元光初,使朱纪领司徒,呼延晏领司空,太尉范隆以下,各仍原职。遣使拜石勒为大司马、大将军,加九锡,增封十郡,进爵赵王。

白眉儿坐镇赤壁,命石勒进攻平阳,又命征北将军刘雅,镇北将军高策,进驻汾阴,作为声援。石勒得令,遂召张宾,问道:"白眉儿自行登位,命攻平阳,如之奈何?"张宾笑道:"当速攻平阳,教天下人知晓,护国平乱者,乃将军矣,可使天下人尽投将军。"石勒大喜,遂命三军,进兵平阳,一路收降羌羯人民七万余名,均徙往所部郡县。

靳准得探马报知，白眉儿两路进兵，恐不能敌，与靳明、靳康商议："白眉儿分兵而进，如何是好？"靳明思索片刻，说道："今白眉儿两路进兵，士气正盛，不可以一敌二，当使一法，先让一方退兵，专攻一处，可得先机。"靳准思忖良久，说道："我等屠杀刘氏，白眉儿必不相容，可拉拢石勒，称其为尊，再战不迟。"靳明称好，靳康却忧道："白眉儿世之英雄，我等恐不能相敌，尚需谋划后路，以备不测。"靳准怒道："你怎长他人志气，灭自己威风。白眉儿纵有本事，徐州一战，已负重伤，病躯残体，料有多大能耐。"靳康见靳准发怒，不敢作声。靳准即令侍中卜泰，持了乘舆服御，送往石勒营中，说明来意，情愿修和。石勒闻言大怒，说道："此乃靳准离间之计，敢来诓我，欲陷我于不义乎。"即命左右，绑了卜泰，将其人连同乘舆服御送至白眉儿。

白眉儿见卜泰，倒是和颜悦色，当即为卜泰松绑，婉颜与语："先帝末年，实乱大伦，天人共怒，当有惩戒。司空仿效伊霍故事，使朕得登大位，哪里有罪，实有功也。你且回去，告知司空，若能早迎大驾，弃暗投明，朕决不妄动杀伐，更当以国事相托。"卜泰见白眉儿情真语切，遂伏地叩拜，说道："陛下英明神武，为臣这便回去，具宣天意。"白眉儿执手相道："去吧，去吧，朕在此等候，莫负朕意。"卜泰拜别，即返平阳，遂禀报靳准。

靳准犹豫不决，问道："白眉儿此言当真？"卜泰回道："言语诚恳，不似作假。"靳准说道："我与白眉儿有杀亲之仇，他岂能善罢甘休？"靳康急道："白眉儿西方门人，玄妙神通，我等与之相敌，如飞蛾投火，以卵投石，今不计前嫌，可见胸襟，我等降之，当保平安。"靳准摆手，说道："白眉儿阴险反复，不可信之。"靳明问道："那依兄之见，如何是好？"靳准说道："只在沙场见，不可言下和。"话音未落，靳康忽抽出宝剑，喝道："杀白眉儿母兄者，你也，与其一同送死，不如拿你首级献功，也保得我靳家血脉存续。"靳准见状，大呼："你敢弑兄。"靳康喝道："有何不可。"遂一剑刺下，取了靳准性命。害人者，终将害己。有词为叹：

红墙内外利与名，古来多断情。朝发肩并，夕别目尽，天涯何处寻。云霞一离难合聚，歧路更趋行。始初恶善，日老善恶，不是少年心。

第八十回
白眉儿诛逆夺位　石世龙乘势称王

靳康杀了靳准，取其首级，会同车骑将军乔泰、王腾，推举靳明为盟主，命卜泰奉传国玉玺及靳准首级，赴白眉儿营中，献与白眉儿。白眉儿见玉玺，眉开眼笑，欢喜说道："卿远道送此神玺，使朕建帝王大业，乃首功矣。"命左右取金银财宝，赠与卜泰，并命其即赴平阳，报于靳明，令速速归降。卜泰立返平阳，将情况告知靳明。靳明闻报，如获救命稻草，长舒一口气来。原来石勒闻卜泰持玺降了白眉儿，却未降自己，不由得大怒，增兵猛攻靳明，靳明屡战屡败，眼见得婴城将破，平阳难守，此时得一线生机，焉能不喜，也不假思索，即率平阳士女一万五千余人，尽赴赤壁，投奔白眉儿。

不说靳明投白眉儿，且道守兵战将见靳明弃城，树倒猢狲散，尽皆去投白眉儿。平阳无人防守，石勒乐是便宜，即破了婴城，长驱直入，进了平阳，依张宾之言，修复渊聪二墓，收瘗刘粲以下百余尸骸，并将浑仪乐器，徙至襄国，一面遣左长史王修，至赤壁献捷，祝贺白眉儿即位。然石勒心中却是不悦，想白眉儿使诈计，收降靳明，自己却得了一座空城，不由得匪性大发，命部众在平阳烧杀抢掠，又恐天下人知，一把火将平阳城付之一炬。张宾见石勒如此做法，大急，劝之无用，叹道："此有真主之命，却无真龙之行，便是独霸一方，也是难御四海也。"

石勒不知张宾心思，召张宾问道："白眉儿使诈诱降靳明，得众万千，只留了一座空城予我，依先生之见，今后如何作为？"张宾气道："将军入城，当广施民心，安抚百姓，如何烧杀抢掠，此与暴徒，有何两般？"石勒闻言，怒道："三军将士，尽付努力，却得一空城，若不安抚，战心尽失，纵得百姓之心，又待如何？今问你长远大计，非听说教。"张宾见石勒发怒，不再多言，只道："为今之计，先回襄国，再作计较。"话音未落，有一人进来，合掌礼道："名不正，则言不顺，今白眉儿登位，欲图天下。他人能为帝，将军为何不可。长远之计，当据襄国，正名号，诛刘琨，夺长安，图江东，强弩在弦，问鼎天下。"正是大和尚。

石勒闻言，登时开颜，笑道："大和尚之言，正合我意。"大和尚说道："贫僧有一法，可事半功倍。"石勒忙问："有何妙法，快快说来。"大和尚笑道："白眉儿，所恃者，不过手执宝剑，座下异兽，身负玄通罢了。今平阳已破，天子御座，尚在殿中，白眉儿登大位，必来取之。贫僧有一石，名曰断龙石，乃西方大金石而制，石上刻断首之龙，故名断龙石。此石重达万斤，坚硬无比，可放置御座之上，待白眉儿坐下，断龙石自落下来，任他本事，不可脱逃。即便脱身，也教他法宝尽毁，不得纵横。"石勒闻言，大叫妙哉，大和尚遂置断龙石，待一切妥当，石勒领兵返回襄国。按下不提。

且说靳明投奔白眉儿，才归营帐，白眉儿本是眉开眼笑，忽的脸色一变，喝道："叛贼自投罗网，今死期将至，无复他言。"命左右擒住靳明，将两手缚住，推出营外斩首。靳明大呼："天子者，一诺千金，为何出尔反尔？"白眉儿喝道："靳氏绝我刘家，岂能容之。"遂命推出，即斩下首级，又将靳氏上下两百余口，尽皆处死，便是靳太后、靳皇后，亦是悉数祭刀。独靳康之女，长得国色天香，白眉儿见之，倒是迷醉，不舍斩杀，欲纳为皇后。然落花有意，流水无情，此女倒是刚烈，毅然而道："陛下既诛杀妾之父母兄弟，还要留妾何用？况妾家犯了逆案，致受诛夷，古人惩逆锄恶，尚当污宫伐树，难道可容留子女么？"话说至此，泪流满面，越觉令人生怜。白眉儿心中怜爱，怎忍下手，还与她譬喻百端。好说歹说，靳女却总咬定一个"死"字，始终不肯依从。白眉儿无奈，只好赐其白绫，由她自尽去了。靳女如此刚烈，倒使白眉儿感怀其情，免了靳康一子之死罪，使有后孙敬奉靳氏宗祀。有词为叹：

娥嫲目含山，眉下柳拂月。谁道男儿刚，更有女子烈。语无多，情去了，不尽泪中道：一夜春风里，处处生芳草。

且道白眉儿生母胡氏，被害于平阳。白眉儿率大军入城，见城中断壁残垣，草木含悲，昔日繁花似锦，荡然无存，满目尽是废墟。刘雅见景，怒道："石勒胆大包天，竟敢焚烧京师，分明不将汉主放在眼中，末将愿提一师，亲征石勒。"白眉儿摆一摆手，说道："将士夺城，烧杀抢掠，随意三日，以安众心，不足为奇。此乃靳准之祸，不必多生事端。"遂入皇城，直奔光极殿。

那光极殿中，空空如也，只一张御座，孤立在龙台之上。白眉儿说道："石勒这厮，竟连皇殿之物，也夺掠去了，幸留御座在此，尚算本分。"步步朝前，走至御座旁，手抚御座，无限感慨，自道："不想我刘曜戎马一生，亦能坐此宝座。"遂坐上御座，登时无限江山，尽在眼前。正陶醉间，忽头顶轰隆一声，打下一块石来，那石千斤之势，打将下来，如泰山压顶，势不可当。白眉儿忽逢变故，惊出一身冷汗，忙跳将起来，往前一避，哪里避得及，只躲了半个身子，尚有半身难出，情急之下，日月眉光剑应声而出，往石一击，阻了落势，白眉儿忙一个打滚，躲将开来，眼见得断龙石"轰"的一声，将御座压了个粉碎。

白眉儿收了日月眉光剑，抚之道："宝剑啊宝剑，今日若未有你在，孤身陨当场也。"殊不知，那日月眉光剑，经此一回，剑身有一丝裂痕，若不细看，难以察觉。白眉儿未加详察，只是大怒，即道："此石置于御座之上，分明谋害孤也，无非他人，定是那石勒狗贼作祟，孤定不轻饶。"正恼怒间，忽刘雅报来，言王修舍人曹平乐有要事相告。白眉儿唤来，问曹平乐："你有何事，速速报来。"曹平乐说道："石勒遣王修到此，向陛下献捷，外表看来诚心，实则不然，那石勒狼子野心，欲使王修到此，试探虚实，待返回襄国，石勒必将兵刃相向，试与陛下争天下也。羯人无信，不可不防。"白眉儿方才命悬一线，此时闻曹平乐之言，不由得怒火中烧，说道："卿言甚是，朕几为他所算。"遂命人牵出王修，斩首示众，又收回石勒封号。

白眉儿见平阳被毁，已无大用，遂迎母胡氏，还葬粟邑，率众返回长安，谥母为宣明皇太后，追尊三代为皇帝，以长安为都，前筑光世殿，后筑紫光殿。缮宗庙，定社稷，用司空呼延晏议，谓："晋以金德王天下，今宜承晋，取金水相生之义，不必沿汉旧号，可改称为赵。赵出天水，正与水德相符。"于是自称大赵，复以匈奴大单于为太祖，冒顿读若墨特。配天，渊配上帝，牲牡尚黑，旗帜尚玄，颁令大赦。立羊献容为皇后。

羊后深得白眉儿宠爱，常问之："孤比司马家儿，优劣何如？"羊后嫣然一笑，复柔声作昵语道："陛下乃开国圣主，怎得与亡国庸夫互相比论？司马贵为帝王，只有一妻一子及本身三人，尚不能保护，使妻子受辱庶人手中，妾当时已愤不欲生，何意复有今日？妾生长高门，误配庸奴，尝怪世间男子，为什么无丈夫气？及得侍陛下，趋奉巾栉，乃知天下自有丈夫，正不能一概并论呢！"

白眉儿闻言大悦，羊后亦格外逢迎，床笫承欢，情好百倍，接连生下三子，长名熙，次名袭，幼名阐，并深得白眉儿喜爱，以致舍长立幼，以羊后长男熙为嗣，册为太子，另封诸子为王。按下不提。

且说白眉儿斩杀王修，修随从小吏刘茂侥幸逃归，向石勒报明王修被杀情形，石勒大怒，问大和尚："断龙石竟未将白眉儿砸死？"大和尚笑道："白眉儿乃道德之士，想断龙石不得取其性命，然却有其伤，只是白眉儿未知罢了。"石勒信言，遂命捕诛曹平乐家人，夷及三族，追赠王修为太常，并下令示众道：

孤兄弟之奉刘家，人臣之道过矣。若微孤兄弟，岂能南面称朕哉？根基既立，便欲相图。天不助恶，使假手靳准，孤惟事君之体，当资舜求瞽瞍之义，故复推崇令主，齐好如初。何图长恶不悛，杀奉诚之使，帝王之起，复何常耶？赵王赵帝，孤自取之，名号大小，岂其所节耶？此后与刘氏绝好，俾众周知！

此令一下，乃石勒与白眉儿交恶之始，亦是胡羯分离，西方分裂的张本。当下，石虎倡议，请父自称尊号，左长史张敬，右长史张宾，左司马张屈六，右司马程遐，及十八骑与诸将佐百余人，当然赞成，异口同辞。石勒佯作推辞，石虎及众僚复上书，称道：

臣等闻有非常之度，必有非常之功，有非常之功，必有非常之事。是以三代陵迟，五霸迭兴，静难济时，绩侔睿古。伏维殿下天纵圣哲，诞应符运，鞭挞宇宙，弼成皇业，普天率土，莫不来苏。嘉瑞征祥，日月相继。物望去刘氏，咸怀于明公者，十分而九矣。今山川夷静，星辰不孛，夏海重译，天人系仰，诚应升御中坛，即皇帝位，使攀附之徒，蒙尽寸之润，请称大将军大单于领冀州牧赵王，依汉昭烈在蜀，魏王在邺故事，以河内、魏郡、汲郡、顿邱、平原、清河、巨鹿、常山、中山、长乐、乐平十一郡。并前赵国、广平、阳平、章武、渤海、河间、上党、定襄、范阳、渔阳、武邑、燕国、乐陵十三郡，合二十四郡户二十九万为赵国，封内依旧，改为内史。准禹贡冀州之境，南至盟津，西达龙门，东至于河，北至塞垣，以大单于镇抚百蛮，罢并朔司三州，通置部司以监之。伏愿钦若昊天，垂副群望，克日即位，翘首俟命！

石勒览书后，尚装出许多做作，西向五让，南向四让，又问语大和尚："如今称王，可是时机？"大和尚笑道："天时地利人和，不必推辞。"石勒又问："国号当如何称呼？"大和尚又笑："白眉儿国号为赵，而据赵地者，你也。你亦称赵，名正言顺，以合天命。"石勒见大和尚如此说，遂即赵王位，赦境内殊死以下，腾出百姓田租半额，分赐孝悌力田及死义子孙帛各有差。孤老鳏寡，每人谷二石，大酺七日，依春秋列国及汉初侯王故例，每世称元，号为赵王元年。史家称为后赵，而白眉儿称为前赵。

石勒又建社稷，立宗庙，设东西官署，从象中郎裴宪，参军傅畅、杜嘏，并领经学祭酒；参军续咸、庚景，并领律学祭酒；任播、崔浚，并领史学祭酒；中垒将军支雄，游击将军王阳，并领门臣祭酒。禁止胡人侮辱华族，遣使治理州郡，劝课农桑，朝会始用天子礼乐。加封张宾为大执法，专总朝政，位冠僚首。命石虎为单于元辅，都督禁卫诸军事，加骠骑将军，赐爵中山公。其余诸臣，授位进爵有差。

待社稷初定，石勒请大和尚，并召张宾，问道："今天下大势，以为如何？"张宾说道："今天下称王称帝，且有名有实者，不过三人。一为白眉儿，以长安为据，积三世之功；二为司马睿，依长江天险，借道家之力；三为主上也，文武兼治，俯瞰天下。主上若要登峰造极，当一一除之，方能遂愿。"石勒说道："孤正有此意，你等有何良策？"张宾说道："今主公据襄国，而称赵王。然白眉儿居长安，国号亦赵也。二赵并存，天下不知谁为真主，谁为篡逆，主公当先伐白眉儿，一统北地，再大军南下，以图司马，霸业可成矣。"石勒喜道："此言甚合孤意。"又问大和尚："大执法之言如何？"大和尚笑道："大执法之言，乃正道也。然讨伐白眉儿，须防二将。"石勒问道："哪二将？可说来。"大和尚说道："北有刘琨，南有祖逖，不可不防。此二人皆阐教门人，道德之士，陛下若无应对，恐顾此失彼，遭人暗算。"石勒闻言，说道："大和尚之言甚是，刘琨与祖逖，皆不得小觑。此二人如何应对？"张宾思忖片刻，说道："祖逖中流击楫，渡江北战，已占豫州，士气正盛，不可与争锋；刘琨强弩之末，奔往蓟城，投依段匹磾，二人虽交好，然皆为利来，利但去之，情谊不足挂齿。主公北图刘琨，南结祖逖，再攻白眉儿，一一除之，方为上策。"石勒大喜，遂命张宾去书，差使往豫州，与祖逖修好，又令范阳守吏修缮祖逖祖父之墓，并置守冢二家。

祖逖得石勒来书，也是深思："石勒狼子野心，竟主动修书，与我结好，当有图谋。"又转念一思："晋室初定，社稷复兴，若能招降石勒，也是美事。"遂一面遣使报谢，默许两地通商，按货课税，收利十倍；一面加紧备战，欲渡黄河，北取晋冀。石勒见祖逖使臣，厚赏之，又回报礼仪，计马百匹，金五十斤。更有祖逖帐下偏将童建，擅杀新蔡内史周密，恐祖逖问罪，投降石勒。石勒斩其首级，奉送祖逖，寄书道："叛臣逃吏，是我深仇，童建有负将军，胆敢叛亡，我国非逋逃薮。我与将军亦厌反叛之人，故将其斩首，献于将军。"祖逖答书称谢，一样道理，自是石勒部下来降，尽不接纳，彼此各禁侵暴，两河南北，少得安息。正乃：道是南北休战日，恰为百姓安宁时。

话说石勒稳住祖逖，金台点将，命石虎为先锋，率大军十万，进发蓟城，欲置刘琨于死地。大军旗幡耀荡，杀气腾腾。怎见得：

银汉萧萧，熊罴遥遥。尘沙莽莽扬杀气，枪戟排排指征云。长剑动战意，雄心付征鞍。不惧水多险，无畏几重山。飞蹄奔突踏地裂，旌旗炫目若天崩。弓背映霞灿，浑如绽放四月海棠；金刀展霜白，恍如摇晃八月桂菊。伐鼓雪涌，人人执刃求名显；袍铠锦绣，个个鞭骑图大功。只为君王一声令，无数将士生死临。

更有那石虎，乃石勒之侄，身长七尺五寸，自小得十八骑倾囊相授，勇冠三军，武艺非凡，且性情残忍，滥杀无辜。少年之时，便常以弹弓弹人来取乐。但凡攻城拔寨，就要屠城，坑斩士女，鲜有遗类。大和尚曾相其面，说道："貌奇壮骨，贵不可言。"甚为喜爱，平日避人眼目，私下调教。此一战，石勒命其为先锋，率五千兵马，直奔蓟城。

第八十回
白眉儿诛逆夺位　石世龙乘势称王

此为石虎任单于元辅首战，目空一切，志在必得。一路行兵，非止一日，有探马报入中军："前方已是蓟城。"石虎上马，往城下请战，坐名刘琨答话。刘琨在城上，见一小将搦战，面如重枣，深目高鼻，头戴三叉冠，身着翠蓝袍，手提飞棱锤，座下燕翅马，甚是凶恶，奇道："此为何方小儿，竟如此胆量？"段匹䃅望一眼，叹道："此子为将军旧识也。"刘琨惊道："此子何名，我如何识得？"段匹䃅回道："将军可记否，昔日将军身在晋阳，为对付刘渊，不得已结好石勒，寻石勒之母与一小子，送还石勒。此子便是当年的小子。今过数年，面目变化，故不识也。小子名曰石虎，字季龙，乃石勒侄子，虽年少，然为人凶暴，性格乖张，每夺城池，必行屠杀，信奉西方，残忍无道。"刘琨恍然大悟，又问："胡人素来残暴，不知此子，有何行为？"段匹䃅说道："你且不知，此子但见军中有才俊者，一律杀害，所过之处，男女皆死。手下妻妾，任意玩弄，再砍头颅，置于盘中，传阅观赏。更甚时，将其肉混于牛羊品尝，总而言之，罪恶累累，罄竹难书。"刘琨闻言，怒火冲天，长叹道："此子年少，尚如此无道，待日后成年，更当了得。昔日我奉还此子，本欲为天下人着想，不想为天下人留一祸患。今要替天行道，为民除害。"遂上马提枪出城，欲会石虎。不知二人交战，后事如何，且看下回分解。

第八十一回　题绝诗刘琨受冤　定君心神僧献技

策马登高望北安，孤行独影几家山；
一书丹心埋身骨，桑梓依依何日还。

且说石虎城下叫骂，见城门一开，冲出一将，来人花冠分角，金甲生辉，手中执宝剑，胸中锦绣藏，端的是不怒自威，气逸质伦，正是刘琨。石虎见不得他人超绝，怒喝："来将可是刘琨？"刘琨答道："正是在下，今段氏无犯襄国，何故攻伐？"石虎说道："我主登位，天下皆为赵土。人人悦而归赵，天命已是有在。今你等偷据北地，不思大道，已为悖逆，我奉旨讨贼，应天顺命，你若抗拒天兵，只待踏平蓟城，玉石俱焚，那时悔之晚矣。"刘琨喝道："小儿之口，混账之言，想那石勒，乃一耕奴，先奔流民，后投刘渊，今又私称赵王，背弃先汉，得一襄国之地，竟妄称天下之土，篡逆之辈，无义之徒，焉敢自道天命，可笑至极。你等提兵侵犯，乃是欺我，非我欺你，倘若失利，遗笑天下，深为可惜，不如早早回兵，方为上策。勿得自取祸端，后悔莫及。"

石虎大怒，说道："闻你乃阐教门人，却不知天地无穷变化，出身寒微，非是耻辱，能屈能伸，方为丈夫。今我主立于北地，俯瞰天下。而你所说，非智者之言。"刘琨怒道："石虎小儿，你虽不识我，我却识你，昔日你年幼，流离失所，命如草芥，若不是我寻来，奉还石勒，焉有今日？可惜当初未将你打死，留一祸害，乃我之过。今我替天行道，定将你除去，以谢天下。"石虎闻知刘琨恩情，却是丝毫不受，骂道："你情我愿之事，何必拿来言说，两军交战，莫套近乎。你我厮杀相见，不必多话。"走马出阵，冲杀过来。

刘琨正要迎敌，忽城中一将，连人带马冲出，如猛虎出林一般，定睛一看，原是段匹磾帐下虎卫郎段陆旦前，身高一丈开外，面似火炭，连绵鬈胡，膀阔腰圆，亚赛金刚，亦举两柄大锤，好不威风，喝道："区区小儿，何劳将军出马，待末将擒来。"话未落，人已上前。

石虎自小目空一切，哪里将来人放在眼里，喝一声："无名之辈，也来送死。"催马抡锤奔来砸下，段陆旦前举锤往外一架，四柄锤碰在一起，闻得"噌啷"一声，各自撒开兵刃来看。段陆旦前马退一步，两膀发酸，锤把发热，心道不妙："这小子天生勇力，须小心为是。"石虎哪容多想，拍马上前，又是一锤。段陆旦前硬了头皮，举锤相迎，只听得"噌啷"一声，两耳嗡嗡作响，心口一甜，一口鲜血涌了上来。段陆旦前强行咽下，拨马便走，石虎大喝："此等武艺，也敢上阵为将，今往哪里走？"一拍燕翅马，那马也是稀奇，奔走起来，毛发倒竖，随风扇起，如同飞翅，疾如燕鸟，转瞬间，已到段陆旦前身后。刘琨眼见危急，拍马欲救，哪里能及，那石虎举锤打下，正中段陆旦前后背，直打得袍甲迸裂，鲜血直喷，坠马而死。石虎仍不放过，拍马踏蹄，将尸首踩得血肉模糊，面目全非。

石虎三锤打死段陆旦前，且凶暴残忍，骇得城上众将惊恐万状。段匹磾说道："此子力大无比，嗜血好杀，刘将军危矣。"只见刘琨迎前，心道："此子力大，只可智取，不可硬拼。"二人催马，战在一处。那石虎仗着气力，举锤直奔刘琨，欲一招而见分晓。刘琨不与缠斗，仗着剑法精妙，东一剑，西一剑，见缝插针，游龙戏凤。只见锤来剑往，剑去锤迎，八只马蹄奔腾，蹚起漫天尘土，正是棋逢对手，将遇良才。二人斗二十回合，不分胜负。

石虎见刘琨剑法丝毫不乱，心道："尝闻刘越石闻鸡起舞，武艺超群，乃陛下心头大患，今日得见，果然不虚。"刘琨见石虎愈战愈勇，亦自言："此子天生勇力，骁猛异常，如同初生之犊，仿佛出林乳虎，乃当世后起之秀，且性格残暴，假以时日，那还了得，若不除去，后患无穷。"想到此，下手愈狠，招招致命。刘琨得道多年，阐家门人，心意一定，倍加精神，见得人欢马乍，二人战到四十回合，石虎气力消尽，通身足汗，面色通红，渐渐只有招架之功，并无还手之力。眼见得将死剑下，不想石虎拨马跳出圈外，从怀中拿出一物，乃是一块铁，四四方方，通体黑亮，此铁非凡物，名曰天铁，本为大和尚所有，后传于石虎。

石虎将天铁祭起，往刘琨面门打下。刘琨乃道德之士，见石虎打马出圈，知定有蹊跷，又见其肩头暗动，早有准备，将长剑抛出，那天铁打在剑上，无声无息，剑已成粉屑。刘琨见道："此铁好古怪。"即祭起百兽笳，笳声拂动，霎时现一巨龟，挡住天铁来势。天铁打在龟背，闻得"滋滋"作响，龟背架不得受，竟自裂开。刘琨又吹宝笳，身前现一巨犀，皮坚肉厚，接了天铁一击，亦被打得皮开肉绽。天铁连击两物，虽是无坚不打，也是滞了一下。刘琨见在眼里，心中有数，又吹起宝笳，登时现一物，乃是犼狳，此物最是坚硬，虽挡不住天铁，亦能阻挡一时。

刘琨见得时机，摘弓抽箭，认扣添弦，双膀较力，拉开来使一个流星赶月，后把一松，奔石虎就是一箭。石虎专注天铁，未料此招，见箭来如电，连忙缩颈藏头，躲过来箭，刚一抬首，闻得刘琨大喝："看箭。"以为箭至，赶紧缩首，哪知此箭为空箭，只闻弦声，不见箭射，乃刘琨故意为之。石虎不知是计，以为箭去，起得身来，未料刘琨第三箭已至，避无可避，正中右臂。那箭尖是三楞形，进得容易，出得却难，直痛得石虎龇牙咧嘴，心骨俱裂，大叫一声，收了天铁，大败而走。

刘琨系好弯弓，收了宝笳，喊道："来时容易去时难，留下性命再走。"往城头一呼："可随我追杀胡寇。"城上将士见刘琨如此神勇，皆欢呼雀跃，又闻刘琨呼唤，争先恐后出得城来，追杀赵兵。段匹䃅默不作声，其弟段叔军小声语道："刘琨振臂一呼，竟万人响应，兄长莫可大意。"段匹䃅说道："刘琨戮力皇家，义诚弥厉，躬统华夷，乃真英雄也。我与刘琨情同手足，共扶晋室，不可多疑。"遂率众将出城，与刘琨合兵，追击石虎。石虎一面逃，刘琨一面追，直杀至石勒大营。石勒闻得石虎败归，开了营门，迎进石虎，又命弓箭手放箭，以阻来敌。

刘琨见营门关闭，亦命弓箭手放箭，两军对射，互有伤亡。刘琨见营门之内，有一人，戴纶巾，着素袍，面色白净，识得此人正是张宾，遂祭起百兽笳，登时空中现一金雕，长空一嘶，直扑下去。张宾始料不及，被金雕啄在胸口，将遭大祸，幸空中忽现一物，正是波罗钵，出万道祥光，将金雕收入钵内。

张宾虽得救，然胸口隐隐作痛，转首一看，见是大和尚，连忙称谢，石勒骇道："若非大和尚在，几乎损我右侯。"又问张宾："可见伤来？"张宾回道："无妨事，无妨事，幸有大和尚在此，否则今日我命休矣。"大和尚说道："刘琨乃阐教门人，有百兽箙在手，可百变凶兽，不易对付。"石勒怒道："待孤亲自会来，倒要见其本事。"大和尚说道："想来刘琨已经退走，不必追赶。"石勒望一眼，果真见刘琨退去。原来刘琨祭百兽箙，一来要擒贼首，二来试探虚实，见金雕被收，知营中必有奇人，不敢冒进，故而退走，死守蓟城。

石勒见机，率众倾巢而出，猛攻蓟城。刘琨与段匹磾齐心协力，奋勇守城，兵来将挡，水来土掩，丝毫不惧，那百兽箙千变万化，随心而御，石勒猛攻数日，不见半点起色，倒是三军有损，将士伤亡，遂暂缓攻城，稍作喘息。又召张宾，请大和尚入帐，商议攻伐之策。石勒叹道："刘琨乃世之英雄，孤立之身，游于北地，图复晋室，为孤心头大患，前次若非李弘归降，使刘琨进退失据，又有大和尚玄宝神通，刘琨焉能弃了晋阳。今其投奔段匹磾，死守不出，如之奈何？"张宾闻言，干咳几声，缓缓道来："尝闻外力若生，内斗即消；外力若消，内斗即生，所谓同仇敌忾，正是此理。刘琨投奔段氏，终不是一家人，相互定有疑虑。更有那段匹磾之弟叔军，素来厌恶刘琨，常从旁挑唆。今我等携众到此，大军压境，故刘段二人嫌隙尽去，一心御外。若我等围而不攻，待得时日，定有转机。据探马报知，辽西公段疾陆眷身死，其叔父段涉复辰继大单于位，而段匹磾又为辽西公亲弟，必要奔丧，其间可做文章。"

石勒不解，问道："有何妙法，快快道来。"张宾又咳几声，说道："段匹磾有一弟，名曰段末柸，早有书信，欲结好陛下，今可大加利用，许其辽西公之位，命使计离间，使段刘二人，自相残害，陛下可坐收渔利也。"石勒闻言大笑，说道："右侯之言甚是，妙哉！"又问大和尚："右侯之言，大和尚以为如何？"大和尚合掌，说道："右侯之言，乃上策也。然刘琨有百兽箙，即使段匹磾反目，亦不惧矣。况刘琨威信甚高，振臂一呼，四方皆有响应，若刘琨占了蓟城，更为不美。"石勒闻言，面色惊忧，点首说道："大和尚之言，甚是有理，刘琨确非常人，凡间之术，恐难对付。不知大和尚有何妙法？"大和尚笑道："陛下但依右侯之计行事，贫僧自有他法，可解陛下烦忧。"石勒眉头舒展，笑道："大和尚行事，孤大可安心。"遂命三军撤走，退守高阳。

一夜之间，赵兵尽去。段匹磾得报，上得城头一看，果真白茫茫一片，不由得大喜，执刘琨之手，说道："有将军在此，我等可高枕无忧矣。"遂命摆宴庆功，犒劳将士。一时笙箫和鸣，斗酒行乐，好不欢快。正畅饮间，忽一声长嘶，徘徊殿外。侍卫出殿看来，惊道："好大一只金雕。"刘琨闻言，立马起身，出殿一看，喜道："妙哉，妙哉，金雕回来矣。"原来此雕为百兽笳变化之物，被波罗钵收去，今复归来，如何刘琨不喜，遂将百兽笳祭起，收了金雕。殊不知，此雕在波罗钵中，已被佛图澄灌入七星珠，刘琨将雕收于笳中，七星珠自然而出，封了笳眼，要坏此宝，亦为刘琨之死，埋下祸根。有词为叹：

　　七星连笳，百兽浮华，千般姿态如梦花。长烟一空生犹幻，曲尽人散断天涯。

　　不说刘琨全然不晓宝笳被毁，且道宴席之上，众人欢乐，正到酣处，忽闻来报："辽西公薨逝，段涉复辰继大单于位。"满堂皆惊，喜庆之景，登时烟消云散。殿上交头接耳，议论纷纷。段叔军愤道："辽西公尸骨未寒，段涉复辰也不告知，即登大位，是何道理？我等兴师问罪，以问究竟。"段匹磾喝道："不可胡来，辽西公既传噩耗，我等同族，更当齐心协力，众志成城。如今大敌已去，我身为其弟，理应前往辽西吊丧。"段叔军说道："即使奔丧，然不可不作防备。"段匹磾说道："此话倒是有理。"段叔军闻言即道："臣弟率人马两千，护送主公。"段匹磾思忖片刻，对刘琨道："将军可与我同往？"刘琨说道："石贼才退，恐为诈计，若我等皆去，卷土重来，必遭大祸。我在此守城，可让犬子刘群随公同往。"段匹磾闻言，笑道："刘群小将军若随同去，亦是妙哉，如此便劳烦将军守城，我即刻奔往辽西，多则一月，少则十日即回。"刘琨斟酒，执手而道："公此去，千万保重。"二人依依惜别。翌日，段匹磾率众，往辽西奔丧不提。

　　且说辽西公段疾陆眷病卒，因子皆年幼，大单于位由叔父段涉复辰继承。段匹磾率人马赴辽西奔丧，探事早报于案前。段涉复辰不由得皱眉，说道："段匹磾既是奔丧，何故率兵马来？"段末杯在旁，早等段涉复辰发问，即道："段匹磾为段疾陆眷亲弟，兄终弟及，自古有之。大单于上位，段匹磾必心中不服，更有不甘，今率众前来，名为奔丧，实乃篡位，若不提早谋划，定被其所算。"段涉复辰闻言，微微颔首，说道："此言甚有道理，若如此，该当如何？"段末

第八十一回
题绝诗刘琨受冤　定君心神僧献技

杯早有对策，即回："此事非难，大单于既遂天命，段匹磾纵有不甘，已是臣下，大单于可示告各部，段匹磾带兵谋逆，其罪当诛，命大军阻杀，自可退之。"段涉复辰闻言，正合心意，遂诏告众部，差十万大军，命段忠及平为将，阻截段匹磾。

十万大军出得城去，才一日，段涉复辰居于殿中内室，正待消息，忽见段末杯急匆匆率甲兵而入，不由得疑道："本王未召你入殿，为何擅自进来，尚且带兵，是何道理？"段末杯取出一粒黑色药丸，嘿嘿笑道："臣弟素知单于陛下身体有恙，故寻药农往那高山悬壁之上，取百生果一粒，望单于陛下品尝。"段涉复辰喝道："本王身体尚好，无须品尝，你速速退下。"又唤侍卫，不见回音。

段末杯上前一步，说道："臣弟一片好心，何故嫌弃，试一试便知好处。"段涉复辰心中大惊，料知段末杯未安好心，遂起得身来，喝道："本王命你退下，你何故不听王命，莫非谋反不成？"段末杯闻言，面孔一换，阴沉而道："臣弟特寻来良药，不想单于陛下不识抬举，今日吃得吃，不吃亦得吃下！"唤过左右，架住段涉复辰，将口撬开，灌百生果入喉，倒水迫使咽下。此百生果名虽好听，然却是穿肠毒药，少顷发作，段涉复辰腹部奇痛，于地上直打滚，骂道："本王眼拙，怎不识得你这乱……"话未讲完，忽两眼一鼓，口角抽搐，身子蜷缩一团，径自死了。

段末杯害死段涉复辰，又杀尽其兄弟子侄以及党羽，差人召还十万精兵，重新整束，讨伐段匹磾。段匹磾哪里知晓千里之事，正奔丧途中，见黑压压人马袭来，定睛一看，分明辽西兵将，欲问究竟，那人马哪里答话，抽刀出剑，见人便杀。段匹磾未有准备，兵马乱作一团，一时之间，死的死，伤的伤，溃不成军。段叔军见寡不敌众，再耗下去，只有死路一条，遂道："主公快些退走，若再耽搁，恐全军覆没。"刘群亦大呼："主公速走，末将断后。"段匹磾早已心胆俱裂，哪敢再战，匆匆撤走，逃归蓟城，仅留下刘群，率五百死士断后。此五百将士对十万精兵，无异蜉蝣撼树，以卵击石，不费多少工夫，尽斩落马下。刘群欲逃，已是十面合围，插翅难飞，遂拔剑出击，被那挠钩手从后钩住，使劲一拖，跌下马来，两旁即来人缚住，押见段末杯。

段末杯见刘群，尽去其缚，杀牛宰羊，设宴在营，以宾客之礼相待。刘群不解，段末杯笑道："今让公子受惊，莫要见怪。"刘群问道："今为你所缚，要杀要剐，任凭处置，设下酒宴，是何道理。"段末柸说道："哪里话，哪里话，刘琨将军纵横之才，戮力皇家，义诚弥厉，素为我等敬重。常言良禽择木而栖，贤臣择主而事，段匹䃅带兵谋逆，必遭天责。本王不才，顺天应命，继大单于位，欲任刘琨将军为幽州刺史，同御北地，共扶晋室，然今刘琨将军在蓟城，不便相见，还望公子修书相劝，以为内应，斩杀段匹䃅。"刘群拒道："我父世之英雄，与段匹䃅惺惺相惜，患难与共，决不做此不忠不义之事。"段末柸闻言，面色一变，喝道："今番好言相劝，若不识抬举，勿怪加以严刑。"刘群不理。

翌日，段末柸将刘群打入大牢，施加刑罚，折磨七天七夜。刘群乃血肉之躯，终受不了苦痛，不得已答应下来，写下劝降书，交与段末柸。段末柸大喜，当即释放刘群，赐金银府宅，好言抚慰，又差密使潜入蓟城，欲将书信交与刘琨。千算万算，未料书信被段匹䃅截获。原来刘琨带兵据守征北城，段匹䃅败归蓟城，常派探骑侦察，防备段末柸。那密使寻不到刘琨，在城中兜兜转转，问东问西，早被探骑看在眼中，将其拘住，搜出书信，献与段匹䃅。

恰此时，刘琨得知段匹䃅归来，便来探望，一入殿中，即被扣住。段匹䃅将书信示于刘琨，刘琨观之，一脸诧异，惊怒交加，脸上红一阵，白一阵，半晌无语。段匹䃅淡然而道："若刘兄欲将小弟献于段末柸，小弟愿伏首就擒。"刘琨正色，说道："我与公同盟，志匡王室，尚仰仗公期雪国耻，此犬子书信，必为段末柸反间计，欲离间我二人。我心昭昭，终不私爱一子，而负公忘义！"段匹䃅笑道："我知兄无他意，故将书信交你观之。"二人证明心迹，不计嫌隙，而刘琨欲返征北城，段叔军从旁谏道："我等皆为胡人，向来为晋人轻视，今不过畏我兵众，所以甘心投奔，况此地乃汉夷混杂之所，主公与段末柸不和，而刘琨威信甚高，倘若振臂一呼，当有万人响应，前番追杀石虎，便可见证。主公若放其归去，有人趁机拥刘琨起兵，段氏之地，当为晋人所有，我等则无立身之地也。"段匹䃅闻言，甚觉有理，遂软禁刘琨，又命刘琨长子刘遵，即赴蓟城。

刘遵得知父亲被拘，遂与左长史杨桥、并州治中如绥，闭城自守，拒不遵命。段匹䃅大怒，说道："刘琨虽无二心，然膝下二子，皆生反骨。"遂发兵围攻，相持数日，小城粮尽食空，守将龙季猛暗自投降，斩桥、绥二人，擒拿刘遵，献于段匹䃅。段匹䃅命将刘琨部众全部坑杀，即返蓟城，欲处置刘琨。幽州别驾卢谌，侥幸逃出，潜入蓟城，至刘琨府院，将征北城之事一一告知，刘琨得悉详情，叹道："犬子失计，徒致害我矣。"卢谌说道："将军不可悲切，想此地晋人遍布，皆愿投将军，而将军一身玄通，何受困此地，但若离去，振臂一呼，天下英雄响应，何愁大事不定。"刘琨转念一思，亦觉有理，遂拿出百兽笳，欲催动金雕，逃离蓟城，然始料未及，宝笳嗡嗡作响，霎时颤动，"砰"的一声，炸裂开来。刘琨见状，大惊失色，不知所以，喃喃而道："宝笳断裂，天亡我矣。"卢谌说道："宝笳虽毁，人亦有路，将军且与我杀出城去。"刘琨叹道："天命不可违，今大势已去，我亦难免，唯恨不得洗雪国耻，空有此一腔忠愤，尽不得发矣。"遂挥毫泼墨，书五言诗一首，赠于卢谌，诗云：

握中有悬璧，本自荆山璆。
惟彼太公望，昔在渭滨叟。
邓生何感激，千里来相求。
白登幸曲逆，鸿门赖留侯。
重耳任五贤，小白相射钩。
苟能隆二伯，安问党与雠？
中夜抚枕叹，想与数子游。
吾衰久矣夫，何其不梦周？
谁云圣达节，知命故不忧。
宣尼悲获麟，西狩涕孔丘。
功业未及建，夕阳忽西流。
时哉不我与，去乎若云浮。
朱实陨劲风，繁英落素秋。
狭路倾华盖，骇驷摧双辀。
何意百炼刚，化为绕指柔。

卢谌接过此诗，知刘琨求死，悲凉慷慨，大哭而去，率余部投奔段末柸，奉刘群为主。果不其然，段匹磾回到蓟城，假称建康有诏，处以刘琨死刑，又惺惺作态，言刘琨世之英难，不当公开处死，逼刘琨自缢，一代英雄，就此离世，年仅四十八岁。其子侄四人，亦俱被害。

刘琨一死，天下震动，幽州晋人，或北投刘群，或南投石勒，石勒闻之大喜，谓众将："段匹磾果然中计，今刘琨已死，北地可定也。"遂领大军，联合段末柸，齐攻段匹磾。段匹磾失了刘琨，哪里能敌，一战大败，刘群斩杀段叔军，以报父仇，段匹磾率残部，投奔乐陵太守邵续去了。

石勒得除刘琨，占了蓟城，一时士气大振，乘势东进，命石虎讨伐曹嶷。曹嶷连连战败，东莱太守刘巴、长广太守吕披接连投降。曹嶷被石虎大军困于广固城，支撑数月，不得已开门投降。石虎入城，恶性又起，将城中军民三万余人全部活埋，仅余七百口人。石虎还要再杀，幸有新任青州刺史刘征赶至，怒道："你将青州百姓全部杀光，留一空城，又何必任命刺史？"石虎方止杀。石勒见平定曹嶷，又命石虎率众四万，从轵关西行，往攻凉州河东。

那河东之地，恰为白眉儿所有，闻得石虎来攻，怒道："石勒逆贼，自立为王，占据诸州，尚不知足，今差一小儿，来河东挑衅，定要其有来无回。"遂发水陆各军，亲自督领，由卫关北渡黄河，进军蒲坂。

两军相会，石虎见白眉儿，身长九尺三寸，垂手过膝，天生白眉，目有赤光，手执日月眉光剑，跨下云水吞金兽，甚是威武，心道："常言白眉儿南征北战，勇猛过人，今番一见，果真不差。"白眉儿见石虎，年纪虽轻，却是骁勇，面容粗狂，举两柄大锤，驾燕翅宝马，甚是雄壮，亦是自言："自古英雄出少年，今见石虎，方知大业道远，尚需传承。"石虎举锤说道："白眉儿，常听人言，你乃汉国第一战将，今番倒要讨教。"白眉儿笑道："你主石勒，当日为我部下，尚不敢造次，今日你等小儿，不识泰山，也来送死。"石虎大怒，喝道："你虽说英雄，也是过往，今番已为老朽，先吃我一锤。"策马举锤打来。

白眉儿久经沙场，一眼望去，便知此子力大无穷，心道："打人不过先下手，若比气力，难见胜负，当以法宝取之。"遂两腿一夹，云水吞金兽霎时而出。二人坐骑皆是奇兽，然云水吞金兽终是稀罕，嘶吼一声，燕翅马吓得连连后退。白眉儿祭起日月眉光剑，日光从天而下，石虎从未见如此宝物，一时惊惧，身中数光，忍痛拨马奔逃。白眉儿一路追袭，杀得虎兵大败，石虎偏将石瞻战死，部众伤亡大半，伏尸二百余里，兵刃器械，一路丢弃，不可胜计。

石虎逃奔朝歌，白眉儿乘胜南下，攻金墉城。后赵守将石生，竭力抵御，白眉儿命决穿千金碣外的流水，灌入城中。城内兵民，险些儿变成鱼鳖，幸亏金墉城素来坚固，不致坍没。白眉儿分兵，转攻汲郡河内，荥阳太守尹矩，野王太守张进等，均开城迎降。

白眉儿兵势大振，消息传于襄国，石勒闻之大惊，遂召群臣商议。众僚集于殿中，石勒左看右瞧，未见张宾，问道："右侯何在？"未有人答，正疑惑间，忽见张宾长子进殿，拜哭道："某父自征战刘琨，受了一击，胸口时常疼痛，干咳不止，昨夜三更，大呼三声，伤重而亡。"石勒跌足哭道："孟孙身死，国家损一栋梁，孤去一臂也！天不欲孤成事，何故夺我右侯？"众人无不挥涕。石勒命之厚葬，又问众人："今白眉儿大军袭来，如何应对？"文臣武将，皆惧白眉儿势大，不知如何是好。司马程遐谏道："白眉儿乘胜南行，难与争锋，惟金墉城坚粮足，不致遽陷，待白眉儿师老力疲，自然退去。陛下不宜亲动，一或躁率，难保万全，大业反从此失败了。"石勒闻言，怒叱："你等何知？休来妄言！"程遐不敢再言。

众人正犹豫间，忽闻一人道："两虎相争，必有胜负；二赵相斗，更无并存。今天命已至，陛下与白眉儿之间，当有个了断，切不可临阵退缩，一败涂地。"石勒一见，原是大和尚到来，大喜，示请大和尚再言。大和尚又道："白眉儿战胜石虎，不思进临襄国，而去攻金墉，显见是无能为矣。大王若督兵亲征，白眉儿必望旗奔败，平定天下，在此一举，何必多疑。"石勒笑道："此言甚合孤意。"群臣闻言，窃窃私语，石勒见众僚迟疑，遂问大和尚吉凶。

大和尚忽作梵语："秀支替戾冈，仆谷劬秃当。"石勒茫然不解，遂问其义。大和尚释道："秀支便是兵，替戾冈乃出行之义，仆谷指刘曜胡位，劬秃当就是捉人意。依此解释，定能出兵拒曜了。"众人将信将疑。大和尚自言尚有一法，可见未来，遂令左右取过麻油及胭脂，二物挠合，置诸掌心，又用两手摩擦，好一会方摊开手掌，灼灼有光。众人见掌中光芒，内有无数兵马，捉住一须长面白的大人。大和尚笑道："此便是白眉儿了。"众人一片赞叹，石勒定下心来，即令亲征白眉儿。不知二赵大战，后事如何，且看下回分解。

第八十二回　北地两雄战洛水　西方闭门化宝池

东窗有意留残月，落花无处避风愁；
弦动九指恨去几，尚安一心解烦忧。

且道石勒听大和尚预言，定下心来，欲亲征白眉儿，即令十八骑倾巢而出，各率部众往荥阳进兵，又命亲将石堪、石聪增援金墉，复饬石虎进据石门，自统步骑四万，出发襄国，言敢谏者，定斩无赦，无人反对，上下齐心，大军四路进兵，直指洛阳。

白眉儿得报，石勒亲率大军进发洛阳，不由得心疑："石奴举倾国之力，与孤抗衡，竟亲自领兵，想孤纵横天下，玄通盖世，石奴倒是不惧，定是有人谋划。"刘雅在旁说道："常听人言，石勒帐下，有一老僧辅佐，精通秘术，佛法无边，吉凶祸福，尽在所料，上下皆尊为大和尚，想石勒定是仗恃此人，与陛下作对。"白眉儿眉头一皱，说道："孤自小西方学艺，亦略知沙门诸僧，大和尚之名，倒从未闻之，不知哪里来历？想来三教一家，西方同门，如何与孤作对？"又问："此僧何时投至石奴帐下？"刘雅回道："先高祖皇帝临终之际，石奴已得大和尚辅佐。"

白眉儿闻言大怒，说道："石奴果然逆贼，自投先皇帐下，全无半点忠心，今自立称王，亦号赵国，此番大举而来，欲致孤于死地，大逆不道，必遭天谴。"众将请令，欲斩石勒。大司徒游子远说道："大和尚之名，臣亦有所闻，身怀秘术，与众不同，今石勒携众而来，其志不小，恐有一场大战。陛下当先遣人马，以探虚实，再作计较。"白眉儿领首，说道："此言甚是，哪一员将，先走一遭？"刘雅自告奋勇："末将不才，愿作先锋。"白眉儿笑道："将军出战，不须勉强，若胜则胜，若不胜，可退环翠峪，引贼兵至双龙峡之中，孤自有应对。"刘雅领命，点人马一万，先讨石勒。

且说刘雅率部，一路急行，至怀县，正遇桃豹。正所谓，敌人相见，分外眼尖；仇人相见，分外眼红。二人彼此知晓，也不答话，只见刘雅挺枪而上，桃豹举刀相迎，兵对兵，将对将，一场大战，只杀得征云绕地，晴天忽暗。那刘雅有备而发，志在必得；这桃豹不期而遇，仓促上阵。十余回合，桃豹见士气渐弱，节节败退，不由得拨马出圈，欲离此地。刘雅哪肯放过，紧追不舍，直杀至石门。恰石虎据守城中，闻得城外喊杀震天，上得城头看，见桃豹狼狈不堪，往城下奔来，又见后有一纵人马杀来，即命开了城门，迎桃豹入城。

桃豹见石虎，忙道："少将军，快来助我。"石虎问道："哪路人马，竟致将军这般模样？"桃豹回道："我往荥阳进兵，未料途中忽遇刘雅，一时不备受袭，不得已求助少将军。"石虎望一眼，说道："我见刘雅，如蝼蚁之辈，不堪一击，你且安心在此，待我会上一会。"遂提飞棱锤，驾燕翅马，率众出城，见刘雅，大喝："刘雅，且纳命来。"刘雅闻声一望，见是石虎，凶神恶煞，盛气逼人，心中发怵，未战先怯了一分，硬着头皮而上。

石虎一锤打去，刘雅举枪相迎，锤枪相交，闻得"嗡"一声，震得刘雅虎口火辣，双臂发麻，连人带马后退三步。刘雅心道："尝闻此子力大无穷，武功盖世，今日一见，果真名不虚传。"又记起白眉儿行前交代，遂拨马掉头，率众后撤。石虎一见，大骂："一个回合便走，焉能称为将军。"率部直追。桃豹在城上，见得明白，心道："刘雅纵是不敌，亦不致一回合便走，无端而退，定有诡计。"遂大呼："穷寇莫追，少将军且回城来。"石虎杀得性起，哪里听得进去，打马追去。桃豹心知不妙，即差人去报石勒，自己率众，在后接应。

刘雅且战且退，直至环翠峪，但见四周青山环绕，松柏叠翠，诸山来朝，势若星拱，林黛罗列，谷峪清幽。有词为叹：

龙卧溪宫，石花蟹甲，天开一线冷暖。玉嵌缤纷和柔，环峪霞醉留晚。松柏凝翠，闲鸟歌，镜湖轻浅。半连容，千色眬蒙，萦惹过客吟诵。

情未了，顾盼翘首。山成慢，步移景换。来去由放心安，不尽流泉飞溅。

璃台穹顶，任凭风叶引春线。稍歇息，人生路难，偶尔伫足相见。

刘雅引石虎入环翠峪，往双龙峡走，一路奇峰、青石、碧潭、幽峡、秀瀑、山花、野果，数不胜数，美不胜收。刘雅左回右绕，隐于山石之间，时而见得人影，时而全无所踪。石虎在后追，一心要擒刘雅，顾不得美景在旁，见岩嶂丛遮，遂祭起天铁，将那一路凹凸荆棘打为平地，大军涌上，未过多时，闻得"滴答"水声，放眼望去，见得两峰对峙，犹如双龙隔谷相望，正蜿蜒盘旋，峰上有潺潺水流倒下，好似银线一般。

石虎大军至此，见谷间有一石碑，上书"双龙瀑"。石虎诧道："这等水流，也能称之双龙瀑，看来天下之大，无论人景，多言过其实。"又见刘雅率众，立于谷间，大喝："刘雅，你好歹一国先锋，拜征北将军，却是如此不堪，只知逃窜。今到此地，乃你葬身之所，看四方风景，也是秀美，正合你意。"刘雅哈哈大笑，说道："石虎小儿，你中我陛下之计，尚不自知，还在此大言不惭，且擦亮眼睛，好好看来。"言毕，闻得两旁峰上，喊杀大震，有一人喝道："石虎小儿，上次你侥幸脱逃，今日已入彀中，插翅难飞。"赫然乃是白眉儿。

石虎怒喝："白眉儿，上次你偷袭得手，侥幸得胜，今日再见分晓。"遂一拍燕翅马，往刘雅奔去。刘雅即隐于瀑布之中，不见踪影。石虎祭起天铁，欲打白眉儿。白眉儿见此铁，奇道："这是个什么宝物？"那天铁打来，势若千钧，白眉儿不敢大意，遂祭起日月眉光剑，天铁打在剑上，"嗡嗡"作响，白眉儿心道："此铁倒是稀奇，定有来历。"也不缠斗，只把日月两柄宝剑，双双祭起，日月交辉，光洒双峰，那瀑布忽如天河倒灌，直淹石勒大军。原来白眉儿将瀑布上口堵住，欲使水攻之计，登时瀑水飞泻而下，声似奔雷，澎湃咆哮，激湍翻腾，珠玑四溅，妙不可言，有词为叹：

水乍起，卷起漫天风雨。正引长蛟变幻里，云峰听海语。飞鸟峭壁无倚，白练千丈一落。一景两时别有异，心头见悲喜。

话说白眉儿祭剑，打开上峰水口，双龙瀑大水骤至，石虎大军猝不及防，随波逐浪者，不计其数，平地水深丈余，石虎大惊，纵燕翅马奔逃，亦是不及，眼见得葬身水中，乃大哭："不想今死于此处矣。"正哭之间，半空忽现一物，乃是一瓦钵，溜溜直转，万道金光祥云笼罩，大水登时尽收钵内，来人正是大和尚。白眉儿见得明白，说道："好宝贝，好宝贝，钵乃西方之物，拥此钵者，想是那大和尚。"放眼一望，隐约见有一人，年长仪庄，着七衣，穿麻鞋，手执神杵，大法妙真，心道："此人大有来历，今水攻无用，双龙峡非斗法之地，不宜久留。"遂传令撤军，退居洛阳。

石虎山穷水尽，忽遇云开，见得大和尚到此，遂拜道："多谢老师相救。"大和尚搀起石虎，说道："山外有山，人外有人，你但行远方，不可骄纵。白眉儿久经沙场，又为同道，仅凭血气之勇，不可抗衡。"石虎正要答话，又有一人道："大和尚之言，须要谨记，今日若非桃豹及时报来，大和尚及时赶至，你命休矣。今后征战四方，更有能人异士，不可大意。"乃是石勒率大军到来。

石虎拜见石勒，说道："谨记陛下教诲，大和尚诫言。"石勒清点人马，问大和尚："今白眉儿退走，我大军如何进兵。"大和尚笑道："白眉儿此番撤走，锐气已失，攻势已去，若是移兵成皋，据关拒我，倒不失为其上策；若是依洛为营，负水自固，乃是下策；若是坐守洛阳，束手待擒，便成无策了。"石勒闻言，即命三军会集成皋，得步兵六万，骑兵二万七千，鼓行而进，一路无阻，并不见有白眉儿一兵一卒。石勒大喜过望，举手上指，又自指额头，连声呼天："此乃上天有意，孤当灭白眉儿矣。"复令兵士卷甲衔枚，从间道出巩、訾间，昼夜不休，直至洛水，遥望白眉儿大军退驻对岸，连营十余里，约有十万之众，更不禁大喜道："白眉儿真庸奴矣。"遂扬鞭得意，督步骑入宣阳门，由守将石生出接，迎入故太极前殿，升座劳众，休息一宵。

过了一夜，石勒部署兵马，整顿器械，命石虎率步卒三万，自城北趋西；石堪、石聪各领骑兵八千，自城西趋北。自己预戒亲卒，五更造饭，黎明饱餐，欲与白眉儿决战。且道白眉儿退居洛水西岸，闻报石勒大军来至，谓之众将："今石勒携众而来，已至洛阳，常言来者不善，善者不来，此一番决胜，望众将抖擞精神，大破来敌。"正议间，探马报来："石勒差官下书。"白眉儿传令："呈来。"刘景上前，将书接过呈上，白眉儿拆书观看，上云：

大赵天王石勒陛下,告汉光文皇帝后世刘曜麾下:盖闻为善者,天报之以福;为不善者,天报之以祸。光文皇帝建汉立业,赍志以殁,未料子孙兄弟不善,自相残杀,萧墙祸起。刘聪占据大位,不思图进,沉迷后宫,伐晋无果,功败垂成。传后世不择贤臣,昏聩无能,致福根拔起,子孙屠尽。你既为朝廷重臣,于江山社稷无顾,却乘乱夺位,自称赵王,才不足其身,德不配其位,虽得沙门之术,难通修身大道。今孤不忍天下纷乱,百姓受难,欲代天伐,一统北地,传教播法,使天下得安,四海得福。你等若惜万物生灵,速至辕门授首,自息干戈。如若抗拒,飞蛾扑火,蚍蜉撼树,片刻俱为齑粉!战书到日,速为自裁!不宣。

白眉儿唤来石勒书官,命巳时会兵洛水。书官领命出城,回禀石勒。至巳时,白眉儿传令:"调遣出城。"命刘景率步卒三万,从左路进兵;赵染、刘雅各率骑兵一万,从右路进兵;自己坐镇中路,高策为先锋,迎战石勒。两军会于洛水,那石勒大军,大小将官,齐齐整整,十八骑分列左右,石勒驾紫电风露马,掌龙雀斗羊刀,鹰扬虎视,威风凛凛;那白眉儿大军,前后将士,不动如山,白眉儿驾云水吞金兽,执日月眉光剑,面如淡金,气势雄发。

话说石勒催骑向前,口称:"刘曜,你我昔日一殿之臣,今日战场厮杀,乃是势运难改,天命难违也。"白眉儿面色不屑,说道:"石奴,想你自幼行贩,为人耕种,更卖作奴隶,若非投效我光文皇帝,岂有今日。你不思其源,安守本分,反而作乱,自号大赵天王,欺君罔上,孰大于此。今来见来,不行认罪,杀戮朝廷命官,大逆无道,着实令人痛恨。"石勒笑而答道:"想你西方门下,沙门弟子,为何不谙事体。自古有道,圣贤不畏困于陋巷,英雄不耻出身寒微。汉之高祖,亦出自市井,又岂论你我。我虽寒微出身,亦知天下大势,分久必合,合久必分,今晋室失德天下,胡人当为大统,然自高祖崩后,刘和继位,便行杀戮,宗亲离心,教那白毛儿夺了位去。而白毛儿荒淫无道,纵武穷兵,残忠害謇,佞人方辔,并后载驰,阉竖类于回天,凝科逾于炮烙,以致后嗣遭屠戮,无一遗种,故教你乘乱取而代之。如此往复,民心尽失,早已不见人君气象,试问德不配位，你等安能一统天下，光大佛门？孤不忍基业毁去，亦号大赵，乃顺天应命，待取你之后，一统北地，挥师南下，使天下安宁，佛门大兴，以合天数。"

白眉儿怒道："石奴好生巧言，尝闻你所恃者，乃一僧人，名号大和尚，双龙峡破我妙计者，定是此人，可叫出来，孤倒要见识一番。"话音才落，闻得一声："试龙石一别，殿下别来无恙。"白眉儿瞪大双眼，见一眼，且惊且怒："原来神僧便是大和尚。"大和尚合掌礼道："佛图澄正是大和尚，大和尚正是佛图澄。"

白眉儿怒道："昔日孤与先皇上得嵩岳，诚心寻访神僧，扶助社稷，你不愿下山，今日反倒辅佐石奴，是何道理？岂不知，孤亦出自西方，你同为沙门，自相残害，如何见得诸位菩萨，如何上拜准提之门？"大和尚从容道来："商周封神大战，接引、准提两位佛祖创西方教，前来东土，渡尽三千红尘之客，演绎沙门，而沙门亦有分流，正乃大乘、小乘。小乘为先，以修我为要，以求自觉，得宿命智，自度自生；大乘为上，发菩提之心，自觉觉他，悟后起修，通万法智，彻万法源，知从何来，晓到何去，得无上成就，无边无量。故小乘教法，度不得亡者超生，只可混俗和光而已。那大乘教法，可超亡者升天，能度难人脱苦，能修无量寿生，能作无来无去。你师承金海光佛，修准提之法，得小乘之义，不论天下，不求普渡，贫僧难随下山。而接引佛祖通彻此理，结燃灯佛，化定海珠，以开释教，欲修大乘。贫僧既入此道，见石勒有真主之气，虽不得万全，却也是兴教之人。正所谓皇威既振，天命有归，我随其下山，你不必恼怒。"

白眉儿喝道："西方同源，何分大小，无小不成大，无大不有小，小亦是大，大亦是小，你休以此为凭，混淆视听。今你相助石奴，便断了同门之缘，沙场之上，生死相见。"命道："哪一员将官先将石奴拿了？"高策一马当先，呼道："末将愿往。"举刀而上，欲取石勒。郭黑略在旁，见得来人，喝道："杀鸡焉动牛刀，无名之辈，也来逞强。"遂抽出斩马，抵住高策。二人来来往往，冲冲撞撞，这厢，石勒一声令下，石虎率众从北杀来；石堪、石聪从西而出；那厢，白眉儿挥旗下令，刘景抵住石虎；赵染、刘雅亦在右挡住。霎时之间，两军旗飞铁马驰，一川波浪金甲动，隔水飞箭，卷地西风。

白眉儿一拍云水吞金兽，直朝石勒奔去。石勒也不示弱，一拍紫电风露马，举刀相迎，白眉儿故伎重施，又要先下手为强，暗将日月眉光剑祭起，十八骑不敢怠慢，护住石勒。那日月眉光剑甚是厉害，祭起空中，见金光万道，连打郭敖、刘征、刘宝、张噎仆、呼延莫、张越、孔豚、赵鹿、支屈六等人，霎时人人坠马，个个负伤。王阳、夔安知晓厉害，不敢硬拼，护住石勒，便往后退。白眉儿欲擒贼擒王，大喝："石勒，今你死期将至，往哪里逃！"把手一展，宝剑直奔石勒，霎时日光转出，眼见得石勒便要遭殃，千钧一发之际，大和尚现了身形，祭起波罗钵，照日月眉光剑一磕，那剑受断龙石一击，早有裂痕，哪经得起此磕碰，闻得"呼当"一声，日月眉光剑断为两截。

白眉儿失了宝剑，大惊失色，一阵心痛，细观此钵，说道："此为佛陀成道之钵，竟在你手，罢了，罢了。"不由得心生退意。石勒见白眉儿失了法宝，掉转马头，重振旗鼓，杀奔而来。白眉儿两手空空，一时难决，高策见危，举刀护主。石勒乘势而来，那紫电风露马疾如闪电，转瞬即至，一刀劈下，高策只觉眼前一花，登时鲜血喷薄，坠马而死。白眉儿见石勒气势如虹，不敢硬拼，一拍云水吞金兽，掉头而走。正所谓一鼓作气，再而衰，三而竭，白眉儿大军见陛下撤逃，高策被斩，哪敢恋战，一古脑儿退走。石勒三路齐发，只打得白眉儿众军如风卷残云，丢旗弃鼓，盔歪甲斜，莫辨东西。两赵洛水头一战，白眉儿失了法宝，大败而归。石勒掌得胜鼓回营，升了帐，众将来贺："陛下头阵之初，挫动白眉儿锋锐，摧坚殪敌，一统北地，指日可待矣。"

且说白眉儿败兵回营，升帐坐下，文武参谒，见折了高策，郁郁不乐，说道："此决战石奴，挫我锋芒，不但损我一员大将，更失了宝剑，有那佛图澄在，焉能克之。"众人皆无策，白眉儿叹道："众将官厮杀一日，皆已疲惫，可回帐歇息，思量对策，翌日报来。"众人出帐，白眉儿伏于案上，自斟自饮，冥思制敌之策，不觉之间，美酒入肚，双眼迷蒙，径自入眠。睡梦之中，见空中降下三神，皆是金面丹唇，面向东方，徘徊不定，又不言语，未过多时，隐了踪迹。白眉儿赶紧追去，屈身下拜，俯看三神足迹，欲问究竟，正茫然不知去向，忽天空一声炸响，从睡梦中惊醒过来，细思梦兆，却辨不出个吉凶祸福。

翌日，白眉儿召文武入帐，商议对敌之策，先说起梦中之事，问此梦何解？众人闻梦见三神，交口称贺，曲意献谀，说什么陛下自有神助，此战定可制敌。白眉儿又问，三神为何徘徊，为何不言，众人又说不出所以然，独太史令任义，谓之众人："此梦兆不祥。"白眉儿闻言，心头一惊，说道："速列陈见解。"任义释道："三者历运统之极也，东为震位，王者之始次也。金为兑位，乃物衰落也。那三神口中不言，可见事已毕也；徘徊不定，可见退舍之道也；陛下下拜，可见屈服于人也；寻迹而行，可见不宜乱进也。"众人闻言，皆心头一震。

白眉儿面色一变，闷闷不乐。游子远在旁，谏道："胜败乃兵家常事，梦境之事，更是虚妄，常言缘由天定，事在人为；成事在天，谋事在人。那石勒能请得大和尚，陛下乃米拉山弟子，亦可西方一走，请得一二位高明，大事自然可成。"白眉儿豁然开朗，说道："孤失却宝剑，又逢新败，紊乱心怀，一时忘却。"遂吩咐游子远及众将："好生看守大营，勿要出战，孤去去就回。"乘了云水吞金兽，把角一拍，那兽起在空中，往米拉山去。

云水吞金兽周游天下，霎时千里，其日行至米拉山，见山在云中，云随身行。山间林海茂密，气势滂沱；草甸翠绿工整，溪流蜿蜒。放眼望云，春崐花、紫苑花、草梅花、马先蒿花，成千上万，怒放盛开，四下群峰耸立，白雪皑皑。

白眉儿不敢驾骑，步行而上，径自到得盘木洞，却见得洞前变了模样，五光十色，上前看来，原来不知何时，洞口竟生一池，池水湛然香洁，池旁无数栴檀香树，吉祥果树，华果恒芳，光明照耀，修条密叶，交覆于池。各树有各树之色，各果有各果之美，各叶有各叶之香，微风拂过，芬芳馥郁。那池周边，装饰七宝，地下布满金沙，有优钵罗华、钵昙摩华、拘牟头华、芬陀利华，各种稀罕之花，杂色光茂，开于水上。白眉儿望一眼，水随眼动，微澜徐回，转相灌注，且波扬无量微妙音声，仔细听来，或闻佛法僧声、波罗蜜声、止息寂静声、无生无灭声、十力无畏声，或闻无性无作无我声、大慈大悲，慈悲喜舍声、甘露灌顶受位声，教人心旷神怡，清净神宁。

白眉儿定一定神，望向盘木洞，那洞门紧闭，不闻人声，悄悄静静。白眉儿欲向洞门，被池水挡住，只得伏地拜道："弟子白眉儿，愿老师万寿无疆。"半晌，洞门开一条缝，露出半边面来，原是童子，正要说话，那池水忽涌上来，童子忙把洞门闭了，在里头高呼："师兄，老师不在洞中。"白眉儿大声问道："可知老师往哪里云游？"童子回道："老师未到别处，便在洞外池中。"白眉儿奇道："洞外这一水池，从何而来？我见池中，未有老师身影？"童子说道："我也不知缘由，只知老师往人间一走，回至洞中，救得师兄之后，一日伫立洞外，忽命我紧闭洞门，不得擅自而出。我不敢违命，关门之际，见老师脚下，忽生一池，登时淹没，不见了老师身影，从那之后，再不敢开门。直至师兄到来。"白眉儿诧异，连声呼道："老师安在？"那池水荡漾，清清净净。

白眉儿连呼数声，只有回音，无有人答，心中不免焦急。童子问道："师兄此来，可有要事？"白眉儿说道："我与石勒会战洛水，不想石勒帐下，有一僧人，名曰佛图澄，玄通神妙，我不敌也。想此僧亦出自沙门，一来禀报老师，二来求得指点，助我成事。"童子说道："想来老师在池中，不知何时得出，若耽误在此，恐误大事，何不去往别处，寻得高明。"白眉儿也觉有理，说道："劳烦师弟，若老师得出，速速禀报，晚些恐不及也。"童子说道："师兄且安心来，若见老师，定当禀报。"白眉儿遂辞别童子而走。

出了米拉山，白眉儿心思："今老师不得见，可去得东达山，想那大通光菩萨与老师甚好，定可助我。"思忖已定，遂一拍云水吞金兽，往东达山而去。不日而至，白眉儿心中甚急，也不管不顾，驾云水吞金兽往薄云洞走。到得洞前，却是一怔，那薄云洞景象，与盘木洞无二，亦是洞门紧闭，亦是一池在前，宝沙映澈，无深不照。白眉儿呼道："敢问大通光老师在洞否？"不见有答，再呼一二，仍是如此，不由得疑惑："为何处处见来，皆是紧闭洞门，此池又是何池，此水又是何水？"百思不得其解，无奈之下，只得掉转出山，又去寻访。

兜兜转转，来来往往，不觉连五十五菩萨洞府，皆已去了，各处洞府，与米拉山景象一般。白眉儿大惑，迷迷茫茫，不知何去何从，思忖良久，自道："各处老师，众位菩萨，皆闭生化池，其中奥妙，非准提佛祖不可解也，我何不去请教佛祖。"遂一拍云水吞金兽，往灵台方寸山去。但经云雾，不知水山，好容易到得方寸山，好景色：

千峰开戟，万仞开屏。日映岚光轻锁翠，雨收黛色冷含青。枯藤缠老树，古渡界幽程。奇花瑞草，修竹乔松。修竹乔松，万载常青欺福地；奇花瑞草，四时不谢赛蓬瀛。幽鸟啼声近，源泉响溜清。重重谷壑芝兰绕，处处巉崖苔藓生。起伏峦头龙脉好，必有高人隐姓名。

第八十二回
北地两雄战洛水　西方闭门化宝池

　　白眉儿到得此山，不敢造次，步行而上，去寻佛祖洞府，未料才至山腰，已是云遮雾绕，不见有路。正彷徨间，忽闻得潺潺水声，白眉儿喜出望外，沿溪而上，自以为上得。约莫一炷香工夫，再看四下，仍在原地，那溪水原是自西向东横流，并非自上而下纵贯。寻不着路，急得抓耳挠腮，正愁烦时，忽闻得脚步声，往前一看，走来一个童子，真个丰姿英伟，样貌清奇，乃是水火侍者。那侍者见白眉儿，"咦"一声，说道："你可是来寻准提大天尊？"白眉儿忙回："弟子白眉儿，出自米拉山盘木洞，今上得此山，正是要寻大天尊。"侍者说道："不必寻了，不必寻了，大天尊交代，门下所有弟子，皆要紧闭洞门，以池化生，再求圆满。今日你纵有天大本事，也过不了这无生溪去。"白眉儿诧异，欲问究竟，不知其中奥妙如何，且看下回分解。

第八十三回　白眉儿纵酒遭祸　大和尚谒佛灭灯

　　一身浮华归黄土，百年红尘尽山空；
　　清风犹散长生志，明日起落复西东。

　　且道白眉儿寻师门不见，无奈之下，上灵台方寸山，欲拜谒准提佛祖，然身处半山，不得而上，正感疑惑，得遇水火侍者。侍者让白眉儿不必上山，白眉儿不知其理，问个中因果，侍者说道："天不孤生，地无独亡。天生则地存，地灭则天亡。天地如此，万物亦如此。东方有道，西方有佛，道佛虽教理不同，然其源相通。不论道家，还是沙门，皆有生死，无生无灭，只是相对而言。自商周一战，已过千年，那道家神仙，已临杀伐，故葛洪下山，炼丹修道，以度尘劫。我教佛祖，自万安山一战，众弟子俱有损伤，故与阐门有约，闭门止讲，不得擅入凡尘，又见众弟子亦临杀伐，乃入那极乐之门，见得阿弥陀佛，言及地藏方生，轮回未起，议得一法，以池化生，可度劫难。"
　　白眉儿奇道："你口中之池，可是老师洞府前那一方池水？"侍者点头，说道："正是。"白眉儿问道："池为何池，水为何水？"侍者笑道："此池名曰七宝池，此水名曰八功德水。池底纯以金沙布地。四边阶道，亦以金、银、琉璃、玻璃、砗磲、赤珠、玛瑙七宝装饰。池中莲花，大如车轮，青色青光、黄色黄光、赤色赤光、白色白光，微妙香洁。八功德水充满其中，得八种殊胜，即为澄净、清冷、甘美、轻软、润泽、安和、除饥渴、长养诸根。池中自成一方世界，随所愿欲，如意即成。佛祖命众弟子入得池中，断六尘、绝六境、闭六识，非大悟新生，涅槃参佛，不得而出。你到洞外，便是喊破喉咙，也是无益。"白眉儿闻言急道："我与那石勒洛水大战，石勒帐下有一僧人，虽为同道，却无半点

330

情面，毁我法宝，杀我将士，不得已求得师门相助。今佛祖闭门，教我如何是好？"侍者说道："大天尊曾有言语，万事皆空，唯因果不空，神通再大，亦不可改因果，故佛能空一切相成万法智，而不能即灭定业；佛能知群有性穷亿劫事，而不能化导无缘；佛能度无量有情，而不能尽众生界。你身在凡尘，当随缘分，且你乃心灯之体，寻常之人，怎奈你何？便是那大罗金仙、菩萨罗汉，纵是伤你，却也无法亡你其身。此地非你久留，去吧。"白眉儿听得侍者之言，自觉难见佛祖，长叹一声，驾兽而归。

白眉儿回洛阳至营中，众将相迎，问其破敌之法，白眉儿一言不发，只唤酒菜，命众将官出帐，一人独饮。如此三日，左右进言劝酒，被白眉儿呵斥，连杀数人，不敢再谏。游子远与众将守于帐外，欲言又止，心急如焚。

且不言白眉儿寻访无果，借酒浇愁，话说石勒，见白眉儿军中数日未有动静，问大和尚："白眉儿退居营中，死守不出，该如何是好？"大和尚说道："白眉儿失了法宝，又无兵器，已无攻势，今退守营中，定是欲寻他法，却不知沙门已闭，菩提化生，佛陀止讲，此正是破敌良机，莫让其有喘息之机，依贫僧来看，可强攻白眉儿大营，定能一举克之。"石勒对大和尚之言，深信不疑，即命石虎、石堪整束兵马。翌日清晨，分两路杀向敌营。

白眉儿在营中，不知石勒发兵，只顾饮酒，自思失却法宝，师门无助，心生退意，正感彷徨，忽闻得营外喊杀大震，游子远仓皇入帐，禀道："石勒大军，已至营外。"白眉儿闻得战报，一下激灵，唤过云水吞金兽，又命刘雅拿一柄剑来，虽不称手，也权作应急，率众拼杀。石虎知白眉儿没了宝剑，已无忌惮，见白眉儿而上，战在一处。白眉儿数日饮酒，腿驾不稳骑，手拿不住剑，三两回合，便只有招架之功，无还手之力，石虎见得明白，心道："先下手为强，今日看我打你。"遂祭出天铁。那天铁如泰山压顶，正打在白眉儿额上。石虎大喜，以为白眉儿必死无疑，未料白眉儿化作一道黄光，径自去了。

石虎目瞪口呆，不知发生何事。游子远见失了白眉儿踪影，又见石虎、石堪士气正盛，连忙鸣金收兵，命弓箭手排排列列，守好营口。石虎不知白眉儿虚实，不敢冒然攻营，于是收兵，将详情禀报石勒。石勒亦觉诧异，问大和尚："白眉儿化黄光而走，是何身法？"大和尚也是惊奇，说道："明日且再攻营，贫僧一见方知。"

翌日，石勒亲率大军攻营，白眉儿复出大营，见石勒，大呼："石奴，你以为毁我宝剑，便可有恃无恐。孤乃准提门下，米拉山金海光菩萨弟子，怎会让你等轻取。"一拍云水吞金兽，要战石勒。石勒驾紫电风露马，举刀相迎，二人战在一处。刘景、刘雅相继冲出，二人挺枪，来助白眉儿。石虎、石堪亦冲出阵来，那石虎一拍燕翅马，举锤照刘雅一打，刘雅举枪架住，此一击，石虎卯足了劲，刘雅被打得虎口一震，心生胆怯，常言道"狭路相逢勇者胜"，刘雅失了气势，石虎却是乘势而上，毫不停歇，又是一锤，刘雅硬着头皮一接，闻得"哐当"一声，枪被打为两截。刘雅大惊，拍马欲跳圈外，石虎早有心眼，拍一下燕翅马，如风似电，追至刘雅身后，照背上就是一锤，刘雅躲闪不及，正中后背，一口鲜血喷出，坠马身亡。

刘景见刘雅战死，惊出一身冷汗，石堪见状，大喝一声："刘雅下场，与你一般。"使刀往刘景面门劈下，刘景侧身闪过，掉头拍马，欲逃回大营，石虎见得真切，把锤举起，往刘景一抛。刘景只顾石堪，未料侧身飞来一锤，哪里防备，正中左脑，被砸了个万朵桃花开，死尸摔下马来。

石虎石堪斩了刘景刘雅，拍马来助石勒，三人围住白眉儿，走马灯似乱打。正所谓双拳难敌四手，好汉也怕群殴。白眉儿纵有本领，亦架不住三人齐攻，且战且退，正此当口，半空忽现一钵，乃是波罗钵，原是大和尚瞅准时机，祭起宝钵，欲擒白眉儿。白眉儿心知难敌，大喝一声，化作黄光走了。石勒三人，见平地没了身影，面面相觑，为防意外，遂止战收兵，问大和尚："可看清来？"大和尚奇道："方才陛下与白眉儿大战，贫僧从旁细看，那钵中现影，不似人体，倒见一团昏昏黄黄，不知是个什么东西。"石勒懊恼，说道："如此说来，白眉儿岂非不能剪除？此子本领高强，颇有根行，孤举倾国之力，一战若不得全胜，放虎归山，恐为大忌。"大和尚说道："陛下不必忧烦，贫僧即刻上一趟灵山，待见得掌教师尊，必知因果。"又道："贫僧离走之日，陛下可作佯攻，使白眉儿不得撤走，三五日，贫僧即当回来。"石勒大喜，遂吩咐众将，依计而行。

且说大和尚出了营帐，将宝钵往空中一祭，腾身而起，坐于钵上，转一转，往灵山而去。有道是胸中玄妙，咫尺青风。一日工夫，远见一座山，祥光五色，瑞霭千重，其山顶东西长，南北狭，中央似灵鹫，至山前，有一带高楼冲天而立，真是个：

　　冲天百尺，耸汉凌空。低头观落日，引手摘飞星。豁达窗轩吞宇宙，嵯峨栋宇接云屏。黄鹤信来秋树老，彩鸾书到晚风清。此乃是灵宫宝阙，琳馆珠庭。真堂谈道，宇宙传经。花向春来美，松临雨过青。紫芝仙果年年秀，丹凤仪翔万感灵。

此正是灵山迎客之处。大和尚不敢乘钵，落下身来，拜见灵山脚下玉真观金顶大仙，再往里走，经凌云渡，上灵鹫峰，一路花草松篁，鸾凤鹤鹿。约走了两三个时辰，见那雷音古刹：

　　顶摩霄汉中，根接须弥脉。巧峰排列，怪石参差。悬崖下瑶草琪花，曲径旁紫芝香蕙。仙猿摘果入桃林，却似火烧金；白鹤栖松立枝头，浑如烟捧玉。彩凤双双，青鸾对对。彩凤双双，向日一鸣天下瑞；青鸾对对，迎风耀舞世间稀。又见那黄森森金瓦迭鸳鸯，明晃晃花砖铺玛瑙。东一行，西一行，尽都是蕊宫珠阙；南一带，北一带，看不了宝阁珍楼。天王殿上放霞光，护法堂前喷紫焰。浮屠塔显，优钵花香、正是地胜疑天别，云闲觉昼长。红尘不到诸缘尽，万劫无亏大法堂。

大和尚往上行，悄悄静静，上得灵山之巅，又见青松林下传妙语，翠柏丛中响梵音，不多时，于雷音寺山门之外，立于门口，等候多时，只见一童子出来，礼道："乘难侍者，烦请通报大佛祖，弟子拜见。"乘难侍者见是佛图澄，忙入寺禀报，少时出来，说道："师兄，大佛祖有请。"领佛图澄入内，才进寺中，见得一人，顶上生灵光，胸中藏万象，相貌稀奇，形容古怪，乃是燃灯道人，慌忙拜道："弟子佛图澄，拜见老师。"燃灯道人笑道："去了，去了。"说完便转入一角，不见踪影。

佛图澄再行数步，又见得一人，眉目通彻，身放光明，乃是惧留孙，连忙拜道：

"弟子佛图澄，拜见老师。"俱留孙笑道："来了，来了。"说完亦转入一角，不见踪影。佛图澄随乘难侍者往里行，到得大雄宝殿，见殿上右侧莲花台上有一人，戴绀发冠，眉间放索毫光，普照一切，身相黄金色，结智拳印，身披袈裟，跏趺坐于大莲花上，正是多宝如来。殿上左侧莲花台，有一团真火，隐有一人，看不清模样，只是结跏趺坐，唱牟尼音。白莲侍者立于后方，中央端坐一人，丈六金身，五彩同光，有诗为证：

> 大仙赤脚枣梨香，足生祥云更异常。
> 九品莲台演法宝，八德池边现白光。
> 寿同天地言非谬，福经洪波语岂狂。
> 修成舍利名胎息，清闲极乐是西方。

上座正是接引佛祖。佛图澄至莲花台下倒身拜伏："弟子佛图澄，愿大佛祖圣寿无疆，无边无量。"佛祖说道："你今番上得灵山，不必多言，我俱已知晓。你看不清白眉儿真身，也是情理之中。白眉儿原本已绝，早散了三魂七魄，其身乃准提师弟座下一盏灯也。若问破灯之法，毕竟同门同根，不可绝尽。你可将乾坤袋拿去，置于洛水之上。此袋内藏无极之风，你与白眉儿战，风若吹得，白眉儿命当绝矣，你可将袋口束好，放在万安山，自有人取；若吹不得，亦是天命，你即刻返回灵山，不可贪恋人间。"佛图澄听得明白，回道："弟子谨尊大佛祖命。"白莲侍者遂将乾坤袋交与佛图澄。佛图澄收好宝袋，拜别佛祖，出了寺来。

话说佛图澄得了乾坤袋，乘钵归营，见过石勒。石勒忙问："大和尚可得良策？"佛图澄即语："且让石虎翌日再攻，赚得白眉儿出营，只许败，不许胜，诱至洛水便可，贫僧自有应对。"石勒唤来石虎，交代一二。

翌日，石虎率兵至营前叫骂，起初白眉儿不理，只饮酒自乐，坚守不出，却见石虎越骂越凶，不由得心头火起，欲出营去。游子远忙谏："今贼兵气盛，连番叫阵，必有图谋，陛下不可轻动，且设法撤回长安，方为上策。"白眉儿闻言，按下怒火，引兵巡哨，据守不出。

石虎也不心急，只命部众敲锣打鼓，高呼："一国天子，缩头乌龟。"众将不忿，入帐告曰："我等皆大国名将，安忍石虎一小儿侮辱！即请出战，一决雌雄。"游子远再谏，白眉儿已是十分酒意，摆手说道："石虎小儿，欺人太甚，孤玄通在身，此子能奈我何！今出得营去，必要置其于死地。"即命众将出战，驾云水吞金兽，欲擒石虎。未料才上兽背，那宝兽无故悲鸣，立住不动，白眉儿呵斥："兽儿，兽儿，你竟不听我言。"挥了数鞭，反见宝兽倒退下去，一前一却，欲使白眉儿落下。后有童谣云：

宝兽结飞龙，悠悠烟云中。才登天阙里，又入阎罗宫。也无雨，也无风，一前一却万事空，水波依旧不见龙。

白眉儿气极，改乘他骑，摇摇晃晃出营，见石虎怒道："小子，纳命来。"举剑要打，石虎挺锤一架，未有两个回合，卖一破绽便走。径往西阳门，白眉儿拍马追去，石虎且战且退，至西阳门，石勒率亲兵，忽现身来，迎头来击，白眉儿半醉半醒，两眼蒙眬，望不出什么石勒，只听得一声大喝："白眉儿，速来受死。"一语石破天惊，将白眉儿十分酒意，吓退三分，又见前面兵士，好几个滚下头颅，再看四下，孤身一人，不免心生怯意，拍马返奔，沿洛水边乱走，石勒叫道："白眉儿休走。"白眉儿不敢回头，飞马逃窜，后面箭镞，接连射来。白眉儿乃心灯之体，不惧流箭，然马却是凡马，无从闪避，徒受了三处箭伤。那马负痛乱跃，高低不辨，竟致陷入石渠。白眉儿慌忙提缰，马足虽得拔出，马力已竭，坠倒水滨，白眉儿亦同坠水中。此时，石勒拍马而到，喝道："白眉儿，你死期将至，负隅顽抗，已是无用。还不束手就缚。"白眉儿说道："料你一介武夫，怎能拿我。"就要化黄光而走。忽一阵大风，呼啸而来，那佛图澄早祭起乾坤袋，放了无极之风，只见得好风：

东来无影天地变，西去无形乾坤旋；北走无边山海转，南往无际日月翻。太虚寥寥分千色，灵光浩浩出梵空。纵是心灯万般体，神相难合身难同。叭咪吽，无法不至无生界，无所不入无极风。

那风一起，上天入地，四面八方皆是，洛水霎时结冰。佛图澄自道："此风吹起，乃天命也。两赵取其一，石勒当为真主也。"果然见白眉儿欲腾其身，胸口隐现一灯，忽明忽暗，摇摆不定，少顷熄灭，一根灯芯即收入乾坤袋中。白眉儿霎时与坐骑一同搁住，双眼迷蒙，浑浑噩噩，如失了魂魄一般。石勒大喜，命左右用挠钩等件，将其钩起。正要得逞，忽闻得一声吼，原是云水吞金兽前来护主，左右一叼，将两个兵卒甩出，即刻没了性命。那兽见石勒，狂啸一声，扑了上来，石勒惊骇不已，正不知如何是好，闻得一声喝："孽畜，还要逞凶，不知好歹。"乃是佛图澄，即将波罗钵祭起，收了云水吞金兽，石勒方安下心来。石堪遂钩起白眉儿，捆缚四肢，交与石勒发落。

石勒擒了白眉儿，下令："孤此行，只欲擒白眉儿一人，今已成功，众将士可抑锋止锐，勿再加杀戮，莫有伤天仁。"于是收军入城，宰牛设飨，大犒将士，一连三日。大和尚尊佛祖言，暂别石勒，上万安山归还乾坤袋。石勒先行班师，北还襄国，将白眉儿押于永丰小城，派兵监守，不准出入自由。白眉儿失了心灯，已是半目开合，气若游丝，苟延残喘。石勒闻讯，见白眉儿将死，而其子刘熙仍留守长安，故命左右见白眉儿，欲写下书信，劝刘熙速降。白眉儿隐约听得来言，忽挣扎起身，眉目一开，执笔写下："匡维社稷，勿以朕易意也。"遂灯尽油干，倒地而亡。有词为叹：

　　依稀当年别明月，起早又见红云。长剑倚手听角声，白眉藏大志，佛前点心灯。英雄末路方醉醒，一风吹过平生。临了笔下犹好汉。此身从此去，人间留我名。

且说白眉儿宁死不屈，石勒大怒，命石虎、石生攻打长安。刘熙得知父皇受害，石勒遣大军攻来，早已骇得魂飞魄散，手足无措，急与南阳王刘胤及众臣商议。刘胤本懦弱无能之辈，胸中哪有半点良策，眼里更无半分家国，闻得石勒来攻，立马谏道："尝闻石勒威武脱略，猛气横飞，陛下尚不能敌，何况你我。长安难守，不如陇西山多势险，易守难攻。可退居秦州，再作计较。"此言一出，尚书胡勋驳道："今天子虽崩，国家却未残缺，长安之外，有潼关之险，长安之内，有坚

第八十三回
白眉儿纵酒遭祸　大和尚谒佛灭灯

固城池。三军将士，不下十万，忠心耿耿，能征善战，正可上下一心，抵御石贼。万一力不能拒，再走，亦不迟矣。"刘胤怒斥："胡马凶暴，那石虎更是灭绝人性，最喜屠城，若是攻至长安，魔掌难脱。"胡勋讥辩："未战先怯，未败先逃，则失臣子之心，人心不在，家国何存。纵是一时逃往秦州，大势而去，终将避无可避也。"刘胤怒叱："逆臣安敢阻挠众心。"遂喝令左右，将胡勋牵出斩首，胡勋骂道："庸人高居庙堂，误国误民，乃为大害矣。"即被推出，斩首示众。

众僚见胡勋被斩，哪敢再言，皆随刘胤逃奔上邽，大将蒋英、辛恕留守长安。京师一动，人心惶惶，各镇皆摇。汝阴王刘厚，安定王刘策，各弃镇西走，关中大乱。石虎、石生顺利入关，一路无阻，杀至长安。蒋英、辛恕毫无抵御，立马竖旗请降。石虎得了长安，请旨石勒，命石生留守，自己亲率两万精骑去攻上邽。刘熙得知石虎攻来，悔恨未听胡勋之言，如今退无可退，无可奈何，只得命刘胤率众抵御。

刘胤自恃山险路隘，又联络陇东、武都、安定、新平、北地、扶风、始平诸郡胡人，同御石虎。也是病急乱投医，逢庙便烧香，到头来得不偿失。那石虎本是胡人，同族之谊，惺惺相惜，怎会操戈相向，诸郡胡人见石虎到来，四面遁去，石虎直捣刘胤大营。两军对战，锋刃相交，石虎催动铁骑，冲入胤阵，纵横驰骋，见刘胤便是一锤打下，刘胤何等武艺，哪敢班门弄斧，一回合未完，慌忙奔还。石虎从后追击，杀得尸横遍野，血流成河。刘胤哪还顾得上他人生死，一个劲往城里走，城中将吏，见刘胤逃还，皆心胆俱裂，哪有半点战心，作鸟兽散。石虎轻易入城，如虎入羊群，擒杀太子刘熙，南阳王刘胤，王公大臣三千余人，又坑死将士三万余人。所有后宫妃妾，俱分于将士。自此，前赵灭亡，自刘渊僭号，共二十五年。

石虎还军，回至襄国，献前赵传国玉玺，另上书请石勒登皇帝位，文武大臣齐声附和。石勒一统北地，心中欢喜，见众臣请上尊号，思索片刻，说道："今虽取长安，然四海未定，长江以南，仍为司马所据，更有那祖逖在侧，如鲠在喉，孤不敢妄自称尊，将士亦不得居功自满，当同力协契，孳孳不息，以求天下一统，八荒图存，再与众位同乐同福，同享同心。"众将士高呼天王圣明，石勒遂称赵天王号，行皇帝事，立妻刘氏为王后，世子石弘为太子，余子石宏为骠骑大将军，都督中外诸军事，兼大单于，封秦王。石斌为右卫将军，封太原王；石恢为辅国将军，封南阳王；进中山公石虎为太尉，兼尚书令，改公为王；石虎之子石邃，为冀州刺史，封齐王；石生为河东王；石堪为彭城王；左长史郭敖为尚书左仆射，右长史程遐为右仆射，徐光为中书令，领秘书监。此外，文武百官，各封拜有差。

不说石勒称天王号，封赏文武，且道祖逖得报，知晓石勒擒杀白眉儿，又惊又忧，谓之其弟祖约："石勒一统北方，已成南下之势，朝廷若不防备，社稷有危矣。"祖约回道："王氏一门掌握大权，那王敦嫉贤妒能，屡坏好事。陛下虽令将军北伐，却也顾不得周全，今刘琨将军身死，北方无倚，讨胡艰难，将军独力，自募将士，一时得黄河以南，想那石勒腾出手来，必来取豫州也。"祖逖点首，说道："此正为我忧虑矣。眼下之急，当营缮虎牢城，此城北临黄河，西接成皋，为石勒进兵之地，我当率众固守，以阻其来势。"遂率大军，进驻虎牢城。

果不出祖逖所料，石勒内事料理，目放天下。徐光进言："北方大势已定，而南有司马，仍为大患。祖逖在侧，不可不除。陛下为天下计，当一一图之，以求天下一统，海内一同。"石勒说道："此言甚合孤意，孤意一路南下，先除祖逖，再擒司马睿，然却有一虑。"徐光回道："是否担忧葛洪？"石勒说道："正是葛洪。数次交战，见得此人神通广大，恐不能克之。"徐光说道："事不避难，知难不难。若心中有天下，何惧山高路遥。若心中无天下，何生痴心妄想。古来治世天子，哪个不是历经千难万险而得天下，若不经艰辛，陡登大位，司马一家便是见证。"石勒听此一言，雄心勃发，不由得感慨："爱卿一番肺腑，倒使孤叹息不已。魏武曾言，老骥伏枥，志在千里；烈士暮年，壮心不已。纵是葛洪神通，孤乃天子之命，何惧之有。"又问："大和尚可否归来？"徐光说道："尚未见归。"石勒说道："可否待大和尚归来，再作计较。"徐光回道："天子行事，当乘势而为，一旦下定决心，披荆斩棘，不必左右相问。大和尚若至，无须为何事，只须事何成也。"石勒点首，遂造台点将，命石弘坐镇襄国，封石虎为先锋，石堪为前将军，石生为后将军，十八骑随行中军，自己御驾亲征，直取虎牢城。

大军一动，干戈又起。祖逖得报石勒大军攻来，遂构筑工事，加紧防御。未出半月，见得城外烽烟滚滚，马蹄声声，祖逖率众往城头看来，原是石虎到来。

坐下燕翅马，手中飞棱锤，一骑绝尘，奔至城下，坐名祖逖答话。祖逖问道："此子姓甚名谁，好生威武。"祖约见一眼，答道："此子名曰石虎，字季龙，乃石勒堂侄，为人凶暴，残杀无辜，石勒任其征战四方，造下无数杀戮。"祖逖怒道："原来此子便是石虎，刘琨道兄身死，其亦有干系。今日当设法除之，否则不知多少无辜遭殃。"点兵出城，排开五方队伍，迎战石虎。

石虎见城中人马出来，队伍齐整，法纪森严，左右进退得法，前后雄壮高昂，执戟的执戟，操戈的操戈，一对对，一排排，真是骁勇。又见对阵旗幡脚下有一将，剑眉星目，白袍紫铠，手中执剑，策马扬鞭，端的是英姿勃勃，意气风发，不由得道："你乃何人？报上名来，本王锤下，不杀无名之鬼。"那赵固闻言，一时气极，喝道："此乃祖逖将军，你这黄口小儿，不识天高地厚，吃我一刀。"遂打马出阵，举刀杀去。石虎早知北刘琨、南祖逖，便要一会，此刻见赵固杀来，欲杀此人扬威，喝道："你又姓甚名谁？且报名来。"赵固怒道："我乃大将赵固，取你性命，正在今日。"石虎笑道："原来你便是赵固，反复无常之人，安有如此勇心。"赵固面皮一红，斥道："小儿焉敢狂言。"一刀劈下，石虎面不改色，待刀近前，抡锤一架，霎时磕开大刀。赵固连人带马，倒退三步，自思："此子好大力气，不得与之硬拼。"遂近身游走，不作缠斗。

石虎得佛图澄真传，又久经战阵，一眼看出赵固心思，手上应付，暗中却祭天铁。祖逖瞧得明白，喝道："莫要追打，且速回来。"赵固杀到兴处，哪里听得见呼喊，未料那天铁一出，如雷轰顶，赵固一介凡夫，血肉之躯，哪里挡得住，正中面门，坠马而死。祖逖见折了赵固，不由得怒道："竖子安敢杀我大将。"石虎挺锤说道："不消说赵固，便是你亲来，亦要擒了。"祖逖说道："你自恃宝物，便张狂妄行，今日本将要替天行道，拿你是问。"石虎见祖逖如此口气，喝道："尝闻你与刘琨闻鸡起舞，同出一门，刘琨纵有本事，照样身死，你亦不例外。"遂舞锤拍马而上，祖逖仗剑相迎，不知二人相斗，后事如何，且看下回分解。

第八十四回　走雍丘将星坠落　上钟山元帝击鼓

虎牢城前孤雁飞，洗雨沐晴自由归；
将军击楫无回首，功名收拾身难回。

且道祖逖与石虎大战，一人持剑，一人舞锤。一个辗转腾挪，剑法精妙；一个横冲直撞，力大无穷。祖逖乃阐家门人，久经战阵，白毛儿、白眉儿亦无所惧，何惧石虎，只见他精神抖擞，剑法凌厉，东一剑，西一剑，杀得石虎手忙脚乱，未及十个回合，石虎已是大汗淋漓，气喘吁吁，不由得心思："此人武艺非同小可，较刘琨有过之而无不及，无怪陛下视为大患矣。"又想："打人不过先下手，我以神通取之。"一拍燕翅马，如法炮制，将天铁祭起，欲打祖逖。

祖逖玲珑剔透，如何不知其心思，见石虎肩头一动，知道不妙，遂将皮影人套住，佯作蒙在鼓里，挥剑作势杀来。石虎暗笑："天堂有路你不走，地狱无门你自投。"遂祭起天铁，猛然打下，正中祖逖面门。祖逖大叫一声，顺势伏于马背。石虎不知是计，挂锤长笑："尝闻祖逖击楫渡江，英雄了得，今番见来，不过如此矣。"遂打马上前，欲取祖逖首级。未料方才靠近，祖逖忽然纵起，一剑刺下，电光石火之间，石虎哪里反应，正中胸口，登时鲜血淋漓，跌下马来。赵兵见状大惊，及至救时，已被祖逖命士卒生擒活捉，拿进城门。

群龙失首，众人无头。赵军失了主将，如堤口溃决，一泻千里，四下逃窜，祖逖乘势而攻，大获全胜，掌鼓回城。众将庆贺，祖逖命将石虎推至殿上，祖约大喝："立而不跪者，是何道理？"石虎虎目圆睁，叱道："我乃上国大将，将身许国，生死早置之度外，今日既为妖术所惑，但凭处置，有何惧哉。"众将恨极，要杀要剐，祖逖传令："且将石虎押于大牢之内，待石勒到来，城前斩杀，以壮军威。"不题。且说赵军溃败,残兵回营,报于石勒,石勒闻石虎受擒,不知生死,心中大急,即命大军速行,欲破虎牢城,擒杀祖逖。

三军将士得令,人不下鞍,马不停蹄,滚滚杀至虎牢城。石勒使人往城下搦战,忽见城头推出一人,正是石虎,赤膊上身,蓬头垢面,捆绑得严严实实,刽子手持大砍刀,伫立在后,又见祖逖现出身形,大喝:"石勒,你我本已修好,何故犯境,又造杀戮?"石勒大骂:"此乃大赵境地,为你所据,怎能相容,你若识天时,速速为石虎解缚,请罪投降,若抗拒天兵,立成齑粉,悔之晚矣。"祖逖亦骂:"天下皆为大晋天下,你这逆贼,篡夺江山,尚不知羞耻,大言不惭。今我阵前杀将,以儆效尤。再有犯境者,莫怪我手下无情。"遂一声令,要斩石虎。

刽子手得令,一脚踹在石虎膝弯上,使其跪于地上,挥刀斩去。石勒见得眼眶通红,心胆俱伤,正此时,播土扬尘,飞沙走石,天昏地暗,闻得一声响,如晴天霹雳,华岳崩开,吓得刽子手跌倒在地,三军士卒用衣掩面,不敢妄动。及至风息无声,再望一眼,石虎不知何往,踪迹全无,吓得众人目瞪口呆,皆感觉异事非常。祖逖在旁,见得明白,喝道:"何方神圣,既已到来,且现身相见。"言毕,一人说道:"心心心,难可寻,宽时遍法界,窄也不容针,世人但行路,且听皮囊歌。"又唱:

这皮囊,多窒碍,与我灵台为患害。　随行逐步作机谋,左右教吾不自在。
筋一团,肉一块,系缀百骸成四大。　有饥有渴有贫穷,有病有灾有败坏。
要饭喂,要衣盖,更要荣华贪世态。　使我心上不得闲,为伊始下来生债。
细思量,真难耐,招引群魔难禁戒。　滋生五鬼及三尸,长养八邪并六害。
屎尿躯,脉血聚,看来有甚风流处。　九窍都为不净坑,六门尽是狼藉铺。
堕三途,沉六趣,盖为皮囊教我做。　如今识汝是冤家,所以教予生厌恶。
问明师,求便路,得法方能自回互。　只为生从爱欲来,欲心数尽无来去。
断欲心,要坚固,休恋皮囊自失误。　淡饭粗茶且给时,其余更复生贪妒。
主人公,休慕顾,识取其中玄妙处。　内隐一颗大神珠,昼夜光明常显露。
不拘言,难词诉,耳不能闻眼不觑。　不空不有不中间,晃晃明明无定度。
养皮囊,要纯素,纯素之中生解悟。　忽尔心中解悟明,皮囊变作明珠库。

放光明，遍法界，内外相通无挂碍。照见堂堂出世人，端严具足神通在。
也无罪，也无福，也无天堂并地狱。一朝摆脱这皮囊，自在纵横无管束。
也不来，也不去，来去中间无定住。荡荡巍巍烁天虚，谁能更觅成佛处。

言落之处，但见一人，乃是梵僧，头顶光亮，额头高广，四周毛发卷曲，双目炯然，眼绀青色，唇鬓蓄须，面首微低，容貌清癯，身着一袭袈裟，手持禅杖，端的是法身不二，真体自然。那僧将袖一拂，见一团黑影，影中现出一人，正是石虎，石勒急命左右将其扶住，又命医官疗伤不题。

祖逖见人，打一稽首，问道："我道哪般人，又是西方客，不知足下姓甚名谁，哪处仙山，何处禅所，何故涉入中原之事。"梵僧合掌，礼道："贫僧菩提多罗，又号达摩，从灵山而来，云游四海，行尘间路，悟无上法，初至中土，恰过这虎牢城，见一团血光，冲天而起。我灵山不忍世人受难，普度众生，故出手相助，也是缘分，别无他意，望将军放下屠刀，枉造杀孽。"祖逖怒极反笑，嗤道："听你皮囊歌，自称尘外人；既为尘外人，何管尘中事。你不知所救者，名曰石虎，乃大恶也，杀人无数，天怒人怨，我替天行道，你反而救之，是为助纣为虐。自称菩提渡世，可笑，可笑。"菩提多罗回道："佛祖面前，人人平等，无分善恶，只一颗菩提之心也。石虎虽有杀戮，乃奉其主之命，其主虽有杀戮，却心向天下大统，平息干戈。所谓大善即大恶，大恶即大善，正是此理。"

石勒在旁，听得言语，大赞："高僧高论，正是此意。晋室庙堂腐朽，世道艰难，我意一统天下，广播佛法，使世人安居乐业，那司马占据半壁，苟延残喘，以致人间纷争不休，不为人道。还望高僧助我。"祖逖笑道："恶人先告状，古来有之，今朝更甚。而高僧眼高，不见世人苦难；高僧位高，亦不见众生俯伏；高僧身高，更不见尘间蝼蚁。你教只为大法传播，无论善恶对错，千年之前，便乘人间杀伐而兴西方；千年之后，又借胡人之势，进中土之门。以战传法，杀身成佛，我阐家之人，讲究修身养性，此等作法，不屑为之。你若识得大道，且将石虎交还，离走中原，我决不与你为难，若不识，休怪我不顾两教之情。"菩提多罗说道："今日此来，你若胜得我，我即交还石虎，返回灵山，从此不踏中土，若胜不得；你离了这虎牢城，不得再生事端。"祖逖命开城门，催开坐骑，执剑上阵，来取菩提多罗。

菩提多罗持杖相迎，二人斗在一处。那祖逖剑法精妙，指东打西，飘忽不定，菩提多罗似不会武艺，以杖相抵，只道："此剑法好生厉害，我当习来。"眼见得只有招架之功，已无还手之力，只把袖口一舞，一团黑影笼于其身，转眼消散，现了身形，似换个人一般，以杖作剑，使出同样招式来，与祖逖相斗，不落下风。祖逖心中诧异："此僧明明武艺寻常，然俄而之间，竟将我这剑法学了去，定是那黑影古怪，袖中必有蹊跷。"遂提起精神，二人你来我往，我去你回，战三十回合，不分胜负。

祖逖即把皮影人祭起，不避来杖，迎面杀去。菩提多罗一杖打下，正中祖逖天灵，以为得手，却不知如同打在虚影之上，未见半分着伤。又见得祖逖欺身到来，喝道："好手段，且看我来。"即把袖口一展，现出一物，那物乃是一石，长三尺有余，白质黑纹，如淡墨画，放淡淡影光，见得祖逖动一下，那石中即现一影，亦动一下，如映刻石中，一举一动，尽现其内。菩提多罗看得真切，照准一杖打去，正中祖逖左肩，直打得鲜血淋漓，差点坠马。祖逖大惊："自得老师传宝，征战四方，除那金海光菩萨，未见有人破得此术，今日这僧祭这怪石，倒是厉害非常。"殊不知，此石颇有来历，乃是灵山金顶大仙于山间取一块影石炼成，可照世界诸影，使身脱不得石，技相融于己身，故名照影石。后菩提多罗北魏之时重回中原，游历天下，以此石习得七十二绝技，于嵩山悟法传教，兴少林寺，世称达摩祖师，按下不提。

祖逖自知难敌，忍住疼痛，打马回城，坚守不出。石勒命大军攻城，菩提多罗止住，说道："尝闻攻伐之道，百战百胜，非善之善者也；不战而屈人之兵，善之善者也。故上兵伐谋，其次伐交，其次伐兵，其下攻城。攻城之法，为不得已。今我与祖逖有约在先，且看他如何处置，再作计较。"石勒说道："高僧此言甚是，但依其言。"遂打马归营，迎入中军。

石勒率众将施礼，又命石虎叩拜，叹道："今番亏得高僧至此，救得小侄一命，否则命丧黄泉，无可挽回。在此拜谢了。"菩提多罗合掌，说道："哪里话，哪里话，救人一命，胜造七级浮屠，何况师兄所托，不敢大意。"石勒诧异，问师兄何人？菩提多罗回道："我自灵山来，云游四方，至万安山上，狂风不止，上

343

得来看，恰遇佛图澄师兄，师兄言有要事在身，而虎牢城赵王有难，嘱我相助，故而有缘得遇陛下也。"石勒恍然大悟。

　　正言语间，一人现出身来，说道："多罗师弟初至中土，大放光彩，甚是了得。今照影石中得绝技，可喜可贺。"众人相看，原是大和尚到来。石勒喜道："今大和尚归营，孤心甚安，有两位神僧在此，纵是葛洪到来，有何惧哉。"又问："此战祖逖败入城中，若死守不出，如何是好？"菩提多罗说道："我既与祖逖有约，可修书一封，使人交与祖逖，他为修道之人，当识大体，若再抗拒，必遭天谴。"大和尚说道："此言甚是，不战而屈人之兵，乃是上策。贫僧还有一计，可以使来。"石勒忙问何计？大和尚说道："中原之士，多杀多争，多欺多诈，常弄口舌凶场，是非恶海。司马睿衣冠南渡，占据江东，文臣武将，并非人人向善，个个齐心。祖逖孤身北伐，无有后援，可见一斑。闻得东晋之地，王与马共天下，那王导内掌朝政，王敦外握兵事，祖逖军功日重，王敦素来嫉贤妒能，可使人往王敦处，晓以利害，王敦必有忌惮，定当设计，虎牢城不攻自破也。"石勒闻言，笑道："千里之堤，毁于蚁穴，中土人士，多如此矣。"问众人："谁可去当说客乎？"帐前一人出曰："陛下勿忧，某与王敦曾有故交，素知其性。愿凭三寸不烂之舌，使晋军自缚其手？"石勒大喜，观其人，乃是参军王行，欣然许之。

　　王行携礼，一路草行露宿，倍日并行，至江州武昌，投王敦府上。守门将士围住，王行说道："可速报大将军，有故人来见。将士报知，王敦命见。王行见王敦，说道："贤弟别来无恙。"王敦作揖，回道："久不相见，你现居何处？"王行说道："现居豫州，走北往南，经营些小本买卖，闻大将军在此，特来看望。"遂奉上沂水丰糕，王敦见之，大喜："少小离家，久不得尝这家乡小吃。"小吃两口，回味无穷，又问王行："你此番来，非是叙旧，所为何事？"王行笑道："世道艰难，买卖难做。常言一方官来一方商，商随官走，官商一家。想着大将军位极人臣，只一口呵气，也够得为兄温饱。"又奉上黄金千两、明珠十颗。

　　王敦也不推辞，坦然而受，说道："你走南闯北，也是不易，今后这府前军后，但有需要，再作计较。"王行故作喜态，忙作揖打拱，说道："有大将军关照，生活当有着落矣。"王敦又问："你既在豫州，可知祖逖？"王行忙道："祖逖之名，北地何人不知，何人不晓。人皆言祖逖乃大晋擎天保驾之人，只身渡江，收复失地，真英雄也。"王敦闻言，心中不喜，面色却也不改，又问："可听得祖逖有何言语？"王行顺势而道："祖逖狂妄，前些年偶至营中送些物需，恰闻其与众将酒语，言朝廷不为，满朝文武，皆无志气，自己乃社稷之臣，心怀报国之志，孤身过江，以一己之力，力挽狂澜，收复失地，更将一路北上，重整河山。若朝廷清明则罢，若不然，当取而代之。"王敦闻言，面色一变，说道："祖逖之言，可见居功自傲，得意忘形。"命王行："你可再去豫州探来，日后你且随我，荣华富贵，必有享之。"王行暗喜，即应承下来，辞别出府，不提。

且道祖逖在城中，不知石勒使反间计，命坚守城池，以作长远打算。探马报入，送来一书，乃菩提多罗言："贫僧灵山禅客，道友阐家门人，修道炼气，皆非凡俗。你我阵前有约，道友既败，当遵诺言，献城退去，否则道家之风，荡然无存。"祖逖大怒："两军交战，岂能私约胜负，家国大义，当以生死论之，今我守虎牢，非踏我躯，不可使敌入城半步。"遂撕毁书信，誓与虎牢共存亡。

三军愤慨，将士同心，忽朝廷诏至，天子命戴渊为征西将军，都督司、兖、豫、并、幽、冀六州诸军事，兼司州刺史。此正是王敦恐祖逖势大，上谏天子："祖逖功高盖世，尾大不掉，若拥兵自重，社稷危矣。"元帝亦有此虑，故而为之。祖约见得明白，愤道："朝廷任戴渊为征西将军，节制六州，分明猜忌兄长，如此行径，何能中兴社稷。"祖逖默然不语。少顷，又有使者径入府中，宣征西将军命："石勒大军相侵，虎牢城营缮未成，粮草亦是不济，不可与其硬拼，且速退雍丘，再作计较。"祖约闻言怒道："两军交战，岂能不战言退，戴渊其人，乃庸才也。"祖逖闻令，顿觉肩头伤处，隐隐作痛，不由得仰天长叹："我正欲建功，何故退走。若不回，是欺主矣；若奉命而去，大好河山，拱手他人，死难瞑目也。"良久，又道："可与我一走城中。"二人驾马驰骋，至一片岭，但见雁徊水远，莽莽苍苍。祖逖下马，立于岭上，任暮光挥洒，风拂铠袍，双目隐隐含泪，口中唱道：

家国一水相隔，跑马万里岭上歌。南人北顾，中流击楫，山河如故。谁可与说，两鬓风冷，天高云没。待重头收拾，推锋却怕，栖鸟倦，身如客。

意气莫分今古，过虎牢，剑指胡虏。是非久矣！翻波涌浪，木沉石浮。

我倚青藤，新情旧物，丹心流转。看蒙蒙陌上，千军别去，斜树烟芜。

此岭因祖逖一词，后名跑马岭，不提。且说祖逖接令，数日徘徊，忽一日三道军令而至，无奈之下，只好退去。祖逖命祖约暂守虎牢，见机行事，自己率众退入雍丘，见征北将军戴渊。戴渊斥道："军令如山，将军何故迟迟不受，日后若再如此，莫怪本将责罚。"祖逖心中不快，却也未加辩驳，只言："但凭指教，然将军行事，切以国家大事为重，推锋越河，扫清冀朔，收复北地，当为首要。"遂拂袖而去，二人不欢而散。自此，但有军事，戴渊必横加干涉，妄下指令，祖逖处处受制，抱负难施，心中不免郁结，每每想到壮志难酬，身孤力微，总是唉声叹气，独酌寄思。

一日，祖逖正在府中，忽闻虎牢来报："石勒攻城，虎牢告急。"祖逖大惊，欲起大军，驰援虎牢，报于戴渊，戴渊却道："虎牢与赵地相邻，而离建康甚远。我等孤军在北，粮草难济，不若弃了虎牢，安守雍丘，进退自如。石勒得了虎牢，心中安稳，必不来相扰。"祖逖怒极，驳道："虎牢南连嵩岳，北濒黄河，山岭交错，自成天险，乃历代兵家必争之地，你倒痛快，送于敌手，岂不知石勒图谋天下，何止一城。若得虎牢，必大军南下，建康危矣。"二人正在争执，探马又报："祖约率部到来。"祖逖闻祖约至，心中暗道不妙，果然见得祖约，盔歪甲破，满面血渍，急问缘由，祖约报来："兄长走后半月，石勒率军攻城，弟难以抵御，大败而回，虎牢已被石勒所据。"祖逖闻知，长叹一声："罢了，罢了，万难而得，一朝失了。今虎牢已破，三日之内，石勒必至雍丘。"

正如祖逖所料，未有两日，雍丘城外，旌旗滚滚，尘沙扬扬，石勒大军果然来到。戴渊方信祖逖所言，遥见胡马铁骑排排，杀气腾腾，早已吓得六神无主，面无人色，说道："豫州兵事，将军可全权处置，我出镇合肥，以固后方。"遂快马加鞭，离了雍丘。祖逖也不睬戴渊，只命众将士严阵以待。

石勒命石虎叫阵，石虎掌锤，策马至城下，见祖逖，早已是仇人相见，分外眼红，大呼："祖逖速出城受死。"祖逖不理石虎，只抬首，见石勒左右，分立两位尊者，一人乃是菩提多罗，一人正是大和尚。祖逖心惊："只一个菩提多罗，便已是难敌，再来一个佛图澄，如何是好？"正思索间，那菩提多罗踏前

第八十四回
走雍丘将星坠落　上钟山元帝击鼓

而道："晋室昏暗，钩心斗角，尔虞我诈，可惜了将军一片心志，今大势已去，将军当早日弃暗投明，不失出路。"石虎从旁笑道："你中我大和尚之计，尚不自知，那王敦嫉贤妒能，恐你军功日盛，司马睿亦有私心，怕你功高震主，我等只消从中拨弄，便使你一番心血，化为乌有。"祖逖闻言，方知其中曲折，大怒："此卑劣行径，也只你等做出，今朝廷虽有奸臣，天子蒙蔽，然天下大道犹在，我亦为社稷之臣，纵是舍身赴死，也要阻你等在此。"石勒知祖逖报国心志，决难屈服，遂命大军攻城。

一时间，旗展角吹，鼓响号鸣，赵军汹涌向前，晋兵死命抵御，来往飞箭流矢，处处烟迷火蔓。石虎执锤，一马当先，率敢死之士往城头冲。祖逖举剑，身先士卒，立在城上，砍杀来犯之敌，人人杀红了眼，个个不要了命。石虎冲上城头，大喝："祖逖，我来会你。"一锤砸下，祖逖已是生死全置度外，使得皆是拼死之招，不退反进，欺身上前，迅雷不及掩耳之势，到得石虎身前，一剑刺下。常言两强相遇勇者胜，石虎见状大惊，不敢拼得两败俱伤，赶紧退后，祭出天铁，要打祖逖。殊不知，祖逖早祭起皮影人，乘势而上，要取石虎性命。石虎见天铁打在祖逖面门，毫无反应，心中不免畏惧，身子稍迟了一迟，已被刺中肩头，大叫一声，从城头跌了下来，幸被兵卒接住，抢回营中去了。菩提多罗见得明白，遂祭起照影石，那石一出，祖逖身影已在石中，大和尚即祭起波罗钵，往祖逖打去，正中其身。祖逖身形晃了一晃，却未倒下，大喝："你等暗施法宝，纵是偷袭得手，且奈我何。今我在此，纵是千军万马，有何惧哉。"

石勒见祖逖如此英雄，不免动容，说道："晋室若多几个祖逖将军，何至于此。"大和尚说道："祖逖受了一击，必已大损，正作困兽之斗，我等可稍作喘息，无须破釜沉舟，待两三时日，此城定不攻自破。"菩提多罗亦道："祖逖已是强弩之末，陛下不必操之过急，徒增伤亡。"石勒遂命暂缓攻城，只是三面围住，静观其变。

且说祖逖自受戴渊节制，本已心中郁结，此刻又受波罗钵一击而不倒，全仗强撑一口气而已。待胡寇退去，鲜血涌上喉头，霎时喷出，身子一软，昏迷倒下。祖约见状大惊，赶忙扶起，下了城头，安置府中。众将闻得主帅受伤，皆守至榻前。约一个时辰，祖逖醒来，张开双目，见众将在前，问道："何故皆在此？"祖约泣道："方才兄长昏迷不醒，众将士忧心，故此皆守于此。"祖逖说道："大敌当前，岂可因我一人，而疏忽战事。众位且速归其位，以防来袭。"众将听令而出。

祖逖问祖约："石勒大军，有何动向？"祖约回道："只是三面围住，未有动静。"祖逖说道："且扶我上城头一看。"祖约忧道："兄长伤患未愈，当静养休息，不宜吹得夜风。"祖逖说道："此城岌岌可危，万不可大意，我心乱不已，安可静养榻上。"遂颤颤巍巍，上得城头看来，见城外静静悄悄，草木如海，风声如涛，夜影婆娑。仰观晚空，月洁云淡，星罗棋布，忽祖逖眉头紧锁，十分惊慌，说道："我命危在旦夕。"祖约不解，问道："兄长何出此言？"祖逖一指正上方，祖约抬眼，见四方星光璀璨，而居中一星，暗淡无光，摇摇欲坠，甚是不解。祖逖叹道："此我之将星也，今客星倍明，主星将坠，天命如此矣。"果不其然，少顷，见得此星坠下，一道流光，明亮而闪烁，绚烂而凄艳，划破长空，落于城中。祖逖双目含泪，长叹一声："我志平河北，乃天不佑国，偏欲杀我。只恨不能挥鞭越河，驱除胡虏；只恨不见王师北定，天下太平。我一死，尚有何望矣。"遂强支病体，下得城头，正行间，忽一口鲜血喷出，不省人事，众将慌忙来看，已薨矣，享年五十有六。后宋代文天祥有诗为赞：

  平生祖豫州，白首起大事。
  东门长啸儿，为逊一头地。
  何哉戴若思，中道奋螳臂。
  豪杰事垂成，今古为短气。

更有明代诗人魏学洢有诗为叹：

  英雄不得志，此事休问天。
  刘生幽院死，祖生亦可怜。
  击楫渡中流，激昂先着鞭。
  一夫搆内难，壮士功不全。

浩歌唾壶缺，使我泪涟涟。

话说祖逖身殒，豫州士女，如丧考妣；四方百姓，多为立祠。朝廷闻知，下诏赠祖逖车骑将军，命祖约代领州事，按下不提。且道菩提多罗，夜观天象，见一大星坠落，谓之众人："祖逖死矣。"大和尚亦叹道："世之名将，今朝陨落，也是可惜。"石勒说道："祖逖既死，孤无忧矣，明日攻城，待取了豫州，直下东南，大事可定。"翌日卯时，石勒大军起拔。祖约才具哪及祖逖，一战溃败，失了雍丘，率众奔逃，往寿春而去。

石勒大军兵不解甲，马不卸鞍，取了襄城、城父，又攻谯郡、陈留、梁州，直逼寿春。那祖约闻得石勒将至，急差人报于建康。王导得信，大惊失色，禀明元帝，元帝亦是忧虑："寿春乃中州咽喉，江南屏障，与京师相近，一旦失了，朝廷危矣，如何是好？"王导回道："当速调大军，驻守寿春，抵御来敌。"元帝问左右文武："祖逖身死，朝中谁可为将？"众人共议未决，王导谏道："广州刺史陶侃，公忠端亮，贞固足以干事；镇东司马周玘，勇略无敌，有三定江南之功，非此二人，不克成功。"散骑常侍温峤又谏："石勒此来，非同小可，擒杀白眉儿，刘琨、祖逖二位将军，皆丧其手，一统北地，直逼东南。陶侃、周玘纵有本事，亦不及琨、逖也。陛下当三思也。"元帝闻言，也是心悬，忧道："泰真所言极是，石勒意图天下，帐下文臣如雨，猛将如云，士气正盛，来者不善也。"王导说道："陛下不必忧虑，军师曾言，若有危难，可上钟山，击鼓告之，军师必定归来。"元帝闻言大喜："孤一时心乱，竟将此事抛之脑后矣。"遂命陶侃、周玘领五万大军，驻守寿春，又与王导同上钟山。

且说元帝上得钟山，但见山水城林，浑然一体，紫云萦绕，饮霞吞雾，一派雄伟气象，正如明代诗人高启诗言："钟山如龙独西上，欲破巨浪乘长风。"元帝一路行走，至北高峰龙首之上，见望仙鼓，遂手持鼓槌，敲响大鼓。霎时，咚咚之声，回荡山间，响彻九霄，正是：钟山龙首敲大鼓，仙人九霄自飘来。不知葛洪闻鼓声，后事如何，且看下回分解。

第八十五回　葛洪闻鼓下瑶池　太华投主战寿春

独上瑶池求妙音，闻鼓自择验元心；
最怜世人道家子，六丁神火炼真金。

且说石勒率大军南下，势如破竹，直指寿春，京师震动。元帝急命陶侃、周玘为将，往寿春驻守，又亲上钟山，击望仙鼓，呼唤葛洪，按下不提。话说葛洪于罗浮山炼丹未成，云游四方，以求神火。一路行走，一路思来，想着三界之内，哪里还有神火。不知不觉间，竟到了北天门乌浩宫，葛洪豁然开朗，自道："常言水能克火，最知火者，莫过于水，可一问水德星君。"遂敲宫门。少顷，里面走出一个童子，真是个丰姿灵动，样貌清奇，比寻常俗子不同。童子上下打量一番，问道："你是哪里来的？"葛洪打一稽首，回道："弟子乃大罗宫葛洪是也，有一事要入乌浩宫，见水德星君，有劳通报。"童子笑道："怪不得我家老爷正待出门，却又折回，教我出来开门，说，外头有个问路的来了，要我领进来，想必便是你了。"葛洪笑道："正是我矣。"童子说道："你且随我进来。"葛洪整衣肃服，随童子径入宫中，直至殿台之下。

水德星君端坐台上。葛洪抬首，见是个男生女相的仙长，戴星冠，蹑朱履，衣玄霞寿鹤之衣，手执玉简，悬七星金剑，垂白玉环珮，端的是通利万物，含真振灵。星君开口："葛洪，你不在罗浮山炼丹，到我这乌浩宫作甚？"葛洪回道："禀星君，弟子在罗浮山炼丹，虽得其法，亦有五石，然寻不得神火，玄水液无法沸腾。想来五行之中，水能克火，知火者，莫如星君也，故来此相问，还望星君指教。"星君问道："你何不去火德星君处？"葛洪不敢隐瞒，回道："弟子已去彤华宫，火德星君亦传火法，然不得其效。"水德星君笑道："你去彤华宫相问，火德星君却未相告以全。太清有云，易有太极，是生两仪，两仪生四象。四象而藏四火，为天下四大神火。四大神火，相应四大神兽，其东有太阳真火，为三足金乌守护；南有南明离火，为朱雀守护；西有三昧真火，为烛龙守护；北有燧人天火，为火麒麟守护。四大神火，又以太阳真火普照天地，你可去寻来。"葛洪豁然开朗，又问："敢问星君，那太阳真火，现在何处？"星君笑道："三足金乌，乃西王母所使，你可上瑶池，去见西王母。"葛洪恍然开悟，遂辞谢星君，驾遁往瑶池去。

且说葛洪驾遁上得瑶池，那瑶池在昆仑之上，但见一池香水，五光十色，灿若星辰，如梦似幻。有词为证：

天镜浮云空，且寻芳容。一池香水嵌群峰。山光湖色岚重顾，洁瑕清融。百年又匆匆，浩渺无穷。流彩飞翠随淡浓。极南之尽西母府，乐与谁同？

葛洪下遁，往前而行，未有数步，至一园。那园中林林立立，尽是桃树，前有一千二百株，中间一千二百株，后面一千二百株，共三千六百株。再看每株桃树，皆是枯枝败叶，毫无生气，花骨未生，更莫说还有什么果实了。葛洪见景，心道："大天尊有言，蟠桃绝收，故命我代劳炼丹，想来此处便是蟠桃园了，今日见来，果不其然也。"正思处，忽听得一阵莺声燕语："我等浇水养肥许多时日，这蟠桃树儿，如何还是这般模样，不知甚时能枯木发荣，重换新枝。"葛洪循声望去，乃是七位仙女，即那红衣仙女、素衣仙女、青衣仙女、皂衣仙女、紫衣仙女、黄衣仙女、绿衣仙女，各怀水瓶，正浇洒根枝。

葛洪即上前去，打一稽首，说道："弟子葛洪，见过七衣仙女。"七仙女陡见葛洪，说道："你是哪里来的，如何识得我等？到此作甚？"葛洪回道："弟子乃大罗宫玄都洞门人，故识得七衣仙女，今冒昧上得瑶池，欲拜见西王母，还望通禀。"红衣女说道："三界有言，蟠桃绝收，神仙皆逢杀劫，太清圣人命弟子葛洪炼丹，原来便是你也。今你炼丹可成？"葛洪回道："弟子此来，正为炼丹一事，求教西王母。"七衣仙女皆道："甚好，甚好，你且随我等去。"即领葛洪往瑶池仙宫去。

一路仙家妙境，葛洪无心赏玩，径入宫门，只见西王母头戴九云冠，身着百雉仙衣，腰围玉带，手秉如意，端坐殿上，两旁仙女如织，又有许多黄巾力士，端的是元气炼精，光明日月。后有唐代诗人孟郊作《金母飞空歌》以赞：

  驾我八景舆，欻然入玉清。
  龙群拂霄上，虎旗摄朱兵。
  逍遥三弦际，万流无暂停。
  哀此去留会，劫尽天地倾。
  当寻无中景，不死亦不生。
  体彼自然道，寂观合大冥。
  南岳挺直干，玉英曜颖精。
  有任靡期事，无心自虚灵。
  嘉会绛河内，相与乐朱英。

葛洪进至里边，倒身下拜："弟子葛洪，拜见上圣白玉龟台九灵太真无极圣母，瑶池大圣西王金母，无上清灵元君，愿元君万寿无疆。"西王母说道："葛洪，你如今炼丹如何？"葛洪禀道："弟子炼丹，万事俱备，只欠东风，因那神火难得，故炼丹不成，往四方寻找，未有结果。幸有那水德星君指教，言天下神火有四，而太阳真火当为其首，想来只得上瑶池来，请教王母，方使炼丹得成。"西王母笑道："原是水德星君教你来的，此话不假，太阳真火确是天地神火，为三足金乌所有。"遂把手一招，一只金乌飞至，通体漆黑，而周身金光闪闪，昂首钩喙，三足挺立，正是三足金乌。

葛洪大喜，拜道："若得太阳真火，炼丹大业有望矣。还请王母不吝相赐。"西王母也不答问，只是示意葛洪坐下，问些旁事，葛洪一一作答。如此约有半日工夫，葛洪心中甚急，想来天上一日，人间一年，惟恐耽误时日，却又怕催促王母，使其不喜。西王母看在眼里，心知肚明，却是不为所动。二人正说话，忽一阵鼓声咚咚作响，九霄云外，皆有所闻。葛洪听此鼓声，面色不由得一变，心知人间定有大事。

西王母说道："你欲借三足金乌，然三足金乌虽由我使唤，却有光明天地，普照人间之责。莫说借一日，便是借一时，即日月无序，乾坤颠倒，时令混乱，如何借得。若非要借，尚有一法。"葛洪急问："有何妙法，望王母明示。"西王母不答，反问："方才击鼓之声，似从人间传来，你可知晓？"葛洪回道："弟子知晓，乃是弟子炼丹之前，与晋室天子有约，人间若逢大难，可上钟山击鼓，弟子自当相助。此鼓声响起，定是社稷有危。"西王母说道："若是如此，你当两难。三足金乌虽不得擅离，然一年新旧相交之时，可有分身，或有半时，或有一刻，你可领去，助你生火炼丹，但你须在此静守，不得错过，而人间有难，帝王击鼓唤你，是炼丹，是渡世，由你自择。"

葛洪闻西王母之言，心头确是两难，一厢是炼丹大业，一厢是人间大难，眉头紧锁，思虑再三，好半晌，方道："大天尊曾有言，圣人常无心，以百姓心为心。善者，吾善之；不善者，吾亦善之，德善。信者，吾信之；不信者，吾亦信之，德信也。炼丹、渡世，二者必取其一。今人间有难，我既与元帝有约，不可失道家之仁，亦不可失道家之信。若为炼丹而失仁信，纵是得成，却丢了道家之本，虽生犹死。在此，多谢王母指教，弟子告辞了。"起身欲离。

王母却大笑，频频点首，说道："你能道出此言，不枉你人间一番修行。方才只是试你，岂不知，若无道，无有天地；若无人，无有神仙。仙道贵生，无量度人，正是道家之本。三足金乌，虽有神火不假，然不可助你炼丹。炼丹之火，需那六丁神火，你也不必问六丁神火现在何处，且须知修道之人，当三千功满，八百行圆。你今下人间，六丁神火自会见得。也不必心急上得罗浮，待你人间使命完毕，自可炼成金丹。"葛洪闻言，恍然大悟，大喜："多谢王母赐教，弟子记住了。"正要出宫，王母喊住，命红衣女取了一物，乃是一面旗子，说道："此旗名曰聚仙旗，且借予你，自有用处。"葛洪接旗，遂辞谢出宫。才出宫门首，忽被红衣女叫住："娘娘还有一言，命我告之于你。你此去，须经蟠桃园，过园之时，当闭了双眼。若开了眼，将有无端杀孽，妄生祸事，务要小心，你去吧。"葛洪谢过，出宫而去。

待过瑶池，至蟠桃园，葛洪想起红衣仙娥之言，遂闭了双眼，往前而行。行间，忽觉身旁似有一物，游游滑滑，怪是不爽。葛洪记得仙娥交代，不敢睁眼，虽察觉有物在旁，全作不理，直往前行。未有数步，忽脚下一绊，一个跟跄，栽倒在地。正待起身，一人牵手扶起，葛洪遂把眼一睁，见一人在前。那人好样貌，身高过丈，蓝发白须，额有金纹，朗目明眉，穿龙鳞宝甲，端的是威风凛凛，英姿勃勃。

葛洪闻那人道："道友小心行路，莫迷了双眼。"遂打一稽首，说道："多谢道友。敢问道友姓名，哪里修行？"那人却说："你莫问起我姓名，我来见你，无有其他，只一事相问？"葛洪未加思索，即回："道友但问无妨。"那人问道："方才扶你之时，闻得你身上气息，似来自罗浮山？"葛洪回道："道友好敏锐，我确是来自罗浮山。"那人又问："既来自罗浮山，你可识得小黄龙与那小龙女？"葛洪不假思索，随口回道："当然识得。"那人即问："二人现在怎样？"葛洪笑道："小黄龙与小龙女情投意合，现正在罗浮山。"言到此处，忽觉有异，想来此人如此问话，定有所图，又陡然记起双龙前事，顿觉此人来者不善，遂问："你究竟何人？莫不是太真玄龙。"那人喝道："你倒是好眼力，竟识得我名号。"葛洪说道："玄龙，你与小黄龙毕竟前事已了，何必再来问起。"玄龙怒道："我与那小黄龙，有不共戴天之仇，誓不与俱生人世。"正要发难，忽红衣仙娥在远处呼道："玄龙，娘娘唤你，速进宫去。"玄龙闻西王母呼唤，悻悻而归，临走不忘说道："且知会那小黄龙，尚可安生两日，到时我自会寻他。"

葛洪闻玄龙之言，悔不该睁开双目，竟平白惹出这般祸事，懊恼自责不已。然事已至此，无可挽回，只有且行且看，再作计较。葛洪离了蟠桃园，驾土遁往钟山去，按下不提。

话说紫云山郭璞闲暇无事，在洞中观看，忽听得一阵鼓声，不觉好奇，屈指一算，见太华在傍，说道："今日正该你下山，投主解难，且随你师叔葛洪抵御西方，以合大道。"太华说道："老师，弟子投主，该往哪里去？"郭璞回道："你主正在钟山，此一去，不可忘本，纵是以身试道，也须尊我道德，教世人知晓，我紫云山门人，乃道家真子。"太华回道："弟子谨遵老师教诲。"遂辞别郭璞，下山而去。也是六丁神火当现人间，葛洪炼丹，道家兴旺，合该天数，有诗为证：

　　紫云山上得真经，神火洞中传六丁；

此去钟山投故主，八卦炉下现丹心。

且说元帝击鼓，静望天空，等待葛洪。约半个时辰，不见来人，心中不免焦灼，叹道："不知军师现在何处？可否听到鼓声？"王导慰道："军师道家真人，心系苍生，既然约定，定会前来，陛下大可安心。"正说话间，忽半空一阵风来，二人仔细一看，正是葛洪驾遁而来。元帝大喜，呼道："军师来矣。"葛洪驾下土遁，打稽首说道："贫道迟来，陛下莫怪。"元帝说道："来之者好，来之者好，今社稷有难，不得已击鼓唤仙，军师来至，我心无忧矣。"葛洪问其前后，王导一一说来，得知刘琨、祖逖身死，葛洪不由得神色黯然，叹道："社稷未兴，身已陨落，可惜，可惜矣。"又道："今石勒大军前来，志在天下，若不力拒，中华不复，道家不存也。"王导说道："石勒大军直逼寿春，陶侃、周玘二位将军已前往拒之，想来不远矣。"葛洪皱眉，说道："陶侃、周玘虽久经沙场，然石勒帐下，能人异士众多，恐二位将军难以应付。贫道即刻动身，陛下速回建康，全权调度。"

三人正要下山，忽闻得半空有人呼道："主公，主公。"三人抬首望去，见一团火焰飞来，葛洪眼睛一亮，大喜："此乃六丁神火，真天赐我也。"转眼，那火焰至前，跳出个人来，身长一丈三尺，面如重枣，赤眉髯须，双目无瞳，只两颗火珠。元帝见人，亦是大喜："太华归来矣。"正是太华。太华收了火遁，拜道："今尊老师之言，下山来投主公，还望主公不弃。"又拜葛洪："师叔在上，且受弟子一拜。"葛洪问其来历，太华前后叙来，葛洪感慨："天数有定，迟早有期。今神火已至，炼丹俱备，只待退了西方，便是炼丹之时。"元帝喜道："将军归来，如虎添翼，社稷有幸，得三山五岳，道家门人相助，也是百姓之福也。"葛洪说道："事不宜迟，战事紧迫，我这便带太华去了。"遂辞别元帝，驾遁而去。

且说葛洪携太华，驾遁先至罗浮山，见过小黄龙、小龙女。小黄龙瞧太华模样，喜道："此便是六丁神火了。可即时炼丹，以成大业。"葛洪说道："此非炼丹之时，今石勒率大军攻来，小黄龙且随我去，小龙女安自守炉，待战事退却，即是众位成道之时。"言语之间，恐双龙不安，即隐了玄龙之事。小黄龙与小龙女别过，遂与葛洪往寿春去，按下不提。

话说祖约在寿春，时时查探石勒行踪，闻知大军不到三十里，又不见援军来到，心急如焚，如坐针毡。正不知如何是好，忽来报：陶侃、周玘率大军到来，不由得大喜，率众相迎。陶侃、周玘入了寿春城，问明敌情，查点守备军械，一一安排各路哨点，收拾粮草，疏散百姓，以待敌军。未有一日工夫，城外黑云压境，甲光闪烁，号角争鸣，石勒大军到来，陶侃上得城头看来，真是个浩浩荡荡，军威雄猛，果真好人马，怎见得，有赞为证：

朵朵征云，一望烽火万里；哒哒马蹄，满目铁骑兵戈。千枝旗展，龙飞凤舞五彩幡；万叶甲灿，虎肩豹带袍铠攒。排排剑戟，噬血锋刃寒光闪；密密弓弩，弦动镝鸣挂玉盘；长枪破圆月，斧钺斩流星，人人争先，个个狰狞。盔角生辉，前后将士威武；七衣飘洒，左右僧客并行。正是：天昏地暗在咫尺，上阵儿郎掀波澜。

闻得赵军一声炮响，三军呐一声喊，至北门安下营结下大寨。陶侃见前后左右，罗汉阵位，龙虎走向，围子手精精神神，拐子马齐齐整整，进退有据，攻守有法，叹道："前番下邳一战，石勒兵败而去，今番一统北地，卷土南下，不可同日而语。观如此整练，一场大战，在所难免，难测祸福也。"随即下城入府，与大小将士商议退兵之策。周玘说道："今石勒一路南下，大军骤至，粮草必定不济，我等当坚守不出，以逸待劳，再觅时机，一举破之。"祖约说道："此计若是他人，倒也无妨，然石勒帐下，能人辈出，末将在虎牢，亦行此法，却不能抵御胡虏强攻猛打，今寿春城修缮才毕，尚未坚固，挡不得几日。"陶侃看向周玘，谓道："将军可记前事，当日你我与石勒在此城，已有交手，那大和尚天降大水，非你我凡俗可以抵御。"周玘叹道："若是如此，如之奈何？"陶侃说道："胡虏占我北地，杀我子民，今携众而来，志取天下。我等既为晋臣，若是一味坚守，一来久守必失，二来军心渐丧，三则失了我中华之威，不如出城迎来，纵是身死，亦不失我辈风采。想来陛下已上钟山，正所谓国家洪福，天必佑之，自有神灵助来。"周玘闻言说道："将军此言甚是，瓦罐不离井上破，将军难免阵前亡，倒要与石勒一较高低。"正言间，石勒差官下书搦战。陶侃传令："将

第八十五回
葛洪闻鼓下瑶池　太华投主战寿春

队伍调遣出城。"

石勒正在辕门，只见寿春北门开处，一声炮响，队伍一对对，齐齐而出，当头二将，一人驾河曲乘光马，拿七星龙渊刀；一人驾白龙驹，执一杆火尖枪，正是陶侃、周玘。石勒不由得赞道："我道是谁，原是七骑战两将的将军。今北方已定，天命归赵，东南之地，咫尺之间。你等虽有本事，只可惜明珠暗投，当日侥幸逃脱，此番难逃厄运。"陶侃回道："石勒，你占我北地，害我子民，今日率军南侵，徒造杀孽，岂不知，多行不义必自毙。此寿春城，便是你的死地。"石勒笑道："何必逞口舌之快，阵前便见分晓。"命："哪一员将，与孤把陶侃拿了。"石虎走马出阵，冲杀过来，喝道："前番闻你二人战我七骑，今日我一人会之。"陶侃正要答话，旗门角下，一将连人带马，如日耀金光一般，纵马挺枪，迎敌石虎，乃周玘也。也不答话，锤枪并举。石虎仗着力大，举锤往周玘面门打来，殊不知，周玘亦是一员虎将，挺枪一磕，战马长嘶，二人各退一步，各自心道："此人好大力气。"打马重来，八蹄奔扬，锤枪来往，一场大战，怎见得：

二将阵前斗战忙，战马催开奋蹄扬。这一个攻城拔寨出力气；那一个保家卫国付身躯。这一个双锤如雷轰五岳；那一个金枪似电破冰霜。从来恶战无预料，各争生死定祸祥。

二将交战，斗三十回合，不分胜负，只杀得云愁雾散，锣鼓连天。正战得酣处，半空中，葛洪三人悄至。云头上，太华见石虎，不由得赞道："此人好锤法。"葛洪吩咐："小黄龙，你可下去，助周玘将军一臂之力。"太华也要相助，葛洪止住，说道："你乃神火之体，胡营之中，有能人异士，不可与之知晓，莫要心急，且静观其变，待到时机，出其不意，一举制敌。"话说小黄龙领命，驾下云头，从天而降，大喝："周玘将军且退下，小黄龙前来领教。"执蟠龙枪，追风逐电而来。周玘见小黄龙到来，心头大喜，遂退下阵来。

石虎不知小黄龙底细，见面前之人头角生辉，金鳞披甲，英武不凡，不由得心妒，欲置其死地。石勒见是小黄龙，不由得心惊，呼道："且要小心。"石虎哪管这般，举锤便打，小黄龙挺枪直上，见锤至面门，把枪一架，闻得"咣

357

当"一声，磕开大锤。石虎震得手臂发麻，倒吸三口凉气，心道："此人好生厉害。"还未思定，小黄龙疾如雷电，已至身前，把枪一抖，如蛟龙出水，鹰隼扑食，直奔石虎前胸。石虎两锤一架，欲挡其势，未料那神枪迅疾，从中探出。石虎随即仰卧马背，躲过枪尖，尚未回神，小黄龙把枪一压，正中其胸，只打得石虎心血翻腾，负痛而走。小黄龙喝道："哪里走？"欲赶尽杀绝。

石勒见得明白，对二位神僧说道："此人非凡将，石虎哪是对手，若被追上，必死无疑，还望神僧相救。"菩提多罗见得真切，知小黄龙眉目神采，非凡间之人，合掌说道："贫僧这便助石虎将军。"遂移步上阵，转瞬即至，让过石虎，举杖相迎。小黄龙陡见一僧，喝道："你是哪里修行？姓甚名谁？"菩提多罗回道："贫僧菩提多罗，亦号达摩，乃灵山之客，道友既已得胜，何必咄咄逼人？"小黄龙说道："两军厮杀，当论生死，你莫在此大言不惭，既然应战，且吃我一枪。"遂一枪刺去，疾风迅雷，快如闪电。菩提多罗哪里架得住，赶忙后退数步，说道："此枪法好生厉害，我当习来。"把袖口一舞，一团黑影笼于其身，转而消散，即以杖作枪，使出同一招式来。小黄龙见状，笑道："你来习我枪法，非是容易。"果真见菩提多罗使来，只有其形，不得其髓，原来小黄龙枪法乃玄都所授，自有心法，非同一般。小黄龙喝道："你可瞧仔细，见我蟠龙枪。"把枪一抖，那枪吞云吐雾，直刺要害。

菩提多罗大惊，不敢保留，遂祭了照影石。那石在空中，锁了小黄龙身形，菩提多罗见来，说道："原来是个龙子，怪不得如此非凡。"便要打小黄龙。殊不知，葛洪隐在半空，早见得明白，即唤太华："此石可锁人影，使其身尽在石中，学影即学技，打影即打人，着实精妙，若是他人，恐难以脱逃。你为神火之体，无身无影，非你不可破之。你这便下去，破了此石，以免贻害世人。"太华遵命，即下云头，喝一声："莫要害我道友，太华来也。"声如洪钟，众人不免相看，只见一团火焰降下，似人非人。

石勒见来者，大惊："此乃紫仙山害我的妖人，神僧且小心。"事发突然，大和尚亦呼道："此人非凡体，道友小心为之。"菩提多罗不识太华，又见太华陡然来至，相貌奇特，举止怪异，心中一惊，不由自主弃了小黄龙，祭照影石，要照太华。殊不知，太华乃是个六丁神火还魂之身，哪有什么影子。菩提多罗往石中看，一团红红彤彤，满是光华，照不出个人影来，不由得一愣神来。趁着这档工夫，太华遂祭破天锤，一锤打在石上，登时风火雷电齐发，闻得"劈啪"一声，照影石裂为两半。菩提多罗见状大惊，收了照影石，跳至圈外，谓之大和尚："百年修行，一朝失了。今我法宝损毁，大乘之法，尚未及时，罢了，罢了，贫僧这般去了。待到时日，重塑此石，再回中原，广播禅法，以兴释教。"遂辞别众人，回西方去了。

且说太华破了照影石，举破天锤，乘势而上，往石勒来，喝道："石勒老贼，昔日在紫仙山，未将你打死，今日你休想逃脱。"石勒本就是仇人相见，分外眼红，今折了石虎，又失了菩提多罗，又气又怒，骂道："天杀的妖人，今我天兵到此，教你有来无回。"大和尚在旁，遂移步上前，喝道："还识得我否？"太华见大和尚，止住脚步，说道："如何不识得，我道大和尚是谁，原来便是你这老僧，当日紫仙山你救下石勒，今又投效帐下，不分是非，沆瀣一气。你既有违天道，莫怪天有责罚。"大和尚叱道："日月有交替，江河有轮回。晋室气数将尽，庙堂之上，乌烟瘴气，人人各安心思，哪顾百姓死活。若是上下清明，岂有刘琨、祖逖之死，如此朝廷，你却蒙蔽双眼，仍然逆天强为，恐有后悔。当日在紫仙山，我看在两教情面，姑且饶你，不想你竟暗自偷袭，毁我道友法宝，难为道家之风。今日必不饶恕。"遂拿出钵来，欲打太华。

太华识得宝钵厉害，急往后退。石勒见得明白，吹号击鼓，大军掩杀过去，十八骑冲锋在前。陶侃亦不示弱，率众抵御，小黄龙挥舞金枪，周玘前来助战，来来往往，冲冲撞撞，杀得天愁地暗，尘土飞扬。大和尚祭了波罗钵，要先拿太华，忽闻得一声："道友，别来无恙。"原是葛洪现了身形。一僧一道又相逢，不知后事如何，且看下回分解。

第八十六回　三官大帝解危厄　五方揭谛下灵山

长汀一烟倦身还，雾隐小川见世难；
道若有情佛无岸，最是度厄逐心欢。

话说大和尚祭波罗钵，欲擒太华。葛洪见势不妙，现了身形。二人相对，葛洪打一稽首，说道："自山中辩法，你我分向东西，可谓一见一因果，一会一别离。你从西方来，修行大伾山，借胡马之势，传灵山释法，也不见怪，然胡马柱生杀孽，你既称普度众生，却是两眼空空，实不应该。今助胡南下，你我见来，也须有个了结。"大和尚合掌，说道："自汉以后，三国纷争，两晋更迭，朝廷腐乱，社稷混淆，如此下去，人间何有安宁。所谓大恶即大善，一时兵祸而得天下安宁，是为大道。你执着善恶，至人间无休无止，大不苟同。了结亦是缘结，有死方有生。你我各为其教，见个高低，也是了却。当日下邳，我虽退走，乃时机未至，不与你纠缠。今石勒一统北地，大势已成，我以宝会你，始见真章，看你如何破来。"

一言不合，拂衣操戈。大和尚踏步而前，手现一杖，要打葛洪。葛洪执火龙剑相迎，两人皆为修行之客，非斗勇之人，未及数合，葛洪道一声："火来，火去。"登时，火龙剑祭在空中，化一条火龙，呼啸而出，直奔大和尚。大和尚见道："来得好。"遂将波罗钵祭起，喝道："下邳一战，未让你见识宝钵之厉害，此番好生见来。"那钵在空中溜溜直转，有万道金光祥云显现，哧溜一下，将火龙剑收入钵内。

葛洪失了宝剑，大惊失色，道一声："此钵好生厉害。"转身欲走，大和尚摇钵追打。彼时小黄龙执枪大叫："勿要伤我师兄。"照大和尚面门刺下。大和尚急举杖相架，与小黄龙战三五个回合。那小黄龙久惯杀伐，武艺超群，大和尚如何敌得住，不敢再战，遂祭起波罗钵，那钵转起，蟠龙枪转瞬收入，小黄龙一愣神，大和尚持杖而至，一杖打在肩臂。小黄龙负痛跳开。早有太华跃步赶来，将破天锤抡起，见风火雷电齐发。大和尚笑道："萤烛之火，岂敢与日月争辉。此等小术，焉来献技。"那波罗钵随即转动，光华夺目，太华不及反应，手中宝锤已收入钵中。太华骇然："此钵着实妙哉。"大和尚乘势而上，一杖打向太华火目，正要得手，忽太华身前立出一道土墙，那杖打在墙上，闻得"轰隆"一声，墙即刻倒下，再看墙后，太华早不知踪影。此正是葛洪使奇门遁甲之术，救下太华，有诗为赞：

　　乾坤一念多变幻，天地开合在心关；
　　五行皆是道中理，奇门遁甲见非凡。

大和尚见得明白，喝道："道友身怀奇门遁甲之术，倒也精妙，且看你能隐得多时？"遂把波罗钵往空中一抛，万道祥光绽放，照了葛洪身形，大和尚道一声："葛洪还不入钵，更待何时？"即见葛洪一声未吭，被收进钵中。大和尚大喜，收了宝钵，往里一瞧，那钵中葛洪，原是个纸人，也不气恼，只是赞叹："此等异术，真乃道德之士。"四下看来，见葛洪城下现了真身，率众退入城中。石勒急命十八骑追赶，至城下，见葛洪画符一指，凭空现出大火，阻了去路。大和尚谏道："穷寇莫追，葛洪虽一时受挫，然一身奇门遁甲之术，贫僧尚未参悟，且葛洪左右，能人辈出，今看来，非一战而能定乾坤，须整顿军马，养足精神，再战不迟。"石勒依言。

此战大获全胜，石勒掌得胜鼓回营，升了帐，众将贺来："今陛下与葛洪头一场战，大和尚挫其锋锐，破此城只在指日也。"大和尚谓之："今日初战，虽有捷果，然达摩遇挫，石虎受伤，而晋兵未损根本。众位不可掉以轻心，日后尚有大战。"石勒问石虎伤势，医官回道："将军五脏六腑皆有损伤，且需静养，多则一月，少则半月。"石勒嘱咐医官好好调息，忧道："今番一战，虽挫晋军锋芒，然石虎受伤，那小黄龙本就无敌，加之又来个火人，实是棘手。葛洪身

361

具神通，若是坚守不出，如之奈何？大和尚且有对策？"大和尚说道："葛洪败走城中，其宝皆收入我钵儿之内，此时定无他法，不若明日强攻城池，石虎虽在养伤，十八骑亦有战力，我护得周全，可一举破城。"石勒闻言大喜，遂定下计来，吩咐将士，调遣三军。

且说葛洪兵败进城，入府，众将上殿见葛洪。葛洪说道："佛图澄持有宝钵，厉害非常，今我等兵刃皆被收走，想来明日，胡贼定趁我军心未稳，强攻寿春。"有陶侃在侧，气道："今初战虽失利，然众将军皆在，明日胡贼若来，我等豁出性命，当拼个你死我活。"小黄龙说道："那僧人手中钵儿，必是至宝，我等纵是拼了性命，也是无益。"太华亦道："昔日紫仙山，我会过此僧，确是神通。今我等兵器皆失，明日若再出战，凶多吉少，纵是师叔奇门遁甲，也难顾及众人。"众将闻言，皆面露难色，忧心忡忡。周玘急道："如此说来，难不成我等无计可施，坐以待毙？"葛洪叹道："如今之计，当晓此钵来历，而寻破敌之法。我速往大罗宫走一遭，若晋室仍有气运，定不虚行。若大势已去，我亦与众位，存亡此城也。"遂吩咐陶、周及众将："你等好生守城，我去来。"拈土一撒，驾土遁往大罗宫去。

一路心急如焚，无暇风景，下大罗宫，至玄都洞，见过四位天师。那张道陵奇道："你不在罗浮山炼丹，如何到此来？"葛洪遂将前事一一叙来，又问佛图澄手中宝钵是何来历？天师皆不知晓，张道陵说道："此钵如此厉害，且问老师，定知来历。"众人随往里走，张道陵入内禀报，少时出来，说道："老师唤你进去。"葛洪入内，至台下，见玄都大法师，跪而启道："弟子葛洪，拜见大法师。"玄都问道："今你炼丹之事，如何？"葛洪回禀："弟子千难万险，已采得五石，又寻六丁神火，想来炼丹无碍。只是西王母有言，炼丹时机未至，人间又见艰难。石勒率军南下，有西方门客佛图澄相随，仗恃一钵，厉害非常，弟子手中火龙剑，连同小黄龙的蟠龙枪，太华的破天锤，皆被此钵收去。今寿春危急，实在无奈，故上得大罗宫讨教。"玄都说道："你寻得宝炉，又得五石，更见神火，已是功德。西王母所言非虚，正所谓炼丹兴道，道在人间。你在那寿春遇挫，也不奇怪，因你不晓得那钵儿来历。那钵名为波罗钵，乃佛陀成道，受四天王献石钵，以神力合成，载纳十方，万法不侵，万物可御可收，你数载道行，怎能敌之。"葛洪拜道："弟子才疏学浅，还望老师指个法儿。"玄都叹一声："钵乃西方应器，佛陀虽有神通，亦须托钵乞食，我若是将佛子吃饭家什打碎了，想来灵山必定恼怒。然事已至此，罢了，罢了。"又唤张道陵，问道："今日是何时节？"张道陵算来，回道："今日乃正月十五。"玄都又叹："若是正月十五，也算是一场造化。万安山一战，昆仑门客根行俱损，当受人间香火。玉清老爷知晓，定然也是欢喜。"即从袖中，取出三根香来，分别红、黄、黑三色，又拿三道符箓，命张道陵："你且往昆仑去，将红香插符，注正月十五，着山上；将黄香插符，注七月十五，埋之地；将黑香插符，注十月十五，沉之水。合为三元。此事办了，即刻回来。"又命葛洪："你且回寿春，若石勒相攻，自有助来。"葛洪大喜，遂辞别众人，回寿春去了。

且说张道陵领命，离了大罗宫，驾遁往昆仑去。半日工夫已至。此山又与大罗宫不同，怎见得山好：

烟霞散彩，日月摇光。千株老柏，万节修篁。千株老柏，带雨满山青染染；万节修篁，含烟一径色苍苍。门外奇花布锦，桥边瑶草生香。岭上蟠桃红锦烂，洞门茸草翠丝长。时闻仙鹤唳，每见瑞鸾翔。仙鹤唳时，声振九皋霄汉远；瑞鸾翔处，毛辉五色彩云光。白鹿玄猿时隐现，青狮白象任行藏。细观灵福地，果乃胜天堂。

张道陵奉玄都之命，上玉虚峰，将红香插符，注正月十五，点于峰上。至大峡谷，将黄香插符，注七月十五，点于谷下；至不冻泉，将黑香插符，注十月十五，点于泉中。又往玉虚宫拜了三拜，遂离了昆仑，回大罗宫向玄都覆命。且说那三炷香，悠悠燃起，烟火升于九天之上。

话说玉清元始天尊在弥罗宫，忽见一缕烟火，遂目转人间，见昆仑之中，立有三炷香，自道："师兄也是费心，所谓投桃报李，也是当然。"即飞身至太虚极处，取始阳九气；在九土洞阳，取清虚七气；更于洞阳风泽之中，取晨浩五气。吸入口中，与三焦合于一处，融合贯通，结灵子三颗，口唱：

九气青天上，日月星斗真；天地水官帝，云雷电鼓随；金童执华幡，玉女捧香花；五色祥云内，放出白毫光；照一切天下，显身救众生；庆云祥烟护，拔离诸苦难；兴云布洪雨，驱雷掣电行；法显无边济，无极无量法；无量度众生，无极无量光；照出诸魂众，一切冤家鬼；尽离地狱中，存亡诸众生，一切离苦难。

　　唱罢，又唤来白鹤童子："且去昆仑，将此三颗灵子，交与南极，命南极分埋于三炷香下。"白鹤童子领命，即赴昆仑。且说白鹤童子见南极仙翁，交了三颗灵子，将元始天尊吩咐一一说来。南极仙翁心思透亮，说道："童子且回禀大天尊放心，我这便去得。"二人别过。

　　南极仙翁即往点香之处，将三颗灵子分埋其下。霎时，袅袅清烟，徐徐而出，缓缓勾勒，渐成三人形状。其上一人，身着大红官服，龙袍玉带，五绺虬须；其左一人，身着大黄官服，蟒袍琼带，三绺长须；其右一人，身着大黑官服，鱼袍鳞带，络腮胡须。南极仙翁道一声："三官大帝，今日而出，当开三元之节，受人间香火，以固其元。"三人各打稽首。南极仙翁又道："你三人既已成形，当去上清天弥罗宫，见过天尊。"三人作别，飘飘悠悠，往弥罗宫走。

　　白鹤童子眼尖，见得三人到来，忙引入宫内。三人俯叩元始，天尊唤红衣人，说道："今日起，你为上元一品，赐福天官，隶属玉清境，号紫微大帝。"紫微大帝谢过天尊。天尊又唤黄衣人，说道："今日起，你为中元二品，赦罪天官，隶属上清境，号清虚大帝。"清虚大帝谢过天尊。天尊再唤黑衣人，说道："今日起，你为下元三品，解厄水官，隶属太清境，号洞阴大帝。"洞阴大帝谢过天尊。天尊笑道："今授你等下世，葛洪在寿春有难，你等且去，助一臂之力，事成之后，速归昆仑。自此，每逢正月十五，天官于是日，同下人间，校定罪福；七月十五，地官于是日，同出人间，校戒罪福；十月十五，水官于是日，同到人间，校戒罪福也。你三人，当纲维三界，统御万灵；三元校籍，善恶攸分；斋戒礼诵，无愿不成；消灾释罪，降福延生；至真妙道，功德无边；大悲大愿，大圣大慈。"三官大帝皆道："谨遵大天尊之命。"遂拜别而去。正是：

第八十六回　三官大帝解危厄　五方揭谛下灵山

三元三品三官帝，三宫三体应天尊；

三无三有三清境，三时三节万圣明。

且不言三官大帝往寿春行。话说葛洪驾遁，离了大罗宫，心系战事，急往寿春赶，遥望城头，闻得金鼓齐鸣，喊杀大震，又见烽烟四起，土播尘扬，心道不妙，近前视之，果真石勒已率大军攻城，那十八骑各领人马，杀向城头。陶侃、周玘等将奋力抵御，小黄龙与太华各守一方。石勒大呼："夺城门者，赏黄金万两，加官三级。"三军踊跃，将士齐心。小黄龙见势不妙，执一把长枪，奔走四处，见一个杀一个，来一双杀一双。太华亦不落后，借了一对银锤，看人便打，逢人便杀。二将合力，保得城头不失。

石勒在阵中，看得明白，谓大和尚："晋军有此二人，终为阻碍，大和尚须设法除之。"大和尚道："此二人皆非凡将，十八骑纵有本事，也难敌也，如此看来，非将此二人收了。"遂执钵上前，喝道："小黄龙，你为龙子，我本不愿伤你，然你执迷不悟，以碍天道，无怪我也。"小黄龙怒道："枉你为西方修行之客，徒生杀孽，尚在此大言不惭，今有你无我，有我无你。"大和尚叹道："你既如此说，休怪贫僧也。"遂将波罗钵祭起，那钵在空中，一道明光，罩了小黄龙，连同无象环一并收了。太华见状，大怒，喝道："贼僧休走，太华来也。"大和尚说道："太华，昔日在紫仙山，我不与你计较，不想你又来阻碍。你一个火精，有何能为，今日将你这团火收了，看你如何立身。"遂念动咒语，波罗钵随即转起，要收太华。

葛洪见佛图澄欲收太华，心下大急，三步两脚，到得太华身前，喝道："佛图澄，你休要作怪。"大和尚喝道："葛洪，你来得正好，今日连你一并收了，待赵王一统天下，再与你说道。"波罗钵随即金光闪闪。葛洪急使奇门遁甲，移形换位。大和尚又道："且看你走得了几时？"波罗钵如影随形，使葛洪欲离不敢，欲走不得。正焦急处，忽见得城头上空，五色祥云，九气清风，有三星而现，登时星光灿烂，闪耀四方。大和尚见得异象，抬头看来，那三星化为三人，一人穿大红官服，一人穿大黄官服，一人穿大黑官服，正是三官大帝，口中合唱：

  寂寂至无宗。虚峙劫仞阿。豁落洞玄文。谁测此幽遐。一入大乘路。孰计年劫多。不生亦不灭。欲生因莲华。超凌三界途。慈心解世罗。真人无上德。世世为仙家。

  三官大帝分列上、中、下三位，彼此有一条金线相连。转眼之间，三人合手，天官手起天灵，地官手起紫宫，水官手起关元，金线陡放金光，金光之中，登时现一柄玉如意。那玉如意直直打下，正打在波罗钵上，闻得一声"咣当"响，将波罗钵打了个粉碎。小黄龙执蟠龙枪而出，又将破天锤、火龙剑拿了。大和尚见波罗钵毁了，面色大变，怒道："你等何人？如何毁我钵儿。"三官大帝齐道："紫微清虚洞阴，赐福赦罪解厄，我等乃三官大帝，道友不必恼怒，你既沾红尘之因，必结红尘之果，人间自有定数，两教皆在其中。"话落处，三官大帝即隐了身形，竟自去了。

  葛洪、太华复得火龙剑，破天锤，又见小黄龙平安出来，心下大喜，陶侃、周玘更是鼓舞，那太华喝道："此时不擒胡寇，更待何时。"举破天锤一马当先，小黄龙紧随其后，葛洪将火龙剑祭起，城头卷起一条火龙，俯冲而下，烧得赵兵二目难睁，皮焦肉翻。石勒见状大惊，大和尚说道："今一战失势，且速撤走。"护得石勒夺路而逃，十八骑且战且退，陶侃、周玘等将趋兵追袭。大和尚见晋军追赶甚急，遂开了法眼功，借得淮水，使晋兵不得而过。陶侃、周玘见胡寇走远，打马回城不表。

  石勒兵败寿春五十里，收住败残人马，结下营寨查点，损折兵将一万有余。石勒升帐，叹道："自北地一统，一路南下，摧枯拉朽，不在话下，今日又逢葛洪，失机丧师，着实可恨。"大和尚说道："波罗钵收火龙剑、破天锤，小黄龙更是连人带枪，皆收入内，本来寿春势在必得，未料出了个什么三官大帝，毁我宝钵，以致功亏一篑。想来必是葛洪又去了三山五岳，寻来相助。他既寻得，我亦寻得，陛下可安守大营，待贫僧归来，再作计较。"遂出了帐，往灵山去。

  且说佛图澄失了宝钵，即回灵山，乘难侍者通报，入得大雄宝殿。那宝殿又换了景象，见那殿上，立有六佛，乃毗婆尸佛、尸弃佛、毗舍浮佛、拘留孙佛、拘那含牟尼佛、迦叶佛，又有五方揭谛、八大金刚、十六罗汉、十八伽蓝，个个执着幢幡宝盖,异宝仙花。莲花台上,接引佛祖正居中央,只是身形已成虚幻。右侧有一方塔,耸立半空,乃七宝塔,多宝如来坐狮子座,全身姿态如入禅定。左侧现出一人,丈六金身,顶上绀青髻,眉间放白毫光,照东方八万,身相黄金色,左手结拳印,右手向外展开,身披袈裟,跏趺坐于白莲花上。正是:

瑞霭漫天竺,虹光拥世尊;
西方称第一,无相法王门。

佛图澄不识得,只是拜道:"弟子叩见佛祖。"接引佛祖一指左侧,说道:"你来之正好,此为释迦牟尼尊者,三世轮回,方才圆满,你且见来。"佛图澄伏地叩拜,口称:"见过释迦牟尼尊者。"释迦往接引拜道:"老师已至无量,弟子不敢言首,还望老师多加指教。"接引又道:"佛图澄,你此来,我已知晓。"又问多宝、释迦:"东方道友,竟毁了波罗钵,你等如何看来?"释迦说道:"当日我在王舍城,那鬼子母生五百子,因前生有恶邪愿,所以常常吃掉城中幼儿。百姓无奈,只来问我,我便将鬼子母其中一子藏于钵中,鬼子母四处寻觅,不见幼子,悲恸万分。我对其言:你有子五百,仅失一子,便如此悲痛,别人只有一二个,你吃别人孩子,那其父母丧子之痛如何了得?鬼子母听后,幡然醒悟,皈依我门。我亦教世人,吃饭之时,可留出一点食物,供鬼子母母子食用,而鬼子母亦发愿,保护寺庙,守护小孩。故与人方便,与我方便,不断其食,方可得食;断人之路,亦断自家之路。那道家门人,好生无礼,钵乃佛家应食之器,修行之物,他等却将之毁了,我灵山之门,也予他行来。"接引说道:"既予他行来,如何行来?"多宝说道:"他一行,我一行,因果相替,彼此同行。"遂道:"五方揭谛何在?"五人应声而出,正是金头揭谛、银头揭谛、波罗揭谛、波罗僧揭谛、摩诃揭谛。多宝说道:"你等下得灵山,与佛图澄同往寿春一走。"接引点首,五方揭谛领法旨。佛图澄拜谢,与五方揭谛离了灵山。

待佛图澄去了,燃灯道人现得身来,诉佛祖:"万安山一战,定海珠演二十四天,尚有十二天未行圆满,众果位亦未安定,今灵山门客,下得人间,恐为不美。"接引佛祖拈指,谓众尊:"富贵贫穷各有由,凤缘分是莫强求;未曾下得春时种，坐守荒田望有秋。今佛道一场劫数难免，也是天道使然。我等众修行者，往东土而走，也是传法播经，一切是与不是，得与不得，可与不可，成与不成，在与不在，非是我愿。我愿无他，只须春时下种，任那云卷云舒，花落花开。"众尊者皆称善哉，不提。

且说五方揭谛与佛图澄同往寿春，霎时便至。到了行营，石勒领众将迎接，上中军帐，与五方揭谛相见。金头揭谛问道："寿春城在哪里？"石勒回道："我等失机，前夜败兵，退至五十里下寨，此处乃是上窑山。"十八骑说道："今有揭谛相助，我等连夜起兵前去。"即要呐喊传更。银头揭谛笑道："我等既来，无须大动干戈，我五人前往寿春，可定大计，你等安等消息。"佛图澄见五方揭谛如此说，心思一转，问道："众揭谛是否欲起圆合之法？"摩诃揭谛说道："然也。"佛图澄笑道："既是圆合之法，我等大可无忧矣。"五方揭谛辞别众人，出营而去。

石勒不解圆合之道，遂问佛图澄："寿春城中，千军万马，又有葛洪众人，五方揭谛这般前往，不知那圆合法，是何道理？"佛图澄回道："陛下不知揭谛，所谓揭谛，便是去也，由苦海而向彼岸，由无明而向觉照，故揭谛，也叫去呀，去呀。而圆合之法，乃是身心和合、自性圆融之法，揭谛可入他之身，引他至彼岸，大可放心矣。"石勒仍是不解，佛图澄笑道："陛下不必知因，安享果也。"

且说五方揭谛出了营帐，一字排开，径直前行。至寿春城下，已是半夜子时，见得月明星稀，万籁俱寂，夜色沉沉，寒风习习，又有城外来回巡马，城头守将戒备。五方揭谛随即分开，各立东南西北中五方，结隐开印，观想顶、喉、心、脐、阴五轮，发白、红、黄、兰、紫五色光轮，相融相合，登时一团彩光，环绕全身，以成彩障，旁若无人一般，安然入得城中。城头兵士只觉得城外几点星火，一闪而过，再来看时，早已不见，也未将其放在心上，只道是看花了眼罢了。那五方揭谛各入城中，金头揭谛往葛洪府中去，银头揭谛往小黄龙府中去，波罗揭谛往太华府中去，波罗僧揭谛往陶侃府中去，摩诃揭谛往周玘府中去。

话说周玘在府中，劳累一日，甚是疲倦，正要就寝，只听得门外"吱嘎"一声响，阵阵凉风袭来，登时吹灭了灯。周玘已是困倦，陡然见黑，索性伏于案上盹睡，虽两眼蒙眬，心中却是明亮，不知究竟是梦是真，耳边闻得声声："去呀，去呀。"

第八十六回
三官大帝解危厄　五方揭谛下灵山

迷迷蒙蒙，竟站起身来，推开门看来，见门外立有一人，隐隐约约，看不清模样。周珏问道："门外站立者何人？且报上名来。"那人回道："我是你呀，你是我呀。"周珏近前视之，见来人一副头陀模样，正是摩诃揭谛。

周珏不识，大喝："你是哪里的魑魅魍魉，妖魅邪魔，至此深夜，入我府中，小心将你碎尸粉骨，打作微尘。"摩诃揭谛合掌唱道："自性如虚空，真妄在其中，悟彻本来体，一通一切通。你且好生看我来。"周珏仔细一看，来人与自己一模一样，不由得大吃一惊，怔在原地，登时脑中一片空白。摩诃揭谛化了周珏模样，也不多言，踏前一步，与周珏身体缓缓相合。

此时，周珏一惊，醒了过来，大汗淋漓，原是一场梦矣。回想梦中，又不记得梦了什么，却感头痛欲裂，以为风凉寒体，遂歇息去了。看官不晓，此周珏夜里一番经历，与葛洪、小黄龙、陶侃一般无二，皆是如此。唯有太华，夜至三更，意欲安寝，听得门外风声大作，房中灯火忽明忽暗，登时困倦上头，迷迷糊糊，隐约有声响起："去呀，去呀。"也不知梦里梦外，太华起得身来，径自走到门外，见得一人，头陀模样，乃是波罗揭谛。

太华喝道："哪里来的鬼魅，到此放肆。"便拿破天锤欲打。波罗揭谛合掌唱道："心清水现月，意定天无云；神宁若彼岸，身合满空星。你且好生看我来。"太华火眼睁起，来人与自己一模一样，不由得心惊，登时脑中一片轰鸣，怔在原地。波罗揭谛化了太华模样，踏前一步，欲与太华身体相合，未料太华乃六丁神火化身，那神火陡然发出，波罗揭谛入不得身，难以圆合，直往后退，立时太华清醒过来，再来看时，四下空空荡荡，波罗揭谛早已隐了身形，知难而走。太华心惊："定有妖人到此，若非我神火之体，已遭暗算。"急出府来，往葛洪府上去。不知太华如何应对，五方揭谛有何后事？且看下回分解。

第八十七回　五岳帝君镇五方　八大金刚会八子

水静月满雁留影，山空日清花自飞；
道德不曾离凡世，前路行走不须归。

且说太华六丁神火之体，波罗揭谛圆合不得，随即遁走。太华惊觉，速赶至葛洪府上。府中侍者只道仙真已寐，不便打扰。太华不敢耽误，好容易叫醒葛洪，将详情禀来。殊不知，葛洪已被金头揭谛圆合，只是尚未圆满，只见他默默不言，半晌无话。太华近前，看葛洪面目呆滞，说话不清，一夜之间，容貌较白日大不相同，正感疑惑，想来："师叔乃太罗宫门下，应运而兴，怡养之身，非是染疾，如何成了这般？"又听得葛洪说一声："去吧，去吧。"一言犹如梦中所闻，心头不由得一惊，顿觉不妙。幸太华也是聪慧，心中虽有惊雷，然面色不改，道一声："师叔且好歇息，明日再作计较。"出府而去，直奔小黄龙府上，待见小黄龙，亦是如此，相继再往陶侃、周玘处，皆是一般。

太华见众人如此，心知大事不妙，急至城头，恰祖约在城上，言语试探，见其举止如故，说话寻常，遂悄语告之："城中将有大事，且挑选一千壮士，分为五队，各往葛师叔、小黄龙及陶、周二位将军府上，好生守护，时时察看，我须出走一趟，不日即回，你率人马，紧守城池，但有异象，不可妄动。"祖约见太华神色凝重，知事非小，不由得问道："城中发生何事，葛仙真及众位将军有何异常？"太华回道："我也不知发生何事？只晓得师叔众人蹊跷得很，不似平常，今事态紧急，故我往师门问个究竟，恐晚些误了大事。"祖约闻言，方知不妙，说道："恐是城里出了鬼魅，将军速去，我定安守城池，待你回来。"太华交代一番，驾火遁往紫云山去。

第八十七回
五岳帝君镇五方　八大金刚会八子

　　且道太华驾遁，不日已至紫云山，下了云头，直奔六丁神火洞，见过郭璞，拜道："弟子叩见老师，愿老师万寿无疆。"郭璞闻言，抬眼见是太华，顿觉诧异，说道："你不去辅佐晋室，助你师叔，如何回来？"太华回道："弟子到得钟山，与师叔同往寿春，抵御石勒大军，首战大捷，致石勒兵退五十里，然昨日夜间，城中却发生怪事，弟子愚昧，故回山来，请教老师。"遂将详情一一道来，郭璞眉头一皱，亦觉蹊跷，说道："听你说来，确是怪哉。然未有亲见，不好妄下结论，为师这便下山，与你同往寿春，亲眼看来，方有应对之法。"太华大喜，连忙扶郭璞驾，同回寿春。

　　且说二人赶往寿春，至城上半空，闻得城中吵吵闹闹，拨开云头看来，见葛洪四人缓缓走在城中，径往北门，再看身形，飘飘荡荡，杳杳冥冥，口中喃喃而道："去呀，去呀。"那一千壮士，将四人围住，欲阻其行，虽是人多，却哪里挡得住。太华大急，收了火遁，急至城上，见祖约喊道："且将城门关好。"不见回答，再细看，那祖约亦与葛洪等人一般无二，口称："去呀，去呀。"径往城下去，欲开城门。太华去阻其身，却拉不住，又听得城外马蹄滚滚，喊杀震天，原是石勒大军杀来。

　　眼见得敌军将至，城门若开，生灵涂炭。太华打又不能打，阻又阻不住，心急如焚，遥呼："老师如何是好？"郭璞在云头，见得真切，即下得来，说道："我在云头，见得五人，体内模模糊糊，定是暗藏玄机。"太华问道："老师可有对策？"郭璞说道："莫要慌乱，且看我来。"待葛洪五人齐至城门，即将九卷青囊打开，霎时红、黄、橙、绿、青、蓝、紫、黑、白九色神光发出，笼住五人，索住其身，使五人不得动弹。郭璞拈指，将九光往回收，五人体内各有一道人影。那光往回拉，人影往里扯，一下分，一下合，再见各人面容，痛楚万分。

　　郭璞不敢妄动，只把九光罩住，不使葛洪五人移步，又谓太华："九光之中，可见人影，藏于众人之身，此应是西方圆合之法，甚是厉害，两人若是相合，施法者占据其身，化百识为一识，化千情为一情，化万相为一相，化众生为一生，将人引至彼岸，渡向西方。若葛洪五人出了此城，再无回头之日。想身具此法者，必是灵山五方揭谛。今大敌在外，大凶在内，九卷青囊乃医治之宝，虽说神奇，却不可断此圆合，须趁九光将各人分离之际，镇住施法之人，方能脱难。"太华听得云山雾罩，半知半解，只道："老师既晓其法，可速破来。"郭璞说道："我一人不可破之，且九卷青囊不可持久，现由你拿好，为师去请五岳帝君，镇住五方，方能解此危难。"太华说道："石勒率大军将至，老师速速回来，若晚了，弟子恐负嘱托。"郭璞说道："你且安心，为师去去便回。"言毕，随即去了。

且说郭璞驾遁，往东岳泰山而去。那郭璞神行万里，霎时便至，但见泰山景象，北依平原，东临大海，西靠黄河，南有汶、泗、淮之水，巍峨雄奇，幽奥俊秀，一望峻极之地。郭璞驾下云头，直奔通明洞去，行至半途，见一头牛正悠悠而走，此牛身有五色，着实稀奇。郭璞心中有事，未加察看，直往前去。忽听得一人道："道友如此匆匆，往哪里行？"郭璞闻此声，回首一看，来人头戴紫金冠，五柳长髯，飘扬脑后，丹凤眼，卧蚕眉，身穿黄袍，手执笏板，端的是虎跃龙骧，气宇轩昂，正是东岳泰山天齐仁圣大帝黄飞虎。

郭璞识得东岳，连忙打一稽首，说道："弟子郭璞，特来拜见东岳老爷。"黄飞虎不识郭璞，问道："你是哪方门下，此来泰山，所为何事？"郭璞回道："弟子乃正一真人张道陵门下，今石勒大军，携西方门客前来东土，妄动干戈，徒造杀伐，两教枉生纷争，大罗宫门人葛洪，受大天尊命，炼丹兴道，造化人间，不料灵山五方揭谛使圆合之法，十分厉害，弟子无奈，只得上得泰山，请东岳老爷相助。"黄飞虎闻言，叹道："不想千年封神，又逢杀戮，那西方教，昨日是友，今日为敌，也是天数。也罢，你且须如何助来。"郭璞说道："只须老爷催动五岳，镇住五方揭谛便可。"黄飞虎说道："五岳自有五方，不可擅移。"郭璞又道："老爷只要镇住半炷香工夫，即可。"黄飞虎笑道："若是如此，我可用斗转星移之法，催动五岳镇压，然只有半炷香工夫，时辰一过，我自当离去。"郭璞大喜，说道："半炷香工夫，已是足矣。"黄飞虎笑道："既如此，我便叫得四岳来。"遂驾五色神牛，至泰山之顶，敲五岳钟。

少时，钟声响处，果然惊动那四岳，须臾来到，一齐至泰山顶上。见一人面如锅底，海下赤髯，两道白眉，眼如金铃，戴九云烈焰飞兽冠，身穿大红袍，腰系白玉带，骑火眼金睛兽，佩夜光天真之印，乃南岳衡山司天昭圣大帝崇黑虎；一人头戴黄玉太乙之冠，身穿黄锦飞裙，披黄文裘，骑青骢马，佩神宗阳和之印，乃中岳嵩山中天崇圣大帝闻聘；一人戴太初九流之冠，身穿神眼白袍，骑乌骓马，佩开天通真之印，乃西岳华山金天愿圣大帝蒋雄；一人戴太真冥冥之冠，身穿元流之袍，骑黄骠马，佩长津悟真之印，乃北岳恒山安天玄圣大帝崔英。闻聘问道："大哥，有甚紧事，唤我等来？"未待黄飞虎开口，郭璞先上前来，拜见众岳，将事由一一说来，黄飞虎也道："今中华有难，道家存亡，我等不可旁视，当助一臂之力。"众岳回道："但凭大哥吩咐。"黄飞虎谓郭璞："你这便回去，若见时机，唤一声，我等即来。"郭璞拜谢，不敢耽误，遂辞别而回。

且道郭璞驾遁，回至寿春，见太华执九卷青囊，勉强索住葛洪五人，已是艰难。再见葛洪五人面色，更如行尸走肉，噩噩浑浑，直往前行。郭璞驾下云头，太华见之大喜，遂道："老师速来，弟子再难支撑。"正此时，石勒大军已至城下，守城兵将大呼，少时箭如雨下，形势甚危。

郭璞赶紧接了九卷青囊，命太华上城抵御，自己默念玄语，发出九光，重将人影分离，那人影再往里合，一拉一合，郭璞顾不得葛洪痛楚，拈指一紧，分别将人影扯出半身，乃是五方揭谛。那金头揭谛喝问："你是哪里修行，姓甚名谁，如何坏我好事？"郭璞说道："我乃正一真人门下，紫云山郭璞是也，此来，便是要破你等圆合之法，莫再蛊惑世人。"金头揭谛怒道："今我等已将圆合，你纵是正一真人门下，亦休想分离得出。"遂往里钻。

郭璞眼见五方揭谛又要得逞，大呼："五岳老爷，速来助我。"话音才落，见得天空云层滚滚，波涛万顷，又闻得五方雷鸣，响彻天地，震彻寰宇，惊动九霄。云层之上，现五座山，正是五岳。

见那东方泰山，从空中压下，似云海玉盘之处，九霄开裂；如天路朝华之间，星辰抖落。乾坤倒转，天昏地暗，有诗为证：

  接天玉皇连云壁，落地岱麓盘元根；
  微尘不让聚东岳，无相始真落太空。

见那南方衡山，从空中压下，似轻烟紫霄之处，花岗坍塌；如天柱云鼎之间，玄河倒挂。南山悬谷，地动海奔，有诗为证：

轸星之翼如衡器，天下地上悬祝融；
紫冥沉沉降南岳，一柱倾覆倒乾坤。

见那中间嵩山，从空中压下，似云峰虎啸之处，一壁削成；如飞鸿映日之间，陨石倒泻。天惊地动，鬼哭神愁，有诗为证：

丹霞抱凌栖云幄，七十二峰齐排天；
青冥旋旋落中岳，碧空嵯峨降龙盘。

见那西方华山，从空中压下，似云台悬绝之处，丹谷掌开；如石空苍黛之间，刀削锯截。天震地骇，日摇月颤，有诗为证：

千般刻刀裁极峰，万尺山水悬云空；
天幕分霭沉西岳，八荒悠悠卷苍穹。

见那北方恒山，从空中压下，似云烟吞吐之处，天脊断裂；如高极云表之间，龙蛇卧降。翠薇翻转，北柱倾覆，有诗为证：

穹窿迥接总元洞，凌空犹断飞龙脊；
天开云破落北岳，地暗尘扬乱心冥。

五岳齐齐压下，如此奇观，四方震动。大和尚在城外，见得分明，惊道："不知哪位高明，竟请得五岳到此，五方揭谛危矣。"果不其然，那五岳压下，五方揭谛大惊，欲遁走，然身上如负千钧，哪里走得了。转眼之间，东岳镇了金头揭谛，南岳镇了银头揭谛，中岳镇了波罗揭谛，西岳镇了波罗僧揭谛，北岳镇了摩诃揭谛。

趁这当口，郭璞大喝一声："众人还不分来，更待何时。"九卷青囊神光大现，将葛洪五人扯出，登时五人一激灵，目中清明，口称："好睡。"四面看时，只见身前立一道人，不知为谁。城头太华见葛洪一众醒转过来，大喜，即下得城头，谓道："若非老师费心，请得五岳老爷到此，焉得再面。"葛洪抬首，见五岳帝君亦在半空，这会方才醒悟，便问道人："道友既是太华之师，还望不吝姓名，在此拜谢，自昨夜我等昏昏沉沉，认不得是真是幻，不知是何道理？"道人笑道："我乃正一真人门下，紫云山郭璞是也。你等被灵山五方揭谛，施以圆合之法，差点去了彼岸，我以青囊九光将五方揭谛勉强分出，又幸得五岳老爷来此，镇住五方，方使你等脱难。"葛洪恍然大悟。

五岳帝君降下，葛洪一一拜谢，东岳大帝说道："西方之客，灵山之门，皆有玄妙，今后不可大意。"又道："五方揭谛乃护法神祇，虽在灵山，亦可为我教呼唤。今五岳各镇一方，以此约束，日后但可驱使。"葛洪叹道："今番若未五岳老爷到此，我等休矣。"东岳大帝说道："事非经过不知难，成如容易却艰辛。炼丹乃是磨难，人间亦是修行，大道沧桑，今后更有曲折，然心志笃定，万事也只是一番经历而已。五岳不得轻移，我等这便去了，大敌在外，你等尚需小心。"五岳辞别，携揭谛去了。郭璞见危难已消，遂交代太华，好生辅佐葛洪，亦自去了。

话说大和尚在城外，见得城中，五道光华隐去，长叹一声："今失了五方揭谛，此城难破矣。"石勒惊道："五方揭谛竟然有失，那葛洪果然神通广大，这可如何是好？"大和尚叹道："圆合之法已破，攻伐无益，且安营扎寨，再作计较。"石勒即命大军暂停攻城，退居二十里，安营扎寨。葛洪等人在城上，见得赵军退走，不敢大意，命加固城池，整备军马。

石勒上帐，与众将议事，正在筹划，左也不行，右也不是，烦恼不已。大和尚说道："前日上得灵山，请了五方揭谛，料想万无一失，却另有高明，以五岳镇之，功亏一篑，今若无他法，还要再上灵山。"正要起身，探马报入："有八位头陀至辕门候见。"大和尚闻报，与石勒出营，见得来，遂大喜，合掌礼道："八位金刚，如何到此？"八位金刚谓大和尚："五方揭谛让五岳所镇，灵山全已知晓，多宝如来命我等到此，相助于你。"大和尚长舒一气，谓石勒："此乃灵山八大金刚，为护教之神。"

石勒见头一位，头戴青云冠，身着红甲胄，眉目粗阔，执十二节旋真铜。大和尚说道："此乃青除灾金刚，除一切众生宿灾殃咎悉令消灭。"见第二位，头戴蓝云冠,身着黑甲胄,眉挑目睁,拿金刚怒尺。大和尚说道:"此乃辟毒金刚,除一切众生热毒病苦。"见第三位,头戴黄云冠,身着绿甲胄,眉细须长,托黄金镇魔宝塔。大和尚说道:"此乃黄随求金刚,令一切众生所求如愿所愿皆得。"见第四位,头戴绿云冠,身着白甲胄,目圆耳张,执梵通槌。大和尚说道:"此乃白净水金刚,令一切众生热恼苦悉可消除。见第五位,头戴赤云冠,身着棕甲胄,眉开嘴咧,拿光明莲花棒。大和尚说道:"此乃赤声火金刚,照一切众生光明所得见佛。"见第六位,头戴红云冠,身着灰甲胄,眉凶目炬,举萨摩多钺。大和尚说道:"此乃定除灾金刚,除一切众生三灾八难之苦。"见第七位,头戴褐云冠,身着紫甲胄,眉长目细,执三星紫雷鞭。大和尚说道:"此乃紫贤金刚,令一切众生心开悟解发菩提心。"见第八位,头戴白云冠,身着青甲胄,眉短目圆,拿正音力上锤。大和尚说道:"此乃大神金刚,令一切众生智牙成就惠力增具。"

石勒见八大金刚,也是欢喜,说道:"众位来之正好,今五方揭谛攻伐无果,反倒折损,晋兵据城而守,又有各路神通,着实头疼,还望众位助来。"八大金刚说道:"陛下莫要担忧,我等既到此,便是相助而来。"又问:"寿春城葛洪尚在哪里?"石勒说道:"此处离寿春二十里,因失了五方揭谛,恐有失,故退兵至此。"青除灾金刚说道:"速起兵,往寿春城去。"石勒闻言,即传令,一声炮响,三军摇动,杀奔寿春,北门下寨。

葛洪在城中,正议五方揭谛之事,探马报来:"石勒大军,在北门安营。"葛洪与众将官说道:"石勒去而复返,必是有援兵在营,各要小心。"众将闻言,亦称如此。话说八大金刚在帐中,对石勒说道:"你明日出阵,坐名葛洪答话,我等俱隐在旗旛之下,待他出来,好会之一会。"

翌日,石勒率十八骑出阵,石虎伤愈归来,一马当先,坐名只要葛洪答话。探马进府,报:"石勒出战,石虎城下叫阵,请军师答话。"葛洪传令:"小黄龙为先锋,陶侃为主,周玘为副,太华守城,摆五方队伍出战。"炮声响亮,城门大开。

宝纛旛下,葛洪一袭道服,手提火龙剑。石虎当先,石勒在后。葛洪说道:"败军之将,有何面目至此?"石虎说道:"胜败乃兵家常事,有何惭愧。不消士别三日,当刮目相看,今非昔比,你且看来。"石勒说道:"为将者,不在一城一池之得失。我等此来,便是要踏平东土,覆倾南下。"小黄龙金枪一挺,拍马而道:"来之即死,且受我一枪。"摇枪杀来,石虎见小黄龙,举锤相迎。那石虎本来不及小黄龙,加上新伤才愈,未及两个回合,即落败而走。小黄龙喝道:"今日你往哪里走?"便要追杀,言还未毕,只听得后面鼓响,旗幡开处,走出八位头陀,神光熠熠,甚是雄阔。小黄龙坐骑见得,骨软筋酥,不敢向前。

葛洪见得分明,命小黄龙退来,上前打一稽首,问道:"八位道友,敢问哪座名山,何处洞府,今到寿春,有何指教?"青除灾金刚说道:"葛洪,我等乃灵山金刚青除灾、辟毒、黄随求、白净水、赤声火、定除灾、紫贤、大神是也。你我俱是修行,只因你等招来三山五岳,相助晋室,损我同门,阻碍天下大和,佛图澄上灵山谒佛,如来令我等到此,亦是解难,并无他意,不知你可听得我一言。"葛洪说道:"道友但讲无妨。"青除灾金刚说道:"天地有道,佛道有法,人间自有盛衰。你我皆是尘外之客,不当妄涉红尘,我提一言,你我凡修行者,返本归心,遁入山门,由自赵晋,各存本事,无论赵胜,或是晋胜,与我等皆无干系。"葛洪闻言,回道:"道友好口舌,若是他人,定被你诳言。我之所以出罗浮山,乃天子所请;天子之所以上罗浮山,乃石勒相逼;石勒之所以坐大,乃借西方之门,灵山之人。今石勒得佛图澄相助,一统北地,挥师南下,兵多将广,粮多草足,其势已成。我等若退去,东南之地,尽在囊中,依胡马凶暴之性,人间必是炼狱。故我不得依道友之言矣。"青除灾金刚说道:"我既好言,道友却是不依,无怪我等。今日一见雌雄,方定对错。"

小黄龙大怒,摇枪喝道:"师兄休与他多言,我且会之一会,教他知道厉害。"踏步向前,往青除灾金刚杀去。青除灾金刚执十二节旋真铜相迎,枪铜交织一处,你来我往,冲冲撞撞,一个是护佛金刚,一个是玄都传人,皆是斗战之士,一场好杀,真是个棋逢对手,将遇良才。

二人战五十回合,不分上下,只把两军将士看得眼花缭乱,惊叹不已。小黄龙将蟠龙枪舞开,犹如怪蟒出洞,又似白蛇吐芯,招招夺命,枪枪致敌。青除灾金刚遂将旋真铜祭在空中,十二节陡生云雾,教人如坠虚幻,又有一铜从中打下,若是旁人,定然遭殃。幸小黄龙取了无象环,祭在半空,见蓝环一闪,一道蓝光将铜笼住,霎时收入环中,云雾消散,又见紫环一转,十二节旋真铜打出来，直奔金刚面门。青除灾金刚道一声："好手段，好法宝。"即见头上青云冠一闪，全身青光顿现，铜打身上，毫发无损。

葛洪见得真切，惊道："此不坏不灭金刚之身，确实厉害，想来其他七位金刚，亦是如此。"青除灾金刚说道："道友确是好见识，既识得我金刚不坏之体，还望早早降来，免遭厄运。"陶侃、周玘闻言，气愤不过，意欲出战，葛洪止住，说道："此等金刚之体，你等难破，莫行无益之举。"石勒见之，大喜，喝道："葛洪，今灵山金刚来此，乃是天运，你若不识好歹，寿春当为你葬身之所。"佛图澄说道："葛洪，今日你休要再逃，此战当决高下。"把旗幡一挥，连摇数摇，八大金刚各执兵刃，见青、蓝、黄、绿、赤、红、褐、白八光闪闪，直往晋军而去。十八骑紧随其后，大军汹涌，山呼海啸。

且不说寿春城下大战，话说大罗宫玄都洞内，玄都大法师正运元神，忽心血来潮，早知其故，唤张道陵："葛洪辅佐晋室，今灵山八大金刚，齐聚寿春，那八大金刚乃护教之神，金刚不坏之体，葛洪难敌，你且去东海拂云山，命东游八子速往寿春，相助葛洪，以应上天垂象。"张道陵领法旨，正要出宫，玄都大法师又唤住，拿出一物，乃是风火蒲团，说道："大天尊交代，炼丹大道将成，拂云山归来后，你再去罗浮山，将此物祭于龙岩石壁之上，命小龙女好生看管，不得有失。"张道陵领旨，出玄都洞，离了大罗宫，往东海而去。

五行遁术，一日西东，须臾之间，张道陵已至东海，但见狂涛巨浪，烟波浩渺。又远望一座山，喷云泄雾，如堕烟海。张道陵落在崖前，看四下：青松翠柏满目秀，琪花瑶草处处生。正是：此景只为仙家有，人间哪得几般寻。张道陵唤一声："东游八子何在？"少时，有八人齐至，见头一位，戴华阳巾，双眉入鬓，凤眼朝天，柳体凤姿，执青锋剑，姓张名震，号玉子。第二位，青袍裹身，发髻锁发，目如晨星，龙行虎步，执洞神剑，姓王名纲，号天门子。第三位，戴紫阳巾，穿八卦衣，凤目疏眉，神态飘逸，执销魔剑，姓皇名化，号九灵子。第四位，眉长眼挑，身形瘦高，立如苍松，步不踏尘，执景精剑，姓阴名恒，号北极子。第五位，戴凤朝冠，穿素色袍，眉如墨画，鬓若刀裁，执伏神剑，姓李名修，号绝洞子。第六位，顶万字巾，穿水合袍，眉目如星，鼻若悬胆，执洞光剑，姓离名明，号太阳子。第七位，头圆眼细，面似银盘，戴天翅冠，穿水墨衣，执斩鬼剑，姓柳名融，号南极子。第八位，顶鹊尾冠，穿大红袍，身材颀长，广袖飘迎，执飞身剑，姓葛名起，号黄卢子。

八子齐打稽首，称道："见过正一真人，不知真人到此，有何吩咐？"张道陵说道："老师吩咐，今葛洪寿春有难，故命你等速去相助。日后得道正果，不枉费你等一番修行。"八子齐道："谨遵大天尊吩咐。"遂驾遁往寿春去。张道陵离了拂云山，又至罗浮山。小龙女见张道陵到来，连忙出迎，张道陵将风火蒲团交与小龙女，命："你且将此宝挂于龙岩石壁，好好看管，不可有失，今后众仙赐丹，皆在此处。待大道得成，你与小黄龙自有圆满。"小龙女应道："谨遵老师吩咐。"张道陵交代完毕，驾遁归回。小龙女捧好风火蒲团，小心挂在龙岩石壁之上，登时祥光霭霭，瑞气条条。整个罗浮山，一时之间，让一道光壁围住，人、神、鬼，皆不能进入，按下不提。

且说东游八子领旨，驾遁至寿春城，正值八大金刚大显神通，晋军难以招架，节节败退。葛洪大急，命小黄龙率军退入城中，又将火龙剑祭起，一条火龙呼啸而出，直奔赵军。青除灾金刚笑道："此等小术，有何惧哉。"登时八大金刚各放光华，火龙烧于其身，毫发无损。大神金刚喝道："你纵有火龙，又有何用，且看我来。"将正音力上锤祭在空中，那锤身一抖，发无上之音，震得人两耳发麻，双目发晕，顷刻之间，宝锤破空打下，直奔葛洪面门。眼见得葛洪遭殃，忽一把剑飞架在前，挡下宝锤，又闻得一声："灵山金刚，莫要放肆，东游八子来也。"众金刚抬眼，见空中降下八人，一时仙音袅袅，彩雾纷纷。不知八大金刚会东游八子，后事如何，且看下回分解。

第八十八回　十六罗汉结法阵　雷部天尊显神威

树高一尺经千雪，草低半寸任疾风；
人生从来由造化，别见山转又相逢。

且说东游八子驾下遁来，会八大金刚。葛洪见之大喜，谓众将："东游八子前来相助，我等亦无忧矣。"青除灾金刚见八子到来，个个松形鹤骨，人人道德清风，不由得问道："何方道友？各如何相称？来此作甚？"玉子回道："我等乃东游八子，我为玉子，其他分别为天门子、九灵子、北极子、绝洞子、太阳子、南极子、黄卢子。今奉大罗宫法旨，特来寿春，一会灵山金刚。尝闻得，西方门客，自社稷倾危，四海叛乱，屡入中原不止，相助胡虏。今日得见，果然不虚。"八大金刚闻八子前来，是为相助葛洪，齐声喝道："东游八子，你等无拘无束，原本快乐逍遥，怎的来受此苦恼，我等既下灵山，便是破城而来，当开杀戒。非是我等灭却慈悲，无非大恶大善，了结因果。你等勿要后悔。"

石虎在侧，见东游八子，也是初生牛犊不怕虎，喝道："金刚老爷，何故与他等废话，看我打来。"持锤而出，往玉子杀去。玉子见石虎，赞道："此子倒也勇武。"即把青锋剑转一转，但见宝剑弯弯曲曲，卷成一个圈，飞于石虎头上，又见一道青芒从圈中而出，欲取其颈。石虎正将身首异处，被青除灾金刚一把拉出，那圈恰套于金刚颈上，青锋陡现。那金刚也不示弱，见得青云冠一闪，青光顿现，一个宝剑锋利，一个金刚不坏，闻得嗞嗞作响，不相上下。七金刚与七子亦未作壁上观，相斗起来。见那辟毒金刚对天门子，黄随求金刚对九灵子，白净水金刚对北极子，赤声火金刚对绝洞子，定除灾金刚对太阳子，紫贤金刚对南极子，大神金刚对黄卢子。两厢战在一处，一时风云大作，鬼哭神号。

第八十八回 十六罗汉结法阵 雷部天尊显神威

且说七金刚大显神力，七子各现神通，也是一场好战。那辟毒金刚将金刚怒尺祭起，被天门子以洞神剑穿了三个洞来，辟毒金刚遂现出蓝光，以手挡剑，闻得叮当作响。

黄随求金刚祭黄金镇魔宝塔，宝塔从半空落下，直击九灵子面门。九灵子随即祭销魔剑，将宝塔削为两截。黄随求金刚大喝一声，跳入半截塔中，以身作塔，塔现黄光，从空中压下，九灵子欲使销魔剑再削，却削不下去，只把剑顶住，僵持不下。

白净水金刚祭梵通槌，那槌头在空中，似有千斤之重，打将下来，有风雷之势。北极子亦不示弱，将景精剑祭起，那剑迎向宝槌，越去越小，到槌头前，似一根绣花针，扑哧一下，钻入其中，霎时梵通槌似泄了气的布袋一般。白净水金刚大惊，身现绿光，景精剑刺入金刚体内，只进得皮毛，再刺不下去。

赤声火金刚祭光明莲花棒，那棒落瓣瓣莲花，将绝洞子笼得个严严实实，即是一棒打下，寻常之人，早已束手待毙，却见得莲花之中，金光四射，伏神剑呼啸而出，剑鸣凤音，旋旋飞起，将莲花裁了个粉碎。赤声火金刚遂现赤光，将身鼓起，任凭伏神剑裁来。

定除灾金刚祭萨摩多钺，此钺和别的不同，隐于地中，忽见太阳子脚下，大地裂开，升出一钺。若是他人，早已堕入深渊，一钺斩了。太阳子却也不慌，只把洞光剑祭起，那剑亦是一般，不现空中，而隐地下，见地下光芒万丈，洞光剑伺机而起，将萨摩多钺斩为两段，定除灾金刚即盘两腿，身现红光，压住洞光剑，不让其出。

紫贤金刚祭三星紫雷鞭，那鞭挥一挥，上中下现三颗紫雷，直直击来。南极子遂将斩鬼剑祭起，半空现六星，一挥手，六星如慧，扫将过来，将三星紫雷鞭扫了个粉碎。紫贤金刚忙把褐云冠一闪，褐光四照，以身作鞭，缠住六星。

大神金刚祭正音力上锤，锤身一抖，无上之音即出，宝锤从空中打下，黄卢子遂祭飞身剑，将双掌一合，人剑合为一体，飞身而去，将玉锤斩为两截，又继奔大神金刚。金刚忙闪动白云冠，白光顿现，周身无畏，与黄卢子相持一处。

八大金刚斗八子，亦是棋逢对手，将遇良才，眼见得你不能克我，我不能胜你，两边即撤了下来。青除灾金刚说道："我等斗法，不相上下，若如此相持，终难决出个胜负。我有一策,道友可听来。"玉子回道:"道友但讲无妨。"青除灾金刚说道:"我等有一法,名曰无上力合之法,八人一体,成无上力,你等若受得来,我等自退去;若受不来,不得再生阻碍。"玉子闻言,笑道:"道友但使来,我等亦有一法,名曰八仙剑,可破万物,倒可与你见识一番。"青除灾金刚说道:"道友既如此说,可好生看来。"

八大金刚口唱梵音,八光闪现,缓缓相合一处,其中现一尊相来,乃八臂金刚像,但见头戴五叶冠,额发微曲,额中有一目,面目狰狞,怒目圆睁,耳下垂圆形耳铛,饰璎珞、珠串、臂钏、手镯。上着右衽偏衫,下着裙,斜披络腋,中央主臂屈肘置于胸前,左手拇指与食指轻捏。二主臂屈肘置于小腹前,其余四臂分别向两边伸出,各作拳状,呈扇形分布,端的是威猛力士,金刚无敌。东游八子见状,不由得赞道:"此法非心意相通,至真至刚者,不可相合。"八臂金刚开口道:"我法已成,且看你来。"八子遂各祭其剑,但见青锋剑、洞神剑、销魔剑、景精剑、伏神剑、洞光剑、斩鬼剑、飞身剑,一字排开,彼此相连,八子亦踏剑上,与剑相合,登时剑音鸣鸣,喝一声:"你且受来。"霎时,呈一字往八臂金刚奔去,如兔起凫举,似流星赶月。

八臂金刚见八仙剑来势甚猛,遂张开八臂,一臂打一剑,登时寿春城方圆数里,风声凌厉,雷声轰鸣。但见金刚一臂,打青锋剑,臂有千钧之力,剑有无畏之锋,刹那之间,剑斩一臂,臂落一剑,青除灾金刚跌落下来,面如土色,身如僵木。再看玉子,亦跌落半空,剑折人损,不能再战。便在跌落之时,地上忽现一蒲团,将玉子裹住,径自飞走了。七子无惧,后继而上,洞神剑、销魔剑、景精剑、伏神剑、洞光剑、斩鬼剑、飞身剑各斩一臂,亦被其臂打落,见得辟毒金刚、黄随求金刚、白净水金刚、赤声火金刚、定除灾金刚、紫贤金刚、大神金刚分别跌倒在地,已无战力,那天门子、九灵子、北极子、绝洞子、太阳子、南极子、黄卢子亦与玉子一般,跌落半空,随即现一蒲团,将各自卷走,不见踪迹。

八臂金刚失了八臂,登时烟消云散,见得八大金刚起得身来,谓大和尚:"今与东游八子斗法,拼得两败俱伤,这便回灵山去了。"石勒在旁,见八大金刚欲走,急问:"八位金刚如此走了,寿春更难破得。还望众位不弃,助我破城。"青除灾金刚说道："我等已尽全力，那东游八子确实道行了得，使我等不坏之体，皆有损伤，然他等亦不好受，想来也是法剑尽折，不能复来。你等大可安心，多宝如来尽知人间，必有安排。"遂辞别众人，回灵山去了。

石勒面露忧色，谓大和尚："五方揭谛、八大金刚，皆无功而返，我等在此，徒劳无益，如之奈何？"大和尚慰道："陛下尚未识得，今赵晋之战，亦是佛道之争，那葛洪虽邀得三山五岳相助，使我等功亏一篑，然亦有损伤，灵山之上，心忧尘间，度化世人，必不得旁观，且安下心来，山重水复，峰回路转，自有枯木逢春，柳暗花明之时。"石勒闻言，大慰，归营安守，不在话下。

且说葛洪见东游八子落下空中，转而不见，不由得心忧："八子前来相助，而生死不知，我之过也。"又见石勒军中，八道光芒，破空而去，大军退守大营，谓众将："今八大金刚败走，而胡马未退，可见尚有后援，众位不可掉以轻心。"众将闻言称是。小黄龙说道："与其被动待守，不如主动而为。今八大金刚离去，胡营之中，必定空虚，若论修行，唯大和尚一人而已。我等当趁夜劫营，定是大胜。"葛洪闻言，笑道："然也。"遂擂鼓聚将，命小黄龙领一队人马，冲敌军大辕门，太华冲左营，陶侃冲右营，周玘为二队。又令祖约："你且去烧石勒行粮。"调遣已定不提。

话说石勒与众将安坐营中，正在议事，忽大和尚心血翻涌，见一团杀气笼于中军帐中，遂令左右，取麻油及胭脂来，众人不解。大和尚也不言语，只将二物搅合，置于掌心，两手相互摩擦，好半晌，摊开手掌，众人看去，见掌中漆黑，一轮圆月在上，下有无数兵马，笑道："今夜晋军，欲来劫营，为我识破也。"石勒说道："既已识破，当请君入瓮。"又问众将："如何布阵？"徐光谏道："可令石虎将军守好辕门，十八骑分守左右大营，陛下居中调度，安保无虞。"大和尚说道："晋兵劫营，必烧粮草，不可不防。"石勒称是，命曰："王阳、夔安、支雄、冀保、吴豫、刘鹰、桃豹、逯明、郭敖且守左营，刘征、刘宝、张噎仆、呼延莫、郭黑略、张越、孔豚、赵鹿、支屈六且守右营，石虎且守辕门，劳大和尚照应。"又道："孤亲守粮营，上下须同心协力，力挫来敌。"众将听命，各人行事。

当夜，葛洪将人马暗暗调出，四面八方，俱有准备，钳马衔枚，各按方位。

时至三更，一声炮响，三军呐喊。小黄龙一马当先，率众直冲辕门，左营太华，右营陶侃，齐杀进来。只见小黄龙持蟠龙枪，石虎相迎。太华舞锤捣营，陶侃奋力助战，十八骑左右相攻，杀气纷纷，兵戈闪闪，怎见得好一场夜战，有赞为证：

  风尘日暮，三更月昏。十里马衔草，八面弓上弦。红旗半卷，兵至辕门。星河驰影动，鼓角齐铮鸣。刀剑出鞘，冷箭嗖发。喊杀声起，暗夜斗战。这一厢，挑开栅栏；那一厢，排队相迎；这一厢，枪戟乱刺；那一厢，斧钺交加。劫营将士如猛虎，迎敌兵卒似威龙。胜了的，抖擞精神；败了的，毫不退缩；着伤的，不下火线；残喘的，寻觅生机。人撞人，两眼鲜红；马踏马，遍地尸横。残甲染腥血，城营烽火燃；兵戈是凶器，天明安可还。

  话说葛洪派人劫石勒大营，小黄龙一枪挑落寨栏，率众冲杀进来，石虎举锤相迎，见又是小黄龙，不免心生胆怯，未及两个回合，已是险象环生。大和尚在后，见得明白，大喝一声："小黄龙莫要放肆。"遂开法眼功，法眼一开，金光四射，但见地中左冒一面墙，右出一面墙，困住小黄龙。太华冲左营，与九骑大战，杀得天地昏昏；陶侃冲右营，与九骑大战，被困于当中，周玘见之，前来相助，杀得乾坤暗暗。

  正酣战之时，祖约从石勒后营杀进去，纵马摇枪，杀至粮草堆上，将火把置起。正窃喜间，忽见粮草丛中，杀出一队人马，一人喝道："祖约，你欲烧我粮草，岂不知死期将至也。"祖约闻言，抬首一看，原是石勒。见石勒驾紫电风露马，执龙雀斗羊刀，龙骧虎视，来势汹汹，心中暗惊："石勒早做准备，我等中计也。"不得已，硬了头皮而上，把枪一抖，照石勒前胸刺来。石勒把大刀立起，刀尖冲下，刀柄朝上，用刀面崩枪，"当啷"一声，霎时将枪崩开，随即一刀劈去。祖约用枪一封，二马一错镫，一个马头冲南，一个马头冲北。那紫电风露马乃是宝马，一个回转，如风似电。祖约正要转头，听得脑后刮有风声，石勒大刀已至，拦腰砍来，躲闪不及，被劈为两段，身死当场。石勒乘胜而追，直杀得晋兵丢盔弃甲，哀号不已。

  不说祖约烧粮被斩，且看葛洪命众将劫营，小黄龙被大和尚使法眼功困住，

第八十八回
十六罗汉结法阵　雷部天尊显神威

葛洪见得明白，遂施展奇门遁甲之术，救得出来。小黄龙脱困，如龙入大海，虎归山林，一杆蟠龙枪，杀得石虎丢盔弃甲，夺路而逃。太华举破天锤，一人敌九将，犹占上风。陶侃、周玘亦是勇猛，二人对九将，你来我往，有攻有守，也是胶着。葛洪见石勒已有准备，知劫营难成，遂令旗一举，率众撤回城中，清点人马，方知祖约战死，郁郁不乐，着实伤悼，诸将切齿，不表。

且说晋兵退走，石勒知葛洪道行高深，帐下异士能人众多，也不敢追袭，把人马清点，折了两千余人，也是闷闷不乐，自叹："孤自来提兵征伐多年，又得大和尚辅佐，东征西讨，所向披靡，未尝有挫锋锐，然每遇葛洪，便有阻碍，失机丧师，着实痛恨。一统天下之愿，不知何日方遂。"大和尚说道："陛下不可心灰意冷，所谓疾风知劲草，烈火炼真金，我等人马俱在，将士齐心，虽有挫败，晋兵亦有折损，故无须争一城一池之得失。况灵山之门，必不弃之，若克葛洪，东南之地，尽在瓮中。陛下须振奋精神，从长计议。"话音才落，忽探马报入："有十六人到来，坐名大和尚答话。"大和尚问道："来者皆如何模样？"探马说道："皆比丘样貌，身披袈裟，各有袒露。"大和尚大喜，说道："此乃灵山十六罗汉，必是知我等难处，相助来此。"遂与石勒出帐相迎。但见帐外，立有十六人，排排列列，各显非凡。

大和尚合掌礼道："见过十六罗汉。"十六罗汉亦合掌施礼，回道："今八大金刚遇挫，尽归灵山，已禀多宝如来。多宝如来命我等到此，相助于你。"大和尚面露喜色，谓石勒："灵山十六罗汉驾到，可见来。"指一位，童颜白发长眉笑面之相，大和尚道："此乃宾头卢尊者，世称坐鹿罗汉。"石勒施礼："见过坐鹿罗汉。"指一位，长耳瘦面细眉大笑之相，大和尚道："此乃迦诺迦伐蹉尊者，世称欢喜罗汉。"石勒施礼："见过欢喜罗汉。"指一位，卷发哀目高举铁钵之相，大和尚道："此乃诺迦跋哩陀尊者，世称举钵罗汉。"石勒施礼："见过举钵罗汉。"指一位，怒眉张口手托宝塔之相，大和尚道："此乃苏频陀尊者，世称托塔罗汉。"石勒施礼："见过托塔罗汉。"指一位，神态自若安详瑞庆之相，大和尚道："此乃诺距罗尊者，世称静坐罗汉。"石勒施礼："见过静坐罗汉。"指一位，慈眉善目身负经卷之相，大和尚道："此乃跋陀罗尊者，世称过江罗汉。"石勒施礼："见过过江罗汉。"指一位，目及四方骑象轩昂之相，大和尚道："此乃迦理迦尊者，世称骑象罗汉。"石勒施礼："见过骑象罗汉。"指一位，仪容庄严身健携狮之相，大和尚道："此乃伐阇罗弗多罗尊者，世称笑狮罗汉。"石勒施礼："见过笑狮罗汉。"指一位，大耳圆脸咧嘴安乐之相，大和尚道："此乃戍博迦尊者，世称开心罗汉。"石勒施礼："见过开心罗汉。"指一位，哈欠伸腰安悠自在之相，大和尚道："此乃半托迦尊者，世称探手罗汉。"石勒施礼："见过探手罗汉。"指一位，蚕眉秀目丰面逸秀之相，大和尚道："此乃罗怙罗尊者，世称沉思罗汉。"石勒施礼："见过沉思罗汉。"指一位，闲逸自得挖耳妙趣之相，大和尚道："此乃那迦犀尊者，世称挖耳罗汉。"石勒施礼："见过挖耳罗汉。"指一位，笑口常开负袋载蛇之相，大和尚道："此乃因揭陀尊者，世称布袋罗汉。"石勒施礼："见过布袋罗汉。"指一位，芭蕉垂耳闭目沉思之相，大和尚道："此乃伐那婆斯尊者，世称芭蕉罗汉。"石勒施礼："见过芭蕉罗汉。"指一位，长眉明目抿嘴慈祥之相，大和尚道："此乃阿氏多尊者，世称长眉罗汉。"石勒施礼："见过长眉罗汉。"指一位，凝神锁眉睁目持杖之相，大和尚道："此乃注荼半托迦尊者，世称看门罗汉。"石勒施礼："见过看门罗汉。"正是灵山十六上足罗汉，后宋代释师范有《十六罗汉赞》为证：

身如枯柴，心如断崖。万般神变，一种平怀。面面相看，究竟不知论底事。阿耨达池龙王，来日请佛斋。

十六罗汉齐道："见过陛下。"石勒大喜，说道："方才与大和尚言，寿春受阻，五方揭谛、八大金刚，皆无功而去，我大军进退两难，正无筹划，十六罗汉便至，乃我社稷之福，灵山庇佑也。"坐鹿罗汉说道："八大金刚回到灵山，已言及寿春诸事，葛洪乃道家门人，大罗宫弟子，非同寻常，故此次你等征战，有得有失，有胜有败，皆是寻常，无须气馁。今我等来此，便是尽绵薄之力，助你成事。"石勒心中甚慰，随同众罗汉入帐，素茶款待。畅饮之间，石勒问十六罗汉："葛洪道术高妙，不知众位，有何法相克。"坐鹿罗汉笑道："我等在灵山之上，练有一阵，名曰阿罗汉阵，明日摆在寿春城上，无生无明，变化无穷。"石勒喜道："即蒙列位罗汉雅爱，孤倍感荣光万万，此是极妙。"

第八十八回

十六罗汉结法阵　雷部天尊显神威

翌日，石勒令石虎前队起兵，整束人马，一声炮响，布开阵势。石勒乘紫电风露马，坐名葛洪答话。且说葛洪退入城中，见失了祖约，懊悔不已，又见石勒行营，金光闪闪，云雾寥寥，心知必有西方门客到来，此时闻得石勒喊话，随调三军，摆出城来，旗分五色，兵列六方。只见石勒执刀在前，后有十六位罗汉，各有其貌，与众不同，惊讶不已，遂交待众将，小心应付。

话说坐鹿罗汉上前，见葛洪打一稽首，说道："葛洪请了。"葛洪亦打稽首，回道："道友请了，不知众位道兄，是哪座名山？何处洞府？到此作甚？"坐鹿罗汉说道："我乃灵山释迦座下罗汉坐鹿是也，你身为道家门客，屡次邀得三山五岳，前来阻扰，岂不闻，人事有代谢，往来成古今。晋室本气数将尽，以致山河破碎，四方流离，天下一统，方是人间福祉，你又何必逆天行事，有违大道。"葛洪说道："天运气数，本不该你来说，也不为我来道，人间有兴亡，朝代有更替，自是道理。但若你西方莫来，我道门怎涉红尘。道友莫在此枉费口舌，颠倒乾坤。"坐鹿罗汉说道："你有你的道，我有我的理。是非争论，无休无止，各见明心。今已至此，口中莫辩长短，手上方证雌雄。"葛洪说道："道友如何见个雌雄？"坐鹿罗汉回道："你我皆非等闲，修行之人，不好恃强斗勇，我等在灵山，曾练得一阵，名曰阿罗汉阵，摆与你过目，你若破得便破，我等自甘罢休，若破不得，你且回大罗宫，休得再生是非。"葛洪说道："道友既出此言，稚川不好推脱。"坐鹿罗汉即道："你且回城，待我等结阵，你再看来。"葛洪遂领三军入城，率众将上得城头，以观十六罗汉结阵。

且说十六罗汉结阵，各合双掌，盘腿而坐，霎时座下各显神光，身子悬浮半空，至寿春城上，只见坐鹿罗汉居乾南之位，欢喜罗汉居坤北之位，举钵罗汉居离东之位，托塔罗汉居坎西之位，静坐罗汉居兑东南之位，过江罗汉居震东北之位，骑象罗汉居巽西南之位，笑狮罗汉居艮西北之位，开心罗汉居震东之位，探手罗汉居兑西之位，沉思罗汉居离南之位，挖耳罗汉居坎北之位，布袋罗汉居乾西北之位，芭蕉罗汉居坤西南之位，长眉罗汉居艮东北之位，看门罗汉居巽东南之位。十六方位，将寿春城团团围住。登时，四面八方，尽为罗汉之相。

葛洪见状大惊，谓众人："我中计也。"众将不解，问其缘由。葛洪说道："坐鹿罗汉约得，不以肌体斗狠，摆来一阵与我看，原是故意为之。我方记得，大罗宫修道之时，曾听老师说起，西方修行，须先证声闻四果，乃须陀洹果、斯陀含果、阿那含果、阿罗汉果。其中，阿罗汉有杀贼、无生、应供之义。杀贼即断尘，无生即解脱，应供即天养。故阿罗汉阵，有杀生供天之义，杀伐巨大，一旦结成，寿春城将无人幸免。然结此阵，须得空闲，不得受到扰乱。我等若战场厮杀，十六罗汉无法结阵。今让他等摆来，是我之过也。"众将闻言大惊，小黄龙问道："此阵如此凶险，难不成我等坐以待毙乎。师兄有何破法，快快说来。"葛洪说道："此阵乃灵山传来，稀奇古怪，我哪里有甚破法。为今之计，只有趁此阵完结之前，逃得身去，上大罗宫请得天师相助。"正说话间，十六方位，各有动静。葛洪道声："不好，此阵即将结成。"遂画两符，置于小黄龙与太华身上，命道："你二人各寻一方，我助你二人出阵。"

小黄龙、太华纵起身子，各驾金、火二遁往东西去。不料东西方向，大阵已成，那阵中，现无数罗汉掌来，排山倒海，难以上前。二人各寻方位，皆是如此。眼见得此阵将合，葛洪见得明白，大呼："小黄龙且往巽东南去。"小黄龙入耳入心，急往巽东南走。看门罗汉正要合阵，见小黄龙到来，喝道："哪里走。"把掌一推，一柄锡杖破空而出，直奔小黄龙，正中其身，看门罗汉叹道："何必自寻死路。"殊不知，再看之时，打落乃是一张纸人。小黄龙真身早已去了，再寻不及。

太华找不着出口，又见此阵凶险万分，不得已落下遁来，见葛洪道："弟子不才，寻不得出路，望师叔责罚。"葛洪说道："不怪你，一线生机，已让小黄龙觅得，权且等候。"霎时，见得大阵已成，十六罗汉各自方位，现风、雨、雷、电、雪、霜、霞、云、冰、虹、露、雾、霰、霾、雹、霓之象，寿春城尽受天罚。且不说葛洪众人危急，话说小黄龙出阵，急奔大罗宫而去，半途上，忽闻得晴天一声霹雳，怔一怔神，见得一人，正在眼前，好相貌：面如淡金，五柳长髯，飘扬脑后，手提金鞭。怎见得威武：

九云冠金霞缭绕，绛绡衣鹤舞云飞，阴阳绦结束，朝履应玄机。坐下麒麟如墨染，金鞭摆动光辉。拜上通天教下，三除五遁施为。胸中包罗天地，运筹万斛珠玑。丹心贯乎白日，忠贞万载名题。商周大战曾扬名，原是雷部天尊。

　　小黄龙识得来人，大呼："南海小黄龙，拜见九天应元雷声普化天尊。"此正是雷部天尊闻仲。天尊见小黄龙慌里慌张，问道："本尊虽居九天，亦闻得人间之事，你不在寿春相助葛洪，如此匆匆，欲往何处？"小黄龙不敢隐瞒，遂将十六罗汉结成大阵，欲陷寿春告来。天尊乃性烈之人，心中大怒，三目交辉，当中那只眼神目睁开，白光直透云霄，往人间看得真切，那寿春城尽在眼里，说道："葛洪果然危矣。你且回寿春，本尊即刻便至。"小黄龙闻言大喜，遂拜谢而回。

　　且说小黄龙驾遁，回至寿春城上，往下看来，十六罗汉结成大阵，见得寿春城黑云笼住，霎时风，霎时雨，霎时冰，霎时霜，鸟飞不出，人走不得，危在旦夕。小黄龙喝道："十六罗汉，莫要在此作孽。"十六罗汉正在施法，闻得上空有人呼喊，皆抬首看来，原是小黄龙。看门罗汉喝道："原来又是你，方才让你侥幸脱逃，今番又至，正好拿你。"遂祭锡杖，往小黄龙打去，未至身前，忽一声惊天雷鸣响起，电光一闪，将锡杖打为两段。半空传来一声："你等结此大阵，好生可恶，今本尊到此，还不受罚。"原是天尊到来。又见天尊手中雷神幡摇起，登时东面现雷部五元帅；西面现雷部三十六神将；南面现五方雷神，北面现雷公、电母、风神、雨师。齐齐而至，地动天惊。不知天尊率雷部众神到来，与十六罗汉如何斗法，且看下回分解。

第八十九回　多宝说大鹏降世　玄都上灵山谒佛

朝礼明心自天然，一时愆来一时欢；
却是西方多变幻，无限干戈难方圆。

且说九天应元雷声普化天尊闻仲率雷部众神，齐至寿春。葛洪见得明白，大喜："天尊到来，寿春城有救矣。"那天尊在空中，见得十六罗汉结大阵，行杀生，城中已是一片狼藉，不由得大怒，一声令下。雷公、电母应命，即现云头。只见雷公裸胸袒腹，背插双翅，额具三目，脸赤如猴，下巴长而锐，足如鹰爪，左手执天雷锲，右手执震天锤，环悬连鼓五个，左足盘蹑一鼓，神威凛凛。电母面容如女，样貌端雅，红裳白裙，背插一旗，名曰电母旗。两手运光，各执一镜，名曰电光镜，也是凌厉。

电母将电光镜拿在胸前，两道电光照住坐鹿罗汉，雷公遂锲锤击鼓，半空云时开裂，打出一道雷光，直射下来。坐鹿罗汉喝道："米粒之珠，焉放光华。"托起一手，阵中忽泛出罗汉之掌，接了雷光，径自伸起，眨眼之间，竟将雷公、电母抓了去。小黄龙见得明白，谓天尊："方才我出阵之时，亦见此掌，幸那时阵未完结，否则必不得脱逃。"天尊说道："此阵确是厉害，然万事万物，皆有裂痕，终不可完全矣。尚需好生看来。"即命："三十六神将，各立三十六方，使玄天紫雷看来。"

且看三十六神将，乃正心雷府八方云雷都督大将军、清虚雷府先天雨师内相真君、太皇雷府开元司化雷公将军、道元雷府降魔扫秽雷公将军、主化雷府阳声普震雷公将军、移神雷府威光劈邪雷公将军、皓帝雷府雷师皓翁真君、广宗雷府五雷院使真君、升元雷府报应司总司真君、希元雷府幽枉司总司真君、

第八十九回
多宝说大鹏降世　玄都上灵山谒佛

神霄雷府玉府都判将军、琼灵雷府统辖八方雷车飞罡斩祟九天雷门使者阿香神女元君、庆合雷府威灵普遍万方推云童子、梵炁雷府驱雷掣电照胆追魔纠察廉访典者先天电母秀元君、左罡雷府先天风伯次相真君、玉灵雷府雷部总兵将军、洞光雷府雪冤辨诬卿师使相真君、安增雷府万方威应招财赐福真君、极真雷府灵应显赫扶危济急真君、岐阳雷府九垒总司威灵将军、丹精雷府调神御气燮理阴阳司命天医真君、青华雷府祥光瑞电天喜真君、紫冲雷府啸风鞭霆天冲真君、符临雷府传奏驰檄追魔摄怪九天雷门律令使者、变仙雷府总司九龙真炁神变普应将军、历变雷府总司五龙真炁飞腾显应将军、升极雷府延寿保命辅圣真君、元宗雷府水官溪真驱邪使者、元冲霄府水官溪真摄魔使者、定精雷府火部司令五方显应将军、保华雷府火部司令中山真灵将军、天娄雷府五方蛮雷将军、景琅雷府元罡斩妖将军、微果雷府元罡缚邪将军、辅帝雷府雷部总兵使者、敬皇雷府侍中仆射上相真君。

　　三十六神将闻天尊下命，遂各居三十六山水盘位，合唱妙音，双掌相击，现三十六方紫雷。此玄天紫雷，别样不同，见雷聚为一球，小而发紫，周身电光，滋滋作响，有诗为证：

　　云浮于空藏紫气，吐纳开合分浊清；
　　三十六方神雷聚，万象合一归元鸣。

　　八方云雷都督大将军祭一紫雷，往坐鹿罗汉头上打去，见得阿罗汉阵中，又探一掌，直抓紫雷。那紫雷入得掌中，登时紫光闪现，爆裂开来，将罗汉掌轰得粉碎。三十六神将见之大喜，以为得手，遂将余下三十五雷尽发出来，往十六罗汉打去。十六罗汉齐笑："佛有千手，罗汉亦有千掌，你怎打得尽。"霎时阵中，探无数罗汉掌来，远远望来，寿春城上尽见手掌，着实真妙。那罗汉掌接了三十五雷，虽有损伤，却是无碍，碎了又生，各自探出，未待三十六神将反应，尽皆拿了。小黄龙大惊，谓天尊："紫雷无益，连三十六神将，也失陷阵中，如何是好？"天尊笑道："也非无益，罗汉虽有千掌，紫雷却轰得碎，当找出阵眼，方能破阵。"即命："五方雷神，可施五雷轰顶。"

五方雷神闻法旨，即上前来，见东方神运雷王严阜，散发张目，大耳厚唇，披大红袍，执天雷钻；南方神化雷王卓滨，须发俱张，广额细目，披大黄袍，执地雷钻；西方神威雷王高辉，面目赤红，尖嘴猴腮，披大绿袍，执水雷钻；北方动伟雷王吴希，蓝面黑须，圆目尖鼻，披大灰袍，执神雷钻；中央动捷雷王赵坚，尖耳挑眉，钩鼻咧嘴，披大黑袍，执妖雷钻。五方雷神各占东南西北中，将手中宝钻祭起，宝钻在空中，连在一起，旋旋转动，生出红、黄、绿、灰、黑五色雷来。有诗为证：

云龙风虎神气，天心正法归一；
五方雷鸣轰顶，色空幽幽入明。

五方雷神齐道："清微大道，安镇九真，驱御雷电，策召万神，保制劫运，气与会仙，五雷轰顶，天谴即行。"登时，五雷往十六罗汉头顶打去。十六罗汉见得明白，齐道："此雷倒也甚好。"遂起罗汉掌，欲接五雷，不想那五雷砸下，闻得天惊地动一声响，五雷散开，连珠开花，噼里啪啦，见阿罗汉阵上，雷光闪闪，处处爆炸。小黄龙喜道："五雷轰顶，想来破阵也。"天尊窥视阵中，说道："此阵尚有蹊跷，莫要高兴太早。"言未毕，忽见阵中现十六只巨掌，将各方神雷打散，腾起一抓，将五方雷神收了。

天尊说道："果不出所料，此阵奇绝。"命曰："雷部五元帅，各施法雷，且找出阵眼。"五元帅领命，即现云头。且看邓元帅，凤嘴形翼，金甲红袍，左执钻，右执锤，火焰绕身；毕元帅，发似朱砂，上下獠牙，左火雹，右风雷，身具五色；刘天君，红发黑面，绊袍金甲，左金鞭，右火轮，足蹑水车；辛元帅，妖头鸟嘴，背生双翅，左执尖，右持槌，脚踏五鼓；庞元帅，朱发狼牙，面如霹雳，左金刀，右火剑，混气环绕。

五人各占一方，将手中雷器祭起，也不见如何动静，只一颗小雷球现出，缓缓落于阿罗汉阵里。十六罗汉见之，甚觉奇妙，正欲催阵，探罗汉掌，却闻得天地一声闷响，九霄黄泉，五行八荒，皆见雷来。见邓元帅引金雷，毕元帅引木雷，刘天君引水雷，辛元帅引火雷，庞元帅引土雷，从上至下，从左至右，

第八十九回
多宝说大鹏降世　玄都上灵山谒佛

从内至外，齐齐发出。有诗为证：

五行生五气，五法聚五雷；
乾坤发霆怒，合道藏立极。

十六罗汉见此雷势，倒也面色一变，遂念动咒语，各自身后，现罗汉大掌，将身裹住，隐于阵中，随即无数罗汉掌，一一抓雷，破而又生，生生不息，约莫半个时辰方止。五元帅见阵，丝毫无损，正感疑惑，各自身后，忽现大掌来抓，邓、毕、刘、庞四元帅不及反应，被抓个正着，收入阵中。唯辛元帅背有双翅，迅疾如电，闪开身来。

葛洪在城头，见空中情形，也是心急，又见城中千般灾害，将士大损，更是忿恨，遂大呼："辛元帅，可入阵中，寻出阵眼，我来相助。"辛元帅闻言，展开双翅，径往阵中飞去。那阵里，罗汉掌频频抓来，险象环生。葛洪驾金遁，一道金光腾起，至辛元帅身旁，拈指往胸前贴上一符，说道："辛元帅可往十六方位转来，若见得符落，便是阵眼所在。"话未说完，头顶探出一掌，即将葛洪收了。

辛元帅大惊，一面施雷，一面疾飞，教人心惊胆颤，荡魂摄魄。且说辛元帅绕十六方位而飞，十六罗汉大喝："哪里走。"无数罗汉掌直奔身后。辛元帅眼见大掌愈加迫近，却始终找不出阵眼所在，心下大急，正感力不从心，即将陷落之时，飞至看门罗汉处，忽胸前之符金光一闪，飘落下来。辛元帅大喜，呼道："此便是阵眼所在。"话音未落，已被罗汉掌收了。

且说九天应元雷声普化天尊在上，见得明白，说道："原来看门罗汉与坐鹿罗汉之间，便是阵眼所在。如此看来，十六方位，仍非圆满。"小黄龙问道："所谓机不可失，时不再来，阵眼已现，如何破来？"天尊笑道："破阵便在此时，且看九气阴阳神雷之妙。"遂把雌雄双鞭祭起，左手掐诀，中指尖发九色光，有九气生出，此九气，乃先天九气，《太清玉册》有谓：始气生混混气苍，混气生洞洞气赤，洞气生皓皓气青；元气生旻旻气绿，旻气生景景气黄，景气生遁遁气白；玄气生融融气紫，融气生炎炎气碧，炎气生演演气黑。九气贯于看门罗

393

汉身旁，天尊道一声："破。"双鞭引雷，一为阳雷，赤烈如日；一为阴雷，皎洁如月，齐齐打在九气之中，闻得天崩地裂一声响，神雷轰鸣，九气散开，将无数罗汉掌撕扯粉碎，再难重合。登时，烟消火灭，云开雾散，十六罗汉跌落城下，寿春城复旧如初。此正是天尊法妙，后宋《玉枢经》有赞：

　　九天普化君，化形十方界。
　　披发骑麒麟，赤脚蹑层冰。
　　手把九天气，啸风鞭雷霆。
　　能以智慧力，摄伏诸魔精。

　　大阵即破，雷部众将跌下，转眼间，半空现出蒲团，一一卷走。又有葛洪现了身来，往九天应元雷声普化天尊拜道："多谢天尊相救。"天尊打一稽首，以示还礼，又见十六罗汉，赞道："阿罗汉阵，杀贼、无生、应供，其罗汉之掌，断尽三界见、思之惑，可拒万法，可拿万物，着实精妙。若非大阵有缺，本座亦难破矣。"十六罗汉立起身来，坐鹿罗汉道："我等在灵山演阵之时，释迦见之曾言，十六尽善，十八圆满。此阵虽演十六方，却有两处未能完合，故小黄龙能出，九气阴阳神雷得破。若罗汉十八，弥补空缺，纵是神雷精妙，亦难破矣。"天尊点首称是："所言非虚，然此阵已破，大势已去。念你等修行不易，且放你等归去，今后安居灵山，不得扰乱人间。"十六罗汉合掌齐道："法阵即破，我等在此无益，自便归回，好生研习，日后若有机会，再向天尊讨教。"随即往大和尚道："你且领陛下归营，灵山尚有来人，不必忧心。"径自去了。后释迦亲收降龙罗汉、伏虎罗汉，演十八罗汉阵法，由达摩传世，此为后话，按下不提。

　　且言天尊见十六罗汉离去，又见雷部众将被蒲团卷走，掐指算来，知众将已至罗浮山，又算到罗浮山将有正果，心中透亮，也不言说，只对葛洪说道："两教斗法，无干凡俗，今十六罗汉即去，你也不必趁机厮杀，待我等走后，攻伐不迟。你有大业在身，凡事莫要急切，风来帆速，水到渠成。"葛洪回道："天尊教训的是，弟子谨记在心。"天尊又谓小黄龙："此番破阵，亏你拼死而出，也是大功一件，然炼丹之路，任重而道远，你须好生辅助，不可言弃。"小黄龙拜道："天尊之言，

第八十九回 多宝说大鹏降世 玄都上灵山谒佛

小黄龙铭刻在心，不敢忘却。"天尊交代一番，随即去了。葛洪谓大和尚："天尊之言，你也闻得，我等各自退去，日后再来厮杀不迟。"大和尚亦称是，各自归回不提。

且说天尊大破阿罗汉阵，天地一声巨响，灵山亦有闻知，惊动了多宝如来。那七宝塔中，多宝如来开得双目，下得塔来，禀接引佛祖："闻仲破阿罗汉阵，十六罗汉即回灵山。"接引说道："你昔日修行碧游宫时，闻仲也是你教弟子，如何这般不知事理。"多宝如来说道："闻仲性烈如刚，易动真怒，想来受了谎言。"释迦如来在旁，问道："何人谎他？"多宝如来说道："乃是一条小龙，为南海龙王敖钦之子。"接引说道："这条小龙，你等可知其来历？"多宝如来算来一番，回道："不知来历。"接引又问释迦如来："你可知此龙来历？"释迦回道："但听老师指教。"接引笑道："此龙我虽知之，但不好与你等说，你等既然不知，纵是屠龙，别人也难责怪。"多宝如来说道："佛祖圣明，弟子知晓也。"遂出了殿来。

且说多宝如来离了灵山，把掌一合，化作一道金光，往须弥山去，转眼便至，但见咸海环绕，其山直上，无所曲折。山中香木繁茂，四面四埵突出，上中下各有七宝阶道，夹道两旁，有七重宝墙、七重栏楯、七重罗网、七重行树，其间之门、墙、窗、栏、树等，皆为金、银、水晶、琉璃四宝所成。花果繁盛，香风四起。那山间，无数奇鸟，展翅而飞，见多宝如来，皆匍匐在地，相和而鸣。如来放眼一望，见一只大鸟，好凶恶：金翅鲲头，星睛豹眼，振北图南，刚强勇敢，变生翱翔，鹦笑龙惨，抟风翩百鸟藏头，舒利爪诸禽丧胆。那鸟似未见如来，径自飞翔，忽而上，忽而下，好生自在。

多宝如来见道："大鹏，大鹏，见我如何不拜？"原来此鸟乃大鹏雕。只见大鹏闻如来言，也不伏拜，只展开双翅，扶摇直上，往如来头上抓来。多宝如来把手往上一指，手上现三根金丝，将大鹏缚住，问道："你这厮好生无礼，我只唤你来，你却来抓我，是何道理？"大鹏回道："你既知我食欲，却说我身居七宝，此地虽是美妙，终没有食腹之乐，将我饿坏了，乃你之过也，故来抓你。"多宝如来笑道："我欲成你之功，你反倒来怪我，也罢，也罢，口腹之欲，乃你本性，我知其而为，罪过也。"大鹏说道："你既知过，如何弥补？"多宝如来

395

说道："你既受口腹之苦，我这便让你下山，以尝人间美味。"大鹏说道："不好，不好，人间哪有美味，我素来食龙，今四海之内，天龙海龙，皆居神位，难以食来。你且换个地儿。"多宝如来笑道："你且不知，有仙籍之龙，不可食来；无仙籍之龙，却可果腹。"大鹏又摇头，说道："你且不知我食量之大，一日之内，须食大龙一条，小龙五百，我若降世，人间之龙，两三日之间，还不吃光了。到时昊天罚我，如何处置？也是不好，不好。"多宝如来笑道："你又不知了，寻常之龙，当然禁不得你吃，然今人世间，有一龙，集天地精华，聚四海灵气，已成大真之体。你若吃了，可保你三年之内，无须果腹，够你受用了。"大鹏闻言，眼中一亮，喜道："有此等好事，倒是如来想着我了。"多宝如来笑道："你在这须弥山上，闹了脾气，弄得七宝动摇，灵禽难安，故想着你来。"大鹏问道："你口中之龙，现在何处？如何样貌？"多宝如来说道："此龙名曰敖泽，乃南海龙王之子，现正在寿春，你只须到城门外，唤一声小黄龙，自会见得。"

大鹏思索片刻，说道："我离了此山，若让大佛祖知晓，定受责罚。"多宝如来笑道："天上数日，人间千年。以你通天本领，去擒那小龙，多则两日，少则一天，接引佛祖哪里顾得你来。"大鹏闻言，方安下心来，说道："既如此，我去去便来。此你我之事，不可与外人说。"多宝如来说道："此事为我与你说，怎会与外人知晓。去吧，去吧。"大鹏即抖抖身，扇开两翅，离了须弥山，降下世来。

大鹏双翅展开，若垂天之云，一翅扇一扇，便是九万里。眨眼之间，已至寿春，也不细看，只见城外营寨林立，人马如织，立马化了人形，大摇大摆，走到营外，大呼："小黄龙。"且说石勒与大和尚正在帐中议事，忽闻得营外有人呼喊，即来探马入报："营外有一人，口中呼喊小黄龙，不知哪里来历。"大和尚记得十六罗汉之言，心中明亮，即起了身来，领石勒出帐相迎，见来人相貌稀奇，形容古怪。

大和尚不识，合掌礼道："贫僧佛图澄，不知道友修行何处，姓甚名谁，何事到来？"大鹏摆一摆手，说道："你这和尚，好生啰嗦，我唤小黄龙，你来作甚？"石勒见此人毫无礼数，心中不悦，正要发作，大和尚忙止住，谓大鹏："道友无拘无束，自在洒脱，倒是贫僧凡俗了。"遂往寿春城一指，说道："你说的小黄龙，便在那城中，我引你去。"大鹏点首，笑道："你这和尚，倒也识相，无须你引，我自去便是。"遂一摆衣袖，径往寿春城走去。石勒说道："此人好生无礼，目无他人，也不知是敌是友，大和尚如何谦礼相待？"大和尚说道："凡身具大才者，皆自我之人。我观此人，来历不凡，今坐名小黄龙，定有图谋，可静观其变。"石勒闻言，方才醒悟。

且说大鹏走至寿春城下，呼一声："小黄龙。"声若惊雷，喊得葛洪众人心头一震，遂齐上城头，见一人立于城下，生的形容古怪，尖嘴缩腮，头挽双髻，怎见得，有赞为证：

头挽双髻，体貌轻扬。皂袍麻履，形异寻常。嘴如鹰鹫，眼露凶光。蓬莱怪物，得道无疆。飞腾万里，时歇沧浪。名为大鹏，绰号禽王。

小黄龙见一眼来人，忙缩了头来，身子瑟瑟发抖，惊惶不已。葛洪见小黄龙如此失态，不由得奇道："此乃何人，使你如此慌张？"小黄龙说道："此人非人，乃大鹏雕。本事通天，最喜食龙，一日可食一条大龙，五百条小龙，但凡龙族，见之色变，不可拒之。"太华说道："你若是惧怕，不必出战，我来试他，看本领如何？"小黄龙说道："大鹏雕厉害非常，切莫大意。"太华说道："厉不厉害，且见我破天锤试来。"遂跳下城头，上下打量，谓道："你便是大鹏雕？莫要嚷来，我太华会你。"大鹏疑道："依你见识，怎知我名，看来小黄龙必在城中。"也不理太华，径往城头上走。

太华大怒，将破天锤祭在空中，那锤在空中，风火雷电齐发，正中大鹏顶门，只打得火星迸出，全然不理，一若平常。太华大惊，执宝锤拦住去路。大鹏登时火起，把手一摊，凭空现一柄画杆方天戟，只一扬，将太华手中之锤磕开来，又往下一劈，太华举锤一挡，这一挡不打紧，只觉得胸口翻涌，四肢发麻，周身火焰息了三分，跌在地上，不得动弹。

大鹏也不理睬，登上城头，见葛洪众人，往里扫一眼，喝道："小黄龙何在？"小黄龙不敢作声，只往后退。那大鹏好生眼尖，见一人往后走，喝道："小黄龙，哪里去！"遂腾起身子，现了原形，两翅一扇，利爪一探，将小黄龙一把搊住，张口咬下，发觉不对劲，吐出来看，原是个纸人，不由得大怒："哪个坏我好事。"环顾四下，见一道人立于身后，护着小黄龙，遂指葛洪，问道："是你坏我好事？"葛洪踏步，上前打一稽首，说道："道友一来，二话不说，便欲造杀孽，是何道理？"大鹏瞅一眼葛洪，不答反问："你这奇门遁甲，倒也奇妙，姓甚名谁，可否说来？"葛洪回道："贫道乃大罗宫葛洪是也，小黄龙为我同门，不可让你加害。"大鹏说道："你这名儿，我不知晓，今日我极饿，灵山有言，若擒这小龙来吃，可管我三年腹饱，你纵是大罗宫门下，也不该坏我好事，且速速让开，否则旦为齑粉，后悔莫及。"遂双翅一展，疾如电光，往小黄龙抓来。

葛洪使火龙剑，唤一声："火来，火去。"霎时一条火龙现出。殊不知，那火龙见大鹏，却不敢向前，只往后缩，转眼火焰即消，龙消剑收。葛洪大惊，遂一指，平地现出一座金墙，把大鹏围裹在内，用金遁遁住。大鹏笑道："此等小术，焉能困我。"把双翅一扇，登时狂风呼啸，将葛洪扇倒在地。又有陶侃、周玘等将，欲来相助，哪经得一扇，被吹得跌下城头，摔得七荤八素，三魂出窍。

小黄龙见知不妙，趁大鹏与葛洪打斗之际，即化龙形，往大罗宫逃。大鹏收拾众人，往后一瞧，见走了小黄龙，大怒，盘旋空中，见一龙隐隐往大罗宫去，喝一声："休要逃走。"双翅扇一扇，如流星赶月，似风驰云走，转眼之间，追上小黄龙，双爪一探，拿在手中，笑道："此番看你如何脱逃。"正得意间，闻得一人道："大鹏，大鹏，你不在须弥山上，如何降下世来。"大鹏听得心头一惊，自思："此人知我来历，必非寻常。"观望四下，不见有人，遂喝道："哪位道友，既出言来，何必躲躲藏藏，非光明之道。"话音未落，忽觉手上一凉，小黄龙已脱身来，再一看，立一道人，笑吟吟相见。

大鹏观其样貌，明日悬顶，霞云环绕，宝相庄肃，形容超绝，不由得问道："你是哪里人？姓甚名谁，为何也来坏我食欲。"来人笑道："贫道自号玄都，小黄龙乃我门人，若是有过，我自责罚，怎教你拿去吃了。"大鹏大怒，喝道："兔来虎扑，草来羊食，我自来吃龙，天之道也。你既为道门，何必妄违自然。"遂双翅一扇，狂风即起，只见玄都大法师转身，身后现一座金桥，法师上得来，立于桥后，面目淡定，毫发无伤。

大鹏见神风无用，遂拿出一瓶，名曰阴阳二气瓶，此瓶若将人装在其中，

第八十九回

多宝说大鹏降世　玄都上灵山谒佛

一时三刻，化为浆水。大鹏将瓶口打开，阴阳二气卷向玄都。玄都把手一指，五色毫光，照耀山河大地，阴阳二气登时消散。那大鹏也是凶悍，见法术无用，遂把双翅一抖，利爪提起，往玄都抓去。殊不知，上了金桥，一时杳杳冥冥，浑浑噩噩，不自觉四方暗淡，两眼发困，竟然睡了。原是玄都大法师卷起太极图，此宝乃太清道德天尊开天辟地、分清理浊、定地水火风、包罗万象之宝，纵是大鹏真妙，到此图中，皆化乌有。

玄都大法师抖一抖太极图，卷在一处，谓小黄龙："大鹏与西方有亲，我不可伤他，只得困在太极图中，待我送上灵山，交与佛祖，再作处置。想今后此怪定不得出来作恶，你安心回去，好生辅佐葛洪。"小黄龙拜谢老师，称道："弟子谨遵老师吩咐。"叩三个头来，起身辞别。

且不说小黄龙回寿春，叙述详情，报与葛洪，话说玄都大法师收了大鹏，将太极图拿在手中，自道："大鹏，大鹏，你此番降世，教我好生为难。今将你交返灵山，是福是祸，难以知晓。"遂驾上云头，径往灵山来。好所在！怎见得，有词为证：

拈花指落，半山红莲，晴天鹫相换。瑞霭千重，云光灿，袅袅烟霞披就。松直竹雅。看南崖长石之上，窣堵波，如来说经，浓淡两分色。

何必尘身雨赐。望渊谷结髻，攒峰坐子。朝阶拜刹。修持处，自有佛心成塔。般若是也。转头见，灵空依旧。风物移，忘了浊名，真幻由说罢。

话说玄都大法师来至雷音古刹外，闻得里面袅袅香乐，阵阵梵音，不好擅入，站立多时，有一侍者出来，法师认得白莲侍者，说道："白莲童子，烦你通报一声，寺外有玄都求见接引佛祖。"白莲侍者进殿，至莲花台下，禀道："启佛祖，外有玄都大法师，不敢擅入，请法旨定夺。"接引佛祖说道："领他进来。"白莲侍者出殿告来："大佛祖请你进殿说话。"遂引玄都大法师入内。不知法师灵山谒佛，后事如何？且看下回分解。

第九十回　八公山凤引阻兵　娲皇宫玄都借图

梧桐来客落枝头，凤凰引路满山秋；

自居高台说大法，不如人间苦乐游。

且说玄都大法师收大鹏于太极图内，上得灵山，请旨入殿，见接引佛祖，欠身下拜："弟子愿佛祖万寿无疆。"佛祖说道："玄都，你今日上灵山来，有何事见我？"玄都回道："大鹏本在须弥山上，却无端降世作恶，残害生灵。若不阻止，海龙将绝，风雨无定，万物难存。弟子不得已，祭了太极图，将其收在其中。今交还灵山，请佛祖定夺。"遂将太极图抖一抖，展开来，五色毫光顿现，大雄宝殿一片通明，不消那比丘、阿罗、揭谛、金刚、大曜、罗汉、迦蓝、菩萨，便是六佛见来，亦觉惊叹。但见极光之处，走出大鹏来，摇头晃脑，道声"好睡"，见玄都大法师，喝道："好个道人，竟用法宝诳我。"竟不顾大殿之上，众佛皆在，展开双翅，欲抓玄都。正此时，三根金丝现出，将大鹏缚住，原是多宝如来，喝道："宝殿之上，莫要乱语，不得胡来，且随我去，开你进益之门。"遂牵了大鹏，往殿后去了。

佛祖说道："大鹏下界，乃其私欲所惑，不得净心而致，理当责罚。"命释迦如来："从今起，大鹏由你看管，不得使其再出西土。"释迦如来回道："谨遵老师法旨。"玄都又道："今晋室逢乱，胡马相侵，本兴亡成败，人间更迭，也是寻常，然西方门众，借此入得中土，以致两教纷争，东西难止，想佛门有轮回之厄，道家有修真之苦，故此番前来，一则交还大鹏，二则望两教罢休，请禀佛祖，但求圣言。"佛祖说道："一切处无心是净，得净之时不得作净想，名无净，得无净时，亦不得作无净想，是无无净。千年之前，商周大战，无论阐截，还是道佛，皆归净处。老子往离恨天兜率宫，元始移上清天弥罗宫，通天随老师去了。我若再居灵山，已是不该，今当身入极乐之门，与阿弥陀佛共参真法。"又谓众弟子："你等灵山修行，当紧守山门，明心见性，净身传法，自有世间妙音，不得斗争意气，损伤身体，若不听教训的，乃咎由自取，与灵山无干。"遂转首，谓玄都大法师："我已交代，你且去吧。"玄都拜谢，出了殿来。

不说佛祖大殿移驾诫众，且道多宝如来领了大鹏，将金光驾起，须臾之间，到得一岭。此岭径过八百里，横走一千里，古木苍翠，云环雾绕，教人心旷神怡。多宝如来收了金丝，放了大鹏，说道："你这孽障，我见你饿极，好心教你去，你拿住黄龙，吃了便是，为何多言多语，更将灵山说来。岂不知，山外山高，水流水长，别人拿你，上灵山说事，教大佛祖好生为难。"大鹏说道："我想来一去，事随心愿，那寿春城中，虽有道门，然修行甚浅，未入眼中，故一时口不遮拦，哪料得来了个玄都，以法宝诳我，以致如此。"如来说道："你此番降世，大佛祖必定责罚，不许你再往东土，你且回须弥山去。"大鹏回道："不去，不去，那里虽有七宝，却不得欢乐，你既说我下山，不当再说上山，朝来暮去，不为佛家真妙。"如来笑道："你若不去，便在此地，也得个方便自在。"大鹏问道："此处是个什么地方？哪见得自在快活？"如来说道："此地名为狮驼岭，往西四百里，乃西牛贺洲；往北四百里，乃北俱芦洲。两洲交界，来往有人，岭下有国，山中修行，亦有烟火，你好生在此，不失一方净土。"大鹏闻言，笑道："甚好，甚好，比那须弥山，却是欢乐多了。只是未有龙吃，美中不足。"如来说道："世间哪有双全，得一便是圆满。你自在此，不可再往东土，否则佛祖有察，我亦难护你。"大鹏说道："要得，要得，我自去玩乐，不与你言语了。"遂展开双翅，翱翔岭间，好不快活。

多宝如来安置大鹏，化光而回，入殿见接引佛祖，禀道："弟子将大鹏流放狮驼岭，教他不得再往东土。"又道："弟子尚有一言，不知当讲不当讲？"佛祖笑道："你自说来。"多宝如来说道："大鹏虽降世间，然未祸他人，那玄都自恃太极图，收了大鹏，又来交还。既是交还，缚来便是，何必于灵山之上，大殿之中，大显通明，卖弄他太清之宝，分明是欺蔑我教。"佛祖说道："也罢，我将入极乐，灵山之事，我不过问，由你与释迦共议为之。"多宝如来不知佛祖方才之言，此时闻知，即道："今大乘图兴，世事艰难，弟子不敢妄自行事，望老师且留身来，引导众生。"众弟子齐称如是。

佛祖谓多宝、释迦二人："红花白藕青荷叶，三教原来是一家。今三清圣人皆离故地，我若再掌灵山，却是不合，当往极乐。然我教轮回之道，尚未圆满，且留一身，于凌云渡上，接引众生，待大乘兴盛，自消其中。你等好生执掌，不可妄为。"二人见佛祖心意已定，不敢违命，齐道："谨遵老师教诲。"佛祖即留一身，称南无宝幢光王佛，至凌云渡上，真体往极乐去，正是：

宝手接引众生往，彼岸无极洗尘光。
凌云渡上留一身，人间极乐任游藏。

且说接引佛祖离去，多宝谓释迦："今大天尊离灵山，二天尊隐灵台，过去已去，未来未来，小乘难传，大乘不兴，你我任重而道远。"释迦回道："但凭师兄指教，我自当相随。"多宝又问："玄都今上灵山，卖弄太极图之妙，你如何看来？"释迦说道："色不异空，空不异色；色即是空，空即是色。在我看来，太极图玄妙非常，却不在法，而在道也。我若悟其空，太极图无所惧也。"多宝笑道："师弟轮回方满，又有悟空之心，想来无量大道，已生足下。当好好修来。"释迦回道："修行无涯，生生不息，我欲往鹫峰顶上，悟大乘极至，以便后世传法。"多宝颔首，说道："老师命我二人守护灵山，我为当下，你为后来。今人间逢乱，两教相争，你不必理睬，可好生悟法。若有难处，我当知会于你。"释迦合掌，回道："我这便去也，灵山之事，师兄自当决断，人间相争，万事不必强求。"遂圆光消去，身形即隐。

多宝如来见众弟子，谓道："大鹏下世寻龙，无造他孽，玄都自恃宝图，卖弄灵山，你等如何看来？"众比丘、阿罗、揭谛、金刚、大曜、罗汉、迦蓝、菩萨，皆有不忿，便是六佛，也不言语。多宝又道："凤凰涅槃，向死而生，以得永恒，我教若兴大乘，亦须如此。今人间大乱，天下无序，佛图澄辅佐石勒，授法传教，御兵南下，以求四海得安，八荒有宁。葛洪受命道门，领兵抗拒，以致涂炭不息，杀戮不止。众弟子当知，小善如大恶，大善最无情。佛当戒杀，然戒杀非不杀。

想佛祖证悟，先至摩揭陀，与频婆娑罗王、子阿阇世说无上真理，得众人流传，行不杀之道，不想商人遇袭，百姓遭抢，城中大乱。阿阇世问佛祖，若守护者放下兵器，谁可保护无辜之人。佛祖则回道，戒杀，无关将士违背正法，不行保国护民之责。故若为大法，杀亦是善也。"众弟子称是。多宝遂命俱留孙："龙生九子，凤育九雏。大鹏乃凤凰所生，玄都用太极图镇之，你且去南禺之山，告知凤凰。"俱留孙合掌，说道："谨遵如来法旨。"出殿而去。

且不说俱留孙佛往南禺之山，将大鹏之事告知凤凰。话说小黄龙脱险，回至城中，报于葛洪，众人闻知，皆是气愤。陶侃说道："今两军对战，西方屡次来人，干戈不息，烽火难止，三山五岳虽来相助，然不知以后，尚有何方高明？祸福难料，非长久之计。"小黄龙亦道："陶将军所言甚是，今老师收了大鹏，我料胡贼并不知晓，不若趁此良机，杀出城去，打他个措手不及。"众将闻言，皆称甚好。葛洪亦道："此计甚妙，那佛图澄纵有预知，也决难算出大鹏之事。"遂点兵遣将，乘夜劫营。

佛图澄在营中，正观寿春城中情形，见小黄龙仓皇出逃，又见那异人展开双翅，现大鹏之相，遂谓石勒："原是大鹏到来，陛下可安心来。"石勒不知大鹏本事，问其缘由，佛图澄道大鹏来历，石勒方知其情，说道："如此甚好，此一战，那小黄龙定凶多吉少，葛洪断一臂膀，待大鹏回来，将寿春捣个天翻地覆，我等进兵攻城，则不费吹灰之力也。"是夜子时，石勒大营不曾防备，忽闻寨内呐喊，报说晋兵夜袭。石勒命道："不可慌乱，众将聚兵御敌。"出帐看来，晋兵已到辕门，为首持枪者，正是小黄龙，不由得大惊。未及思虑，小黄龙领太华、陶侃、周玘众将闯入营中，势如风火，一片喊杀之声。只见太华祭破天锤，风火雷电齐发，石勒大营，登时火光四起。

小黄龙一眼瞅见石勒，挺枪杀来。石虎自恃英雄，举锤前来接战。陶侃冲左营，周玘冲右营，与十八骑大战，俱是夜中，杀得乾坤昏暗，悲风惨惨。大和尚使法眼功，欲借天水，闻得一声喝："莫要再使玄法，以损凡间。"原是葛洪，以奇门遁甲之术相斗，又将火龙剑祭起，那火龙围绕，五行相生，大和尚不敌，节节败退。话说太华趁营中酣战，绕道营后，借破天锤将粮草烧着，照彻暗夜。大和尚正战之间，忽见火起，心中大惊，借势退出，至石勒身旁，说道："粮草被烧，大营难立，且速退之。"石勒自思如此，遂命弃了大营，往后撤走。

话说石勒大军一路退，晋兵一路追，且战且走，人马疲倦，渐至天明，见得丹碧浮云，日轮擎峰，光分缥缈，翠霭开盘。石勒往前，乃一座高山，峰峦叠嶂，山势绵延，又见古木参天，树生石中，石柱群生，山上奇花异草，鸟鸣蝶飞，真乃蓄圣表仙，峻极之处，古有诗赞：

　　八公草木晚离离，仿佛成人似设奇；
　　老气逼云含雾雨，空青拔地镇淮夷。

石勒问道："此处是何山？"石虎见道："此山名曰八公山。"大和尚说道："西汉之时，相传淮南王刘安与左吴、李尚、苏飞、田由、毛被、雷被、伍被、晋昌八公登此山埋金，白日升天，余药在器，鸡犬舔之，皆成仙矣，故有'一人得道，鸡犬升天'之说。其实皆为谬言，成仙成佛，哪如此容易，不过为世人但想成功，欲走捷径之念。"石勒难赏景色，问道："晋兵在后，追赶甚急，如何是好？"大和尚说道："此山易守难攻，可在山中设营，以阻敌兵。"石勒遂命山道扎寨。

正设营间，忽半空中，降五彩之光，八公山登时一片通明，又有狂风不止，飞沙走石，众人皆睁不开眼，好半响方止。石勒问大和尚："此是何种兆象？"大和尚亦是不知。说话间，有探马报来："有一女闯入营中，阻拦不住。"石勒大怒，喝道："三军男儿，连区区一女子竟拦不住，何能战场厮杀？"话音未落，见一女径自走来，好样貌：

　　额顶三羽金冠，蝉鬓秀发轻扬；丹眉凤目流彩，朱唇俏鼻含香；纤纤玉手长指，款款铠衣斑斓；浅浅绣带柳腰，婷婷金莲翔鸾。容貌瑞丽，国色天姿。走一步遥星碧落，转一目袅袅飞蔼。真是个仙子下世，嫦娥临凡。

石勒见如此妙姿，竟自呆了，口不能言，足不能动。大和尚见石勒失态，赶紧往后背拍一拍，方回过神来。大和尚上前，合掌礼道："不知何方圣女到来，如何指教？"未料那女子开口，众人大跌眼镜，乃是个男儿声，声音雄浑，铿锵有力，只闻道："你可是葛洪？"大和尚怔一怔，回道："贫僧来自灵山之门，乃大伾山摩崖洞佛图澄是也。道友口中葛洪，乃大罗宫门人，正在追赶过来。"女子见不是葛洪，面色好转，口称："我乃南山凤引，此来正寻葛洪，还有那小黄龙，倒要说道一番。"此正是凤凰听惧留孙之言，下得人间。大和尚大喜，说道："如此说来，道友此番，正是相助来的。"石勒亦喜之，见过凤引，不由得赞道："美之最者，乃雌雄莫辨。"遂领至中军，详述忧烦不提。

且说晋军一路追赶，至八公山下，葛洪见一眼此山，闻石勒扎寨于此，说道："穷寇当追，莫留后患，当趁立足未稳，一举剿灭。"遂举兵攻打。凤引在营中，耳中灵通，说道："山下有金鼓之声，何人到来？"众人赶紧出帐看来，大和尚望一眼，谓凤引道："正是葛洪到来。"凤引问道："哪一位？"大和尚指为首穿道服者。凤引说道："且把辕门打开，我出营会他。"石勒遂命大开辕门，摆五方队伍，一声炮响，齐出营来。

葛洪见石勒出营，疑道："此等败寇，逃命不及，竟出阵来，定有蹊跷。"遂命众人小心，自己走出阵前，见对面绿狼虎将，攒攒簇簇，旗幡下立一女子，倾国倾城，风华绝代。晋军之中，窃窃私语，太华在阵中，嚷道："石勒好不要脸，自知不敌，竟让一女子上阵，可见军中无将，女子称雄矣。"众人哄笑。石勒面色铁青，强忍怒火，一语不发，众将士闻晋兵辱骂，皆是气急败坏，俱欲出战，大和尚却是面色不改，吩咐众人："有上真在此，且少安毋躁。"

凤引上前，问道："你便是葛洪？"声音一出，晋军皆惊，葛洪亦觉奇异，打一稽首，说道："贫道正是葛洪，将军女相男音，世之罕见，不知姓甚名谁，到此何干？"凤引说道："在下南山凤引，我且问你，你莫非是大罗宫玄都门下，你有何能，竟阻大鹏去食黄龙，又唆使那玄都持太极图将大鹏收了，我南山一脉，竟教你等如此欺辱，真是可恶至极！"葛洪闻言，方知究竟，乃欠身道："大鹏私自降世，不分黑白，一来便抓小黄龙。小黄龙乃我大将，又为大罗宫门人，身具天命，岂能说打便打，说吃便吃。再者，大鹏厉害非常，若非玄都老师亲至，我等皆丧其手，不得已而为之。"凤引说道："好一个不得已而为之，你等人间杀伐，便称天命，大鹏天性食龙，却是杀孽，我与你不得甘休。"移步上前，来

405

取葛洪。

后有周玘走马奔来，大呼："凤引不得无礼，我来会你。"执火尖枪杀来。凤引见道："凡夫俗子，也来称雄。"两手一晃，各现一刃，名曰凤头尖，又将背头一动，现红橙黄绿青紫六色神火。那凤引把刃尖一挑，将火尖枪挑开，未及一个回合，即把左边红火一弹，将周玘裹走，无影无踪，就如石沉大海，铁坠江涛。晋军上下，连同葛洪，俱目瞪口呆。

凤引踏足复前，来取葛洪。葛洪手中火龙剑急架相迎，旁有陶侃走马来助阵。葛洪战五个回合，即祭起火龙剑，凤引笑道："此等火术，焉放光芒。"将右边紫火一弹，火龙剑被紫火裹住，霎时落入其中，毫无踪迹。陶侃举七星龙渊刀，斜里劈来，凤引也不转首，听得脑后风声，将左边橙火一弹，连人带刀，径自去了。葛洪大惊，忙传令鸣金，两边各自退去。葛洪回阵，安下营寨，升帐点将，见失了陶侃、周玘，不知凶吉。此二人国之栋梁，一旦有失，乃社稷倾角，庙堂断柱，心中闷闷不乐，坐下沉吟，想此将非男非女，后面六道神火，神鬼莫测，如之奈何？

不提葛洪苦恼，且说凤引得胜进营，将后面神火一抖，只见火焰消处，陶侃、周玘跌落下来。石勒见二人，哈哈大笑，谓凤引道："陶侃、周玘皆晋国大将，今为所擒，乃上真之功也。"凤引回道："我意在葛洪，顺带擒此二将，称不上什么功劳，待明日上阵，再作区画。"石勒说道："有上真在此，孤无忧矣。"大和尚颔首。石勒命左右押陶、周二人至帐前，说道："二位将军，皆世之良材，常言良禽择木而栖，贤臣择主而事，识时务者，方为俊杰。今晋室昏聩，司马睿并非真主，又有王氏当权，群臣内斗，岂不见刘琨、祖逖前车之鉴乎？半壁江山，何能再图中原，大厦将倾，只在旦夕。二位既见时势，何不降来，孤与二位共图天下，使人间太平，百姓安乐，意下如何？"陶侃、周玘齐声喝道："休要花言巧语，痴心做梦。你一介胡寇，暴肆华夏，人民涂炭，煎困雏孽，而尔等徒知屠掠，毫无英雄气象，更无人君胸襟，手下之众，皆凶徒逆倖，淫酷屠戮，无复人理，已是祸不远矣。我二人乃天朝上将，大国之臣，岂能投降胡贼，要杀便杀，无须徒耗口舌，大费周章！"石勒闻言大怒，命左右推出营外，斩首示众。

也是上天垂象，自有兴衰。二位将军推出帐外，忠心不灭，怨气冲天，倒惊动了山中八位仙真。那山东南处有一石洞，洞中恰有八位仙真，乃沈文泰、白石生、黄山君、皇初平、华子期、乐子长、卫叔卿、魏伯阳。其沈文泰与白石生正在对弈，众人在旁围观，棋下到妙处，众声称好，忽沈文泰子落棋盘，白石生疑道："仙家妙手，如何棋拿不住？"沈文泰示意众人莫语，掐指算来，方道："原是晋国两位将军有难，我等道心，无处不慈悲，不得坐视不理。"众仙称是，齐驾云头，拨开看来，见陶侃、周玘即将受戮，沈文泰谓白石生："你救得一个，我救得一个，如何？"白石生说道："如此甚好，莫要延误。"

沈文泰从袖中拿出一方土印，名曰藏生印，此印打下，方寸之内，土生土长，藏葬万物。白石生亦从袖中拿出一方石印，名曰敢当印，此印打下，可现石敢当将军相，镇物拿人，诛邪伏妖，不在话下。二人各祭宝印，见播土扬尘，走石飞沙，天昏地暗，一声响亮，吓得刽子手抱头鼠窜，监斩官魂不附体，及至风息无声，再看来，陶侃、周玘不知何往，踪迹全无。

报事官急入中军帐，向石勒报来，众将皆惊，看向凤引。凤引闭目算来，少时睁眼，笑道："无妨事，此山中有八位炼气士，陶侃、周玘让其救走，虽走一时，难走一世，待到明日，我齐齐擒来，也是不迟。"

且说八位仙真救下陶侃、周玘，二人云里雾里，昏昏沉沉，再开眼时，已至晋营外，又见八位仙真齐齐在前，第一个穿黑服，丰采清奇；第二个穿白服，潇然清幽；第三个穿黄服，浩气冲虚；第四个穿红服，乾坤正气；第五个穿紫服，清瘦孤直；第六个穿青服，鹤影松苍；第七个穿绿服，傲雪滋色；第八个穿蓝服，光华逍遥。魏伯阳笑道："此至晋营，二位将军，已无忧矣。"陶侃、周玘遂伏地拜谢："我二人何德何能，劳烦八位上真躬身相救，不知尊号，今后撮土焚香，以报大恩。"魏伯阳笑道："穿黑服者，姓沈名文泰；白服者，姓白名石生；黄服者，姓黄名山君；红服者，姓皇名初平；紫服者，姓华名子期；青服者，姓乐名子长；绿服者，姓卫名叔卿；老拙姓魏，名伯阳也。方才救你二人，乃沈文泰、白石生也。"陶、周又谢二仙。

言语间，晋兵见陶、周二将，大喜，大呼道："二位将军归来矣。"葛洪闻得动静，率众将出营看来，亦是大喜，陶、周上前，引众人见八位上真，一一说来。葛洪打一稽首，拜道："贫道葛洪，多谢道友相助。"沈文泰笑道："我八人山中下棋，正兴致处，见怨气冲天，方知将军有难，顺势而为，不必言谢。"葛洪说道："今胡寇乘难入侵，西方借势生乱，我奉太清道德天尊之命，下山炼丹，入世救难，率军追袭石勒至此，未料遇一异人，身具六色神火，奇妙非常，我等皆不能敌，还望道友助来。"沈文泰说道："你我皆出道门，今有外难，理当助来。待明日上阵，我等且会他一会。"葛洪引八人入营，治酒管待。

次日，两方营中，各起炮声，队伍齐齐走出，人马层层排列，凤引出阵，葛洪出营，凤引见葛洪身后，有八人站立，道骨仙风，神采光华，不由得问道："葛洪，你身后所立者，莫非救陶、周之人？"葛洪回道："你所料不差，正是我道门八位仙真。"遂将八人名号，一一说来。

八人上前，各打稽首，说道："想来你便是凤引，道友且听一言，人之向善，勿登山而网鸟禽，勿临水而毒鱼虾。今石勒入侵中土，大鹏降世杀生，皆不为美。还望道者仁心，莫再造杀孽。"凤引笑道："我既非道者，也非佛门，更不晓什么中土西土，只是玄都拿我一脉，我今日擒他弟子，也是应该。你等草木之辈，也讲闲话。"言罢，把凤头尖一扬，直取八人。

沈文泰见凤引兵器来得甚是凶猛，若不下手，恐为所算，忙把藏生印祭起，凤引脚下，即刻地陷，欲葬其身。凤引笑道："此等小术，焉能上阵。"把左边红火一弹，连人带印，竟自裹在火中，不知踪影。白石生见之大惊，忙把敢当印祭起，凭空借石敢当将军相来擒凤引，凤引把橙火弹起，石敢当登时裹走，又一弹，连白石生也失落火中。另六人见状，亦大惊，遂团团将凤引围住，黄山君祭一针，名曰千松针，此针乃黄山之上，一棵千年老松所炼，可化千针，专刺人双目；皇初平祭一杆，名曰化羊杆，杆一拍，喊一声"羊起"，可叱石成羊，羊簇人身，身即化羊；华子期祭一戥，名曰衡心戥，戥起拿人，身心即分，心在左，身在右，若身正心清，戥上之人自然衡久无事，若身斜心移，则失衡堕渊，难寻生路；乐子长祭一尺，名曰灵飞散，尺拍顶门，灵魂即散，体灭身消；卫叔卿祭一匣，名曰断经匣，匣一开，有三百六十一颗棋子，专打人十二经脉，威力无比，众仙对奕，正下此棋；魏伯阳祭一兽，名曰噬魂狗，此狗吸吮魂魄，着实厉害。

六仙若见他人，如此威势，早已得手，然在凤引看来，却都是雕虫小技，难入眼中。只见凤引将六色神火，齐齐升起，片刻间，将六仙裹了，毫无踪迹。葛洪见八位仙真尽折其手，遂命鸣金收兵。凤引哪里放过，大喝："葛洪，你今日往哪里走？"率众而追，石勒趁机杀出，一时喊声冲天，威势大振。葛洪无心恋战，命大军后撤，正所谓一溃千里，晋军遍野尸横，血流成河，三军叫苦，将士受累，丢盔弃甲，死伤不计其数。葛洪命小黄龙殿后，且战且走，退居寿春。凤引直追城下，葛洪见守不住，逃出城来，往涂中城走。凤引紧追其后，誓要擒来。

不说葛洪遇险，且道云头上，早有二人，看在眼中，正是玄都大法师与景风童子。童子见葛洪如此狼狈，不由得奇道："葛洪危在旦夕，老师何不下去助来？"玄都大法师说道："此人虽称凤引，定是假名，我亦不知其根脚，如何相助？"童子闻言大惊："老师法妙大世，竟也不知其人来历？"玄都大法师往下看了半响，亦寻思不来，此人究竟何物得道，良久，方命童子："你且下去，言语诱之，我在此细细看来。"又将太极图拿出，说道："且将太极图拿在手中，但见火起，即祭此宝，可保无虞。"景风童子领命，驾下云头，来助葛洪。

且说葛洪领众将逃走，狼狈不堪，眼见将被凤引追上，一阵风至，景风童子现了身形。葛洪见景风童子，大喜，忙道："童子速来助我。"凤引见一眼童子，问道："你又是何人？敢来阻我。"童子回道："我乃大罗宫玄都座下景风童子是也，今日特来会你。"凤引闻言大怒，说道："原是玄都侍从，我不去寻他，他还来寻我，今我拿了你，再去擒他。"童子笑道："老师掌大罗宫，大罗金仙，已近混元，岂是你能擒得。"凤引亦笑："莫道玄都，便是太清亲至，我也无惧。"童子闻言，嗤笑："你虽强梁，此等混账话，你怎说出。难不成，你也是混元之体。"凤引大笑："大罗宫纵是道行高深，也难知我根脚，且听道来。"

　　混沌初开与我同，何向道佛了心求；
　　但教飞禽为首长，无法无极任遨游。

凤引道罢，景风童子一时不得其解。凤引说道："你也无须猜度，待我拿了你，见得玄都，自会告知你。"踏步上前，来取童子，童子执剑相迎，未两个回合，凤引把左边红火一弹，欲擒童子。童子知此火厉害，遂祭太极图，此图一开，化一座金桥，童子上桥而去，隐了踪影。待驾上云头，对玄都大法师道："果是厉害，不知是何神异，幸有太极图，否则必陷在内。老师可看清来？"玄都大法师说道："方才我见凤引，倒想起一人。封神之战，孔宣以五色神光，阻兵金鸡岭，后准提道人亲至，方知乃是孔雀。凤引那六团神火，倒与孔宣相似，若论精妙，尚更甚之。方闻其言，想是凤凰无疑。"童子大惊，说道："凤凰乃飞禽之首，妖之玄祖，老师如何应对？"玄都说道："若是凤凰，须借得山河社稷图方能制之，我即往娲皇宫去，你在此看好，莫要妄动。"童子领命，玄都即化长虹而走，不知后事如何，且看下回分解。

第九十一回　女娲显真收凤凰　多宝得轮布十界

孔雀大鹏难服驯，浴火凤凰自朝西；
才有女娲通正理，又见如来立梁津。

且说玄都大法师猜得凤引本体，乃是凤凰，遂化长虹往娲皇宫去，欲借山河社稷图。周游天下，霎时千里。玄都到得中皇山，见得群山叠翠，流水环绕，又有一宫，共分三层，一层清虚，二层造化，三层补天，此宫倚岩凿险，结构凌虚，巧夺天工，妙不可言。至宫前，不敢擅入，在外等候。

少时，出来一童子。玄都打一稽首，问道："碧霞童子，敢问娘娘可在宫中？"童子抬首，回礼见道："大法师驾临，如何不事先知会一声，娘娘正在宫中，我这便禀报，可稍等来。"即入宫中，未有多时，出宫说道："娘娘让你进来。"遂领玄都上补天阁，玄都抬眼，见殿中丰隆，瑞色绮绣。有诗为证：

殿前华丽，五彩金妆；金童对对执旛幢，玉女双双捧如意。玉钩斜挂，半轮新月悬空；宝帐婆娑，万对彩鸾朝斗。碧落床边，俱是舞鹤翔鸾；沉香宝座，造就走龙飞凤。飘飘奇彩异寻常，金炉瑞霭；袅袅祯祥腾紫雾，银烛辉煌。正是仙家好去处，女娲娘娘在中央。

阁上，帐幔卷起，女娲坐于其后，容貌端丽，瑞彩翩跹，绝世天姿。玄都不敢轻慢，伏地拜道："弟子玄都，叩见女娲娘娘。"女娲说道："玄都，你此来娲皇宫，可是为凤凰而至？"玄都禀道："娘娘洞察天地，致广精微，弟子正为凤凰烦忧，特来寻娘娘相助。那凤凰不知何故，兵阻八公山，想来只有娘娘的山河社稷图方能克之。"女娲说道："自那混沌分时，天开于子，地辟于丑，人生于寅，天地再交合，万物尽皆生。万物有走兽飞禽，走兽以麒麟为之长，飞禽以凤凰为之长。想封神之时，孔雀、大鹏，已难相克，何况凤凰。你掌大罗宫，乃天尊弟子，虽不惧他，却也难降伏，山河社稷图你且拿去，若有难处，我自来之。"玄都叩首拜谢，辞别而出。

且说玄都大法师借了宝图，回至涂中，景风童子见老师来到，忙上前相迎。玄都命道："你且引众人入得城去，凤凰交与我便是。"童子领命而去。玄都将山河社稷图展开，寻一棵梧桐大树，悬于其上，待布置完毕，来见凤凰。那凤引与景风童子相斗，忽童子不见踪影，正在疑惑，不知所使何宝，未多时，又见童子现身，引晋兵往城中而去，遂大怒，率众追袭，半途忽闻一声："凤凰，你还不现身，更待何时？"凤引听得此话，心头一惊，循声而望，见一人仙骨道貌，福德华光，着实不凡，止步问道："你又是何人，如何知我本身？"那人笑道："我乃大罗宫玄都大法师，闻你欲来寻我，不必劳烦，我自来之。"凤引闻言大怒，说道："好个玄都，我本想先拿你弟子，再来寻你，如今你自来，也省却诸多事去。我来问你，你为何恃太极图，收了大鹏？"玄都回道："大鹏私自降世，不分黑白，擒了小黄龙便要吃来。小黄龙乃我门人，我岂能坐视不管。再者我收了大鹏，无伤半寸毫发，且已交还灵山，你如何还要纠缠？"凤引怒道："大鹏食龙，乃天性也，岂能相违。别的龙被吃，你又不管，小黄龙你却相救，分明存私。且你收了大鹏，反交还灵山，以显太极图之妙，更是欺人太甚。"遂执凤头尖，往玄都刺来。

玄都见凤引杀至，遂把身一退，往梧桐树下走。凤引知玄都非比他人，把六团神火齐发，要拿玄都。玄都将太极图抖开，化一座金桥，飘飘昂昂而走，神火寻不得玄都真身，只悠悠转来，不知去往。少时，至梧桐树下，凤引见树，与那南山梧桐，一模一样，心中好奇，本欲上前看来，脑中却疑念顿起。凤凰本是天地之灵，巧捷万端，颖悟绝伦，此时见玄都飘至树上，察觉异样，遂止了步。玄都笑道："凤凰，你既要擒我，却不敢上前，是何道理？"凤引说道："枉你乃太清弟子，执掌大罗宫，行事却是躲躲藏藏。若有本领，且自过来。"玄都使话相激："尝闻三界灵禽，以凤凰为尊，既然称尊，却不敢拿我，可见世人之说，皆是妄言。"凤引闻言，却不上当，只道："我今在此，你可自来。若不来，我则去下邳，捣个天翻地覆，再与你相斗不迟。"玄都见凤引不前，倒是暗急，正思量如何处置，忽一派仙乐之音，满地祥云缭绕，梧桐树上，现出一女，翩翩起舞，美貌绝伦，但见得：

轻风回雪展飘裙，摇手抚袖浅弄频；
柳腰牵丝还幽鬟，纤足旋虚舞香凝。
口中珠兰吐磬韵，眉间玉颜含氤氲；
尽是人间看不足，犹上梧桐放心情。

凤凰爱美，临水自照。今凤引见此女如此美丽，相比之下，自己竟略逊一筹，不由得心中又嫉又恨，大呼："你这女子，乃是何人，竟在梧桐之上起舞？"那女子闻言，笑道："我乃凤凰，素栖梧桐，如何不可在此跳舞。"凤引大怒，喝道："你是哪里来的妖物，竟敢假称凤凰，我这便擒你，看你是何本相。"一气之下，妒忌上脑，哪里顾得许多，遂上了梧桐。不知此处乃山河社稷图变化的，凤引入了圈套，尚不自知。玄都大法师遂沿金桥下了宝图，见凤引在树上，往女子杀去。那女子不待凤引靠近，身子旋旋一转，径自踪影全无。凤引登时一激灵，心知不妙，直觉身前身后，四象变化，无穷无尽，思山即山，念水即水，要风得风，想雨得雨，虽是好景色，却是不得出，且处处生梧桐，梧桐在脚下。

凤引虽惊，面色却也不惧，换作他人，落入山河社稷图，早已束手待缚，凤引则是不然，只见将六团神火往下一抖，登时熊熊大火，起于梧桐，凤引坐于树上，任大火烧身，纹丝不动，不多时，全身为大火吞噬。玄都大法师从外看来，那山河社稷图中，尽是火光，不知凤引作甚。正疑惑，忽见得金光四起，一声脆鸣，火中腾出一物，乃是凤凰涅槃，抛却原相，新生本体，见模样，高六尺许，鸿前麐后，蛇颈鱼尾，鹳颡鸳思，龙文虎背，燕颔鸡喙，五色备举。凤凰浴火新生，展开双翅，正要出宝图，又闻得一声雷响，火光之中，一条大蛇扬尾，将凤凰脖颈索住，一人腾于其背，正是女娲圣像，人首蛇身，口中作歌道：

> 天地交合万物生，岂知大蛇定乾坤。
> 凤凰涅槃现本相，西方空法最惑人；
> 梧桐树下起焰火，山河社稷放光明；
> 千千飞羽随我去，万万东土画图腾。

且说女娲娘娘缚了凤凰，收了山河社稷图，抖一抖，但见沈文泰八人，落下树来，登时凭空现风火蒲团，一一裹走。女娲坐在凤凰背上，一步步走下树来。玄都拜道："娘娘大法无边，多谢相助。"女娲说道："我不下来了，这便回山，今收了凤凰，也是东方有道，自得庇佑。"遂别了玄都，把凤凰一拍，只见凤凰二翅展开，神火相绕，紫雾祥云，径往娲皇宫去了。

玄都自回涂中，葛洪见老师亲至，率众人相迎。玄都说道："那凤引乃是凤凰所化，今女娲娘娘亲自收了，此难已解，不必担忧，然灵山折了凤凰，必不甘休，想来一场大劫，便在眼前，你等好生应对，莫要逞强，世事自有造化。我不入城，这便去了，你等好自为之。"遂与景风童子，往大罗宫而回。

大和尚在营中，见涂中城外，一声雷响，又有祥云缭绕，一女驾凤凰而走，大惊，即谓石勒："凤引此去，凶多吉少，我等既占寿春，立足未稳，且固好防御，再作区画。"石勒称是，即命三军撤回寿春，清点人马，整束军需不提。话说葛洪率众退入涂中，收住败残人马点视，有一万有余，上殿谓众将道："今石勒大举而来，我等奉天子之命，御兵抗衡，各有胜负，互有成败，今凤凰被收，想来一场劫难，在所难免。那石勒虽为贼寇，也是一方之主，不惧风险，率众亲征，已占寿春，直逼涂中，涂中若失，建康危矣。故涂中不得失，天子当临阵，方能鼓足士气，北还中原。"遂命陶侃："将军且回建康，禀明形势，晓以利害，请得天子，御驾亲征，以顺天人之愿。"陶侃领命，率一队人马，即回建康。

且说元帝闻陶侃入都，即召上殿。但见芙蓉帐暖，白玉阶前列文武；珠光宝气，金鸾殿上坐君王。檀香炉，花停烛，金帘高卷；盘龙柱，雉尾瓶，银扇低悬。陶侃见殿上富丽堂皇，一时心中不是滋味。元帝问陶侃："前方战事如何？"陶侃尽叙其详，又道："今石勒大军占据寿春，军师固守涂中，形势危急，望陛

第九十一回 女娲显真收凤凰 多宝得轮布十界

下御驾亲征。"此言一出，满堂皆惊，御史中丞刘隗不解："陛下上山击鼓，请得军师来，统兵抵御，军师乃大罗宫门人，奇门遁甲，无所不能，为何须要陛下亲征？"陶侃回道："中丞不在前方，故有所不知，军师虽有玄通，然石勒阵营，亦有奇异之士，神通精妙，见所未见，闻所未闻，若非军师有三山五岳相助，仅凭我等，哪能抵御。那石勒乃一方之主，如今亲率大军而来，士子用心，将士用命，非我等将帅可比。若陛下亲征，定当鼓舞众心，天下响应，一战而溃来敌。"

尚书左仆射刁协闻言，面色不悦，说道："此言谬也。天子乃九五之尊，战场厮杀，刀剑无眼，岂能轻易上阵。殊不知，但凡天子出征，须俱备其三，或为马上天子，或为国家存亡，或为战必能胜。今军师与石勒对峙，胜负未分，且尚有长江天险，国家未至存亡，陛下更非马上天子。你等置陛下于险地，是何居心？"群臣附和："天子亲征，实不应该，将军既奉命御敌，当用心为之，莫要生出事端。"元帝安居建康，且南北士族，皆有牵绊，此时亲征，心中也不情愿，又看向王导，王导知其心意，遂道："陛下初至江东，移都建康，百废待兴，实不宜御驾亲征。今陛下既令军师抵御胡寇，可赐天子之剑。见剑如见陛下，军师可见机行事，全权决断。"元帝闻言，颔首说道："众爱卿所言极是，今战事急切，将军可速回下邳，与军师共御胡贼，孤在此，等候捷报。"遂命左右，取天子剑赐予陶侃。陶侃接剑，不敢多言，遂领旨出殿，未作停留，直奔涂中而去。按下不提。

话说女娲娘娘收了凤凰，多宝如来坐于宝殿，正说法讲经，忽心血来潮，闭了双目，默运元神，好半晌，方睁得眼来，谓惧留孙佛："不想女娲娘娘亲至，收了凤凰，与昔日燃灯佛祖收孔宣，一般无二。今孔雀、大鹏入西门，凤凰却往东土，乃我失算。"惧留孙佛回道："女娲娘娘乃上古正神，竟降下世间，亲收凤凰，倒是教人好生意外。若如此，佛图澄岂能成功。事已至此，我等再不思量，中原难立，大乘不存矣。"多宝如来说道："处处逢归路，头头达故乡；本来成现事，何必待思量。佛祖入极乐，留身凌云渡；渡上有一桥，桥上可问路。我往凌云渡去，你等在此等候。"言毕起身，祥光缭绕，霞云袅袅，到得凌云渡，见一道活水从天下，滚浪飞流入灵山。八九里宽，四无人迹。渡上有一桥，桥边有一匾，匾上刻"凌云渡"三字，此桥乃是一根独木桥，又细又滑，纵是大罗金仙，亦难信足而过。有诗为证：

远看横空如玉栋，近观断水一枯槎。
维河架海还容易，独木单梁人怎蹅。
万丈虹霓平卧影，千寻白练接天涯。
十分细滑浑难渡，除是神仙步彩霞。

小桥虽难走，怎能却如来。多宝如来信步上桥，说道："弟子参见佛祖。"见风中浪里，漂来一只船儿，船儿无底，船上金光闪闪，不见人影，却有一声传来："一念觉乃一念佛，念念觉来念念佛；一念迷，一念众生；念念迷，念念众生。故六凡四圣十法界，佛与众生在觉迷。"多宝如来闻言，思索良久，说道："弟子愚钝，望老师指教。"那声又起："大千大色，可见为世界，无见为法界；世界为依，乃我所依所住之地；法界为正，乃有情有生之性。凡圣境界，从性上而言，由下而上，为地狱、饿鬼、畜生、人、阿修罗、天、声闻、缘觉、菩萨、佛，其各有因果，界畔分明，故称十法界，此乃大乘之义，前六法界，为六凡法界；后四法界，为四圣法界。凡夫一天之中，来去十法界不知凡几。一念恼害仇恨之心生起，即为地狱；一念嗔恨斗争之心生起，即为饿鬼；一念愚痴无明之心生起，即为畜生；一念持戒修善之心生起，即为人道；一念嫉妒骄慢之心生起，即为修罗；一念欢喜快乐之心生起，即为天堂；一念安住小乘之心生起，即为声闻；一念缘悟独觉之心生起，即为缘觉；一念利他无我之心生起，即为菩萨；一念平等包容之心生起，即为佛道。"多宝如来闻言，拈指而坐，闭目思索。

好半晌，多宝如来睁开眼来，登时顶上圆光通明，周身五彩缤纷，开言："奇哉，奇哉，大地众生皆有如来智能德相，只因妄想执着而不能证得。"此言一出，船上即现一人，正是南无宝幢光王佛。佛祖笑道："十法界，虽有其说，却无其行。你往下看来。"多宝如来往下看，见那独木桥，齐齐罗列十个法轮。佛祖说道："此十轮你且拿去，好自参详。"多宝如来问佛祖："此轮有何妙用？"佛祖说道："此轮乃十界轮，各有其名，一曰火涂轮，二曰刀涂轮，三曰血涂轮，四曰无天轮，五曰中善轮，六曰静妙轮，七曰观音轮，八曰辟支轮，九曰度行轮，十曰行满轮。一法界为一界轮，十界轮为十法界。你且去吧。"多宝如来收好宝轮，过桥回头，连无底船儿却不知去向，遂合掌敬道："多谢老师指教。"

且说多宝如来离了凌云渡，回到灵山，众弟子等候在殿。如来取出宝轮，命灵山十子——摩诃迦叶、目犍连、富楼那、须菩提、舍利弗、罗睺罗、阿难陀、优婆离、阿尼律陀、迦旃延道："你等各执一轮，去琅琊山摆十法界，看道门之中，哪一个敢进界中。如有事时，我自来与他讲。"众比丘、阿罗、揭谛、金刚、大曜、罗汉、迦蓝、菩萨，便是六佛，也未见过十轮，皆请问如来："此轮如何来历？"多宝如来谓众弟子道："此轮我本不知，乃佛祖所授，凌云渡上，我受佛祖教导，悟得片面，想佛祖创世，亦须普世。今世间多贪多杀，多淫多妲，多欺多诈；不遵佛教，不向善缘，不敬三光，不重五谷；不忠不孝，不义不仁，造下无边之孽，故佛祖创十界轮，欲布十法界，演地狱法界、饿鬼法界、畜生法界、阿修罗法界、人法界、天法界、声闻法界、缘觉法界、菩萨法界，直至佛法界。十轮倒悬门上，旋转其轮，轮光结界，各成其法，任从他是万劫神仙，也难出界中。"众弟子称是。曾有赞此十界轮，赞曰：

非金非银非铜铁，无因无果无始终。
见去见来见善恶，犹真犹幻犹露藏。
曾在须弥山中炼，今朝凌云渡间扬。
十轮自转证佛法，大妙通界神仙慌。

多宝如来将此十界轮付与灵山十子，又画与十法界阵图，交与俱留孙佛，言曰："凤凰失利，晋兵必乘势进兵，你领十子，知会佛图澄一人，往琅琊山去，阻住道门，看他怎样对你。此为两教之事，与凡俗无关，我与众佛菩萨，随后便至。"俱留孙佛离殿，径往琅琊山去，按下不表。

且说陶侃谏天子亲征，群臣反对，天子亦是不愿，不得已携天子剑，回至涂中。葛洪闻及详情，领天子剑，面色未改，只是心中叹息，谓众将："陛下才至江东，重立社稷，百废待举，不得亲至涂中，也是情有可原。今赐天子剑，我等当力守国门，不得使胡寇得逞。"众将见天子剑，如见天子，齐道："但凭军师吩咐。"小黄龙说道："今女娲娘娘收了凤凰，石勒虽占寿春，军心定失，陛下赐天子剑，我等当勉力奋发，收复失地，北还中原。"众将亦道："当继祖逖将军之志，先夺寿春，再进北地，还我汉家，复我山河。"葛洪见众人齐心，士气振作，也是欣慰，说道："胡寇占据北地，中原失色，百姓荼毒，我等既受天子剑，当行吊民伐罪之师，代天以彰天讨，救万民于水火。"遂将天子剑高捧过眉，命小黄龙为左先锋，太华为右先锋，陶侃为主将，周玘为副将，清点人马，准备粮草，点炮起兵，直往寿春。

人马离了涂中，往寿春城来，一路上旗幢招展，绣带飘摇，将官精神，士卒抖擞，金字令牌，来往穿梭，未行十里，来到琅琊山，见一座大山，山青叠翠，水长流光。葛洪问道："此山何名？"陶侃回道："此处乃是琅琊山。"葛洪闻是琅琊山，不由得想起李意期来，心中闷闷不乐，正要前行，忽小黄龙报来："三位师兄来矣。"葛洪赶紧出迎，见三位道人，齐齐整整，飘飘缈缈，正是张道陵、萨守坚和许逊。

葛洪上前，打一稽首，拜道："恭迎三位师兄。"张道陵说道："大难将至，不得不来。"葛洪闻言大惊，问道："此话怎讲？"萨守坚说道："你且不知，灵山多宝如来，已在琅琊山祭十界轮，布十法界，不可草率前进。"葛洪不由得问道："十界轮，十法界是何玄妙？"许逊说道："老师只言及法轮布界，命我等来此听候，至于其中玄妙，我等也是不知。"张道陵说道："你速安下大营，吩咐将士，搭起芦篷，迎接各处奇士上真，等候掌教师尊，方可前进。"葛洪闻言，急命陶侃结营起寨，又命周玘至前面关隘，起盖芦篷去了。

翌日，周玘报来："禀军师，芦篷俱已完备。"张道陵说道："既已完备，只得洞府门人去得，凡夫俗子，一概不可去。葛洪、小黄龙、太华，且随我走。"葛洪传令："此次非比寻常，与以往大战不同，人力不可为，武艺更无益。诸位将官且安守大营，我同师兄前去芦篷，等候掌教与三山五岳上真，见十界轮，会十法界。"又命陶侃："将军理会军务，如有妄动者，军法从事。"陶侃、周玘忽闻战事，百感交集，齐道："谨遵军师吩咐，军师前途保重。"众人道别。

且说天师与葛洪众人离了大营，行有五十里，来至芦篷，只见悬花结彩，飘锦扬带。众人上芦篷，往远处看，那前面有黄气缭绕，梵音袅袅。张道陵说道："那一派黄气罩住之处，便是十界轮所在。"葛洪看不出天机，叹道："幸得师兄告知，若非如此，三军定覆没于此。"定睛观看，谓三位天师："阵中有数人，不知来历，然除去佛图澄，其中一人，却是相识。"张道陵细细观看，颔首说道："原是惧留孙师叔，封神之后，不知何故，师叔弃阐化佛，久不得闻，不想今日此处得见。"萨守坚说道："若是如此，十轮法界，岂是你我能为。"张道陵说道："此阵非你我能破，且安坐于此，自有道理。"又问葛洪："老师有言，聚仙旗可在你身上？"葛洪一怔，忽记起下瑶池时，王母曾将聚仙旗借予，此时若未张道陵说起，倒是忘之脑后，忙从袖中拿出宝旗，说道："聚仙旗正在此处。"张道陵说道："且将聚仙旗插在芦篷外。"葛洪依言，宝旗一展，氤氲遍地，一派异香笼罩。

几人在芦篷坐下，少时，只见半空现九人，张道陵抬眼，笑道："九曜来也。"遂与众人相迎，乃是计都星君、火德星君、木德星君、太阴星君、土德星君、罗睺星君、太阳星君、太白金星、水德星君。未多时，又有六司七元到来，乃是南斗六星君：天府宫司命星君、天相宫司禄星君、天梁宫延寿星君、天同宫益算星君、天枢宫度厄星君、天机宫上生星君；北斗七星君：北斗阳明贪狼星君、北斗阴精巨门星君、北斗真人禄存星君、北斗玄冥文曲星君、北斗丹元廉贞星君、北斗北极武曲星君、北斗天关破军星君。

葛洪一一上下迎接，俱至芦篷坐下。不多会，听得五方有环佩之声，张道陵立起身来，谓众人："五方五老到来。"出篷看，正是：东方青帝青灵始老九炁天君、南方赤帝丹灵真老三炁天君、中央黄帝玄灵黄老一炁天君、西方白帝皓灵皇老七炁天君、北方黑帝五灵玄老五炁天君。

众人迎入篷内。青灵始老说道："如今十法界一会，劫运才满，葛洪炼丹方成，众位自此归山，以正序列，得存道果，再图精进。"众道人说道："东方始老之言，正是如此。"

翌日，众人正在篷内说话，忽见半空中，仙乐齐鸣，异香缥缈，遍地氤氲，从空而降。空中来了五位道人，为首者，乃玄都大法师。众人起身，赶紧齐下篷来，明香引道，降阶迎接上篷，行礼坐下。玄都大法师谓众人："且见过四御。"正是：北极紫微大帝、南极长生大帝、勾陈上宫天皇大帝、承天效法后土皇地祇。众人伏地，拜见四御。玄都大法师说道："既已来到，且去十法界看来。"众人齐起身，下了芦篷，四御五老，六司七元九曜俱随来看。

且说惧留孙佛领灵山十子，祭十界轮，布十法界，见前方一派红光，知道教门人来了，命十子各立轮下，掌中发雷，把黄光展开，十轮转动，轮上现十道门，但见门中，好玄妙：云气浮动，时空缥缈，天不为天，地不是地，或见苍穹浩瀚，或见星辰璀璨，或见高山深谷，或见大江大海，或见宝树灵鸟，或见鬼怪妖魔，或见菩萨佛子，或见罗刹夜叉，各显其法，各成其界。十轮时隐时现，时升时降，上下反复，变幻无穷。

惧留孙佛立于十法界前，见玄都大法师到来，打一稽首，说道："大法师，众位道友，别来无恙。"众人打稽首，玄都大法师说道："昨日阐家，今日佛门，一念之念，只在尺寸之间。道友转身为佛，本出自性，我也不当讲，只是你在此祭轮设界，阻昔日同门，是何道理？"惧留孙佛说道："劫不见劫不是劫，难不度难不为难。你我皆是如此，只是其形其表，不同而已。我奉如来法旨，只管转轮布界，其他无关。"尚要再言，半空中，梵音响亮，异香袭袭，随侍有灵山五佛，后列三十一位菩萨，分别有号，乃是：

南无金刚不坏菩萨、南无宝光菩萨、南无龙尊王菩萨、南无精进军菩萨、南无精进喜菩萨、南无宝火菩萨、南无宝月光菩萨、南无现无愚菩萨、南无宝月菩萨、南无无垢菩萨、南无勇施菩萨、南无清净菩萨、南无清净施菩萨、南无娑留那菩萨、南无水天菩萨、南无坚德菩萨、南无无量掬光菩萨、南无光德菩萨、南无无忧德菩萨、南无那罗延菩萨、南无功德华菩萨、南无莲花光游戏神通菩萨、南无财功德菩萨、南无德念菩萨、南无善名称功德菩萨、南无红焰帝幢王菩萨、南无善游步功德菩萨、南无善游步菩萨、南无周匝庄严功德菩萨、南无宝华游步菩萨、南无宝莲华善住娑罗树王菩萨。

不知众佛菩萨降世，何人领首，且看下回分解。

第九十二回　多宝说六凡四圣　黑帝入地狱之门

仙佛自来有闲愁，莫道空空无烦忧；
千年封神千年事，今朝十界梦里游。

且说惧留孙佛在琅琊山祭十界轮，布十法界，正与玄都大法师说话，忽半空五佛三十一菩萨齐至，领首者，正是多宝如来。那多宝如来乃是灵山掌教，修得七宝佛塔，圆光璀璨，不坏金身，登时五彩缤纷，霞云缭绕。惧留孙佛见之，遂领佛图澄与众弟子相迎。

玄都大法师见多宝如来到来，打一稽首，说道："多宝道友，别来无恙。"多宝如来见玄都大法师上前，亦合掌礼道："原是玄都道友，各自安好。"玄都说道："昔日诛仙阵中，天尊将你拿上大罗宫，后出函谷，化胡为佛，送你往灵山，不想得金身佛果，仍然执迷不悟，如今设下十法界，又来阻扰人间，妄违天命。岂不知，佛法若在人心，何必处处建寺，步步拜庙。借胡马，行杀戮，传教理，不是修行者所为。"多宝回道："道友此言差矣，千年之事不必说，今朝人间又相逢。你高处玄都，不知红尘。司马得国不正，庙堂不清，贾氏生祸，八王相争，以致四海崩离，八荒纷乱。社稷已然坍塌，人心已经溃坏。殊不见，周生春秋，秦亡战国，汉替暴政，又生三国，所谓转轮缘法，有亡有兴，有更有替，有分有合，若是天下一统，大治大兴，何必有别东土西门，胡马汉家。道友一番说话，尚怀执着矣。"

玄都见多宝如此说话，叹道："见事之理，不在口舌。你既设十法界，与我等见其玄妙，可否道来？"多宝如来说道："我也不惧与你说，十法界，乃十界轮所驱，火涂轮转地狱法界，刀涂轮转饿鬼法界，血涂轮转畜生法界，无天轮转阿修罗法界,中善轮转人法界,静妙轮转天法界,此六界为六凡。而观音轮转声闻法界,辟支轮转缘觉法界,度行轮转菩萨法界,行满轮转佛法界,此四界为四圣。六凡四圣,为识性业障,各入其道,各成世界。"玄都大法师问道:"火涂轮,以成地狱界,如何说来?"多宝如来说道:"火涂轮,乃佛祖观世人欲性,往南瞻部洲深处,取暗黑之火而炼,但造上品杀、盗、淫、妄言、绮语、恶口、两舌、贪欲、瞋恚、邪见这十恶业者,即堕此轮中,随轮而转,烧炙有情,如水瀑流漂没一切,无有慈悲,一失人身,万劫难复,故曰地狱法界。"

玄都大法师闻言,眉头一皱,又问:"刀涂轮,以成饿鬼界,如何说来?"多宝如来说道:"刀涂轮,乃佛祖观世人求乞,往刃树剑山之上,取受生之刀而炼,但造下品十恶业者,或悭贪、嫉妒、谄媚、欺诳,乃至饥渴而死的,即堕此轮中,随轮而转,感饿鬼果报,受刀杖驱逼之苦,故曰饿鬼法界。"

玄都大法师闻言,也是摇首,问道:"血涂轮,以成畜生界,如何说来?"多宝如来说道:"佛祖未悟之前,山中用功,一日寻食,恰遇一虎才生幼子,瘦骨如柴,既无气力觅食,也无乳汁哺乳,无奈之下,只得吃掉一只幼虎充饥,方予其他幼虎生机。佛祖想母子相食,众生之苦,无量无边,遂将自己布施母虎,使众子皆存,从而成佛。血涂轮,乃佛祖见世人戕害,取投虎之血而炼,但造中品十恶业者,即堕此轮中,得畜生报,成披毛戴角,鳞甲羽毛,互相残杀,弱肉强食,因怀恐惧,为人驱使、鞭挞而劳役不停,故曰畜生法界。"

玄都大法师闻言,轻声叹息,又问:"无天轮,以成阿修罗界,如何说来?"多宝如来说道:"无天轮,乃佛祖观世人瞋恚、我慢、猜疑、怖畏,往常羊之山,取刑天斧而炼,虽行下品十善,却不能升天,嫉妒天之福德者,即堕此轮中,随轮而转,感修罗果报,尽受杀戮之苦,故曰阿修罗法界。"

玄都大法师闻言,眉头紧锁,再问:"中善轮,以成人界,如何说来?"多宝如来说道:"中善轮,乃佛祖见世有生、老、病、死、爱别离、怨憎会、求不得、五阴炽盛八苦,往南极之地,取应龙爪泥而炼,但修中品十善业者,即入此轮,随轮而转,感六根不具果报,尽受修行之苦,故曰人法界。"

玄都大法师闻言,微微颔首,问道:"静妙轮,以成天界,如何说来?"多宝如来说道:"静妙轮,乃佛祖见世人虽得四胜,却有五衰相现,往二十八天,取三禅锡杖而炼，但依过去所造业力，即堕此轮中，随轮而转，难脱坏空之运，尽受轮回之苦，故曰天法界。"

玄都大法师闻言，说道："听道友之说，一切众生，沉沦三界之内，由其所造作之罪业不同，因而往返六轮。六轮六界，有善恶之别，天、人、阿修罗属于三善界；畜生、饿鬼、地狱属于三恶界。皆称六凡，可否如此。"多宝如来回道："道友明心见法，确是如此。"玄都大法师又问："六凡既晓，可见四圣。观音轮，以成声闻界，如何说来？"多宝如来说道："观音轮，倒与你教有缘。"玄都大法师闻言，不由得一怔，问道："此话怎讲？"多宝如来回道："万安山一战，慈航入帝释天，化相观音，佛祖往极乐之地，取梵空铃而炼观音轮，助慈航悟小乘究极，从此慈航已去，观音得生。但闻佛陀声教而开悟，常修定境，注心一处，安住于正知正见者，可入此界，随轮而转，听无上之音，利根三世，钝根六十劫，故曰声闻法界。"

玄都大法师说道："如此说来，慈航道人已去西方矣？"多宝如来回道："然也。"玄都思索片刻，方问："声闻界我已知晓，辟支轮，以成缘觉界，如何说来？"多宝如来说道："辟支轮，乃佛祖于观音轮之上，破除少分习气，得缘炼得，此轮生辟支佛，一分为二，其有佛之世，可听佛说十二因缘，修证成道，无佛之世，可由前世善根，春观百花开，秋睹黄叶落，观自在，观世界变迁而悟无常、苦、空、无我之理。但有悟者，可入此界，随轮而转，得无上缘法，利根四世，钝根百劫，故曰缘觉法界。"

玄都大法师问道："如此说，观音轮为小乘究极，辟支轮可入大乘？"多宝如来因道："非也，观音轮可使习气全存，而辟支轮可破习气，故缘觉胜于声闻，然缘觉与声闻，二者皆只知利己，不知利他，不能入大乘，只可入中乘矣。"玄都大法师若有所思，颔首又问："度行轮，以成菩萨界，如何说来？"多宝如来回道："发上求佛道，下化众生之菩提心者，就是菩萨。度行轮，乃佛祖往灵台方寸山，借得智光菩提而炼，但既能自觉，又能觉悟一切有情者，可入此界，随轮而转，生大慈悲心，消除烦恼，广修六度万行，经三大阿僧祇劫，五十二阶位，以自利利他之行，逐渐圆满一切功德，故曰菩萨法界。"

玄都大法师问道："如此说，辟支轮为中乘之界，度行轮可入大乘？"多宝如来说道："然也。"玄都大法师笑问："行满轮，以成佛界，如何说来？"多宝如来说道："佛法在世间，不离世间觉，离世求菩提，犹如觅兔角。佛乃法界众生，最究竟圆满圣者，度众功行圆满，达到自觉、觉他、觉满，能够利益一切众生，可为出世圣人最高境界。佛祖成佛，顶现行满之轮，此轮由佛祖亲掌，除非圣人，不得入此界矣。但入此轮者，由佛祖点化，以弃本原，得无上法妙，不生不灭。故曰佛法界。"以上六凡四圣，合为十法界，有诗为证：

一行一念心，三元五运各有情；十轮十法界，六凡四圣谁无音。若寻一真证佛法，大地众生皆如来；菩萨畏因，凡人惧果，见者何依，受者何凭。虚空可量地可裁，净染随缘去我身。

玄都大法师闻言大笑，说道："一家之言，虽也有理，不可尽信。太清道德天尊有言，有一物，混混沌沌、无边无际、无象无音、浑然一体，先于开天辟地、无极洪荒，其独一无二，无双无对，永不改变，却又周流于万物，永不停息，此乃世间天地万物、宇宙根本。不知究竟何名，乃以道命之。道，无处不在，无远不至，无穷无尽，既生成宇宙万物，又使万物回归。道大，从而天大、地大、人亦大。故人法地，地法天，天法道，道法自然。一切皆为自然，道友何故祭十界轮，设十法界，分个上善下恶，阶品果位。正是你等如此，且不看那西牛贺洲，婆罗门、刹帝利、吠舍、首陀罗，上下种姓，富贵贫贱，无边罪孽，无穷无尽，灵山脚下，杀戮横行，妖魔遍地，不敬大道，不修人身，根本尚未圆满，还要东扩西图，南征北伐，使天地不合，乾坤不安，实乃谬也。"多宝如来闻言，面色不惊，说道："两教斗法不斗口，今我已是祭了十界轮，摆十法界在此，道友就破此阵，便见高下。"玄都大法师说道："你要我破此阵，这也不难，待我安排妥切，自来会你此阵。"遂转身移步，回到芦篷。

且说玄都大法师安排破阵之策，紫微大帝在旁说道："多宝虽讲法界奥义，却不知阵脚如何？"玄都领首，说道："此阵乃西方佛祖亲传，稀奇幻法，阵名罕见，我方才观之，前六界毕竟六凡，倒是好破，只需寻得阵脚，便可破来。然后四界乃是四圣，非大智慧神通者不可破来，其佛法界，便是你我，亦不得擅入。"长生大帝说道："一步一坎一道关，关关都是道场现；魔高一尺道一丈，压倒魔焰道方显。所谓道法自然，众位不必忧虑。"玄都大法师说道："此言甚是，先破六凡，再说四圣，然六凡之中，需有道友先入阵，以身试来，倒是凶险万分。"众人说道："以身试道，何惧之有。"玄都大法师闻众仙言，遂掌元戎，领众仙下篷，步行排班，缓缓而行，只见四御对五老，六司对七元，九曜对天师，齐齐整整，摆在当中。玄都大法师居首，葛洪伺候左右。

多宝如来见玄都大法师领众仙齐至，谓迦叶佛："且去界中，坐于火涂轮中央，占据阵脚。"又命善游步功德菩萨、善游步菩萨、周匝庄严功德菩萨、宝华游步菩萨、宝莲华善住娑罗树王菩萨道："你等立宝轮五方，占据其毂，但见人来，即刻转动，自有奥妙。"众人入界。多宝如来开地狱之门，谓玄都大法师："地狱法界已开，但任道友入来。"玄都大法师看左右，暗思："并无试阵之人。"正犹豫间，忽半空风声飘飘，云气袅袅，落下五人。

见那五人，一人戴莲子箍，穿绛绡衣，双目瞳孔，乃是方形，手提一根水火棍，见众道人打个稽首道："我乃茅仙山水火洞李根是也。"一人戴三叉冠，穿白鹤服，三缕长须，手执一根紫荆铜，打稽首说道："我乃九嶷山石上洞王兴是也。"一人戴虎头冠，穿飞鸾衣，全气全神，手拿一面烨光镜，打稽首说道："我乃中岳山观星洞黄敬是也。"一人戴八角巾，穿烟霞衣，眉藏火电，手拿一把逍遥尺，打稽首说道："我乃王屋山古生洞甘始是也。"一人戴飞龙冠，穿青蝉衣，老气横秋，拿一枝青竹杖，打稽首说道："我乃东山花果洞介象是也。"五人齐道："今奉太上之命，前来破界。"玄都大法师见五人，感慨而言："五位道友，远道而来，以身试阵，须万千小心。"五人齐道："老师且安心来，我等去也。"遂往地狱之门。

且说佛图澄见五人，大呼："玄都门下，何人见阵？"五人各报其名，佛图澄喝道："无名之辈，焉来送死。"五人齐道："既奉敕下山，怎能空回。"遂入得门中，迦叶佛见有人入内，摇动轮轴，五位菩萨各转轮毂，霎时间，宝轮之上，自成一方世界。五人看世界，处处着火，步步地狱，皆有其名：火象地狱、火狗地狱、火马地狱、火牛地狱、火山地狱、火石地狱、火床地狱、火梁地狱、火鹰地狱、烧手地狱、烧脚地狱、火屋地狱、火狼地狱、如是等地狱。正乃：

地狱忧苦，无门自钻；

起惑造业，受报循环。

    五人往前行，见一菩萨，身显黄光，两手定印，乃宝莲华善住娑罗树王菩萨。菩萨见众人，转动轮毂，说道："实为第一善，妄语第一恶。道友既脱红尘，不应毁犯誓言，且受誓言之火。"将誓火杵祭起，登时熊熊烈火，从地中冒起，直奔五人。李根见道："道友只管前行，我来对付。"遂将水火棍祭起，那棍一头出水，一头出火，水乃天水，火乃地火，水火交融，瞬间将誓言之火熄灭。李根笑道："如此道行，也来坐阵。"话未讲完，忽闻得菩萨声起："昔日吴太丈与你学道，你既然收之，已行师生之约，然王凌叛乱，领吴太丈出走便是，何必告之，以致其弟招祸，此番罪孽，今日当受来。"登时大火从李根脚下生起，将其吞噬其中。

    李根失陷界内，四人皆不知晓，往前行，见一菩萨，身红黄色，右手施护印，左手说法印，乃宝华游步菩萨。菩萨见众人，转动轮毂，说道："口出恶言，无中生有，诋毁诽谤，罪业甚大。道友既修清净，不应毁谤佛法，且受毁谤之火。"将谤火铃祭起，登时一团火球，萦萦绕绕，烧向四人。王兴见道："你等只管向前，我来对付即可。"遂将紫荆铜祭起，那铜出紫荆，一枝枝，一匝匝，如染如画，又见花朵密密麻麻，百朵簇生，满条红火，裹住火球，霎时露出珠放，将火球熄灭。王兴笑道："此毁谤之火，不过如此。"话未落下，闻得菩萨声起："昔时嵩山九疑仙人指点，教世人食菖蒲，你既成长生之道，不该得一物，弃一物，逍遥快活不愿，到此谤佛阻佛，以生罪孽，今日当受来。"遂见百花焦枯，荆条烧断，那火球从中而出，将王兴吞噬其中。

    王兴失陷界中不提，三人亦往前行，见一菩萨，其身通红，右手微伸，结施无畏印，左手结定印，乃周匝庄严功德菩萨。菩萨见三人，转动轮毂，说道："所作众罪，若自作知，若教他作，见作随喜。道友见人作恶，心有欢喜，且受喜作之火。"将作火袋祭起，那袋出狂风，火随风走，直烧三人。黄敬见道："你二人莫要停留，只管看阵，此处我来应付。"遂将烨光镜祭起，那镜出烨光，光照之处，尽燃阳火，腾腾而起，将风火阻住。黄敬笑道："任你喜作之火，狂风作浪，亦有穷尽之时。"话音未落，闻得菩萨声起："昔日张紫阳求道于你，你言世人可似你，而不可学你，见你作而作，你见作而喜，却不得作，是为罪孽，今日当受来。"忽见作火袋一张，将烨光收入袋内，转而出狂风烈火，将黄敬吞噬其中。

黄敬失陷界内，甘始与介象久不见三人赶来，心中不免忧虑，正徘徊时，忽见一菩萨，其身蓝色，右手触地印，左手定印，乃善游步菩萨。菩萨见二人，转动轮毂，说道："两舌之罪，亦令众生堕三恶道。若生人中得二种果报，一则眷属乖离，二则亲族弊恶。道友不持和气，挑唆生事，当受离间之火。"将离火螺吹起，那火旋旋而发，看似小火，未料愈发愈烈，到身前，已是漫天大火。甘始谓介象："道友自行前去，此处有我足矣。"遂将逍遥尺祭起，那尺非金非铜，可长可短，可屈可伸，沿离间之火而走。火长一分，则尺大一分；火高一分，则尺伸一分。又见宝尺弯弯曲曲，连成一圆，将火围在其中，不得而出。甘始笑道："魔高一尺，道高一丈，些许小火，不足挂齿。"话才落下，闻得菩萨声起："昔日魏武召你于门下，曹植见你老而少容，密问所行，你言南海作金，投数万斤于海中，又取鲤一双，从而得药，乃是投金离鲤，是为罪孽，今日当受来。"忽见逍遥尺吱吱作响，连接之处如大口张开，离间之火迸发而出，将甘始吞噬其中。

甘始失陷界内，仅介象一人前行，少时，忽见一菩萨，其身蓝色，右手持剑当胸，左手定印，乃善游步功德菩萨。菩萨见介象，转动轮毂，说道："教人说罪过；罪过因，罪过缘，罪过法，罪过业。道友有是非说念，却借他人而行是非，当受教唆之火。"遂将口火剑祭起。那剑也是奇特，剑身不见锋刃，却排排列列口舌，剑绕身而转，口舌即吐火来。介象即画一道符，放于青竹杖中，将杖插于地上，登时青烟袅绕，青竹杖化为一片竹林，其人已不知去向。菩萨声起："好一个隐藏变化之术。只是昔日你习得禁气之术，不思进修，却常作弄挑唆于人，徒生是非，是为罪孽，今日当受来。"口火剑直插地下，见地中通红，菩萨又道："你虽有隐身之法，然根在地下，如何能走。"闻得地下一声嘶叫，四面八方，尽喷火来，介象早被吞噬其中。

五人皆陷界中，玄都大法师见得明白，叹道："数定在先，怎逃此厄。可怜一身道行，就此损坏。"谓北方黑帝五灵玄老五炁天君："方观地狱法界，乃五位菩萨驱动火涂轮毂，发誓言、毁谤、喜作、离间、教唆五火，迦叶佛居中调度，

427

你且领人，先破此阵，务要小心。"黑帝说道："知道，领法牒。"命九曜："且随我入阵。"作歌出曰：

上导五帝流气，下拯生生众和；

护二仪而不倾，保群命以永安。

佛图澄立于界外，见黑帝头戴玄精玉冠，身着玄羽飞衣，驾黑龙，建皂旗，领九曜破阵，遂报多宝："北方黑帝五灵玄老五炁天君，入地狱法界。"迦叶佛在界内，听得明白，谓众菩萨："北方黑帝到来，不可大意。"且说黑帝入地狱之门，见眼前景象，不由得感叹："人死如灯灭，万念俱成灰。随缘本相转，何必分轮回。西方徒造十界，欺瞒世人，教大千之众，顺受逆来，只顾来世，不修今生，造下无边苦海，不为大道也。"九曜齐道："天君所言甚是。"众人往前行，忽见前方，地生大火，一人在火中，已是根行俱损，不正本体。九曜细看，说道："此乃李根也。"黑帝打一稽首，说道："宝莲华善住娑罗树王菩萨既在此处，何不现身相见。"话音才落，菩萨即现身来，合掌说道："你等既入此界，当如此人。"遂转动轮毂，祭誓火杵，登时熊熊烈火，从众人脚下腾出。

黑帝见景，毫不惊慌，命计都、罗睺两位星君，占据轮毂两侧。此两位星君乃是凶星，罗睺主黄白两道降交之处，计都主黄白两道升交之处，一上一下，阴阳二气集聚，欲止轮毂。菩萨喝道："誓火如言，言存世间，岂是你等可灭。"遂一指，誓火杵打将下来，眼见得两位星君即将遭殃，忽见一道黑水，将四处火焰熄灭，又见一道黑风，将誓火杵卷起，从中一卷，宝杵绞为两截。菩萨见来，正是黑帝，手举一瓶，不知何名，身后一团黑影，亦不知何物，心知玄妙不敌，道一声："尝闻五老乃五行之祖，黑帝执掌北方，穷通极妙，今番见来，果不其然。誓火杵已毁，贫僧这便出界。"遂离轮而出。

黑帝命二位星君，在此守好轮毂，领七曜往前行，忽见数团火球，飘荡半空，其中一球，隐现一人，众人观之，嗟叹："此乃王兴也。"黑帝打一稽首，说道："宝华游步菩萨既在此处，何不现身相见。"话音才落，菩萨即现身来，合掌说道："你等既入此界，当如此人。"遂转动轮毂，祭谤火铃，登时火球升腾，烧向众人。黑帝命太阳、太白两位星君："此乃毁谤之火，可占据轮毂两端，放无限光明。"两位星君一放日炎，一放金光，两端通明，欲止轮毂。菩萨喝道："谤火如念，念生于心，岂是星光可灭。"遂一指，谤火铃陡然变大，欲罩星君。眼见得两位星君即将遭殃，黑帝举瓶，倒出黑水，霎时将火球熄灭，又放出身后黑风，将宝铃绞了个粉碎。菩萨不知玄妙，又见法宝已毁，道声："罢了，罢了，道友玄术精妙，贫僧甘拜下风。"遂离轮出界。

黑帝命二位星君，在此守好轮毂，领五曜往前行，忽狂风大作，大火绵延，地上躺一人，毫无知觉，正是黄敬。黑帝打一稽首，说道："周匝庄严功德菩萨既在此处，何不现身相见。"人随言出，菩萨现了身来，合掌说道："你等既入此界，当如此人。"遂转动轮毂，祭作火袋。登时，风火凌厉，烧向众人。黑帝说道："此乃喜作之火，见人遭殃，心生欢喜，故为心火也。"命木德、土德两位星君："可占据轮毂中央，一疏一堵，使风火散去。"两位星君抖一抖身，一个身放千木，一个土垒如墙，风过树林而渐消，火遇土墙而渐熄。轮毂将止，菩萨喝道："喜作心情，人之常性，岂能轻易灭之。"遂一指，作火袋一吸一张，欲将星君收入袋中。眼见两位星君有危，黑帝将黑水一洒，熄灭作火，又将身一抖，黑风灌入袋中。那袋鼓起，愈鼓愈大，转瞬间，闻得"砰隆"一声，爆裂开来。菩萨宝袋被毁，大为吃惊，参不透黑风奥妙，心知不敌，离轮出界去了。

黑帝命二位星君守好轮毂，领三曜再往前行，忽一股小火，旋旋而来，火中躺有一人，细观之，乃是甘始。黑帝打一稽首，说道："善游步菩萨既在此处，何不现身相见。"话毕，菩萨现出身形，合掌说道："你等既入此阵，当如此人。"遂转动轮毂，吹离火螺，登时火如游龙，漫天尽发。黑帝说道："此乃离间之火，天地有上下，万物有分合，故为常火。灭此火，当须水火交融。"命火德、水德两位星君，占据轮毂上下，交替圆融。星君听命，各放天水地火，使天地合一，离火渐息，轮毂将止。菩萨喝道："人有是非，两舌离间，岂能轻易消除。"遂一指，离火螺陡然声小，大火即消，却见一股小火悠悠而出，悄悄燃于星君脚下。眼见二位星君蒙在鼓中，即将遭殃，黑帝祭起宝瓶，黑水倾洒，浇灭火焰，又见黑风贯入螺内，一声响，宝螺四分五裂。菩萨见状大惊，道声："好手段，好神通，早有人言，北方天君与天寿齐，神鬼莫测，今日见来，果然不虚。"遂离轮出界。

黑帝命二位星君守好轮毂，领太阴星君往前行，见一片竹林，竹子已是干枯，地面烧得通红，地下似有动静。太阴星君升一剑，名曰七星金剑，剑生广寒之气，登时阴阴冷冷，地复原样。星君将剑一扫，土石揭开，其中躺有一人，见之，原是介象。黑帝叹道："介象身怀隐术，也难逃火涂。"又道："善游步功德菩萨既在此处，何不现身说话。"言未毕，菩萨现出身来，合掌说道："你等既入此阵，当如此人。"遂转动轮毂，祭火口剑，那剑排列口舌，即吐火来。黑帝说道："此乃教唆之火，暗藏世间，处处生起。"命太阴星君："你本为阴体，可立于轮毂，独当一面。"星君领命，即立于转轮之上，悬七星金剑，散开星星点点，生广寒之气，欲将火熄灭。菩萨喝道："教而不善，唆而不止，此火岂能轻易灭之。"遂一指，天上地下，尽是口舌，四面八方，皆是火来。星君暗念玄语，七星金剑直打口舌剑，两剑相交，口舌一张，咬住七星金剑，眼见得金剑即断，黑帝祭瓶，那瓶出黑水，倒在万千口舌之上，登时滋滋作响，口溃舌烂，大火即消。太阴星君趁此良机，把剑一放，正打在口舌剑上，闻得"叮当"一声，口舌剑断成两截。菩萨失了宝剑，惊问："此瓶可出黑水，消除万火，不知是何宝物？"黑帝笑道："我也不怕你知来，且听好，此瓶名曰空桑白净瓶，出白云之渊，藏北极黑水，可灭情尘欲，一切常火。"菩萨合掌，说道："此宝当是先天演化，见所未见，闻所未闻，确是精妙。"遂离轮出界。

　　黑帝待菩萨去了，道一声："可断来。"九曜各断其毂。霎时间，闻得一声巨响，地狱界轮戛然而止，哗啦啦四下坍塌，火焰尽消，什么火象火狗，火马火牛，一切地狱之象，统统不见，只剩得中轴阵眼，迦叶佛坐于其上。不知二人斗法，后事如何，且看下回分解。

第九十三回　白帝断饿鬼轮毂　佛祖布盂兰盆节

地狱畜生饿鬼道，多少凡俗受三涂；
若是修得无障碍，见素抱朴游心河。

且说黑帝领九曜入界，断地狱轮毂，五方尽塌，见得迦叶佛，头顶圆光，身披紫衣，背现金轮，膝下伏一大狮，口中唱道：

一切众生性清净，从本无生无可灭；
即此身心是幻生，幻化之中无罪福。

黑帝打一稽首，说道："尝闻灵山有六佛，释迦出世，方合七尊。迦叶乃现在贤劫千佛第三尊，曾在波罗奈城，坐尼拘律树下，说法一会，度人二万，今日见来，果真圆光通慧。"迦叶佛合掌，笑道："贫僧亦闻，五方五老乃五行之始，五气之祖，方才见道友破轮，触手生春，奥妙无穷，钦佩之至也。"黑帝笑道："我虽除毂，然未破轮，道友身处轮中，轮转轮止，皆由心念。我等若破此阵，必要见你来。"迦叶佛亦笑："道友果然通明。"遂把手举起，摊开掌心，升起一珠，那珠通体暗黑，在半空转起，也未见什么奇异之象，九曜却觉浑身无力，似虚脱一般，又见身上精气，徐徐而出，双目神光，登时黯淡，七魄去了其六，不成正形，个个跌倒在地。五方轮毂又呈起转之象。

黑帝见得明白，说道："此珠倒是蹊跷。"遂抖一抖身，命道："且将那珠儿拿来。"身后黑风即出，直卷宝珠。迦叶佛喝道："此黑风，别人不识，我岂不知，你暗放玄冥，将厉风扇起，败五位菩萨，却难不倒我。"遂命："光明狮王，且将玄冥拿下。"光明狮王腾起，通身大放金光，与玄冥斗在一处，方见得玄冥之象，乃是人面鸟身，两耳各悬青蛇，两脚各踏青蛇，双翅一扇，厉风疾起。那狮王也毫不示弱，毛发倒竖，四爪奔腾，坚如金刚，玄冥见厉风绞不动其身。亦是将蛇口张开，双翅乱打，空中有天崩地裂之声，约有两个时辰，闻得一声响亮，光明狮王与玄冥各落下尘埃，一个伤痕累累，一个血迹斑斑，皆不复再战。

迦叶佛见道："好个玄冥，竟使光明狮王败落。"黑帝说道："玄冥，世人未有几人得知，却让光明狮王打落，道友果然精奇。"迦叶佛说道："狮王与玄冥既相斗无果，我二人可见来。"黑帝问道："方才见你那珠儿，倒是个宝物，不知如何来历？"迦叶佛笑道："此珠有名，叫饮光珠。见珠者，失光即饮。人失光，而不复生；仙失光，而不得体；佛失光，而不成身。你且受来。"遂将饮光珠祭在空中。那珠一升起，黑帝顿觉身光即离，气力渐失，心下大异，忙将空桑白净瓶拿在手中，往下一倒，放出黑水，绕住其身，不使身光离走。迦叶佛喝道："莫道黑水无光，万物皆有光华。"见饮光珠旋旋转动，黑水之上，有白气蒸腾，原来此水出自白云之渊，乃云之精华，故可灭一切常火。此时，让饮光珠吸走云光，黑水登时消散。迦叶佛又喝一声，饮光珠打向空桑白净瓶，那饮光珠亦是佛家至宝，直打得宝瓶开裂，不堪再用。

迦叶佛见黑帝宝瓶已毁，笑道："道友法宝尽失，如何破界？若识大道，当速退去，以免声名不易，一朝毁坏。"黑帝见得明白，道一声："太上有言，持而盈之，不如其已。日中则昃，月盈则食，你既饮光，可成全你来。"登时，周身流光随动，显演五炁，口中唱道："炁始而生化，炁散而有形，炁布而蕃育，炁终而象变。"只见光华万千，循循入得珠内，那珠本是暗淡，如今饮得黑帝体中流光，光芒万丈，愈转愈快。那菩萨本面色喜悦，然饮光愈多，神情愈加凝重。再看那五炁，如大海奔腾，似白云翻涌，尽入珠内，宝珠霎时滋滋作响。菩萨眼见不妙，欲收了宝珠，未料黑帝喝一声："天地之炁，岂可尽受，饮光珠还不破来，更待何时。"一声巨响，那饮光珠终究饮光过甚，架不住受，登时四分五裂，毁于一旦。

迦叶佛失了饮光珠，跌下轮来。再看黑帝，亦是失了本体之炁，根行俱损，跌倒在地。仙佛两败俱伤，忽闻得天崩地裂，地狱法界真幻扭曲，不成维象，地狱之门时隐时现，转瞬之间，坍塌下来。迦叶佛化一朵莲花，往凌云渡去了。地狱界轮从空中落下，九曜皆失了体光，无力出界，李根五人更不消说，眼见得随界消失，忽风火蒲团现出，将众人卷出界，往罗浮山去了。黑帝虽是大损，却尚可行来，出得地狱之门，那地狱法界随之消散。

佛图澄见破了地狱法界，迦叶佛离走，北方黑帝出来，大叫："黑帝莫走，我来也。"时有葛洪喝道："道友不必见急，你教既已布界，我等来破十轮；才破其一，尚有九界，未见明白。此乃斗法，何劳声色，你还不退去。"把佛图澄说得面皮通红。众人见黑帝出来，皆上前相迎。玄都大法师叹道："不想十法界，头一界便如此凶险，以致天君受损，我之过也。"黑帝说道："灵山六佛，确是厉害，十法界，一界一难，各有不同，众位千万小心。"玄都说道："老师交待，涂中行进出法界，琅琊退后见罗浮。道友可往罗浮山去，自有道理。"黑帝辞别众人，驾黑龙而去。

玄都大法师上前，谓多宝如来："地狱法界已破，道友若悯众生，还望及早回头，安居灵山，莫待宝轮失毂，法界尽破，后悔晚矣。"多宝如来说道："十之去一，便如此大言，且再看来。"遂谓拘那含牟尼佛道："可去界中，坐于刀涂轮中央，占据阵脚。"又命莲花光游戏神通菩萨、财功德菩萨、德念菩萨、善名称功德菩萨、红焰帝幢王菩萨："你等立宝轮五方，占据其毂，但见人来，即刻转动，自有奥妙。"众人入界。多宝如来开饿鬼之门，谓玄都大法师："饿鬼之门已开，但任道友入来。"玄都大法师看左右，暗思："方才幸得李根五人试阵，以窥地狱门道，现饿鬼之门开来，刀涂轮是何玄妙，并无在劫先破此阵之人。"正思忖间，忽半空烟霞片片，云气蒸熏，亦有五人到来。

众人相看，那五人：一人束发盘髻，戴混元帽，穿得罗衣，手拿一株杏栽木，见众道人打个稽首，说道："我乃庐山妙手洞董奉是也。"一人戴南华巾，穿天仙洞衣，长眉短须，腰佩一个空竹筒，见众道人打个稽首，说道："我乃陆浑山元条洞尹轨是也。"一人戴灵图冠，穿松柏衣，长眉长须，腰悬一个随意壶，见众道人打个稽首，说道："我乃大风山世清洞壶公是也。"一人冬夏不衣，身毛一二尺，深目多发，鬓皆黄，长三四寸，跳下时却是高冠玄衣，手拿一根招魂笛，见众道人打个稽首，说道："我乃鸡头山石绝洞刘根是也。"一人戴偃月冠，穿花斑衣，高有丈余，头上郁郁生紫气，手执一根阴真尘，见众道人打个稽首，说道："我乃岑山悬阁洞巫炎是也。"五人齐道："今奉太上之命，前来破界。"玄都大法师见五人，叹道："天定如此，人皆奈何。"又道："五位道友，此界饿鬼遍布，步步凶险，你等以身试阵，千万小心。"五人齐道："老师且安心来，我等去也。"遂入饿鬼之门。

且说佛图澄见五人，大呼："玄都门下，何人见阵？"五人各报其名，佛图澄说道："你等不过毫末道行，以身殉道，空丧性命。"五人齐道："飞蛾投火，焚身何惧；道者仁心，纵死何惜。"遂入得门中。拘那含牟尼佛见有人入内，摇动轮轴，五位菩萨各转轮毂，霎时间，宝轮之上，自成一方世界。五人看世界，寸草不生，滴水全无，地面褶褶皱皱，有许多饿鬼行走，其外障鬼，肚大如山，而脚踝细如枯枝，见食难行，受无尽苦；其内障鬼，腹鼓如峰，而脖颈细如针眼，得食难咽，痛苦万分；其食障鬼，见食则变刀刃，见水则会干涸，永受饥饿，惨不忍睹。正是：

鬼类喜嗔，昧果迷因；
无明颠倒，日积月深。

五人往前行，忽见一片山。那山乃是座刀山，仪刀、障刀、横刀、陌刀、脾刀、背刀、窝刀、单刀、朴刀，刀刀锋利；滚背刀、鸳鸯刀、船尾刀、缭风刀、鬼头刀、象鼻刀、武士刀、春秋刀、长尖刀，把把尖锐。但凡饿鬼临近，刀光闪闪，刃气腾腾，饿鬼身上，如万千刀割，皮肉不存，惨不忍睹。刀山之上，坐一菩萨，通身蓝色，披黄色袈裟，右手持宝幢，置于左肩，左手定印，乃红焰帝幢王菩萨。菩萨见众人，转动轮毂，说道："嫉妒如双刃，既伤他人，又使自己鲜血淋淋。道友既修仙体，不应嫉妒他法，己所无得，便自毁坏，且受嫉妒之刀。"遂将戮心幢摇动，但见山上万刀飞起，直杀向五人。董奉见状，说道："你等莫要逗留，只须前行，我自有妙法。"遂祭起杏栽木，那木倒也奇妙，木生枝，枝开花，花结杏。董奉摘杏，含于口中，任凭刀砍，毫发无伤。董奉笑道："如此小术，能奈我何？"言毕，又取一杏，含于口中。菩萨见得明白，笑道："你这术，乃名杏林回春，种杏如丹，可使人病痛全消，伤害无碍，充其量不过一个医者罢了。然却有瑕疵，需不断摘来，否则难逃危厄。"遂把手一摇，戮心幢摇动千万，笼在木树之下，使董奉不得采杏。未多时，董奉失了杏力，挡不住万刀之戮，尽受刀涂。

董奉失陷界内，四人尚不知晓，继往前行，忽见一片林，近前观之，原是一片剑林，柳叶剑、圆茎剑、扁茎剑、厚格剑、薄格剑、七星剑、轩辕剑、青萍剑、仙四剑，剑剑凌厉；斩妖剑、屠巫剑、昆吾剑、辟邪剑、无尘剑、腾空剑、承影剑、石中剑、琉璃剑，把把锋锐。凡是饿鬼临近，剑光森森，杀气盈盈，饿鬼身上，被万剑穿心，一日可穿梭千回，尽受折磨。剑林之中，坐一菩萨，其身白色，右手置于胸前，作说法印，左手定印，乃善名称功德菩萨。菩萨见众人，转动轮毂，说道："佛陀出世，皆由因缘，你等既修玄都之门，当清净闭门，何故不欢喜灵山，此乃厌佛罪孽，今日当诛，且受不喜之剑。"遂将诛心匣祭起，那匣开来，起升万剑，直刺四人。尹轨见道："此御剑之术，我来应付，你等莫作停留，只管前去。"遂将空竹筒摆放脚下，见那筒中飞出四根青竹，立于东西南北四方，登时四方之内，青竹叶落，化阵阵剑气，将匣内万剑，悉数打断。尹轨笑道："你有诛心匣，我有空竹剑，空竹无心，也不惧之。"话音未落，闻得菩萨声起："空竹无心，人却有心，有形之剑，穿竹而过；无形之剑，可以伤心。"遂见尹轨心口一痛，已是万剑穿心，刀涂在身。

尹轨失陷界内，三人却不知晓，往前行，见一根铜柱，高二丈，圆八尺，上、中、下为三火门，用铜造成，如铜柱一般，里边熊熊炭火。无数饿鬼被剥去衣服，铁索缠身，裹围铜柱之上，只炮烙四肢筋骨，不须臾，烟尽骨消，尽成灰烬。铜柱之上，坐一菩萨，其身黄色，双手结定印，乃德念菩萨。菩萨见众人，转动轮毂，说道："身不履邪径，不染恶习，不任伤生，即不杀、不盗、不淫，则身业清净。你等本清净之人，无有相争，却来此处，是为罪孽，今日当受业障之索。"遂祭受业索，登时一条锁链，凭空而出，穿云破雾，来索三人。壶公见道："你二人只管去，此处我来应付，料无差池。"遂将随意壶祭起，又将身子往索一迎，受业索只奔壶公，壶公登时往壶中一跳，受业索即随入壶，那壶中不见壶，但见楼观五色，重门阁道。壶公引索，在楼阁中弯弯绕绕，使其不得出，自己转入一个拐角，随即跳出壶来，笑道："你那宝索入得壶中，已不得出，今番失了，还不降来。"话未落下，闻得菩萨说话："昔日费长房拜你门下学道，你既无心教导，何故借言考验，命他吃一些屎来，至其成仙不成。你身来不静，枉生罪孽，今日当受来。"忽见宝壶底下，一声裂响，受业索破壶而出，将壶公缚住，直裹在铜柱之上，尽受炮烙、刀涂折磨。

壶公失陷界内，刘根、巫炎二人隐觉不安，忽见一口镬，镬无脚，其中沸水煮滚，无数饿鬼在锅内，身肉消烂，唯余骨存在，即有铁叉升起，取出镬外，铁狗来食，呕吐在地，寻复还活，又被投入镬中，如此往复，痛苦不堪。镬旁，有一菩萨，其身蓝色，站定印，乃财功德菩萨。菩萨见二人，转动轮毂，说道："凡夫为衣食奔波，则财为钱财，而修行之人，已淡世间衣食，故财为智慧，功德成就财者，即身行心行，你等不敬灵山，徒生烦恼，是为罪孽，今日当入堕身之孔。"遂祭堕生钱，此钱外圆内方，中有一孔，滋溜溜滚来，直套二人。刘根一把推开巫炎，说道："你只管向前，寻得阵眼，此处我来应付。"踏步而上，那堕生钱套住刘根，欲扔入镬汤之中。只见刘根拿出招魂笛，左顾而啸，无数饿鬼，皆聚左右，齐力扶住宝钱，不使其滚入镬汤。刘根笑道："菩萨纵是神妙，亦未料此处饿鬼，皆为我驱使。"话音才落，闻得菩萨笑道："莲池在前，镬汤在后，若不生西，必堕地狱。你且不知，有钱可使鬼推磨，你那笛声，虽一时音惑饿鬼，却也难敌钱财之妙。"遂把手一指，那堕生钱，抖一抖，落下无数钱币，亮闪闪，明晃晃，饿鬼见之，只顾拾钱，哪里还顾得刘根。菩萨又把手一指，宝钱滚滚向前，将刘根投入镬汤之中，尽受煮沸刀涂。

刘根失陷界内，仅巫炎一人前行，忽寒风呼啸，阴气逼人，再往前走，天昏地暗，雪地冰天，有一寒池，满是冰棘刺刃，其中无数饿鬼攒动，那利刃将饿鬼肌肤皮肉，条条切落，甚是可怖。巫炎见得明白，知此处乃溟泠，又见寒池旁，坐一菩萨，其身红色，右手触地印，左手定印，乃莲花光游戏神通菩萨。菩萨见巫炎，转动轮毂，说道："退病、情欲、妄心、魔境、真空、换骨、苦海，乃修行七劫，你妄心未除，七劫未渡，是为罪孽，今日可受七劫之针。"遂祭七劫莲花针，此针打入人身，百会、气海、关元、合谷、涌泉、膻中、风池诸穴，先后现莲花光，七光闪现，人堕为饿鬼，受溟泠之苦。巫炎不敢大意，即祭起阴真尘，那尘拂一拂，即走出一个巫炎来。七劫莲花针打在其身，七光闪现，未有反应。巫炎喝道："七针虽妙，我看破之不难。"菩萨看一眼，说道："此降头阴术，虽说不上如何高明，倒也有些蹊跷。你将本体和魂体分来，寻常人来，确是难以分晓。"遂把手一指，七针各开莲花，那莲花摇一摇，巫炎本体归位，七光闪现，巫炎即打下寒池，尽受冰刃切割，痛苦不堪。

五人皆陷界中，玄都大法师在外，看得分明，叹道："五人该有劫难，也是天定。百年修行，毁于一旦。"谓西方白帝皓灵皇老七炁天君："方观饿鬼法界，乃五位菩萨驱动刀涂轮毂，生刀山、剑树、铜柱、镬汤、溟泠五地，拘那含牟尼佛居中调度，你且领人，先破此阵，务要小心。"白帝说道："知道，领法牒。"命七元："且随我入阵。"作歌出曰：

上导洪精于天，下和众生灵衢；
大星如虹流渚，穷桑金土司时。

佛图澄立于界外，见白帝头戴白精玉冠，身着白羽飞衣，驾白龙，建素旗，领七元破阵，遂报多宝："西方白帝皓灵皇老七炁天君，入饿鬼法界。"拘那含牟尼佛在界内，听得分明，谓众菩萨："西方白帝到来，莫要大意。"且说白帝入饿鬼之门，见眼前景象，不由得感叹："承者为前，负者为后。天道循环，自有承负。承负于己，承己过去作为之德行，负己未来可能之善恶。何故造此十界，徒造无边苦海，不为大道也。"七元齐道："天君所言极是。"众人往前行，忽见前方立一座山，明晃晃，亮堂堂，尽是刀刃，顶上有一人，血肉模糊，魂魄分裂。七元细看，说道："此乃董奉也。"白帝打一稽首，说道："红焰帝幢王菩萨既在此处，何不现身相见。"话音一落，菩萨即现身来，合掌说道："你等到此饿鬼法界，当如此人。"遂转动轮毂，摇动戮心幢，万刀起飞，杀向众人。

白帝见景，也不着慌，命北斗天关破军星君，先打头阵，说道："此乃嫉妒之刃，可占据毂中，安神凝气，使盈光相拒。"星君祭银尖戟，那戟在空中，点一点，现阵阵盈光，与那千刀万刃，杀在一处，闻得叮叮当当，悉数打落。星君随即跳上刀山，欲止轮毂。菩萨喝道："但有人间，嫉妒不止，刀刃不休，你如何能止。"遂一指，戮心幢现万条红光，笼住星君左右，使银尖戟不得出，又有万刀袭来，眼见星君将要遭殃，忽见白帝现出身来，袖口闪一道白光，登时万刃倒转，复回刀山，又见白帝取一物，乃是一个罩儿，不知来历，只把那罩儿祭起，将戮心幢笼住，又见一片白光，不知何法，戮心幢化为灰烬。菩萨见来，不知白帝袖口是什么奇物，又见那罩儿厉害，自己法宝毁坏，心知不敌，道一声："尝闻五老身具五气，道友执掌西方，金德承土，灵悟彻透，今番见来，果真如此。戮心幢已毁，贫僧这便出界。"遂离轮而出。

白帝命破军星君，在此守好轮毂，领六元往前行。忽见棵棵剑树，片片剑林，有一人，正在其中，被万剑穿心。众人观之，呼道："此乃尹轨也。"白帝打一稽首，说道："善名称功德菩萨既在此处，何不现身相见？"话毕，菩萨即现身来，合掌说道："你等既入此界，当如此人。"遂转动轮毂，祭诛心匣，登时匣开万剑，刺向众人。白帝命北斗北极武曲星君："此乃心剑，可使无形之气，诛杀厌佛之念。你且占据毂中，使风刀相拒。"星君祭风雷刀，那刀在空中，上下左右，遂起风雷，以拒万剑。星君即跳入剑林，欲止轮毂。菩萨喝道："隐世遁身，不入六凡，出六尘者，俱千古有心之人，既然有心，剑自有生。"遂一指，条条剑气，避过风雷，直刺星君。正千钧一发，白帝现了身形，把袖口一迎，一道白光，气复化剑，剑复回林，又把罩儿往诛心匣一罩，登时宝匣灰飞烟灭。菩萨见来，目瞪口呆，不知是个什么宝物，又见自己法宝毁坏，大势已去，叹道："千年修行，毁于一旦，罢了，道友奇妙绝伦，我自出界。"遂离轮而出。

白帝命武曲星君，在此守好轮毂，领五元往前行。忽见一根铜柱，内燃熊熊炭火，上有一人，正受炮烙之苦。众人观之，皆呼："此乃壶公也。"白帝打一稽首，说道："德念菩萨既在此处，何不现身相见。"言落，菩萨即现身来，合掌说道："你等既入此界，当如此人。"遂转动轮毂，祭受业索，登时凭空一条锁链，来擒众人。白帝命北斗丹元廉贞星君："此乃身业之索，可占据毂中，放地火烧之。"星君拿出一壶，名曰地火壶，放置地上，见地中一道红光贯入壶中，随即，一团大火，喷薄而出，将索烧在其中。星君即至柱旁，欲斩断此柱，止住轮毂。菩萨喝道："身业随身，人仙皆具，岂能烧断。"遂一指，受业索出得地火，欲缚星君。正当关口，白帝现出身来，把袖口一亮，一道白光，宝索悠悠而回，又用罩儿罩住宝索，登时白气直冒，宝索已化灰烬。菩萨见法宝毁去，又不知白帝玄妙，悻悻说道："尝闻天君以金承土，穷桑神气，今日见之，果然不虚，我当去矣。"遂离轮出界。

白帝命廉贞星君，在此守好轮毂，领四元往前行。忽见一口镬，沸水滚滚，其中有一人，正受煮沸刀涂。众人见之，惊道："此乃刘根也。"白帝打一稽首，说道："财功德菩萨既在此处，何不现身相见。"言落，菩萨即现身来，合掌说道："你等既入此界，当如此人。"遂转动轮毂，祭堕生钱，往众人滚来。白帝命北斗玄冥文曲星君："此乃身行罪财，可占据毂中，使刀笔相拒。"星君祭出一物，乃是文星笔，笔如刀，刀似笔，欲断堕生钱，以止轮毂。菩萨笑道："贪财好色多文客，读书只为好功名，你虽为文曲星君，却不知人间真相，如何破我法宝。"遂一指，堕生钱愈滚愈大，满目尽见钱眼，眼见得星君受缚，白帝忽现身形，将袖口一扬，一道白光，堕生钱滋溜溜转回，又把罩儿祭出，罩住宝钱，白光闪动，宝钱化为乌有。菩萨大惊失色，不知其中玄妙，只好说道："道友道术精奇，如此宝物，我未见识，宝钱既毁，我自当出界。"遂离轮而出。

白帝命文曲星君，在此守好轮毂，领三元往前行。忽天寒地冻，前方有一寒池，其中漂浮一人。众人细看，皆道："此乃巫炎也。"白帝打一稽首，说道："莲花光游戏神通菩萨既在此处，何不现身相见。"言落，菩萨即现身来，合掌说道："你等既入此界，当如此人。"遂转动轮毂，祭七劫莲花针。只见空中飘七朵莲花，往众人打来。白帝命北斗真人禄存星君："此乃七劫之针，可占据毂中，以简收之。"星君遂祭福禄简，此简可化凶为吉，尽收简内。那七劫莲花针尽入简中，星君摇动宝简，欲毁宝针。菩萨喝道："有福即有祸，有济即有劫，你纵有福禄，亦难逃劫难。"遂一指，简上开七朵莲花，那针从花中射出。星君哪及反应，正要遭难，白帝现出身形，把袖口一抬，白光闪动，宝针即转回莲花之中，白帝又把罩儿一放，罩住莲花，宝针即化乌有。菩萨不知奥妙，只道："今幸见道友大法，玄妙神通，甘拜下风，罢了，我这便出界。"遂离轮而出。

白帝见菩萨去了，道一声："可断来。"五元各断其毂。霎时间，闻得一声巨响，饿鬼界轮戛然而止，哗啦啦四下坍塌，刀山、剑树、铜柱、镬汤、溟泠皆无影无踪。众人正寻阵眼，忽见一条大河，河上漂盏盏水灯，河对岸，有条长街，每百步，摆一张香案，案前烧香燃灯，案上放盂兰盆，内置饭食百味五果，无数饿鬼争相竞食，长街尽头，坐有一人，正在说法，通身金光闪闪，放大光明，正是拘那含牟尼佛，口中唱道：

  佛不见身知是佛，若实有知别无佛。
  智者能知罪性空，坦然不怖于生死。

  贪狼、巨门二位星君在旁，问道："此番是何景象？"白帝笑道："你且不知，此乃西方法会，盂兰盆节，投食饿鬼，超度亡魂。"贪狼星君说道："如此说来，便是鬼节了。"巨门星君说道："且看我来，将这些饿鬼尽皆斩了。"白帝说道："饿鬼之中，亦有福报，那进食之鬼，神通广大，不可大意。"正说话间，众饿鬼瞧见三人，龇牙咧嘴，咆哮而来。不知三人如何应付，白帝如何斗佛，且看下回分解。

第九十四回　白帝破饿鬼法界　黄帝显太虚太玄

六凡转轮随空性，上善下恶一念心；
才有饿鬼脱业苦，又堕畜生失人身。

且说白帝命五元断饿鬼轮毂，拘那含牟尼佛布盂兰盆节，众饿鬼见白帝，随之袭来，有旷野鬼、黄饿鬼、香烟鬼、希弃鬼、希祠鬼、针毛鬼、灰土鬼、欲色鬼、食血鬼、神通鬼、炬口鬼、大势鬼，数不胜数，满目尽是。巨门星君喝道："区区小鬼，焉来逞强。"遂祭五色羽节。此宝乃是一根节杖，有红绿青蓝紫五色羽毛插在节上，祭在空中，登时羽毛漫天飞舞，插在众饿鬼身上，节杖旋转，羽毛随之转动，少时爆裂开来，炸得饿鬼无存。

巨门星君笑道："佛门驱使饿鬼，使其得而不得，为解难而受难，今番解脱，也是福哉。"言语方落，忽腾起一鬼，顶生二角，朱发黑身，绿眼獠牙，骨瘦如柴，青面之上，尽燃火焰，往巨门星君扑来。星君道声："如何仍有鬼物？"遂将五色羽节祭起，打在鬼身，却是毫发无伤。眼见此鬼扑至，贪狼星君即肩头一抖，落下一物，乃是龙龟，那龙龟张开大嘴，一口咬住饿鬼。饿鬼亦不示弱，背后瞬间张开八手，将龙龟扯住，两厢在半空，打在一处，约半炷香工夫，龙龟落下来，遍体鳞伤，一动未动，已是气绝。

贪狼星君大惊，说道："此鬼倒是了得。"话音未落，那鬼又至，眼见得二位星君即要遭殃，白帝闪过身来，喝道："面燃之鬼，不可放肆。"此言一出，那鬼定住身形，长街尽头，拘那含牟尼佛开言："尝闻白帝号为西方皓灵皇老，怪不得知晓面燃之名。"白帝笑道："阿难听法，夜半遇此鬼，此鬼虽见佛陀弟子，却也不惧，更要阿难供养三宝，否则堕入恶道。阿难无奈，求助佛祖，佛祖命你传《陀罗尼施食法》，又命阿难立面燃鬼王牌位，供奉三宝，故脱此难，你今入法界，以食驱鬼，设下盂兰盆节，实是不该。"拘那含牟尼佛笑道："白帝果真神妙，面燃鬼王来历，竟如此知晓，然知只是所，而非能也。不知白帝可降得来？"遂一指，面燃鬼王往白帝扑来。

　　白帝笑道："此面燃鬼王，与金刚无异，如何降不来。"即取出罩儿，往半空一丢，那罩落下来，罩住鬼王，见白光闪动，鬼王嗷嗷叫唤，少时化为灰烬。白帝把手一扬，正要收回罩儿，闻得拘那含牟尼佛声起："此穷桑金土罩，倒也厉害，不得再存世间。"双掌一翻，见鬼王所立之处，乾坤倒转，从地中翻出一个盆儿，乃是盂兰幻灭盆，盆将罩反扣其中，有七面灯火围之转动，少时，宝盆通红，一缕轻烟散出，穷桑金土罩化为乌有。拘那含牟尼佛将双掌又是一翻，宝盆倒悬，飞出一物，正是面燃鬼王，背后已生双翅，扑向七元。电光石火之间，七元不及反应，被一一抓了，扔入盆中，五方轮毂又呈起转之象。

　　白帝见七元被抓，面色不由得一变，喝道："倒是小觑了你。"即把袖口一抬，见白光闪动，面燃鬼王不知怎的，复入盆中。白帝从袖中拿出一物，名曰穷桑金节桩，登时云雾迷迷，白光成线，飞起有声，将面燃鬼王缚住，再一指，白光如刀，将鬼王四分五裂。白帝上前，欲收宝桩，却见鬼王化为一朵莲花，不由得叹道："此幻灭之象，以假如真，定为盂兰盆奥妙。尝闻拘那含乃现在贤劫千佛第二尊，生清净城，坐乌暂婆罗树下，说法一会，度人三万，今日见来，果然光相具足。"拘那含牟尼佛亦赞道："你那袖中白光，有时光倒转之妙，想来应是穷桑至宝，浑天镜矣。"白帝也赞："不想西方佛陀，竟对我穷桑之地，如此知悉，甚是钦佩。"拘那含牟尼佛说道："人世荣枯有定，岁月幻灭无声。你那宝物，与我宝盆时空进幻之法，有异曲同工之妙，不知孰高孰低，今日可见来。"遂把宝盆祭起，倒悬空中，往白帝罩下。

　　白帝把袖口一探，拿出穷桑浑天镜来。那镜一出，其中日月混沌，光芒万丈。宝盆罩住宝镜，闻得半空噼啪作响，宝盆使时光飞进，宝镜使时光倒流，一拉一扯，一进一退，瞬间日月变幻不定，时空曲而形变。少时，一声巨响，盆、镜爆裂开来，见得半空现一黑洞，一股大力吸来，白帝即祭起宝桩，定住其身，拘那含牟尼佛无法抗拒，吸入洞内。饿鬼法界真幻扭曲，不成维象，饿鬼之门

第九十四回
白帝破饿鬼法界 黄帝显太虚太玄

时隐时现，转瞬之间，坍塌下来。黑洞霎时消散，拘那含牟尼佛化一朵莲花，往凌云渡去了。饿鬼界轮从空中落下，七元现了身形，皆昏迷不醒，董奉五人更不必说，眼见得随界消失，忽风火蒲团现出，将众人卷出界，往罗浮山去了。白帝虽是大损，却尚可行来，出得饿鬼之门，那饿鬼法界随之消散。

佛图澄见破了饿鬼法界，拘那含牟尼佛离走，西方白帝出来，大叫："白帝休走，我来也。"葛洪喝道："今十界才破其二，尚有八界，未见雌雄，本是斗法，不必恃强，你且暂退。"佛图澄无奈退去。众人见白帝出来，皆上前相迎。玄都大法师叹道："此十法界，一界更比一界凶险，天君受损，我之过也。"白帝说道："不想那西方亦有时光之宝，灵山六佛，皆大智慧圆通者，众位千万小心。"玄都说道："道友之言，我等已知，可先往罗浮山去。"白帝辞别众人，驾白龙而去。

玄都大法师上前，谓多宝如来："饿鬼法界已破，十之去二，道友若及早回头，也是人间大幸。"多宝如来说道："既已约定，何必多言，且再看来。"遂谓俱留孙佛："可去界中，坐于血涂轮中央，占据阵脚。"又命无量掬光菩萨、光德菩萨、那罗延菩萨、无忧德菩萨、功德华菩萨曰："你等立宝轮五方，占据其毂，但见人来，即刻转动，自有奥妙。"众人入界。多宝如来开畜生之门，谓玄都大法师道："畜生之门已开，但任道友入来。"玄都大法师看左右，暗思："畜生法界，乃下恶法界之首，血涂轮玄妙如何，还需在劫试阵之人。"正思忖，半空一声风声，飘落五位仙家。

众人相看，那五人：一人戴破星巾，穿凤堂衣，须白身挺，执一根白手杖，见众道人打个稽首，说道："我乃华山见方洞孔元是也。"一人戴九梁巾，穿五行衣，身老容少，拿一根黑竹管，见众道人打个稽首，说道："我乃太行山石开洞王烈是也。"一人戴逍遥巾，穿衣羽衣，双目紧闭，执一方瑷瑅石，见众道人打个稽首，说道："我乃七星山东川洞涉正是也。"一人戴四方冠，穿黄衫袍，青目黑面，拿一根离合索，见众道人打个稽首，说道："我乃小霍山断谷洞严青是也。"一人戴荷叶巾，穿青田袍，眉和面笑，背一把一弦琴，见众道人打个稽首，说道："我乃宜阳山与语洞孙登是也。"五人齐道："今奉太上之命，前来破界。"玄都大法师见五人，叹道："命数如此，自有天定。"又道："五位道友，此界弱肉强食，残害凶杀，你等以身试阵，千万小心。"五人齐道："老师且安心来，我等去也。"遂入畜生之门。

且说佛图澄见五人，大呼："玄都门下，何人见阵？"五人各报其名，佛图澄说道："你等可回，毋枉丧性命，须得久有道行之人见阵。"五人齐道："天下有道，以道殉身；天下无道，以身殉道。"遂入得门中。惧留孙佛见有人入内，摇动轮轴，五位菩萨各转轮毂，霎时间，宝轮之上，自成一方世界。五人看世界，尽是披毛带角，鳞甲羽毛，四足多足，有足无足，水陆空行，互相吞啖，受苦无穷，愚痴贪欲。正是：

畜生好贪，多而无厌；
将黑作白，是非莫辨。

五人往前行，闻得水声轰鸣，近前视之，乃是一条血瀑临崖而落，崖上坐一菩萨，其身黄色，右手两指相捻，置于右膝，左手作说法印，乃功德华菩萨。菩萨见众人，转动轮毂，说道："畜生之界，非是身化，而是心化。心无预见，则行愚痴，一失人身，万劫不复。你等道行微末，却入此界，已犯生劫，且受愚蒙之血。"将生妙梳祭起，在血瀑上一梳，见血瀑流下，竟一分为五，如影一般，径直流向五人。若至脚下，即贯入体，使其面目全非，身化畜生。孔元见道："你等无须理会，且往前行，我来应付。"遂将白手杖祭起，此杖名曰颠倒杖，可使乾坤颠倒，上下倒置。孔元将宝杖一敲，登时天为地，地为天，那血瀑倒转，反流崖上。孔元笑道："如此小术，焉能逞强。"话音未落，闻得菩萨声起："何为天，何为地，既在轮上，便在圆中。你连此理尚且不知，故生愚痴，当受血涂。"登时天上地下，尽现血瀑，孔元身受血水，如痴如呆，可怜一身道行，毁于一旦。

孔元失陷界内，四人皆不知晓，往前行，忽觉脚下松软，起伏不定，细观之，原是一片血沼。血沼中央，坐一菩萨，其身浅红，双手结定印，乃无忧德菩萨。菩萨见众人，转动轮毂，说道："无理贪多，无明盖覆，身陷沼地，而不自知，且受贪欲之血。"将红沙袋祭起，袋口一张，无数红沙吹起，弥漫血沼之上，登时消融，又见血沼翻涌，使四人脚不得抬，身不得起。少时，血沼没了膝盖，直至腰间。正危急关头，王烈拿出黑竹管，此管名曰食髓管，可吸食万物之髓，

第九十四回　白帝破饿鬼法界　黄帝显太虚太玄

任那金木水火土，皆化已用。只见王烈将宝管祭起，照准血沼吸吮，那红沙随之而出，让王烈吸入腹中，血沼登时退去。王烈谓众人："你等可前行，此处有我照应。"揉一揉腹，吐出红沙，捏成一团，即化为石，遂谓菩萨："你那红沙，虽可覆没万物，却不想失了其髓，已成废石，想你西方妙术，亦只如此。"言语才落，忽见袋中又出红沙，王烈大惊，继而吸髓，不想红沙却是无尽无止，菩萨声起："世人贪求，无穷无尽，故种种烦恼，千千心结，难以抒解。你只顾食髓，不见身下，当受血涂。"王烈随即往下一瞧，原来吐出废石，不知不觉，已将半身填埋，少时化为血沼。此时，上有红沙，下有血沼，王烈顾上顾不得下，愈出愈不得出，顷刻淹没其中。

王烈失陷界内，三人皆不知晓，往前行，闻得滴答之声，上前一看，原是个池子，池水血红，乃是血池。池边坐一菩萨，其身蓝色，双手上下结说法印，乃光德菩萨。菩萨见众人，转动轮毂，说道："一切恶中，无过是嗔，起一嗔心，则受百千障碍。你等身入此界，已生嗔心，当受嗔恚之血。"将血光盘祭起，往池中一撒，血水涌动，宝盘缓缓升在池上，一道红光射向众人。涉正见道："此乃血光，你等且去，由我应付。"遂将瑷瓀石祭起，此石即生云雾，涉正又把双目睁开，登时目出光电，射向宝盘。两光相迎，一光五彩，一光血红，此消彼长，不相上下。涉正又把瑷瓀石打出，正中宝盘，将其打落池中。涉正笑道："你虽号光德，不过如此。"话音未落，闻得菩萨声起："嗔恚之人不知善，不知非善，不观罪福，不知利害，不自忆念，当受血涂，你常闭目，不知身下血光之灾。"涉正往身下一看，见一片血池，血光照耀其身，涉正即堕血池。

涉正失陷界内，严青、孙登尚不知晓，往前行，闻得唰喇喇水声聒耳，只见一道大水狂澜，浑波涌浪，乃是一条血河。河对岸，见一菩萨，其身黄色，双手上下结说法印，乃那罗延菩萨。菩萨见二人，转动轮毂，说道："傍生无智，身在汪洋，杀生偿身，苦海无边。你等杀心入界，已生罪孽，当受生杀之血。"将火血刀祭起，那刀一面为血，一面为火，浸于血河之中，忽见血河翻涌，刀出血河，直奔二人劈来。此刀可放血火，若沾人身，沿经脉而走，引火烧身，使人四分五裂。严青忙推开孙登，说道："你不必在此，只管前行，我来应付。"遂将离合索祭起，此索也是奇哉，不缚他人，倒是缚住自己。那血火劈在身上，

445

严青登时脑袋下地，四肢分离。菩萨见严青，不似血火劈开，倒是自行分离，果真见严青四肢悬在半空，忽朝菩萨飞去，扯住手足，脑袋悠悠而来，张嘴笑道："你欲劈开我来，如今我头身分离，你又奈我何？"原来此索缚在人身，可分可合，自由自在。不想菩萨却道："你这术儿，能唬旁人，却瞒不过我。岂不知，藕断尚有丝连，你使那索，以索相连，只是外人见不着而已。一时三刻，若不复合，自然冒血而死。"严青闻言大惊，菩萨即把火血刀祭起，往空中一斩，见条条丝线断落，躯干四肢，霎时坠入血河。

严青失陷界内，仅孙登一人前行，不多时，见一宝塔，内外通红，乃是血塔。塔中坐一菩萨，其身红色，双手结说法印，乃无量掬光菩萨。菩萨见孙登，转动轮毂，说道："是非莫辨，无智暗钝，你等不敬宝塔，不重三光，无识无明，入得此界，当受是非之血。"将通心塔祭起，那塔共三层，见最下一层，生一道光，罩住孙登，孙登不自觉被收入其中。抬眼见，塔顶有血滴落下，少时成一股大水，灌入塔中，若血水灌满，塔中之人，则万劫不复。孙登却不慌不忙，将一弦琴取下，横于胸前，又将弦取下，一头连琴，一头含在口中，将手一拨，陡出啸声，有如天籁，在宝塔中荡叠回旋，清奇绝伦，妙到毫巅。宝塔虽灌满血水，然孙登身外，忽现一光环，血水丝毫不侵。孙登又将弦一弹，登时五方炸裂，宝塔坍塌下来。孙登笑道："宝塔虽妙，却也受不住一弦之音。"菩萨之声却起："身外之塔易塌，心中之塔难倒，是非有有，是非无无，但有人心，心塔束缚。"见菩萨随手一指，那通心塔从孙登心口现出，将其困于其中，纵是一弦神妙，也难再出。

五人皆陷界中，玄都大法师在外，看得分明，叹道："尘劫天定，无劫无修，无难无明，只是百载道行，毁之可惜。"谓中央黄帝玄灵黄老一炁天君："方观畜生法界，乃五位菩萨驱动血涂轮毂，见血瀑、血沼、血池、血河、血塔五地，惧留孙佛居中调度，你且领人，先破此阵。想那惧留孙也是阐家仙圣，你可见机行事。"黄帝说道："知道，领法牒。"命六司："且随我入阵。"作歌出曰：

上等自然之和，下旋五土之灵；
天地守以不亏，阴阳用之不倾。

第九十四回

白帝破饿鬼法界　黄帝显太虚太玄

佛图澄立于界外，见黄帝头戴黄精玉冠，身着五色飞衣，驾黄龙，建黄旗，领六司破阵，遂报多宝："中央黄帝玄灵黄老一炁天君，入畜生法界。"惧留孙佛在界内，听得分明，谓众菩萨："中央黄帝到来，不可大意。"且说黄帝入畜生之门，见眼前景象，不由得叹道："天地万物皆有灵，善待之则能天下安心，诸事和顺。人神如此，仙佛如此，畜生亦如此。此处使失人身者，万劫不复，不为大道也。"六司齐道："天君所言极是。"众人往前行，忽见瀑布，正是血瀑，瀑下一人，痴痴呆呆。六司细看，说道："此乃孔元也。"黄帝打一稽首，说道："功德华菩萨既在此处，何不现身相见。"话音落下，正见菩萨真身，合掌说道："你等到此畜生法界，当如此人。"遂转动轮毂，祭起生妙梳，在血瀑上一梳，瀑布分来，如影一般，流向众人。

黄帝见景，气定神闲，命天府宫司命星君，先打头阵，说道："此乃愚蒙之血，若受之，则心智俱丧，可占据毂中，放通明之光。"星君祭通明笔，那笔往血瀑一点，血水尽收其中。星君随即跳至崖上，欲止轮毂。菩萨喝道："愚蒙愚极，自谓我智；愚而胜智，是谓极愚。你执笔通明，以为开智，却不知仍是愚蒙也。"遂一指，将生妙梳倒转，血瀑上涌，笼住星君其身。正当危急，忽见黄帝现出身来，把手一扬，天地缊缊，不知其中何物，只见血瀑涌至，瞬时化为青烟，蒸腾消散。又把手一抖，现一把剑，通体黄色，剑刃无锋。那剑在空中，忽消失不见，再转眼，已现于生妙梳前，生生一打，将其断为两截。菩萨见来，不知黄帝使什么法宝，更无应对之术，无奈之下，只好说道："尝闻五老身若五行，道友执掌中央，眇纶上思，钦纳真玄，今番见来，名不虚传，贫僧这便出界。"遂离轮而出。

黄帝命司命星君，在此守好轮毂，领五司往前行。正行间，忽觉脚下松软，细观之，原是一处血沼，远端隐约见一人沉浮，上前而视，皆道："此乃王烈也。"黄帝打一稽首，说道："无忧德菩萨既在此处，何不现身相见。"话音落下，正见菩萨真身，合掌说道："你等到此畜生法界，当如此人。"遂转动轮毂，祭起红沙袋，一时红沙迷蒙，弥漫血沼，血沼随即翻涌。黄帝命天相宫司禄星君曰："此乃贪欲血沼，若起贪念，身陷泽地，可清心静气，使阳水拒之。"星君祭阳水葫芦，放出阳水，那水一沾血沼，登时血水化清，不见沼地。星君随即跳至水中，欲止轮毂。菩萨笑道："贪欲火焚心，正法生则难；贪欲求世乐，乐增不净业。你见水清，清自有浊，只是眼中不见矣。"遂一指，清水又化血水，将星君困住，眼见就要遭殃，黄帝忽现身形，把手一抬，一片缊缊，也不知何故，满目血沼，竟化为青烟。又一抖手，现出黄剑，转瞬不见，再看来，已在红沙袋前，转而刺下，将宝袋刺了个窟窿。菩萨大惊，不知是何玄妙，心知不敌，无奈说道："道友如此本事，今番大开眼界，宝袋既毁，我自当出界。"遂离轮而出。

黄帝命司禄星君，在此守好轮毂，领四司往前行。忽见一池，满池血水，池中漂浮一人，四司见来，皆道："此乃涉正也。"黄帝打一稽首，说道："光德菩萨既在此处，当可现身见来。"话音才落，菩萨已现身形，合掌说道："你等到此畜生法界，当如此人。"遂转动轮毂，祭起血光盘，见血水涌至盘中，一道红光，照向众人。黄帝命天梁宫延寿星君："此乃嗔恚血光，但起嗔心，便起障碍，可和合相对，以合光拒之。"星君祭和容瓠，此瓠开口，尽收血光，在空中荡一荡，复打出一道白光，正中宝盘，宝盘应声落池。星君欲止轮毂，菩萨笑道："一切心病，瞋恚首要，身口意恶，血池照满。你可见身下来。"星君往身下看，大惊，原来一片血池，血池即宝盘，陡放血光，眼见星君即将遭殃，黄帝忽现身旁，将手一抬，云烟弥漫，血光消散其中，再将手一抖，现出黄剑，陡然已至宝盘前，那剑刺下，将宝盘打碎。菩萨看得目瞪口呆，不知奥妙，又见法宝毁去，叹道："道友黄气根宗，自然天成，我不及也，自当出界。"遂离轮而出。

黄帝命延寿星君，在此守好轮毂，领三司往前行。忽见一条大河，血红河水，着实可怖。河上有一人沉浮，四肢分离，不成人身，三司细看，惊道："此乃严青也。"黄帝打一稽首，说道："那罗延菩萨既在此处，何不现身见来。"话音未落，菩萨已现身形，合掌说道："你等到此畜生法界，当如此人。"遂转动轮毂，祭起火血刀，登时刀出血河，一面血，一面火，直劈众人。黄帝命天同宫益算星君："此乃生杀血刀，但有杀心，即刻见血，可寒冰封意，使魄珠拒之。"星君祭出一物，乃是冰魄算盘，盘如冰，珠如魄，算盘一抖，魄珠颗颗打出，那魄珠乃天冰，寒气非常，打一颗，血火则黯淡一分，待至身前，已经火焰全消。星君欲止轮毂，菩萨喝道："冰中取火，火中生冰，火为万物之原，血是万物之精，岂是冰魄能息。"遂一指，登时冰生火血，火血熔冰，火血刀往星君打来。千钧一发之际，黄帝现出身来，手一抬，一股青烟腾起，火血顿时消散，又把宝剑祭起，转瞬之间，即将火血刀斩断。菩萨不解奥妙，如堕云雾，又见法宝毁坏，叹道："道友萧条灵想，栖心神源，妙通广能，我不及也，自当出界。"遂离轮而出。

黄帝命益算星君，在此守好轮毂，领二司往前行。忽见一座塔，正是血塔。塔中灌满血水，一人浸在其中，二司见来，呼道："此乃孙登也。"黄帝打一稽首，说道："无量掬光菩萨既在此处，何不现身见来。"话音未落，菩萨已现身形，合掌说道："你等到此畜生法界，当如此人。"遂转动轮毂，祭起通心塔。那塔生一道光，往三人照来。黄帝命天枢宫度厄星君："此乃是非之血，若生是非，当缚心塔，而是非如风，来往惑人，故得血涂。可定心安语，使风珠拒之。"星君遂祭定风珠，果不其然，血水骤止。星君欲止轮毂，菩萨喝道："心不定，风不止，定风而不定心，怎能破除心塔。"遂一指，登时宝塔摇动，血水复回。危急之际，黄帝入得塔中，将手一抬，云生雾绕，血水消散，又把宝剑祭起，闻得一声轰鸣，血塔坍塌。菩萨惊诧万分，不解其理，又见法宝毁坏，心知不敌，叹道："道友身负自然，袖中乾坤，我不及也，自当出界。"遂离轮而出。

黄帝见菩萨去了，道一声："可断来。"五司各断其毂。霎时间，闻得一声巨响，畜生界轮戛然而止，无声无息间，血瀑、血沼、血池、血河、血塔荡然无存。众人正寻阵脚，忽凭空现一绳，往众人捆来。上生星君见势不好，遂祭七杀剑，此剑含战、暴、伤、残、疾、夭、折七杀之力，无穷威力，凶恶非常，然砍在绳上，却丝毫不断，只见那绳随人变化，伸缩自如，先将上生星君捆了，再将五司一一捆住，动弹不得，登时五方轮毂又呈起转之象。

黄帝见此情形，打一稽首，说道："道友既在此处，何不现身说话。"言落，见得惧留孙佛，口中唱道：

见身无实是佛身，了心如幻是佛幻；
了得身心本性空，斯人与佛何殊别。

黄帝说道："道友别来无恙，封神之后，今再见来，已是灵山之主，现在贤劫第一尊佛，可喜可贺矣。"惧留孙佛合掌礼道："哪里话，哪里话，五方五老，自然之神，中央黄帝下旋五土，造化太极，方才见道友破轮，虚玄妙真，钦佩至极也。"黄帝笑道："毂轮虽除，然轮却未破，道友身在此处，轮转轮止，尽在心中。我等若破此阵，必要见你来。"惧留孙佛亦笑："道友果真万物透晓，我在昆仑时，常听说中央黄帝有太玄太虚之妙，今见你破毂之剑，想来便是太玄剑，袖中缊缊，想来应是太虚扇，有夺天造化，倒要受教一番。"遂把捆仙绳祭起，来捆黄帝。不知二人斗法如何？且看下回分解。

第九十五回　赤帝入阿修罗门　如来演天人合一

天人合一见本我，业力牵引任沉浮；
莫道上善无限好，尚有恶趣是修罗。

且说惧留孙佛祭捆仙绳，来擒黄帝。黄帝知捆仙绳厉害，不敢大意，遂把太玄剑祭起，此剑乃九空之气，聚于太渊，炼化而成，天以不见为玄，地以不形为玄，人以心腹为玄，在天而渺不可见，在地而无形生形，在人而深不可测，故名太玄，为道家至宝。剑若祭起，有形无形，只在一念，难以捉摸，不可预料。捆仙绳正要拿黄帝，太玄剑忽现跟前，一剑斩下，将捆仙绳斩为两段。黄帝笑道："捆仙绳见神捆神，见仙捆仙，可惜今日断来，不得再用。"惧留孙佛亦笑："话不可说尽，势不可用尽，太玄剑虽是锋利，却难断仙绳，道友好生看来。"黄帝抬眼，那捆仙绳虽断为两截，却各有伸缩，化作两条，往黄帝捆来。黄帝倒也有些惊诧，遂一指，太玄剑东一剑，西一剑，将捆仙绳斩为数截。

惧留孙佛笑而不语，手指旋来，见数条仙绳而起，四面而来，太玄剑斩之不尽，断之不绝。黄帝赞道："道友昔日修道夹龙山，捆仙绳乃飞云洞镇洞之宝，今日见来，果然精妙无穷。"惧留孙佛说道："道友既识妙宝，当知难而退，莫作无用之功。"黄帝回道："你虽有宝，我亦有宝，我见于你，你却未见我矣。"遂把手一抬，祭太虚扇，太虚乃万物资始，无形之气，其聚其散，变化随形。此扇为太虚凝化，扇一扇，万物归始，化为青气。只见太虚扇往捆仙绳扇去，见一团缊缊腾起，捆仙绳架不得一扇，登时灰飞烟灭。

惧留孙佛见捆仙绳毁坏，也不着恼，只道："好扇，好扇，万物归元，尽在扇中。不知太虚之境，可化我太空之物？"遂祭出一件袈裟，名曰空袈裟。此物展开来，在半空悠悠转起，惧留孙佛纵身一跃，坐于袈裟之上，袈裟旋旋而下。登时四角散落星光，零零洒洒，渐成方圆，往黄帝罩下，若圆光结成，所罩之处，立成太空，尽化太无。黄帝见得景象，也不着慌，只把太虚扇拿在手中，待袈裟落圆，见星光渐合，把宝扇一扇，絪缊生起。一时间，太虚太空，两宝相对，一个是太虚化无，一个是方圆太空，登时袈裟抖落，宝扇折断。

法界内，血涂轮五方轰鸣，真幻折叠，竟生一股气旋，惧留孙佛跌落其中，黄帝亦吸入气旋。若不得出，二人将堕入虚空，本体难返。只见那惧留孙佛将手一探，往头上一抓，抓出一根火鬘，交与黄帝，各牵一头，说道："今我等当齐力而出，否则虚空化无，本体不存。"黄帝称是，二人各化身光，随鬘而转，出了气旋。惧留孙佛也不言语，化一朵莲花，往凌云渡去了。畜生之门即刻垮塌，血涂轮从空中落下，六司现了身形，皆是根行大损，孔元五人更不消说，眼见得危在旦夕，忽风火蒲团现出，将众人卷出界，往罗浮山去了。黄帝出得畜生之门，那畜生法界随之消散。

佛图澄见破了畜生法界，惧留孙佛离走，中央黄帝出来，大呼："气杀我也。"便要上前，葛洪喝道："佛图澄，今虽破了下恶道，然十界才破其三，何必又动无明，乱了两教之约。"佛图澄无言以对，悻悻退下。众人见黄帝出来，皆上前相迎。玄都大法师叹道："方才见阵，险之又险，若非你等齐力合心，不堪后想也。此番天君受损，我之过也。"黄帝说道："惧留孙道友虽上灵山，却大道通明，今尚有三佛，未显真妙，众位切须小心。"玄都说道："道友之言甚是，我等知晓，可先往罗浮山去。"黄帝辞别众人，驾黄龙而去。

玄都大法师上前，谓多宝如来："畜生法界已破，十之去三，六凡去恶，道友若怜众生修行不易，当及早回头，莫待法轮尽破，十界不存，空留遗憾。"多宝如来说道："道友破阵，徒令根行浅薄者入来，实非良善之举，既如此，何必多言。"遂谓毗舍浮佛："可去界中，坐于无天轮中央，占据阵脚。"又命清净菩萨、清净施菩萨、娑留那菩萨、水天菩萨、坚德菩萨："你等立宝轮五方，占据其毂，但见人来，即刻转动，齐发奥妙。"众人入界。多宝如来开阿修罗门，谓玄都大法师："阿修罗门已开，但任道友入来。"玄都大法师看左右，暗思："阿修罗界，乃上善首界，无天轮不知奥妙，还需先行试阵之人。"正思忖，空中飘然坠下五位道人。

　　众人相看，那五人：一人戴方山巾，穿百雀衣，眉红须赤，拿一对红青丸，见众道人打个稽首，说道："我乃曲镜山随行洞孙博是也。"一人戴鱼尾冠，穿绛绡衣，明眉皓齿，彩瑞翩翩，拿一个水墨瓶，乃是一位道姑，见众道人打个稽首，说道："我乃大治山千桑洞班孟是也。"一人戴两仪巾，穿洞玄袍，目澈身清，拿一把断节伞，见众道人打个稽首，说道："我乃句曲山羽盖洞茅君是也。"一人戴冲天冠，穿八锦衣，面如傅粉，拿一个大肚壶，见众道人打个稽首，说道："我乃丹景山花垂洞栾巴是也。"一人戴浩然巾，穿太上袍，拿一根九节杖，见众道人打个稽首，说道："我乃马蹄山磨盘洞王遥是也。"五人齐道："今奉太上之命，前来破界。"玄都大法师见五人，叹道："天数已定，万物难逃。"又道："五位道友，此界不比其他，好勇斗狠，似天非天，你等以身试阵，须打起精神，万分小心。"五人齐道："老师且安心来，我等去也。"遂入阿修罗门。

　　且说佛图澄见五人，大呼："玄都门下，何人见阵？"五人各报其名，佛图澄说道："又着无名下士，前来破阵，你等且速归去，莫要枉丧其身，后悔莫及。"五人齐道："知可为而为之，不为修行；知不可为而为之，方为大道。"遂入得门中。毗舍浮佛见有人入内，摇动轮轴，五位菩萨各转轮毂。霎时，宝轮现一片红光，红光之中，又有条条绿气，待红光退去，绿气消散，五人见来，原是一座山，遍地岩浆巨石，寸草不生，竖耳倾听，时而有鸣鼓吹角之声，时而有呼喊怒喝之声，时而有兵戈交击之声，正是：

　　　　修罗性暴，有福无权；

　　　　好勇斗狠，浮沉业牵。

　　五人往前行，忽至一片谷，五方皆是悬崖峭壁，未行数步，山石震动，岩浆喷发。那峭壁之上，各现一座高台，台上坐有菩萨。见东角上，那位菩萨，其身黄色，右手施护印，左手说法印，乃坚德菩萨；西角上，那位菩萨，其身白色，双手结说法印，乃水天菩萨；南角上，那位菩萨，其身白色，双手结定印，乃婆留那菩萨；北角上，那位菩萨，其身红黄色，双手结说法印，乃清净施菩萨；

居中那位菩萨，其身黄色，右手触地印，左手定印，乃清净菩萨。

五位菩萨见道："阿修罗，乃非天，因其有天人之福而无天人之德，似天人而非天人。此神果报最胜，邻次诸天，而非天也。在因之时，虽行五常，却怀忌慢之心，欲胜他故，所谓行下品十善，而感此道身，名阿修罗法界。阿修罗，又有胎、卵、湿、化四生。卵生者，身在鬼道，能以其威力，展现神通入空中；胎生者，身在人道，天道降德而遭贬坠；湿生者，身在畜生道，住于水穴口，朝游虚空，暮归水宿；化生者，身在天道，诞生谈起，以嗔、慢、疑为生因，次于诸天。你等入此界，纵是修行数载，却已犯修罗，当受诛来。"各转轮毂，又见那清净菩萨居中，拿出一旗，名曰五色无天旗，有蓝黄红白橙五色，祭在空中，五色旗各分一色，坚德菩萨拿蓝旗，水天菩萨拿黄旗，婆留那菩萨拿红旗，清净施菩萨拿白旗，清净菩萨拿橙色。

五位菩萨展旗，登时五方移位，其身顺时而转，自东往西，自南往北，那天不见天，地不见地，山不见山，人不见人，一片迷迷茫茫。孙博说道："众位且须小心，此处定有蹊跷。"话音未落，忽见身前茅君站立不动，背影古怪，身形变化，不由得上得前去，一拍肩头，问道："道友可有不适？"那茅君一转头，哪里还是茅君，乃是一个怪人，见得模样，肩上生九头，九头各有千眼，其身九百九十手，身下八足，着实可怖。孙博喝道："哪方妖物，如何到来。"那怪笑道："你等根行浅薄之士，尚不识我，焉来破阵，且听好，我乃阿修罗王毗摩质多罗，你今遇我，也是命中劫数。"遂摇动九头，欲取孙博，孙博也不着慌，只把红青丸拿起，取红丸照准怪人一扔，霎时腾起火焰，只烧得怪人哇哇大叫，不多时昏倒地上，不省人事。按下不提。

且说茅君正行间，忽不见了众人，只栾巴在前，一动不动。茅君疑惑，上前问道："道友如何不前？"栾巴转首，哪里还是栾巴，乃是一个怪人，见得模样，三面六臂，身青黑色，其六臂，第一手合掌，第二手各持火颇胝、水颇胝，第三手左持刀杖，右持金镒。茅君喝问："你是哪里妖人，将我道友摄去何处？"那怪人笑道："修罗不识，怎入修罗。我乃阿修罗王婆稚是也。你若不见我，相安无事，今见得我面目，为你劫数。"遂持刀拿杖来打，茅君也不示弱，遂祭断节伞，那伞撑开旋起，有万道剑光射出，正中怪人其身，怪人应声倒下，未有声息。

按下不提。

且说栾巴正行间，不经意往后一瞧，未见一人，往前见王遥，说道："如何不见众人？"王遥不答，止住脚步，栾巴不解，又问："道友如何不走？"王遥转首，哪里还是王遥，乃是一个怪人，上身赤裸，身呈赤色，双足岔开，前后生有四手。前两手，左手置胸前，右手置腹前；后两手，向上伸直，掌上置日月。栾巴惊问："你是哪般怪物，王遥何在？"那怪人笑道："修罗之地皆修罗，哪有怪物，你见所不见，便说是怪物，分明根行尚浅，你且听来，我为阿修罗王罗睺是也。也是你命有劫难，今番遇我。"遂踏步上前，四手展开，来擒栾巴。栾巴也未多想，遂祭起大肚壶，那壶也是奇妙，有两个口儿，一个大，一个小，栾巴念动咒语，见大口一股酒香而出，罗睺不自觉入得壶中，又见小口喷出一团青气，罗睺随之出壶，变成小小一个人儿，醉倒地上，不省人事。按下不提。

且说王遥往前行，随班孟走，忽班孟停下脚步，呵呵直笑，王遥听得笑声不对劲，似换了个人一般，心中预感不祥，忙快步上前，见得班孟，大吃一惊，原来眼前之人早已不是班孟，乃是一女，极其美艳，倾国倾城，那眼眸一转，如送秋波，抿嘴一笑，如开春颜。王遥也是有道之士，不受魅惑，喝道："你是何方妖女？如何在此？"那女子笑道："连我也不认识，如何入得阿修罗门。你且听来，我乃阿修罗女舍脂是也，可怜你修行不易，今日将丧于我手。"遂身如盘蛇，手现十指，往王遥抓来。王遥也不退缩，只将九节杖祭起，那杖有九节，其中八节，霎时柔软弯折，如同绳索，缚住舍脂，还有一节，乃是杖头，如同重锤，千钧砸下，正中舍脂面门，直砸得元神出窍，七孔流血，昏倒在地。按下不提。

且说班孟见一片迷蒙，众人不知去向，行数步，隐约见前方一人，似是孙博，一动不动，呆立原地，班孟心中疑惑，上前一拍其肩，问道："道友不往前行，在此处作甚？"忽孙博肩头抖动，渐渐宽阔，又一声啸吼，如雷鸣一般，转过头来，哪里还是孙博，乃是一个怪人，其中赤色，面有忿色，肩宽臂长，右手执剑，左手握拳。班孟惊问："你是何方妖人，在此作祟？"那怪人笑道："你一介女流，见识浅薄，也是当然。你且听来，我乃阿修罗王佉罗骞驮是也。你今遇我，也是不幸。"遂持剑往班孟打来。班孟忙退一步，祭水墨瓶，那瓶出水墨，登时一片乌黑，班孟隐在其中，佉罗骞驮左右张望，不见班孟身影，怎料班孟已绕其后，举瓶一砸，直砸得两眼发黑，昏死过去。

五人各显其能，将眼前修罗除去，不料正得逞时，孙博忽觉脑后有物砸来，登时两眼一黑，不省人事。茅君忽觉脚下起火，登时身陷火海，左右难出，烧得面目全非。栾巴忽觉背现金光，有破空之声，未及回首，已被万剑穿体。王遥忽觉身不由己，被收入一片混沌，再出来，已是醉生梦死。班孟忽觉身子一紧，似被缚住，未及反应，天灵被一物砸下，昏死过去。原来五人被五色所乱，受修罗蒙蔽，你打我来我打你，自相残害，往复循环，皆困于界内。

五人失陷，玄都大法师在外，见得分明，叹道："此界非天非地，有福无德，可惜众位道友，一身修行，毁于一旦。"谓南方赤帝丹灵真老三炁天君："方观阿修罗界，乃五位菩萨驱动无天轮毂，以五色旗召阿修罗王毗舍浮佛居中调度，你且领人，先破此阵。修罗者，威力神通，无法无天，须要小心。"赤帝说道："知道，领法牒。"环顾四下，命张道陵："且随我入阵。"作歌出曰：

上导玄元灵化，下和三气陶镕；
令万物至永存，运天精之南夏。

佛图澄立于界外，见赤帝头戴赤精玉冠，身着三气丹羽飞衣，驾丹龙，建朱旗，领张道陵破阵，遂报多宝："南方赤帝丹灵真老三炁天君，入阿修罗法界。"毗舍浮佛在界内，听得分明，谓众菩萨："南方赤帝到来，不可大意。"且说赤帝入阿修罗门，见眼前景象，不由得叹道："修罗者，谓之天神，却无神德，倒似鬼蜮。谓之鬼蜮，却具神通。谓之为人，又有神鬼威恶，故非神、非鬼、非人也。"张道陵回道："天君所言极是。"说话间，行至悬壁，见孙博五人痴痴迷迷，匍匐于地，痛苦万分。赤帝打一稽首，说道："菩萨既在此处，何不现身相见。"话音才落，五位菩萨现了真身，合掌齐道："你等到此阿修罗界，有来无回也。"遂转动轮毂，祭五色无天旗。赤帝谓张道陵："眼见不为实，心见不为虚，你且去破来。"张道陵应命，踏步上前。

五位菩萨各展色旗，登时五方移位，其身相转，法界迷茫。张道陵正行间，忽见前方一道身影，仔细看来，原是孙博。闻孙博道："天师且来助我。"张道陵乃大罗宫门人，正一法真，神妙无穷，如何看不透，只笑："尝闻阿修罗易怒好斗，骁勇善战，不想今日见来，尽是些幻化迷惑之术，不为大妙。"言毕，那孙博变了脸色，现了毗摩质多罗本象，喝道："张道陵，闻你尽得大罗宫真妙，今日且会你来。"遂把九头摇起，扑向张道陵。

张道陵也不着慌，只闭了双目，任由他来。也是奇哉，那毗摩质多罗扑至面前，竟透体而过，原是一个虚影。张道陵说道："开眼有修罗，闭眼无修罗，万般幻象，终是虚妄，如何能近我身。"毗摩质多罗喝道："张道陵，你切莫以为道术高妙，便可恃强，且受来。"把口一张，口中现一红丸，吐出来，化为一团火焰，直奔张道陵。张道陵不以为意，尚道此火亦是虚幻，然火至身前，炙热无比，不由得喝道："此乃孙博之术，道家之法，修罗如何习得，其中定有蹊跷。"遂将三五斩邪雌雄剑祭起，宝剑也不朝前去，只飞向身后，见迷蒙之中，一人现出身形，正是坚德菩萨。

菩萨见宝剑飞来，即身形一转，不见踪影。张道陵凝神视来，又见婆稚阿修罗王。那婆稚撑开一伞，正是断节伞，宝伞旋起，万道剑光射来。张道陵将指一抬，雌雄剑挡住剑光，直奔婆稚身后，见有一菩萨，乃是水天菩萨。菩萨见宝剑飞来，亦身形一转，现了罗侯。那罗侯拿一个大肚壶儿，将大口对准张道陵。张道陵使奇门遁甲之术，绕至身后，祭宝剑，往罗侯刺下。罗侯霎时不见身影，只现了清净施菩萨身形。张道陵把手一指，宝剑顺势而去，只打菩萨。菩萨转一转身，佉罗骞驮即刻现出，拿出水墨瓶儿，往前一洒，登时一片黑暗。张道陵随即闭目，感应四下，把宝剑祭起，现出万般锋利，黑暗即消，宝剑往佉罗骞驮刺下，佉罗骞驮遂隐了身形，转而见婆留那菩萨，张道陵也不多言，祭宝剑而去。菩萨遂退，现出舍脂夫人。

张道陵定住身来，笑道："修罗转轮，无天无相，原来如此，且看我破来。"也不看舍脂夫人，只两手一合，那三五斩邪雌雄剑霎时刺去，舍脂夫人欲转身，张道陵喝道："天地阴阳，雌雄分来。"登时，剑分两柄，雌剑打舍脂，雄剑往虚空一刺，正中清净菩萨，随即，四位菩萨各现身形。清净菩萨惊道："道友好修为，竟识我无天之轮，五色之妙。"张道陵说道："五色旗随轮而转，各显虚幻，虚中有实，实中有虚。若是他人，定受蒙蔽。可惜我这宝剑，有雌雄之分，一定虚相，二定实相，教你宝轮难转，插翅难逃。今日你等五人，且受诛来。"遂将阳平治都功印祭起，那印升起，万道霞光，震天雷鸣，凌空打下，欲置五位菩萨于死地。

五位菩萨见张道陵祭宝印，齐道："道友杀心已起，修罗已生，且早回头，方达彼岸。"遂各自展旗，五色合一，现出一相，乃大阿修罗王，一头四目，两足四臂，遍身珠宝，光芒万丈。只见大阿修罗王将四臂展开，托住宝印，使之不得下，又抬首放目，四目中，射出四道剑光，一道光将雌剑打落，一道光将雄剑打落，尚有两道光，直射张道陵。张道陵一瞧，那两道光，分明是雌雄宝剑，遂大惊，欲使奇门遁甲脱逃，未料宝剑随身而至，眼见张道陵就要遭殃，忽赤帝现了身形，把袖口一展，见一团红光散开，雌雄宝剑尚未近身，已化乌有。赤帝又往大阿修罗王一洒红光，登时大阿修罗王呜咽一声，化为浆水。五位菩萨手中五色无天旗红烟四起，再看来，宝旗已是千疮百孔，不复再能用。五位菩萨大惊，不知赤帝有何神通，皆知不敌，齐声合道："尝闻赤帝气玄无邪，乃熛怒之神，我等皆不及也，自当出界。"赤帝也不阻拦，任由五人离轮而出。

张道陵上前，拜谢赤帝，说道："若非天君相助，我定失陷界中。"赤帝正色说道："眼中修罗易驱，心中修罗难解。你方才所见，那大阿修罗相，并非真体，乃是你也。你斩妖除魔无数，杀气十足，殊不知，修罗暗生，平日听经讲道，尚可无事，然入得此界，见修罗如见自己，修罗由心而出，故有此难。出界之后，你尚需游历人间，积累功德，方可进益。"张道陵打一稽首，说道："天君教诲，弟子谨记心上。"赤帝颔首，命张道陵："可将轮毂断来。"张道陵祭雌雄剑，斩断轮毂，闻得一声巨响，阿修罗界轮戛然而止。张道陵正要覆命，忽凭空现朵朵浮云，聚成一塔，轻飘飘落下，张道陵也见塔压来，抽身欲走，未料眼前一花，堕入云中，再见来，已在塔内，口不能言，身不得动。登时五方轮毂又呈起转之象。

赤帝见来，打一稽首，说道："道友既在此处，可现身说话。"言毕，毗舍浮佛现出身来，收了宝塔，口中唱道：

假借四大以为身，心本无生因境有；
前境若无心亦无，罪福如幻起亦灭。

第九十五回　赤帝入阿修罗门　如来演天人合一

赤帝见毗舍浮佛，说道："尝闻灵山有六佛，毗舍浮乃过去庄严千佛最后一尊，曾在娑树下，初会说法度化七万人，次会说法度化六万人，今日见来，果真妙不可言。"毗舍浮佛合掌，笑道："五方五老，五行之气，先天之身，方才见道友破轮，那袖里红光，玄妙非同，有化无破灭之能，想来应是赤炎鞭，恰贫僧亦有浮生寂灭之法，正与道友见来。"赤帝也笑："昔日大罗宫听玄阐道，曾闻太上有言，灵山之上，有浮云塔，云遍一切，诸处现塔，但入塔中，若一时三刻不得出，当随浮云了却今生，即入来世。塔中更有一灯，名曰寂灭，任他大罗金仙，但被灯照，影随灯走，灯在人在，灯灭人息，永不超生。一生一死，皆由道友心念。今日幸得来此，倒要见识一番。"遂将袖口一开，那红光随起，正是赤炎鞭，此鞭乃混沌初开，太阳烛照断一尾，落至南海之中，受万年炎火所化。鞭撒开来，往毗舍浮佛打去，只见红光四起，若被打上，毗舍浮佛纵有千万金身，亦将化为浆水。毗舍浮佛见得厉害，喝道："赤炎化死，塔浮云生。"遂将浮云塔祭起，赤炎鞭打在塔上，岩浆滚滚而下，而宝塔却生朵朵白云，缠绕鞭上。霎时间，法界之内，一会炙热，一会寒冷。赤帝道一声："死来。"毗舍浮佛亦道一声："生来。"见两气交融，两宝相击，闻得一声轰鸣，宝塔坍塌，宝鞭断裂，皆毁于一旦。张道陵脱得身来，只是昏沉在地，不得起身。

毗舍浮佛见宝塔毁坏，喝道："寂灭灯从未见世，今番道友见来，乃是造化。"遂一指，见浮云塔尖，升起一盏灯，那灯通体漆黑，无光无明，悬于半空。少时，灯火一闪，四方陡然黯淡，茫茫界内，只此处一点亮光。那灯火照住赤帝，赤帝只觉寸步难离，又见灯火闪烁，渐渐微弱。赤帝看自己，从脚而上，渐入黑暗，遂道一声："你既有宝灯寂灭，我亦有神农鼎生，你且看来。"把手一抬，现一方鼎，此鼎倒是别致，通体赤红，鼎口双耳，鼎下三足，鼎壁之上，有古藤盘绕。神农鼎祭在空中，登时一片红光，照亮法界，又有绿藤遍出，将毗舍浮佛左右缚住，不得动弹。

毗舍浮佛见势不妙，指一指寂灭灯，道一声："死来。"赤帝亦指神农鼎，道一声："生来。"宝灯入得鼎中，一红一黑，两光相合，又是惊天动地一声轰鸣，两宝瞬时炸裂。毗舍浮佛失了宝物，跌下轮来。再看赤帝，亦是失了本体之炁，

459

根行大损。仙佛两败俱伤，忽阿修罗界天塌地陷，四方震动，阿修罗门时隐时现，少时坍塌下来。毗舍浮佛化一朵莲花，往凌云渡去了。无天轮落将下来，有无数修罗逃出，各入法界去了。张道陵在界中，无力起身，眼见得随界消失，忽风火蒲团现出，将其卷出界，往罗浮山去了。赤帝虽是大损，尚可行来，出得阿修罗门，那阿修罗法界随之消散。

　　佛图澄见破了阿修罗法界，毗舍浮佛离走，南方赤帝出来，大喝："赤帝莫走，我来也。"葛洪喝道："你等有约在先，你如何三番两次，不守信诺，欲来追赶。"佛图澄无奈退下。众人见赤帝出来，皆上前相迎。玄都大法师叹道："方才见阵，天君生死相斗，实是凶险，此番大损，我之过也。"赤帝说道："十界法轮，十之精妙，各有不同，众位须要小心。"玄都说道："道友所言极是，我等知晓，可先往罗浮山去。"赤帝辞别众人，驾丹龙而去。

　　玄都大法师上前，谓多宝如来："阿修罗法界已破，十之去四，上善去一，尚有天人法界，其中奥妙，道友可尽管使出，我等一一破来便是。"多宝如来说道："无须一一而来。若人欲了知，三世一切佛。应观法界性，一切唯心造。天，本为人；人，即为天。天为大，人在天中；心无物，天在人中。而此天非彼天，天为佛也，若至修行，天人当合一也。"玄都大法师听得明白，说道："道友此言，天法界，人法界乃是一界，二者可合为一。"多宝笑道："然也。"遂谓尸弃佛道："可去人法界，坐于中善轮中央，占据阵脚。"谓毗婆尸佛道："可去天法界，坐于静妙轮中央，占据阵脚。"又命宝月光菩萨、现无愚菩萨、宝月菩萨、无垢菩萨、勇施菩萨曰："你等立中善轮五方，即转轮毂，可见奥妙。"命宝光菩萨、龙尊王菩萨、精进军菩萨、精进喜菩萨、宝火菩萨曰："你等立静妙轮五方，即转轮毂，可见奥妙。"众人入界，即刻转轮，霎时中善轮在下，静妙轮在上，各放光华。未几，两轮缓缓相转，融在一处，天人合一，有一门现出，与先前不同，此门乃是对扇，左扇为黑，右扇为白，左右紧闭，令人望而生畏。不知玄都大法师如何应对，且看下回分解。

第九十六回　东方青帝破天人　勾陈后土入声闻

受持五戒修上善，四禅八定得天人；
一任根尘断三义，更有两御破声闻。

且说多宝如来演天人合一，天、人法界相合，开一门，乃是对扇门，一黑一白，多宝如来谓玄都大法师："天人法界已开，但任道友入来。"玄都大法师看左右，暗思："天人相合，两轮并驱，此法界非同小可，中善轮、静妙轮难知奥妙，哪里寻得试阵之人？"正思忖，忽半空云雾飘飘，见东面，来了五位道人。

众人相看，那五人：一人戴芙蓉冠，穿莲花衣，面少须白，拿一把凤翎箭，见众道人打个稽首，说道："我乃地肺山花明洞凤纲是也。"一人戴二仪巾，穿口袋衣，目方耳圆，拿一面推身幡，见众道人打个稽首，说道："我乃飞云山还青洞吕恭是也。"一人戴龙华冠，穿混元衣，顶项生光，拿一块白玉板，见众道人打个稽首，说道："我乃四面山青玉洞沈羲是也。"一人戴五岳冠，穿百破衣，容貌多变，拿一面地陷图，见众道人打个稽首，说道："我乃青城山天苍洞李阿是也。"一人戴远游冠，穿大红袍，唇髭淡黄，拿一个探名爪，见众道人打个稽首，说道："我乃括苍山凝真洞王远是也。"五人齐道："今奉太上之命，前来破界。"玄都大法师见五人，正要说话，忽西面，飘下五位道人。

众人相看，那五人：一人戴太阳巾，穿太清氅，目清须长，拿一把聚骨扇，见众道人打个稽首，说道："我乃水晶山白岚洞沈建是也。"一人戴浩然巾，穿天罗衣，目邃身直，拿一把月牙铲，见众道人打个稽首，说道："我乃苎屿山长泰洞陈长是也。"一人戴黄褐巾，穿九色衣，须短眉长，拿一柄炼形锤，见众道人打个稽首，说道："我乃女几山云空洞王真是也。"一人戴九阳巾，穿十方衣，面目清秀，拿一把玉泉尺，见众道人打个稽首，说道："我乃衡山揽寿洞刘京是也。"一人戴紫阳巾，穿上云衣，面老体瘦，拿一柄曲阳剑，见众道人打个稽首，说道："我乃苧屿山地才洞宫嵩是也。"五人齐道："今奉太上之命，前来破界。"玄都大法师见众人，叹道："命数如此，自有天定。"又道："众位道友，天人法界乃上善之地，玄妙更加，凶险更甚，你等以身试阵，千万小心。"众人齐道："老师且安心来，我等去也。"遂入天人之门。

且说佛图澄见十人，喝道："玄都门下，何人见阵？"十人各报其名，佛图澄说道："天人法界，与众不同，你等道行浅薄，毋须以身试阵，空丧修为。"十人俱道："红尘身似客，何必问长生。但使天下乐，了却修道人。"齐上前来。凤纲见天人之门，问道："此两扇门，如何入来？"沈建说道："此门左右各一面，不若道友五人入左门，我等入右门，以为如何？"众人称是。

凤纲五人入得左扇黑门。尸弃佛见有人入内，摇动轮轴，五位菩萨各转轮毂。五人看来，乃是别样景象。只见眼前，有两层世界。下一层，乃是人间；上一层，乃是天堂。人间之地，有繁花似锦，有风雨飘摇；有坦途平川，有洼沼泥潭。人间行走，有五群人：一群人，锄犁劳作，挥汗如雨；一群人，躬身做工，辛勤卖力；一群人，添油加醋，买进卖出；一群人，穿袍戴冠，颐指气使；更有一群人，说学逗唱，妖盗窃娼。那做工的不屑耕田的，却吃着耕田的米；从商的不屑做工的，却靠着做工的力；当官的不屑经商的，却贪着经商的财；说学逗唱、妖盗窃娼者，见缝插针，媚上惑下。正是：

人道和合，功罪相间；
德升孽降，岂有他焉。

凤纲等人未行数步，已觉此等人间，乌烟瘴气，臭不可闻。又见得上一层，天堂之所，楼台亭阁，金碧辉煌，瑞气氤氲，祥云缭绕，有菩萨打坐，两眼紧闭，不视人间，喃喃只唱"阿弥陀佛"。隔一会儿，菩萨把云头拨一拨，洒下阳光雨露。人间之人，皆匍匐上香，敬斋送礼。若是有人怠慢些，菩萨便将云头敲一敲，天堂则下压一分，登时电闪雷鸣，风雨大作。凤纲五人见得此景，皆是大怒，向人间众人道："但凡问心无愧，何必烧香拜佛。"话音才落，瞬间，天堂压下，人间不存，天人相合为一，有朵朵白云飘来，将五人各自分离。五人大惊，预感不妙，果真如是。

且说王远，被一片白云裹住，目不视物，遂喝一声："哪个菩萨，在此作怪？"云中一声传来："贫僧法号勇施也。"王远说道："原来是勇施菩萨。"即将探名爪祭起，那爪循名探物，直奔菩萨而去。未料菩萨声起："在欲行禅知见力，火中生莲终不坏；勇施犯重悟无生，早时成佛于今在。"登时云中现一锤，那锤周身燃火，锤把有一朵红莲，乃是火莲锤，锤砸在爪上，探名爪即化为一朵莲花，瞬时熊熊火焰燃起，将宝爪烧为灰烬。王远大惊，心知不妙，转身欲走，却不知为何，身子被白云缚住，不得动弹，又闻得一声雷鸣，两眼一黑，不省人事。

不言王远受诛。且道李阿，行走数步，亦被白云裹住，那云好似藤蔓，缠缠绕绕，使脚不得出，遂喝一声："哪个菩萨，在此作怪？"云中一声传来："贫僧法号无垢也。"李阿说道："原来是无垢菩萨。"即将地陷图祭起，此图可使地陷，人身堕入万劫。那图往菩萨而去，未料菩萨声起："宝图虽好，只可使地陷，不可让天塌，你今在天上，此图如何好使。"登时云中也现一张图，名曰尘方图，图一祭起，图中方寸，尽化尘埃。地陷图架不得尘方图，转瞬化为乌有。李阿未及反应，早有一声雷鸣，随即知觉全无。

又有沈羲，不见众人身影，正在寻找，忽被白云裹住，遂喝一声："哪个菩萨，在此作怪？"云中一声传来："贫僧法号宝月也。"沈羲说道："原来是宝月菩萨。"也不多言，即将白玉板祭起。此板可将人影照于其上，循影打人，不在话下。见白板打将而来，菩萨声起："宝月无影，光华照人。白玉之莹，岂可与明月争辉。"登时云中现一面镜，名曰月光圆明镜，那镜放满天月光，白玉板哪里照得见菩萨身影，不消多时，被月光消融。沈羲见状大惊，抽身欲走，哪里能够动弹，闻得一声雷鸣，顷刻人事不省。

且说吕恭行走，忽被白云裹住，不得抽身，遂喝一声："哪个菩萨，在此作怪？"云中一声传来："贫僧法号现无愚也。"吕恭说道："原来是现无愚菩萨。"不敢大意，即将推身幡祭起。此幡倒也奇异，幡若展开，照准来人，将幡一推，可使人顷刻之间，送往千里之外。吕恭循声推幡，未料菩萨笑道："无无明，不空见,如何推得身来。"登时云中现一根针,名曰无明针,那针若扎上,可使无明无向。只见宝针飞驰,将幡扎出一个口来,宝幡泄气一般,再难使用。吕恭大惊失色,转身欲逃,哪里还能动弹,闻得一声雷鸣,已经全无知觉。

尚有凤纲,正行走间,忽团团白云裹住,心知不妙,遂喝一声:"哪个菩萨,在此作怪?"云中一声传来:"贫僧法号宝月光也。"凤纲说道:"原来是宝月光菩萨。"知难罢休,遂将凤翎箭祭起。此箭别有妙用,箭一射出,化为片片羽翎,漫天而去,避无可避。想来定可制敌,未料菩萨笑道:"犹月行空,清净无碍。譬明眼人,涉履诸险,离诸疑惧。"登时云中现一面盾,名曰月光盾,此盾非圆形,乃是半月形,可聚月光于盾上,旋旋转起,如同一圆,化柔万物。凤翎箭打在盾上,如石沉大海,草落森林。凤纲见宝箭无用,料知不敌,拔脚欲走,哪里得出,闻得一声雷鸣,霎时不省人事。

话分两头,各表一枝。不言凤纲五人,皆陷界中,且说沈建五人入得右扇白门。毗婆尸佛见有人入内,摇动轮轴,五位菩萨各转轮毂。五人看来,又是一番景象。只见眼前,有两层世界。下一层,乃是天堂;上一层,乃是人间。天堂之地,处处崎岖,步步凶险,有菩萨打坐,两眼紧闭,面色忧苦。正是:

六欲梵天,五戒十善;
种有漏根,轮回难断。

沈建等人行约数步,虽见景象破败,坎坷连绵,却是清香无比,沁人心脾。又见得上一层,人间之所,倒是百花盛开,金碧琉璃。然种田的穿了官袍,做工的干了买卖,当官的锄起了田,经商的卖起了力,旁门左道的游离各间,更有甚的是,种田的当了官,更加贪得无厌;做工的经了商,压榨更胜从前;当官的做了农,使劲往田中撒药;经商的做了工,一个劲拿次充好;旁门左道的,变着法儿,争上喝下,为非作歹,真是人心不好,人间大乱。便是这般景象,人间之人,隔三岔五,把云头拨一拨,也不施雨,更不放阳,恶狠狠看着菩萨,齐道:"好歹今儿个你在下,我在上,也教你尝尝风雨不顺,天打雷劈的滋味。"敲一敲云头,人间则下压一分,电闪雷鸣,风雨大作。沈建五人见得此景,皆是叹道："莫道受苦受难，若是有朝一日，此些人翻得身来，比那施苦者更甚。"话音未落，人间众人似听到言语，齐齐看来，又见得人间压下，天堂不存，天人相合为一，有朵朵黑云飘来，将五人各自分离。

五人大惊，预感不妙，遂各祭其宝，沈建祭聚骨扇，陈长祭月牙铲，王真祭炼形锤，刘京祭玉泉尺，宫嵩祭曲阳剑。此些宝贝，各有所长，聚骨扇扇风抽骨，月牙铲锋利无比，炼形锤随意变化，玉泉尺势若千钧，曲阳剑曲直纵横，皆为各人洞府炼化所得。法宝祭在空中，穿云破雾，奇光异彩，然黑云缭绕，聚在身旁。五人正感疑惑，黑云之中，各蹿出一群人，正是人间众人。那官人抓沈建，商人抓陈长，工人抓王真，农人抓刘京，旁门左道来抓宫嵩。个个龇牙咧嘴，凶神恶煞。沈建等人大惊，下意识闪避，然身受黑云缠缚，哪里得出，欲召法宝，却不见回，又见那五群人，抓住五人，各化为一个圈儿，将五人死死套住，不得动弹，此乃宝光、龙尊王、精进军、精进喜、宝火五位菩萨所为，那圈儿名曰五相合生圈，菩萨各执一圈，五圈相合，可套万物。沈建五人被拿住，闻得一声雷鸣，皆不省人事。

十人陷于界内，玄都大法师在外，见得分明，叹道："天人合一，两界相合，果真凶险，可惜众位道友，修行一身，毁于今日。"谓东方青帝青灵始老九炁天君："天人合一，乃十位菩萨各驱轮毂，尸弃佛、毗婆尸佛各居上下，使天地倒转，人天相合，所使之法，名曰杀融，你且领人，先破此阵。杀融之法，威力甚大，须要小心。"青帝说道："知道，领法牒。"观看四下，命萨守坚、许逊："且随我入阵。"作歌出曰：

上导九天和气，下引九泉流芳；
养二仪以长存，护阴阳以永昌。

佛图澄立于界外，见青帝头戴青精玉冠，身着九气青羽衣，驾苍龙，建鹑旗，领萨守坚、许逊破阵，遂报多宝："东方青帝青灵始老九炁天君，入天人法界。"尸弃佛、毗婆尸佛在界内，听得分明，谓众菩萨："东方青帝到来，此为五老之首，五气之源，不可大意。且说青帝入天人之门，见眼前景象，与凤纲、沈建等人所见不同，已是人间天堂，合在一处，又见左面白云飘飘，右面黑云翻滚，不由得叹道："有人，天也；有天，亦天也。天地者，万物之父母也，此为自然之道，而非人力相合。灵山之人，却以为人心有分，一为真，二为妄。真心即真实，妄心即脱离，真心和天地万物，无二无别，乃是同一，当人停止妄心，回复真心，便是天人合一。故此界，须守得一个'真'字，若生妄心，即让灵山之人乘虚而入，徒生束缚。"萨守坚、许逊回道："天君所言极是。"

说话间，忽左面金光四射，宝月光、现无愚、宝月、无垢、勇施五位菩萨现了真身，喝道："你等入天人法界，当覆灭于此。"遂转动轮毂。话音未落，忽右面金光四射，宝光、龙尊王、精进军、精进喜、宝火菩萨五位菩萨现了真身，喝道："你等入天人法界，当有死无生。"遂转动轮毂。闻得界中，一声雷鸣，左右天地，缓缓相合。青帝见得明白，说道："此正是杀融之法。"萨守坚、许逊不解，问道："何谓杀融之法？"青帝说道："你等不见，历朝历代，国之更替，当经战事，破则立，不破则不立，故行杀伐，方得统一。立教亦是如此，教说者，对人也。人之不同，乃心不同；心不同，则思不同；思不同，则行不同；行不同，则教法难立。故大千世界，各成思想。而教说之道，是为求同，然人有千万玲珑心，何能求同？故若求同，必行杀戮，杀不同人心，去不同人身，求相同人心，而达身心同一，便是杀融之法。灵山之人，本在西方，封神之时，便以杀融之道，得三千红尘之客。今番欲来东土，故伎重施，欲传佛法，摆下这十法界，设下天人合一，究其根本，就是杀融也。"萨守坚、许逊闻言，恍然大悟，皆道："天君一番言语，令我等茅塞顿开，若是杀融之法，如何破得来？"青帝说道："你等且小心那黑白云朵，切莫被其粘住，否则术法难施，真身难脱。"遂命萨守坚守住左面，许逊守住右面，不使两方相合。

萨守坚领命，守住左面，见朵朵白云飘来，欲裹其身，心知不妙，遂画一符，往云中一撒，那符生五气，继而一声雷鸣，五雷轰顶，将白云炸开。萨守坚以为此法得成，心中不免暗喜，未料白云复聚，缓缓飘来，缭绕四周。云中，见上方现一锤，正是勇施菩萨的火莲锤；又见下方现一图，乃无垢菩萨的尘方图；正前方，忽闪光亮，乃宝月菩萨使月光圆明镜；光亮之中，悄然射出一针，乃无愚菩萨的无明针；身后，宝月光菩萨亦不闲着，祭月光盾，使萨真人不得向后。

第九十六回
东方青帝破天人　勾陈后土入声闻

五宝齐出，端的是奇光异彩，神通无量。眼见得便要遭殃，萨守坚一声喝来："雕虫小技，焉能得逞。"祭起五明降鬼扇，那扇开五方，紫雷尽现，护住周身，使五宝不得近前，只在五方盘旋，相持不下。

许逊领命，守住右面，见朵朵黑云飘来，欲裹其身，知其蹊跷，不敢大意，将一剑祭起，此剑古朴灵通，名曰斩蛟灵剑，指天天裂，指地地坼，指星辰则失度，指江河则逆流，万邪不敢当。许逊执剑，往黑云劈去，将黑云四分五裂，以为此法得成，心中暗喜，未料黑云复聚，缓缓飘来，缭绕四下。云中，宝光、龙尊王、精进军、精进喜、宝火五位菩萨各念其咒，许逊闻得似有吵闹之声，定睛一看，五方各现一群人，转瞬即至身前，龇牙咧嘴扑来，登时各化一圈，正是五相合生圈。许逊忙祭斩蛟灵剑，往宝圈打去，未料打在圈上，火星迸裂，圈儿无损，宝剑竟断为两截。许逊大惊，见宝圈来得甚急，即祭起太上灵宝净明链，此链一出，银光闪闪，环环而绕，护住其身，使合生圈不得近前，只在五方盘旋，相持不下。

青帝见二人受困，又见左右两界缓缓相合，心知若合一处，势必危矣，不敢怠慢，遂上得前去，居于中央，将左手一抬，袖中一道青光闪现，火莲锤、尘方图、圆明镜、无明针、月光盾，皆落下来，勇施、无垢、宝月、无愚、宝月光菩萨大惊，不知袖中是何宝物，彼此面面相觑，目瞪口呆。又见青帝将右手一抬，袖中一道绿光闪现，闻得叮叮当当之声，五相合生圈亦落了下来。宝光、龙尊王、精进军、精进喜、宝火菩萨也是大惊失色，齐道："尝闻青帝，乃五老之首，如来演天人合一，双佛入界，青帝竟一人来至，绝非等闲，今见玄妙，果然不同也。我等皆不及，自当出界。"青帝也不阻拦，任由五人离轮而出。勇施、无垢、宝月、无愚、宝月光菩萨见之，自知难敌，亦离轮出界。

萨守坚、许逊上前，拜谢青帝，说道："天君所言甚是，那云儿确是蹊跷，若非天君相助，我二人定失陷于此。"青帝叹一口气，说道："真心同一，妄心有二，你等尚须修行，以达至简至略，至精至微，浑然无极之境。出界之后，你二人还需游历人间，而至天道合一。"萨守坚、许逊各打稽首，说道："天君教诲，弟子谨记心上。"青帝颔首，命二人："可将轮毂断来。"萨守坚祭五明降鬼扇，扇一扇，尽现紫雷，轰断轮毂。许逊亦使太上灵宝净明链，银光闪动，打断轮毂。

闻得一声巨响，天人界轮戛然而止。

二人正要覆命，萨守坚忽觉一道红光闪现，登时脖颈之上，尽受火焰；又觉一道蓝光闪现，瞬间腰腹之下，尽浸冰水。头顶处，悬一宝壶，上面一个口，下面一个口，上出火，下出水，霎时水火交融，缓缓合于胸间，萨守坚不能架受，随即眼前一花，堕入云中，如梦似幻，不知天人。许逊亦是如此，忽头顶处，现一宝钵，这钵通体浅绿，琉璃制成，既不收人，也不打人，只倒悬于上，洒一片绿光，许逊被钵光罩住，登时通体变绿，既不能动，也不得言，似入定一般。二人受困，登时各方轮毂又呈起转之象。

青帝见来，打一稽首，说道："道友既在此处，可现身说话。"言毕，见左面，尸弃佛现出身来，收了宝壶，口中唱道：

起诸善法本是幻，造诸恶业亦是幻；
身如聚沫心如风，幻出无根无实性。

又见右面，毗婆尸佛现出身来，收了宝钵，口中唱道：

身从无相中受生，犹如幻出诸形象；
幻人心识本来无，罪福皆空无所住。

青帝见二佛，说道："尝闻灵山六佛，尸弃佛，乃过去庄严千佛第二尊，又名作式，居于光相城，曾在分陀利树下，说法三会，度众二十五万。毗婆尸佛，乃过去庄严千佛第一尊，又名胜观，于波波罗树下成道，初会说法度众十六万八千人，次会说法度众十万人，三会说法度众八万人。今日得见二佛，果真大不相同。"二佛合掌，笑道："天有五行，则有五行之帝，亦有五行之神。帝者，气之主宰；神者，气之流行。五方五老，五气之源，而青帝居首，尝闻青帝掌春，司生，那左袖青光，右袖绿光，有物生春华之能，想来应是青生木、春华鼎。恰此天人合一之界，亦有遁空去色之法，正与道友见来。"青帝亦笑："太上曾有言，尸弃去欲，有一壶，名曰最上壶，此壶放无明火，出清净水，可灭欲去身，又有毗婆尸佛八相成道，执毗尸钵，可放生绿之光，去阿赖耶识。今日倒是有幸，当可见识二宝。"遂将左袖一开，那青光随起，现出一木，正是青生木，又将右袖一开，那绿光随起，现出一鼎，正是春华鼎。

二佛见青帝祭宝，不敢大意，尸弃佛将最上壶祭起，登时无明火、清净水交替而出，水火交融，直奔青帝。毗婆尸佛将毗尸钵祭起，那钵出绿光，照向青帝，欲去阿赖耶识。此二宝皆非凡之物，青帝亦不敢大意，念动咒语，但见青生木横于胸前，瞬间万木复苏，生根出芽，发叶结枝，眼前一片春色。那水火起一分，草木皆长一分，水火不得侵入。又有那春华鼎，悬于顶上，登时春光四射，从鼎中生一朵花来，那花盛开，有瓣瓣花叶散来，覆于毗尸钵之上，使钵光不得现。

二佛见克制不得，齐道："天人合一，成住坏空，可见来。"一个将最上壶放置头顶，水火悬于其身，一个将毗尸钵放置脚下，绿光萦绕其身。二佛齐道："欲去我身，生灭天人。"霎时，左右两面法界缓缓相合，青帝将青生木祭起，横于两界之中，欲止合轮，哪里挡得住，闻得"啪嗒"一声，竟自断了。青帝大惊，又将春华鼎横于两界之中，鼎出春华，花现千朵，开于两界，却见得法轮滚滚，花纷纷落下。

青帝知两界若合一处，万物生灭，复归混沌，遂喝一声："人法地，地法天，天法道，道法自然。自然即我，我即自然。"遂纵身一跃，入得宝鼎之中，霎时，其身结千叶，开万花，与宝鼎相融一处。青帝把手一指，生出一团青火，燃于鼎中。那两界相合，宝鼎受两面挤压，滋滋作响，少时，一声轰鸣，宝鼎炸裂，带起一连串惊雷。那雷好似春雷，连绵不绝，尸弃佛、毗婆尸佛所立处，亦被炸起，最上壶、毗尸钵炸得灰飞烟灭。中善轮、静妙轮即止，天人法界真幻扭曲，不成维象。天人之门时隐时现，继而坍塌。尸弃佛、毗婆尸佛各化莲花，往凌云渡去了。萨守坚、许逊现了身形，昏迷不醒，眼见得随界消失，忽风火蒲团现出，将二人卷出界，往罗浮山去了。然青帝身影，却是不见，未几，天人法界随之消散。

佛图澄见破了天人法界，尸弃佛、毗婆尸佛离走，却不见东方青帝，大喜："青帝身灭界中，乃天意也。"众人见青帝未出，心中大急，皆看向玄都大法师。玄都笑道："冬去春来，万物复苏，青帝乃司春之神，不生不灭，不必担忧。"话音才落,忽一阵风至,见百花齐放,草木青青,又见一条苍龙腾起,苍龙背上,有一人,正是青帝。青帝见众人,打一稽首,说道:"今六凡四圣十法界,已破其六,尚有圣人之境,更加玄妙,众位须要小心,我且先往罗浮山去,恭候各驾。"众人见青帝无事,皆是大喜。

玄都大法师上前,谓多宝如来:"今六凡已破,尚有四圣。常言道,天地不仁,以万物为刍狗;圣人不仁,以百姓为刍狗。天地之间,其犹橐龠乎?虚而不屈,动而俞出。多言数穷,不如守中。我只恐圣人起怒心,天地失本色,道友若肯回头,当是大善。"多宝如来说道:"十界轮已起,十法界已成,圣人不语,天地自在,你我亦无须多言。"玄都大法师问道:"既如此说来,你等哪位佛祖,入得界中?"多宝如来笑道:"四圣不比六凡,界中自有天地,转轮自转,法界自成,你只管命人入界便是。"玄都大法师暗思:"声闻法界,乃四圣首界,观音轮已入小乘,不知谁可入界。"

正思忖,闻得一声:"九九道至成真日,三清四皇朝天节。"原是四御上得前来。勾陈、后土说道:"大法师不必忧烦,我二人可入法界。"玄都大法师大喜,说道:"二御亲入法界,我心无忧矣。"又道:"声闻法界,乃阿罗汉道,修阿罗汉果,得苦、集、灭、道四圣谛果。想来有大智慧者在界内,二御尚须小心。"二御笑道:"我等自有分寸。"遂打稽首,往声闻法界而来。不知二御如何破轮,且看下回分解。

第九十七回　观音塔燃灯说法　辟支轮弥勒讲经

自性自觉自小满，随风随尘随心还；
声闻缘觉皆虚幻，见知忘我道非凡。

且说勾陈大帝、后土娘娘出阵入界。佛图澄见来，那后土娘娘，头结特髻，髻上衔孔雀珠翠，两边有垂花耳坠，面如满月，细眉长目，唇红齿白，额中央饰金色额黄，着披肩，含交领，飘大衫，一手持圭，一手相扶，腰系玉环带，足穿云头鞋，覆土麒麟在后，端的是翠绕珠围，华贵雍容。有宝诰为诵：

九华玉阙，七宝皇房。承天禀命之期，主阴执阳之柄。道推尊而含弘光大，德数蓄于柔顺利贞。效法昊天，根本育坤元之美。流行品物，生成施母道之仁。岳渎是依，山川咸仗。大悲大愿，大圣大慈。承天效法，后土皇地祇。

再看那勾陈大帝，蓬头黑面，鼻直唇方，口吐黑炁，目放神光，虎体猿臂，彪腹狼腰，披战袍，覆铠甲，顶上宝冠耀目，足下云嵌靴悬，手执万神图，腰系狮宝带，座下华盖云香车，背负一柄双头钩，总持万化，节制雷霆，端的是神拒者灭，鬼拒者刑。有宝诰为诵：

紫微宸极，勾陈天宫。九光宝苑之中，五炁玄都之上。体元皇而佐司玄化，总两极而共理三才。主持兵革之权衡，广推大德。统御星宸之躔次，毋失常经。上象巍峨，真元恢漠。大悲大愿，大圣大慈。勾陈上宫，天皇大帝。

471

佛图澄见二御踏界，遂报多宝："勾陈上宫天皇大帝，承天效法后土皇地祇，入声闻法界。"多宝如来说道："原是二御亲至，尽可入来。"遂转观音之轮，开声闻之门。二御入法界，那界中莽莽苍苍，一望无垠，无有其他，不知天，不知地，不知人，不知通达。正是：

  声闻众僧，不论女男；
  四谛观行，隐实示权。

二御见一眼，笑道："不见空色，只求声闻，大道难悟，倒是一片迷迷茫茫。"正说话，忽脚下现起光亮，原是二十四盏燃灯，左边十二盏，右边十二盏，排排列列，引向前方。后土娘娘说道："此灯似在指路。"二御循灯，径往前行，行一步，宝灯则化一朵白莲，待二十四朵莲开，忽见前方现一巨轮，悬于半空，那轮由左向右，缓缓转动，转一分，则变一色，共三十三色，正是观音轮。巨轮之下，立一塔，塔有四层，一层镀金银，二层镀琉璃珊瑚，三层镀琥珀砗磲，四层镶嵌玛瑙，塔顶如盖，塔刹如瓶，凌云千尺，门开拱星。有诗为证：

  空界万象浮云色，白莲孤塔尚燃灯；
  七宝还身何处是，无心去尘观音人。

且说二御见塔，门匾上书"观音塔"，径自入来。塔中空空如也，一层无人，上二层，亦无人，至三层，还是无人。勾陈大帝说道："此界无有别物，只见宝塔，塔中却不见人，也是蹊跷。"后土娘娘笑道："闻声始觉有人，但上塔去，自有分晓。"二御上得四层，登时一片通明，环顾四下，处处燃灯，塔中坐一人，双抓髻，乾坤二色；皂道服，白鹤飞云。顶上放灵光，胸中藏万象。二御上前看来，皆惊道："我道是谁，原是燃灯道友。"正是燃灯道人。

后土娘娘说道："本是昆仑客，何必入释门。道友今在此处，我等倒是始料未及。"燃灯道人笑道："阐门已去，佛教当兴，此乃定数，贫道在与不在，亦是当然。今二位道友入声闻法界，登观音之塔，也是有缘。然不知二位道友欲破声闻，可知声闻？"二御打一稽首，说道："但请道友讲来。"燃灯道人说道："声闻，其字知义，闻声悟法，听来而已。昔日，佛陀坐菩提树下，曾感悟说，大地众生皆有如来智能德相，只因妄想执着而不能证得。便是这无明妄想，使众生徘徊过去、现在、未来三世，流转六道，此六道又称六凡，不得超脱。声闻法界，才出六道，乃十法界之七道，亦名阿罗汉道，修阿罗汉果，乃苦、集、灭、道四圣谛圣果。此果方脱轮回，因常随佛旁，以闻佛声，得解脱证圣果行者所在，便是声闻法界。"

后土娘娘若有所思，问道："依道友之见，声闻法界，以四圣谛而超越生死轮回，当有四果，四果何为？"燃灯道人笑道："后土道友果然聪慧，声闻修行证悟，果位有四，乃初果、二果、三果、阿罗汉果。初果，意为预流，预入圣者，修不净、慈悲、缘起、无我、数息五停心观，然后观苦、集、灭、道四圣谛，经暖、顶、忍、世第一等四善根位，而以八忍八智，了断三界八十八使见惑，证初果须陀洹，不再堕三恶趣。因初果烦恼如同大树连根拔起，只剩欲界九品思惑，故无须永久轮回，只须七次上升天上，七次投生人间即可。二果，意为一来，只须再一次生天，一次来人间受生即可。二果断尽欲界前六品思惑，故淫、怒、痴微薄。三果，意为不还，死后直往色界、无色界，而入涅槃。因三果断尽欲界后三品思惑，故不须再往人间受生。四果，便是阿罗汉果，意为无学、无生、杀贼、应供，修得阿罗汉，杀尽一切烦恼贼，无须再往三界受生，堪受人天供养，此乃小乘最究竟果位，可为声闻圣人。"

勾陈大帝笑道："不想道友说法，竟也通透。想此宝塔，共有四层，此四层，便是四果位，今我等来此最上层，可否已在阿罗汉矣？"燃灯道人笑道："道友既入阿罗汉，已得声闻之妙，与我西方有缘矣。"勾陈大帝又笑："道友言语，声闻即是听来，既是听来，便是过去。过去的，且随过去；自然的，且随自然。正所谓，过去心不可得，现在心不可得，未来心不可得。想九层之塔，起于垒土；千里之行，始于足下。我等既为修行，不必困于过去，亦不必憧憬未来，活在当下，便是永恒。与西方有缘无缘，但凭我心，我心不缘，亦为大道也。"后土娘娘闻言，颔首说道："想道友身往西方，身份尊贵，称燃灯古佛，然古便是过去。来不见喜，去不可留，世人信则有，不信则无。声闻观音，只在西方，何必到这东土，徒生是非？"燃灯道人叹道："世人愚昧，不知大法，故流连六凡，你二人既为极御，当引导世人，自顾修道，不为大道。可在此处，好生思量。"言未落，身已不见。

二御正感疑惑，忽一盏灯亮起，通体琉璃，精妙绝伦。后土娘娘说道："世间有三处，有三盏灯，玄都洞八景宫有一盏灯，玉虚宫有一盏灯，灵鹫山有一盏灯。看此灯模样，乃灵鹫山琉璃灯，为燃灯道友所有。"话音落下，梵音响起，从虚空出，一音现一如来，共六十四音，乃是：流泽声、柔软声、悦意声、可乐声、清净声、离垢声、明亮声、甘美声、乐闻声、无劣声、圆具声、调顺声、无涩声、无恶声、善柔声、悦耳声、适身声、心生勇锐声、心喜声、悦乐声、无热恼声、如教令声、善了知声、分明声、善爱声、令生欢喜声、使他如教令声、令他善了知声、如理声、利益声、离重复过失声、如师子音声、如龙音声、如云雷吼声、如龙王声、如紧那罗妙歌声、如迦陵频伽声、如梵王声、如共命鸟声、如帝释美妙声、如振鼓声、不高声、不下声、随入一切音声、无缺减声、无破坏声、无染污声、无希取声、具足声、庄严声、显示声、圆满一切音声、诸根适悦声、无讥毁声、无轻转声、无动摇声、随入一切众会声、诸相具足声、令众生心意惟喜声、说众生心行声、入众生心喜声、随众生信解声、闻者无分量声、众生不能思惟称量声。六十四梵音，现六十四殊妙之相。

二御听此梵音，顿觉塔中四面，有光笼罩，模模糊糊，似有似无。后土娘娘说道："燃灯道友坐阵声闻，引我二人入得此塔，点宝灯，传梵音，不知有何玄妙？"勾陈大帝踏步而前，四下走来，说道："可否觉察，身子气力渐消？"后土娘娘闻言，即闭目养息，运行周天。少时，开眼说道："此塔确有蹊跷，似抽丝剥茧，使人不得安宁。"勾陈大帝回道："尝闻西方之门，有一大法，名曰大音结界。结界若布成，纵是大罗金仙、混元之数，亦可使之心烦意乱，法力消散，不及原来十分之一。想来定是燃灯道友，以此塔中，布下大音结界，使我二人不得出塔，日益声闻，受化同识。"言未落下，忽传来一声："勾陈道友，确有见识，尚知大音结界。既已知晓，且安心于此，声闻进益。"正是燃灯道人。

勾陈大帝笑道："大音结界，纵是玄妙，何能束缚我等？我虽破不得，自出无碍。"遂与后土娘娘往塔外走。燃灯道人说道："进时容易出时难。你在这大音结界，怎可随意出入？"随即，现出身形，只见左手一抬，祭一钵，名曰紫金钵盂，浑如一盖，往勾陈大帝打去。又将右手一抬，祭一尺，名曰乾坤尺，乃天地间第一把尺子，往后土娘娘打去。勾陈大帝见紫金钵盂，遂把肩一抖，双头钩呼啸而出。勾陈大帝掌人间兵革之事，此钩乃其战器，名曰双极钩，一头藏北极之光，可破天来，一头放南极之光，可破地来。舞动起来，见一道光刃如圆，迎向紫金钵盂。后土娘娘见乾坤尺，亦把手一扬，现出一杖，名曰乔木枝杖，此杖可聚阴阳之气，不避水火，无物不御。想来两件至宝，皆证道之物，然双极钩与紫金钵盂相迎一处，闻得一声轰鸣，宝钩竟落将下来。乔木枝杖受乾坤尺一击，亦是断了一截。

二御见状，大吃一惊，后土娘娘说道："想紫金钵盂、乾坤尺虽说玄妙，然我等宝物，亦是修为炼化，今受一击，竟落将下来，倒是奇哉。"勾陈大帝回道："非是我等宝物不及，实为此处，布有大音结界，宝物妙用，已不及原来十分之一，故有所败。"说话间，燃灯道人传声："结界之内，你等纵是金仙之体、混元之数，亦难奈何！念你等往日道友，昔时同门，若安心于此，抛却执念，我绝不伤害分毫。"勾陈大帝说道："道友以琉璃宝灯，传六十四梵音，布此大音结界，纵是大罗宫上，昆仑山前，亦是罕见。然万物相生相克，人尚无圆满，何况宝物。你且看来。"遂把手一扬，现一竹筒，名曰万象筒，此筒生六十四卦，各起半空，立于六十四梵音如来相前。登时，塔中生天地经纬，自成一道光圈，起于二御身上。

二御往前走，光圈自随前行，大音结界，似无作用。燃灯道人见状，不由得赞道："不想道友，竟以万象之筒，自生卦爻空间，天干地支，出入随意，乃绝妙矣。"原来万象筒，可生卦爻空间，自成一方世界，不受结界干扰。二御欲离宝塔，燃灯道人喝道："哪里走？"又将紫金钵盂、乾坤尺祭起，各自打去。勾陈大帝回道："来得好！"遂把袖口一抬，霎时五光十色，点点星星，将紫金钵盂笼住，闻得一声轰鸣，紫金钵盂落入光芒，不见踪影。后土娘娘也将衣袖一卷，放一道黄光，那黄光耀眼夺目，转而暗淡，化一道黑光。乾坤尺被黑光笼住，闻得一声轰鸣，只化为粉尘，落于光中。

燃灯道人见得明白，说道："道友法宝甚妙，一来破我结界，二来破我金钵、宝尺，倒是小觑你等。若是见之不差，想勾陈道友袖中所藏，乃是先天灵宝，万神图也，后土道友掌管大地，袖中所藏，想是地书无疑。"勾陈大帝赞道："道友所见非凡，竟可识来。也罢，既已知晓，今结界无用，法宝失算，念我等同门，你且自出界去，我等绝不为难。"燃灯道人笑道："四圣之下，你等各施其宝，必可大放光芒。四圣之上，倒是难说矣。你等可见来。"遂将一物祭起，散发五色毫光，纵是勾陈后土，观之不明，瞧之不见。毫光洒落，勾陈大惊，遂祭万神图，图出万星，万星化神，与毫光斗在一处，未几，万神图逐渐暗淡，眼见得落下，后土娘娘喝道："此乃定海珠，无怪如此神通。"遂把地书祭起，那地书一面黄，一面黑，两面交替，包罗万象，与定海珠斗在一处，不多时，亦是暗淡。

后土娘娘赞道："闻万安山一战，定海珠化二十四诸天，大放异彩，幸云中子看出端倪，得以保存阐门，今日一见，果真名不虚传。想来非舍生取义，不得而胜。"遂纵身一跃，跳入地书，霎时书中，腾起一山，乃不周山。勾陈大帝说道："后土既能舍生取义，我亦有何不可。"遂纵身一跃，跳入万神图中，瞬时，万神归一，附于大帝其身，大帝转而化一柄剑，名曰万神摄光剑。那不周山直撞向定海珠，定海珠往下打，不周山往上迎，闻得一声巨响，不周山炸裂开来，那定海珠亦落了下来。万神摄光剑瞬时而动，直取琉璃灯，又是一声巨响，大音结界霎时迸裂，宝剑断裂，宝灯熄灭，观音塔随之坍塌，声闻之门时隐时现，燃灯道人默然不语，良久，长叹一声，化一朵莲花，往凌云渡去了。观音轮落将下来，眼见得声闻法界即将消散，忽风火蒲团现出，将勾陈、后土卷起，出了法界，往罗浮山去了。随之一声雷鸣，声闻法界立时消散。

佛图澄见破了声闻法界，燃灯道人离走，风火蒲团携勾陈、后土去了，不由得大惊失色。玄都众人，亦是吃惊，长生大帝说道："不想声闻法界，竟是燃灯道友坐阵，余下三界，定然非比寻常。"玄都大法师上前，谓多宝如来："四圣法界，已破其一，辟支轮是何景象，还望示来。"多宝如来说道："若知声闻是引导，当晓辟支是独觉。缘觉法界，自有景象，你等只管入界。"玄都大法师暗思："缘觉法界，观十二因缘，觉悟真空之理，辟支轮已入中乘，不知谁可入界。"正思忖，闻得一声："大法师不必忧烦，我二人可入法界。"玄都大法师回首看来，原是北极紫微大帝、南极长生大帝，遂大喜，说道："二御亲入法界，必能破之。"

又道："燃灯为过去佛祖，尚坐阵声闻，此缘觉界，定不在之下，二御尚须小心。"二御笑道："我等自有处置。"遂打稽首，往缘觉法界而来。

佛图澄见来，那南极长生大帝，长须银发，慈眉善目，神清气朗，金容玉相，戴十极冠，着绿瑙袍，束玉尺带，穿烟霞履，发奇明光芒，一派平和大度，乘云驾气，御龙飞天，端的是神行高照，通真达灵。有宝诰为诵：

　　高上神霄府，凝神焕照宫。会元始祖炁以分真，应妙道虚无而开化。位乎九霄之上，统理诸天。总乎十极之中，宰制万化。宣金符而垂光济苦，施惠泽而覆育兆民。恩溥乾元，仁敷浩劫。大悲大愿，大圣大慈。玉清真王，南极长生大帝，统天元圣天尊。

再看那北极紫微大帝，面如满月，目秀眉清，唇红齿白，顶九珠冠，着紫缎袍，束五彩带，穿墨玉靴，丰姿都雅，一表非俗，为万法金仙之帝主，端的是众星之主，万象宗师。有宝诰为诵：

　　大罗天阙，紫微星宫。尊居北极之高，位正中天之上。法号金轮炽盛，道称玉斗玄尊。璇玑玉衡齐七政，总天经地纬。日月星宿约四时，行黄道紫垣。万象宗师，诸天统御。大悲大愿，大圣大慈。万星教主，无极元皇。中天紫微，北极大帝。

佛图澄见二御踏界，遂报多宝："北极紫微大帝、南极长生大帝，入缘觉法界。"多宝如来说道："原是二御亲至，尽可入来。"遂转辟支之轮，开缘觉之门。二御入法界，那界中无有其他，只十二个圆轮，平悬转动，放红橙黄绿青蓝紫灰粉黑白棕十二色光，奇异非常。正是：

　　缘觉圣贤，孤峰独眠；
　　春花秋谢，十二连环。

十二圆轮各自排列，合为一轮，一人坐于其上，好样貌，见来：

大耳横颐方面相，肩查腹满身躯胖；
一腔春意喜盈盈，两眼秋波光荡荡；
敞袖飘然福气多，芒鞋洒落精神壮；
极乐场中第一尊，南无弥勒笑和尚。

二御上前看来，说道："我道是谁，原是东方佛祖。"正是弥勒佛。长生大帝笑道："不想声闻有过去，缘觉见未来。过去过去，未来未来，东方佛祖何必在此，枉费心机。"弥勒佛亦笑道："过去是未来，未来是过去，当下可见过去，可见未来。今二位道友入缘觉法界，立辟支之轮，也是有缘。然不知二位道友欲破缘觉，可知缘觉？"二御打一稽首，说道："但请道友讲来。"弥勒佛说道："缘觉，见字知义，因缘觉察，开悟而已。此觉有二，其一为生于佛世，闻佛说十二因缘，修证成道，称缘觉；其二为生于无佛之世，由前世善根，春观百花开，秋睹黄叶落，观自心、外境变迁而悟无常、苦、空、无我之理，证得缘觉果，称独觉。名虽不同，然皆因观缘起法而觉悟，且喜独居，得证辟支佛果位，所处便是声闻法界。"

长生大帝若有所思，问道："依道友之见，缘觉法界，从十二因缘上悟道，得破缘觉所执着十二因缘法，然十二因缘究竟何为？"弥勒佛笑道："长生道友智圆行方，颖悟绝伦，十二因缘，有经云云。"

欲断生死趣。度世道者。当念却十二因缘。何等为十二。一者本为痴。二者从痴为所作行。三者从作行为所识。四者从所识为名色。五者从名色为六衰。六者从六衰为所更。七者从所更为痛。八者从痛为爱。九者从爱为求。十者从求为得。十一者从得为生。十二者从生为老病死。是为十二因缘事。此十二事欲起。当用四非常灭之。

何等为四非常。一为识苦。二为舍习。三为知尽。四为行道。更说念生念老念病念死。念是四事。便却是十二因缘道成。念是四事道人。欲得度世。当断十二因缘事。是为断生死根。十二因缘有内外。一者内为痴外为地。二者内为行外为水。三者内为识外为火。四者内为名色外为风。五者内为六入外为空。六者内为灾外为种。七者内为痛外为根。八者内为爱外为茎。九者内为受外为叶。十者内为有外为节。十一者内为生外为华。十二者内为老死外为实。人之生死，从内十二因缘。万物生死，从外十二因缘。

　　何等为痴。谓不礼父母。不分别白黑。从是因缘得痛。不欲弃不信。今世亦后世。已作是事。便随行不作。是亦不得。是以有痴便为行。已有行便为识。已有识便为名色。已有名色便为六入。已有六入便为栽。已有栽便为痛。已有痛便为爱。已有爱便为受。已有受便为有。已有有便为生。已有生便为老死。故人生取十二因缘。得十二因缘生。无因缘亦不生。万物亦尔。不断十二因缘。不脱生死。行三十七品经。为从是得道。

又道："念十二因缘经，知所谓十二因缘，乃无明、行、识、名色、六入、触、受、爱、取、有、生、老死。一环一扣，缘生缘灭，可见有情众生生死流转之相：无明缘行，行缘识，识缘名色，名色缘六入，六人缘触，触缘受，受缘爱，爱缘取，取缘有，有缘生，生缘老死。有无明贪瞋痴，与行前世二因，必有今世投胎转世得受报身形。有了识、名色、六入、触、受现世五果，必然再造爱、取、有今世善恶三因，再感来世生老死二果，便是三世因果。如了生脱死，须破无明，无明灭则行灭，行灭则识灭，识灭则名色灭，名色灭则六入灭，六入灭则触灭，触灭则受灭，受灭则爱灭，爱灭则取灭，取灭则有灭，有灭则生灭，生灭则老死灭。无明灭则为生老死灭。此乃勤修戒定慧，熄灭贪瞋痴，修正道而了生脱死之大法。"

紫微大帝闻言，问道："想道友讲经，那十二因缘，便是这界中十二圆轮，我等已在辟支轮上，十二缘中？"弥勒佛笑道："道友既入十二缘，已得缘觉之妙，与我西方有缘矣。"紫微大帝亦笑："心灵空明虚寂，生活清净至极。天下万物纷纷纭纭，终复本根，为静也，乃万物变化之根本，识此根本，为明也。明方能宽容，容方能大公，公方能无不周遍，无不周遍合乎自然，合乎自然方称道也，体道而行才能长久。我心有道，无须西方缘觉。"长生大帝说道："想道友身在西方，称未来佛祖，即在未来，不念当下，何必到这东土，徒生是非。"弥勒佛又笑："世人不知缘觉，不得自悟，故受蒙蔽，你二人身为二御，当见悟明身，启示世人，而非以静论处，可在此处，好生思量。"遂把手一抬，闻得半空中叮喀一声，撒下一副金铙，溜溜直转，往二御撒来，霎时将二御连头带足，合在金铙之内。

二御身处铙内，黑咕隆咚，全无光明。长生大帝遂捻着一个诀，身长千百丈高，那金铙却随身而长，全无一些瑕隙。长生大帝却又捻诀，把身子往下一小，小如芥菜子儿，那铙也就随身小了，更没一些孔窍。紫微大帝说道："此铙倒也稀罕，连上带下，融成一块，严丝合缝，随心变化。"又闻弥勒佛声起："此乃佛门之器，名曰浑金铙，可大可小，坚硬无比，刚中带柔，限三昼夜，化为脓血，你等好生思处，若归因缘，缘觉当下，贫僧即撤宝铙。"二御不睬，紫微大帝见长生大帝，笑道："道友若破不来，我倒可一试。"长生大帝也笑："不必烦劳，此铙虽说妙绝，然万物皆无圆满，我自有办法。"遂祭一杖，通体玉制，长九尺，端以鸠鸟为饰，又见鸟喙之上，吐出白气，白气蒸腾，贯满铙内。霎时，金铙一鼓一缩，长生大帝道一声："裂来。"闻得一声轰鸣，金铙炸裂，成千百块散碎之金。

二御现出身来，紫微大帝笑道："此行气玉杖，气蕴五空，见物破灭，妙不可言。"正说话，弥勒佛现了身形，将碎金收攒一处，笑道："长生道友神霄极明，今见识来，果然玄气真玄。"紫微大帝说道："道友金铙已破，还有何法，尽可使来。"弥勒佛嘻嘻笑道："我有一布袋，虚空无挂碍；打开遍十方，入时观自在。"遂解下一个搭包，拿在手中，往空中一抛，登时，袋口收放，一股脑儿，将二御收入其中。二御在内，见无边无际，十方黑暗。长生大帝遂祭起玉杖，白气吐出，却似石落大海，烟起浩空，不得其满。长生大帝道一声："裂来。"闻得一声轰鸣，白气散去，见宝袋一收一放，丝毫无损。

弥勒佛在外，笑道："此乃我的后天袋子，俗名唤做人种袋，无物不包，无人不容，若见人神，限三昼夜，教其脱胎换骨，得拾佛心。"紫微大帝说道："纵是袋有乾坤，然乾坤亦有道也。且看我破之。"遂把手一伸，现出一图，那图起半空，其中升普天星斗，星光七宝灿烂，彻周身，照十方，中间有一紫星，明光烁亮，璀璨夺目，那星转起，十方星光随之转动，人种袋亦旋旋而起，紫微大帝道一声："破来。"那紫星为头，众星为身，化一道光锥，刺向人种袋，闻得"扑哧"一声，人种袋裂一道大口，二御从中而出，见弥勒佛在前，说道："宝袋已破，道友还有何宝，尽管使来。"弥勒佛收了人种袋，也不惊慌，笑道："尝闻紫微宫有一宝，名曰紫星河图，符图掌握，众星主领，放星辰之光，可聚可合，藏紫星之力，破消万物，今日见来，果然非凡。"紫微大帝说道："道友法宝尽失，若无他法，我等即破缘觉。"弥勒佛坐于轮上，笑来："辟支轮尚有大阵，道友尽可观来。"言毕，十二圆轮转起，轮中各升一柱，长三尺，宽三尺，显十二色，将二御合围其中，不知有何玄妙，且看下回分解。

第九十八回　度行轮如来换座　行满轮圣人斗法

无上菩提修大乘，如来逆流等觉名；
妙行轮满混元至，道言佛说人不宁。

且说弥勒佛转十二圆轮，升十二圆柱，放十二光华。二御身在其中，不知奥妙。弥勒说道："此为十二缘生柱，取十都天地之柱，排列成圆，沐浴光华，可助你出苦海，灭污体，重修法，得新生。"二御闻言，不由得惊叹，紫微大帝说道："无怪道友失了浑金铙，人种袋，尚有所恃，原来缘觉界内、辟支轮上，早有布置。"弥勒佛也不多言，把咒语念来，见十二圆柱之中，光芒炽盛，二御登时眼里无明，身不得行。

长生大帝正色，说道："此柱缘合，放十二光，可断十二因缘，我等已无明止行，不可再断他缘。"遂祭行气玉杖，白气一出，十二光即时照来，白气瞬间消散，又见行气玉杖，受十二光，缓缓消融，化为灰烬。二御尚在感叹，忽觉脑中混沌，不见颜色，霎时间，六根飞尘，触觉即消，紫微大帝知其不妙，遂祭紫星河图。宝图一出，诸星闪耀，那紫星正起图上，十二光即刻照来，直照得紫星黯淡，诸星昏沉，不多时，宝图起一道火光，毁于一旦。

紫微大帝大惊，说道："此宝如此精妙，竟坏我紫星河图。"正说话，忽感无受无爱，无取无有，长生大帝说道："我等已断十缘，不可再断生死。"二御不敢迟疑，见长生大帝手一扬，现出一镜，名曰奇明极光镜，此镜可放极明之光，照彻寰宇，消融万物。长生大帝遂举镜，照十二柱，霎时间，极明之光从镜中而出，与十二光相对。紫微大帝亦道："十二缘生柱，乃佛家阵宝，末世法门，今日一见，玄通极妙，想来非舍生取义，不得而胜。"弥勒佛见二御决绝，收了笑容，喝道："道友知义不明，当断生死。"十二柱霎时升起，合为一柱，十二光即合一光，蕴藏柱内。神柱直直打下，欲断二御生死。

长生大帝人镜合一，极明之光透体而出，迎向神柱。紫微大帝遂祭一锤，名曰紫微天罚锤，此锤一出，驱动山川风雨，役使雷电鬼神，如降天罚。紫微大帝举锤，打向神柱，闻得天惊地动一声响，光柱开裂，宝镜破碎，神锤毁坏，二御落将下来，辟支轮四分五裂，缘觉之门时隐时现，弥勒佛默然不语，良久，长叹一声，化一朵莲花，往凌云渡去了。眼见得缘觉法界即将消散，忽风火蒲团现出，将紫微、长生卷起，出了法界，往罗浮山去了。随之一声雷鸣，缘觉法界立时消散。

佛图澄见破了缘觉法界，弥勒佛离走，风火蒲团携紫微、长生去了，不由得心惊。玄都众人，亦是惊叹。葛洪叹道："不想缘觉法界，竟是东方佛祖坐阵，今四御、五老、六司、七元、九曜，皆已去了，尚有二界，非同小可，如何是好？"玄都大法师上前，谓多宝如来："四圣法界，已破其二，度行轮生菩萨法界，想过去、未来佛祖，皆已出界，依我看来，道友必定亲入其轮，坐阵法界。"多宝如来笑道："道友掌大罗宫，称大惠静慈妙乐天尊，混元之数，见识非凡。菩萨法界，我当亲入，想道友亦入其轮，以全大道。"遂开菩萨之门。

二位准圣各打稽首，往菩萨法界而行。待至门前，忽多宝如来不见了身影，玄都大法师也不诧异，自入门中，度行轮转起，望四下，但见一棵菩提树，枝繁叶茂，苍翠欲滴，高耸入云，绿影婆娑。菩提树下，有一莲花座，上坐一人，正是多宝如来。如来笑道："道友入菩萨法界，尽可观瞻。"言落，一阵轻风拂过，树叶沙沙作响，飘散满空。再看每片叶上，浮菩萨相，喜怒哀乐，悲欢笑哭，悦伤忧思，兴愁愉怒，各显其情。正是：

有情觉悟，跳出尘埃；
六度万行，时刻培栽。

玄都大法师笑道："千般菩萨千般相，无上菩提生无量。此菩萨法界，看似一棵菩提树，却见来人间万象也。"多宝如来说道："风一起，叶随动，一叶一心，摇曳起情,故花开叶落,风过有情,天地人间,皆有情乎?"玄都大法师说道:"道友似借菩提树,说菩萨界来,若有此心,愿闻其情。"多宝如来笑道:"菩萨法界,其根本在一个'情'字。菩萨,又称菩提萨埵、菩提正觉、萨埵有情。正觉有自觉与觉他。自觉,自悟万事万物无常体性,发心脱苦,弃烦恼,了生死;觉他,度化他人自觉,须发菩提心,有广利有情大悲感,有度化众生大智慧,生四宏誓愿,众生无边誓愿度,烦恼无尽誓愿断,法门无量誓愿学,佛道无上誓愿成,方入大乘觉者。大乘觉者,方觉有情,觉悟一切有情,令一切有情觉悟,又为有情之中,一个觉悟之人,此乃无上菩提修六度万行之境界。故宇宙与我一如,众生与我同体,无缘大慈,同体大悲。"

玄都大法师听来,问道:"若觉有情,菩萨成佛,须修几番阶位?"多宝如来回道:"菩萨成佛,共五十二阶位,有十信菩萨位,乃愿心、戒心、回向心、护法心、不退心、定心、慧心、精进心、念心、信心。有十住菩萨位,乃灌顶住、法王子住、童真住、不退住、正心住、方便具足住、生贵住、修行住、治地住、发心住。有十行菩萨位,乃真实行、善法行、尊重行、无著行、善现行、无痴乱行、无尽行、无嗔恨行、饶益行、欢喜行。有十回向菩萨位,乃等法界无量回向、无缚无著解脱回向、真如相回向、随顺等观一切众生回向、随顺平等善根回向、无尽功德藏回向、至一切处回向、等一切佛回向、不坏回向、救护一切众生离众生相回向。此四十阶位皆为凡位。尚有十二圣位,其十地菩萨位,一者欢喜地,谓菩萨智同佛智,理齐佛理,彻见大道,尽佛境界,而得法喜,登于初地。二者离垢地,谓由进佛境界,明了诸法异性而入于同,若见有同,即非离垢,同性亦灭,斯为离垢。三者发光地,谓同异情见之垢既净,则本觉之慧,光明显发。四者焰慧地,谓慧明既极,则佛觉圆满,觉满则慧光发焰,如大火聚,照破一切情见。五者难胜地,谓由前焰慧,照破一切情见,其同异之相,皆不可得,即是诸佛境界,无有能胜。六者现前地,谓由前同异之相,既不可得,则真如净性,明显现前。七者远行地,谓真如之境,广无边际,虽真如现前,分证则局,若尽其际,方为极至。八者不动地,谓真如之理,既尽其际,全得其体,则真常凝静,无能动摇。九者善慧地,谓既得真如之体,即发妙用,凡所照了,悉是真如。十者法云地,谓菩萨至此第十地,修行功满,唯务化利众生,大慈如云,普能阴覆，虽施作润泽，而本寂不动。十地之上，又有等觉，妙觉。如来逆流，如是菩萨顺行而至，觉际入交，名为等觉菩萨。觉行圆满，断尽一切烦恼，智慧圆满，悟得绝妙涅槃之理，名为妙觉菩萨。此十二阶位，皆为圣位。若至妙觉，方达菩萨法界究竟佛果，照达一切事理，一念一时，知一切佛国等事。"

玄都大法师闻言，颔首说道："依道友之言，菩萨须觉有情，然口中天花乱坠，见来哪有慈悲？想道友昔日为通天老师门下，编织言语，乱言欺弄，搬斗是非，起圣人无明之火，布诛仙万仙大阵，造三界尘劫罪孽，让大天尊拿往玄都，放入桃园。今又趁大天尊往离恨天，反出道门，拜入西方，执掌灵山，也是罢了，为何觊望东土，搅乱苍生，徒造十界，迷惑世人。岂不见，华夷纷争，人间破碎，生灵涂炭，你若怜众生，当平息干戈，而非以战传教，放纵杀戮，岂是良善？"多宝如来听得寥寥数语，面皮通红，说道："十法界，指引世人，教诲众生，乃修真之径，正善之门，为灵山奥义，我好言使来，道友却反唇讥讽。也罢，既入法界，不必夸能斗舌，道如渊海，我亦不再多言，但凭施为，各存二教本领，以决雌雄。"遂持一柄七宝剑，飞来直取。玄都大法师不敢怠慢，手一扬，现一团火焰，遂化一柄火剑，仗剑赴面交还。怎见得：

剑去剑迎，仙风阵阵落飞花；剑来剑架，菩提树下影乱斜。一个是大雄殿多宝如来，一个是大罗宫妙乐天尊。一个是修丹朝元道家体，一个是顶礼舍利佛门身。两教只今又逢难，菩萨法界纵劫杀。

话说二位准圣，杀在菩萨法界，敌斗数番，各自施威，难分上下。正是：邪正逞胸中妙诀，水清处方显鱼龙。方至半个时辰，只见度行轮外，道家弟子，西方门人，一个个睁眼竖目，那界内，四面八方，轰雷掣电，火光烛天，雾惨云愁。多宝如来见战不下玄都大法师，遂祭一物，乃是金霞冠，登时现出十五六丈金光，把身笼罩当中，外人只见金光，不见多宝。玄都大法师识得宝冠，笑道："金霞冠为截教所有，广成子曾送还碧游宫，不想道友竟带去灵山。此宝米粒光华，何足惧哉。"遂把手一指，指开一朵莲花，花瓣上生光，登时祥光白雾、紫气红云，腾腾而起。那金光洒来，登时一扫全无。多宝如来见之，又把手一扬，现十八粒金丹砂，往玄都大法师一齐抛下，即显神通，好砂，正是：

似雾如烟初散漫，纷纷霭霭下天涯；
细细轻飘如麦面，粗粗翻复似芝麻；
世界朦胧山顶暗，长空迷没日月遮；
此砂本是无情物，财宝塞窍眼生花。

玄都大法师见飞砂迷目，把头一低，足下已有三尺余深，不由得啧啧称奇："道友尊号多宝，原是财宝功德，却不知，财宝陷身，贪欲迷识。此为小术，不足道哉。"遂祭出一旗，乃离地焰光旗，此旗为玄都宝物，按五行奇珍，鸿蒙初判之宝，有无上造化，宝旗展开，十八粒金丹砂尽被兜住，霎时起一团焰火，金丹砂化为金水。玄都大法师说道："修道之士，出尘离俗，安贫乐道，于世间无欲无求，不为财宝累身。此黄白之物，莫沾我手，污了清净，染了尘埃。"遂把旗一扬，金水尽洒于菩提树下。

多宝如来见玄都大法师破了金丹砂，也不恼怒，倒是赞道："天地五方，离火南方，离地焰光旗，确是不同凡响。"玄都大法师笑道："道友既谓多宝，定犹有玄妙，可使贫道见来。"多宝如来说道："随心所欲，三明六通，一切万物，皆放光明。道友尽可见来。"遂祭起一物，乃是一柄如意，名曰宝净如意，出自佛国净土，宝净世界，若被打中，无论人神，皆是干干净净，一了百了。只见如意起于空中，往下打来，玄都大法师见其宝，不敢大意，将宝旗祭在空中。如意打在旗上，急急翻转，扯起旗角，登时焰火消散。玄都大法师遂把手一指，离地焰光旗四角卷起，占据四方，欲将如意兜来。多宝如来喝道："道友只知倚仗道术，不知守己修身，我也显一显灵山手段。"把掌一合，顶上一片光亮，有四道白气蒸腾。

多宝如来执宝净如意，复与玄都大法师来战，只听得东面一声响，来一人，三面六臂，白色披帛，手中持剑、戟、索、箭、弓、镜，喝道："我乃大力明王是也。"举器来取。又听得西面一声响，来一人，三头八臂，衣带飘扬，袒腹跣足，璎珞被体，手中执铃、杵、鼓、螺、棒、板、铪、刀，笑道："我乃大笑明王是也。"

仗器打来。玄都大法师招架二人，只听得北面一声响，来一人，通身赤红，青绿披帛，左上手捏宝珠，右上手举金轮，叫道："我乃大轮明王是也。"执轮而来。又听得南面一声响，来一人，戴五佛冠，现十二臂，身色如白光，遍身成火光，执五青莲花宝珠羯磨钩索锁铃利剑轮等印，喝道："我乃大胜明王是也。"执器来打。四大明王裹住玄都大法师，或上或下，或左或右，使其抽不得身，腾不出手。多宝如来趁机将如意打下，离地焰光旗登时化为乌有。

玄都大法师失了宝旗，又见四大明王围住四方，遂目放精光，喝道："此元气化身，有形有色，倒是奇哉。"遂将太极图祭起，此宝分清理浊，可定地水火风，四大明王见图，即定住身形，浑浑噩噩，不消多时，化为四道白气，飘散无踪。又见太极图现一座金桥，宝净如意打在桥上，登时抖一抖，落将下来。多宝如来说道："道友既持太极图，可见我一物。"遂坐莲花座，口唱法华，身心泊然，如入禅定，忽地中涌出一塔，塔外有七宝幢幡装饰，塔上悬垂万亿璎珞、宝铃。玄都大法师见来，说道："此行不虚，多宝塔原来此等模样。"多宝如来说道："道友博物多闻，倒识得多宝塔，不知与太极图怎样？今日可分高下。"多宝塔耸立空中，现无量千万亿菩萨身影，不沾因果，垂垂压下，登时乾坤不定，法界变幻，怎见得景象？有词为证：

　　多宝生幻塔，无量去心尘；
　　因果千般照，此身不堪存。

玄都大法师即把太极图往上一抛，现太极之象，五色毫光闪耀，照彻十方，多宝塔压在图上，登时天惊地动，乾坤倒转，多宝塔即刻坍塌，太极图虽说完好，然金桥断裂，宝图暗淡。再看度行法轮，已经四分五裂，菩萨法界，八方雷鸣，菩提树连根拔起，莲花座莲花尽散。多宝如来失了宝塔，缓缓入灭，化一颗舍利，往宝净世界去了。玄都大法师收了太极图，见其损坏，默然良久，长叹一声，欲出界去，忽见一道白毫光闪烁，菩提树复正根枝，又有白莲花朵朵飞舞。树下，现一白莲华座，一佛跏趺而坐，顶上绀青髻，眉放白毫光，身相黄金色。

玄都大法师不识来人，问道："来者何人，如何尊号？"那佛合掌，礼道：

"贫僧法号释迦，世人称我释迦如来，见过道友。"玄都大法师说道："闻得接引门下多宝、释迦，多宝掌灵山，分半座予释迦，释迦空座，往鹫峰顶悟大乘极至。今多宝入灭，道友接座，乃是天数。十法界，已破其九，尚有一轮，然多宝已去，想道友至此，定有来意。"释迦如来笑道："道友一眼见真，确是不凡。然多宝未灭，十方世界在在处处，日后若有说法华经者，多宝塔自当现出。今十界须开，行满轮非准圣难祭，故我至此，正为圆满而来。"

玄都大法师闻言，叹道："十法界，乃多宝布置，今多宝已去，道友若悯众生，当解释十界，回守灵山。然听得道友之言，尚不罢休，也是两教劫数，三界宿命。"释迦如来说道："因果已沾，缘法已结，既摆了此阵，道友就破阵来，便见高下，无须喋喋不休。"玄都大法师问道："佛法界，如何见来。"遂移步，欲出菩萨法界。

释迦如来说道："大海之水可饮尽，刹尘心念可数知；虚空可量风可系，无能说尽佛境界。佛法界，无须出入，自当升轮，不可让界外见来。"遂合掌，背后一道圆轮升起，光华万丈，菩提树消失不见，菩萨法界光怪陆离，乃是行满轮，开佛法界。未有多时，光华褪去，玄都大法师观看四下，无山无水，无天无地，无大无小，无去无来，一片空空如也。正是：

不大不小，非去非来；
微尘世界，交映莲台。

玄都大法师疑惑之间，半空中，缨络庆云，祥光缭绕，无限瑞霭异香缥缈，现二圣身形。头一位见来：

身披袈裟，手执树枝。八德池边常演道，七宝林下说三乘。顶上常悬舍利子，掌中能写没文经。飘然沙门客，秀丽实奇哉。炼就西方居胜境，修成永寿脱尘埃。莲花成体无穷妙，西方首领佛祖来。

玄都大法师识得来人，知是准提佛祖降临，再看后一位，丈六金身，口中唱来：

极乐之乡客，西方妙术神。
莲花为父母，九品立吾身。
池边分八德，常临七宝园。
波罗花开后，遍地长金珍。
谈讲三乘法，舍利腹中存。
有缘来此界，久后兴佛门。

玄都大法师识得接引，见二位佛祖亲临，自思："此界须太清境、玉清境、上清境三位天尊来，方可有为，不然，西方二圣在此，如何破界？"正愁眉不展，忽半空中，一派仙乐之声，异香缥缈，现三位天尊。见头一位，骑板角青牛，香烟霭霭，瑞彩翩翩，怎见得：

不二门中法更玄，汞铅相见结胎仙。
未离母腹头先白，才到神霄气已全。
宫内炼丹换戊己，炉中有药夺先天。
乾坤初定为教主，不记人间几万年。

正是太清道德天尊老子驾临。后一位，驾九龙沉香辇，庆云升起，氤氲遍地，怎见得：

鸿濛初判有声名，炼得先天聚五行。
顶上三花朝北阙，胸中五气透南溟。
群仙队里称元始，玄妙门庭话未生。
漫道香花随辇毂，沧桑万劫寿同庚。

正是玉清元始天尊驾临。第三位，坐奎牛而出，仙音盈空，金花万朵，怎见得：

辟地开天道理明，谈经论法碧游京，五气朝元传妙诀，三花汇聚演无生。

顶上金光分五彩，足下红莲逐万程。八卦仙衣飞紫气，来往无量曜烟云。

正是上清灵宝天尊通天驾临，玄都大法师迎来。西方二圣见三清道尊，各打稽首，皆道："道友请了。"老子说道："二位道友，封神一别，已经千年，别来无恙。"准提回道："封神之后，三位道友各离人间，通玄太初，不理世事，何必再下凡尘？"老子说道："此话正要问你，封神已毕，道友尽度三千红气之客，两教各归仙阙，何故在此设十法界，扰乱自然，阻碍众生？你只待玉石俱焚，生灵荼毒殆尽，方才罢手，又是何苦？届时面皮撕破，情分断尽，业障随身。"接引回道："道友此言差矣。世人无心，徒生罪孽，心有无明，故有十法界。其中六凡，地狱、饿鬼、畜生、阿修罗、人、天，众生随业，上下升沉，循环不定，所谓三恶报穷来善道，六天福尽下尘寰，便是此理。其中四圣，断烦恼，了生死，出三界，不受六凡，超脱拔俗，声闻小乘，缘觉中乘，菩萨大乘，而佛三身四智，五眼六通，十种大乐，十八大空，十八不共法，三十二种大丈夫相，八十种随形好，禅定解脱三昧，深入无际，智慧无边，遍知一切，觉行圆满，此修真之径，正善之门，指引世人，乃是善哉。"

元始笑道："治而无为而治，或行不言之教，或不标榜贤人，不做作，方才自然，得自然心，方可明真知。所谓天地之德，孕育万物；万物之德，平衡阴阳；人生之德，贵在知行。明一之根本，知道者自然，方可无为而为，不为有言之教，不为有行之动，不为有念之行，故道法自然。你等设十法界，自居圣者，教化世人，却不见世事纷争，杀戮四起，有悖天道。也罢，你等也不必口讲，既摆此界，便就胸中学识，舒展一二，我等共决雌雄。"准提说道："道友既如此说来，不必怪我失了情分，但且看来，以定高下。"遂现了法身，见二十四首，十八双手，执定璎珞、伞盖、花贯、鱼肠、金弓、银戟、神杵、宝铧、金瓶，将元始裹在当中。元始把九龙沉香辇一拍，四脚生四枝金莲花，花瓣上生光，光上又生花，一时万朵金莲照在空中，战在一处。接引见之，遂将一柄拂尘架来，拂尘上有五色莲花，朵朵托剑，往老子打来。老子把扁拐架来，不分上下，敌斗数番。圣人相斗，立时三界震动，日月昏暗，四海翻覆，八方诡谲，怎见得？有赞为证。赞曰：

第九十八回
度行轮如来换座　行满轮圣人斗法

乾坤激荡，天地无常；阴阳倒转，万象形藏。准提现法身，佛光万丈；接引举拂尘，菩提飞扬。元始抖金莲，五行推移；接引架扁拐，十方惊慌。西方教主动嗔恼，东方圣人也无明。霎时间，天上人间，霹雳交轰；八荒四海，厉风呼号。这壁厢，教主往来奇巧，云愁雾惨；那壁厢，圣人攻守玄妙，地暗难穷。真个是：闹闹哄哄乱三界，弥弥漫漫蔽九霄。

释迦见之，遂作歌而来。歌曰：

菩提树下来觉者，无谓东西度情长；
只因尘缘未了断，且与道门说佛堂。

歌罢，大叫："师尊，我来也。"持九环锡杖，飞来直取。此杖上有九环，持在手中，万物不侵。玄都大法师见释迦上前，遂喝道："米粒之珠，也放光华。"执七星剑，欲拿释迦，却见接引将九品莲台祭起，莲花一转，把释迦如来卷将出界。玄都见接引与老子相斗，怕老子吃亏，大喝一声："老师，我来也。"欲助老子，老子却将风火蒲团祭起，亦把玄都卷将出界。

圣人斗法，彻动无明之火，惊起嗔痴烦恼。准提拿七宝妙树乱刷，放千朵青莲。元始现庆云，亦有千朵金花，点点落下，又把三宝玉如意执起，照准提打去。二宝相架，各不相让。

元始袖中取一盒，揭开盖，丢起空中，此盒若收人入内，少时即化血水。准提见来得厉害，急把六根清净竹垂下，竹枝放无限光华，将宝盒裹在其中，又将泥丸宫舍利子升起三颗，反复翻腾，金光遍地遍布。元始不留神，被舍利子打了一下，三昧真火冒出，不自觉袖中落下四口剑来。元始面色一变，遂祭琉璃瓶，放三光神水，把三颗舍利子罩住，又将玉如意往前一掷，亦打得准提火星迸出，身子一晃。

接引见之，将乾坤袋打开，无极之风呼啸而出，老子笑道："此乃小术，焉能逞强。"即从左膊上取下一个金刚琢，往空抛起，那风尽收袋内，未料风中暗藏一面旗子，乃青莲宝色旗，白气悬空，金光万道，现一粒舍利子，劈面往老子打下。老子急将顶上一拍，现天地玲珑玄黄塔，万道光华，护住其身，舍利子焉能下来。老子举扁拐，往接引打去。接引亦把泥丸宫一拍，升三颗舍利子，或上或下，金光遍布，不能近身。

　　元始见相持不下，说道："今日你二人自觉退去，尚不坏两教情分，再若执着，气体同消，万劫不复，那时悔之晚矣。"准提回道："传道穷法，各有因缘，今日拼得十界尽散，法轮尽消，休让你等阻拦。"元始也不多言，庆云现起，举一幡，乃是盘古幡，此幡混元先成，万劫修持，此时祭出，宝轮摇动，法界变幻。老子也祭出一物，乃是混元金斗，此斗装尽天地，收仙拿物，金光一出，在劫难逃。准提拿七宝妙树，往盘古幡一刷，未到跟前，树枝尽断。接引把青莲宝色旗祭在空中，舍利往金斗打去，却见得老子把中指一指，宝旗落入金斗之中。西方二圣大惊，又见盘古幡摇动法界，混元金斗金光万象，正要孤注一掷，一人降下，口中唱道："世间无净土，人心求极乐。若我不言，极乐清净；若我不行，清净极乐。"不知何人到来，且看下回分解。

第九十九回　十法界道佛言和　罗浮山葛洪炼丹

从来教化非一言，物有阴阳若等闲；
罗浮炼丹安天地，道炁长存在人间。

且说圣人斗法，元始祭盘古幡，老子掌混元金斗，要拿西方教主，忽一人驾临，见来人相貌，光明炽盛，无量庄严，有赞为证。证曰：

阿弥陀佛身金色，相好光明无等伦；
白毫宛转五须弥，绀目澄清四大海。
光中化佛无数亿，化菩萨众亦无边；
四十八愿度众生，九品咸令登彼岸。

正是极乐世界阿弥陀佛到来。三清见之，对面打一稽首，元始说道："原是极乐教主，想清净世界，去尘离俗，不在婆娑，道友不享清乐，也来沾染是非？"阿弥陀佛回道："道友此言差矣，劫数之内，焉有独乐？今世事分合，西方教主，本为人间，奈何你教不明大势，执着纷争，不得已而至。"元始说道："诸多言语，皆是空谈，行之则明，法至通达，今西方三圣，俱已齐全，可一同受来。"盘古幡急急摇动，混元金斗金光四射。

阿弥陀佛说道："十轮合一，同往极乐。"把手一指，火涂轮、刀涂轮、血涂轮、无天轮、中善轮、静妙轮、观音轮、辟支轮、度行轮、行满轮，十轮齐升。准提掌六凡，接引掌四圣，十轮交替，法界虚空，又见阿弥陀佛双手合于顶上，十轮叠叠一处，合为一金轮，无量光明，可见大千世界，芸芸众生，往下打来，欲立地水火风，天地五行，换一片乾坤。老子叹道："法界斗法，何苦拿人间作换。"遂现了玲珑宝塔，护住周身。元始亦将顶上庆云罩住，盘古幡托住混元金斗，悬于空中，迎向金轮。登时，法界之内，雷鸣风怒，电闪雾灼；法界之外，天惊地动，海啸山崩，人间乱象。

两厢正相持，眼见得金轮压下，盘古幡左右晃动，混元金斗上下翻腾，忽杀气腾腾，阴风阵阵，有四口剑，挂于东南西北四角，正是元始袖中落下那四口剑，乃诛仙、戮仙、陷仙、绝仙四剑，昔曾有赞，赞曰：

> 非铜非铁亦非钢，曾在须弥山下藏；
> 不用阴阳颠倒炼，岂无水火淬锋芒？
> 诛仙利害戮仙亡，陷仙到处起红光；
> 绝仙变化无穷妙，大罗神仙血染裳。

四口剑原为通天所有，此时物回原主。四圣斗法，通天早暗将诛仙阵布置完毕，但见得阴云惨惨，怪雾旋旋，冷风习习，或隐或现，或升或降，上下反覆不定。通天喝道："西方来人，昔时封神，你等乘隙而至，已得便宜，今日又来扰乱，焉知绝于此处。"把四口剑摇起，欲取性命。西方三圣正与东方教主相持，哪里顾及，眼看诛仙四剑，符印闪烁，剑光起升，即遭劫难，忽又见祥云道道，瑞气条条，异香仙乐，云光缥缈，氤氲遍地，一道者手执竹杖而来，口中唱道：

> 高卧九重云，蒲团了道真。
> 天地玄黄外，吾当掌教尊。
> 盘古生太极，两仪四象循。
> 一道传三友，二教阐截分。
> 玄门都领秀，一气化鸿钧。

众圣见来，知是鸿钧道人至此，各收了神通，欲上前迎接，只有通天仍不撒剑，鸿钧道人向通天说道："还不撒阵？"通天听老师发问，不敢不从，慌忙撤了仙阵，收了宝剑。

三清倒身下拜，齐道："愿老师圣寿无疆。"西方三圣亦拜道："不知鸿钧师尊大驾下临，弟子有失远接，望乞恕罪。"鸿钧道人手起，六人座下，各现蒲团，命坐下，三清坐东，三圣坐西，鸿钧道人居于其中，不待六人说话，开口："我今至此，不为别事，只为道佛和气，与你等解释冤愆，各安宗教。"言一出，众圣皆拜。

鸿钧道人又言："混沌生天地，天地分阴阳，阴阳运四时，四时存五行，五行合八卦，八卦化十方，十方又生万物。日月星辰，山河大地，万象纷纭，不可执一而定。万象尚不可定，岂可定言行。你等须知，从来教化非一言，道理佛说各有存，道法自然，佛法亦自然也，不得以斗法相决，令生灵涂炭。今日我与你等讲明，东方的自在东方，西方的自在西方，从此解释，各归山阙，各修宗教。他日你等若悟大理，东行西游，自由人间。"言毕，从袖内取出一个葫芦，倒出三粒丹来，分与西方教主，说道："你等且先服下，我有话说来。"西方三圣，不敢不依，勉强吞下，闻鸿钧道人言："此丹为归元丹，昔时万仙阵，我三个徒儿已经服之，今使你三人吞来，各自回去，不得再起念头，否则混元之体，顷刻归元。"三圣回道："多谢老师慈悲，谨依老师之命。"正是：

天地不坏，圣人不出；
归元炼就，念改即毙。

鸿钧道人又交代三清："你等亦不可再动无明，沾惹红尘。"三清俱谨遵师命。鸿钧道人吩咐完毕，起得身来。众圣俱起身，俯首叩拜，鸿钧说道："你等去吧。"把手一指，行满轮落将下来，法界之门缓缓而开，众圣起立拱候，遂驾祥云，冉冉而去。

且说鸿钧道人离去，两教众人，各见师尊。这厢，释迦迎接三圣，接引说道："你无须在此，且去灵山，执掌释门。"释迦不敢违命，率众菩萨，领灵山十子，作别而去。接引又唤佛图澄，命道："两教一家，今已言和，你且归去，与石勒说，暂且退走，日后若有纷争，自作自是，沙门众人，皆不得再涉干戈。"佛图澄谨依佛祖之命。西方三圣，遂作辞，各回西方去了。

那厢，玄都迎接三清，老子说道："十界轮虽破，然十法界亦存世间。从此人间各走，道佛言和。你且去罗浮山，主持大事，待葛洪炼丹，自有道理。"玄都叩首作别，率众仙往罗浮山去了。老子又唤葛洪："今两教言和，石勒纵有大志，已不得沙门相助，不足为惧，你且交待大军，上告天子，待诸事已了，放下人间，与敖泽、太华同往罗浮山炼丹。"葛洪双膝跪下，伏地叩拜，说道："弟子谨遵天尊之言。"老子从袖中，拿出一符，交与葛洪，说道："且将此符收好，待释门众人走后，往前行数步，有一崖，名曰无行崖，便将符置于崖上，自有妙用。"吩咐完毕，与元始、通天冉冉驾祥云而去。

话说群仙作别而去，唯佛图澄又来见葛洪，小黄龙与太华怒目相向，葛洪止住二人，上前打一稽首，说道："闻天尊之命，你我两教，已经言和，毕竟情分，当各归南北。我红尘之事已毕，自将出尘，还望道友依照师言，莫再干涉人间。可回去见那石勒，便以广陵、历阳、戈阳、南阳为界，各自退去，今后再有纷争，亦随自然，与我等无有相干。"佛图澄合掌礼道："道友之言甚是。想昔日无名峰上，你我辩法，言道说佛，后各行其道，以证教理，也是缘分。今分别而去，各往前程，且自珍重。"二人作别。

且说葛洪待佛图澄走后，领小黄龙、太华往前行，数步间，果真见一崖，上有石碑，书"无行崖"，但见斧削四壁，插入云霄。葛洪将符拿出，置于崖上，小黄龙不解，问道："此是何意？"葛洪回道："天尊交待，我也不知，想自有妙用。"完毕，三人遂驾遁归营。

陶侃、周玘见葛洪三人归来，大喜，出营相迎，入中军帐，问道："军师平安归回，可喜可贺，想来大事已定，我等当兵发寿春，大破胡虏，收复失地。"葛洪将诸事说来，陶侃、周玘听知，又闻葛洪将离人间，百感交集，说道："军师若去，石勒攻来，我等如何处置？"葛洪回道："两教既已言和，沙门之人，不得再涉红尘，石勒纵有本领，也是凡俗。我已与大和尚约好，两军退去，以广陵、历阳、戈阳、南阳为界，晋赵各自南北，今后若起纷争，自随缘分。石勒若听吩咐，必当退去，若不听吩咐，你等世之名将，上下齐心，同力辅政，有何惧哉。"陶侃问道："军师既将离去，末将当随军师，见过陛下，禀明战事，不知军师意下

第九十九回
十法界道佛言和　罗浮山葛洪炼丹

如何？"葛洪笑道："出世之人，不入庙堂，况将军尚须把守此地，待石勒退去，再去建康，替我上告天子，以全情分。"陶侃不解，问道："既然各自退兵，如何尚须把守？"葛洪说道："世事不可料，人心不可知。胡马凶顽，纵受一时教化，也是形势所为，贪婪之性，怎可轻变。将军尚须小心，万不可大意。"陶侃方悟，说道："军师真知灼见，侃谨记心上。"葛洪交待完毕，谓小黄龙与太华："且随我去。"辞别众人，驾遁往罗浮山去了。

正如葛洪所言，佛图澄回至寿春，将十法界斗法诸事，与石勒说来。石勒闻佛图澄与葛洪约定，摆手说道："此是哪里话，自孤起兵，东征西讨，南征北战，无有不克，所向披靡。若非葛洪以仙家入世，辅助司马，东南之地，早已尽入孤手，哪有南北之分。今道门出尘，葛洪出世，晋室权臣当道，人心不稳，正好图之，岂能一言而定天下。"佛图澄再言："天数已定，陛下不可强违。"石勒全然不理。见劝说无果，佛图澄只好说道："陛下若执意出兵，贫僧为沙门弟子，既老师有言，不得随陛下去。石虎伤体未愈，贫僧可助石虎，驻守寿春，以保陛下后方。"石勒知佛图澄有佛祖之命，不便勉强，遂依其言，于是点兵提将，命石堪、石生各为前后将军，十八骑随行，徐光在其左右，大军往涂中进发。

且说石勒率大军，直指涂中，至琅琊山，但见天蹊云径，曲水蜿蜒，秀木相伴，花草紧随，群峰苍碧，石勒叹道："此山高可眺，邃可隐，清可濯，幽可憩，芳可采，丽可咏，不失人间清净。若非我为天子，志向天下，倒不失消闲快乐之处。"徐光说道："大和尚有言，此山乃是十界轮起，两教斗法之处，陛下当速离此地，以保周全。"石勒笑道："两教众人，皆已归回，何必妄动猜测，徒增烦恼。"

正行间，忽抬头见一处崖，上书三字，名曰"无行崖"。徐光默默不言，石勒见徐光重重心事，不禁问道："何故愁眉不语？"徐光说道："今日行兵，却见无行，故有迟疑。"十八骑皆笑："中书令多虑也。岂不知，依心而行，何意人言，况就是个路碑，不必多生心思，贻误战事。"石勒亦笑道："季武不必多心，且随我行。"过崖下，忽崖上一符，飘飘落下，登时狂风大作，黑气漫空，播土扬尘，又见地暗天昏，一声响亮，崖上如崩开华岳，折倒泰山，落下滚滚巨石。将士抱头，三军逃窜，石勒惊得手足无措，石堪大呼："陛下小心。"话音未落，一石砸下，石勒躲避不及，正中其背，一口鲜血喷出，跌下马来，不

497

省人事。也是奇怪，石勒坠马，立时云开雾散，天放光明。此乃道家符箓，凡人怎晓。徐光急急扶起陛下，唤太医探来，尚有气息，叹道："悔不听大和尚之言，以致今日之事。也是陛下洪福，犹存生机。"遂命大军退走寿春，养护石勒伤体，按下不提。

且说葛洪三人，了却人间之事，驾遁往罗浮山走。小黄龙叹道："人间纷合，世事难料，幸道佛两家，今已明了，师兄炼丹在即，也是上天垂象，可喜可贺。"葛洪也道："自下大罗宫，人间一走，恍如一场大梦，今万事俱矣，了却尘缘，待金丹得炼，修身养气，同享清净。"

三人说话，不觉间，至一座山上空，峰头祥云缭绕，瑞霭纷纭。太华往下一看，喜道："已至罗浮山矣，众仙皆立峰头，齐聚石壁之下。"葛洪一瞧，笑道："确是罗浮山矣，不知此番炼丹，可否成来？"小黄龙回道："此是哪里话，风来帆速，水到渠成，师兄不必忧虑。"正要驾下云头，忽现一朵乌云，云中五雷轰鸣，落下一鞭，直往小黄龙打去。小黄龙见道："玄雷鞭。"遂把蟠龙枪拿在手上，往外一磕，将鞭架开，喝道："玄龙，你好不知悔改，当日饶你性命，你不闭门思过，今又来作恶。"那乌云散开，一人现出身来，身高过丈，蓝发白须，额现金纹，穿龙鳞宝甲，果真威武，正是玄龙。

玄龙见小黄龙，乃是仇人相见，分外眼红，喝道："敖泽，当日你本身绝，借玄都之势，起死回生，执玄都之宝，取胜于我，还以道德自居，言语说教。我乃西昆仑壑海太真玄龙，怎容你口吐芬芳，秽语污言。"葛洪见是玄龙，说道："玄龙，你既守护西王母左右，当格物致知，明月入怀，不应心仇蒙蔽，睚眦计较，失了西昆仑脸面。今小黄龙身负炼丹大任，岂容你在此阻碍，误了时辰，可担当得起么？且速速退去，否则玉石焚毁，悔之晚矣。"玄龙闻言大怒，喝道："葛洪，当日你上瑶池，在蟠桃园中，若不是娘娘唤我，早已将你拿了，尚在此大言不惭。"葛洪说道："炼丹在即，此罗浮山上，岂容你放肆。"手一扬，火龙剑现出，太华亦举破天锤。小黄龙见罢，说道："玄龙此来，因我而起，我二人之事，当有了断。你等不必相助。"遂谓玄龙："你我恩怨，今日来个了结。"玄龙喝道："敖泽，今日无非你死我亡。"遂执一把长戈，往小黄龙打来。

小黄龙见玄龙杀来，把手中枪一挺，架戈相迎，二人战在一处，玄龙将长

第九十九回
十法界道佛言和　罗浮山葛洪炼丹

戈一压，挂动风声，奔小黄龙顶梁打去。小黄龙也不着慌，待戈离脑门几寸远，招数难变，将金枪一磕，反手使金鸡点头，往玄龙胸前刺去。玄龙亦是不惧，左手把玄雷鞭旋起，抵住枪尖，右手举戈，往小黄龙面门扎来。小黄龙闪身躲过，心动无明，将金枪挥舞，上下翻飞，遮前挡后。玄龙亦怒火冲天，锤戈相向，寒光闪闪，真乃棋逢对手，将遇良才。

战至酣处，玄龙把长戈一挺，见小黄龙举枪迎来，暗将玄雷鞭祭起，登时五雷轰出，小黄龙喝道："暗箭伤人，算什么本事。今日又要你自作自受。"急把无象环祭起，见蓝环收了玄雷鞭，紫环一转，复又打出，正中玄龙胸口。未料，那玄龙受了一击，却是毫发无损，小黄龙大惊。

葛洪在旁，仔细看来，见玄龙胸口，隐现一片绿光，不知何物。玄龙喝道："你仗恃无象环，随心所欲，今番此宝无用，看你如何胜我。"收了玄雷鞭，欺身向前，往小黄龙打来。小黄龙举枪相迎，又是一番打斗。毕竟玄都大法师相授，小黄龙枪法精奇，指东打西，击电奔星，吞云吐雾。玄龙稍不留神，被刺了两下，也是怪哉，但见玄龙其身，但被打上，即现绿光，蟠龙枪乃大罗宫宝物，却难伤玄龙分毫。

葛洪见得真切，惊道："原是此物？"太华在旁，好奇发问："那玄龙身上，怀揣何物？"葛洪说道："老师曾有言，瑶池之中，生有一草，名曰九叶灵芝，若怀此物，仙气温养，可使真体不坏，万物难侵。"太华又问："玄龙若有此物，小黄龙如何能敌，那九叶灵芝，可有破法？"葛洪看一眼太华，说道："九叶灵芝，乃瑶池金水滋生，若破此宝，须六丁神火，消融金水，方可破之。"太华喜道："我乃六丁神火化身，正好克制此宝。"葛洪叹道："不可，不可，你虽是六丁神火化身，然消融金水，须燃烧其体，释放神火，岂有命乎。"太华闻言，默默不语。

玄龙被金枪刺中，虽未受伤，然也有痛感，不由得大怒，把长戈一挑，自恃九叶灵芝护体，只攻不守，步步夺命，招招狠辣。小黄龙自得葛洪解救，久经战事，也知玄龙定有灵宝护体，遂四下游走，打一下，退一步，不与玄龙硬拼。玄龙终究武艺稍逊，空有气力，却打不着小黄龙，反倒被小黄龙瞅着时机，又刺了三五枪，气得玄龙怒火中烧，七窍生烟。

499

小黄龙说道："玄龙，你纵有宝物护体，却也拿我无法，且速速归去，莫生事端。"玄龙闻言，气极反笑，说道："你以为不与我硬拼，我便拿你无法，且好生看来。"遂把玄雷鞭往半空一抛，见一朵云，雷声轰鸣，立时裂开，落下一人，乃是一个女子，双手双脚，皆被缚住，不得动弹。小黄龙望一眼，瞪目咤口，怒发冲冠，大喝："玄龙，你这厮寡廉鲜耻，龌龊至极，有甚仇怨，可冲我来，与小龙女何干？"此女子，正是小龙女。原来玄龙藏怒宿怨，自遇葛洪，得知双龙行踪，便趁西王母小憩，下得人间，至罗浮山，见小龙女一人在此，遂将其抓住，以此要挟，欲害小黄龙。

玄龙见小黄龙悲愤填膺，大为舒爽，说道："为情所困，不为智者，敖泽，你也有今日。"遂把玄雷鞭悬于小龙女头顶，喝道："敖泽，你若识趣，自上前来，不必躲闪，也不得使宝，受我一击，我便放了小龙女；如若不然，我把宝鞭往下，咫尺之间，可教小龙女香消玉殒，粉骨残躯。"小龙女闻言泣呼："阿哥，你莫要管我，此人言语，撒诈捣虚，毫无信义，我今落于其手，左右是个死，你且保得性命，再报仇恨。"小黄龙手执宝枪，上前一步，欲瞅个时机，刺死玄龙。玄龙知其心思，说道："你切莫他想，我有九叶灵芝护身，你纵有千般本事，亦难伤我半分。到时，不知是你枪快，还是我鞭利。"小黄龙登时不敢移步。玄龙笑道："小黄龙，你若敢动半步，立时教小龙女血溅当场。"即将玄雷鞭祭起，五雷现出，要打小黄龙。

小黄龙躲也不是，走也不是，眼见得命悬一线，千钧一发，忽半空现一条火龙，从玄龙身后扑来，正中玄龙后背。玄龙有九叶灵芝护体，安然无恙，却诧异回首，见原是葛洪，手执火龙剑，放出火龙。葛洪说道："玄龙，你用此卑鄙手段，哪里是道家所为，快快倒戈服罪，尚有后路。若执迷不悟，伤了小龙女，你亦难逃厄运。"玄龙厉声而言："好一个道家所为，你趁我不备，从后偷袭，岂是正道？我教你等莫要走动，你好言不听，今小龙女丧于你手，乃你之过也。"遂把玄雷鞭往小龙女天灵砸下。

葛洪惊呼，小黄龙泪崩，眼见得小龙女珠沉玉没，忽见一道身影，趁玄龙转首之际，扑了上来。玄龙猝不及防，被死死抱住，往下看来，原是太华。那太华抱住玄龙，登时六丁神火呼呼腾起，又见玄龙胸前，绿光闪闪，九叶灵芝缓缓消融。太华身化神火，呼道："小黄龙，速将玄龙打来。"小黄龙泪眼婆娑，泣道："太华，你身化六丁，焉有命在？为我二人，你何必如此，今我若打下，其心何忍？"太华声嘶力竭，喊道："大丈夫行事，不拘小节，当断则断。若不趁此除去玄龙，后患无穷。"葛洪亦道："太华所言极是，天数已定，莫要迟疑。"小黄龙含泪，将蟠龙枪祭起，那枪现一道金光，直奔玄龙。玄龙被太华缠住，全身上下，尽起六丁神火，不得动弹，见蟠龙枪刺来，避无可避，大叫一声："你焉敢如此。"即与太华一同被刺了个透心凉。

话说太华身化神火，与玄龙同归于尽，二人跌下云头。玄龙头朝下，身朝上，落将下来，忽空中霭霭香烟，氤氲遍地，现一人，九云冠在顶，百雉衣在身，腰围玉带，手秉如意，七衣仙女排列身后，正是西王母到来。西王母把指一拈，现一宝瓶，取一滴绿水，往下一洒，玄龙胸前一片绿光，九叶灵芝叶长芽生，枝青果出，登时玄龙双目睁开，死而复生，道一声："好杀也。"见小黄龙在前，怒火中烧，操戈相向。

西王母喝一声："孽障,还要逞凶。"玄龙抬眼，见是主人，不敢造次，伏之于地，只是磕头。西王母骂道："今神仙临劫，葛洪与双龙寻炉炼丹，布道兴教，乃是天数，你如何执着个人恩怨，私自下得瑶池，阻碍大事，可知罪否？"玄龙哪敢辩驳，口称："弟子知罪。"西王母喝道："既已知罪，罚你守蟠桃园，担瑶池金水，日夜浇灌，直至蟠桃树根皮相合，枝长叶出，芽现果生。"玄龙应诺。

西王母唤葛洪，葛洪伏地叩道："弟子愿娘娘圣寿无疆。"西王母说道："玄龙无知愚蒙，今已知过，一发都饶了罢，也全了你炼丹之功。"葛洪无奈，回道："娘娘既已吩咐，弟子悉当遵命。"西王母又问："聚仙旗可在你身上？"葛洪赶忙将聚仙旗交出。西王母笑道："神火已出，正好炼丹，聚仙旗尚有用处，待炼丹得成，还归瑶池，且下去吧。"遂驾彩云，回瑶池不提。

且道西王母携众归去，小黄龙救下小龙女，三人牵挂太华生死，急驾落云头找寻，见龙岩石壁下，那八卦紫金炉中，燃起一点火焰。众仙皆立在前，罗浮山上，异香满地，遍处氤氲。

玄都大法师见葛洪到来，唤道："葛洪，神火已生，还不炼丹，更待何时。"原来太华身死，恰掉落宝炉之中，六丁神火顷刻燃起，此正是炼丹之火。葛洪见太华身化神火，再无回生，心中五味杂陈，双龙更是泪如雨下。玄都大法师说道："太华已化神火，此乃定数，不必忧伤。"遂将玉符金敕交与葛洪，葛洪拜道："谨遵法旨。"玄都大法师又命双龙上得前来，从袖中拿出两把扇子，说道："此两把扇，名曰芭蕉扇，乃混沌开辟以来，天地产成的两个灵宝，一个为太阴之精叶，一个为太阳之精叶。大天尊命我交付，你二人各取阴阳。小黄龙扇来，使神火旺盛，沸腾玄水；小龙女扇来，让神火稍熄，不致神火太盛，损坏金丹。"双龙领命。

葛洪手捧玉符金敕，供于炉前案上，向九天谢恩毕，让双龙分立宝炉左右。炉上乾、坎、艮、震、巽、离、坤、兑八卦，各现光华，葛洪开读太清道德天尊诰敕：

  太上无极混元老君敕曰：呜呼！凡人见生死，神仙亦有寿。天地人神鬼，劫难各不同。修行于天，未斩三尸；修行于地，徘徊人间；修行于神，难脱阳元；修行于人，往复轮回；修行于鬼，并驱善恶。故尔等虽闻至道，不证菩提，杀罚临身。而道门不成一统，无列一序，纵化炁炼形，终不成大章，教法难传。吾甚悯惜。今蟠桃绝收，怜尔等身入沉沦，道心依旧，特命葛洪应劫寻缘，罗浮炼丹，赐予尔等，以好定品列位，进益修行，使大道长存，广播世间。尔等当恪守清规，毋肆妄为，枉生福祸，抱朴返真，守一玄关，永膺宝箓。故兹尔敕，尔其钦哉！

葛洪宣读敕书毕，道一声："开炉。"双龙遂将炉起开。葛洪将无根瓶取出，倒入玄水，关上炉盖，道一声："起风。"双龙各把扇举起扇来。但见六丁神火呼地蹿起，愈烧愈旺。少时，玄水沸腾，白气蒸腾。双龙喜道："玄水烧开，炼丹在即。"葛洪说道："此皆为太华之功也。"遂取了五石，倒入炉中，口念四经之法，但见得炉中，五光十色，妙不可言。

真个日往月来，尺璧寸阴，不觉七七四十九日，众仙看来，八卦紫金炉中火候俱全，玄都大法师说道："且将炉开来。"葛洪让双龙止火，道一声："出丹。"将炉盖揭开，但见得宝炉缓缓起升，转一转，出一粒红丹，葛洪说道："此丹乃丹华，凡人若服，三年成仙。"转二转，出一粒黄丹，葛洪说道："此丹乃神符，凡人若服，两年成仙。"转三转，出一粒绿丹，葛洪说道："此丹乃神丹，凡人若服，一年成仙。"转四转，出一粒青丹，葛洪说道："此丹乃还丹，凡人若服，半载成仙。"转五转，出一粒蓝丹，葛洪说道："此丹乃饵丹，凡人若服，百日成仙。"转六转，出一粒紫丹，葛洪说道："此丹乃炼丹，凡人若服，四十日成仙。"转七转，出一粒灰丹，葛洪说道："此丹乃柔丹，凡人若服，三十日成仙。"转八转，出一粒黑丹，葛洪说道："此丹乃伏丹，凡人若服，十日成仙。"转九转，出一粒白丹，葛洪说道："此丹乃寒丹，凡人若服，三日成仙。"九丹悬于炉上，煌煌辉辉，神光九色，有诗为证：

先天灵源藏宝炉，芭蕉阴阳清罗浮；
神火一出玄水沸，五石流转品相如。
煌煌色光入真体，造化无极去污浊；
九转金丹长生道，功满行圆炁象和。

葛洪见九丹已出，上告玄都："九转金丹炼成。"又告："九丹合一，内神鼎中，取而服之，即可白日升天，名九转大还丹。"玄都大法师命道："可将聚仙旗置于石壁之上。"葛洪即拿出宝旗，放置壁上。

少时，又有仙圣自不绝而来，先来的是：南极仙翁与广成子、赤精子、云中子、黄龙真人、太乙真人、玉鼎真人、灵宝大法师、道行天尊、清虚道德真君。后来的是：真武帝君、东华帝君、镇元大仙、赤脚大仙、黎山老母等四海仙客，十方修真。一时彩雾横空，瑞烟围黄。

宝炉转而不休，金丹出而不止，玄都大法师从袖中拿出九个葫芦，命葛洪守在炉前，分丹而装，又道一声："众仙且上前进丹。"众仙面色喜悦，领旨上前，不知后事如何，且看下回分解。

第一百回　金丹正果兴大道　葛洪离山记罗浮

袅袅祥瑞生罗浮，丹成九转出宝炉；
群仙此日圆道果，定品列位无上和。

且说玄都大法师命群仙进丹，宣道："商周封神，虽得三百六十五位正神，然天、地、神、人、鬼，五界之仙，不成一统，不列一序，故教说无章，大道不行，以致沙门而起，释法迷乱。又有瑶池蟠桃绝收，神仙皆临杀罚，故阐、截、人三教共宴元都玉京，请昊天上帝、西王母、女娲三仙，邀伏羲、神农、轩辕三圣驾临，商金丹正果，定品列位。葛洪应旨奉命，寻八卦紫金炉，炼得九转金丹，今后定时供给，以助众仙潜心修道，人间传承，使大道得兴，三界太平。"群仙打稽首听候。玄都又宣："阐、截、人三教合一，皆为道教。三清为尊，昊天为帝，王母为始，女娲为祖，三皇为宗。三清开化，生三宝之君、神母元君、上清元君、无上元君、元始天王、九天真王。圣人混元无极，不生不灭，全气全神。圣人之下，进丹修道，正当此时。"接着说道："天、地、神、人、鬼，各有金丹。天界之仙，四御五老，且上前来。"有：

四御
紫微北极大帝、南极长生大帝、勾陈上宫天皇大帝、承天效法后土皇地祇

五老
东方青帝青灵始老九炁天君、南方赤帝丹灵真老三炁天君、中央黄帝玄灵黄老一炁天君、西方白帝皓灵皇老七炁天君、北方黑帝五灵玄老五炁天君

第一百回
金丹正果兴大道　葛洪离山记罗浮

玄都说道："四御五老，为道教昊天辅佐，掌乾坤大道，待九转大还金丹炼成，葛洪自会奉上，只进一粒，无终无极。"四御五老作别而去，但见神光缥缈，紫雾盘旋。玄都说道："天界之仙，皆上前来。"有：

青虚一炁大天尊、东华帝君、先天斗姥紫光金尊摩利支天大圣圆明道姥天尊斗姥元君、玉虚宫执掌、南极老人仙翁、太元圣母、太乙救苦天尊（即太乙真人，真人应化十方，为十方救苦天尊：东方玉宝皇上天尊、南方玄真万福天尊、西方太妙至极天尊、北方玄上玉高天尊、东北方度仙上圣天尊、东南方好生度命天尊、西南方太灵虚皇天尊、西北方无量太华天尊、上方玉虚明皇天尊、下方真皇洞神天尊）、道行天尊

东极青华长乐界仙
人皇帝师广成子、赤精大仙赤精子、福德真仙云中子、玄黄龙祖黄龙真人、丹鼎洞真玉鼎真人、天皇真人、灵宝大法师、紫阳真人清虚道德真君

三元三品三官大帝
上元一品赐福天官紫微大帝、中元二品赦罪地官清虚大帝、下元三品解厄水官洞阴大帝

玄都说道："天界大罗金仙，为道家玄黄，掌修真之法，进善之门，进九转寒丹，只得一粒，岁有百万。"天仙作别而去，但见氤氲袅袅，香风袭袭。玄都说道："神界之仙，皆上前来。"有：

九天应元雷声普化天尊、太阳帝君、太阴元君

琼台女神
感应随世仙姑、云霄娘娘、琼霄娘娘、碧霄娘娘、九天玄女

灵霄殿将

托塔天王李靖、二郎显圣真君杨戬、中坛元帅哪吒

玄都说道："神界太乙天仙，进八转伏丹，只得一粒，岁有十万。"另有神界众仙：

三台星君

上台虚精开德星君、中台六淳司空星君、下台曲生司禄星君

四灵神君

东方青龙孟章神君、西方白虎监兵神君、南方朱雀陵光神君、北方玄武执明神君

五斗

东斗星君、西斗星君、南斗星君、北斗星君、中斗星君

六司

第一天府宫司命星君、第二天相宫司禄星君、第三天梁宫延寿星君、第四天同宫益算星君、第五天枢宫度厄星君、第六天机宫上生星君

七元

北斗第一阳明贪狼星君、北斗第二阴精巨门星君、北斗第三真人禄存星君、北斗第四玄冥文曲星君、北斗第五丹元廉贞星君、北斗第六北极武曲星君、北斗第七天关破军星君

九曜

计都星君、火德星君、木德星君、太阴星君、土德星君、罗睺星君、

太阳星君、金德星君、水德星君

二十八星宿

亢金龙、角木蛟、女土蝠、房日兔、心月狐、尾火虎、箕水豹、斗木獬、牛金牛、氐土貉、虚日鼠、危月燕、室火猪、壁水貐、奎木狼、娄金狗、胃土彘、昴日鸡、毕月乌、觜火猴、参水猿、井木犴、鬼金羊、柳土獐、星日马、张月鹿、翼火蛇、轸水蚓

三十二天帝

太皇黄曾天帝、太明玉完天帝、清明何童天帝、玄胎平育天帝、元明文举天帝、七曜摩夷天帝、虚无越衡天帝、太极蒙翳天帝、赤明和阳天帝、玄明恭华天帝、耀明宗飘天帝、竺落皇笳天帝、虚明堂曜天帝、观明端靖天帝、玄明恭庆天帝、太焕极瑶天帝、元载孔升天帝、太安皇崖天帝、显定极风天帝、始黄孝芒天帝、太黄翁重天帝、无思江由天帝、上揲阮乐天帝、无极昙誓天帝、皓庭霄度天帝、渊通元洞天帝、翰宠妙成天帝、秀乐禁上天帝、无上常融天帝、玉隆腾胜天帝、龙变梵度天帝、平育贾奕天帝

雷部五元帅

邓元帅、毕元帅、刘天君、辛元帅、庞元帅

雷部三十六神将

八方云雷都督大将军、先天雨师内相真君、开元司化雷公将军、降魔扫秽雷公将军、阳声普震雷公将军、威光劈邪雷公将军、雷师皓翁真君、五雷院使真君、报应司总司真君、幽柱司总司真君、玉府都判将军、阿香神女元君、推云童子、先天电母秀元君、先天风伯次相真君、雷部总兵将军、雪冤辨诬卿师使相真君、万方威应招财锡福真君、灵应显赫扶危济急真君、九垒总司威灵将军、调神御气燮理阴阳司命天医真君、祥光瑞电天喜真君、啸风鞭霆天冲真君、传奏驰檄追魔摄怪九天雷门律令使者、总司九龙真炁

神变普应将军、总司五龙真炁飞腾显应将军、延寿保命辅圣真君、水官溪真驱邪使者、水官溪真摄魔使者、火部司令五方显应将军、火部司令中山真灵将军、五方蛮雷将军、元罡斩妖将军、元罡缚邪将军、雷部总兵使者、侍中仆射上相真君

五方雷神

东方神运雷王、南方神化雷王、西方神威雷王、北方动伟雷王、中央动捷雷王、雷公、电母、风神、雨师

北极四圣

天蓬大元帅真君、天猷副元帅真君、翊圣保德储庆真君、真武灵应佑圣真君

九天生神

郁单无量天帝、上上禅善无量寿天帝、梵监须延天帝、寂然兜术天帝、波罗尼密不骄乐天帝、洞元化应声天帝、灵化梵辅天帝、高虚清明天帝、无想无结无爱天帝

九司主神

玉府判府真君、玉府左右侍中、玉府左右仆射、天雷上相、玉枢使相、斗枢上相、上清司命玉府右卿、五雷院使君、雷霆都司元命真君

九天监生

九天监生大神、九天卫房圣母、九天定生大神、九天感化大神、九天定胎大神、九天易胎大神、九天助生君、九天顺生君、九天速生君、九天全生君、六甲符吏、催生童子、保生童子、速生童子、南昌分胎功曹、南昌主产功曹、南昌主死功曹、南昌起死功曹

四圣大元帅
王魔、杨森、高友乾、李兴霸

玉枢火府天将王灵官、天庭传旨令官游奕灵官、神兵先锋巨灵神、太玄水精黑灵尊神、太玄火精赤灵尊神

玄都说道："神界天仙，为灵霄宝殿各路司职，掌四时四方，五行五常，进七转柔丹，只得一粒，岁有五万。"神仙作别而去，但见电光间灼，几云簇拥。玄都说道："地界之仙，皆上前来。"有：

镇元大仙镇元子、真武荡魔大帝真武帝君、天仙玉女泰山碧霞元君、赤脚大仙文昌帝君、黎山老母

五岳帝君
东岳泰山天齐仁圣大帝、西岳华山金天愿圣大帝、中岳嵩山中天崇圣大帝、南岳衡山司天昭圣大帝、北岳恒山安天玄圣大帝

玄都说道："镇元大仙有人参树，不在丹果。地界太乙天仙，进六转炼丹，只得一粒，岁有一万。"另有地界众仙：

四大天师
张道陵、葛玄、萨守坚、许逊

六丁六甲
丁丑神将赵子任、丁卯神将司马卿、丁巳神将崔石卿、丁未神将石叔通、丁酉神将臧文公、丁亥神将张文通、甲子神将王文卿、甲寅神将明文章、甲辰神将孟非卿、甲申神将扈文长、甲午神将书玉卿、甲戌神将展子江

四值功曹

值年神李丙、值月神黄承乙、值日神周登、值时神刘洪

十方无极飞天神王

东方无极飞天神王、南方无极飞天神王、西方无极飞天神王、北方无极飞天神王、东北无极飞天神王、东南无极飞天神王、西南无极飞天神王、西北无极飞天神王、上方无极飞天神王、下方无极飞天神王

十神真君

五福太一真君、天一太一真君、地下太一真君、四神太一真君、大游太一真君、小游太一真君、君基太一真君、臣基太一真君、民基太一真君、直符太一真君

三素元君

紫素元君、黄素元君、白素元君

三十六神将

天魁星、天罡星、天机星、天闲星、天勇星、天雄星、天猛星、天威星、天英星、天贵星、天富星、天满星、天孤星、天伤星、天立星、天捷星、天暗星、天佑星、天空星、天速星、天异星、天杀星、天微星、天究星、天退星、天寿星、天剑星、天平星、天罪星、天损星、天败星、天牢星、天慧星、天暴星、天哭星、天巧星

七十二地煞

地魁星、地煞星、地勇星、地杰星、地雄星、地威星、地英星、地奇星、地猛星、地文星、地正星、地辟星、地阖星、地强星、地暗星、地轴星、地会星、地佐星、地佑星、地灵星、地兽星、地微星、地慧星、地暴星、地然星、地猖星、地狂星、地飞星、地走星、地巧星、地明星、地进

星、地退星、地满星、地遂星、地周星、地隐星、地异星、地理星、地俊星、地乐星、地捷星、地速星、地镇星、地稽星、地魔星、地妖星、地幽星、地伏星、地僻星、地空星、地孤星、地全星、地短星、地角星、地囚星、地藏星、地平星、地损星、地奴星、地察星、地恶星、地丑星、地数星、地阴星、地刑星、地壮星、地劣星、地健星、地耗星、地贼星、地狗星

六十甲子神

甲子太岁、乙丑太岁、丙寅太岁、丁卯太岁、戊辰太岁、己巳太岁、庚午太岁、辛未太岁、壬申太岁、癸酉太岁、甲戌太岁、乙亥太岁、丙子太岁、丁丑太岁、戊寅太岁、己卯太岁、庚辰太岁、辛巳太岁、壬午太岁、癸未太岁、甲申太岁、乙酉太岁、丙戌太岁、丁亥太岁、戊子太岁、己丑太岁、庚寅太岁、辛卯太岁、壬辰太岁、癸巳太岁、甲午太岁、乙未太岁、丙申太岁、丁酉太岁、戊戌太岁、己亥太岁、庚子太岁、辛丑太岁、壬寅太岁、癸卯太岁、甲辰太岁、乙巳太岁、丙午太岁、丁未太岁、戊申太岁、己酉太岁、庚戌太岁、辛亥太岁、壬子太岁、癸丑太岁、甲寅太岁、乙卯太岁、丙辰太岁、丁巳太岁、戊午太岁、己未太岁、庚申太岁、辛酉太岁、壬戌太岁、癸亥太岁

五方君

东九夷君、南八蛮君、西六戎君、北五狄君、中三秦君

五方神女

东方神女青腰玉女、南方神女赤圭玉女、西方神女白素玉女、北方神女玄光玉女、中央神女黄素玉女

五方灵童

东方青灵童子、南方朱明童子、西方皓灵童子、北方玄灵童子、中央黄灵童子

九垒三十六土皇君

第一垒 色润地

第一土皇君，姓秦讳孝景椿；第二土皇君，姓黄讳昌上文；第三土皇君，姓青讳玄文基；第四土皇君，姓茧讳忠阵皇

第二垒 刚色地

第五土皇君，姓戍讳神文光；第六土皇君，姓郁讳黄母生；第七土皇君，姓玄讳乾德维；第八土皇君，姓长讳皇明

第三垒 石腊色泽地

第九土皇君，姓张讳维神；第十土皇君，姓周讳伯上人；第十一土皇君，姓朱讳明车子；第十二土皇君，姓庚讳文敬士

第四垒 润泽地

第十三土皇君，姓贾讳云子高；第十四土皇君，姓谢讳伯无元；第十五土皇君，姓己讳文泰阵；第十六土皇君，姓行讳机正方

第五垒 金粟泽地

第十七土皇君，姓华讳延期明；第十八土皇君，姓黄讳龄我容；第十九土皇君，姓云讳探无渊；第二十土皇君，姓蒋讳通八光

第六垒 金刚铁泽地

第二十一土皇君，姓李讳上少君；第二十二土皇君，姓范讳来力安；第二十三土皇君，姓张讳李季元；第二十四土皇君，姓王讳驷女容

第七垒 水制泽地

第二十五土皇君，姓唐讳初生映；第二十六土皇君，姓吴讳正法图；第二十七土皇君，姓汉讳高文彻；第二十八土皇君，姓京讳仲龙首

第八垒 大风泽地

第二十九土皇君，姓葛讳玄升光；第三十土皇君，姓华讳茂云长；第三十一土皇君，姓羊讳真洞玄；第三十二土皇君，姓周讳尚敬原

第九垒 洞元无色刚维地

第三十三土皇君，姓极讳无上玄；第三十四土皇君，姓升讳灵(虚)元

浩；第三十五土皇君，姓赵讳上伯玄；第三十六土皇君，姓农讳勒无伯

四海龙王

东海龙王广德王敖广、南海龙王广利王敖钦、西海龙王广润王敖闰、北海龙王广泽王敖顺

四渎源王

黄河灵源弘济王、长江广源顺济王、淮河长源博济王、济水清源菩济王

井海王

五龙神

青龙神广仁王、赤龙神嘉泽王、黄龙神孚应王、白龙神义济王、黑龙神灵泽王

五水神

东海姓何名归居君、南海姓刘名嚻君、西海姓裏名漱君、北海姓吴名禺强君、河伯姓冯名夷字君平

九江水帝

浙江水帝、杨子江水帝、松江水帝、吴江水帝、楚江水帝、湘江水帝、剩江水帝、汉江水帝、南江水帝

五湖大神

青草湖大神（洞庭湖神）、彭蠡湖大神、丹阳湖大神、谢阳湖大神（都阳湖神）、太湖大神

哼哈二将

玄都说道："地界之仙，为道教守护，掌五湖四海，三山五岳，进五转饵丹，只得一粒，岁有九千。"地仙作别而去，但见飞霞红气，紫电清光。后镇元子起人参果树，自有四万七千年不提。玄都说道："人界之仙，皆上前来。"有：

四大真人

南华真人、冲虚真人、通玄真人、洞灵真人

北五祖

东华紫府辅元立极大道帝君、正阳开悟传道垂教帝君、纯阳演正警化孚佑帝君、海蟾明悟弘道纯佑帝君、重阳全真开化辅极帝君

南五祖

紫阳真人张伯端、翠玄真人石杏林、紫贤真人薛道光、翠虚真人陈泥丸、紫清真人白玉蟾

北七真

丹阳抱一无为普化真君、长真凝神玄静温德真君、长生辅化宗玄明德真君、长春全德神化明应主教真君、玉阳体玄广慈普度真君、太古广宁通玄妙极真君、清净渊真玄虚顺化元君

家宅六神

门神、户神、井神、灶神、土地神、厕神

吉祥五神

福神、禄神、寿神、喜神、财神

瘟疫神

春瘟神、夏瘟神、秋瘟神、冬瘟神、总管中瘟神

医司灵官

天医尚药灵官、主办形候灵官、随病制药灵官、修合锻炼灵官、敷药灵官、察脉论病灵官、清药疗病灵官

民间神

妈祖娘娘、百花仙子、送子娘娘、紫虚元君、日夜游神、三茅真君、眼光娘娘、房中之祖、纵横始祖、文始真人、南华真人、求仙使者、万古丹王、太极真人、太平教主、水府仙伯

四大元帅

马元帅、赵元帅、温元帅、关元帅

玄都说道："人界真仙，进四转还丹，只得一粒，岁有六千。"另有人界众仙，后葛洪撰《神仙传》，各录其中。有：

若士、沈文泰、白石生、黄山君、凤纲、皇初平、吕恭、沈建、华子期、乐子长、卫督卿、魏伯阳、沈羲、陈世安、李八伯、李阿、王远、伯山甫、刘政、孙博、班孟、玉子、天门子、九灵子、北极子、绝洞子、太阳子、太阳女、太阴女、太玄女、南极子、黄卢子、马鸣生、阴长生、栾巴、王真、陈长、刘纲、樊夫人、东陵圣母（司马睿报杜姜之恩）、孔元、王烈、涉正、焦先、孙登、东郭延、灵寿光、刘京、严青、帛和、赵瞿、宫嵩、董仲君、王仲都、程伟妻、王遥、陈永伯、太山老父、介象、李根、王兴、黄敬、鲁女生、甘始、封君达、李少君

玄都说道："人界之仙，为道教修真，行善人间，传教立派，进三转神丹，

只得一粒，岁有三千。"人仙作别而去，但见紫雾彩霞，青云缭绕。玄都说道："鬼界之仙，皆上前来。"有：

北阴酆都大帝

佐理太上灵君、助理玄滋天君、酆都上相君、酆都太傅君、酆都东明公、酆都南明公、酆都西明公、酆都北明公、酆都鬼官北斗君、酆都三官都禁郎、酆都水官司命君、酆都右禁司君、酆都主非使者、酆都执盖郎、酆都大禁晨、酆都侍帝晨、酆都中禁晨、酆都西明郎

玄都说道："鬼界鬼仙，进二转神符，只得一粒，岁有一千。"另有鬼界众仙：

五方鬼帝

东方鬼帝蔡郁垒（即神荼、郁垒）；西方鬼帝赵文和、王真人；北方鬼帝张衡、杨云；南方鬼帝杜子仁；中央鬼帝周乞、嵇康

罗酆六天宫真灵

纣绝阴天宫、泰煞谅事宗天宫、明晨耐犯武城天宫、恬昭罪气天宫、宗灵七非天宫、敢司连宛屡天宫

城隍神

十殿阎王

秦广王、楚江王、宋帝王、五官王、阎罗王、卞城王、泰山王、都市王、平等王、转轮王

阴君判官、李意期、孟婆、牛头马面、黑白无常

玄都说道："鬼界之仙，为道教阴阳守护，掌阴曹地府，生死轮回，进一转

丹华，只得一粒，岁有五百。"鬼仙作别而去，但见氤氤袅袅，香风袭袭。众仙进丹定品，有诗为赞：

太清敕书降罗浮，九转金丹出宝炉；
修仙品序从今定，五界岁岁朝玄都。

且说天地神人鬼，五界之仙正位而归。玄都唤葛洪，葛洪忙上前来。玄都说道："当日大天尊送你偈语：历劫一七渡衣冠，披难七二开元年。功遂身退应天命，抱朴归真列仙班。你自下山，所经磨难，我悉数道来。"

吉家降鬼第一难；邵陵镇灾第二难；夫彝查案第三难；请愿朝京第四难；皇城除妖第五难；罗宫明性第六难；父子了缘第七难。

玄都问道："此七难，磨你心性，知人间万事。你可知来？"葛洪回道："弟子知之，谨记在此。"玄都又道："帝王访贤，你出罗浮山，所历艰险，我再悉数道来。"

下邳解瘟第一难；喊山退敌第二难；伊水斗法第三难；红谷遭困第四难；谯国见危第五难；彭城迷幻第六难；徐州破阵第七难；寿春砸钵第八难；揭谛上身第九难；金刚会子第十难；罗汉布阵第十一难；凤凰阻兵第十二难；十界斗阵第十三难；玄龙报怨第十四难。

玄都问道："此十四难，你可经历？"葛洪回道："弟子经历，不敢忘却。"玄都说道："你自下山，行至今日，合二十一难，正应偈语。今炼丹已成，然尚未圆满，九转大还金丹宜早炼出，且地、人、鬼，三界之仙，更有增补，你仍在罗浮山，好生研习，修炼金丹，莫生他念，大天尊自有安排，可安心等候。"葛洪伏地叩拜，说道："弟子谨遵法旨。"玄都又唤双龙，双龙忙上前来。

玄都谓双龙："你二人情投意合，至性至真，虽化顽石，却不改初心，自随葛洪下山，屡建奇功，全始全终，今天灾已满，归于道门，进七转柔丹，升神界下仙，小黄龙为灵霄殿蟠龙大将，小龙女为琼花宫灵龙天女，即时随我上天去矣，莫再徘徊人间。"双龙俱叩头谢恩，进了金丹，作别葛洪，随玄都去了。

且说葛洪安居罗浮山，炼丹修道，却是山中一日，地上一年。葛洪闲来无事，也看人间。那人间万象，尽在眼中。话说石勒在无行崖下，身受天罚，回至襄国养伤，却是每况愈下，自知有生之年，再难一统天下，遂加号称帝，改元建平，由襄国迁都临漳，追尊三代，妻称皇后，王子石弘为皇子，留居东宫，襄办军国大事，凡尚书奏请，尽归太子参决；次子石宏为骠骑大将军、都督中外诸军事、大单于、秦王；三子石恢为辅国将军、南阳王。其余百官封进。也是多年戎马，未享清福。石勒又大修宫殿，以享安乐。

石勒如此安排，石虎心中不平，谓石邃道："我身经战事二十余年，而成大赵基业，大单于位置应该属我，奈何反交与黄口小儿。待他日主上晏驾之后，当尽杀无遗，方泄我恨。"徐光得知石虎如此说话，趁机进告石勒道："皇太子仁孝温恭，然石虎雄暴多诈，臣恐陛下万岁以后，太子难制，社稷倾危，宜渐夺石虎威柄，莫使祸事发生。"石勒闻言，说道："此言虽也有理，然石虎屡立大功，又无反心，无故夺权，恐伤众将之心。"右仆射程遐闻言，趁此进谏："石虎勇武权智，群臣莫及，然其志意，不愿屈居人下，每次上朝，臣见其除陛下一人外，皆视而不见。且膝下诸子，已经成长，如虎添翼。陛下若在，想来无事，若有变故，将来必无天子，定然篡立，还请陛下未雨绸缪，早除此患。"石勒变色，说道："今天下未平，兵难未已，石虎乃佐命功臣，又有大和尚教导，朕欲委以重任，何至如卿所言。"终不肯从，程遐无奈，与徐光叩头告退。

过了数日，石勒召徐光问道："今吴、蜀未平，书轨不一，朕虽为皇帝，然后世可否认我为真主，如此一想，不觉心忧。"徐光回道："此皆是四肢疾患，不足为虑，臣以为陛下有心腹大患，急需根除。"石勒问道："此话怎讲？"徐光说道："中山王石虎，托陛下威灵，所向无敌，仅逊于陛下，见太子毫无尊卑，且性暴多奸，见利忘义，迹同管蔡，情异伊霍，这才是腹心重病，足为大患。"石勒闻言，默然不答。徐光见石勒不能下定决心，遂长叹一声离去。

是时，荧惑入昴，星陨邺中，又有赤黑黄云，绵亘如幕，声如雷震，坠地

第一百回　金丹正果兴大道　葛洪离山记罗浮

后气热如火，尘起连天。石勒在内殿，忽心口绞痛，病势加剧，卧榻不起，水米难进，虚弱至极，自感时日无多，唤石弘、石虎。然石虎抢先入宫，伪造诏令，不许石弘入内，一切王公大臣，皆不得探望。石勒见只石虎在旁，欲唤石弘，已无气力，只好留下遗命："朕若归天，不许大办丧事，三日即可下葬，葬服灵车，一概从俭。坟中不得随葬金银珠宝和贵重器具，城中百姓，婚丧嫁娶，饮酒食肉，祭祀盖房，皆如寻常。在外官吏将守，不必奔丧，仍令照常镇守。"又嘱托石虎："太子文弱，恐不能继承我志，中山王以下，宜各司所典，勿违朕命。太子与卿，当好生维持，司马氏一族，可为镜鉴，务要互相和好，切莫重蹈覆辙。中山王当三思周、霍，勉力匡辅太子，我死方才得瞑目了。"言讫即逝，享年正六十，僭位十五年，葬于高平陵，尊为高祖明皇帝。

石勒死后，石虎遂逼石弘登位，斩徐光、程遐，封自己为丞相、魏王、大单于，加九锡，划分十三郡为其封国，总揽朝政。未久，废黜石弘，登位称帝，改元建武，迁都邺城，大肆宣佛，尊佛图澄为大国师，前后门徒几且一万，争造佛寺八百九十三所，劳力减少，民生凋敝，不提。

北方生变，东南亦是如此。且说王敦执掌兵权，凭恃宠灵，敢肆狂逆，又闻祖逖身死，心中大喜，常在府中作乐，饮酒舒志，喜唱魏武诗词："老骥伏枥，志在千里，烈士暮年，壮心不已。"元帝闻知，心中甚恨，遂重用尚书令刁协、侍中刘隗，升任王导为司空，以虚化实，抑制王氏一门。王导生性淡泊，无甚在意，然王敦却愤愤不平，上疏陈请，言语激烈，满纸怨气。元帝见书，心中大怒，知王敦久后必定生乱，遂命谯王司马承为湘州刺史；尚书仆射戴渊为征西大将军，都督司、兖、豫、并、雍、冀六州军事，镇守合肥；刘隗为镇北大将军，都督青、徐、幽、平四州军事，镇守淮阴，防备王敦。

果不出元帝所料，王敦镇守武昌，又闻得葛洪离去，小黄龙随往，甚是欣喜，谓众将："今祖逖身亡，葛洪炼丹，周玘宗族强盛，虽有大功，定受猜疑，陶侃远在广州，朝中已无我所忌惮之人，此时若不发兵，反为所制。"遂以"清君侧"之名，欲诛刁协、杀刘隗，水陆并进，兵发建康。元帝知王敦造反，勃然大怒，当下飞召戴渊、刘隗，还卫京师，又下诏云：

王敦凭恃宠灵，敢肆狂逆，方朕太甲，欲见幽囚，是可忍也，孰不可忍？今当统率六军，以诛大逆，有杀敦者封五千户侯。朕不食言。

王敦闻诏后，毫无惧色，仍决意进兵，攻至石头城，部将杜弘献计："此城守将，名曰周札，原为齐王司马冏手下参军，半路来投，司马睿定然少恩，若壮大声势，鼓噪攻城，此人本无忠心，必开门投降。"王敦点首称善，即驱兵至城下，扬言若不降来，必血洗此城。周札哪有半点忠心，闻言即开城门投降。元帝闻知大惊，遂命刁协、刘隗、戴渊，率兵反攻。王敦笑道："此二人智不足以驭人，勇不足以却病，何足惧哉。"果然刁刘等人，本不知兵，所领军士，毫无军纪，一经对战，皆观望不前，那王敦部下横冲直撞，驰突无前。刁、刘、戴三部将士，均已溃走，三将拨马奔还。元帝见三人逃归，又命王导、周顗，以及郭逸、虞潭，各领一队人马驰援。未料王导、周顗，彼此早有嫌隙，各不相容，两队人马号令不一，行径不同，一经交战，如土鸡瓦犬，四散奔逃。郭逸、虞潭，亦相继败走。

战事报入京城，元帝惊慌失措，一筹莫展，大呼："葛仙师今在何处？"哪有回应。此时，王敦杀入京城，却不并晋见元帝，而是放纵士卒，劫掠财物。一时京师喧嚷啼哭，杂沓不休。元帝欲差使望族豪强对抗王敦，然南方士族，因元帝施行"刻碎之政"，惩治贪腐、抑制豪强、隐实户口、劝课农桑，触动他们的利益，心中怨愤，皆静观其变，袖手旁观。

元帝无奈，只好遣使，告与王敦："公若不忘本朝，便可就此息兵，共图安乐。公若再有他念，朕可退位，归老琅琊，自当避贤。"王敦置诸不理，急得元帝没法摆布，越觉慌张。恰好刁协、刘隗，狼狈入宫，俯伏座前，呜咽不止。元帝握住二人之手，相对哭泣，好一会儿才道："事已至此，卿二人速去避祸。"刁协答道："臣当守死，不敢有他心。"元帝又道："卿等在此，徒死无益，不如速行。"言未落，便顾令左右，选择厩马二匹，赐与刁协、刘隗，并各给仆从数人，令他二人速去。

二人拜别出殿，刁协老不堪骑，平日待人，少有恩惠，一出京城，随从尽散，只剩他一人一骑。行至江乘，为人所杀，携首级献于王敦。刘隗回到府第，带领妻小、亲信数百人，往北而走，竟投奔后赵去了。

第一百回　金丹正果兴大道　葛洪离山记罗浮

且说刁协身死,刘隗奔往后赵。照理来,君侧已清,王敦理应入朝谢罪,收兵还镇,然王敦既已起事,哪肯善罢甘休,当下驻守石头城,按兵不朝,以此胁迫元帝。元帝无法,只好令公卿百官,齐往石头城,劝其罢兵。

王导只身去见王敦,说道:"公举兵而来,名为'清君之侧',今刁协、刘隗已除,你如此作派,想来不妥。尝闻水满则溢,月满则亏,万事切莫过甚。"王敦笑道:"开弓哪有回头箭,贤弟如何这般胆小。此番虽不让司马睿退位,也要使其为汉之献帝。"王导无奈,只好与百官商议,请元帝颁发赦书,并加王敦官爵,商令退兵。

元帝无可奈何,只得下诏大赦,进王敦为丞相,都督中外诸军,录尚书事,封武昌郡公,领江州牧。王敦既得志,骄倨益甚,四方贡献,多入府中。将相岳牧,皆出门下。用沈充、钱凤为谋主,诸葛瑶、邓岳、周抚、李桓、谢雍为爪牙。沈充等皆凶险残暴,大起营府,侵人里宅,剽掠市道,百姓互相咒诅,但望王敦早亡。

王敦作福作威,自领宁、益二州都督,好似无君无主一般。元帝内迫叛臣,外逼强寇,名为东南天子,然号令几乎不出国门。心中烦闷,日积月累,以致忧郁成疾,卧床不起,自思内外重臣,只有司徒荀组尚是老成持重,欲封为太尉,兼领太子太保,主持朝事,遥制王敦。然荀组年纪,已六十有五,未曾入拜,便已辞世。元帝很是悲叹,索性将司徒、丞相二职,暂从罢撤,不再补官。好容易过了数宵,元帝病势加剧,弥留之际,不得已召入司空王导,嘱授遗诏,令其辅助太子司马绍即位。是夕驾崩,总计元帝在位五年,改元二次,享年四十七岁,葬建平陵,庙号中宗。太子司马绍受遗即位,是谓明帝。按下不提。

且说人间乱象,尽入葛洪眼中。再看来,那后赵,石虎残暴不仁,戾气入体,发病而亡,后经石世、石遵、石鉴三世,终被冉闵所灭。又有那东晋,明帝登位,平定王敦之乱,却暴毙身死,后经成帝司马衍、康帝司马岳、穆帝司马聃、哀帝司马丕、废帝司马奕、简文帝司马昱、孝武帝司马曜、安帝司马德宗、恭帝司马德文,终为刘裕所灭。五胡纷乱,十六国起,至南北朝,终由杨坚统一天下,改元开皇,建立隋朝。中原之乱,共计二百七十七年。葛洪叹一声:"外忧不生,必有内乱。世事分合,无穷无尽。人心难测,人生无常,有几人抱朴归真,

521

通明大道。"遂作词一首：

　　浮生若水，鱼龙罢休，无边无岸且行。不问桃李，飞叶自留情。月小山高，挽袖走松溪，身入空林。又天明，霞放千岭，前路更今寻。

　　烟雨成一卷，执手步上，从容三分。何谈功名利禄，心淡世平。莫言人生新旧，没荣辱，抱朴含真。相逢处，笑看福祸，摇首出红尘。

正叹息间，忽八卦紫金炉玄水沸腾，金光四射，内有九丹，缓缓升起，各转一转，彼此融合。葛洪见之大喜，长舒一气，往大罗宫伏地叩拜，禀道："上天见怜，九转大还金丹，已炼成矣。"言未落，空中现出一人，正是玄都大法师。法师说道："大天尊命你速离罗浮山，移八卦紫金炉往三十三重天兜率宫。念你炼丹有功，故进五转饵丹，任天师之职，且起好宝炉，随我去吧。"葛洪叩头谢恩，将茅庐付之一炬，又执笔来，将炼丹诸事，记于龙岩石壁，以便后人传习。事毕，携八卦紫金炉，随玄都大法师去了。正是：世事分合无穷尽，葛洪离山记罗浮。

　《罗浮记》至此终。